IJSPRINSES & PREDIKANT

Ook verschenen van Camilla Läckberg:

IN DE FJÄLLBACKA-SERIE
Steenhouwer
Zusje
Oorlogskind
Zeemeermin
Vuurtorenwachter
Engeleneiland
Leeuwentemmer
Heks

MET HENDRIK FEXEUS
Box
Cultus

ANDERE
Gouden kooi
Zilveren vleugels
Vrouwen zonder genade

Camilla Läckberg

IJsprinses & Predikant

Vertaald uit het Zweeds door
Elina van der Heijden en
Wiveca Jongeneel

thb

the house of books

Deze uitgave is tot stand gekomen in overeenkomst met Salomonsson Agency, Zweden.

Oorspronkelijke titels: *Isprinsessan* & *Predikanten*
Oorspronkelijk uitgegeven door: Bokförlaget Forum, Stockholm 2003 & 2004

Omslagontwerp: Margo Togni, Renkum
Omslagbeeld: © Yolande De Kort / Trevillion Images
Auteursfoto: © Magnus Ragnvid

ISBN 978 90 443 6669 3
ISBN 978 90 443 6670 9 (e-book)
NUR 332

www.thehouseofbooks.com
www.overamstel.com

OVERAMSTEL
uitgevers

The House of Books is een imprint van Overamstel uitgevers bv

IJsprinses

Voor Wille

I

Het huis was leeg en verlaten. De kou drong door tot in alle hoeken en gaten. In de badkuip had zich een dun vlies ijs gevormd. Zij had een blauwige tint gekregen.

Zoals ze daar lag, vond hij haar net een prinses. Een ijsprinses.

De vloer waarop hij zat was ijskoud, maar de kou deerde hem niet. Hij stak zijn hand uit en raakte haar aan.

Het bloed op haar polsen was al lang geleden gestold.

Zijn liefde voor haar was nog nooit zo sterk geweest. Hij streelde haar arm, alsof hij de ziel streelde die het lichaam nu had verlaten.

Hij draaide zich niet om toen hij wegging. Het was geen vaarwel, maar een tot ziens.

❄

Eilert Berg was geen gelukkig man. Zijn ademhaling ging stroef en kwam als witte pufjes uit zijn mond. Toch beschouwde hij zijn gezondheid niet als zijn grootste probleem.

Svea was in haar jeugd zo mooi geweest dat hij nauwelijks had kunnen wachten tot de huwelijksnacht. Ze had zachtmoedig, vriendelijk en wat verlegen geleken. Haar ware aard was echter na een veel te korte tijd van jeugdige passie aan het licht gekomen. Met gedecideerde hand had ze hem bijna vijftig jaar onder de duim gehouden. Maar Eilert had een geheim. In de herfst van zijn leven zag hij voor het eerst een mogelijkheid tot een beetje vrijheid en die zou hij zich niet laten ontnemen.

Hij had zijn hele leven hard gewerkt in de visserij en de inkomsten waren precies voldoende geweest om Svea en de kinderen te onderhouden. Na zijn pensionering moesten ze rondkomen van zijn karige pensioen. Zonder geld was het niet mogelijk om ergens anders opnieuw te beginnen, in zijn eentje. Maar die mogelijkheid was nu als een geschenk uit de hemel komen vallen en het was bovendien belachelijk eenvoudig. Als mensen schaamteloos veel geld wilden betalen voor een paar uurtjes werken per week, dan was dat hun probleem. Hem hoorde je niet klagen. De biljetten in het houten kistje achter de compostbak waren al binnen een jaar gegroeid tot een imposante stapel en weldra zou hij genoeg hebben om naar warmere streken te kunnen gaan.

Op de laatste steile helling stond hij even stil om op adem te komen en hij masseerde zijn pijnlijke handen. Spanje, of misschien Griekenland, zou de kou ontdooien die als het ware van binnenuit kwam. Eilert ging ervan uit dat hij nog minstens tien jaar had voordat hij de pijp uit ging, en van die tijd wilde hij zoveel mogelijk genieten. Geen haar op zijn hoofd die eraan dacht om die samen met dat kreng thuis door te brengen.

De dagelijkse wandeling in de vroege ochtend was het enige rustige moment van de dag en gaf hem bovendien wat broodnodige beweging. Hij volgde altijd dezelfde route en de mensen die zijn gewoonten kenden, kwamen vaak een praatje met hem maken. Hij vond het met name leuk om met het mooie juffertje te praten dat op de heuvel bij de Håkebackenschool woonde. Ze was er alleen in het weekend en kwam altijd in haar eentje, maar ze nam vaak even de tijd om wat te kletsen. Ze was ook geïnteresseerd in het Fjällbacka van vroeger, juffrouw Alexandra, en dat was een onderwerp waar Eilert het graag over had. Mooi om te zien was ze ook. Van dat soort dingen had hij nog steeds verstand, al was hij oud. Er werd weliswaar over haar geroddeld, maar als je naar oudewijvengeklets ging luisteren, had je binnen de kortste keren nergens anders meer tijd voor.

Ongeveer een jaar geleden had ze gevraagd of hij wat klusjes voor haar wilde doen als hij op vrijdagochtend toch langskwam. Het huis was oud en de cv-ketel en de waterleidingen waren onbetrouwbaar. Ze kwam in het weekend niet graag in een koud huis. Hij zou een sleutel krijgen, dus hij kon zo naar binnen gaan om te kijken of alles in orde was. Er waren in de buurt een paar inbraken geweest, dus hij moest de ramen en de deuren ook controleren.

De taak was niet erg belastend en één keer per maand lag er een envelop met zijn naam erop in haar brievenbus, met een in zijn ogen vorstelijke som geld. Bovendien vond hij het prettig dat hij iets nuttigs kon doen. Het is moeilijk om niets te doen te hebben als je je hele leven hebt gewerkt.

Het hek hing scheef en protesteerde toen hij het openduwde. Er was geen sneeuw geruimd en hij overwoog om een van de jongens te vragen haar daarbij te helpen. Dat was geen vrouwenwerk.

Onhandig pakte hij de sleutel, maar hij keek wel uit dat hij die niet in de diepe sneeuw liet vallen. Als hij moest hurken, zou hij niet meer overeind komen. Het trapje naar de voordeur was glibberig van het ijs, dus hield hij zich goed vast aan de leuning. Eilert wilde net de sleutel in het slot steken toen hij zag dat de deur op een kier stond. Onthutst deed hij die verder open en stapte de hal in.

'Hallo! Is daar iemand?'

Misschien was ze vandaag eerder thuisgekomen? Er kwam geen antwoord. Hij zag de adem die uit zijn mond kwam en werd zich ervan bewust dat het binnen ijskoud was. Opeens wist hij niet meer wat hij moest doen. Hier was iets goed mis en hij kon zich niet voorstellen dat het alleen om een kapotte cv-ketel ging.

Hij liep door de kamers. Alles leek onaangeroerd. Het huis was net zo keurig als anders. De videorecorder en de tv stonden op hun plek. Nadat hij beneden overal was geweest, ging Eilert naar de bovenverdieping. De trap was steil en hij moest zich stevig vasthouden aan de leuning. Toen hij boven was, ging hij eerst naar de slaapkamer. Die was vrouwelijk maar met zorg ingericht en even netjes als de rest van het huis. Het bed was opgemaakt en aan het voeteneind stond een weekendtas. Die leek ze nog niet te hebben uitgepakt. Hij voelde zich opeens een beetje stom. Misschien was ze wat eerder thuisgekomen, had ontdekt dat de cv-ketel het niet deed en was op zoek gegaan naar iemand die hem kon maken. Toch geloofde hij die verklaring zelf niet. Er was iets mis. Hij voelde het aan zijn gewrichten, net zoals hij soms een opzettende storm voelde aankomen. Voorzichtig liep hij verder. De volgende ruimte was een grote zolderkamer met een schuin dak en houten balken. Aan weerszijden van een open haard stonden twee banken tegenover elkaar. Er lagen een paar kranten op de salontafel, maar verder stond alles op zijn plek. Hij liep weer naar beneden. Daar zag het er ook uit zoals het hoorde. De keuken en de woonkamer waren net als anders. De enige ruimte die nog over was, was de badkamer. Iets deed hem aarzelen voordat hij de deur opendeed. Nog steeds was alles stil en rustig. Hij wachtte even, realiseerde zich toen dat hij zich lichtelijk idioot gedroeg en deed gedecideerd de deur open.

Nog geen tel later holde hij zo snel als hij op zijn leeftijd kon naar de voordeur. Op het allerlaatste moment herinnerde hij zich dat de trap glad was en hij greep de leuning beet zodat hij niet voorover naar beneden duikelde. Hij baggerde door de sneeuw op het tuinpad en vloekte toen het hek niet meewerkte. Eenmaal op het trottoir aangekomen, bleef hij hulpeloos staan. Iets verderop zag hij iemand die in rap tempo kwam aanlopen. Algauw herkende hij Tores dochter, Erica. Hij riep naar haar dat ze moest blijven staan.

Ze was moe. Dood- en doodmoe. Erica Falck zette de computer uit en liep naar de keuken om nog een kopje koffie in te schenken. Ze voelde zich van alle kanten onder druk gezet. De uitgever wilde in augustus een eerste concept van het boek hebben en ze was nog maar amper begonnen. Het boek over Selma Lagerlöf, haar vijfde biografie over een Zweedse schrijfster, zou haar beste moeten worden, maar ze had totaal geen zin in schrijven. Ruim een maand geleden waren haar ouders gestorven, en het verdriet was nog even vers als toen ze het bericht net had gehoord. Het leeghalen van haar ouderlijk huis ging ook niet zo snel als ze had gehoopt. Alles bracht herinneringen boven. Elke doos die ze inpakte kostte haar uren, omdat ze bij elk ding werd overspoeld door beelden van een leven dat soms heel dichtbij voelde en soms heel, heel ver weg. Het inpakken moest echter maar zolang duren als nodig was. Haar appartement in Stockholm was voorlopig onderverhuurd en ze vond dat ze net zo goed in haar ouderlijk huis in Fjällbacka kon zitten schrijven. Het huis lag iets buiten het centrum, in Sälvik, een rustige, stille omgeving.

Erica ging op de veranda zitten en keek uit over de scherenkust. Het uitzicht was altijd even adembenemend. Elk jaargetijde bracht een nieuw spectaculair vergezicht. Vandaag wierp een verblindende zon glinsteringen van licht op het ijs, dat in een dikke laag op het water lag. Haar vader zou genoten hebben van een dag als vandaag.

Ze kreeg een brok in haar keel en de atmosfeer in huis maakte dat het ademen haar opeens zwaar viel. Ze besloot een eindje te gaan wandelen. De thermometer gaf aan dat het min vijftien was, dus trok ze verschillende lagen kleren aan. Toch had ze het koud toen ze naar buiten stapte, maar ze was nog maar even op weg of ze kreeg het weer warm door haar hoge tempo.

Buiten was het bevrijdend stil. Niemand anders was op pad. Het enige geluid dat ze hoorde was haar eigen ademhaling. Het contrast met de zomermaanden was groot. Dan bruiste het hier van het leven. Erica kwam 's zomers liever niet in Fjällbacka. Hoewel ze wist dat het dorp alleen dankzij het toerisme kon overleven, kon ze het gevoel niet van zich afzetten dat ze elke zomer werden overvallen door een enorme zwerm sprinkhanen. Een veelkoppig monster dat in de loop van de jaren langzaam het oude vissersdorp opslokte door alle huizen in de buurt van het water op te kopen, en het negen maanden van het jaar als een spookstad achterliet.

De visserij was honderden jaren lang de belangrijkste bron van inkomsten geweest in Fjällbacka. Door de schrale omgeving en de voortdurende strijd om te overleven, waarbij alles ervan afhing of er haring was, waren de mensen nors en sterk geworden. Maar Fjällbacka was pittoresk gebleven en trok toeristen met een dikke portemonnee aan, terwijl de visserij haar betekenis als inkomstenbron verloor. Sinds die tijd leken de nekken van de bewoners elk jaar krommer te worden. De jongeren trokken weg en de ouderen droomden over vervlogen tijden. Zijzelf was een van de velen die ervoor hadden gekozen weg te gaan.

Ze ging nog wat harder lopen en sloeg linksaf bij de weg naar de Håkebackenschool. Terwijl Erica de heuvel opliep, hoorde ze Eilert Berg iets schreeuwen wat ze niet verstond. Zwaaiend met zijn armen kwam hij haar tegemoet.

'Ze is dood.' Eilert ademde hortend en stotend en er kwam een akelig piepend geluid uit zijn borst.

'Rustig maar, Eilert, wat is er gebeurd?'

'Ze ligt daar! Dood.' Hij wees naar het grote, lichtblauwe houten huis op de top van de heuvel.

Het duurde even voordat Erica besefte wat hij zei, maar toen de woorden eenmaal tot haar doordrongen, duwde ze het weerspannige hek open en ploegde ze naar de voordeur. Die had Eilert open laten staan en ze stapte voorzichtig over de drempel, niet wetend wat haar te wachten stond. Om de een of andere reden dacht ze er niet aan ernaar te vragen.

Eilert liep afwachtend achter haar aan en wees zonder iets te zeggen naar de badkamer op de begane grond. Erica haastte zich niet maar draaide zich om en keek Eilert met een vragende blik aan. Hij was bleek en zijn stem klonk dun toen hij zei: 'Daar ligt ze.'

Het was lang geleden dat Erica in dit huis was geweest, maar ooit had ze het goed gekend en ze wist waar de badkamer was. Ze huiverde van de kou, ondanks haar warme kleren. De deur naar de badkamer ging langzaam naar binnen open en ze stapte de ruimte in.

Ze wist niet wat ze op grond van Eilerts karige informatie had verwacht, maar niets had haar voorbereid op het bloed. De hele badkamer was wit betegeld en het effect van het bloed in en om de badkuip was daarom des te groter. Een fractie van een seconde vond ze het contrast mooi, maar toen drong het tot haar door dat er een echt mens in de badkuip lag.

Ondanks de onnatuurlijke wit- en blauwtinten van het lichaam herkende Erica haar meteen. Het was Alexandra Wijkner, geboren Carlgren, een dochter van de familie des huizes. In hun jeugd waren ze goede vriendinnen geweest, maar dat leek een eeuwigheid geleden. Nu was de vrouw in de badkuip net een vreemde.

De ogen van het lijk waren barmhartig gesloten, maar de lippen hadden een felle blauwe kleur. Rond de romp dreef een dunne ijslaag, die het onderlijf geheel verhulde. De rechterarm hing slap over de rand van het bad en er stonden strepen op de huid; de vingers reikten tot aan de gestolde bloedplas op de vloer. Op de rand van het bad lag een scheermesje. Van de andere arm was alleen het gedeelte boven de elleboog te zien, de rest zat verborgen onder het ijs. Ook de knieën staken door het bevroren oppervlak omhoog. Het lange blonde haar van Alex hing als een waaier over het hoofdeind van het bad, maar in de kou leek het broos en bevroren.

Erica stond lang naar haar te kijken. Ze rilde van de kou en de eenzaamheid die het macabere tafereel illustreerde. Langzaam liep ze achteruit de badkamer weer uit.

Daarna was alles als in een roes gebeurd. Ze had met haar mobieltje de dienstdoende arts gebeld en samen met Eilert gewacht tot de arts en de ambulance er waren. Ze herkende de tekenen van een shocktoestand van de dag dat ze had gehoord dat haar ouders waren overleden en zodra ze thuiskwam, schonk ze zichzelf een groot glas cognac in. Misschien niet iets wat de dokter zou hebben voorgeschreven, maar het hielp wel tegen het trillen van haar handen.

De aanblik van Alex had haar meteen aan haar jeugd doen denken.

Het was ruim vijfentwintig jaar geleden dat ze hartsvriendinnen waren geweest en hoewel er sinds die tijd veel mensen in haar leven waren gekomen en gegaan, lag Alex haar nog steeds na aan het hart. Ze waren slechts kinderen geweest. Als volwassenen hadden ze elkaar niet gekend. Toch kon Erica zich maar moeilijk verzoenen met het idee dat Alex zichzelf van het leven had beroofd, wat toch de enig mogelijke uitleg moest zijn van wat ze had gezien. De Alexandra die zij had gekend was een van de meest levendige, zelfverzekerde mensen die ze ooit had ontmoet. Een mooie vrouw met zelfvertrouwen en een uitstraling die anderen deed omkijken. Volgens geruchten die Erica had gehoord, was het leven Alex gunstig gezind geweest – precies zoals Erica altijd had gedacht. Ze was de eigenaresse van een kunstgalerie in Göteborg, getrouwd met een knappe, succesvolle man met wie ze op Särö in een huis woonde dat nog het meest op een landhuis leek. Maar kennelijk was er toch iets niet goed geweest.

Ze voelde dat ze haar zinnen even moest verzetten en toetste het nummer van haar zus in.

'Sliep je?'

'Je maakt zeker een grapje? Eerst heeft Adrian me vanaf drie uur vannacht uit mijn slaap gehouden en toen hij om een uur of zes eindelijk in slaap viel, werd Emma wakker en wilde spelen.'

'Kon Lucas voor de verandering dan niet eens opstaan?'

Een ijzige stilte aan de andere kant. Erica kon haar tong wel afbijten.

'Hij heeft vandaag een belangrijke vergadering en dan moet hij uitgerust zijn. Bovendien is het op dit moment op zijn werk heel erg turbulent, het bedrijf staat voor een kritieke strategische fase.'

Anna verhief haar stem en Erica hoorde een hysterische ondertoon. Lucas had altijd een goed excuus en Anna had hem waarschijnlijk letterlijk geciteerd. Als er geen belangrijke vergadering was, dan was hij gestrest door alle zware beslissingen die hij moest nemen of uitgeput omdat de druk enorm was als je zo'n, aldus Lucas, succesvol zakenman was. Daardoor lag alle verantwoordelijkheid voor de kinderen bij Anna. Met een levendige peuter van drie en een baby van vier maanden had Anna er op de begrafenis van hun ouders tien jaar ouder uitgezien dan haar dertig jaar.

'*Honey, don't touch that.*'

'Zeg nou eens eerlijk, wordt het niet tijd dat je eens Zweeds gaat praten met Emma?'

'Lucas vindt dat we thuis Engels moeten praten. Hij zegt dat we toch weer in Engeland gaan wonen voordat ze naar school gaat.'

Erica was dat zinnetje zo beu: 'Lucas vindt, Lucas zegt, Lucas denkt...' In haar ogen was haar zwager ronduit een hufter.

Anna had hem ontmoet toen ze als au pair in Londen werkte en ze was direct onder de indruk geweest van de overweldigende aandacht van de tien jaar oudere, succesvolle beursmakelaar Lucas Maxwell. Ze had al haar plannen om te gaan studeren opgegeven om de perfecte, representatieve echtgenote te worden. Het probleem was alleen dat Lucas nooit tevreden was, en sinds ze met hem samen was had Anna, die vanaf haar vroegste jeugd altijd precies had gedaan waar ze zelf zin in had, haar eigen persoonlijkheid volledig uitgewist. Tot het moment dat de kinderen kwamen had Erica gehoopt dat haar zus tot bezinning zou komen, Lucas zou verlaten en haar eigen leven zou gaan leiden, maar toen eerst Emma en daarna Adrian werd geboren, had ze moeten inzien dat haar zwager helaas een blijvertje was.

'Ik stel voor dat we het over een ander onderwerp hebben dan Lucas en zijn ideeën over opvoeden. Wat hebben mijn oogappeltjes sinds de vorige keer allemaal uitgespookt?'

'Ach, niets bijzonders... Emma kreeg gisteren een aanval van gekte en slaagde erin een klein vermogen aan kinderkleren kapot te knippen voordat ik het in de gaten had. Adrian doet al drie dagen niets dan overgeven en schreeuwen.'

'Het klinkt alsof een verandering van omgeving je goed zou doen. Kunnen jij en de kinderen niet een weekje hier komen? Ik kan je hulp bovendien goed gebruiken. Binnenkort moeten we alle papieren en zo ook doornemen.'

'Ja, daar wilden we het nog met je over hebben.'

Zoals altijd wanneer ze iets moest doen wat ze niet makkelijk vond, begon Anna's stem hoorbaar te trillen. Erica spitste meteen haar oren. Dat 'we' klonk onheilspellend. Zodra Lucas ergens een vinger in de pap had, werd hij daar zelf beter van en de rest slechter.

Erica wachtte op het vervolg.

'Lucas en ik willen immers terug naar Londen als hij het filiaal hier in Zweden op orde heeft, en we wilden ons eigenlijk geen zorgen hoeven maken over het onderhoud van een huis hier. Jij hebt ook geen plezier van een groot huis op het platteland, ik bedoel, zonder gezin en zo...'

De stilte was oorverdovend.

'Waar wil je naartoe?' Erica wikkelde een lok van haar krullende haar om haar vinger, een gewoonte die ze al van kindsbeen af had als ze zenuwachtig werd.

'Ja... Lucas vindt dat we het huis moeten verkopen. Wij kunnen het niet onderhouden. Bovendien willen we een huis in Kensington kopen als we teruggaan, en hoewel Lucas meer dan goed verdient zou het geld van de verkoop een groot verschil maken. Ik bedoel, huizen aan de Zweedse westkust met zo'n ligging brengen miljoenen kronen op. De Duitsers zijn dol op zeegezichten en de geur van het water.'

Anna ging nog een tijdje door, maar Erica merkte dat ze er genoeg van had en hing midden in een zin voorzichtig op. Ze had haar zinnen inderdaad verzet.

Ze was voor Anna altijd eerder een moeder dan een oudere zus geweest. Al sinds ze klein waren, beschermde ze haar. Anna was een echt natuurkind geweest, een wervelwind die haar impulsen volgde zonder over de gevolgen na te denken. Erica had haar regelmatig uit lastige situaties moeten redden. Lucas had alle spontaniteit en levensvreugde uit haar verdreven. En dat was iets wat Erica hem nooit zou vergeven.

De volgende ochtend leek de dag ervoor een droom. Erica had diep geslapen zonder te dromen, maar toch had ze het gevoel dat ze amper een oog dicht had gedaan. Ze was zo moe dat haar hele lichaam zeer deed. Haar maag knorde bedenkelijk, maar na een snelle blik in de koelkast besefte ze dat ze even boodschappen moest doen bij Evas Livs voordat ze iets kon eten.

Het dorp lag er verlaten bij en op het Ingrid Bergmanstorg was geen spoor te bekennen van de levendige commercie tijdens de zomermaanden. Het zicht was goed, geen nevel en mist, en Erica kon helemaal tot de uiterste punt van Valön kijken, die zich tegen de horizon aftekende en samen met Kråkholmen een smalle opening naar het verre deel van de archipel vormde.

Pas toen ze al een heel eind de Galärbacken op was gelopen, kwam ze iemand tegen. Iemand die ze liever had ontweken, en ze keek instinctief of er een vluchtweg was.

'Goedemorgen.' De stem van Elna Persson kwetterde onbeschaamd kwiek. 'Is dat ons eigen schrijfstertje niet dat daar in de ochtendzon aan het wandelen is?'

Erica kreunde vanbinnen. 'Ja, ik moest even naar Evas Livs om wat dingen te kopen.'

'Arm kind, je moet wel helemaal kapot zijn van die verschrikkelijke ervaring.' De onderkin van Elna trilde van opwinding en Erica vond haar net een vette huismus. Een wollen mantel in groentinten bedekte haar hele lichaam vanaf haar schouders tot aan haar voeten, wat de indruk gaf van één grote vormeloze massa. Haar handtas hield ze met beide handen stevig vast en op haar hoofd balanceerde een veel te kleine hoed. Die leek van vilt en had ook een onbestemde mosgroene kleur. Haar kleine ogen lagen diep tussen de beschermende vetlagen. Nu keken ze Erica dwingend aan. Kennelijk werd er van haar verwacht dat ze de opmerking beantwoordde.

'Ja, leuk was het niet.'

Elna knikte begrijpend. 'Ik kwam toevallig mevrouw Rosengren tegen en zij vertelde dat ze was langsgereden en jou en een ambulance bij het huis van de Carlgrens had gezien. We begrepen meteen dat er iets ergs moest zijn gebeurd. Toen ik vervolgens 's middags toevallig dokter Jacobsson moest bellen, hoorde ik over de tragische gebeurtenis. In vertrouwen, natuurlijk. Artsen hebben een zwijgplicht en dat moet je toch respecteren.'

Ze knikte aanmatigend als wilde ze laten zien hoezeer ze de zwijgplicht van dokter Jacobsson respecteerde.

'Zo'n jonge vrouw. Je vraagt je toch af wat erachter zit. Zelf heb ik haar altijd buitengewoon gespannen gevonden. Ik ken haar moeder Birgit nog van vroeger en die was altijd al één brok zenuwen en dat is erfelijk, dat weet je. Hooghartig werd ze ook, Birgit dus, toen Karl-Erik een belangrijke functie als directeur kreeg in Göteborg. Toen was Fjällbacka niet goed genoeg meer. Nee, ze moesten en zouden naar de grote stad. Maar ik kan je wel vertellen dat geld niet gelukkig maakt. Als dat meisje hier had mogen opgroeien en niet met wortel en tak was weggerukt, dan was het vast niet zo gelopen. Ik geloof zelfs dat ze het arme kind naar een of andere school in Zwitserland hebben gestuurd en hoe het er daar aan toegaat, dat weet iedereen. Ja, dat soort dingen laat voor de rest van je leven sporen achter in je ziel. Toen ze nog hier woonden, was ze het vrolijkste en meest opgewekte meisje dat je maar kon vinden. Speelden jullie niet met elkaar toen jullie klein waren? Ja, ik vind toch echt…'

Elna vervolgde haar monoloog en Erica, die vermoedde dat er geen eind zou komen aan deze misère, begon koortsachtig naar een aanleiding te zoeken om het gesprek dat steeds akeliger vormen aannam af te kappen. Toen Elna even stopte om adem te halen, zag Erica haar kans.

'Het is zo leuk je weer even gesproken te hebben, maar ik moet helaas verder. Je begrijpt wel dat het allemaal niet makkelijk is.' Ze trok haar meest pathetische gezicht en hoopte dat Elna erin trapte.

'Natuurlijk liefje. Ik dacht niet na. Dit moet je verschrikkelijk zwaar vallen zo kort na je eigen familiedrama. Je moet een oud mens haar onnadenkendheid maar vergeven.'

Elna was nu bijna tot tranen geroerd door haar eigen woorden en Erica knikte daarom alleen maar genadig en nam haastig afscheid. Met een zucht van opluchting liep ze verder naar Evas Livs, in de hoop dat ze niet meer nieuwsgierige dames tegen zou komen.

Het zat haar niet mee. Ze werd onbarmhartig ondervraagd door veel opgewonden dorpsbewoners en hield haar adem in tot ze vlak bij huis was. Eén opmerking die ze had gehoord, was blijven hangen. De ouders van Alex waren gisteravond laat in Fjällbacka aangekomen en logeerden nu bij Birgits zus.

Erica zette de plastic tassen op de keukentafel en begon de boodschappen op te ruimen. Ondanks alle goede voornemens zaten de tassen niet zo vol gezonde dingen als ze van plan was geweest toen ze de winkel was binnengestapt. Maar als ze zich op zo'n rotdag als vandaag niet wat lekkers gunde, wanneer dan wel? Als op bestelling begon haar maag te knorren en ze legde twaalf rode Weight Watchers-punten in de vorm van twee kaneelbolletjes op een bord en nam er een kopje koffie bij.

Het was heerlijk om naar het vertrouwde uitzicht te kijken, maar ze was nog niet gewend aan de stilte in huis. Natuurlijk bleef ze vroeger ook weleens alleen thuis, maar dat was anders.. Toen was er een aanwezigheid geweest, een weten dat er elk moment iemand binnen kon stappen. Nu was het alsof de ziel van het huis was verdwenen.

Bij het raam lag haar vaders pijp te wachten tot hij werd gestopt. In de keuken kon je de tabaksgeur nog steeds ruiken, maar het scheen Erica toe dat die elke dag minder werd.

Ze was altijd dol geweest op de geur van pijptabak. Toen ze klein was zat ze vaak op haar vaders schoot en leunde met gesloten ogen tegen zijn borst. De rook van de pijp zat in al zijn kleren en in haar kinderwereld was die geur synoniem met veiligheid.

Erica's relatie met haar moeder was duizendmaal gecompliceerder. Ze kon zich geen enkel moment in haar jeugd herinneren waarop haar moeder haar enige genegenheid had betoond, een omhelzing, een aai over haar hoofd of een woord van troost. Elsy Falck was een harde, onverzettelijke vrouw die het huis piekfijn op orde had, maar met niets in het leven blij was. Ze was zeer religieus en zoals zovelen in de kustdorpen hier in de provincie Bohuslän was ze opgegroeid in een omgeving waar de leer van de streng orthodoxe dominee Schartau een grote invloed had. Van kinds af had ze geleerd dat het leven een lange lijdensweg was, de beloning kwam in het leven erna. Erica had zich vaak afgevraagd wat haar vader met zijn goedmoedigheid en zijn humor in Elsy had gezien, en in haar tienerjaren was die vraag haar in blinde woede ook een keer ontglipt. Hij was niet boos geworden. Hij was gewoon gaan zitten en had een arm om haar schouders geslagen. Vervolgens had hij gezegd dat ze niet zo hard over haar moeder moest oordelen. Sommige mensen laten hun emoties moeilijker zien dan andere, had hij uitgelegd en hij had haar zachtjes over haar wangen gestreeld die nog rood van woede waren. Ze had toen niet geluisterd en was ervan overtuigd geweest dat hij alleen maar wilde verdoezelen wat voor Erica overduidelijk was: haar moeder had nooit van haar gehouden, en dat zou ze de rest van haar leven met zich meedragen.

Impulsief besloot Erica langs te gaan bij de ouders van Alexandra. Een ouder verliezen was moeilijk, maar dat was in zekere zin nog natuurlijk. Een kind verliezen moest verschrikkelijk zijn. Bovendien waren zij en Alexandra ooit hartsvriendinnen geweest. Dat was weliswaar vijfentwintig jaar geleden, maar een groot deel van haar gelukkige jeugdherinneringen was nauw verbonden met Alex en haar familie.

Het huis leek verlaten. Alexandra's tante en oom woonden aan de Tallgatan, halverwege tussen het centrum van Fjällbacka en de camping van Sälvik. De huizen lagen op een hoge heuvel en aan de kant die uitkeek op het water, liepen de grasvelden steil naar de weg. De voordeur zat aan de achterkant van het huis en Erica aarzelde voor ze aanbelde. De bel weerklonk luid en het geluid stierf vervolgens weg. Binnen hoorde ze geen andere geluiden en ze wilde zich net omdraaien toen de deur zachtjes werd geopend.

'Ja?'

'Hallo, ik ben Erica Falck. Ik heb...'

De rest van de zin bleef in de lucht hangen. Ze voelde zich een idioot omdat ze zich zo formeel had voorgesteld. Ulla Persson, de tante van Alex, wist heel goed wie ze was. Erica's moeder en Ulla waren jarenlang actief geweest in de kerkvereniging en op zondag was Ulla weleens bij hen komen koffiedrinken.

Ze deed een pas opzij en liet Erica binnen. Nergens in huis brandde licht. Het duurde nog uren voor het avond was, maar het begon al te schemeren en de schaduwen waren lang. Uit de kamer recht tegenover de hal hoorde ze gedempt gesnik. Erica trok naar goed Zweeds gebruik niet alleen haar jas maar ook haar schoenen uit. Ze betrapte zich erop dat ze heel stilletjes en voorzichtig bewoog omdat de stemming in huis iets anders niet toestond. Ulla liep naar de keuken en liet Erica zelf naar de kamer gaan. Toen ze de woonkamer binnenkwam, hield het gehuil op. Op een bank voor een enorm panoramavenster zaten Birgit en Karl-Erik Carlgren. Ze hielden elkaar krampachtig vast. Beiden hadden een betraand gezicht en Erica had het gevoel dat ze ergens binnenkwam waar ze misschien niet hoorde. Maar nu was het te laat om van gedachten te veranderen.

Voorzichtig ging ze op de bank tegenover hen zitten en vouwde ze haar handen op haar schoot. Nog steeds had niemand iets gezegd sinds ze was binnengekomen.

'Hoe zag ze eruit?'

Erica hoorde eerst nauwelijks wat Birgit zei. Haar stem was als van een klein kind. Ze wist niet wat ze moest antwoorden.

'Eenzaam,' kwam er ten slotte uit en ze had meteen spijt. 'Ik wilde niet...' De zin stierf weg en werd opgezogen door de stilte.

'Ze heeft geen zelfmoord gepleegd!' Birgits stem klonk opeens sterk en dragend. Karl-Erik kneep in de hand van zijn vrouw en knikte instemmend. Waarschijnlijk zagen ze Erica's sceptische blik, want Birgit herhaalde nog een keer: 'Ze heeft geen zelfmoord gepleegd! Ik ken haar beter dan wie ook en ik weet dat ze zichzelf nooit van het leven zou beroven. Ze zou er de moed niet voor hebben gehad. Dat moet jij ook weten. Jij kende haar ook!'

Bij elke lettergreep ging ze meer rechtop zitten en Erica zag dat haar ogen levendiger werden. Birgit kneep haar handen krampachtig open en dicht en staarde Erica net zo lang recht aan tot een van hen moest wegkijken. Erica was de eerste die haar blik afwendde. Ze liet haar ogen door de kamer dwalen. Alles liever dan het verdriet van Alexandra's moeder te moeten aanzien.

De kamer was op zich best knus, maar er stonden iets te veel prullaria naar Erica's smaak. De gordijnen die artistiek waren opgehangen en flinke ruches hadden, pasten precies bij de kussens van de bank, die van dezelfde stof met grote bloemen waren gemaakt. Op elk vrij oppervlak stond een siervoorwerp. Handgemaakte houten bakjes met decoratieband in kruissteek deelden de ruimte met porseleinen honden met eeuwig natte ogen. Wat de kamer mooi maakte, was het panoramavenster, dat een schitterend uitzicht bood. Erica had de tijd graag even stilgezet om uit het raam te kunnen kijken en niet meegezogen te worden in het verdriet van deze mensen. Toch richtte ze haar blik weer op Karl-Erik en Birgit.

'Birgit, ik weet het niet. Het is vijfentwintig jaar geleden dat Alexandra en ik bevriend waren. Ik weet eigenlijk helemaal niet wie ze was. Soms ken je iemand ook niet zo goed als je denkt...'

De woorden ketsten tegen de muren en Erica hoorde zelf hoe hol ze klonken. Nu nam Karl-Erik het woord. Hij maakte zich los uit Birgits krampachtige greep en boog zich naar voren alsof hij zich ervan wilde vergewissen dat Erica niets zou missen van wat hij wilde zeggen.

'Ik weet dat het klinkt alsof we het gebeurde ontkennen, en nu komen we misschien niet zo beheerst over, maar stel dat Alex om een of andere reden zelfmoord had gepleegd, dan had ze dat nooit, ik herhaal nooit, op deze manier gedaan! Je weet vast nog wel hoe extreem bang ze altijd voor bloed was. Bij het geringste sneetje was ze compleet hysterisch tot ze een pleister kreeg. Ze viel zelfs flauw als ze bloed zag. Daarom ben ik ervan overtuigd dat ze eerder slaaptabletten of zo zou hebben gekozen. Het is absoluut onmogelijk dat Alex zichzelf met een scheermesje heeft gesneden, eerst in de ene arm en vervolgens in de andere. Bovendien is het zoals mijn vrouw al zegt. Alex was broos. Ze was niet moedig. Je hebt een innerlijke kracht nodig om jezelf te doden. Die kracht had zij niet.'

Zijn stem klonk vastberaden en hoewel Erica er nog steeds van overtuigd was dat ze de hoop van twee radeloze mensen hoorde, begon ze toch te twijfelen. Nu ze erover nadacht, wist ze dat er inderdaad iets niet had geklopt toen ze gisterochtend de badkamer was binnengestapt. Niet dat het ooit klopte als je een lijk vond, maar het was net alsof er een sfeer in de badkamer had gehangen die daar niet paste. Er was een aanwezigheid geweest, een schaduw. Beter dan dat kon ze het niet omschrijven. Ze dacht nog steeds dat iemand Alexandra Wijkner zover had gebracht dat ze zelfmoord had gepleegd, maar ze moest toegeven dat de volharding van de Carlgrens iets in haar raakte.

Ze realiseerde zich opeens hoeveel de volwassen Alex uiterlijk op haar moeder leek. Birgit Carlgren was klein en slank en had hetzelfde lichtblonde haar als haar dochter, al had ze niet zoals Alex lange lokken, maar een chic pagekapsel. Ze was nu helemaal in het zwart gekleed en ondanks haar verdriet leek ze zich ervan bewust dat ze dankzij het contrast tussen donker en licht een opvallende verschijning was. Kleine bewegingen verrieden haar ijdelheid. Een hand die voorzichtig over haar kapsel streek, een kraag die werd rechtgetrokken. Erica herinnerde zich dat haar klerenkast in de ogen van een achtjarige die zich wilde verkleden, een waar mekka was geweest en haar bijouteriekistje had haast een hemel op aarde geleken.

Naast haar zag haar man er zeer alledaags uit. Lang niet onaantrekkelijk, maar gewoon onopvallend. Hij had een rechthoekig gezicht met fijne lijntjes en zijn haargrens was ver naar achteren geweken.

Ook Karl-Erik was geheel in het zwart gekleed, maar in tegenstelling tot zijn vrouw maakte het hem alleen maar grijzer. Erica voelde dat het tijd was om te gaan. Ze vroeg zich af wat ze eigenlijk met haar bezoek had willen bereiken.

Ze stond op en de Carlgrens deden dat ook. Birgit keek haar man gebiedend aan en dwong hem met haar ogen om iets te zeggen. Kennelijk hadden ze vóór Erica's komst iets besproken.

'We zouden graag willen dat je een in memoriam over Alex schreef. Dat we in de *Bohusläningen* kunnen publiceren. Over haar leven, haar dromen – en haar dood. Zodat er aandacht is voor haar leven en haar persoon. Het zou heel veel voor Birgit en mij betekenen.'

'Maar hebben jullie niet liever iets in de *Göteborgs-Posten*? Ik bedoel, ze woonde toch in Göteborg? Jullie trouwens ook.'

'Fjällbacka is en blijft altijd ons thuis. En dat was voor Alex net zo. Je kunt eerst wel met haar man Henrik praten. Wij hebben hem ook gesproken en hij wil graag meewerken. Je kosten zullen we uiteraard vergoeden.'

Daarmee was de discussie wat hen betrof kennelijk gesloten. Zonder eigenlijk ja te hebben gezegd, stond Erica met het telefoonnummer en het adres van Henrik Wijkner in haar hand opeens weer buiten en de deur viel achter haar dicht. Hoewel ze, als ze heel eerlijk was, deze opdracht helemaal niet wilde doen, borrelde er in de schrijfster in haar toch een gedachte op. Ze probeerde die weg te wuiven en voelde zich slecht omdat die überhaupt in haar was opgekomen. Toch kon ze de gedachte niet loslaten. Het concept voor een boek waarnaar ze had gezocht, werd haar nu als het ware op een presenteerblaadje aangeboden. Een verhaal over iemand die haar lot tegemoet gaat. De verklaring waarom een jonge, mooie en duidelijk bevoorrechte vrouw haar eigen dood kiest. Ja, natuurlijk zou ze Alex niet bij name noemen, maar ze zou een verhaal kunnen schrijven dat was gebaseerd op wat ze over Alex' pad naar de dood boven water wist te halen. Van Erica's hand waren tot nu toe vier boeken verschenen, maar dat waren allemaal biografieën over andere, grote schrijfsters geweest. De moed om zelf verhalen te schrijven had ze nog niet weten te vinden, maar ze was ervan overtuigd dat er in haar verhalen leefden die erop wachtten op papier gezet te worden. Dit zou haar misschien helpen, haar de inspiratie geven waarop ze gewacht had. Dat ze Alex ooit had gekend, kon alleen maar een voordeel zijn.

De mens vond de gedachte onsmakelijk, maar de schrijfster jubelde.

Het penseel schilderde brede rode strepen op het doek. Hij was al sinds het krieken van de dag aan het schilderen en deed nu voor het eerst in uren een stap naar achteren om te bekijken wat hij had gemaakt. Voor het ongeoefende oog waren het alleen grote velden van rood, oranje en geel, onregelmatig verdeeld over het grote doek. Voor hem werden vernedering en berusting herschapen met de kleuren van de passie.

Hij verfde altijd met dezelfde kleuren. Het verleden schreeuwde honend vanaf het doek en hij schilderde met steeds grotere gedrevenheid verder.

Een uur later vond hij dat hij het eerste biertje van de dag wel had verdiend. Hij pakte het blikje dat het dichtstbij stond, zonder zich er druk om te maken dat hij er de avond tevoren zijn as in had afgetipt. Stukjes as bleven aan zijn lippen plakken, maar hij dronk het verschaalde bier gulzig op en gooide het blikje op de grond toen hij de laatste druppel naar binnen had gewerkt.

Het enige kledingstuk dat hij aanhad, was een onderbroek en die was aan de voorkant geel van het bier of van de ingedroogde urine. Wat het precies was, viel niet te zeggen. Waarschijnlijk een combinatie van beide. Zijn vettige haar reikte tot op zijn schouders en zijn borst was bleek en ingevallen. Anders Nilsson leek een schim, maar het schilderij op de ezel toonde een talent dat in schril contrast stond met het verval van de kunstenaar zelf.

Hij zeeg neer op de grond en leunde tegen de muur tegenover het schilderij. Naast hem lag een ongeopend blikje en hij genoot van het plopgeluid toen hij het openmaakte. De kleuren schreeuwden hem luidkeels tegemoet en herinnerden hem aan de gebeurtenissen die hij het grootste deel van zijn leven had geprobeerd te vergeten. Waarom moest zij nu alles verdomme verknallen! Waarom kon ze het niet laten zoals het was? Dat egoïstische kutwijf dacht alleen aan zichzelf! Koel en onschuldig als een verdomde prinses. Maar hij wist wel wat er onder het oppervlak schuilging. Ze waren uit hetzelfde hout gesneden. Jaren van gezamenlijke kwelling hadden hen gevormd en verbonden, en plotseling had zij gedacht dat ze de boel eigenhandig kon veranderen.

'Shit.'

Hij schreeuwde het uit en gooide het halfvolle blikje tegen het doek. Dat bleef heel, wat hem nog meer ergerde; het doek gaf alleen even mee en liet toen het blikje op de grond glijden. Het bier spoot over het schilderij en rood, oranje en geel begonnen te lopen en zich tot nieuwe kleuren te mengen. Hij bekeek het effect tevreden.

Hij was nog steeds niet helemaal nuchter na al het gezuip van de dag ervoor en hoewel zijn alcoholtolerantie na jarenlange training heel hoog was, kon hij het effect van het biertje al snel merken. Met de geur van oud braaksel in zijn neus gleed hij langzaam de vertrouwde nevelen in.

Ze had een eigen sleutel van het appartement. In de hal veegde ze haar schoenen grondig af hoewel ze wist dat dat geen zin had. Buiten was het schoner dan binnen. Ze zette de tassen met etenswaren op de grond en hing haar jas keurig op een hanger. Het had geen zin om te roepen. Op dit tijdstip was hij waarschijnlijk al onder zeil.

De keuken lag links van de hal en het was er net zo'n zootje als anders. Er stond een afwas van weken, niet alleen in de gootsteen maar ook op de stoelen en de tafel en zelfs op de grond. Overal lagen peuken, bierblikjes en lege flessen.

Ze deed de koelkast open om het eten erin te zetten en zag dat ze precies op tijd was. De koelkast was helemaal leeg. Even later zat die weer vol, waarna ze even stilstond om moed te verzamelen.

Het appartement was klein en had maar één kamer, waardoor de woonkamer tevens slaapkamer was. Zij had gezorgd voor de weinige meubels die er stonden, maar ze had niet veel kunnen bijdragen. De kamer werd gedomineerd door de grote ezel voor het raam. In een hoek lag een tot op de draad versleten matras. Ze had geen geld gehad om een goed bed voor hem te kopen.

Aanvankelijk had ze geprobeerd hem te helpen om zichzelf en het huis schoon te houden. Ze had gepoetst en opgeruimd, niet alleen zijn kleren gewassen, maar minstens zo vaak ook hemzelf. Toen had ze nog gehoopt dat alles zich ten goede zou keren. Dat alles vanzelf zou verdwijnen. Dat was nu alweer jaren geleden. Op een gegeven moment had ze de energie niet meer kunnen opbrengen. Nu nam ze er genoegen mee als hij in elk geval eten in huis had.

Ze had de energie liever nog wel gehad. Het schuldgevoel drukte op haar schouders en borst. Als ze zittend op haar hurken zijn braaksel had opgeruimd, had ze soms het gevoel gehad dat ze eventjes iets van die schuld had ingelost. Nu droeg ze die zonder hoop.

Ze zag hem tegen de muur liggen. Een stinkend wrak, maar met een onvoorstelbaar talent onder het vieze oppervlak. Onnoemelijk vaak had ze zich afgevraagd hoe het zou zijn geweest als zij die dag een andere keuze had gemaakt. Vijfentwintig jaar is een lange tijd om te piekeren.

Soms liet ze hem op de vloer liggen als ze wegging. Vandaag niet. De kou van buiten drong naar binnen en de vloer was ijskoud onder haar dunne panty. Ze trok aan zijn ene arm, die slap en levenloos langs zijn zij hing. Hij reageerde niet. Ze sleepte hem naar de matras en probeerde hem erop te rollen, maar ze huiverde toen ze met haar handen tegen zijn slappe middel duwde. Met grote moeite slaagde ze erin het grootste deel van zijn lichaam op de matras te leggen, en bij gebrek aan een deken haalde ze zijn jas uit de hal en legde die over hem heen. Ze hijgde van de inspanning en ging zitten. Zonder de kracht in haar armen die jaren van schoonmaken haar hadden gegeven, zou ze dit op haar leeftijd niet hebben kunnen doen. Ze maakte zich zorgen over de dag dat ze dit fysiek niet meer kon opbrengen.

Een sliert van zijn vette haar was over zijn gezicht gevallen en met haar wijsvinger streek ze die teder weg. Het leven was voor geen van beiden geworden wat ze ervan had verwacht, maar zij zou de rest van haar leven proberen het beetje wat er nog van over was vast te houden.

Mensen die haar op straat tegenkwamen wendden hun blik af, maar ze zag altijd hun medelijden. Anders was in het hele dorp berucht als een van de plaatselijke drop-outs. Soms liep hij met een dronken kop op onvaste benen door het dorp, scheldend tegen iedereen die hij maar tegenkwam. Hij kreeg de afschuw en zij de sympathie. Eigenlijk zou het andersom moeten zijn. Zij was het waard om verafschuwd te worden en Anders verdiende sympathie. Haar zwakte had zijn leven gevormd. Maar ze zou nooit meer zwak zijn.

Ze bleef urenlang zitten en streelde zijn voorhoofd. Soms bewoog hij in zijn bewusteloze toestand, maar als zij hem aanraakte werd hij weer rustig. Buiten ging het leven gewoon door, maar in de kamer stond de tijd stil.

Maandag bracht temperaturen boven nul en zware regenbuien. Erica was altijd voorzichtig als ze reed, maar nu deed ze het extra rustig aan om bij een eventuele slippartij wat meer tijd te hebben. Autorijden was niet haar sterkste kant, maar ze gaf de voorkeur aan de eenzaamheid in de auto boven het gedrang in de snelbus of de trein.

Toen ze op de snelweg rechts afsloeg werd het wegdek iets beter en durfde ze wat harder te rijden. Ze had om twaalf uur een afspraak met Henrik Wijkner, maar ze was vroeg uit Fjällbacka vertrokken en had alle tijd voor de rit naar Göteborg.

Voor het eerst sinds ze Alex in de koude badkamer had gezien, dacht ze aan het gesprek met Anna. Ze kon zich nog steeds niet voorstellen dat Anna de verkoop van het huis echt zou doorzetten. Het was tenslotte hun ouderlijk huis en hun ouders zouden vertwijfeld zijn geweest als ze het hadden geweten. Maar als Lucas ergens bij betrokken was, was niets onmogelijk. Alleen omdat ze wist hoe weinig scrupuleus hij was, nam ze de mogelijkheid in overweging. Hij zakte steeds dieper weg, maar dit overtrof vrijwel alles wat hij eerder had gedaan.

Ach, voordat ze zich echt zorgen over het huis ging maken, zou ze uitzoeken wat haar juridische positie was. Voor die tijd weigerde ze het om zich door Lucas' nieuwste streek te laten ontmoedigen. Nu wilde ze zich concentreren op het ophanden zijnde gesprek met de echtgenoot van Alex.

Door de telefoon had Henrik Wijkner sympathiek geklonken en hij had ook al geweten waarom ze belde. Natuurlijk mocht ze dingen over Alexandra komen vragen als het in memoriam belangrijk was voor haar ouders.

Het zou spannend zijn Alex' huis te zien, al keek ze er niet naar uit om weer met het verdriet van een ander geconfronteerd te worden. De ontmoeting met Alex' ouders was hartverscheurend geweest. Als schrijfster bekeek ze de werkelijkheid liever veilig van een afstandje. Tegelijk bood de ontmoeting haar de mogelijkheid om een eerste beeld te krijgen van de mens die Alex als volwassene was geworden.

Erica en Alex waren vanaf de eerste schooldag onafscheidelijk geweest. Erica was er buitengewoon trots op geweest dat Alex, die als een magneet werkte op iedereen die in haar buurt kwam, haar had uitverkoren als haar vriendin. Iedereen wilde samen zijn met Alex, die zich helemaal niet bewust was van haar populariteit. Ze was teruggetrokken, maar op een zelfverzekerde manier. Als volwassene had Erica begrepen dat dat bij kinderen heel ongebruikelijk was. Toch was Alex open en gul en maakte ze ondanks haar teruggetrokkenheid niet de indruk verlegen te zijn. Zij had Erica als vriendin uitgekozen. Erica zou Alex nooit uit eigen beweging hebben durven benaderen. Ze waren tot het laatste jaar onafscheidelijk geweest; maar Alex had zich steeds verder teruggetrokken en Erica had uren in haar eentje op haar kamer over hun vriendschap zitten rouwen. Op een dag had ze bij Alex aangebeld, maar niemand had opengedaan. Alex was verhuisd en voorgoed uit haar leven verdwenen. Vijfentwintig jaar later kon Erica zich nog steeds tot in detail herinneren hoeveel pijn het had gedaan toen ze zich had gerealiseerd dat Alex was verhuisd zonder het tegen haar te zeggen en zonder afscheid te nemen. Ze had nog steeds geen flauw idee wat er was gebeurd, maar zoals kinderen dat vaak doen, had ze alle schuld op zich genomen en zonder meer aangenomen dat Alex genoeg van haar had gekregen.

Met enige moeite vond Erica in Göteborg de goede weg naar Särö. Ze kende de stad goed omdat ze er vier jaar had gestudeerd, maar toen had ze geen auto gehad dus in dat opzicht was Göteborg nog steeds een witte vlek op de kaart. Als ze op de fietspaden had mogen rijden, was het aanzienlijk makkelijker geweest de weg te vinden. Met louter eenrichtingsverkeer, drukke rotondes en het jachtige geklingel van trams die van alle kanten aan kwamen rijden, was Göteborg de nachtmerrie van elke onzekere automobilist. Bovendien leek het wel alsof alle wegen naar Hisingen leidden. Als ze een verkeerde afslag nam, kwam ze onherroepelijk daar uit.

De routebeschrijving die ze van Henrik had gekregen was duidelijk en ze reed meteen goed, waardoor ze Hisingen deze keer links kon laten liggen.

Het huis overtrof al haar verwachtingen. Een enorme witte villa van rond 1900 met uitzicht over het water en een theehuisje dat de belofte van zwoele zomeravonden in zich droeg. De tuin, die nu onder een dikke sneeuwlaag verborgen lag, was met zorg ontworpen en vereiste alleen al vanwege zijn grootte de liefdevolle zorg van een competente tuinman.

Ze reed over een laan met wilgen en kwam via een hoog spijlenhek bij het grindveld voor het huis.

Een stenen trap voerde naar een massieve eiken deur. Er zat geen bel, dus bonsde ze hard met een klopper. De deur werd meteen geopend. Ze had bijna verwacht dat ze verwelkomd zou worden door een dienstmeisje met een gesteven schort en mutsje, maar dat was niet zo. Tegenover haar stond een man van wie ze onmiddellijk begreep dat het Henrik Wijkner moest zijn. Hij zag er schaamteloos goed uit en Erica was blij dat ze wat extra aandacht aan haar uiterlijk had besteed voordat ze was vertrokken.

Ze stapte een enorme hal binnen en zag meteen dat die groter was dan haar hele appartement in Stockholm.

'Erica Falck.'

'Henrik Wijkner. Als ik me niet vergis hebben we elkaar van de zomer ontmoet. Op dat terras bij het Ingrid Bergmanstorg.'

'Bij Café Bryggan. Ja, dat klopt. Het lijkt alweer een eeuwigheid geleden dat het zomer was. Vooral met dit weer.'

Henrik mompelde iets beleefds ten antwoord. Hij hielp haar met haar jas en gebaarde uitnodigend naar een salon naast de hal. Ze ging voorzichtig op een bank zitten die ze, met haar zeer beperkte kennis van antiek, alleen als oud en waarschijnlijk heel waardevol kon identificeren. Toen Henrik vroeg of ze koffie wilde, zei ze ja. Terwijl hij de koffie inschonk en ze nog wat verder praatten over het sombere weer, bestudeerde Erica hem stiekem en constateerde dat hij er niet echt treurig uitzag. Maar ze wist ook dat dat niets hoefde te betekenen. Verschillende mensen gaven op een verschillende manier uitdrukking aan hun verdriet.

Hij was casual gekleed in een perfect gestreken Chinos-broek en een helderblauw Ralph Lauren-overhemd. Hij had donker, bijna zwart haar, dat geknipt was in een elegant maar niet al te verzorgd kapsel. Zijn ogen waren donkerbruin en gaven hem een enigszins zuidelijk uiterlijk. Zelf gaf ze de voorkeur aan aanzienlijk meer verwilderd ogende mannen, maar ze was niet ongevoelig voor de aantrekkingskracht van deze man, die zo uit een modeblad leek te zijn gestapt. Henrik en Alex moesten samen een opvallend mooi stel zijn geweest.

'Wat een fantastisch mooi huis.'

'Dank je. Ik ben de vierde generatie Wijkner die hier woont. Mijn overgrootvader heeft het aan het begin van de eeuw laten bouwen en het is sindsdien in ons bezit. Als de muren hier konden spreken...' Hij maakte een weids gebaar met zijn hand en glimlachte naar Erica.

'Het is vast heel bijzonder om door zoveel familiegeschiedenis omringd te zijn.'

'Ja en nee. Het is ook een grote verantwoordelijkheid. In de voetsporen van je vader treden en zo...'

Hij lachte kort. Erica had niet de indruk dat hij zwaar leed onder die verantwoordelijkheid. Zelf voelde ze zich in deze elegante kamer een kat in een vreemd pakhuis en ze zocht tevergeefs naar een comfortabele houding op de mooie maar spartaanse bank. Ten slotte ging ze helemaal op het randje zitten en nipte voorzichtig van de koffie, die in mokkakopjes was geserveerd. Haar pink trilde, maar ze weerstond de impuls. De kopjes leken ervoor gemaakt om je pink in de lucht te steken, maar ze vermoedde dat het eerder bespottelijk dan mondain zou lijken als ze dat deed. Ze leverde een kleine strijd met zichzelf over de schaal met koekjes die op tafel stond en verloor het gevecht van een dikke plak cake. Naar schatting tien rode punten.

'Alex was dol op dit huis.'

Erica had erover nagedacht hoe ze de werkelijke reden van haar bezoek ter sprake zou brengen en was dankbaar dat Henrik zelf over Alex begon.

'Hoe lang hebben jullie hier samen gewoond?'

'Net zo lang als we getrouwd zijn geweest, vijftien jaar. We hebben elkaar ontmoet toen we alle twee in Parijs studeerden. Alex deed kunstgeschiedenis en ik probeerde voldoende kennis over de financiële wereld op te doen om het familie-imperium in elk geval een beetje te kunnen leiden.'

Erica betwijfelde het ten zeerste dat Henrik Wijkner ooit iets 'een beetje' had gedaan.

'Vlak na de bruiloft zijn we teruggegaan naar Zweden en toen zijn we hier komen wonen. Mijn ouders waren allebei overleden, en het huis was in de paar jaar dat ik in het buitenland zat in verval geraakt maar Alex begon meteen met de restauratie. Ze wilde dat alles perfect was. Elk detail in het huis, elk behang, elk meubelstuk en elk vloerkleed is ofwel origineel en al sinds de bouw in het huis aanwezig en in de oude staat hersteld, of het is door Alex gekocht. Ze is bij ik weet niet hoeveel antiekwinkels langsgegaan om precies dezelfde dingen te vinden als toen mijn overgrootvader hier woonde. Ze heeft er stapels oude foto's bij gebruikt en het resultaat is fantastisch. Tegelijkertijd was ze druk bezig haar galerie op te zetten en hoe ze dat allemaal klaarspeelde, weet ik nog steeds niet.'

'Hoe was Alex als mens?'

Henrik nam alle tijd om over de vraag na te denken. 'Mooi, rustig, op en top perfectionist. Mensen die haar niet kenden vonden haar soms hooghartig, maar dat kwam eerder doordat ze graag de kat uit de boom keek. Alex was iemand voor wie je moest vechten.'

Erica wist heel goed wat hij bedoelde. Toen Alex nog klein was, had haar teruggetrokken aantrekkingskracht er al toe geleid dat ze verwaand werd genoemd, vaak door dezelfde meisjes die er vervolgens om hadden geruzied wie naast haar mocht zitten.

'Hoe bedoel je?' Ze wilde graag horen hoe Henrik het beschreef.

Henrik keek naar buiten en voor het eerst sinds ze hier was, meende ze iets van gevoelens onder zijn charmante uiterlijk te zien.

'Ze ging altijd haar eigen gang. Ze hield geen rekening met anderen. Niet om onaardig te zijn, dat woord kende ze niet eens, maar uit noodzaak. Het belangrijkste voor mijn vrouw was dat ze niet werd gekwetst. Al het andere, alle andere gevoelens moesten daarvoor wijken. Het probleem is alleen dat als je niemand toelaat achter de opgetrokken muur, je ook je vrienden buitensluit.'

Hij viel stil. Vervolgens keek hij haar aan. 'Ze heeft het over jou gehad.'

Erica kon haar verbazing niet verbergen. Gezien de manier waarop hun vriendschap was geëindigd, had Erica gedacht dat Alex haar de rug had toegekeerd en nooit meer aan haar had gedacht.

'Met name één ding herinner ik me heel goed. Ze zei dat jij haar laatste echte vriendin was. “De laatste pure vriendschap.” Zo zei ze het. Ik vond het een wat vreemde manier van zeggen, maar ze zei er verder niets meer over en ondertussen had ik al geleerd dat ik maar beter niet door kon vragen. Daarom vertel ik je dingen over Alex die ik nog nooit tegen iemand heb gezegd. Iets zegt me dat jij ondanks alle jaren die zijn verstreken, nog steeds een speciale plek had in het hart van mijn vrouw.'

'Hield je van haar?'

'Meer dan van wie of wat dan ook. Alexandra was mijn alles. Alles wat ik heb gedaan, alles wat ik heb gezegd, alles draaide altijd om haar. Het ironische is dat ze dat nooit merkte. Als ze me gewoon had binnengelaten, was ze nu niet dood geweest. Het antwoord heeft altijd vlak voor haar neus gelegen, maar ze durfde er niet naar te zoeken. Lafheid en moed gingen op wonderlijke wijze in haar samen.'

'Birgit en Karl-Erik zijn ervan overtuigd dat ze geen zelfmoord heeft gepleegd.'

'Dat weet ik, ja. Ze vinden het vanzelfsprekend dat ik dat ook denk, maar eerlijk gezegd weet ik niet wat ik ervan moet denken. Ik heb vijftien jaar met haar samengeleefd, maar ik heb haar nooit gekend.'

Zijn stem was nog steeds droog en zakelijk, en afgaande op zijn toon had hij het net zo goed over het weer kunnen hebben, maar Erica begreep dat haar eerste indruk van Henrik niet meer bezijden de waarheid had kunnen zijn. Zijn verdriet was enorm groot. Het was alleen niet zo zichtbaar als bij Birgit en Karl-Erik. Op grond van haar eigen ervaringen begreep ze intuïtief dat hij niet alleen om de dood van zijn vrouw rouwde, maar ook om het verlies van de mogelijkheid haar ooit zo van hem te laten houden als hij van haar hield. Dat gevoel kende ze maar al te goed.

'Waar was ze bang voor?'

'Die vraag heb ik mezelf wel duizend keer gesteld. Ik weet het gewoon niet. Zodra ik erover begon, deed ze snel de deur dicht. Het is me nooit gelukt binnen te komen. Het was alsof ze een geheim met zich meedroeg dat ze met niemand kon delen. Klinkt dat gek? Maar omdat ik niet weet wat ze met zich meedroeg, kan ik ook niet zeggen of ze in staat was zelfmoord te plegen.'

'Hoe was haar relatie met haar ouders en haar zus?'

'Tja, hoe zal ik het zeggen...' Hij dacht weer lang na voor hij antwoord gaf. 'Gespannen. Alsof ze allemaal om elkaar heen dansten. De enige die ooit zei wat ze vond was haar zus, Julia, en zij valt over het algemeen toch al een beetje uit de toon. Ik had altijd het gevoel dat er achter de uitgesproken woorden een heel andere dialoog werd gevoerd. Ik weet niet goed hoe ik dat moet uitleggen. Het was net alsof ze in een code praatten en waren vergeten mij de code te geven.'

'Hoe bedoel je dat, dat Julia uit de toon viel?'

'Zoals je ongetwijfeld weet, kreeg Birgit Julia op latere leeftijd. Ze was al ruim in de veertig en de zwangerschap was niet gepland. Dus is Julia in zekere zin altijd een soort koekoeksjong geweest. Het was vast ook niet makkelijk om een zus als Alex te hebben. Julia was als kind niet mooi en ze is er als volwassene niet echt knapper op geworden. Je weet zelf hoe Alex eruitzag. Birgit en Karl-Erik waren altijd heel erg op Alex gericht en Julia werd gewoon vergeten. Het gevolg was dat ze zich naar binnen keerde. Maar ik mag haar graag. Onder dat norse oppervlak gaat iets bijzonders schuil. Ik hoop alleen dat iemand de tijd neemt daar achter te komen.'

'Hoe reageerde zij op de dood van Alex? Hoe stonden zij tegenover elkaar?'

'Dat kun je beter aan Birgit of Karl-Erik vragen. Ik heb Julia al in geen zes maanden gezien. Ze doet de lerarenopleiding in Umeå en komt niet graag hierheen. Zelfs met Kerstmis was ze dit jaar niet thuis. Haar grote zus heeft ze altijd verafgood. Alex zat al op een internaat toen Julia werd geboren, dus ze was niet vaak thuis, maar als wij bij Alex' ouders waren dan liep Julia haar altijd als een hondje achterna. Het kon Alex niet zoveel schelen, dus liet ze Julia haar gang gaan. Soms ergerde Alex zich wel aan haar en dan kon ze haar ook afsnauwen, maar meestal negeerde ze haar gewoon.'

Erica voelde dat het gesprek ten einde liep. Tijdens de pauzes in het gesprek was de stilte in het grote huis allesomvattend geweest en ze vermoedde dat dit ondanks alle pracht en praal nu een heel eenzaam huis voor Henrik Wijkner was.

Ze stond op en stak haar hand uit. Hij pakte die met beide handen beet, hield hem even vast en ging haar vervolgens voor naar de deur.

'Ik wilde even bij de galerie gaan kijken,' zei Erica.

'Dat is een goed idee. Daar was ze buitengewoon trots op. Ze heeft alles van de grond af opgebouwd, samen met een vriendin uit haar studietijd in Parijs, Francine Bijoux. Hoewel ze nu Sandberg heet. We gaan privé ook best vaak met elkaar om, al is dat sinds zij en haar man kinderen hebben gekregen wel wat minder geworden. Francine is ongetwijfeld in de galerie, ik bel haar even om te vertellen wie je bent, dan wil ze vast wel wat over Alex vertellen.'

Henrik hield de deur voor Erica open en met een laatste woord van dank draaide ze de echtgenoot van Alex de rug toe en liep naar de auto.

Toen ze de auto uitstapte, kwam de regen met bakken uit de lucht vallen. De galerie lag aan de Chalmersgatan, parallel aan de Avenyn, maar na een halfuur rondjes te hebben gereden, gaf ze het op en parkeerde de auto op het parkeerterrein Heden. Het was eigenlijk niet ver, maar in de slagregen leek het uren lopen. Bovendien kostte het parkeren twaalf kroon per uur en Erica voelde haar humeur verslechteren. Een paraplu had ze natuurlijk ook niet bij zich en ze wist dat haar krullen algauw op een mislukt thuispermanentje zouden lijken.

Ze haastte zich over de Avenyn en kon nog net uitwijken voor een tram die uit de richting van Mölndal aan kwam denderen. Nadat ze de kunstacademie Valand was gepasseerd, waar ze tijdens haar studie menig wild avondje had doorgebracht, sloeg ze linksaf naar de Chalmersgatan.

Galerie Abstract lag aan de linkerkant en had grote etalages. Toen ze naar binnen stapte klonk er een belletje en ze zag dat de ruimte veel groter was dan die vanbuiten oogde. Wanden en plafonds waren wit geschilderd, waardoor alle aandacht naar de kunstwerken aan de muur ging.

Achterin zag ze een vrouw die onmiskenbaar van Franse origine was. Ze was een en al elegantie en met snelle handgebaren besprak ze een schilderij met een klant.

'Ik kom er zo aan, kijk gerust alvast rond.' Haar Franse accent was charmant.

Erica nam die uitnodiging aan en liep met haar handen op haar rug langzaam door de ruimte, terwijl ze de kunstwerken bekeek. Zoals de naam van de galerie al deed vermoeden, waren alle kunstwerken abstract. Kubussen, ruiten, cirkels en vreemde figuren. Erica hield haar hoofd schuin en kneep haar ogen samen om erachter te komen wat een kunstkenner zag, maar haarzelf volledig ontging. Nee, nog steeds alleen maar kubussen en ruiten die in haar ogen ook door een kind van vijf gemaakt konden zijn. Ze moest maar gewoon accepteren dat dit haar boven de pet ging.

Ze stond voor een enorm rood schilderij met onregelmatig verdeelde gele partijen toen ze Francines klikkende hakken op de geblokte vloer hoorde naderen. 'Is het niet schitterend?'

'Ja, zeker, het is een mooi schilderij. Maar eerlijk gezegd ben ik niet zo thuis in de wereld van de kunst. Ik vind de zonnebloemen van Van Gogh mooi, maar daar houdt mijn kennis wel zo'n beetje op.'

Francine glimlachte. 'Jij moet Erica zijn. Henri belde net om te zeggen dat je onderweg was.'

Ze stak een tengere hand uit en Erica veegde snel de hare af, die nog nat was van de regen.

De vrouw die voor haar stond, was klein en tenger en zag er elegant uit op een manier waarop Françaises patent lijken te hebben. Met haar één meter vijfenzeventig voelde Erica zich naast haar net een reus.

Het pikzwarte haar van Francine was glad achterovergekamd en in de nek tot een wrong gevormd. Ze droeg een strakke zwarte jurk. De kleur was ongetwijfeld gekozen vanwege het overlijden van haar vriendin en collega; ze leek eerder een vrouw die zich in dramatisch rood hulde, of wellicht geel. Haar make-up was bescheiden en perfect aangebracht, maar kon de rode rand onder haar ogen niet verhullen. Erica hoopte dat haar eigen mascara niet was uitgelopen. Waarschijnlijk was dat ijdele hoop.

'Ik stel voor dat we er even bij gaan zitten en onder het genot van een kopje koffie verder praten. Het is vandaag heel rustig. We kunnen wel hier achter gaan zitten.'

Ze ging Erica voor naar een kamertje achter de galerie, waar een koelkast, een magnetron en een koffiezetapparaat stonden. De tafel die er stond was klein en er pasten slechts twee stoelen bij. Erica ging op een ervan zitten en kreeg van Francine meteen een dampend heet kopje koffie. Haar maag protesteerde na alle koffie bij Henrik, maar na ontelbaar veel interviews om achtergrondmateriaal voor haar boeken te verzamelen, wist ze uit ervaring dat mensen om de een of andere reden makkelijker praatten onder het genot van een kopje koffie.

'Ik heb van Henri begrepen dat Alex' ouders je hebben gevraagd een in memoriam over haar te schrijven.'

'Ja. Ik heb Alex de afgelopen vijfentwintig jaar alleen maar terloops ontmoet, dus voordat ik het artikel ga schrijven, probeer ik wat meer te weten te komen over wie ze als mens was.'

'Ben je journaliste?'

'Nee, ik ben schrijfster. Ik schrijf biografieën. Dit doe ik alleen omdat Birgit en Karl-Erik het hebben gevraagd. Bovendien heb ik haar gevonden, nou ja, bijna dan, en op de een of andere merkwaardige manier heb ik het gevoel dat ik dit moet doen om een ander beeld van Alex te krijgen, een levend beeld. Klinkt dat gek?'

'Nee, helemaal niet. Ik vind het geweldig dat je je zoveel moeite getroost voor Alex' ouders – en voor Alex.' Francine boog zich naar voren en legde een keurig gemanicuurde hand over die van Erica.

Erica voelde dat ze begon te blozen en probeerde niet aan het concept voor het boek te denken waar ze een groot deel van de dag ervoor aan had gewerkt. Francine ging verder: 'Henri heeft me ook verzocht om je vragen zo eerlijk mogelijk te beantwoorden.'

Ze sprak uitstekend Zweeds. Ze had een rollende 'r' en het viel Erica op dat ze de Franse versie van Henrik gebruikte, Henri.

'Alex en jij hebben elkaar in Parijs ontmoet?'

'Ja, we hebben samen kunstgeschiedenis gestudeerd. We ontmoetten elkaar al op de eerste dag. Zij zag er verdwaald uit en ik voelde me verdwaald. De rest is geschiedenis, zoals ze zeggen.'

'Hoe lang kennen jullie elkaar al?'

'Even kijken. Henri en Alex waren afgelopen herfst vijftien jaar getrouwd, dus dan wordt het zeventien jaar. En deze galerie hebben we ook alweer vijftien jaar.'

Ze viel stil en stak tot Erica's grote verbazing een sigaret op. Om de een of andere reden had ze niet gedacht dat Francine rookte. Haar hand trilde toen ze de sigaret aanstak en ze nam een flinke trek zonder haar blik van Erica af te wenden.

'Vroeg je je niet af waar ze was? Ze lag daar waarschijnlijk al een week toen we haar vonden.' Erica realiseerde zich dat ze er niet aan had gedacht om dat ook aan Henrik te vragen.

'Ik weet dat het vreemd klinkt, maar nee, dat heb ik me niet afgevraagd. Alex...' Ze aarzelde. 'Alex deed altijd wat ze wilde. Dat kon heel erg frustrerend zijn, maar ik ben er in de loop van de tijd aan gewend geraakt, neem ik aan. Het is weleens eerder voorgekomen dat ze een tijdje weg was om vervolgens gewoon weer op te duiken alsof er niets was gebeurd. Ze heeft dat bovendien ruimschoots gecompenseerd door in haar eentje voor de galerie te zorgen toen ik ouderschapsverlof had. Weet je, in zekere zin heb ik het gevoel dat dat nu ook nog kan gebeuren. Dat ze gewoon zo binnenstapt. Maar dat is niet zo.' In haar ooghoek glinsterde een traan.

'Nee.' Erica keek in haar kopje koffie en liet Francine onopvallend haar ogen afvegen. 'Hoe reageerde Henrik als Alex zomaar verdween?'

'Je hebt hem ontmoet, dus... In zijn ogen kon Alex niets fout doen. Henri heeft haar de afgelopen vijftien jaar op handen gedragen. Arme Henri.'

'Waarom arm?'

'Alex hield niet van hem. Dat had hij vroeg of laat moeten beseffen.' De eerste sigaret was gedoofd en ze stak er nog een op.

'Jullie moeten elkaar na al die jaren heel goed hebben gekend.'

'Ik denk niet dat iemand Alex echt kende. Hoewel ik haar waarschijnlijk beter kende dan Henri. Hij heeft altijd geweigerd zijn roze bril af te zetten.'

'Tijdens ons gesprek zei Henrik dat hij tijdens hun hele huwelijk het gevoel had dat Alex iets voor hem verborgen hield. Weet jij of dat waar is, en wat dat dan zou kunnen zijn?'

'Dat is ongewoon scherpzinnig van hem. Misschien heb ik Henri onderschat.' Ze trok een goed gevormde wenkbrauw op. 'Op de eerste vraag antwoord ik ja, ik heb ook altijd het gevoel gehad dat ze iets met zich meedroeg. Op de andere vraag kan ik helaas alleen nee zeggen; ik heb geen flauw idee wat het kan zijn. Ondanks onze lange vriendschap was er altijd een punt waarop Alex aangaf "tot hier en niet verder". Ik kon dat wel accepteren, maar Henri niet. Dat zou hem vroeg of laat hebben genekt. Bovendien denk ik dat het eerder vroeg dan laat zou zijn geweest.

'Hoezo?'

Francine aarzelde. 'Er vindt sectie plaats op Alex, nietwaar?'

Die vraag verbaasde Erica. 'Ja, dat doen ze bij zelfmoord altijd. Waarom vraag je dat?'

'Dan weet ik dat wat ik je ga vertellen hoe dan ook aan het licht komt. Dat sust mijn geweten.'

Ze drukte de sigaret zorgvuldig uit. Erica hield haar adem in van spanning, maar Francine nam alle tijd om een derde sigaret op te steken. Haar vingers hadden niet de gele verkleuring die zo kenmerkend is voor rokers, dus Erica vermoedde dat ze normaal gesproken geen kettingrookster was.

'Je weet zeker wel dat Alex de afgelopen zes maanden veel vaker in Fjällbacka was dan daarvoor?'

'Ja, de tamtam werkt goed in een kleine gemeenschap. Volgens de plaatselijke roddels was ze vrijwel elk weekend in Fjällbacka. Alleen.'

'"Alleen" is een verdraaide versie van de waarheid.'

Francine aarzelde weer en Erica kreeg zin om haar over de tafel heen door elkaar te schudden zodat ze eindelijk zei wat ze wist. Erica's belangstelling was zonder meer gewekt.

'Ze had daar iemand ontmoet. Een man. Het was niet de eerste keer dat Alex een affaire had, maar toch had ik het gevoel dat dit anders was. Voor het eerst in al die jaren dat we elkaar kenden, leek ze bijna tevreden. Bovendien weet ik dat ze zichzelf niet van het leven beroofd kan hebben. Iemand heeft haar vermoord, daar twijfel ik geen seconde aan.'

'Hoe kun je dat zo zeker weten? Zelfs Henrik wist niet zeker of ze zichzelf van het leven had kunnen beroven.'

'Ze was zwanger.'

Het antwoord verraste Erica. 'Weet Henrik dat?'

'Dat weet ik niet. Het was in elk geval niet zijn kind. Ze waren al jarenlang niet meer op die manier samen. En toen dat nog wel zo was, weigerde Alex altijd om samen met Henri kinderen te krijgen. Hoewel hij herhaaldelijk aangaf dat hij dat wilde. Nee, de nieuwe man in haar leven moet de vader zijn van het kind – wie hij ook moge zijn.'

'Ze heeft je niet verteld wie hij was?'

'Nee. Zoals je vast wel hebt begrepen, was Alex niet scheutig met haar vertrouwen. Ik moet je wel bekennen dat ik heel verbaasd was toen ze me over het kind vertelde, maar dat is ook een van de redenen waarom ik ervan overtuigd ben dat ze geen zelfmoord heeft gepleegd. Ze stroomde over van geluk en kon het gewoon niet stilhouden. Ze was gek op dit kind en zou nooit iets ten nadele ervan hebben gedaan, laat staan het van het leven beroven. Ik heb voor het eerst gezien hoe een levenslustige Alex eruitzag. Ik geloof dat ik erg dol op die Alex had kunnen zijn.' De toon in haar stem was verdrietig. 'Weet je, ik had ook het gevoel dat ze op de een of andere manier met haar verleden wilde afrekenen. Ik weet niet waarmee, of hoe, maar ze maakte wat losse opmerkingen waardoor ik die indruk kreeg.'

De deur van de galerie ging open en ze hoorden hoe iemand op de deurmat de natte sneeuw van zijn laarzen stampte. Francine stond op. 'Dat is waarschijnlijk een klant. Daar moet ik nu naartoe. Ik hoop dat je hier wat aan hebt.'

'O ja, ik ben heel blij dat jij en Henrik zo open zijn geweest. Dat heeft me erg geholpen.'

Francine zei tegen de klant dat ze er zo aankwam en liep vervolgens met Erica mee naar de deur. Ze stopten voor een enorm doek met een wit vierkant op een blauw veld en schudden elkaar de hand.

'Uit pure nieuwsgierigheid, wat moet zo'n schilderij opbrengen? Vijfduizend, tienduizend?'

Francine glimlachte. 'Eerder vijftigduizend.'

Erica floot zachtjes. 'Tja, kunst en goede wijn. Twee onderwerpen die voor mij een compleet mysterie zijn.'

'Ik kan maar met moeite een boodschappenlijstje samenstellen. Zo heeft iedereen wel zijn specialiteit.'

Ze lachten. Erica trok haar nog altijd natte jas dichter om zich heen en stapte de regen in.

De regen had de sneeuw in een blubberige massa veranderd en voor de zekerheid reed ze veel langzamer dan de maximumsnelheid. Nadat ze bijna een halfuur had verklungeld met allerlei pogingen om Hisingen, waar ze per ongeluk terecht was gekomen, weer uit te komen, naderde ze nu Uddevalla. Een dof gerommel herinnerde haar eraan dat ze vandaag nog niet had gegeten. Ze sloeg bij het winkelcentrum Torp ten noorden van Uddevalla van de E6 af en reed naar de drive-in van

McDonald's. Ze werkte op de parkeerplaats in de auto snel een cheeseburger naar binnen en was algauw weer onderweg. Voortdurend gingen haar gedachten naar de gesprekken die ze met Henrik en Francine had gehad. Wat zij haar hadden verteld, schetste het beeld van iemand die hoge verdedigingsmuren om zich heen had.

Nog wel het meest nieuwsgierig was ze naar de vader van Alex' kind. Francine dacht niet dat het Henrik was, maar niemand kon helemaal zeker weten wat er in andermans slaapkamer gebeurde en Erica wilde die mogelijkheid niet uitsluiten. Maar als hij het niet was, was het de vraag of het de man was voor wie Alex elk weekend naar Fjällbacka was gekomen, of dat ze een relatie in Göteborg had gehad.

Erica had de indruk gekregen dat Alex een soort dubbelleven had geleid ten opzichte van de mensen in haar leven. Ze deed wat ze wilde, zonder aan de consequenties voor haar naasten en dan met name Henrik te denken. Erica vermoedde dat Francine zich niet goed kon voorstellen waarom Henrik een huwelijk onder die voorwaarden accepteerde, ze dacht zelfs dat Francine hem daarom verachtte. Zelf begreep Erica maar al te goed hoe dergelijke mechanismen werkten. Ze had het huwelijk van Anna en Lucas jarenlang bestudeerd.

Wat haar het meest deprimeerde aan Anna's onvermogen om haar leven te veranderen, was de steeds terugkerende vraag of zijzelf gedeeltelijk verantwoordelijk was voor Anna's gebrek aan zelfrespect. Erica was vijf geweest toen Anna werd geboren. Vanaf het allereerste moment dat ze haar zusje had gezien, had ze haar beschermd tegen de werkelijkheid die ze zelf als een onzichtbare wond met zich meedroeg. Anna zou zich nooit alleen en afgewezen hoeven voelen door het gebrek aan liefde van hun moeder voor haar dochters. De omhelzingen en liefdevolle woorden die Anna niet van haar moeder kreeg, gaf Erica haar in overvloed. Met moederlijke zorg waakte ze over haar kleine zusje.

Het was makkelijk geweest om van Anna te houden. Ze was zich totaal niet bewust van de droevige aspecten van het leven en leefde elk moment in het nu. Erica, die vroegwijs was en zich vaak zorgen maakte, was gefascineerd door de energie waarmee Anna van elke minuut van haar leven genoot. Anna liet zich Erica's zorgen rustig aanleunen, maar had zelden het geduld om een tijdje op schoot te zitten of te knuffelen. Ze werd een wilde tiener en deed precies waar ze zelf zin in had, een onbezorgd, egoïstisch kind. Op heldere momenten kon Erica voor zichzelf toegeven dat ze Anna veel te veel had verwend en beschermd. Maar ze had haar alleen willen geven wat ze zelf nooit had gekregen.

Toen Anna Lucas ontmoette, was ze een makkelijke prooi. Ze raakte gecharmeerd door zijn buitenkant, maar zag de doffe vlekken eronder niet. Langzaam, langzaam brak hij haar levensvreugde en zelfvertrouwen af door op haar ijdelheid in te spelen. Nu was ze een mooie, gekooide vogel in de chique wijk Öfvre Östermalm en zag zelf haar vergissing niet in. Elke dag hoopte Erica dat Anna uit eigen wil haar hand uit zou steken en haar om hulp zou vragen. Tot dat moment kon Erica alleen maar afwachten en beschikbaar zijn. Niet dat ze zelf veel geluk in de liefde had gehad. Ze had diverse verbroken relaties en beloften achter zich. Meestal was zij degene geweest die ze had verbroken. Als ze op een bepaald punt in een relatie aankwam, knapte er iets in haar en kreeg ze last van een paniekgevoel dat zo sterk was dat ze amper kon ademen, met als gevolg dat ze haar spullen pakte en zonder omkijken wegging. Toch verlangde Erica paradoxaal genoeg al zolang ze zich kon herinneren naar een man en kinderen, maar nu was ze vijfendertig en de jaren vlogen voorbij.

Shit, ze was er de hele dag in geslaagd niet aan Lucas te denken en nu was hij weer volop aanwezig. Ze wist dat ze moest uitzoeken hoe ernstig haar situatie was. Daar was ze nu echter veel te moe voor. Dat moest morgen maar gebeuren. Ze voelde een acute behoefte om zich de rest van de dag te ontspannen, zonder ook maar één gedachte aan Lucas of Alexandra Wijkner.

Ze toetste een snelkeuzenummer op haar mobiel in. 'Hoi, met Erica. Zijn jullie vanavond thuis? Ik wilde even langskomen.'

Dan lachte warm. 'Of we thuis zijn? Weet je niet wat er vanavond is?'

De stilte aan de andere kant was oorverdovend. Erica dacht diep na, maar kon niet verzinnen wat er vanavond voor bijzonders zou moeten zijn. Het was geen feestdag, er was niemand jarig, Dan en Pernilla waren in de zomer getrouwd, dus het kon hun trouwdag ook niet zijn.

'Ik heb geen flauw idee. Zeg het maar.'

Erica hoorde een diepe zucht en ze besefte dat de grote gebeurtenis iets met sport te maken moest hebben. Dan was een groot sportliefhebber en Erica wist dat dit soms tot wrijving tussen hem en zijn vrouw Pernilla leidde. Zelf had ze ondertussen haar eigen manier gevonden om wraak te nemen voor alle avonden dat ze naar de een of andere zinloze sport op de tv moest kijken als ze elkaar ontmoetten. Dan was een fanatiek Djurgårdensupporter en daarom had Erica de rol van geestdriftig AIK-fan op zich genomen. Eigenlijk was ze helemaal niet geïnteresseerd in sport in het algemeen en ijshockey in het bijzonder, maar juist daarom leek het Dan nog meer te ergeren. Hij liet zich op de kast jagen als AIK verloor en zij zich er nauwelijks druk om maakte.

'Zweden speelt tegen Wit-Rusland!'

Hij vermoedde dat ze geen idee had waar hij het over had en zuchtte nog een keer. 'De Olympische Spelen, Erica. Weet je überhaupt wel dat die nu gehouden worden?'

'O, je bedoelt de wedstrijd. Ja, natuurlijk weet ik dat. Ik dacht dat je bedoelde dat er daarnáást ook nog iets belangrijks was vanavond.'

Ze sprak op een overdreven toon, waaruit duidelijk bleek dat ze absoluut niet had geweten dat er vanavond werd gespeeld. Ze glimlachte omdat ze wist dat Dan zich nu letterlijk de haren uit het hoofd trok vanwege zo'n sarcastische opmerking. Sport was volgens hem niet iets om grapjes over te maken.

'Maar dan kijken we toch gezellig samen hoe Salming de Russische verdediging breekt...'

'Salming! Weet je wel hoe lang geleden hij al is gestopt? Je maakt toch zeker een grapje! Zeg dat het een grapje is!'

'Ja Dan, het is een grapje. Zo dom ben ik nou ook weer niet. Ik kom wel even van Sundin genieten, als dat beter past. Verdomd knappe kerel trouwens.'

Hij zuchtte voor de derde keer diep. Wat een gotspe om zo'n grote ster in de ijshockeywereld op iets anders te beoordelen dan zijn sportkwaliteiten.

'Ja, kom gerust. Maar ik wil geen herhaling van de vorige keer. Geen geklets tijdens de wedstrijd, geen commentaar op spelers die er sexy uitzien met hun beenbeschermers en vooral geen vragen over of ze alleen een suspensoir dragen of dat ze er een onderbroek overheen aanhebben. Heb je dat begrepen?'

Erica onderdrukte een lach en zei op serieuze toon: '*Scout's honour,* Dan.'

Hij gromde. 'Je bent nooit scout geweest.'

'Nee, daarom juist.'

Vervolgens drukte ze op de toets met het rode hoorntje van haar mobiel.

Dan en Pernilla woonden in een van de relatief nieuwe rijtjeshuizen in Falkeliden. De huizen lagen in rechte rijen die tegen de heuvel Rabekullen opklommen, en leken zoveel op elkaar dat je ze ternauwernood van elkaar kon onderscheiden. Het was een populair gebied voor gezinnen met kinderen, vooral omdat de huizen hier totaal geen uitzicht op zee hadden en dus niet zo peperduur waren geworden als de woningen dichter bij het water.

Het was een veel te koude avond voor een wandeling, maar de auto protesteerde heftig toen ze die de steile helling op dwong waar maar matig was gestrooid. Met een diepe zucht van verlichting draaide ze de straat in waar Dan en Pernilla woonden.

Erica belde aan, wat meteen tot een tumultueus getrappel van kleine voeten in het huis leidde, en nog geen tel later werd de voordeur opengerukt door een klein meisje in een lang nachthemd, Lisen, de jongste dochter van Dan en Pernilla. Malin, het middelste kind, was boos omdat ze het niet eerlijk vond dat Lisen de deur voor Erica open had mogen doen en het gekibbel stopte pas toen Pernilla's gedecideerde stem vanuit de keuken klonk. Belinda, de oudste dochter, was dertien en als Erica langs het plein reed had ze haar weleens bij Ackes worstenkraam zien staan, omringd door puistige jongens. Dan en Pernilla zouden er waarschijnlijk hun handen vol aan krijgen haar in het gareel te houden.

Nadat de meisjes haar om beurten een knuffel hadden gegeven, verdwenen ze weer even snel als ze waren gekomen zodat Erica in alle rust haar jas uit kon trekken.

Pernilla stond met rode koontjes in de keuken te koken en droeg een schort waarop in grote letters 'kus de kok' stond. Ze leek zich midden in een kritieke fase van de toebereiding van een gerecht te bevinden en wuifde slechts verstrooid naar Erica, waarna ze zich meteen weer op haar dampende en sissende potten en pannen stortte. Erica liep door naar de woonkamer, waar Dan waarschijnlijk zoals altijd op de bank zou zitten, met zijn voeten op de glazen salontafel en de afstandsbediening in zijn rechterhand geklemd.

'Hoi! Ik zie dat de heer des huizes zit te luiwammesen terwijl zijn vrouw zich in de keuken in het zweet werkt.'

'Hallo! Ja, je weet het – als je maar gewoon wijst waar het aanrecht is en het huishouden met vaste hand leidt, dan kun je de meeste vrouwen wel opvoeden.'

Zijn warme glimlach weersprak zijn woorden en Erica wist wie hier het huishouden leidde; Dan was dat zeker niet.

Ze omhelsde hem kort, ging op de zwarte leren bank zitten en legde haar voeten ook op de salontafel. Er heerste een aangenaam zwijgen terwijl ze naar het nieuws op net vier keken en niet voor het eerst vroeg Erica zich af of Dan en zij het ook zo gehad zouden hebben als ze bij elkaar waren gebleven.

Dan was haar eerste grote liefde en haar eerste vriendje. Ze hadden op de middelbare school drie jaar verkering gehad en waren onafscheidelijk geweest. Maar ze wilden verschillende dingen in hun leven. Dan wilde in Fjällbacka blijven en net als zijn vader en grootvader vóór hem het vissersvak in, terwijl Erica amper kon wachten totdat ze het stadje achter zich kon laten. Ze had altijd het gevoel gehad dat ze er stikte en voor haar lag de toekomst ergens anders.

Ze hadden een tijdje geprobeerd hun relatie in stand te houden terwijl Dan in Fjällbacka achterbleef en Erica in Göteborg zat, maar hun levens voerden hen in verschillende richtingen. Na een pijnlijke breuk waren ze er in de loop van de tijd in geslaagd een vriendschap op te bouwen, die een kleine vijftien jaar later sterk en innig was.

Pernilla was als een warme, troostende omhelzing Dans leven binnengekomen in een periode waarin hij eraan probeerde te wennen dat er voor Erica en hem samen geen toekomst was weggelegd. Zij was er voor hem geweest toen hij dat het meest nodig had gehad en verafgoodde hem op een manier die een deel van de leegte vulde die Erica had achtergelaten. Voor Erica was het een pijnlijke ervaring geweest om hem met iemand anders te zien, maar ze had zich na verloop van tijd gerealiseerd dat dat vroeg of laat hoe dan ook gebeurd zou zijn. Het leven ging verder.

Nu hadden Dan en Pernilla drie dochters en Erica meende dat ze door de jaren heen een warme liefdesrelatie hadden opgebouwd, al dacht ze soms ook te merken dat Dan rusteloos was.

Haar eigen vriendschap met Dan was aanvankelijk ook niet helemaal zonder wrijvingen verlopen. Pernilla had hem jaloers in de gaten gehouden en Erica met groot wantrouwen bekeken. Langzaam maar zeker was Erica erin geslaagd Pernilla ervan te overtuigen dat ze niet achter haar man aan zat, en hoewel ze nooit elkaars beste vriendin waren geworden was er wel een ontspannen en hartelijke relatie tussen hen ontstaan. Niet in de laatste plaats omdat de kinderen Erica overduidelijk aanbaden. Ze was zelfs peetmoeder van Lisen.

'Het eten is klaar.'

Ze kwamen uit hun halfliggende houding overeind en liepen naar de keuken, waar Pernilla een dampende pan op tafel had gezet. Er stonden maar twee borden op tafel en Dan trok vragend zijn wenkbrauwen op.

'Ik heb samen met de kinderen gegeten. Gaan jullie maar eten, dan breng ik ze naar bed.'

Erica geneerde zich omdat Pernilla zich voor haar zoveel moeite had getroost, maar Dan haalde zijn schouders op en schepte ongegeneerd een enorme portie op van wat een visstoofpotje bleek te zijn.

'Hoe gaat het met je? We hebben je in geen weken gezien.'

Zijn toon was eerder bezorgd dan verwijtend, maar Erica voelde zich toch even schuldig dat ze de afgelopen tijd zo weinig van zich had laten horen. Ze had ook zoveel aan haar hoofd gehad.

'Ach, het gaat steeds beter. Maar nu lijkt het erop dat we ruzie krijgen over het huis,' zei Erica.

'Hoezo?' Dan keek verbaasd op van zijn bord. 'Anna en jij zijn alle twee dol op dat huis en meestal zijn jullie het toch eens?'

'Wij wel, ja. Maar je vergeet dat Lucas er ook bij betrokken is. Hij ruikt geld en zo'n kans kan hij niet laten lopen. Met Anna's mening heeft hij nog nooit rekening gehouden en ik zou niet weten waarom dat nu anders zou zijn.'

'Shit. Als ik hem een keer in een donker steegje tegenkwam, zou hij niet meer zo schofterig doen.'

Hij sloeg hard met zijn vuist op de keukentafel en Erica twijfelde er geen seconde aan dat hij Lucas er flink van langs zou kunnen geven als hij dat wilde. Dan was als tiener al stevig geweest en het harde werk op de vissersboot had zijn lichaam nog meer gevormd. Een zachtheid in zijn ogen maakte echter dat hij geen harde indruk maakte. Voor zover Erica wist had hij nog nooit een levend wezen kwaad gedaan.

'Ik kan er nog niet veel over zeggen, ik ken mijn positie nog niet echt. Morgen bel ik Marianne, een vriendin die advocate is, om uit te zoeken welke mogelijkheden ik heb om een verkoop te voorkomen, maar vanavond wil ik er liever niet aan denken. Bovendien heb ik de afgelopen dagen van alles meegemaakt waardoor gedachten aan mijn materiële bezittingen nogal futiel lijken.'

'Ja, ik heb gehoord wat er is gebeurd.' Hij viel stil. 'Hoe was het om iemand zo te zien?'

Erica dacht even na voor ze antwoordde. 'Droevig en verschrikkelijk tegelijk. Ik hoop dat ik zoiets nooit meer hoef mee te maken.'

Ze vertelde over het artikel dat ze aan het schrijven was en over de gesprekken die ze met de echtgenoot en de vriendin van Alexandra had gehad. Dan luisterde zwijgend.

'Wat ik niet begrijp, is waarom ze de belangrijkste mensen in haar leven buitensloot. Je had haar man moeten zien, hij aanbad haar. Maar waarschijnlijk gaat het bij de meeste mensen zo. Ze glimlachen en zien er blij uit, maar eigenlijk hebben ze een hoop zorgen en problemen.'

Dan onderbrak haar bruusk. 'Zeg, de wedstrijd begint over drie tellen en ik kijk liever naar een ijshockeywedstrijd dan dat ik jouw quasifilosofische overpeinzingen aan moet horen.'

'Maak je geen zorgen. Bovendien heb ik een boek bij me voor het geval dat de wedstrijd saai is.'

Dan keek haar met een dodelijke blik aan, maar zag toen de plagerige glinstering in Erica's ogen.

Ze waren net op tijd in de woonkamer voor de face-off.

De telefoon was nog maar één keer overgegaan of Marianne nam al op.

'Met Marianne Svan.'

'Hallo, met Erica.'

'Hé, dat is lang geleden. Wat leuk dat je belt. Hoe gaat het met je? Ik heb vaak aan je gedacht.'

Opnieuw werd Erica eraan herinnerd dat ze de laatste tijd niet echt zorgvuldig met haar vrienden was omgesprongen. Ze was zich ervan bewust dat ze zich zorgen om haar hadden gemaakt, maar de afgelopen maanden had ze het zelfs amper kunnen opbrengen om Anna te bellen. Ze wist echter dat ze het begrepen.

Met Marianne was ze sinds haar studententijd goed bevriend. Ze hadden samen literatuur gestudeerd, maar na vier jaar studie realiseerde Marianne zich dat bibliothecaresse niet haar roeping was en zwaaide ze om naar rechten. De keuze om advocaat te worden bleek geslaagd en ze was nu een superjonge vennoot van een van de grootste en meest prestigieuze advocatenkantoren in Göteborg.

'Naar omstandigheden gaat het wel goed. Ik begin mijn leven weer een beetje op orde te krijgen, maar het is nog altijd best zwaar.'

Marianne was nooit iemand van zinloos geklets geweest en met haar onfeilbare intuïtie hoorde ze dat Erica voor iets anders belde.

'Wat kan ik voor je doen, Erica? Ik hoor dat er iets is, dus je hoeft er niet omheen te draaien.'

'Ik schaam me gewoon dat ik eerst zo lang niets van me laat horen en dat als ik dan eindelijk bel, het is omdat ik hulp nodig heb.'

'Stel je niet aan! Wat kan ik voor je doen? Zijn er problemen met de erfenis?'

'Ja, dat kun je wel stellen.'

Erica zat aan de keukentafel en friemelde aan de brief die met de ochtendpost was gekomen. 'Anna, of liever gezegd Lucas, wil het huis in Fjällbacka verkopen.'

'Het is niet waar!' Mariannes gebruikelijke rust was verdwenen. 'Wie denkt hij wel dat hij is. Jullie zijn dol op dat huis!'

Erica voelde plotseling dat er vanbinnen iets knapte en ze barstte in huilen uit. Marianne werd meteen weer rustig en probeerde Erica door de telefoon te troosten. 'Hoe gaat het eigenlijk met je? Wil je dat ik kom? Ik kan vanavond bij je zijn.'

Nu stroomden de tranen nog heviger, maar nadat ze een tijdje had gesnikt, bedaarde Erica weer een beetje en veegde haar ogen af.

'Dat is hartstikke lief, maar het gaat wel. Echt. Het is de laatste tijd alleen wat veel allemaal. Het was moeilijk om de spullen van mijn vader en moeder uit te zoeken, ik loop achter met mijn boek en de uitgever oefent druk uit. Dan is er het gedoe met het huis en alsof dat nog niet genoeg is, heb ik afgelopen vrijdag een jeugdvriendin dood aangetroffen.'

Er borrelde een lach in haar op en ze begon, nog altijd met tranen in haar ooghoeken, hysterisch te lachen. Pas na een tijdje slaagde ze erin te kalmeren.

'Hoorde ik dat nou goed? Zei je dood?'

'Helaas hoorde je dat helemaal goed. Sorry, het is afschuwelijk dat ik lach. Het is me gewoon allemaal wat te veel. Toen ik klein was, was ze mijn hartsvriendin, Alexandra Wijkner. Ze heeft zichzelf van het leven beroofd in de badkuip in haar huis in Fjällbacka. Misschien ken je haar trouwens wel. Zij en haar man, Henrik Wijkner, bewogen zich kennelijk in de betere kringen van Göteborg en met dat soort mensen ga jij tegenwoordig ook om, nietwaar?'

Ze glimlachte en wist dat Marianne dat aan de andere kant van de lijn ook deed. Toen ze nog studeerden, woonde Marianne in de arbeiderswijk Majorna en streed ze voor de rechten van de arbeidersklasse. Ze wisten alle twee dat ze zich in de loop van de jaren had moeten aanpassen aan het milieu dat bij haar werk op het roemrijke advocatenkantoor hoorde. Nu waren chique mantelpakjes met bloezen en cocktailparty's in het welgestelde stadsdeel Örgryte belangrijk, maar Erica wist dat dat soort dingen bij Marianne alleen maar een dun laagje vernis over een rebelse geest vormden.

'Henrik Wijkner. Ja, die ken ik wel, we hebben zelfs een aantal gemeenschappelijke kennissen, maar ik ben hem nog nooit tegen het lijf gelopen. Hij schijnt een meedogenloze zakenman te zijn. Zo iemand die voor het ontbijt honderd man kan ontslaan zonder dat zijn eetlust eronder lijdt. Had zijn vrouw niet een boetiek?'

'Een galerie. Abstracte kunst.'

Ze was onthutst door Mariannes woorden over Henrik. Erica vond zelf dat ze over vrij veel mensenkennis beschikte en Henrik Wijkner was in haar ogen niet het toonbeeld van een meedogenloze zakenman geweest.

Ze ging over op een ander onderwerp, de eigenlijke reden waarom ze belde.

'Ik heb vandaag een brief gekregen. Van Lucas' advocaat. Ik moet vrijdag naar een bijeenkomst in Stockholm over de verkoop van het huis van mijn ouders en van juridische dingen heb ik helemaal geen kaas gegeten. Wat zijn mijn rechten? Heb ik überhaupt rechten? Kan Lucas dit echt zomaar doen?'

Ze voelde dat haar onderlip weer begon te trillen en haalde diep adem om rustig te worden. Na alle plensbuien van de afgelopen dagen had het vannacht gevroren en nu zag ze het ijs op de baai weer glinsteren. Er landde een huismus op de vensterbank en ze bedacht dat ze nog een vetbol voor de vogels moest kopen. De mus draaide nieuwsgierig zijn kopje om en tikte met zijn snavel tegen het raam. Nadat hij zich ervan had vergewist dat hier niets eetbaars te halen viel, vloog hij weer weg.

'Zoals je weet zijn belastingen mijn specialisatie, niet familierecht. Dus ik kan je niet zo een, twee, drie antwoord geven. Maar laten we het zo doen. Ik vraag dit na bij een van de experts van ons kantoor en dan bel ik je in de loop van de dag terug. Je staat er niet alleen voor, Erica. Ik help je hierbij, dat beloof ik je.'

Mariannes woorden stelden Erica gerust en toen ze ophingen, leek het leven lichter, hoewel ze nog niets meer wist dan vóór ze belde.

Opeens werd ze rusteloos. Ze zette zich ertoe met de biografie verder te gaan, maar het werken stond haar tegen. Ze moest nog ruim de helft van het boek schrijven en haar uitgever begon ongeduldig te worden omdat hij zelfs nog geen ruw concept had ontvangen. Nadat ze bijna twee pagina's had getypt, las ze door wat ze had geschreven, classificeerde het als rommel en wiste meerdere uren werk. De biografie verveelde haar en ze had al een hele tijd geen plezier meer in haar werk. Daarom maakte ze het artikel over Alexandra af en stopte dat in een envelop die ze aan de *Bohusläningen* adresseerde. Daarna was het hoog tijd om Dan te bellen en hem een beetje te plagen met de bijna dodelijke klap die hij geestelijk leek te hebben opgelopen door het spectaculaire verlies van Zweden de avond ervoor.

Tevreden wreef hoofdinspecteur Mellberg over zijn dikke buik en hij vroeg zich af of hij misschien even een tukje zou doen. Er was toch bijna niets te doen en het weinige dat er was, leek hem niet echt belangrijk.

Hij besloot dat het wel lekker zou zijn om even te gaan slapen en de stevige lunch de gelegenheid te geven in alle rust te verteren. Hij had echter nog maar net zijn ogen gesloten of een gedecideerd klopje op de deur kondigde aan dat Annika Jansson, de secretaresse van het politiebureau, iets van hem wilde.

'Wat is er, verdorie! Zie je niet dat ik bezig ben?'

In een poging er druk uit te zien, bladerde hij doelloos door de stapels paperassen op zijn bureau, maar het enige effect was dat hij zijn koffie omgooide. De koffie stroomde over alle papieren en hij pakte het eerste het beste om de vloeistof mee te deppen: zijn overhemd, dat hij zelden in zijn broek droeg.

'Verdomme nog aan toe. En dan ben je de baas in deze tent. Kun je niet wat respect voor je meerdere tonen en kloppen voor je binnenkomt?'

Ze nam niet de moeite hem erop te wijzen dat ze dat wel degelijk had gedaan. Wijs door leeftijd en ervaring wachtte ze rustig af tot het ergste gemopper voorbij was.

'Ik neem aan dat je iets wilt,' snauwde Mellberg.

Annika's stem klonk afgemeten. 'De Forensische Eenheid in Göteborg heeft je geprobeerd te bellen. Om precies te zijn forensisch patholoog-anatoom Tord Pedersen. Je kunt hem op dit nummer bereiken.'

Ze reikte hem een papiertje aan, waarop het nummer keurig genoteerd stond.

'Zei hij waar het over ging?'

Zijn nieuwsgierigheid was meteen geprikkeld. In deze uithoek werd je niet zo vaak gebeld door de Forensische Eenheid. Misschien zou er voor de verandering wat ruimte voor gekwalificeerd politiewerk zijn.

Verstrooid gebaarde hij Annika dat ze weer kon vertrekken, klemde de hoorn tussen zijn schouder en kin en toetste het nummer in dat ze had opgeschreven.

Annika liep snel de kamer uit en deed de deur hard achter zich dicht. Ze ging aan haar eigen bureau zitten en als zo vaak tevoren vervloekte ze het besluit dat Mellberg naar het kleine politiebureau in Tanumshede had gebracht. Volgens de geruchten op het bureau had hij zich in Göteborg onmogelijk gemaakt door een vluchteling die onder zijn verantwoordelijkheid in een politiecel zat, zwaar te mishandelen. Kennelijk was dat niet de enige misstap die hij had begaan, maar wel de grootste. Zijn superieuren hadden er genoeg van gekregen. Het interne onderzoek had geen bewijzen opgeleverd, maar ze waren bang voor alle andere dingen die Mellberg nog zou kunnen uitspoken en hij werd met onmiddellijke ingang overgeplaatst en kreeg de functie van hoofdinspecteur in Tanumshede, waar alle mensen in de twaalfduizend inwoners tellende gemeente, van wie de meesten gezagsgetrouw waren, hem voortdurend aan zijn vernedering deden denken. Zijn voormalige chefs in Göteborg gingen ervan uit dat hij daar niet veel kon aanrichten. Dat oordeel was tot nu toe correct gebleken. Daar stond tegenover dat hij ook niet veel nuttigs had bijgedragen.

Annika had het vroeger op haar werk altijd naar haar zin gehad, maar met Mellbergs komst was daar een eind aan gekomen. Niet alleen was de man altijd onbeschoft, hij zag zichzelf ook nog eens als Gods geschenk aan de vrouwen. En Annika was degene die daar het meest last van had. Suggestieve opmerkingen, kneepjes in haar achterste en dubbelzinnige opmerkingen waren nog maar een fractie van wat ze tegenwoordig op haar werk moest verdragen. Het meest weerzinwekkende vond ze echter het afschuwelijke kapsel waarmee hij zijn kale schedel probeerde te verbergen. Hij had zijn haar zo lang laten groeien dat zijn personeel alleen maar kon raden naar de werkelijke lengte, en het vervolgens boven op zijn hoofd tot iets vervlochten wat nog het meest op een verlaten kraaiennest leek.

Ze huiverde toen ze eraan dacht hoe dat haar eruit moest zien als het loshing, maar hoefde zich er gelukkig geen zorgen over te maken dat ze dat ooit te zien zou krijgen.

Ze vroeg zich af wat de mensen van de Forensische Eenheid wilden. Nou ja, ze zou er nog wel achter komen. Het bureau was zo klein dat alle interessante informatie zich binnen een uur verspreidde.

Bertil Mellberg hoorde de telefoon overgaan en keek ondertussen naar Annika terwijl ze zijn kamer uit liep.

Een verdomd lekker ding. Stevig en mooi, maar rond op de juiste plaatsen. Lang blond haar, een grote boezem en een flinke kont. Jammer alleen dat ze altijd van die lange rokken en wijde bloezen droeg. Misschien moest hij haar erop wijzen dat strakkere kleding geschikter was. Als chef moet je toch iets van de kleding van je personeel kunnen zeggen. Zevenendertig jaar, dat wist hij sinds hij het in haar personeelsdossier had opgezocht. Ruim twintig jaar jonger dan hijzelf, wat in zijn ogen perfect was. Andere mannen moesten maar voor oude wijven zorgen. Hij was mans genoeg voor de jongere talenten. Rijp, ervaren, flatteus gezet en niemand die vermoedde dat zijn haar in de loop der jaren wat dunner was geworden. Hij voelde voorzichtig met zijn hand op zijn hoofd. Ja, het haar zat op zijn plek.

'Met Tord Pedersen.'

'Hallo, met hoofdinspecteur Bertil Mellberg, politiebureau Tanumshede. Je had gebeld.'

'Ja, dat klopt. Het gaat om dat sterfgeval dat ik van jullie heb binnengekregen. Een vrouw die Alexandra Wijkner heet. Het leek een zelfmoord.'

'Jaaa.' Mellberg antwoordde dralend. Zijn interesse was nu definitief gewekt.

'Ik heb gisteren sectie op haar verricht en het lijdt geen twijfel dat het geen zelfmoord betreft. Ze is vermoord.'

'Wel potjandorie!'

In zijn opwinding gooide Mellberg het koffiekopje nog een keer om en het restje dat er nog in zat, droop nu over het bureau. Weer kwam het overhemd tevoorschijn zodat er nog meer vlekken in kwamen.

'Hoe weten jullie dat? Ik bedoel, welke bewijzen hebben jullie voor moord?'

'Ik kan je het sectierapport meteen faxen, maar ik weet niet of je daar veel wijzer van wordt. Ik kan je echter wel een samenvatting geven van onze belangrijkste bevindingen. Wacht even, dan pak ik mijn bril erbij,' zei Pedersen.

Mellberg hoorde hem mompelend de tekst doornemen en wachtte

ongeduldig tot hij de gegevens te horen kreeg.

'Hier staat het. Vrouw, vijfendertig jaar, goede algemene fysieke conditie. Maar dat weten jullie al. De vrouw was al ongeveer een week dood, maar het lichaam was desondanks in zeer goede staat, voornamelijk dankzij de lage temperatuur in de ruimte waar het had gelegen. Het ijs rond het onderste deel van het lichaam heeft er ook toe bijgedragen dat het goed bewaard is gebleven.

Diepe snijwonden in de slagaders in beide polsen, gemaakt met een scheermes dat ter plekke is aangetroffen. Hier begon ik onraad te ruiken. Beide snijwonden zijn precies even diep en recht, wat heel ongebruikelijk is, ik zou zelfs durven beweren dat het bij zelfmoord nooit voorkomt. Omdat we óf links- óf rechtshandig zijn, wordt bij iemand die rechtshandig is de snijwond op de linkerarm veel rechter en steviger dan op de rechterarm, waar de persoon in kwestie zijn "verkeerde" hand moet gebruiken, om het zo maar te zeggen. Ik heb vervolgens de vingers van beide handen onderzocht en toen werd mijn vermoeden bevestigd. Het snijvlak van een scheermesje is zo scherp dat het bij gebruik meestal microscopisch kleine snijwonden achterlaat. Die heb ik bij Alexandra Wijkner niet aangetroffen. Dat wees er dus ook op dat iemand anders in haar polsen heeft gesneden, waarschijnlijk met het doel om het op zelfmoord te laten lijken.'

Pedersen pauzeerde even, maar ging toen verder. 'De volgende vraag die ik mijzelf heb gesteld, is hoe iemand dit kan doen zonder dat het slachtoffer zich verzet. Het antwoord stond in het toxicologisch rapport. Het slachtoffer had restanten van een sterk slaapmiddel in haar bloed.'

'Wat bewijst dat? Kan ze niet zelf een slaaptablet hebben ingenomen?'

'Natuurlijk, dat zou kunnen. Maar gelukkig heeft de moderne wetenschap de forensische geneeskunde een aantal onontbeerlijke gereedschappen en methoden gegeven. Een daarvan is dat we de afbraaktijden van verschillende medicijnen en zelfs giffen tegenwoordig heel precies kunnen bepalen. We hebben het bloed van het slachtoffer een paar keer getest en zijn daarbij elke keer tot dezelfde slotsom gekomen: Alexandra Wijkner kan onmogelijk haar eigen polsen hebben doorgesneden omdat ze op het moment dat haar hart er door het bloedverlies mee ophield, al een hele tijd buiten bewustzijn moet zijn geweest. Ik kan je helaas geen precieze tijden geven, zover is de wetenschap nog niet, maar dat het hier om een moord gaat, lijdt geen twijfel. Ik hoop echt dat jullie dit aankunnen. Moord komt in jullie streek niet zo vaak voor, neem ik aan.'

Pedersen klonk aarzelend en Mellberg vatte dat meteen op als persoonlijke kritiek.

'Je hebt gelijk dat we er in Tanumshede niet zoveel ervaring mee hebben. Gelukkig ben ik hier zelf slechts tijdelijk gestationeerd. Eigenlijk werk ik bij de politie in Göteborg en ik denk dat we dankzij mijn jarenlange ervaring een moordonderzoek prima aankunnen. De plattelandspolitie krijgt zo ook mooi de gelegenheid om te zien wat het echte politiewerk inhoudt. Ga er maar van uit dat we deze zaak in no time hebben opgelost. Let op mijn woorden!'

Na deze hoogdravende woorden meende Mellberg dat Pedersen nu toch wel zou begrijpen dat hij allerminst met een groentje sprak. Pathologen-anatomen dachten altijd dat ze belangrijk waren. Pedersens deel van het werk was in elk geval klaar en nu was het hoog tijd dat een echte prof zich over de zaak boog.

'O, dat vergat ik nog bijna.' De forensisch patholoog-anatoom wist niet wat hij op de zelfingenomen woorden van de politieman moest zeggen, en was bijna vergeten dat er nog twee dingen waren die belangrijk leken. 'Alexandra Wijkner was drie maanden zwanger en ze heeft ook eerder een kind gekregen. Ik weet niet of het relevant is voor het onderzoek, maar beter te veel informatie dan te weinig, nietwaar?' zei Pedersen.

Mellberg snoof alleen maar ongearticuleerd en na enkele armzalige beleefdheidsfrasen beëindigden ze het gesprek. Pedersen met twijfels over de competentie waarmee de jacht op de moordenaar zou plaatsvinden, en Mellberg met ontwakende levenskracht en nieuwe geestdrift. Nadat het lichaam was gevonden, was de badkamer al aan een eerste onderzoek onderworpen, maar nu zou hij erop toezien dat het huis millimeter voor millimeter werd doorzocht.

2

Hij verwarmde een lok van haar haar tussen zijn handen. Kleine ijskristallen smolten en zijn handpalmen werden vochtig. Behoedzaam likte hij het water weg.

Hij leunde met zijn wang tegen de rand van het bad en voelde de kou in zijn huid dringen. Ze was zo mooi. Drijvend op een oppervlak van ijs.

De band tussen hen bestond nog steeds. Niets was veranderd. Niets was anders. Twee van dezelfde soort.

Met enige moeite slaagde hij erin haar hand omhoog te brengen zodat hij zijn handpalm tegen de hare kon leggen. Hij vlocht zijn vingers door de hare. Het bloed was opgedroogd en hard. Kleine schilfers bleven aan zijn huid kleven.

Samen met haar had tijd nooit enige betekenis gehad. Jaren, dagen of weken vloeiden samen tot een opeengehoopte brij waarin dit het enige was dat iets betekende. Haar hand tegen zijn hand. Daarom was het verraad zo pijnlijk. Zij had de tijd weer inhoud gegeven. Daarom zou het bloed nooit meer warm door haar aders stromen.

Voordat hij wegging, bracht hij haar hand voorzichtig terug in de oorspronkelijke positie.

Hij draaide zich niet om.

❄

Erica werd wakker uit een diepe, droomloze slaap en herkende het geluid in eerste instantie niet. Tegen de tijd dat ze besefte dat ze wakker was geworden van het schelle gerinkel van de telefoon, was die al heel vaak overgegaan en ze sprong uit bed om op te nemen.

'Erica Falck.' Haar stem klonk krakerig en met haar hand over de hoorn schraapte ze haar keel om de ergste heesheid kwijt te raken.

'Sorry, heb ik je wakker gemaakt? Dat spijt me.'

'Nee, hoor. Ik was al wakker.' Het antwoord kwam automatisch en Erica hoorde zelf hoe doorzichtig het klonk. Het was vrij duidelijk dat ze nog slaapdronken was.

'Het spijt me toch. Je spreekt met Henrik Wijkner. Ik ben net door Birgit gebeld en ze vroeg me of ik ook even met jou contact op wilde nemen. Ze is vanochtend opgebeld door een bijzonder lompe hoofdinspecteur van het politiebureau in Tanumshede. Hij heeft haar in niet bijzonder kiese bewoordingen min of meer opgedragen om zich op het bureau te melden. Mijn aanwezigheid was ook gewenst. Hij zei niet waar het over ging, maar we hebben wel een vermoeden. Birgit is erg van streek en omdat Karl-Erik en Julia op dit moment niet in Fjällbacka zijn, vroeg ik me af of je me een gunst zou willen bewijzen en naar haar toe zou willen gaan. Haar zus en zwager zijn op hun werk, dus ze zit in haar eentje in hun huis. Ik kan pas over een paar uur in Fjällbacka zijn en ik wil liever niet dat ze zo lang alleen is. Ik weet dat het veel gevraagd is en we kennen elkaar eigenlijk ook niet goed, maar ik weet niet wie ik anders moet vragen.'

'Natuurlijk ga ik naar Birgit toe. Dat is geen punt. Ik moet alleen even wat aantrekken, maar ik kan over een kwartiertje bij haar zijn.'

'Geweldig. Ik ben je eeuwig dankbaar. Echt. Birgit is nooit echt stabiel geweest en ik vind het erg prettig dat er iemand bij haar is tot ik er ben. Ik bel haar vast om te zeggen dat je eraan komt. Ik kom na twaalven, dus dan kunnen we verder praten. Nogmaals hartstikke bedankt.'

Met de slaap nog in haar ogen haastte Erica zich naar de badkamer om haar gezicht te wassen. Ze pakte de kleren die ze de dag ervoor ook had gedragen en na snel nog even een kam door haar haar te hebben gehaald en wat mascara opgedaan te hebben, zat ze binnen tien minuten achter het stuur. Het duurde maar vijf minuten om van Sälvik naar de Tallgatan te rijden en bijna op de seconde af vijftien minuten na het gesprek met Henrik belde ze aan.

Birgit leek sinds Erica haar voor het laatst had gezien een paar kilo te zijn afgevallen. Haar kleren slobberden om haar lichaam. Ze liepen nu niet naar de woonkamer, maar naar de keuken.

'Fijn dat je kon komen. Ik word hier zo onrustig van en als ik hier in mijn eentje op Henrik had moeten wachten, had ik alleen maar zitten piekeren.'

'Hij zei dat je door de politie in Tanumshede was gebeld.'

'Ja, vanochtend om acht uur belde er ene Mellberg, een hoofdinspecteur en hij zei dat Karl-Erik, Henrik en ik meteen bij hem langs moesten komen. Ik zei dat Karl-Erik vanwege zaken onverwacht weg had gemoeten, maar dat hij er morgen weer was en vroeg of we ook morgen langs konden komen. Maar dat was niet acceptabel, zoals hij het zei, dus nu moeten Henrik en ik er eerst alleen heen. Hij was buitengewoon onbeschoft en natuurlijk heb ik Henrik meteen gebeld, die zei dat hij zo snel mogelijk hier zou zijn. Ik ben bang dat ik wat opgejaagd klonk en daarom stelde Henrik voor dat hij jou zou bellen om te vragen of je een paar uurtjes langs kon komen. Ik hoop dat je het niet te opdringerig vindt. Ik kan me goed voorstellen dat je niet nog meer bij onze familietragedie betrokken wilt raken, maar ik wist ook niet tot wie ik me anders moest wenden. Bovendien was jij hier ooit kind aan huis, dus ik dacht...'

'Het geeft niet. Ik help je graag. Zei de politieman waar het over ging?'

'Nee, hij wilde er niets over kwijt. Maar ik heb wel zo'n vermoeden. Zei ik niet dat ze geen zelfmoord heeft gepleegd! Zei ik het niet!'

Erica legde spontaan haar hand op die van Birgit. 'Lieve Birgit, trek nou geen overhaaste conclusies. Misschien heb je wel gelijk, maar het is beter dat we daar niet over speculeren tot we het zeker weten.'

Het werden een paar lange uren aan de keukentafel. Al na korte tijd waren ze uitgepraat en het enige dat ze in de stilte hoorden, was het tikken van de keukenklok. Erica tekende met haar wijsvinger cirkeltjes op het gladde patroon van het tafelzeil. Birgit was net zo zorgvuldig gekleed en opgemaakt als de vorige keer dat Erica haar had gezien, maar ze had ook iets ondefinieerbaar vermoeids en uitgeputs, als een foto die wazig is geworden aan de randen. Het gewichtsverlies stond haar niet omdat ze voorheen ook al bijna mager was geweest. Nu waren er ook rimpels rond haar ogen en haar mond verschenen. Ze klemde haar koffiekopje zo stevig vast dat haar knokkels wit werden. Was het lange wachten voor Erica vermoeiend, voor haar moest het ondraaglijk zijn.

'Ik begrijp niet wie Alex zou willen vermoorden. Ze had geen vijanden. Ze leidde met Henrik een doodnormaal leven.' Na de lange stilte klonken de woorden als pistoolschoten.

'We weten nog niet of dat ook is gebeurd. Het heeft geen zin daarover te speculeren voordat we weten wat de politie wil,' zei Erica weer. Het uitblijven van een reactie interpreteerde ze als een stilzwijgende instemming.

Even na twaalven draaide Henrik de kleine parkeerplaats tegenover het huis op. Ze zagen hem door het keukenraam en stonden dankbaar op om hun jas aan te trekken. Toen hij aanbelde, stonden ze al achter de deur op hem te wachten, klaar voor vertrek. Birgit en Henrik gaven elkaar een paar luchtkussen en daarna was het Erica's beurt voor net zo'n begroeting. Ze was dit soort manieren niet gewend en was bang dat er een pijnlijke situatie zou ontstaan omdat ze niet wist welke kant eerst kwam. Maar het ging allemaal goed en ze genoot eventjes van de mannelijke geur van Henriks aftershave.

'Jij gaat toch ook mee?'

Erica was al halverwege haar eigen auto. 'Tja, ik weet niet of...'

'Ik zou het heel erg op prijs stellen.' Achter Birgits hoofd keek Henrik Erica even recht aan en met een stille zucht ging ze achter in zijn BMW zitten. Dit zou een lange dag worden.

De rit naar Tanumshede duurde maar twintig minuten. Ze babbelden wat over koetjes en kalfjes en de leegloop van het platteland. Alles behalve de reden waarom ze naar het politiebureau gingen.

Erica vroeg zich af wat ze hier op de achterbank deed. Had ze zelf niet genoeg problemen om niet betrokken te raken bij een moord, als het dat mocht zijn? Het betekende ook dat het concept voor haar boek als een kaartenhuis in elkaar stortte. Ze had al een eerste opzet gemaakt en die kon ze nu misschien wel in de prullenbak gooien. Maar ach, dan zou ze zich helemaal op de biografie kunnen richten. Alhoewel... met een paar wijzigingen zou het toch moeten lukken. Misschien was het ook wel beter zo. Een moord in het verhaal was misschien wel heel geslaagd.

Ze besefte opeens wat ze aan het doen was. Alex was geen verzonnen personage dat ze naar eigen willekeur kon aanpassen. Ze was een echt mens, van wie echte mensen hadden gehouden. Ze had zelf van Alex gehouden. Erica bekeek Henrik in de achteruitkijkspiegel. Hij leek net zo onbewogen als eerder, hoewel hij zo meteen misschien te horen zou krijgen dat zijn vrouw was vermoord. Was het niet zo dat de meeste moorden door een familielid van het slachtoffer werden gepleegd? Weer schaamde ze zich over haar gedachten. Ze dwong zichzelf aan andere dingen te denken en was dankbaar toen ze bij het politiebureau waren. Ze had dit maar liever zo gauw mogelijk achter de rug, zodat ze zich weer aan haar eigen, relatief triviale zorgen kon wijden.

De papieren vormden imposante stapels op het bureau. Het was verbazingwekkend dat een kleine gemeente als Tanum zoveel aangiften van misdrijven kon genereren. Het waren weliswaar voor het merendeel kleinigheden, maar elke aangifte moest worden uitgezocht en daarom zat hij nu met een administratie die een Oostblokland waardig was. Dat zou op zich niet zo erg zijn geweest, ware het niet dat Mellberg de hele dag op zijn dikke kont zat en nooit meehielp. Nu moest hij het werk van zijn chef ook nog eens doen. Patrik Hedström zuchtte. Zonder enige galgenhumor zou hij het hier niet zo lang hebben volgehouden, maar de laatste tijd begon hij zich toch serieus af te vragen of dit echt de bedoeling van zijn leven was.

De grote gebeurtenis van vandaag zou een welkome onderbreking van de dagelijkse sleur zijn. Mellberg had hem gevraagd aanwezig te zijn bij het gesprek met de moeder en de echtgenoot van de vrouw die in Fjällbacka was vermoord. Hij besefte natuurlijk hoe tragisch dat was en leefde met de familie mee, maar er gebeurde zo zelden iets spannends op zijn werk dat hij toch een zekere opwinding voelde.

Op de politieacademie hadden ze geoefend in het afnemen van verhoren, maar tot nu toe had hij zijn talenten op dat gebied alleen kunnen gebruiken bij fietsendiefstallen en mishandelingszaken. Patrik keek op zijn horloge. Tijd om naar Mellbergs kantoor te gaan, waar ze het gesprek zouden hebben. Puur technisch gezien ging het nog niet om een verhoor, maar de bijeenkomst van vandaag was er niet minder belangrijk om. Hij had via via gehoord dat de moeder aldoor had gezegd dat haar dochter geen zelfmoord had gepleegd en hij was nieuwsgierig naar haar redenen voor deze, zoals nu was gebleken, correcte bewering.

Hij pakte zijn notitieblok, een pen en een koffiekopje en liep naar de gang. Omdat hij zijn handen vol had, moest hij zijn elleboog en voet gebruiken om de deur te openen en dat was ook de reden dat hij haar pas zag toen hij zijn spullen had neergelegd en zich naar de kamer had omgedraaid. Een fractie van een seconde bleef zijn hart stilstaan. Hij was weer tien en probeerde aan haar vlechten te trekken. Het volgende moment was hij vijftien en probeerde hij haar over te halen tot een kort ritje achter op zijn brommer. Hij was twintig en gaf alle hoop op toen ze naar Göteborg verhuisde. Na een snel rekensommetje concludeerde hij dat het minstens zes jaar geleden was dat hij haar voor het laatst had gezien. Ze was geen steek veranderd. Lang, mooie rondingen. Haar dat op haar schouders krulde in verschillende blondtinten die het samen een zonnige gloed gaven. Als kind was Erica al ijdel geweest en hij kon zien dat ze nog steeds zorg besteedde aan haar uiterlijk. Haar gezicht lichtte verbaasd op toen ze hem zag, maar omdat Mellbergs blik hem vertelde dat hij moest gaan zitten, vormden zijn lippen alleen maar een stil 'hallo'.

Er zat een verbeten groepje tegenover hem. De moeder van Alexandra Wijkner was klein en dun en haar gouden sieraden waren naar zijn smaak veel te groot. Haar haar was perfect gekapt en ze was buitengewoon goed gekleed, maar door de donkere kringen onder haar ogen zag ze er afgepeigerd uit. Alexandra's echtgenoot had dat soort tekenen van verdriet niet. Patrik keek in zijn papieren met achtergrondinformatie. Henrik Wijkner, een succesvol ondernemer uit Göteborg, in het bezit van een aanzienlijk vermogen dat al een aantal generaties van vader op zoon was overgegaan. Dat kon je ook zien. Niet alleen aan de zichtbaar dure kwaliteit van zijn kleding of de geur van de dure aftershave die in de kamer hing, maar ook aan iets anders, iets wat zich niet makkelijk liet definiëren. Een vanzelfsprekend recht op een vooraanstaande plaats in de wereld, omdat hij dergelijke privileges zijn hele leven al had gehad. Hoewel Henrik gespannen leek, zag Patrik dat hij dacht de situatie volledig onder controle te hebben.

Mellberg zat breeduit achter zijn bureau. Hij had zijn overhemd slordig in zijn broek gepropt, maar op het veelkleurige patroon waren hier en daar nog koffievlekken te zien. Terwijl hij tijdens een berekenende stilte alle aanwezigen bestudeerde, haalde hij zijn rechterhand door zijn haar, dat te ver naar één kant was gegleden. Patrik probeerde niet naar Erica te kijken en concentreerde zich op een van Mellbergs koffievlekken.

'Juist ja. Jullie begrijpen ongetwijfeld waarom ik jullie heb gevraagd te komen.' Een lange, kunstmatige pauze volgde. 'Ik ben dus hoofd-inspecteur Bertil Mellberg, het hoofd van politiebureau Tanumshede, en dit is Patrik Hedström, die mij bij dit onderzoek zal assisteren.'

Hij knikte naar Patrik die een beetje buiten de kring zat die Erica, Henrik en Birgit voor Mellbergs bureau vormden.

'Het onderzoek? Ze is dus vermoord!' Birgit boog zich naar voren en Henrik sloeg snel een beschermende arm om haar schouders.

'Ja, we hebben vastgesteld dat uw dochter zich niet zelf van het leven kan hebben beroofd. Zelfmoord kan volgens het rapport van de patholoog-anatoom geheel worden uitgesloten. Ik kan uiteraard niet nader ingaan op de details van het onderzoek, maar de belangrijkste reden waarom we weten dat ze is vermoord, is dat ze op het moment dat haar polsen werden doorgesneden, niet bij bewustzijn kan zijn geweest. Er is een grote hoeveelheid slaapmiddelen in haar bloed aangetroffen en een of meer personen hebben haar, nadat ze uitgeschakeld was, waarschijnlijk eerst in het bad gelegd, dat vol laten lopen en vervolgens haar polsen met een scheermesje doorgesneden om het op zelfmoord te laten lijken.'

De gordijnen in het kantoor waren dicht om de felle zon buiten te sluiten. De gevoelens in de kamer waren gemengd. Neerslachtigheid vermengde zich met Birgits duidelijke opluchting over het feit dat Alex geen zelfmoord had gepleegd.

'Weten jullie wie het heeft gedaan?' Birgit pakte een geborduurd zakdoekje uit haar handtas en depte voorzichtig haar ooghoeken zodat de make-up goed zou blijven zitten.

Mellberg vouwde zijn handen over zijn enorme buik en keek het groepje indringend aan. Hij schraapte zijn keel betekenisvol. 'Dat kunnen jullie mij wellicht vertellen.'

'Wij?' De verbazing van Henrik klonk oprecht. 'Hoe zouden wij dat nou kunnen weten? Dit moet het werk van een gek zijn geweest. Alexandra had geen vijanden.'

'Dat zegt u, ja.'

Patrik meende even een schaduw over het gezicht van Alex' echtgenoot te zien trekken. Het volgende moment was die echter verdwenen en was Henrik weer net zo rustig en beheerst als voorheen.

Patrik voelde altijd een gezonde scepsis ten aanzien van mannen zoals Henrik Wijkner. Mannen die met een zilveren lepel in de mond geboren waren. Die alles hadden en daar geen poot voor uit hoefden te steken. Zeker, hij leek sympathiek en aardig, maar daaronder meende Patrik roerselen te zien die op een complexe persoonlijkheid wezen. Achter de fraaie trekken schuilde meedogenloosheid en hij vroeg zich af waarom Henrik helemaal geen verbazing had getoond toen Mellberg onthulde dat Alex was vermoord. Dat denken is één ding, maar het horen vaststellen, is iets heel anders. Dat had Patrik in elk geval wel geleerd in de tien jaar dat hij bij de politie zat.

'Worden wij verdacht?' Birgit keek net zo verbaasd als ware de hoofdinspecteur voor haar ogen in een pompoen veranderd.

'De statistieken in moordzaken spreken duidelijke taal. De daders bevinden zich in veruit de meeste gevallen in de naaste familie. Ik zeg niet dat dat nu ook zo is, maar jullie begrijpen ongetwijfeld dat we dat moeten uitzoeken. De onderste steen zal boven komen, dat garandeer ik jullie. Met mijn ruime ervaring in moordzaken,' een nieuwe kunstmatige pauze, 'is deze zaak zeker binnen afzienbare tijd opgelost. En dan wil ik nu graag horen wat jullie de dagen rond Alexandra's dood hebben gedaan.'

'En wanneer is dat precies?' vroeg Henrik. 'Degene van ons die haar het laatst heeft gesproken, is Birgit. Daarna hebben we haar pas op zondag weer gebeld, dus zou het ook op zaterdag kunnen zijn geweest? Ik heb haar zelf vrijdagavond om een uur of halftien gebeld, maar ze maakte vaak nog even een wandeling voordat ze naar bed ging, dus ik neem aan dat ze op dat moment een blokje om was.'

'De patholoog-anatoom kan alleen maar zeggen dat ze ongeveer een week dood was toen ze werd gevonden. We zullen uiteraard controleren wanneer jullie haar hebben gebeld, maar we hebben informatie die erop wijst dat ze vrijdagavond voor negenen is overleden. Om een uur of zes, en dat was waarschijnlijk vlak nadat ze in Fjällbacka was aangekomen, heeft ze ene Lars Thelander gebeld omdat de cv-ketel het niet deed. Hij kon niet meteen komen, maar beloofde er om uiterlijk negen uur die avond te zijn. Volgens zijn verklaring was het precies negen uur toen hij aanklopte. Toen er na een poosje nog steeds niemand opendeed, is hij weer naar huis gegaan. Onze arbeidshypothese is dat ze op de avond dat ze in Fjällbacka aankwam is overleden, omdat het gezien de kou in huis onwaarschijnlijk lijkt dat ze zou zijn vergeten dat iemand de cv-ketel kwam repareren.'

Zijn haar gleed weer naar links en Patrik zag dat Erica haar ogen amper van het spektakel af kon houden. Waarschijnlijk moest ze zich beheersen om niet op hem af te stappen en zijn haar goed te doen. Een fase die iedereen op het bureau had gekend.

'Wanneer hebt u met haar gesproken?' Mellberg richtte zijn vraag tot Birgit.

'Tja, dat weet ik niet precies.' Ze dacht na. 'Na zevenen. Kwart over zeven, halfacht, zoiets. We hielden het kort omdat Alex zei dat ze bezoek had.' Birgit werd bleek. 'Zou het de...?'

Mellberg knikte plechtig. 'Dat is niet onmogelijk, mevrouw Carlgren, helemaal niet onmogelijk. Maar het is onze taak dat uit te zoeken en ik kan u verzekeren dat we alles zullen doen wat binnen onze mogelijkheden ligt. In ons werk is het uitsluiten van verdachten een van de eerste prioriteiten, dus ik wil dat u ons verslag uitbrengt van die vrijdagavond.'

'Willen jullie van mij ook een alibi hebben?' vroeg Erica.

'Ik denk niet dat dat nodig is. Maar we willen wel graag alles weten wat u in het huis zag op de dag dat u haar vond. Jullie kunnen een schriftelijke verklaring afleggen bij agent Hedström.'

Alle blikken werden op Patrik gericht en hij knikte bevestigend. Iedereen maakte aanstalten om te gaan staan.

'Het is een tragische gebeurtenis. Vooral met het oog op het kind.'

Nu richtten alle blikken zich weer op Mellberg.

'Het kind?' Birgits ogen schoten verbaasd heen en weer tussen Mellberg en Henrik.

'Volgens de patholoog-anatoom was ze drie maanden zwanger. Dat kan toch niet echt een verrassing zijn.'

Mellberg grijnsde en keek Henrik schelms aan. Patrik schaamde zich voor het tactloze gedrag van zijn chef.

Henriks gezicht werd langzaam bleek tot het de kleur van wit marmer had. Birgit keek hem vragend aan. Erica was als versteend.

'Jullie zouden een kind krijgen? Waarom hebben jullie dat niet gezegd? O, god.' Birgit drukte de zakdoek tegen haar mond en huilde ongeremd, zonder eraan te denken dat haar mascara nu uitliep. Henrik legde weer een beschermende arm om haar schouders, maar over Birgits hoofd ontmoetten zijn ogen die van Patrik. Het was duidelijk dat hij geen flauw benul had gehad dat Alex zwanger was geweest. Uit Erica's blik bleek echter dat zij het wel had geweten.

'We hebben het er wel over als we thuis zijn, Birgit.' Hij wendde zich tot Patrik. 'Ik zorg ervoor dat jullie onze schriftelijke verklaringen over die vrijdagavond krijgen. Jullie zullen ons daarna nog wel nader willen spreken?'

Patrik knikte bevestigend en trok zijn wenkbrauwen vragend op naar Erica.

'Henrik, ik kom zo. Ik wil even met Patrik praten. We kennen elkaar van vroeger.' Erica bleef in de gang achter terwijl Henrik Birgit naar de auto begeleidde.

'Dat ik jou hier tegenkom! Dat had ik niet verwacht,' zei Patrik. Hij wiebelde zenuwachtig met zijn voeten.

'Als ik erover had nagedacht, had ik natuurlijk wel geweten dat jij hier werkt.' Ze draaide het hengsel van haar handtas tussen haar vingers rond, hield haar hoofd schuin en keek hem aan. Hij kende al haar gebaartjes.

'Het is wel lang geleden dat we elkaar hebben gezien. Sorry dat ik niet naar de begrafenis kon komen. Hoe gaat het met Anna en jou?'

Ondanks haar lengte leek ze opeens klein en hij weerstond de neiging haar over haar wang te strijken.

'Ach, het gaat wel. Anna is meteen na de begrafenis naar huis gegaan. Ik ben hier nu een paar weken en probeer het huis op te ruimen. Maar dat is moeilijk.'

'Ik had wel gehoord dat een vrouw uit Fjällbacka het slachtoffer had gevonden, maar ik wist niet dat jij het was. Dat was vast akelig. Ook al omdat jullie vroeger bevriend waren.'

'Ja, het voelt alsof dat beeld nooit meer van mijn netvlies zal verdwijnen. Zeg, ik moet ervandoor, ze zitten in de auto op me te wachten. Kunnen we niet eens wat afspreken? Ik blijf nog wel even in Fjällbacka.' Ze was al onderweg naar de uitgang.

'Wat dacht je van een etentje, zaterdagavond? Om acht uur bij mij? Het adres staat in het telefoonboek.'

'Leuk. Tot zaterdag acht uur dan.' Ze liep achteruit door de deur naar buiten.

Zodra ze uit zijn blikveld was verdwenen, maakte hij tot groot vermaak van zijn collega's een indianendansje in de gang. Zijn vreugde werd iets getemperd toen hij zich realiseerde hoeveel hij moest doen om zijn huis op orde te krijgen. Sinds Karin bij hem weg was, had hij niet veel aandacht geschonken aan het huishouden.

Erica en hij kenden elkaar al sinds hun geboorte. Hun moeders waren in hun jeugd al dik bevriend geweest en hadden elkaar als twee zussen na gestaan. Patrik en Erica speelden vaak samen toen ze klein waren en het is niet overdreven te stellen dat Erica Patriks eerste grote liefde was. Zelf dacht hij dat hij al bij zijn geboorte verliefd op haar was. Zijn gevoelens voor haar waren voor hem altijd heel vanzelfsprekend geweest en zij op haar beurt had zijn onvoorwaardelijke bewondering gewoon geaccepteerd zonder er zelfs maar over na te denken. Pas toen ze naar Göteborg verhuisde, begreep hij dat het tijd was zijn dromen los te laten. Natuurlijk was hij daarna verliefd geworden en toen hij met Karin trouwde, was hij er vast van overtuigd dat ze samen oud zouden worden. Toch was Erica altijd in zijn achterhoofd aanwezig gebleven. Soms verstreken er maanden zonder dat hij aan haar dacht, soms dacht hij meerdere keren op een dag aan haar.

Tijdens zijn afwezigheid was de stapel papieren op zijn bureau niet als bij toverslag kleiner geworden. Met een diepe zucht ging hij zitten en pakte het bovenste vel. Het werk was eentonig genoeg om ondertussen over het menu te kunnen nadenken. Het toetje stond in elk geval vast. Erica was altijd dol op ijs geweest.

Hij werd wakker met een vieze smaak in zijn mond. Ze hadden gisteren blijkbaar stevig gefeest. Zijn maten waren 's middags op bezoek gekomen en ze hadden samen tot in de kleine uurtjes zitten drinken. Vaag herinnerde hij zich dat er politie aan de deur was geweest. Hij probeerde te gaan zitten, maar de hele kamer draaide en hij besloot nog even te blijven liggen.

Zijn rechterhand schrijnde en hij tilde hem op zodat hij die kon zien. De knokkels waren flink geschaafd en zaten onder het bloed. O, shit ja, ze hadden ruzie gehad, daarom was de politie langsgekomen. Langzaam kwamen de herinneringen terug. De anderen waren over de zelfmoord begonnen. Iemand had over Alex zitten zeiken. 'Kakmadam' en 'kutwijf' waren de woorden die hij had gebruikt. Anders was door het lint gegaan en hij herinnerde zich alleen nog maar dat hij hem in blinde woede te lijf was gegaan. In zijn eigen boosheid over haar verraad had hij haar ook weleens voor het een en ander uitgemaakt. Maar dat was niet hetzelfde. De anderen kenden haar niet. Hij was de enige die over haar mocht oordelen.

De telefoon rinkelde schel. Hij probeerde het geluid te negeren, maar besloot toen dat het erger was om naar het doordringende geluid te luisteren dan om op te staan en op te nemen.

'Met Anders.' Hij sprak met dubbele tong.

'Hallo, met mam. Hoe gaat het met je?'

'Klote.' Hij ging met zijn rug tegen de muur zitten. 'Hoe laat is het eigenlijk?'

'Bijna vier uur. Maak ik je wakker?'

'Nee hoor.' Zijn hoofd voelde relatief groot en dreigde aldoor tussen zijn knieën te zakken.

'Ik ben even boodschappen wezen doen. De mensen praten over iets waarvan ik wil dat je het weet. Luister je wel?'

'Ja ja, ik hoor je.'

'Het is gebleken dat Alex geen zelfmoord heeft gepleegd. Ze is vermoord. Ik wilde dat je dat wist.'

Stilte.

'Anders, hallo? Heb je me gehoord?'

'Ja ja. Wat zei je? Is Alex... vermoord?'

'Ja, dat zeggen ze in elk geval in het dorp. Birgit moest vandaag naar het politiebureau in Tanumshede komen en ze hebben haar dat verteld.'

'O shit. Zeg ma, ik moet wat dingen regelen. We bellen wel weer.'

'Anders? Anders?'

Hij had al opgelegd.

Met een enorme inspanning slaagde hij erin een douche te nemen en zich aan te kleden. Na twee paracetamolletjes voelde hij zich weer wat mens. De wodkafles lonkte, maar die verleiding weerstond hij. Nu moest hij nuchter zijn. Nou ja, relatief nuchter in elk geval.

De telefoon rinkelde weer. Hij negeerde het geluid en pakte het telefoonboek uit een kast in de hal. Algauw had hij gevonden wat hij zocht. Zijn handen trilden toen hij het nummer intoetste. De telefoon leek een eeuwigheid over te gaan.

'Hallo, met Anders,' zei hij toen er aan de andere kant eindelijk werd opgenomen.

'Nee, hang verdomme niet op. We moeten praten.

Veel keuze heb je niet. Dat kan ik je wel zeggen.

Ik kom over een kwartiertje bij je langs. En je zorgt er maar voor dat je thuis bent.

Het kan me geen bal schelen wie er verder nog is, hoor je me!

Vergeet niet wie hier het meest te verliezen heeft.

Gelul. Ik ga nu weg. Ik ben er over vijftien minuten.'

Anders gooide de hoorn erop. Hij haalde een paar keer diep adem, trok zijn jack aan en ging naar buiten. Hij nam niet de moeite de deur op slot te doen. Binnen rinkelde de telefoon nijdig.

Erica was uitgeput toen ze thuiskwam. Tijdens de terugrit had er een gespannen stilte in de auto gehangen en Erica begreep dat Henrik voor een moeilijke keuze stond. Zou hij Birgit vertellen dat hij niet de vader van Alex' kind was of zou hij zijn mond houden in de hoop dat het tijdens het onderzoek niet aan het licht kwam? Erica benijdde hem niet en had geen idee wat ze in zijn situatie zou hebben gedaan. De waarheid was niet altijd de beste uitweg.

De schemering was al gevallen en ze was blij dat haar vader buitenlampen had laten installeren die automatisch aangingen als je bij het huis kwam. Ze was altijd al heel erg bang in het donker geweest. Toen ze klein was, had ze gedacht dat ze daar wel overheen zou groeien; volwassenen waren toch niet bang in het donker? Nu was ze vijfendertig en keek ze nog steeds onder haar bed om zich ervan te verzekeren dat er in het donker niets op de loer lag. Overdreven.

Toen ze overal in huis licht had aangedaan, schonk ze een groot glas rode wijn in en kroop op de rieten bank op de veranda. Het was volkomen duister, maar ze keek toch alleen maar nietsziend voor zich uit. Ze voelde zich eenzaam. Er waren zoveel mensen die om Alex rouwden, die door haar dood werden geraakt. Zelf had ze nu alleen Anna nog maar. Soms vroeg ze zich af of zij haar überhaupt zou missen.

Alex en zij waren als kind heel dik bevriend geweest. Toen Alex zich terug begon te trekken en ten slotte door de verhuizing helemaal uit haar leven verdween, had Erica het gevoel gehad dat haar wereld instortte. Alex was de enige geweest die helemaal van haar was en de enige, behalve haar vader, die echt om haar had gegeven.

Erica zette het glas zo gedecideerd op tafel dat het voetje er bijna afbrak. Ze voelde zich veel te rusteloos om stil te zitten. Ze moest iets gaan doen. Het had helemaal geen zin om te doen alsof ze niet diep getroffen was door de dood van Alex. Wat haar nog het meeste raakte, was dat het beeld dat Alex' familie en vrienden haar hadden geschetst, zo afweek van de Alex die ze zelf had gekend. Natuurlijk, als mensen volwassen worden dan veranderen ze, maar een kern in hun persoonlijkheid blijft toch intact. De Alex die ze haar hadden beschreven was een volslagen vreemde.

Ze stond op en trok haar jas weer aan. De autosleutels zaten in haar jaszak en op het laatste moment pakte ze nog een zaklamp, die ze in haar andere jaszak stopte.

Het huis boven aan de heuvel leek verlaten in het violette licht van de straatlantaarn. Erica zette haar auto op de parkeerplaats achter de school. Ze wilde niet dat iemand haar het huis zag binnengaan.

De struiken in de tuin boden een welkome bescherming toen ze voorzichtig naar de veranda sloop. Ze hoopte dat sommige dingen nog net zo waren als vroeger en tilde de deurmat op. Daar lag de reservesleutel van het huis, verborgen op precies dezelfde plek als vijfentwintig jaar geleden. De deur piepte licht toen ze die opendeed en ze hoopte dat de buren het niet hadden gehoord.

Het was eng om het donkere huis binnen te gaan. Haar angst voor de duisternis deed haar adem stokken en ze moest zichzelf ertoe zetten een paar keer diep adem te halen om haar zenuwen onder controle te krijgen. Dankbaar herinnerde ze zich de zaklamp in haar jaszak en ze deed een schietgebedje, hopelijk waren de batterijen opgeladen. Dat waren ze. Het schijnsel van de zaklamp kalmeerde haar een beetje.

Ze liet de lichtbundel door de woonkamer op de begane grond glijden. Eigenlijk had ze geen flauw idee waar ze naar zocht. Ze hoopte dat de buren of een voorbijganger het licht niet zouden zien en de politie zouden bellen.

De kamer was mooi en ruim, maar het viel Erica op dat de voor de jaren zeventig zo typerende bruin met oranje inrichting die ze zich uit haar jeugd herinnerde, was vervangen door een licht, Scandinavisch interieur met berken meubels en strakke lijnen. Ze begreep dat Alex haar stempel op het huis had kunnen drukken. Alles zag er keurig uit, maar de kamer maakte een verlaten indruk zonder ook maar een kreukeltje in de bank of een krant op de salontafel. Ze zag niets dat de moeite van het bestuderen waard was.

Ze herinnerde zich dat de keuken achter de woonkamer lag. De keuken was groot en ruim en het enige dat de orde verstoorde, was een eenzaam kopje in de gootsteen. Erica liep via de woonkamer terug en ging naar boven. Boven aan de trap gekomen, ging ze meteen naar rechts, waar de grote slaapkamer lag. Erica herinnerde zich die als de slaapkamer van Alex' ouders, maar nu was het de kamer van Alex en Henrik. Ook die was smaakvol ingericht, zij het exotischer, met chocoladebruine en magenta stoffen en Afrikaanse houten maskers aan de muur. De ruime kamer had een hoog plafond, waardoor de grote kroonluchter goed tot zijn recht kwam. Alexandra had de verleiding om haar huis van boven tot onder met maritieme details in te richten blijkbaar weten te weerstaan, al zag je die wel veel in de huizen van de zomergasten. Van gordijnen met schelpen tot schilderijen met knopen – het ging allemaal als warme broodjes over de toonbank in de kleine zomerwinkels in Fjällbacka.

In tegenstelling tot de andere kamers die Erica had gezien, leek de slaapkamer bewoond. Hier en daar lagen kleine persoonlijke dingen. Op het nachtkastje lag een bril en een boek met gedichten van Gustaf Fröding. Op de vloer lag een paar sokken en op het bed waren een paar truien uitgespreid. Nu voelde Erica voor het eerst dat Alex hier daadwerkelijk had gewoond.

Voorzichtig begon ze in de laden en kasten te kijken. Ze wist nog steeds niet waar ze naar zocht en voelde zich een voyeur terwijl ze tussen het schitterende zijden ondergoed van Alex snuffelde. Net toen ze naar de volgende la wilde gaan, ritselde er iets op de bodem van de la.

Met haar hand tussen de kanten slipjes en beha's verstijfde ze opeens. In het stille huis hoorde ze beneden heel duidelijk een geluid. Een deur werd voorzichtig open- en dichtgedaan. In paniek keek Erica om zich heen. De enige plekjes waar ze zich hier kon verstoppen, waren onder het bed of in een van de kasten die de hele zijwand van de kamer besloegen. Even wist ze niet wat ze moest doen. Pas toen ze voetstappen op de trap hoorde, kon ze zich weer bewegen en instinctief sloop ze naar de dichtstbijzijnde kastdeur. Gelukkig gleed die geruisloos open en snel stapte ze de kast in en sloot ze de deur. Ze kon niet zien wie het huis was binnengekomen, maar de naderende voetstappen hoorde ze maar al te duidelijk. De persoon in kwestie aarzelde even voor de slaapkamerdeur. Erica voelde opeens dat ze wat in haar hand hield. Zonder het te merken had ze dat wat in de la had geritseld, meegenomen. Voorzichtig stopte ze het in haar jaszak.

Ze durfde amper te ademen. Haar neus begon te jeuken en ze bewoog hem wanhopig heen en weer in de hoop dat het over zou gaan. Ze had geluk, de jeuk verdween.

De persoon in de slaapkamer liep zoekend rond. Het klonk alsof hij of zij ongeveer hetzelfde deed als wat Erica had gedaan voordat ze werd onderbroken. Laden werden opengetrokken en Erica besefte dat het niet lang meer zou duren of de klerenkasten waren aan de beurt. Haar paniek werd groter en er verschenen zweetdruppeltjes op haar voorhoofd. Wat moest ze doen? De enige mogelijkheid die ze zag, was zich zo ver mogelijk achter de kleren te verbergen. Ze had geluk en was in een kast gestapt waar een paar lange mantels hingen. Voorzichtig drapeerde ze die voor zich. Hopelijk viel het niet op dat er onder in de kast een paar enkels uit twee schoenen staken.

Het duurde kennelijk even om de ladekast te doorzoeken. Ze rook de bedompte geur van mottenballen en hoopte van ganser harte dat die hun werk hadden gedaan en dat er geen diertjes in de duisternis rondkropen. Ze hoopte net zo hard dat degene die op een paar meter afstand door de kamer sloop, niet de moordenaar van Alex was. Maar wie anders had reden om in Alex' huis rond te sluipen, dacht Erica, even vergetend dat zijzelf ook niet direct was uitgenodigd.

Opeens ging de kastdeur open en Erica voelde lucht langs haar enkels stromen. Ze hield haar adem in.

De kast leek geen geheimen of kostbaarheden te herbergen, en de deur werd vrijwel meteen weer dichtgedaan. De andere deuren werden ook snel geopend en gesloten en even later hoorde ze dat de voetstappen zich verwijderden en weer naar beneden gingen. Pas een hele tijd nadat ze had gehoord dat de buitendeur voorzichtig werd dichtgedaan, durfde ze uit de kast te komen. Wat heerlijk om te kunnen ademen zonder zich van elke ademhaling bewust te zijn.

De kamer zag er nog net zo uit als toen Erica was binnengekomen. Wie de bezoeker ook was geweest, hij of zij was voorzichtig te werk gegaan en had geen chaos achtergelaten. Erica was er redelijk van overtuigd dat het geen dief was geweest. Ze keek nog eens goed naar de klerenkast waar ze in had gestaan. Toen ze zich tegen de achterwand had gedrukt, had ze iets hards tegen haar kuiten gevoeld. Ze duwde de kleren die ervoor hingen opzij en zag een groot doek. Omdat het met de achterkant naar haar toe stond, pakte ze het voorzichtig uit de kast en draaide het om. Het was een prachtig schilderij. Zelfs Erica begreep dat het door een vaardig kunstenaar was gemaakt. Het stelde een naakte Alexandra voor, liggend op haar zij en haar hoofd leunend op een hand. De kunstenaar had alleen warme kleuren gebruikt en daardoor maakte Alexandra's gezicht een vredige indruk. Erica vroeg zich af waarom zo'n mooi schilderij achter in een klerenkast stond. Naar de afbeelding te oordelen hoefde Alexandra zich niet voor haar lichaam te schamen. Ze was net zo volmaakt als het schilderij. Erica kon het gevoel dat het doek iets bekends had niet van zich afzetten. Het had iets wat ze eerder had gezien. Ze wist zeker dat ze het schilderij zelf niet kende, dus het moest iets anders zijn. Rechtsonder stond geen signatuur en toen ze het schilderij omdraaide stond er alleen maar '1999', wat het jaar moest zijn waarin het was gemaakt. Voorzichtig zette ze het weer op zijn plek achter in de kast en sloot de deur.

Ze keek nog een laatste keer rond. Er was iets waar ze niet echt de vinger op kon leggen. Er miste iets, maar ze kon met de beste wil van de wereld niet verzinnen wat. Ach, misschien kwam ze er later op. Nu durfde ze niet langer in het huis te blijven. Ze legde de sleutel terug op de plek waar ze die had gevonden en voelde zich pas weer veilig toen ze in haar auto zat en de motor draaide. Nu had ze wel genoeg spanning voor één avond gehad. Een flink glas cognac zou haar tot bedaren brengen en haar onrust verdrijven. Waarom had ze hier ook zo nodig heen gemoeten? Ze kon zich wel voor het hoofd slaan, zo dom vond ze zichzelf.

Toen ze thuis de oprit van de garage opreed, zag ze dat ze maar een uurtje weg was geweest. Dat verbaasde haar. Het had een eeuwigheid geleken.

Stockholm liet zich van zijn beste kant zien. Toch voelde ze zich de hele tijd zwaarmoedig. Normaal gesproken zou ze hebben genoten van de zon die in het water van de Riddarfjärden glinsterde toen ze over de Västerbrug reed. Maar vandaag niet. De afspraak was om twee uur en ze had de hele weg vanaf Fjällbacka tevergeefs nagedacht over een mogelijke oplossing. Marianne had haar juridische positie helder uiteengezet. Als Anna en Lucas erop stonden het huis te verkopen, zou ze daar akkoord mee moeten gaan. Haar enige alternatief was hen voor de helft van de marktwaarde van het huis uit te kopen. Maar ze had zelfs geen fractie van dat bedrag; de prijzen die tegenwoordig voor huizen in Fjällbacka werden gevraagd waren exorbitant. Uiteraard zou ze bij een verkoop van het huis niet met lege handen komen te staan. Haar helft van het huis zou misschien wel een paar miljoen kronen opleveren, maar het geld kon haar niet schelen. Geen enkel bedrag in de wereld zou het verlies van het huis goed kunnen maken. Stel je voor dat een Stockholmse yup die dacht dat een nieuwe zeilpet hem tot een kustbewoner maakte, de prachtige veranda aan de voorzijde sloopte om er panoramaramen te plaatsen! De gedachte alleen al maakte haar misselijk. En niemand moest haar vertellen dat ze overdreef. Ze had het al zo vaak zien gebeuren.

Ze sloeg af bij het kantoor van de advocaat aan de Runebergsgatan op Östermalm. De gevel was deftig en bestond uitsluitend uit marmer en pilaren. In de spiegel in de lift controleerde ze haar uiterlijk nog een laatste keer. Ze had haar kleding met zorg op de gelegenheid afgestemd. Dit was de eerste keer dat ze hier was, maar het was niet moeilijk te raden wat voor soort advocaat Lucas zou hebben. Hij had uit zogenaamde beleefdheid gezegd dat ze uiteraard haar eigen advocaat kon meenemen. Erica had ervoor gekozen alleen te gaan. Ze had domweg geen geld voor een advocaat.

Eigenlijk had ze van tevoren Anna en de kinderen even willen zien. Een kopje koffie bij hen willen drinken. Hoewel ze verbitterd was over Anna's handelwijze, was Erica vastbesloten haar uiterste best te doen om hun relatie in stand te houden.

Anna leek dat anders te zien en had gezegd dat het te druk werd. Het was beter als ze elkaar bij de advocaat zagen. Voordat Erica kon voorstellen dat ze dan naderhand misschien wat konden doen, zei Anna dat ze meteen na de bijeenkomst met een vriendin had afgesproken. Erica dacht niet dat dat toeval was. Het was duidelijk dat Anna haar wilde ontlopen. De vraag was alleen of dat haar eigen initiatief was of dat Lucas het gewoon niet goed vond dat Anna Erica ontmoette als hij op zijn werk was en hen niet in de gaten kon houden.

Iedereen was er al toen ze binnenstapte. Met een ernstig gezicht keken ze naar haar toen ze met een geforceerde glimlach haar hand naar de beide advocaten van Lucas uitstak. Lucas knikte alleen ter begroeting en Anna durfde achter zijn rug kort te zwaaien. Ze gingen zitten en de onderhandelingen begonnen.

Al met al duurde het niet lang. De advocaten vertelden droog en zakelijk wat Erica al wist. Dat Anna en Lucas volledig in hun recht stonden nu ze het huis wilden verkopen. Als Erica hun de helft van de marktwaarde kon betalen, had ze het recht dat te doen. Als ze dat niet kon of wilde, zou het huis te koop worden aangeboden zodra een onafhankelijk taxateur het huis had getaxeerd.

Erica keek Anna recht aan.

'Is dit echt wat je wilt? Betekent het huis niets voor je? Wat denk je dat papa en mama ervan zouden vinden als ze wisten dat we het zo vlak na hun overlijden verkochten? Is dit echt wat jij wilt, Anna?'

Ze legde de nadruk op 'jij' en zag vanuit haar ooghoek dat Lucas geïrriteerd zijn wenkbrauwen optrok.

Anna sloeg haar ogen neer en plukte wat onzichtbare stofjes van haar elegante mantelpakje. Haar blonde haar was strak achterovergekamd en in een paardenstaart gebonden.

'Wat moeten we met het huis? Oude huizen brengen alleen maar een hoop onderhoud met zich mee. Bovendien levert het ons nu best een leuk bedrag op. Ik ben ervan overtuigd dat papa en mama het prima hadden gevonden dat een van ons de zaak praktisch bekijkt. Ik bedoel, wanneer gebruiken we het huis? Lucas en ik kopen liever een zomerhuisje aan de scherenkust van Stockholm, wat voor ons dichterbij is. En wat moet jij in je eentje in dat grote huis?'

Lucas lachte schamper naar Erica terwijl hij Anna met gespeelde zorg over haar rug streek. Zij had Erica nog steeds niet aan durven kijken.

Het viel Erica alweer op dat haar zus er zo moe uitzag. Ze was dunner dan anders en het zwarte pakje dat ze aanhad, hing los om haar boezem en middel. Ze had donkere kringen onder haar ogen en Erica meende dat ze een blauwachtige tint zag onder het poeder op haar rechterjukbeen. Woede en machteloosheid welden in haar op en ze keek Lucas nijdig aan. Hij beantwoordde haar blik kalm. Hij was rechtstreeks uit zijn werk hierheen gekomen en droeg zijn werkkleding: een donkergrijs pak met een stralend wit overhemd en een glimmende donkergrijze das. Hij zag er elegant en mondain uit. Erica was ervan overtuigd dat veel vrouwen hem aantrekkelijk vonden. Zelf vond ze dat hij een vals trekje had. Zijn gezicht was hoekig met scherpe jukbeenderen en kaken. Dat werd versterkt door zijn hoge voorhoofd en het glad naar achteren gekamde haar. Hij was niet direct het prototype van een rossige Engelsman, maar leek eerder een echte Scandinaviër met lichtblond haar en ijsblauwe ogen. Zijn bovenlip was rond en vol, wat hem een luie, decadente uitdrukking gaf. Erica merkte dat zijn blik naar haar decolleté was gegaan en ze trok instinctief haar colbertje dicht. Hij zag haar beweging en dat ergerde haar. Ze wilde niet dat hij zag dat hij hoe dan ook invloed op haar had.

Toen de bijeenkomst eindelijk was afgelopen, draaide Erica zich om en vertrok zonder afscheid te nemen. Wat haar betrof was alles gezegd wat gezegd kon worden. Een taxateur zou contact met haar opnemen en daarna zou het huis zo snel mogelijk worden verkocht. Geen enkel smekend woord had geholpen. Ze had verloren.

Ze had haar appartement in Vasastan onderverhuurd aan een leuk stel dat promotieonderzoek deed, dus daar kon ze niet naartoe. Omdat ze ook nog geen zin had om aan de vijf uur durende terugreis naar Fjällbacka te beginnen, zette ze haar auto in de parkeergarage aan het Stureplan en ging ze in het Humlegårdspark zitten. Ze moest alles even op een rijtje zetten. De rust in het fraaie park, dat als een oase in hartje Stockholm lag, bood haar precies de meditatieve omgeving die ze nodig had.

Het had waarschijnlijk pas gesneeuwd, want het gras was nog wit. In Stockholm duurde het maar een dag of twee voordat verse sneeuw in een grijze smurrie was veranderd. Ze legde haar wanten op het bankje en ging erbovenop zitten. Je had maar zo een blaasontsteking te pakken en dat was wel het laatste wat ze nu kon gebruiken.

Ze liet haar gedachten de vrije loop terwijl ze naar de mensen keek die gejaagd over het wandelpad voorbijliepen. Het was lunchpauze. Ze was bijna vergeten hoe hectisch het in Stockholm was. Alle mensen holden aan één stuk door en leken iets na te jagen wat ze nooit echt bereikten. Plotseling verlangde ze terug naar Fjällbacka. Ze had niet beseft hoezeer ze daar de afgelopen weken tot rust was gekomen. Ze had weliswaar veel te doen gehad, maar ze had ook een innerlijke rust gevonden die ze in Stockholm nooit had gekend. Als je in je eentje in Stockholm woonde, was je volledig geïsoleerd. In Fjällbacka was je nooit alleen. Dat had z'n voor- en z'n nadelen. De mensen gaven om elkaar en hielden hun buren en medemensen in de gaten. Soms kon dat extreme vormen aannemen. Erica hield niet van al het geroddel, maar toen ze zo de stadse hectiek bekeek, wist ze dat ze hier niet terug kon keren.

Zoals zo vaak de laatste tijd moest ze aan Alex denken. Waarom was zij elk weekend naar Fjällbacka gegaan? Wie ontmoette ze daar? En de belangrijkste vraag: wie was de vader van haar kind?

Opeens dacht Erica aan het papier dat ze in haar jaszak had gestopt toen ze in de duisternis van de klerenkast had gestaan. Ze snapte niet dat ze eergisteren toen ze thuiskwam was vergeten om ernaar te kijken. Ze stak haar hand in haar rechterzak en haalde er een verfrommeld papier uit. Met stijve vingers van de kou streek ze het voorzichtig glad.

Het was een kopie van een krantenartikel uit de *Bohusläningen*. Er stond geen datum op, maar gezien het lettertype en de zwart-witfoto was het geen recent artikel. Naar de foto te oordelen kwam het uit de jaren zeventig en ze herkende zowel de man op de foto als het verhaal zelf. Waarom had Alex dit artikel onder in een la bewaard?

Erica stond op en stopte het artikel weer in haar jaszak. Hier zou ze geen antwoorden vinden. Het was tijd om naar huis te gaan.

De begrafenis was mooi en plechtig. De kerk van Fjällbacka was verre van vol. De meeste mensen hadden Alexandra niet gekend, maar waren er alleen uit nieuwsgierigheid. Haar familie en vrienden zaten op de voorste rijen. Behalve de ouders van Alex en Henrik kende Erica alleen Francine. Naast haar zat een lange blonde man, waarschijnlijk haar echtgenoot. Verder waren er niet veel vrienden. De twee banken boden meer dan voldoende plek en dat bevestigde het beeld dat Erica van Alex had. Ze had vast veel kennissen gehad, maar weinig echte vrienden. Her en der in de kerk zaten verder alleen maar wat nieuwsgierigen.

Zelf was Erica op de galerij gaan zitten. Birgit had haar buiten zien staan en haar gevraagd bij hen te komen zitten, maar dat aanbod had ze vriendelijk afgeslagen. Het had huichelachtig geleken om tussen de vrienden en familie te zitten. Eigenlijk was Alex een vreemde voor haar.

Erica schoof op de ongemakkelijke kerkbank heen en weer. Hun hele kindertijd hadden Anna en zij elke zondag mee gemoeten naar de kerk. Toen ze klein was, had ze de lange preken en psalmen waarvan ze de melodieën maar niet kon onthouden, verschrikkelijk saai gevonden. Ter afleiding had ze zelf verhaaltjes zitten verzinnen. Hier waren sprookjes over draken en prinsessen ontstaan die nooit op papier waren beland. Dankzij Erica's luide protesten werden de kerkbezoeken tijdens haar tienerjaren aanzienlijk minder, maar de keren dat ze toch was meegegaan, waren de sprookjes vervangen door verhalen met een romantisch karakter. Ironisch genoeg was haar beroepskeuze misschien wel juist te danken, of te wijten, aan de verplichte kerkbezoeken.

Erica had haar geloof nog steeds niet gevonden en voor haar was een kerk een mooi gebouw dat was omhuld door tradities, verder niets. De preken uit haar jeugd hadden er niet toe geleid dat ze naar een eigen geloof op zoek was gegaan. Ze hadden vaak van de hel en zonden verhaald en hadden geen spoor vertoond van het lichte geloof in God waarvan ze wist dat het bestond, al had ze dat zelf nooit ervaren. Nu stond er een vrouw in priestergewaad voor het altaar, en in plaats van eeuwige verdoemenis sprak ze over licht, hoop en liefde. Erica had in haar jeugd graag zo'n beeld van God gehad.

Vanaf haar verborgen plaats op de galerij zag ze dat er een jonge vrouw naast Birgit op de voorste rij zat. Birgit hield haar hand krampachtig vast en leunde soms met haar hoofd op haar schouder. Ze kwam Erica vaag bekend voor en ze begreep dat het Julia moest zijn, Alex' jongere zus. Erica zat te ver weg om haar gezicht te kunnen onderscheiden, maar het viel haar op dat ze bij Birgits aanraking terugdeinsde. Elke keer dat Birgit haar hand pakte, trok Julia die terug, maar Birgit deed alsof ze dat niet merkte, of ze merkte het in haar huidige toestand echt niet.

Door de hoge glas-in-loodramen viel het zonlicht naar binnen. De banken waren hard en ongemakkelijk en Erica voelde dat een zeurende pijn in haar onderrug kwam opzetten. Ze was blij dat de plechtigheid relatief kort duurde. Na afloop bleef ze even zitten en ze zag van bovenaf hoe de mensen langzaam de kerk uit liepen.

De lucht was strakblauw en de zon scheen bijna ondraaglijk fel. Een processie van mensen liep van de kleine heuvel naar het kerkhof en het pas gedolven graf, waar ze de kist van Alex in zouden laten zakken.

Toen haar ouders nog leefden, had ze er nooit over nagedacht hoe dat 's winters ging, als de vorst nog in de grond zat. Nu wist ze dat de grond werd verwarmd zodat ze erin konden graven. Een rechthoek die precies groot genoeg was voor het aantal kisten dat ze erin zouden laten zakken.

Onderweg naar de plek die voor het graf van Alex was uitgekozen, kwam Erica langs de grafsteen van haar ouders. Ze liep helemaal achteraan en bleef even bij de steen staan. Er lag een dikke laag sneeuw op de rand, die ze voorzichtig wegveegde. Ze wierp nog een laatste blik op het graf en haastte zich toen naar het groepje dat zich verderop had verzameld. De mensen die alleen uit nieuwsgierigheid waren gekomen, waren er nu in elk geval niet bij; er stonden alleen vrienden en familieleden rond het graf. Erica had getwijfeld of ze mee zou gaan. Op het allerlaatste moment had ze besloten dat toch te doen, omdat ze Alex naar haar laatste rustplaats wilde begeleiden.

Henrik stond vooraan en had zijn handen diep in zijn jaszakken gestoken. Zijn hoofd was gebogen en zijn ogen waren op de kist gericht, die langzaam met bloemen bedekt raakte. Vooral rode rozen.

Zou hij ook rondkijken en zich afvragen of de vader van het kind zich onder de aanwezigen rond het graf bevond?

Toen ze de kist lieten zakken, zuchtte Birgit lang, diep en verdrietig. Karl-Erik zag er verbeten uit en had droge ogen. Hij had al zijn kracht nodig om Birgit overeind te houden, zowel geestelijk als lichamelijk. Julia stond een eindje bij hen vandaan. Henrik had gelijk gehad toen hij Julia als het lelijke eendje van de familie had beschreven. In tegenstelling tot haar oudere zus had ze donker haar dat in korte pieken was geknipt die in de verste verte niet op een kapsel leken. Haar trekken waren grof en haar diepliggende ogen lagen verborgen achter een te lange pony. Ze droeg geen make-up en haar huid vertoonde duidelijke sporen van acne tijdens haar jeugd. Naast haar leek Birgit nog kleiner en brozer dan anders. Haar jongste dochter was ruim tien centimeter langer dan zij en haar lichaam was breed, zwaar en vormeloos. Gefascineerd keek Erica naar de tegenstrijdige gevoelens die als wervelstormen over Julia's gezicht trokken. Pijn en razernij wisselden elkaar in hoog tempo af. Geen tranen. Zij was de enige die geen bloem op de kist legde en toen de plechtigheid voorbij was, draaide ze snel haar rug naar het gat in de grond en liep terug naar de kerk.

Erica vroeg zich af wat voor relatie de zussen hadden gehad. Het was vast niet makkelijk geweest om altijd met Alex te worden vergeleken. Om altijd aan het kortste eind te trekken. Julia's rug zag er afwijzend uit toen ze met vlugge passen de afstand tussen zichzelf en de anderen vergrootte. Ze had haar schouders in een afwerend gebaar tot haar oren opgetrokken.

Henrik kwam naast Erica staan. 'Er is zo meteen nog een korte herdenking. We zouden het fijn vinden als jij ook kwam.'

'Tja, ik weet niet...' zei Erica.

'Je kunt toch wel even komen?'

Ze aarzelde. 'Oké. Waar is het? Bij Ulla thuis?'

'Nee. We hebben er lang en breed over nagedacht, maar uiteindelijk voor het huis van Birgit en Karl-Erik gekozen. Ondanks wat er daar gebeurd is, weet ik dat Alex dol was op dat huis. We hebben er heel veel vrolijke herinneringen, dus een betere plek om haar te herdenken is er eigenlijk niet. Maar ik begrijp dat het voor jou moeilijk kan zijn daar nu naartoe te gaan. Jouw laatste bezoek was niet bepaald vrolijk.'

Bij de gedachte aan het bezoek dat in werkelijkheid haar laatste was geweest, steeg het schaamrood Erica naar de wangen en ze sloeg snel haar ogen neer. 'Het lukt me wel.'

Ze ging met haar eigen auto en zette die weer op de parkeerplaats achter de Håkebackenschool. Toen ze door de voordeur stapte, was het binnen al een drukte van belang en ze vroeg zich af of ze niet beter naar huis kon gaan. Maar toen Henrik kwam om haar jas aan te nemen, was het te laat om van gedachten te veranderen.

Het was druk rond de eettafel, waar allerlei hartige taarten op stonden. Erica koos een stukje taart met garnalen en ging toen snel in een hoekje van de kamer zitten, waar ze de anderen in alle rust kon gadeslaan terwijl ze at.

De stemming was ongewoon vrolijk gezien de reden waarvoor

iedereen hier was. De ondertoon was koortsachtig monter en toen ze naar de mensen om haar heen keek, leken ze allemaal een masker te dragen. De gedachte aan de oorzaak van Alex' dood lag vlak onder het oppervlak.

Erica liet haar ogen door de kamer dwalen, keek van het ene gezicht naar het andere. Birgit zat in een hoekje van de bank en depte haar ogen met een zakdoek. Karl-Erik stond achter haar en had zijn ene hand onhandig op haar schouder gelegd terwijl hij in zijn andere een bord met een stuk quiche vasthield. Henrik werkte professioneel het hele gezelschap af. Hij liep van het ene groepje naar het andere, schudde handen en knikte als mensen hem condoleerden, vertelde dat er nu ook koffie en koekjes klaarstonden. Hij leek de perfecte gastheer. Alsof dit een willekeurige cocktailparty was in plaats van een herdenkingsbijeenkomst. Alleen aan een diepe zucht en een korte aarzeling alsof hij moed moest verzamelen voordat hij naar het volgende groepje ging, kon je zien dat dit hem inspanning kostte.

De enige die zich afwijkend gedroeg, was Julia. Ze zat op de vensterbank van de veranda. Ze had haar ene knie opgetrokken en staarde in de verte. Iedereen die haar met vriendelijke en deelnemende woorden probeerde te benaderen, moest onverrichter zake terugkeren. Ze negeerde alle toenaderingspogingen en bleef voor zich uit staren.

Erica voelde een zachte hand op haar arm en schrok, waardoor ze koffie op haar schoteltje morste.

'Sorry, ik wilde je niet laten schrikken.' Francine glimlachte.

'Het geeft niet. Ik was in gedachten.'

'Dacht je aan Julia?' Francine knikte met haar hoofd in de richting van het raam. 'Ik zag dat je naar haar keek.'

'Ja, ik moet bekennen dat ze me fascineert. Ze sluit zich zo af voor de rest van de familie. Ik weet niet of ze om Alex rouwt of dat ze pisnijdig is vanwege een reden die ik niet ken.'

'Niemand krijgt hoogte van Julia. Maar ze heeft het vast niet makkelijk gehad. Het lelijke eendje dat tussen twee prachtige zwanen is opgegroeid. Altijd verstopt en genegeerd. Niet dat iemand echt onaardig tegen haar deed, maar ze was gewoon... niet gewenst. Alex had het bijvoorbeeld nooit over haar toen we in Frankrijk woonden. Toen we naar Zweden kwamen, was ik heel verbaasd te ontdekken dat ze een jonger zusje had. Ze had het vaker over jou dan over Julia. Jullie hebben ongetwijfeld een heel bijzondere band gehad.'

'Ik weet het eigenlijk niet. We waren kind. Net als alle kinderen van die leeftijd waren we "bloedzusters" en zouden we er altijd voor elkaar zijn en zo. Maar als Alex niet was verhuisd, was er met ons vast en zeker hetzelfde gebeurd als met alle andere meisjes die tiener worden. Dan hadden we geruzied over vriendjes, andere kleren leuk gevonden, op verschillende treden van de sociale ladder gestaan en elkaar in de steek gelaten voor vrienden die beter pasten bij de fase waarin we ons bevonden – of wilden bevinden. Maar het is wel zo dat Alex een grote invloed heeft gehad op mijn leven, ook als volwassene. Ik heb het gevoel dat ik in de steek gelaten ben. Dat heb ik eigenlijk nooit echt goed kunnen loslaten en ik heb me altijd afgevraagd of ik iets verkeerd heb gedaan. Ze trok zich steeds verder terug en op een gegeven moment was ze gewoon verdwenen. Toen we elkaar als volwassenen weer zagen, was ze een vreemde. Op de een of andere vreemde manier heb ik het gevoel dat ik haar nu opnieuw leer kennen.'

Erica dacht aan de stapel pagina's voor het boek die bij haar thuis lag en steeds hoger werd. Tot nu toe had ze alleen een verzameling indrukken en verslagen, afgewisseld met haar eigen gedachten en overpeinzingen. Ze wist zelfs nog niet hoe ze het materiaal zou ordenen, ze wist alleen dat dit iets was wat ze moest doen. Haar schrijversinstinct zei haar dat dit een kans was om iets waarachtigs te schrijven, maar ze had geen idee waar de grens tussen haar behoefte als auteur en haar persoonlijke relatie met Alex liep. De nieuwsgierigheid die nodig was om iets te kunnen schrijven, zette haar er ook toe aan om op een veel persoonlijker vlak naar antwoorden op het raadsel van Alex' dood te zoeken. Ze had ervoor kunnen kiezen Alex en haar lot los te laten. De verdrietige mensen rond Alex de rug toe te keren en zich met haar eigen dingen bezig te houden. In plaats daarvan stond ze nu in een kamer vol mensen die ze eigenlijk niet kende.

Opeens realiseerde ze zich iets. Ze was het schilderij dat ze in de klerenkast had gevonden, bijna vergeten. Nu wist ze plotseling waarom de warme tinten waarin Alex' lichaam waren geschilderd, zo bekend hadden geleken.

'Toen ik bij je in de galerie was...'

'Ja?'

'Toen had je vlak bij de deur een schilderij hangen. Een groot doek met uitsluitend warme kleuren, geel, rood, oranje…'

'Ja, ik weet welk doek je bedoelt. Wat is daarmee? Ga me nou niet vertellen dat je dat wilt kopen.'

'Nee, dat niet. Maar ik vroeg me af wie het heeft geschilderd.'

'Ach, dat is een nogal triest verhaal. De schilder heet Anders Nilsson. Hij komt overigens hier uit Fjällbacka. Alex heeft hem ontdekt. Hij heeft een enorm talent. Helaas is hij ook zwaar aan de drank en dat zal zijn mogelijkheden als kunstenaar waarschijnlijk tenietdoen. Tegenwoordig is het niet meer genoeg om je schilderijen bij een galerie in te leveren en op succes te hopen. Als kunstenaar moet je jezelf ook goed kunnen verkopen, naar vernissages en tentoonstellingen gaan, helemaal voldoen aan het beeld dat mensen van een kunstenaar hebben. Anders Nilsson is een verlopen drop-out, die je nergens kunt uitnodigen. We verkopen af en toe een schilderij aan klanten die oog hebben voor talent, maar Anders zal nooit een grote ster aan het artistiek firmament worden. Als ik het heel sarcastisch mag zeggen, dan is zijn kans op succes het grootst als hij zichzelf dooddrinkt. Dode schilders doen het altijd goed bij het grote publiek.'

Erica keek de tengere vrouw tegenover haar verbaasd aan. Francine zag haar kijken en vervolgde: 'Het was niet de bedoeling zo cynisch te klinken. Maar het stoort me dat iemand met zoveel talent het gewoon verzuipt. Tragisch is nog zwak uitgedrukt. Hij bofte dat Alex zijn werk ontdekte. Anders waren de drop-outs in Fjällbacka de enigen geweest die ervan hadden kunnen genieten. En ik kan me niet voorstellen dat zij de schone kanten van de kunst weten te waarderen.'

Er viel een puzzelstukje op zijn plaats, maar Erica kon met de beste wil van de wereld niet zien hoe het in het grote geheel paste. Waarom had Alex een naakt van zichzelf dat Anders Nilsson had gemaakt, achter in haar klerenkast verstopt? Misschien was het een cadeau voor Henrik of haar minnaar geweest en had Alex het besteld bij een kunstenaar wiens talent ze bewonderde. Toch had Erica niet het gevoel dat dat klopte. Het schilderij had iets zinnelijks en sensueels gehad, wat een relatie tussen vreemden weersprak. Alsof er een speciale band tussen Alex en Anders was geweest. Aan de andere kant wist Erica ook dat zij geen kunstkenner was en dit misschien niet goed aanvoelde.

In de kamer ontstond geroezemoes. Het begon in het groepje bij de buitendeur en verspreidde zich snel. Alle ogen richtten zich op de deur, waar een hoogst onverwachte gast een grootse entree maakte. Toen Nelly Lorentz binnenstapte, hielden de gasten van verbazing hun adem in. Erica dacht aan het krantenknipsel dat ze in Alex' slaapkamer had gevonden en had het gevoel dat alle feiten zonder enig logisch verband door haar hoofd tolden.

Het voortbestaan van Fjällbacka was al sinds de jaren vijftig afhankelijk van conservenfabriek Lorentz. Bijna de helft van alle werkende inwoners van Fjällbacka was in dienst van de fabriek en de familie Lorentz werd in het kleine dorp als royalty beschouwd. Omdat er in Fjällbacka geen society was, vormde de familie Lorentz een klasse apart. Vanuit hun verheven plek in de enorme villa boven op de berg keken ze hooghartig op Fjällbacka neer.

De fabriek was in 1952 door Fabian Lorentz opgericht. Hij kwam uit een oud vissersgeslacht en er werd van hem verwacht dat hij in zijn vaders voetsporen zou treden. Maar de visserij ging achteruit en de jonge Fabian was niet alleen ambitieus maar ook intelligent, en hij nam geen genoegen met het karige bestaan van zijn vader.

Hij bouwde de conservenfabriek vanuit het niets op en toen hij aan het eind van de jaren zeventig overleed, liet hij zijn echtgenote Nelly behalve een florerend bedrijf ook een aanzienlijk vermogen na. In tegenstelling tot haar man, die erg geliefd was geweest, had Nelly de naam hooghartig en koel te zijn. Tegenwoordig liet ze zich zelden in het dorp zien en hield ze als een echte koningin alleen audiëntie voor speciale genodigden. Het was daarom uitzonderlijk haar hier binnen te zien komen. Dit zou nog maandenlang stof tot roddelen geven.

Het was zo stil in de kamer dat je een speld kon horen vallen. Mevrouw Lorentz liet zich genadig door Henrik uit haar bontmantel helpen en aan zijn arm kwam ze de kamer binnen. Terwijl hij haar naar de bank in het midden leidde waar Birgit en Karl-Erik zaten, begroette ze sommige andere aanwezigen met een kort knikje. Toen ze bij Alex' ouders was, kwamen de andere gesprekken eindelijk weer op gang. Er werd over koetjes en kalfjes gepraat terwijl iedereen zijn best deed om op te vangen wat er bij de bank werd gezegd.

Een van de mensen die een genadig knikje hadden gekregen, was Erica. Omdat zij min of meer een celebrity was, was zij waardig bevonden en had ze na het overlijden van haar ouders een uitnodiging van Nelly Lorentz ontvangen om thee te komen drinken. Ze had beleefd afgezegd en als reden opgegeven dat ze nog niet was hersteld.

Nieuwsgierig bekeek ze Nelly, die Birgit en Karl-Erik nu stijfjes haar welgemeende deelneming betuigde. Erica betwijfelde of er in het uitgedroogde lichaam wel ruimte was voor dergelijke gevoelens. Nelly was buitengewoon mager en uit het pakje van uitstekende snit staken knokige polsen. Waarschijnlijk had ze zich haar hele leven uitgehongerd om modieus dun te kunnen zijn, zonder te beseffen dat dat mooi was als je de natuurlijke rondingen van de jeugd had, maar niet als de ouderdom zijn sporen had achtergelaten. Haar gezicht was scherp en hoekig maar verbazingwekkend glad en rimpelvrij, wat Erica deed vermoeden dat het mes de natuur hier een handje had geholpen. Haar haar was haar mooiste punt. Het was dik en zilvergrijs en zat opgestoken in een elegante wrong. Het haar was echter zo strak naar achteren gekamd dat de huid op haar voorhoofd licht naar achteren werd getrokken, wat haar gezicht een enigszins verbaasde uitdrukking gaf. Erica schatte dat ze in de tachtig was. Het gerucht ging dat Nelly in haar jeugd danseres was geweest en dat ze Fabian Lorentz had ontmoet toen ze in Göteborg in een etablissement had gedanst waar je je als keurig meisje niet kon vertonen. Erica meende in Nelly's nog altijd gracieuze bewegingen de sporen van een danseres te kunnen herkennen. Volgens de officiële versie was ze echter zelfs nooit in de buurt geweest van een dansgelegenheid en was ze de dochter van een consul uit Stockholm.

Na een paar minuten zachtjes met de rouwende ouders te hebben gesproken, ging Nelly bij Julia op de veranda zitten. De aanwezigen lieten geen van allen blijken hoe bijzonder ze dat vonden en iedereen ging door met zijn gesprek, maar zonder het vreemde koppel uit het oog te verliezen.

Erica stond weer in haar eentje in een hoekje omdat Francine met andere gasten was gaan praten en ze kon Julia en Nelly ongestoord bestuderen. Voor het eerst die dag zag Erica een glimlach op Julia's gezicht verschijnen. Ze sprong uit de vensterbank en ging naast Nelly op de rotanbank zitten. En zo zaten ze daar, hun hoofden dicht bij elkaar, fluisterend.

Wat hadden twee zo verschillende mensen gemeen? Erica keek eventjes naar Birgit. Ze was eindelijk opgehouden met huilen en keek nu met een open, angstige blik naar haar dochter en Nelly Lorentz. Erica besloot dat ze de uitnodiging van mevrouw Lorentz alsnog zou aannemen. Het zou interessant kunnen zijn om haar eens onder vier ogen te spreken.

Toen ze even later het huis op de heuvel verliet, voelde ze zich opgelucht en ze genoot ervan de frisse winterse lucht te kunnen inademen.

Patrik was een beetje zenuwachtig. Het was lang geleden dat hij voor een vrouw had gekookt. Een vrouw die hem bovendien allerminst onverschillig liet. Alles moest perfect zijn.

Hij neuriede toen hij de komkommer voor de salade in plakjes sneed. Na veel gepieker en gepeins had hij uiteindelijk voor ossenhaas gekozen. Nu lag die gekruid en wel in de oven en was bijna klaar. De saus pruttelde op het fornuis en de geur deed zijn maag rammelen.

Het was een jachtige middag geweest. Hij had niet zo vroeg van zijn werk weg kunnen gaan als hij had gehoopt en had zijn huis daarom in recordtempo moeten schoonmaken. Hij had niet beseft hoe erg hij zijn huis na Karins vertrek had verwaarloosd, maar nu hij het zag zoals Erica het zou zien, wist hij dat hij flink aan de slag moest.

Het was een beetje pijnlijk dat hij zo'n stereotiepe vrijgezel met een onopgeruimd huis en een lege koelkast was geworden. Hij had niet gemerkt hoeveel Karin in huis had gedaan, maar de keurig nette woning als vanzelfsprekend beschouwd, zonder te beseffen hoeveel werk er verzet moest worden om die op orde te houden. Er was veel dat hij als vanzelfsprekend had beschouwd.

Toen Erica aanbelde, deed hij snel zijn schort af en wierp hij een blik in de spiegel om te kijken of zijn haar goed zat. Hoewel hij er mousse in had gedaan, zat het net zo warrig als anders.

Erica zag er zoals altijd fantastisch uit. Haar wangen waren warm roze van de kou en haar blonde haar lag in dikke krullen op de kraag van haar donzen jas. Hij omhelsde haar kort, sloot even zijn ogen en ademde de geur van haar parfum in. Vervolgens liet hij haar zijn warme woning binnengaan.

De tafel was al gedekt en ze begonnen met het voorgerecht. In de tussentijd kon het hoofdgerecht gaar worden. Stiekem keek Patrik naar haar terwijl ze van haar met garnalen gevulde halve avocado genoot. Het was geen culinair hoogstandje, en het kon eigenlijk niet mislukken.

'Wie had ooit gedacht dat jij een driegangenmenu in elkaar zou flansen,' zei Erica terwijl ze een hapje van haar avocado nam.

'Nee, dat had ik eigenlijk ook nooit gedacht. Maar... proost en welkom in restaurant Hedström.'

Ze toostten en proefden de witte, gekoelde wijn om vervolgens in stilte van hun eten te genieten.

'Hoe gaat het met je?' Patrik keek Erica verstolen aan.

'Ach, ik heb betere tijden gekend.'

'Waarom kwam je eigenlijk mee naar dat verhoor? Het is vast hartstikke lang geleden dat je contact met Alex en haar familie had.'

'Ja, dat is wel zo'n vijfentwintig jaar geleden. Ik weet het eigenlijk niet. Het is alsof ik in een stroomversnelling word meegezogen waaraan ik me niet kan of wil ontworstelen. Birgit ziet me geloof ik als een herinnering aan betere tijden. Bovendien sta ik overal buiten en misschien dat ik daarom toch een soort veilige factor ben.' Erica aarzelde. 'Zijn jullie al verder gekomen?'

'Ik mag niets over deze zaak zeggen, sorry.'

'Nee, dat begrijp ik. Het spijt me, ik dacht niet na.'

'Dat geeft niet. Misschien kun jij mij wel helpen. Jij hebt die familie nu een paar keer ontmoet en kent ze ook van vroeger. Kun jij niet vertellen wat voor indruk je van hen hebt en wat je van Alex weet?'

Erica legde haar bestek neer en probeerde haar eigen indrukken zo te ordenen als ze ze aan Patrik wilde presenteren. Ze vertelde alles wat ze te weten was gekomen en welke indruk de mensen in Alex' leven op haar hadden gemaakt. Patrik luisterde aandachtig hoewel hij ondertussen van tafel opstond, afruimde en het hoofdgerecht serveerde. Af en toe stelde hij een vraag. Het verbaasde hem hoeveel informatie Erica in relatief korte tijd boven tafel had weten te krijgen. Samen met dat wat ze nog van vroeger over Alex wist, gaf dat de vrouw die voor hem tot nu toe slechts een slachtoffer in een moordzaak was geweest, opeens een gezicht en een persoonlijkheid.

'Ik weet dat je niet over de zaak mag praten, Patrik, maar kun je me wel vertellen of jullie een spoor hebben naar iemand die haar vermoord zou kunnen hebben?'

'Nee, we zijn nog niet zover met het onderzoek. Op dit moment zou een opening, wat dan ook, heel erg welkom zijn.'

Hij zuchtte en liet zijn vinger over de rand van zijn glas glijden. Erica aarzelde. 'Misschien weet ik nog iets wat van belang is.'

Ze pakte haar handtas en begon erin te rommelen. Vervolgens haalde ze er een opgevouwen papiertje uit, dat ze hem over de tafel aanreikte. Patrik pakte het aan en vouwde het open. Hij las de tekst met belangstelling, maar trok vragend zijn wenkbrauwen op toen hij klaar was.

'Wat heeft dit met Alex te maken?'

'Dat vraag ik me ook af. Ik heb het artikel in een la gevonden; het lag verstopt onder haar ondergoed.'

'Hoezo "gevonden"? Wanneer heb jij haar laden doorzocht?' Hij zag dat ze bloosde en vroeg zich af wat ze voor hem verborg.

'Tja, ik ben op een avond naar het huis gegaan en heb daar wat rondgekeken.'

'Je hebt wát gedaan?!'

'Ja ja, ik weet het. Je hoeft niets te zeggen. Het was oerstom, maar je kent me toch. Eerst doen, dan denken.' Ze praatte snel verder om geen verwijten meer te krijgen. 'Hoe dan ook, ik heb dat papiertje in een la van Alex gevonden en het per ongeluk meegenomen.'

Hij vroeg niet hoe ze dat 'per ongeluk' had kunnen meenemen. Dat kon hij maar beter niet weten.

'Wat denk je dat het betekent?' vroeg Erica. 'Een artikel over een verdwijning van vijfentwintig jaar geleden. Wat zou het verband met Alex kunnen zijn?'

'Wat weet je hierover?' vroeg Patrik en hij wuifde met het artikel.

'Wat feiten betreft eigenlijk niet veel meer dan er in dat artikel staat. Dat Nils Lorentz, de zoon van Nelly en Fabian Lorentz, in januari 1977 spoorloos verdwenen is. Er is nooit een lichaam gevonden, maar er is in de loop van de jaren wel veel over zijn verdwijning gespeculeerd. Sommige mensen denken dat hij zich op zee heeft verdronken en dat zijn lichaam daarom nooit is teruggevonden. Volgens andere geruchten heeft hij zijn vader een grote som geld afhandig gemaakt en is hij daarna naar het buitenland gevlucht. Ik heb begrepen dat Nils Lorentz niet bijzonder geliefd was en dat de meeste mensen daardoor geneigd zijn de tweede versie te geloven. Hij was enig kind en Nelly schijnt hem heel erg te hebben verwend. Zij was na zijn verdwijning ontroostbaar en Fabian Lorentz is het verlies nooit te boven gekomen. Hij is een jaar of zo daarna overleden aan een hartaanval. De enige erfgenaam van het vermogen is de pleegzoon die ze ongeveer een jaar voor Nils' verdwijning in huis hebben genomen en die Nelly een paar jaar na de dood van haar man heeft geadopteerd. Tja, dit is een kleine selectie van de plaatselijke roddels. Ik begrijp alleen nog steeds niet hoe dit iets met Alex te maken zou kunnen hebben. Het enige verband tussen beide families is dat toen Alex en ik klein waren, Karl-Erik bij de conservenfabriek op kantoor werkte voordat ze naar Göteborg verhuisden. Maar dat is ruim vijfentwintig jaar geleden.'

Erica herinnerde zich opeens dat er nog een verband was. Ze vertelde Patrik dat Nelly op de herdenkingsbijeenkomst was opgedoken en dat ze bijna al haar aandacht op Julia had gericht.

'Ik begrijp nog steeds niet hoe het met het artikel samenhangt. Maar er is wel iets. Francine, met wie Alex samen de galerie had, vertelde ook dat ze dacht dat Alex op de een of andere manier met haar verleden had willen afrekenen. Meer dan dat wist ze niet, maar volgens mij heeft het met elkaar te maken. Noem het vrouwelijke intuïtie of wat je maar wilt, maar ik weet zeker dat er een verband is.'

Ze schaamde zich een beetje omdat ze wist dat ze Patrik niet de hele waarheid had verteld. Er was nóg een klein maar heel bijzonder puzzelstukje dat ze niet noemde. In elk geval niet tot ze meer wist.

'Ja, tegen vrouwelijke intuïtie valt niets in te brengen. Wil je nog wat wijn?'

'Graag.' Erica keek de keuken rond. 'Wat gezellig is het hier. Heb je dit zelf zo ingericht?'

'Nee, met die eer kan ik niet gaan strijken. Karin was daar goed in.'

'Karin, ja. Wat is er eigenlijk gebeurd?'

'Ach, het bekende liedje. Meisje ontmoet hippe zanger. Meisje wordt verliefd. Meisje scheidt van haar man en trekt bij de zanger in.'

'Je maakt een grapje zeker?'

'Nee, was dat maar zo. En alsof het nog niet genoeg was dat ze me verliet, deed ze dat ook nog eens voor Leif Larsson, de populaire zanger van de populairste dansband in deze regio, Leffes. De man met het mooiste matje van de hele westkust. Tja, tegen een man met bordeelsluipers kan ik niet op.'

Erica keek hem met grote ogen aan.

Patrik glimlachte. 'Oké, dat was de overdreven versie, maar zo is het ongeveer gegaan.'

'Wat afschuwelijk! Dat zal een zware tijd voor je zijn geweest.'

'Ik heb mezelf vrij lang zielig gevonden, maar nu is het wel oké. Niet goed, maar oké.'

Erica veranderde van onderwerp. 'Het nieuwtje van de zwangerschap sloeg in als een bom.'

Ze keek Patrik onderzoekend aan en hij had het gevoel dat er achter haar ogenschijnlijk onschuldige constatering nog iets anders zat.

'Ja. Het leek er in elk geval op dat ze haar man het blijde nieuws niet had verteld.'

Patrik wachtte in stilte op het vervolg. Na een tijdje leek Erica te hebben besloten op de ingeslagen weg verder te gaan, maar ze sprak zacht en aarzelend, nog steeds onzeker.

'Volgens haar beste vriendin is Henrik niet de vader van het kind.'

Patrik trok een wenkbrauw op en floot, maar omdat hij hoopte nog meer informatie van Erica te krijgen, zei hij niets.

'Francine vertelde dat Alex hier in Fjällbacka iemand had ontmoet. Iemand die ze hier elk weekend zag. Alex had met Henrik nooit kinderen willen hebben, zei Francine, maar met deze man was het anders. Ze was zielsgelukkig dat ze zwanger was en Francine is er dus ook sterk van overtuigd dat Alex geen zelfmoord heeft gepleegd. Volgens haar was Alex voor het eerst van haar leven gelukkig.'

'Wist ze iets over de vader van het kind?'

'Nee, niets. Alex hield dat deel helemaal voor zichzelf.'

'Maar waarom accepteerde haar man dat ze elk weekend zonder hem naar Fjällbacka ging? Wist hij dat ze hier iemand ontmoette?'

Een slok wijn gleed door zijn keel omlaag en Patrik voelde dat zijn wangen warm werden. Of dat door de wijn kwam of door Erica's aanwezigheid, wist hij niet.

'Kennelijk hadden ze een vrij ongewone relatie. Ik heb Henrik in Göteborg ontmoet en ik had het gevoel dat hun levens parallel liepen maar elkaar zelden kruisten. Ik heb hem maar zo kort gesproken dat ik geen flauw idee heb wat hij wel of niet weet. Maar volgens mij zorgt hij ervoor dat hij aan de buitenwereld niet laat merken wat hij weet of voelt.'

'Dat soort mensen is soms net een hogedrukpan. Alles hoopt zich op en op een dag explodeert de boel. Zou dat gebeurd kunnen zijn, denk je? Dat de versmade echtgenoot er op een dag genoeg van had en de ontrouwe echtgenote heeft vermoord?' vroeg Patrik.

'Ik weet het niet, Patrik. Ik weet het echt niet. Maar nu stel ik voor dat we meer wijn drinken dan gepast is en het over andere dingen hebben dan moord en doodslag.'

Hij stemde graag in en hief zijn glas om te toosten.

Ze gingen op de bank zitten en hadden het de rest van de avond over van alles en nog wat, behalve de dood van Alex. Zij vertelde over haar leven, over haar problemen met het huis en haar verdriet na de dood van haar ouders. Hij vertelde over zijn woede en zijn gevoel van falen na de scheiding, zijn frustratie omdat hij weer terug bij af was, net op het moment dat hij het gevoel had klaar te zijn voor een gezin met kinderen en dacht dat ze samen oud zouden worden.

Ook de stiltes waren rustgevend en juist op die momenten moest hij zichzelf in de hand houden om zich niet naar voren te buigen en haar te kussen. Hij besloot het niet te doen en de momenten verstreken.

3

Hij keek toe toen ze haar naar buiten droegen. Hij wilde brullen en zich op haar bedekte lichaam werpen. Haar voor altijd bij zich houden.

Nu was ze echt weg. Vreemden zouden in haar lichaam graven en peuteren. Geen van hen zou haar schoonheid zo zien als hij dat had gedaan.

Voor hen zou ze alleen maar een stuk vlees zijn. Een nummer op een papier, zonder leven, zonder vuur.

Met zijn linkerhand streek hij over zijn rechterhand. Gisteren had die haar arm gestreeld. Hij drukte de handpalm tegen zijn wang en probeerde haar koude huid op zijn gezicht te voelen.

Hij voelde niets. Ze was weg.

Er zwaaide blauw licht. Mensen liepen gehaast heen en weer, naar binnen en naar buiten. Vanwaar die haast? Het was toch al te laat.

Niemand zag hem. Hij was onzichtbaar. Hij was altijd al onzichtbaar geweest.

Het maakte niet uit. Zij had hem gezien. Zij kon hem altijd zien. Als ze haar blauwe ogen op hem richtte, voelde hij zich gezien.

Nu was er niets meer. Het vuur was al lang geleden gedoofd. Hij stond in de as en keek toe hoe zijn leven werd weggedragen, bedekt met een gele ziekenhuisdeken. Aan het einde van de weg zijn er geen keuzemogelijkheden. Hij was zich daar altijd al van bewust geweest en nu was het moment eindelijk daar. Hij had ernaar verlangd. Hij omhelsde het.

Zij was weg.

❄

Nelly had een beetje verbaasd geklonken toen Erica belde. Even vroeg Erica zich af of ze van een mug een olifant maakte. Toch bleef ze het vreemd vinden dat Nelly bij de herdenkingsbijeenkomst van Alex was opgedoken en bijna uitsluitend met Julia had gesproken. Karl-Erik had weliswaar als hoofd administratie voor Fabian Lorentz gewerkt tot de familie naar Göteborg verhuisde, maar voor zover Erica wist hadden beide gezinnen nooit sociale contacten met elkaar onderhouden. De familie Carlgren voldeed absoluut niet aan de eisen die de familie Lorentz aan sociale klasse stelde.

De salon waar ze naartoe werd gebracht, was buitengewoon mooi. Het uitzicht strekte zich uit vanaf de haven aan de ene kant tot aan de open horizon achter de eilanden aan de andere. Op een dag als vandaag, wanneer de zon op het besneeuwde ijs werd weerkaatst, deed het winterse uitzicht niet onder voor het zonnigste vergezicht in de zomer.

Ze namen plaats op een elegant bankstel en er werden kleine sandwiches op een zilveren dienblad geserveerd. Erica vond ze erg lekker, maar probeerde zich te beheersen om niet onfatsoenlijk te lijken. Nelly nam er maar een. Bang om een grammetje aan te komen, ondanks haar knokige lichaam.

Het gesprek verliep traag maar beleefd. In de lange pauzes tussen de woorden hoorde je alleen het gelijkmatige tikken van een klok en het voorzichtige drinken als ze een slokje van hun hete thee namen. De gespreksonderwerpen waren neutraal. Het vertrek van de jeugd uit Fjällbacka. Het gebrek aan werk. Hoe jammer het was dat steeds meer mooie, echt oude huizen door toeristen werden gekocht en alleen als zomerhuis werden gebruikt. Nelly vertelde hoe het vroeger was geweest, toen ze als pasgetrouwde jonge vrouw naar Fjällbacka was gekomen. Erica luisterde aandachtig. Stelde af en toe beleefd een vraag.

Ze had het gevoel dat ze in kringetjes om het onderwerp draaiden waarvan ze alle twee wisten dat ze het vroeg of laat moesten aansnijden.

Erica trok uiteindelijk de stoute schoenen aan. 'De vorige keer dat we elkaar zagen was het wel onder tragische omstandigheden.'

'Ja, heel tragisch. Zo'n jonge vrouw.'

'Ik wist niet dat u de familie Carlgren zo goed kende.'

'Karl-Erik heeft jaren voor ons gewerkt en we hebben zijn gezin natuurlijk bij diverse gelegenheden ontmoet. Het leek niet meer dan correct om even langs te gaan.'

Nelly sloeg haar ogen neer. Erica zag dat haar handen nerveus heen en weer bewogen op haar schoot.

'Ik kreeg de indruk dat u Julia ook kende. Zij was toch nog niet geboren toen de familie Carlgren in Fjällbacka woonde?'

Nelly's rug verstijfde en ze knikte alleen kort. Dat was het enige waaruit bleek dat ze de vraag vervelend vond. Ze wuifde met een hand vol goud.

'Nee, Julia ken ik nog niet zo lang. Maar ik vind haar een alleraardigste jongedame. Ja, ik zie dat ze niet dezelfde uiterlijke kwaliteiten heeft als Alexandra, maar ze beschikt daarentegen over wilskracht en moed, en daarom vind ik haar aanzienlijk interessanter dan die troela van een zus van haar.'

Nelly sloeg een hand voor haar mond. Ze was niet alleen even vergeten dat ze het over iemand had die overleden was, maar ze had ook een fractie van een seconde getoond dat er een barst in haar façade zat. Wat Erica in dat korte moment had gezien was pure haat. Waarom zou Nelly Lorentz Alexandra haten, een vrouw die ze alleen als kind had ontmoet?

Voordat Nelly haar blunder kon gladstrijken, ging de telefoon. Duidelijk opgelucht verontschuldigde ze zich en liep weg om op te nemen.

Erica nam de gelegenheid te baat om wat rond te snuffelen in de kamer. Die was mooi, maar onpersoonlijk. In de hele kamer voelde ze de onzichtbare hand van een binnenhuisarchitect. De kleuren waren op elkaar afgestemd en alles was tot in de kleinste details gecoördineerd. Erica kon niet nalaten het te vergelijken met de eenvoudige inrichting in haar ouderlijk huis. Daar was niets voor de show neergezet, alles had in de loop van de jaren een plek gevonden vanwege zijn functie. In Erica's ogen was de schoonheid van het oude en persoonlijke groter dan die van deze toonzaal. Het enige persoonlijke dat Erica kon ontdekken was een rij familiefoto's op de schouw boven de open haard. Ze boog zich naar voren om ze te bestuderen. De foto's leken van links naar rechts in chronologische volgorde te zijn geplaatst. Als eerste stond er een zwart-witfoto van een elegant bruidspaar. Nelly was een ware schoonheid in haar witte, nauwsluitende jurk, maar Fabian leek zich niet op zijn gemak te voelen in zijn rokkostuum.

Op de volgende foto had er gezinsuitbreiding plaatsgevonden en hield Nelly een baby in haar armen. Fabian, die naast haar stond, zag er nog steeds stijf en ernstig uit. Daarna volgde een lange rij foto's van een steeds ouder wordend kind, soms alleen, soms samen met Nelly. Op de laatste foto leek hij een jaar of vijfentwintig. Nils Lorentz. De verdwenen zoon. Na de eerste foto van het complete gezin leek het alsof Nils en Nelly samen het hele gezin vormden. Misschien vond Fabian het niet leuk om gefotografeerd te worden en stond hij liever achter de camera. Foto's van de geadopteerde zoon Jan schitterden door afwezigheid.

Erica richtte haar aandacht op een bureau dat in een hoek van de kamer stond. Donker, van kersenhout en met mooi inlegwerk, dat Erica met haar vinger volgde. Er stond geen enkele snuisterij op het bureau en het leek er alleen maar voor de sier te staan. Erica kreeg zin de laden open te trekken, maar had geen idee hoe lang Nelly weg zou blijven. Het was kennelijk wel een lang gesprek, maar ze kon elk moment terugkomen. Toen viel Erica's oog op de prullenbak, waar een paar verfrommelde papiertjes in lagen. Ze pakte het bovenste papierballetje en streek het zorgvuldig glad. Met groeiende belangstelling las ze wat erop stond. Toen ze het voorzichtig weer in de prullenbak legde, was ze onthutst. In deze geschiedenis was niets wat het leek te zijn.

Achter zich hoorde ze iemand zijn keel schrapen. In de deuropening stond Jan Lorentz en hij trok vragend zijn wenkbrauwen op. Ze vroeg zich af hoe lang hij er al stond.

'Erica Falck, nietwaar?'

'Ja, dat klopt. Jij moet Nelly's zoon Jan zijn.'

'Dat klopt ook. Leuk je te ontmoeten. Je bent in het dorp vaak onderwerp van gesprek.'

Hij grijnsde breed en kwam met uitgestoken hand op haar toelopen. Erica nam die met tegenzin aan. Iets in hem bezorgde haar kippenvel. Hij hield haar hand iets te lang vast en ze weerstond de neiging zich los te rukken.

Hij leek rechtstreeks van een zakelijke bijeenkomst te komen; zijn pak was keurig gestreken en hij had een aktetas bij zich. Erica wist dat hij tegenwoordig de leiding had over het bedrijf. En met succes bovendien.

Zijn haar was naar achteren gekamd en er zat iets te veel wax in. Zijn lippen waren te vol en vlezig voor een man, maar hij had mooie ogen met lange, donkere wimpers. Als hij niet een te vierkante kin met een diepe kuil had gehad, had hij er waarschijnlijk heel vrouwelijk uitgezien. Nu gaf de mengeling van hoeken en rondingen hem een wat merkwaardig uiterlijk, maar Erica kon eigenlijk niet zeggen of dat aantrekkelijk was of niet. Ze vond hem afstotelijk, maar dat was meer gebaseerd op een gevoel in haar buik.

'Dus het is moeder eindelijk gelukt je hier te krijgen. Sinds je eerste boek is verschenen sta je hoog op haar verlanglijstje, weet je.'

'O ja? Ja, ik heb begrepen dat dat hier als de gebeurtenis van de eeuw wordt beschouwd. Je moeder heeft me al een paar keer uitgenodigd, maar ik had nu pas het gevoel dat het het juiste moment was.'

'Ik heb gehoord dat je ouders zijn overleden. Heel tragisch. Mijn oprechte deelneming.' Hij glimlachte meelevend, maar het gevoel bereikte zijn ogen niet.

Nelly kwam weer binnen. Jan boog zich voorover om zijn moeder op haar wang te kussen en Nelly stond dat met een onverschillig gezicht toe.

'Wat leuk, moeder, dat Erica eindelijk kon komen. Daar heb je je al zo lang op verheugd.'

'Ja, ik vind het ook erg leuk.' Ze ging op de bank zitten. Ze vertrok haar gezicht van de pijn en greep naar haar rechterarm.

'Moeder toch, hoe gaat het met je? Heb je pijn? Zal ik je pillen halen?' Jan boog zich naar haar toe en legde zijn handen op haar schouders, maar Nelly schudde ze bruusk weg.

'Nee, het gaat prima. Alleen wat ouderdomspijntjes, dat gaat wel weer over. Moet jij niet op de fabriek zijn?'

'Ja. Ik ben alleen even thuis om wat papieren op te halen. Maar goed, dan laat ik de dames nu weer alleen. Doe het rustig aan, moeder. Denk aan wat de dokter heeft gezegd.'

Nelly snoof ten antwoord. Jans gezicht drukte echte zorg en medeleven uit, maar Erica zou zweren dat er een glimlachje om zijn mond speelde toen hij de kamer uit ging en nog even naar hen omkeek.

'Word niet oud. Zelfmoord plegen om de kinderen te ontlasten lijkt elk jaar een beter idee te worden. Het enige dat je mag hopen is dat je zo seniel wordt dat je denkt dat je weer twintig bent. Dat zou een leuke leeftijd zijn om weer mee te maken.' Nelly glimlachte bitter.

Het leek niet echt een gezellig gespreksonderwerp. Erica mompelde een antwoord en veranderde toen van richting.

'Het moet toch een troost zijn dat u een zoon hebt die het familiebedrijf voortzet. Ik heb begrepen dat Jan en zijn vrouw bij u wonen.'

'Een troost? Ach ja, misschien wel.' Nelly keek even naar de foto's op de schoorsteenmantel. Ze zei verder niets en Erica durfde niet verder te vragen.

'Genoeg over mij en mijn leven nu. Ben je met een nieuw boek bezig? Ik vond je vorige boek echt prachtig, dat over Karin Boye. De mensen lijken zo levendig. Hoe komt het dat je alleen over vrouwen schrijft?'

'Dat is eigenlijk puur toeval, denk ik. Ik heb mijn afstudeerscriptie over grote Zweedse schrijfsters geschreven en toen raakte ik zo gefascineerd dat ik meer wilde weten over wie ze als mens waren. Ik ben, zoals u misschien wel weet, begonnen met Anna Maria Lenngren omdat ik over haar het minst wist. En toen is het balletje vanzelf gaan rollen. Op dit moment schrijf ik over Selma Lagerlöf en daar zitten ook interessante invalshoeken bij.'

'Heb je nooit overwogen om iets te schrijven... wat zal ik zeggen... wat niet biografisch is? Je schrijft zo soepel; het zou heel interessant zijn om iets literairs van je te lezen.'

'Natuurlijk denk ik weleens in die richting.' Erica probeerde om er niet schuldig uit te zien. 'Maar nu wordt al mijn tijd opgeslokt door het Selmaproject. Daarna zie ik wel wat er gebeurt.'

Ze keek op haar horloge. 'Over mijn werk gesproken, ik ben bang dat ik er nu vandoor moet. Ik heb weliswaar geen prikklok, maar discipline is wel belangrijk, dus nu moet ik naar huis om mijn dagelijkse quotum te schrijven. Heel erg bedankt voor de thee en de heerlijke sandwiches.'

'Graag gedaan. Ik vond het heel gezellig dat je er was.' Nelly stond gracieus op. Nu was niet te merken dat ze ouderdomspijntjes had.

'Ik loop even met je mee. Vroeger had onze huishoudster Vera dat gedaan, maar de tijden veranderen. Huishoudsters zijn passé en vrijwel niemand kan zich er ook een veroorloven. Ja, ik had haar graag gehouden en we kunnen het best betalen, maar Jan wil niet. Hij wil geen vreemden in huis, zegt hij. Maar ze mag wel één keer per week komen schoonmaken. Het valt niet altijd mee die jonge mensen te begrijpen.'

Kennelijk hadden ze een nieuwe fase bereikt in hun relatie, want toen Erica haar hand uitstak om afscheid te nemen, negeerde Nelly die en gaf haar een luchtkus. Erica wist nu instinctief aan welke kant ze moest beginnen en voelde zich bijna mondain. Ze begon zich al aardig thuis te voelen in de chiquere salons.

Erica haastte zich naar huis. Ze had Nelly niet de echte reden willen vertellen waarom ze weg moest. Ze keek op haar horloge. Twintig voor twee. Om twee uur zou een makelaar het huis komen bekijken. Erica knarsetandde bij de gedachte dat iemand hun hele woning door zou snuffelen, maar ze kon niets doen behalve alles op zijn beloop laten.

Ze had haar auto thuis gelaten en versnelde haar pas om op tijd te zijn. Hoewel, de man kon best even wachten, dacht ze terwijl ze het weer wat langzamer aan deed. Waarom zou ze jachten?

Er kwamen leukere gedachten in haar op. Het etentje zaterdag bij Patrik had haar verwachtingen overtroffen. Erica had hem altijd als een lief maar soms irritant broertje beschouwd, ook al waren ze eigenlijk even oud. Ze had verwacht dat Patrik nog steeds dezelfde plaaggeest zou zijn, maar ze had een rijpe, warme en humoristische man ontmoet. Die er ook nog eens goed uitzag, dat moest ze toegeven, terwijl ze zich afvroeg wanneer ze hem met goed fatsoen zelf kon uitnodigen – als dank voor zijn dineetje.

Het laatste heuveltje naar Sälviks camping leek bedrieglijk vlak, maar was lang en zwaar. Ze hijgde als een molenpaard toen ze rechts afsloeg en het laatste stukje naar haar huis liep. Toen ze boven was, bleef ze abrupt staan. Er stond een grote Mercedes voor het huis geparkeerd en ze wist maar al te goed wie daar de eigenaar van was. Ze had niet gedacht dat de middag vermoeiender kon worden dan hij al was. Ze had het mis gehad.

'Hallo Erica.' Lucas stond met gekruiste armen tegen de voordeur geleund.

'Wat doe jij hier?'

'Begroet jij je zwager zo?' Lucas had een licht accent, maar sprak grammaticaal perfect Zweeds.

Hij spreidde zijn armen voor een omhelzing. Erica negeerde de uitnodiging en zag dat hij dat ook had verwacht. Ze had nooit de vergissing begaan Lucas te onderschatten. Daarom was ze altijd erg voorzichtig in zijn aanwezigheid. Het liefst zou ze hem een draai om zijn oren hebben gegeven, maar ze wist dat ze dan iets zou beginnen waarvan ze het eind waarschijnlijk liever niet kende.

'Geef liever antwoord. Wat doe je hier?'

'Als ik het goed heb, is... hm... eens kijken, dit huis voor precies een kwart van mij.'

Hij gebaarde naar het huis, maar hij had net zo goed naar de hele wereld kunnen wijzen, zo groot was zijn zelfvertrouwen.

'De helft is van mij en de helft is van Anna. Jij hebt niets met dit huis te maken.'

'Omdat jij niemand hebt gevonden die gestoord genoeg is om met je te trouwen ken je het huwelijksrecht misschien niet zo goed, maar gelukkig is het in deze wereld zo mooi en eerlijk geregeld dat echtelieden alles samen delen. Ook hun aandeel in huizen aan zee.'

Erica wist natuurlijk best dat dat zo was. Even baalde ze flink dat haar ouders niet vooruitziend genoeg waren geweest om het huis als privégoed aan hun dochters te vermaken. Zij hadden ook geweten wat voor man Lucas was, maar er waarschijnlijk niet op gerekend dat ze nog maar zo kort te leven hadden. Niemand wordt graag aan zijn eigen sterfelijkheid herinnerd en zoals zoveel mensen hadden ze dergelijke beslissingen voor zich uit geschoven.

Ze besloot zijn vernederende opmerking over haar burgerlijke staat te negeren. Ze bleef nog liever haar hele leven single dan dat ze de vergissing beging met iemand als Lucas te trouwen.

Hij ging verder: 'Ik wil erbij zijn als de makelaar komt. Het kan geen kwaad te weten hoeveel iets waard is. We willen toch dat alles eerlijk verloopt, nietwaar?'

Hij glimlachte weer duivels. Erica deed de deur van het slot en drong zich langs hem heen. De makelaar was laat, maar ze hoopte dat hij gauw kwam. Ze vond het geen prettig idee om alleen te zijn met Lucas.

Hij liep achter haar aan naar binnen. Ze trok haar jas uit en begon in de keuken te rommelen. De enige manier waarop ze met hem om kon gaan was door hem te negeren. Ze hoorde hoe hij door het huis liep, alles inspecteerde. Dit was pas de derde of vierde keer dat hij hier was. Schoonheid in eenvoud was niet iets wat Lucas waardeerde en hij had ook nooit veel moeite gedaan om Anna's familie te ontmoeten. Hun vader had zijn schoonzoon niet uit kunnen staan en dat gevoel was wederzijds geweest. Als Anna en de kinderen op bezoek kwamen, was dat zonder Lucas.

Erica vond het niet prettig dat Lucas rondliep en van alles oppakte. Dat hij de meubels en decoraties aanraakte. Erica moest zich bedwingen om niet met een doekje achter hem aan te lopen en alles af te vegen wat hij had aangeraakt. Tot haar opluchting zag ze een grijze man in een grote Volvo de oprit oprijden. Ze deed snel voor hem open. Vervolgens ging ze naar haar werkkamer en sloot de deur. Ze wilde niet zien hoe hij door haar ouderlijk huis rondliep en het gewicht ervan in goud bepaalde. Of de prijs per vierkante meter.

Haar computer stond al aan en op het scherm verscheen de tekst waarmee ze aan de slag zou gaan. Voor de verandering was ze vroeg opgestaan en had ze al het een en ander gedaan. Ze had vanochtend vier pagina's geschreven van het concept voor het boek over Alex en die las ze nu door. Ze had nog steeds de vorm voor het boek niet echt gevonden. Aanvankelijk, toen ze dacht dat Alex zelfmoord had gepleegd, had ze een boek met een documentair karakter willen schrijven dat antwoord gaf op de vraag 'waarom'. Nu begon het materiaal steeds meer de vorm van een thriller aan te nemen, een genre waarvan ze vroeger nooit echt gecharmeerd was geweest. Ze was geïnteresseerd in mensen, hun relaties en psychologische achtergronden en in de meeste thrillers ging het volgens haar meer om bloederige moorden en koude rillingen die over je rug liepen. Ze hield helemaal niet van alle clichés die werden gebruikt en wist dat ze zelf alleen dingen wilde schrijven die echt waren. Iets wat beschreef waarom iemand de ergste van alle zonden kon begaan: iemand anders van het leven beroven. Tot nu toe had ze alles in chronologische volgorde opgeschreven, met een precieze weergave van wat haar was verteld en haar eigen waarnemingen en conclusies. Ze zou in dat materiaal moeten snijden. Het moeten uitdunnen om zo dicht mogelijk bij de waarheid te komen. Ze had er nog niet aan willen denken hoe Alex' familie zou reageren.

Ze had er spijt van dat ze Patrik niet alles had verteld over haar bezoek aan het huis waar Alex was vermoord. Ze had over de mysterieuze bezoeker moeten vertellen en over het schilderij dat achter in de klerenkast stond. Over het gevoel dat er iets in de kamer ontbrak wat er eerst wel was geweest. Ze kon hem nu niet bellen om te bekennen dat ze hem nog wat te zeggen had, maar als de gelegenheid zich voordeed, zou ze hem alles vertellen, dat beloofde ze zichzelf.

Ze hoorde Lucas en de makelaar door het huis lopen. Hij had haar vast een beetje vreemd gevonden. Eerst had ze hem amper begroet en toen was ze weggestoven en had ze zich opgesloten in haar kamer. Hij kon er ook niets aan doen dat haar situatie was zoals die was, dus besloot ze even door de zure appel heen te bijten en te laten zien dat ze ondanks alles keurig was opgevoed.

Toen ze de woonkamer binnenkwam, was Lucas net druk bezig om in superlatieven het heerlijke licht te beschrijven dat door de grote ramen naar binnen viel. Gek, Erica had nooit geweten dat beestjes die onder een steen vandaan kropen, van licht hielden. In gedachten stelde ze zich Lucas voor als een grote, glimmende kever en ze wou dat ze hem uit haar leven kon bannen door gewoon met de hak van haar laars op hem te gaan staan.

'Sorry dat ik net zo onbeleefd was. Ik moest even een paar dringende zaken afhandelen.'

Erica glimlachte breed en stak haar hand uit naar de makelaar, die zich voorstelde als Kjell Ekh. Hij verzekerde haar dat hij het niet erg had gevonden. De verkoop van een huis was een zeer persoonlijke aangelegenheid en als ze eens wist wat hij allemaal al had meegemaakt… Erica glimlachte nog breder en knipperde ondeugend met haar ogen. Lucas keek haar wantrouwend aan. Ze negeerde hem.

'Laat ik jullie niet onderbreken. Hoe ver zijn jullie gekomen?'

'Uw zwager heeft me net uw mooie woonkamer getoond. Ik moet zeggen dat die zeer smaakvol is. Heel mooi met al het licht dat door de ramen naar binnen valt.'

'Ja, dat is ook heel mooi. Alleen jammer dat het tocht.'

'Het tocht?'

'Ja, de kozijnen zijn niet helemaal sluitend, dus als het ook maar een beetje waait, moet je warme sokken aantrekken. Maar dat valt natuurlijk op te lossen door alle ramen te vervangen.'

Lucas keek haar nijdig aan, maar Erica deed alsof ze dat niet zag. In plaats daarvan pakte ze de makelaar bij zijn arm en als hij een hond was geweest, had hij nu enthousiast gekwispeld.

'Jullie hebben boven al bekeken, begrijp ik. Misschien kunnen we dan nu naar de kelder gaan. Stoor je niet aan de schimmellucht. Als je er niet allergisch voor bent, is die niet erg. Ik heb daar veel tijd doorgebracht en er niets aan overgehouden. De medici zijn van mening dat er geen verband bestaat tussen astma en schimmel.'

Alsof dat nog niet genoeg was, kreeg ze vervolgens zo'n heftige hoestaanval dat ze dubbelklapte. Vanuit haar ooghoek zag ze het gezicht van Lucas steeds roder worden. Ze wist dat haar bluf doorzien zou worden als ze het huis beter bekeken, maar tot die tijd voelde ze zich getroost door de gedachte dat ze Lucas toch een beetje dwars kon zitten.

De makelaar leek erg opgelucht dat hij weer buiten stond nadat Erica hem enthousiast alle voordelen van de kelder had getoond. Lucas had verder zijn mond gehouden en zich passief gedragen. Licht ongerust vroeg Erica zich af of ze haar kinderachtige grap niet te ver had doorgedreven. Hij wist natuurlijk ook dat bij een grondige inspectie zou blijken dat de 'gebreken' die Erica had 'onthuld' allerminst ernstig waren, maar ze had geprobeerd hem belachelijk te maken. En daar kon Lucas Maxwell niet om lachen. Enigszins nerveus zag ze de vrolijk zwaaiende makelaar wegrijden, nadat hij had beloofd dat er een erkend taxateur langs zou komen die het huis van top tot teen zou inspecteren.

Ze liep voor Lucas uit naar de hal. Nog geen tel later werd ze tegen de muur gedrukt. Lucas had zijn hand ruw om haar keel gelegd. Zijn gezicht was vlak bij het hare en de woede die ze in zijn ogen zag deed haar voor het eerst beseffen waarom het voor Anna zo moeilijk was zich uit haar relatie met Lucas los te rukken. Lucas was een man die obstakels op zijn weg rücksichtslos opruimde en ze stond doodstil, bang zich te verroeren.

'Dat flik je me nooit, maar dan ook nooit meer, hoor je me! Niemand maakt mij op die manier ongestraft belachelijk. Je moet verdomd goed op je tellen passen!'

Hij siste de woorden zo krachtig dat de spetters op haar gezicht zaten. Ze weerstond de neiging om zijn spuug van haar gezicht te vegen en bleef als een zoutpilaar staan. Vanbinnen bad ze zachtjes dat hij weg zou gaan, uit haar huis zou verdwijnen. Tot haar verbazing deed hij dat ook. Hij liet haar keel los en draaide zich om naar de deur. Net toen ze een diepe zucht van verlichting wilde slaken, keerde hij zich snel om en was hij met één stap weer bij haar. Voordat Erica kon reageren, pakte Lucas haar stevig bij haar haar en drukte hij zijn mond op de hare. Hij perste zijn tong tussen haar lippen en greep met één hand zo stevig haar borst vast, dat ze de beugel van haar beha in haar vel voelde snijden. Vervolgens draaide hij zich met een glimlach weer om naar de deur en stapte de winterse kou in. Pas toen Erica zijn auto hoorde starten en wegrijden, durfde ze zich weer te bewegen. Ze liet zich met haar rug tegen de muur op de grond zakken en veegde vol afschuw met de rug van haar hand over haar mond. Zijn kus was op de een of andere manier nog dreigender geweest dan de greep om haar keel en ze voelde dat ze begon te trillen. Met haar armen om haar benen geklemd liet ze haar hoofd naar voren zakken en begon te huilen. Niet om wat ze zelf had meegemaakt, maar om Anna.

In Patriks wereld riepen maandagochtenden geen aangename gevoelens op. Pas tegen een uur of elf begon hij zich mens te voelen. Hij werd dan ook uit zijn haast tranceachtige toestand gewekt toen een flinke stapel papieren met een plof op zijn bureau belandde. Behalve dat hij ruw werd teruggeroepen naar de realiteit, verdubbelde in één klap ook het aantal documenten op zijn bureau en hij kreunde luid. Annika Jansson glimlachte plagerig en vroeg met een onschuldig gezicht: 'Zei je niet dat je alles wilde hebben wat er over de familie Lorentz is geschreven? Verzet ik bergen werk en haal elke letter boven water die er ooit over hen is geschreven, en wat is mijn dank? Een diepe zucht. Wat dacht je van eeuwige dankbaarheid?'

Patrik glimlachte. 'Jij bent meer waard dan eeuwige dankbaarheid, Annika. Als je niet getrouwd was geweest, had ik je een aanzoek gedaan en je in bont en diamanten gehuld. Maar omdat je mijn hart hebt gebroken en bij die man van je bent, moet je genoegen nemen met een dankjewel. En natuurlijk mijn eeuwige dankbaarheid.'

Tot zijn plezier zag hij dat hij haar deze keer bijna had laten blozen.

'Nu ben je wel even bezig. Waarom wil je dit allemaal doornemen? Wat heeft het met de moord in Fjällbacka te maken?'

'Geen idee, als ik eerlijk ben. Laten we het vrouwelijke intuïtie noemen.'

Annika trok vragend haar wenkbrauwen op, maar besloot toen te accepteren dat hij er niet meer over wilde vertellen. Nieuwsgierig was ze echter wel. Ook in Tanumshede kende iedereen de familie Lorentz en als ze op de een of andere manier te maken hadden met een moord, zou dat op z'n zachtst gezegd een sensatie zijn.

Patrik keek haar na toen ze de deur sloot. Een ongelooflijk harde werkster. Hij hoopte van ganser harte dat ze het onder Mellberg vol zou houden. Het zou een groot verlies voor het bureau betekenen als ze er op een dag genoeg van kreeg. Hij probeerde zich op de stapel papieren te concentreren die Annika voor hem had neergelegd. Terwijl hij ze allemaal snel doorbladerde, stelde hij vast dat het hem de hele dag zou kosten om alles te lezen, dus leunde hij achterover, legde zijn voeten op zijn bureau en pakte het eerste artikel.

Zes uur later masseerde hij zijn vermoeide nek en voelde hij zijn ogen prikken. Hij had de artikelen in chronologische volgorde gelezen en was met het oudste knipsel begonnen. Het was fascinerend geweest. Er was in de loop van de jaren veel over Fabian Lorentz en zijn successen geschreven. Voor het merendeel was dat ook allemaal positief. Het leven leek Fabian lange tijd toe te lachen. Zijn bedrijf kende een snelle start, want Fabian scheen een zeer begaafd, om niet te zeggen geniaal, zakenman. Zijn huwelijk met Nelly stond beschreven op de pagina's met societynieuws, waar ook foto's waren geplaatst van het paar in feestkledij. Daarna verschenen er foto's van Nelly en hun zoon Nils in de kranten. Nelly leek onvermoeibaar in haar werk voor diverse goede doelen en sociale evenementen en altijd zag Patrik Nils aan haar zijde. Vaak met een verschrikt gezicht en zijn hand stevig in die van zijn moeder geklemd.

Ook toen hij een tiener was en je zou verwachten dat hij en plein public misschien wat minder vaak met zijn moeder gezien zou willen worden, was hij altijd aan haar zijde te vinden, nu met zijn arm in de hare gestoken en met een trots gezicht, een beetje bezitterig, vond Patrik. Fabian was steeds minder vaak te zien en werd alleen genoemd als er een belangrijke deal werd gesloten.

Eén artikel was anders dan de andere en trok Patriks aandacht. Het damesblad *Allers* had twee pagina's geschreven over Nelly toen ze midden jaren zeventig een pleegkind in huis nam, een jongen met een 'tragische achtergrond', zoals de verslaggever het noemde. De foto bij het artikel toonde Nelly, die tot in de puntjes verzorgd en opgedoft in haar elegante woonkamer zat en haar arm om een jongen van een jaar of twaalf had geslagen. Hij had een opstandig en chagrijnig gezicht. Op het moment dat de foto was genomen, leek hij net haar knokige arm van zich af te willen schudden. Nils was op dat moment een jongeman van midden twintig. Hij stond achter zijn moeder en glimlachte evenmin. Zoals hij daar stijf en ernstig stond, met achterovergekamd haar en in een donkergrijs pak, leek hij volledig te versmelten met de elegante omgeving, terwijl de jongen een vreemde eend in de bijt leek.

Het artikel was een en al lof over de opoffering en grote maatschappelijke inzet van Nelly Lorentz, die de zorg voor dit kind op zich had genomen. De jongen zou in zijn jeugd een grote tragedie hebben meegemaakt. Zij zouden hem helpen het trauma te verwerken, aldus Nelly in een citaat. Ze had er alle vertrouwen in dat de gezonde en liefdevolle omgeving die zij boden, hem tot een gezond en productief man zou maken. Patrik had medelijden met de jongen. Wat naïef.

Ongeveer een jaar later werden de glamourfoto's van sociale evenementen en de reportages over het benijdenswaardige privéleven van de familie Lorentz vervangen door droevige koppen. 'Erfgenaam Lorentz-vermogen verdwenen.' Wekenlang was dat het grootste nieuws in de plaatselijke kranten en het was kennelijk zo belangrijk dat het ook in een van de grotere dagbladen werd opgenomen, de *Göteborgs-Posten*. De schreeuwende koppen gingen vergezeld van vele al dan niet onderbouwde speculaties over wat er met de jonge Lorentz kon zijn gebeurd. Alle denkbare en ondenkbare alternatieven kwamen aan bod; hij zou het hele vermogen van zijn vader hebben verduisterd, zich nu op een onbekende plek bevinden en een luxeleventje leiden, of hij zou zich van het leven hebben beroofd omdat hij had ontdekt dat hij eigenlijk geen zoon van Fabian Lorentz was, terwijl die hem duidelijk had gemaakt dat hij zijn aanzienlijke vermogen niet aan een onecht kind zou nalaten. Meestal werd dat niet letterlijk gezegd, maar in bedekte termen geïnsinueerd. Wie echter ook maar een greintje verstand had, kon zó tussen de regels door lezen wat de verslaggevers bedoelden.

Patrik krabde zich op zijn hoofd. Hij kon met de beste wil van de wereld niet begrijpen hoe hij een vijfentwintig jaar oude verdwijning in verband moest brengen met de recente moord op een vrouw, maar hij had sterk het gevoel dat er wel een link was.

Vermoeid wreef hij in zijn ogen terwijl hij door de stapel bladerde waarvan het eind nu in zicht kwam. Na een tijdje, toen er geen feiten over het lot van Nils te melden vielen, nam de belangstelling af en werd de verdwijning steeds minder vaak genoemd. Ook Nelly kwam nog maar spaarzaam in het societynieuws voor en in de jaren negentig werd ze zelfs helemaal niet genoemd. Het overlijden van Fabian in 1978 had aanleiding gegeven tot een grote necrologie in de *Bohuslänningen,* waarin met de gebruikelijke holle frasen werd vermeld dat hij een steunpilaar van de samenleving was geweest et cetera, et cetera. Dat was de laatste keer dat hij werd genoemd.

De geadopteerde zoon, Jan, dook daarentegen steeds vaker op. Na de verdwijning van Nils werd hij de enige erfgenaam van het familiebedrijf en op het moment dat hij meerderjarig was, werd hij er meteen directeur van. Het bedrijf bleef ook onder zijn leiding floreren en hij en zijn vrouw Lisa werden steeds vaker in het societynieuws genoemd.

Patrik stopte even. Er was een vel papier op de grond gevallen. Hij boog zich voorover om het op te rapen en begon het belangstellend te lezen. Het artikel was ruim twintig jaar oud en voorzag Patrik van allerlei informatie over Jan en zijn leven voordat hij bij de familie Lorentz terecht was gekomen. Verontrustende maar interessante informatie. Zijn leven moest radicaal zijn veranderd toen hij bij de familie Lorentz was beland. Het was echter de vraag of Jan zelf net zo radicaal was veranderd.

Gedecideerd verzamelde Patrik alle papieren en hij maakte er een keurige stapel van door de korte kant ervan op het bureaublad te slaan. Hij overwoog zijn volgende stap. Tot nu toe voer hij alleen op zijn eigen intuïtie en die van Erica. Hij leunde achterover op zijn bureaustoel, legde zijn benen op tafel en vouwde zijn handen in zijn nek. Met gesloten ogen probeerde hij zijn gedachten te structureren en zo de verschillende alternatieven tegen elkaar af te wegen. Dat hij zijn ogen sloot, was een vergissing. Sinds het etentje van afgelopen zaterdag zag hij alleen Erica voor zich.

Hij dwong zichzelf ertoe zijn ogen weer te openen en richtte ze op de deprimerende lichtgroene betonmuur. Het politiebureau was in het begin van de jaren zeventig gebouwd en vermoedelijk ontworpen door iemand die zich had gespecialiseerd in overheidsinstanties en hun voorliefde voor rechte hoeken, beton en vuilgroene kleuren. Patrik had geprobeerd zijn kantoor wat op te fleuren door een paar planten in de vensterbank te zetten en wat ingelijste posters op te hangen. Toen hij nog getrouwd was, had er een foto van Karin op zijn bureau gestaan. Hoewel het bureau sindsdien regelmatig was afgestoft, meende hij nog altijd een afdruk van de fotolijst te kunnen zien. Opstandig zette hij er een pennenhouder neer en hij overwoog opnieuw wat hij met het materiaal op zijn bureau zou doen.

Eigenlijk waren er maar twee mogelijkheden. Het eerste alternatief was dat hij het spoor op eigen houtje ging onderzoeken, wat betekende dat hij het in zijn vrije tijd moest doen omdat Mellberg er altijd voor zorgde dat hij het zo druk had als een klein baasje. Eigenlijk had hij ook geen tijd gehad om de artikelen onder werktijd te lezen, maar dat hij dat toch had gedaan, was meer in een vlaag van rebellie. De prijs die hij daarvoor betaalde, was dat hij tot laat moest overwerken.

Het idee om de weinige vrije tijd die hij had met de klusjes van Mellberg te moeten vullen, vond hij allerminst aantrekkelijk, dus misschien dat hij toch alternatief twee moest proberen.

Als hij naar Mellberg ging en het hem op de juiste manier vroeg, zou hij wellicht toestemming krijgen om dit spoor in werktijd te onderzoeken. Mellbergs zwakste punt was zijn ijdelheid en als hij die kon aanspreken, zou het misschien wel mogen. Patrik was zich ervan bewust dat de hoofdinspecteur deze zaak als een springplank beschouwde om terug te keren naar de afdeling in Göteborg. Hoewel Patrik op grond van allerlei geruchten meende dat dat onmogelijk was, kon hij er toch gebruik van proberen te maken. Als hij het verband met de familie Lorentz een beetje kon overdrijven, misschien in bedekte termen kon zeggen dat hij een tip had gekregen dat Jan de vader van het kind was, dan zou Mellberg misschien wel instemmen. Dat was ethisch niet helemaal verantwoord, maar hij wist diep in zijn hart dat er een verband was tussen de stapel voor zijn neus en de dood van Alex.

Hij tilde vlug zijn voeten van het bureau en schoof zijn stoel zo bruusk naar achteren dat die met een klap tegen de muur rolde. Patrik pakte alle kopieën en liep naar het andere eind van de bunkerachtige gang. Voordat hij zich kon bedenken, klopte hij hard op Mellbergs deur en hij meende een 'Binnen!' te horen.

Zoals altijd verbaasde hij zich erover dat iemand die absoluut niets uitvoerde zoveel papieren kon vergaren. Op elk vrij plekje in het kantoor van Mellberg lag wel een stapel. In de vensterbank, op alle stoelen en vooral op het bureau lagen dikke stapels papier stof te verzamelen. De boekenplank achter de hoofdinspecteur boog door onder alle ordners en Patrik vroeg zich af hoe lang het geleden was dat iemand die papieren had geraadpleegd. Mellberg was aan het bellen, maar gebaarde dat Patrik verder kon komen. Verbaasd vroeg Patrik zich af wat er gaande was. Mellberg was zo vrolijk als wat en glimlachte breed. Het was nog boffen dat hij oren had die de glimlach tegenhielden, want anders was die op zijn achterhoofd verder gegaan.

De antwoorden die Mellberg door de telefoon gaf, waren kort.

'Ja.'

'Zeker.'

'Helemaal niet.'

'Uiteraard.'

'U hebt gelijk.'

'Nee hoor.'

'Dank u wel, mevrouw. U hoort nog van ons.'

Triomfantelijk gooide hij de hoorn op de haak, waardoor Patrik opveerde van zijn stoel.

'Zo pak je dit aan!'

Mellberg genoot zichtbaar en leek in een joviale bui. Patrik realiseerde zich dat dit de eerste keer was dat hij Mellbergs tanden zag. Ze waren verbazingwekkend wit en regelmatig. Bijna iets te perfect.

Mellberg keek hem vol verwachting aan en Patrik begreep dat er van hem werd verwacht dat hij vroeg wat er was gebeurd. Dat deed hij ook braaf, maar op het antwoord was hij niet voorbereid.

'Ik heb hem. Ik heb de moordenaar van Alex Wijkner.'

Mellberg merkte in alle opwinding niet dat zijn haardos over zijn oor naar beneden was gegleden. Voor de verandering kreeg Patrik niet de neiging om bij de aanblik daarvan te giechelen. Hij negeerde het feit dat de hoofdinspecteur door het gebruik van het woord 'ik' niet van zins leek de eer met zijn collega's te delen en boog zich in plaats daarvan naar voren. Met zijn ellebogen op zijn knieën leunend vroeg hij ernstig: 'Hoe bedoel je? Is er een doorbraak in de zaak? Met wie sprak je daarnet?'

Mellberg hief zijn hand op om de stortvloed aan vragen te stoppen, leunde toen achterover en vouwde zijn handen op zijn buik. Van dit moment wilde hij zo lang mogelijk genieten.

'Tja, Patrik. Als je al zo lang in dit vak meedraait als ik, dan weet je dat je een doorbraak niet zomaar krijgt, die moet je verdienen. Door mijn grote ervaring en competentie, en natuurlijk door mijn harde werken, is er nu inderdaad een doorbraak in het onderzoek. Ik ben net gebeld door ene Dagmar Petrén, die een aantal interessante waarnemingen wist te melden over het moment vlak voordat het lichaam werd gevonden. Ja, ik zou zelfs willen zeggen dat het significánte waarnemingen zijn, die ertoe zullen leiden dat we een levensgevaarlijke moordenaar achter slot en grendel kunnen zetten.'

Patrik trappelde van ongeduld, maar door ervaring wijs geworden wachtte hij tot Mellberg klaar was. Uiteindelijk zou hij wel tot de kern van de zaak komen. Patrik hoopte maar dat dat vóór zijn pensioen was.

'Ja, ik herinner me een zaak in Göteborg, in het najaar van 1967...'

Patrik zuchtte inwendig en bereidde zich voor op een lang wachten.

Ze vond Dan waar ze had verwacht hem te vinden. Net zo makkelijk alsof het zakken met dons waren, tilde hij zijn uitrusting aan boord. Grote, dikke rollen touw, plunjezakken en enorme stootkussens. Erica genoot ervan hem zo bezig te zien. In zijn zelfgebreide trui, muts en wanten terwijl er bij elke ademhaling witte rookpluimen uit zijn mond kwamen, leek hij één met het tafereel achter hem. De zon stond hoog aan de hemel en werd gereflecteerd in de sneeuw die op het dek lag. De stilte was oorverdovend. Dan werkte doelmatig en doelbewust en Erica zag dat hij met volle teugen genoot. Hier was hij in zijn element. De boot, de zee, de eilanden op de achtergrond. Ze wist dat hij al voor zich zag hoe het ijs brak en de Veronica in volle vaart op de horizon afstevende. De winter was één lang wachten en dat was altijd moeilijk geweest voor de kustbewoners. Vroeger hadden ze als de zomer goed was geweest, voldoende vis gezouten om in de winter te kunnen overleven. Maar als dat niet het geval was geweest, hadden ze iets anders moeten verzinnen. Dan kon net als veel andere kustvissers tegenwoordig niet van de visserij leven, dus had hij een avondstudie gevolgd en werkte nu een paar dagen in de week als leraar Zweeds op de middelbare school in Tanumshede. Volgens Erica was hij waarschijnlijk wel een goede leraar, maar zijn hart lag hier, niet in het klaslokaal.

Hij was druk bezig met zijn werk op de boot en zij had zachtjes gelopen, zodat ze een tijdje ongestoord naar hem kon kijken voordat hij haar op de kade zag staan. Erica kon niet nalaten hem met Patrik te vergelijken. Uiterlijk waren beide mannen totaal verschillend. Dan was zo blond dat zijn haar in de zomermaanden bijna wit werd. Patriks donkere haar had dezelfde tint als zijn ogen. Dan was gespierd en Patrik was eerder slungelachtig. In hun manier van doen leken ze echter haast broers. Dezelfde rust, zachtaardig, een kalme humor die altijd op het juiste moment naar voren kwam. Ze besefte nu pas hoezeer hun persoonlijkheden op elkaar leken. In zekere zin was ze daar blij over. Na Dan had ze nooit een relatie gehad waarin ze zich gelukkig voelde, maar ze had dan ook steeds relaties gehad met mannen die totaal anders waren. 'Onvolwassen,' had Anna gezegd. 'Je probeert jongens op te voeden in plaats van een volwassen man te vinden, dus het is niet zo gek dat je relaties altijd stuklopen,' had Marianne gezegd. En misschien was dat wel waar. Maar de jaren verstreken snel en ze moest erkennen dat ze nu een zekere paniek begon te voelen. De dood van haar ouders had haar op brute wijze doen inzien wat ze in haar leven miste. Sinds zaterdagavond had ze steeds aan Patrik Hedström moeten denken als ze over dit onderwerp filosofeerde. De stem van Dan onderbrak haar gepieker.

'Hé, hallo! Hoe lang sta jij hier al?'

'O, eventjes maar. Het leek me wel interessant te zien wat je precies doet.'

'Ja, mijn werk is heel anders dan het jouwe. Ik krijg niet betaald om de hele dag op mijn gat te zitten en erop los te fantaseren. Belachelijk.'

Ze glimlachten alle twee. Het was een oud en vertrouwd onderwerp van discussie.

'Ik heb wat warms en lekkers voor je meegenomen.' Erica zwaaide met de mand die ze in haar hand hield.

'Vanwaar die luxe behandeling? Wat wil je nu weer? Mijn lichaam? Mijn ziel?'

'Nee, dank je. Die mag je allebei houden. Al zou ik in jouw geval wat het laatste betreft zeggen: "Droom jij maar lekker verder."'

Dan pakte de mand aan en hielp haar vervolgens over de reling te stappen. Het was glad en ze viel bijna om, maar Dan greep haar stevig bij haar middel. Samen veegden ze de sneeuw van een visluik. Vervolgens gingen ze op hun wanten zitten en pakten ze de mand uit. Dan glimlachte blij toen hij de thermoskan met warme chocolademelk en de zorgvuldig in folie verpakte boterhammen met cervelaat zag.

'Je bent een schat,' zei hij met zijn mond vol brood.

Ze zaten een tijdje zwijgend te eten. Het was vredig in het ochtendzonnetje en Erica wuifde haar slechte geweten over haar gebrek aan arbeidsdiscipline weg. Ze had de afgelopen week vrij veel aan de teksten gewerkt en vond dat ze wel recht had op een beetje vrije tijd.

'Heb je nog wat over Alex Wijkner gehoord?'

'Nee, het politieonderzoek lijkt tot nu toe niets op te leveren.'

'Ik heb gehoord dat jij toegang hebt tot *inside information*.' Dan keek haar plagerig aan. Erica bleef zich verbazen over de snelheid en de effectiviteit van de tamtam. Ze had geen flauw idee hoe het gerucht over haar afspraak met Patrik zich nu al had kunnen verspreiden.

'Ik weet niet waar je het over hebt.'

'Nee, dat kan ik me voorstellen. En, hoe ver zijn jullie gekomen? Heb je al een proefritje gemaakt?'

Erica sloeg met haar arm tegen zijn borst, maar moest ook lachen. 'Nee, ik heb nog geen proefritje gemaakt. Ik weet niet eens of ik dat wel wil. Of liever gezegd, ik wil dat wel, maar ik weet niet of ik iets serieus wil. Ervan uitgaande dat hij natuurlijk ook wil. Wat niet noodzakelijkerwijs het geval is.'

'Met andere woorden, je bent laf.'

Erica haatte het als Dan weer eens gelijk had. Soms vond ze dat hij haar veel te goed kende. 'Ja, ik moet bekennen dat ik me wat onzeker voel.'

'Jij bent de enige die weet of je het risico wilt nemen. Heb je al bedacht hoe het zou zijn als het wel wat wordt?'

Dat had Erica. De afgelopen dagen had ze daar vaak aan gedacht. Maar die vraag was nu nog heel hypothetisch. Ze hadden tenslotte alleen nog maar samen gegeten.

'Ik vind in elk geval dat je ervoor moet gaan. Wie niet waagt, die niet wint...'

'Over Alex gesproken... ik heb iets geks gevonden.' Erica ging haastig over op een ander onderwerp.

'O, wat dan?' Dans stem klonk nieuwsgierig en afwachtend.

'Ik was een paar dagen geleden in haar huis en daar heb ik iets interessants gevonden.'

'Je was wáár?'

Erica gaf geen antwoord op zijn vraag en wuifde zijn verbaasde woorden weg. 'Ik heb een kopie gevonden van een oud artikel over de verdwijning van Nils Lorentz. Snap jij waarom Alex een artikel van vijfentwintig jaar geleden tussen haar ondergoed had verstopt?'

'Tussen haar ondergoed? Erica toch!'

Ze hief haar hand op om zijn protesten af te weren en ging rustig verder. 'Mijn intuïtie zegt dat het iets met haar dood te maken heeft. Ik weet niet hoe, maar er klopt iets niet. Bovendien kwam er iemand anders het huis doorzoeken toen ik er was. Misschien zocht die persoon dat artikel wel!'

'Ben je niet goed bij je hoofd!' Dan keek haar met open mond aan. 'Wat gaat het jou verdomme ook aan! Het is aan de politie om uit te zoeken wie Alex heeft vermoord!' Zijn stem sloeg over.

'Ja, dat weet ik wel. Je hoeft ook niet te schreeuwen, er is niets mis met mijn oren. Ik weet best dat ik er niets mee te maken heb, maar in de eerste plaats ben ik er door haar familie al bij betrokken geraakt en in de tweede plaats was ze ooit mijn beste vriendin. In de derde plaats kan ik het gebeuren niet goed loslaten omdat ik haar heb gevonden.'

Erica vertelde Dan niet over het boek. Op de een of andere manier klonk het altijd veel zelfzuchtiger en koelbloediger als ze het hardop zei. Dan reageerde toch al wat heftig, vond ze, maar hij was altijd al heel erg bezorgd om haar geweest. Ze moest ook erkennen dat het gezien de omstandigheden niet echt verstandig was geweest om naar Alex' huis te gaan.

'Erica, je moet me beloven dat je dit loslaat.' Hij legde zijn handen op haar schouders en dwong haar om hem aan te kijken. Dans blik was helder, maar ongewoon hard voor zijn doen. 'Ik wil niet dat jou wat overkomt en als je hierin blijft graven, ben ik bang dat je te veel hooi op je vork neemt. Laat het los.'

Zijn grip op haar schouders werd steviger en zijn ogen boorden zich in de hare. Erica opende haar mond om iets te zeggen, geschrokken van Dans heftige reactie, maar net op dat moment weerklonk Pernilla's stem vanaf de kade. 'O, wat zitten jullie hier gezellig.'

Haar stem had een kille klank die Erica niet kende. Haar ogen waren zwart en ze balde en opende haar vuisten ritmisch. Zowel Erica als Dan verstrakte bij het geluid van Pernilla's stem. Zijn handen lagen nog steeds op haar schouders. Bliksemsnel, alsof hij zich had gebrand, liet hij haar los en ging in de houding staan.

'Hoi lieverd. Ben je vandaag eerder vrij? Erica heeft wat eten meegebracht en wilde even praten.'

Dan sprak geagiteerd en Erica keek verbaasd van hem naar Pernilla. Ze herkende haar amper. Pernilla keek haar met zwarte ogen vernietigend aan. Ze had haar handen zo stevig gebald dat haar knokkels wit waren geworden en even dacht Erica dat Pernilla haar aan wilde vliegen. Ze begreep er niets van. Ze hadden jaren geleden al de lucht geklaard over haar band met Dan. Pernilla wist dat ze geen gevoelens meer voor elkaar hadden, althans dat dacht Erica. Nu wist ze dat opeens niet zo zeker meer. De vraag was wat deze reactie had veroorzaakt. Ze keek weer van de een naar de ander en weer terug. Er vond een stille machtsstrijd tussen Dan en Pernilla plaats, waarbij Dan het onderspit leek te delven. Erica had niets meer te zeggen en besloot dat ze er beter stilletjes vandoor kon gaan zodat zij dit zelf konden uitzoeken.

Snel zocht ze haar mokken en de thermoskan bij elkaar en legde ze weer in de mand. Toen ze over de kade liep, hoorde ze hoe de stemmen van Dan en Pernilla zich opgewonden boven de stilte verhieven.

4

Hij was onbeschrijflijk eenzaam. De wereld was koud en leeg zonder haar en hij kon niets doen om de kou te ontdooien. De pijn was draaglijker geweest toen hij die nog met haar kon delen. Sinds zij weg was, leek het of hij de pijn van hen beiden droeg en dat was meer dan hij dacht aan te kunnen. Hij sleepte zich van minuut tot minuut en van seconde tot seconde door de dagen heen. Buiten hem bestond er geen werkelijkheid, het enige waarvan hij zich bewust was, was dat zij voor altijd weg was.

De schuld kon evenredig over de verantwoordelijken worden verdeeld. Hij was niet van plan die zelf te dragen. Nooit van zijn leven.

Hij keek naar zijn handen. O, wat haatte hij zijn handen. Ze droegen schoonheid en dood in een onverenigbaarheid waarmee hij had moeten leren leven. Alleen als hij haar streelde waren ze uitsluitend goed geweest. Zijn huid tegen de hare had alle kwaad verdreven, het gedwongen even op de vlucht te slaan. Tegelijk hadden ze het verborgen kwaad van elkaar gevoed. Liefde en dood, haat en leven. Tegenstellingen die motten van hen hadden gemaakt die steeds dichter om het vuur hadden gecirkeld. Zij had zich als eerste gebrand.

Hij voelde de hitte van het vuur in zijn nek. Het was nu vlakbij.

❄

Ze was het zat. Ze was het zat andermans rommel op te ruimen. Ze was haar vreugdeloze bestaan waarin elke dag hetzelfde was, helemaal zat. Ze was het zat de schuld te dragen die dag in dag uit op haar drukte. Ze was het zat elke morgen wakker te worden en elke dag naar bed te gaan en zich af te vragen hoe het met Anders ging.

Vera zette de kookkoffie op het fornuis. Het tikken van de keukenklok was het enige geluid dat je hier hoorde en Vera ging aan de keukentafel zitten wachten tot de koffie klaar was.

Vandaag had ze bij de familie Lorentz schoongemaakt. Het huis was zo groot dat het haar een hele dag kostte. Soms miste ze de goede oude tijd. Het gevoel van veiligheid doordat ze een vaste plek had waar ze elke dag naartoe ging om te werken. De status die ze had doordat ze de huishoudster van de chicste familie in Noord-Bohuslän was. Maar dat was alleen maar soms. Meestal was ze blij dat ze er niet elke dag heen hoefde. Dat ze niet meer als een knipmes voor Nelly Lorentz hoefde te buigen. De vrouw die ze meer dan wie ook haatte. Toch was ze voor haar blijven werken, jaar in jaar uit, totdat de tijd haar ten slotte inhaalde en huishoudsters passé waren. Ruim dertig jaar had ze haar ogen neergeslagen en 'Ja, dank u, mevrouw Lorentz, uiteraard, mevrouw Lorentz, meteen, mevrouw Lorentz' gemompeld terwijl ze zich moest bedwingen om haar sterke handen niet om Nelly's broze keel te leggen en die net zo lang dicht te drukken tot ze niet meer ademde. Soms was die neiging zo overweldigend geweest dat ze haar handen onder haar schort had moeten verbergen om te voorkomen dat Nelly ze zag trillen.

De ketel gaf fluitend aan dat de koffie klaar was. Moeizaam stond Vera op en rechtte haar rug voordat ze een oud, beschadigd kopje pakte en de koffie inschonk. Het kopje was het enige dat er nog over was van het servies dat ze bij hun huwelijk van Arvids ouders hadden gekregen. Het was van mooi Deens porselein. Een witte ondergrond met blauwe bloemen die in de loop van de jaren hun kleur goed hadden weten te behouden. Nu had ze alleen het kopje nog maar. Toen Arvid nog leefde, hadden ze het servies alleen bij speciale gelegenheden gebruikt, maar na zijn dood had ze het niet nodig meer gevonden om onderscheid te maken tussen gewone en speciale gelegenheden. In de loop van de tijd was een deel van het servies verloren gegaan door natuurlijke slijtage, de rest was ruim tien jaar geleden door Anders kapotgegooid tijdens een delirium. Dit laatste kopje was haar liefste bezit.

Genietend dronk ze van de koffie. Toen er nog maar één slok over was, goot ze de koffie op het schoteltje en dronk die met een suikerklontje tussen haar tanden op. Haar benen waren moe en pijnlijk na een hele dag schoonmaken en ze had ze op de stoel voor zich gelegd om ze wat te ontlasten.

Haar huis was eenvoudig en klein. Ze woonde er al bijna veertig jaar en was van plan er tot haar dood te blijven. Eigenlijk was dat niet praktisch. Het huis lag boven aan een steile helling en ze moest onderweg naar haar huis vaak meerdere keren stoppen om even uit te hijgen. Het was in de loop van de jaren ook beschadigd geraakt en zag er zowel aan de binnen- als aan de buitenkant uitgewoond en aftands uit. Als ze het nu verkocht en naar een appartement verhuisde zou ze er vanwege de ligging wel een leuk bedrag voor krijgen, maar die gedachte was zelfs niet in haar opgekomen. Ze liet het huis liever wegrotten dan dat ze verhuisde. Hier had ze met Arvid gewoond, gedurende de weinige jaren dat ze getrouwd en gelukkig waren geweest. In het bed in de slaapkamer had ze voor het eerst ergens anders geslapen dan in haar ouderlijk huis. De huwelijksnacht. In hetzelfde bed was Anders verwekt en toen haar buik zo groot was geweest dat ze alleen nog maar op haar zij kon liggen, was Arvid tegen haar aan gekropen en had achter haar liggend haar buik gestreeld. Hij had woordjes in haar oor gefluisterd over hoe hun leven samen eruit zou zien. Over alle kinderen die ze zouden krijgen. Al het blije gelach dat tussen de huismuren zou weerklinken in de jaren die voor hen lagen. En als ze oud waren en de kinderen op eigen benen stonden, zouden ze samen in een schommelstoel voor de kachel zitten praten over hoe geweldig hun leven was geweest. Ze waren begin twintig geweest en hadden niet geweten wat de toekomst hun zou brengen.

Ze had aan deze keukentafel gezeten toen het bericht kwam. Agent Pohl had met zijn pet in de hand aangeklopt en zodra ze hem zag, had ze geweten wat haar te wachten stond. Ze had hem met haar wijsvinger tegen haar mond tot stilte gemaand en hem naar de keuken gewezen. Ze was achter hem aan gewaggeld, hoogzwanger in de negende maand, en had stil en mechanisch een kan koffie gemaakt. Terwijl ze zaten te wachten tot de koffie klaar was, had ze de man aan de andere kant van de tafel bestudeerd. Hij was niet in staat geweest haar aan te kijken en had zijn blik de keuken laten rondgaan, terwijl hij dwangmatig aan zijn kraag had gefrummeld. Pas toen ze ieder een kop dampend hete koffie voor hun neus hadden staan, had ze de agent gebaard dat hij verder kon gaan. Zelf had ze nog altijd niets gezegd. Ze had naar een zoemend geluid in haar hoofd geluisterd, dat steeds luider werd. Ze had de mond van de agent zien bewegen, maar zijn woorden hadden niet door de kakofonie in haar hoofd heen kunnen dringen. Ze had ze niet hoeven horen. Ze had geweten dat Arvid op de bodem van de zee lag en heen en weer bewoog op de deining van het zeewier. Daar kon geen woord wat aan veranderen. Geen woord kon iets veranderen aan de wolken die zich nu boven haar hoofd samenpakten tot er alleen nog maar een grijze massa te zien was.

Nu, zoveel jaren later, zuchtte Vera terwijl ze aan dezelfde keukentafel zat. Andere mensen die geliefden hadden verloren, zeiden dat hun beeld in de loop van de tijd steeds vager werd. Voor haar was het precies andersom. Het beeld van Arvid werd steeds helderder en soms kon ze hem zo duidelijk voor zich zien dat de pijn zich als een ijzeren band om haar hart sloot. Dat Anders een levende kopie van Arvid was, was zowel een vloek als een zegen. Ze wist dat het kwaad nooit was geschied als Arvid nog had geleefd. Hij was haar kracht geweest en samen met hem had ze net zo sterk kunnen zijn als nodig was geweest.

Vera schrok op toen de telefoon ging. Ze was diep verzonken in oude herinneringen en vond het vervelend gestoord te worden door het schelle gerinkel. Haar benen sliepen en ze had haar hand nodig om ze van de stoel te tillen, waarna ze zich strompelend naar de telefoon in de hal haastte.

'Hoi ma, met mij.'

Anders klonk lallend en uit ervaring wist ze precies in welke fase van zijn roes hij zich nu bevond. Ongeveer halverwege knock-out. Ze zuchtte. 'Dag, Anders. Hoe gaat het met je?'

Hij negeerde die vraag. Ze had ontelbare keren een soortgelijk gesprek gevoerd.

Vera zag zichzelf in de halspiegel met de hoorn tegen haar oor staan. De spiegel was oud en versleten en er zaten donkere vlekken in het glas. Ze vond dat ze in veel opzichten op de spiegel leek. Haar haar was mat en grijs, al was de oorspronkelijke donkere kleur her en der nog steeds te zien. Ze had een strak achterovergekamd kapsel, dat ze voor de spiegel in de badkamer zelf met een nagelschaartje in model hield. Het had geen zin geld te verspillen aan een kapper. Jaren van zorgen tekenden zich als rimpels en vouwen in haar gezicht af. Haar kleren waren als zijzelf. Kleurloos maar praktisch, vaak grijs of groen. Jaren van hard werken en een gebrek aan belangstelling voor eten hadden ertoe geleid dat ze niet de rondingen had gekregen die veel vrouwen van haar leeftijd wel hadden. Vera zag er pezig en sterk uit. Als een werkpaard.

Opeens registreerde ze wat Anders aan de andere kant van de lijn zei en met een schok lieten haar ogen het spiegelbeeld los.

'Ma, er staan politieauto's voor de deur. Een hele hoop. Ze zijn vast op zoek naar mij. Dat moet haast wel. Wat moet ik verdomme doen?'

Vera hoorde hoe zijn stem de hoogte in schoot en de paniek met elke lettergreep toenam. Een ijzige kou verspreidde zich door haar lichaam. In de spiegel zag ze dat ze de hoorn zo stevig vasthield dat haar knokkels wit waren geworden.

'Doe niets, Anders. Wacht gewoon af. Ik kom eraan.'

'Oké, maar schiet alsjeblieft op. Het is niet ongewoon dat er een paar smerissen op de stoep staan, ma. Af en toe komt er een wagen langs. Maar nu staan er drie met zwaailichten en sirenes aan. Shit...'

'Anders. Luister goed. Haal diep adem en hou je rustig. Ik hang nu op en kom direct naar je toe.'

Ze hoorde dat hij enigszins kalmeerde, en zodra ze had opgehangen, schoot ze haar jas aan en liep ze op een drafje naar buiten zonder haar deur op slot te doen.

Ze holde over het parkeerterrein achter de voormalige taxistandplaats en nam de sluiproute langs de goedereningang van Evas Livs. Al na een klein eindje voelde ze dat ze het iets rustiger aan moest doen en het kostte haar bijna tien minuten om de flat te bereiken waar Anders woonde.

Ze was precies op tijd om te zien hoe twee stevige agenten hem in handboeien afvoerden. In haar borst ontstond een schreeuw, maar die drong ze terug toen ze zag hoe alle buren als nieuwsgierige Aagjes uit hun ramen hingen. Ze wilde hen onder geen beding op meer theater trakteren dan ze al gehad hadden. Haar trots was het enige dat ze nog had. Vera verafschuwde alle laster waarvan ze wist dat die als plakkerige kauwgom aan haar en Anders kleefde. Er was al veel roddel en achterklap en dat zou nu alleen maar erger worden. Ze wist best wat er gezegd werd: 'Arme Vera, eerst verdrinkt haar man en nu verzuipt haar zoon zich. Terwijl zijzelf zo degelijk is.' Ja, ze wist precies wat ze zeiden. Maar ze wist ook dat ze alles zou doen wat in haar vermogen lag om de schade te beperken. Zij mocht nu geen inzinking krijgen. Dan zou alles als een kaartenhuis in elkaar storten. Vera wendde zich tot de politieagente die het dichtst bij haar stond, een kleine, broze, blonde vrouw van wie Vera vond dat ze in het stemmige uniform niet op haar plek leek. Ze was nog altijd niet gewend aan de nieuwe tijden waarin vrouwen willekeurig welk werk konden doen.

'Ik ben de moeder van Anders Nilsson. Wat gebeurt hier? Waar nemen jullie hem mee naartoe?'

'Ik kan u helaas niets vertellen. U moet u tot het politiebureau in Tanumshede wenden. We brengen hem naar een politiecel aldaar.'

Met elk woord zonk de moed haar meer in de schoenen. Ze begreep dat het nu niet ging om een dronkemansruzie. De politieauto's reden een voor een weer weg. In de laatste zag ze Anders tussen twee politieagenten zitten. Toen ze wegreden draaide hij zich om en hij bleef naar haar kijken tot ze uit het zicht waren verdwenen.

Patrik zag de auto met Anders Nilsson in de richting van Tanumshede gaan. Het grote aantal politieauto's vond hij wat overdreven, maar Mellberg wilde een show en dus kreeg hij een show. Er waren extra mensen uit Uddevalla ingezet om bij de aanhouding te assisteren. Volgens Patrik leidde het er alleen maar toe dat van de zes aanwezige politieagenten er minstens vier hun tijd verdeden.

Er bleef een vrouw op de parkeerplaats achter, die de politieauto's lang bleef nakijken.

'De moeder van de dader,' zei agente Lena Waltin van de politie Uddevalla, die ook was gebleven om samen met Patrik de woning van Anders Nilsson te doorzoeken.

'Je weet wel beter, Lena. Pas als hij gewogen en te licht bevonden is, is hij de dader. Tot die tijd is hij net zo onschuldig als de rest van ons.'

'Dat geloof je toch zelf niet. Ik durf er mijn jaarsalaris onder te verwedden dat hij schuldig is.'

'Als je zo zeker van je zaak bent, kun je wel wat meer inzetten dan zo'n flutbedrag.'

'Ha ha, heel grappig. Jij zou beter moeten weten dan over ons salaris grapjes te maken.'

Patrik gaf haar gelijk. 'Zullen we dan maar naar boven gaan? Hier beneden zijn we klaar.'

Hij zag dat de moeder van Anders de auto's nog steeds nakeek, hoewel die al een hele tijd uit het zicht waren verdwenen. Hij vond het echt zielig voor haar en overwoog even om haar een beetje te troosten. Maar Lena trok aan zijn arm en maakte een hoofdgebaar in de richting van de portiek. Hij zuchtte, haalde zijn schouders op en liep met haar mee om het huis te doorzoeken.

Ze voelden aan de deur van Anders Nilssons appartement. Die was niet op slot en ze stapten meteen de hal binnen. Patrik keek rond en moest voor de tweede keer binnen korte tijd diep zuchten. De flat bevond zich in bedroevende staat en hij vroeg zich af hoe ze in deze bende iets moesten vinden. Ze stapten over de lege flessen in de hal en probeerden een overzicht van de keuken en de woonkamer te krijgen.

'Getver.' Lena schudde vol afschuw haar hoofd.

Ze haalden dunne plastic handschoenen uit hun jaszak en trokken die aan. Zwijgend kwamen ze overeen dat Patrik in de woonkamer zou beginnen en Lena in de keuken.

Patrik had een ambivalent gevoel toen hij in de woonkamer van Anders Nilsson was. Het was er vies en rommelig, en meubels en persoonlijke voorwerpen ontbraken vrijwel geheel, waardoor het op een typisch drugspand leek. Iets wat Patrik in zijn dienstjaren vaak had gezien. Maar hij was nog nooit in een drugspand geweest waar de muren vol kunst hingen. De schilderijen hingen zo dicht op elkaar dat ze vanaf een meter boven de vloer de muren tot aan het plafond volledig bedekten. Het was een explosie van kleuren waarvan Patriks ogen begonnen te prikken en hij moest de neiging bedwingen om zijn handen beschermend boven zijn ogen te houden. Het waren abstracte doeken, geschilderd in uitsluitend warme kleuren. Patrik had het gevoel dat hij een stomp in zijn maag kreeg. Het gevoel was zo fysiek dat hij bijna omviel en zich ertoe moest dwingen om naar iets anders te kijken dan de schilderijen, die van de muur op hem af leken te komen.

Voorzichtig begon hij tussen Anders' spullen te zoeken. Er viel niet veel te zien. Even voelde Patrik zich dankbaar dat hij verhoudingsgewijs zo'n bevoorrecht leven leidde. Zijn eigen problemen leken opeens heel klein. Hij vond het fascinerend dat de wil van een mens om te overleven zo sterk was dat hij, hoewel er ogenschijnlijk geen enkele kwaliteit van leven was, er dag in dag uit, jaar in jaar uit, voor koos om door te gaan. Waren er nog momenten van vreugde in een leven als dat van Anders Nilsson? Ervoer hij ooit de gevoelens die het leven de moeite waard maakten: vreugde, hoop, geluk en vrolijkheid, of was alles alleen een aanloop naar de volgende borrel?

Patrik pakte alles in de woonkamer op om het te bekijken. Hij voelde aan de matras om te zien of er iets in verborgen was, trok de laden van het enige opbergmeubel open en keek eronder, haalde de schilderijen voorzichtig van de wand en keek erachter. Niets. Absoluut niets wat zijn belangstelling wekte. Hij liep naar de keuken om te zien of Lena meer geluk had.

'Wat een zwijnenstal. Hoe kan iemand in vredesnaam zo leven?' Met een gezicht waar duidelijk afschuw op te lezen stond doorzocht ze de inhoud van een vuilniszak die ze op een krant had uitgespreid.

'Heb je iets interessants gevonden?' vroeg Patrik.

'Ja en nee. Ik heb tussen het vuilnis een paar rekeningen gevonden. Het kan wel interessant zijn om de gespreksspecificaties van de telefoonrekeningen wat nader te bestuderen. Verder lijkt hier alleen maar rommel te liggen.' Ze trok haar plastic handschoenen uit. 'Wat dacht je ervan? Zullen we er voor vandaag een punt achter zetten?'

Patrik keek op zijn horloge. Ze waren hier al twee uur en buiten was het donker geworden.

'Ja, ik denk ook niet dat we vandaag nog veel verder komen. Hoe kom jij thuis? Wil je een lift?'

'Ik ben met mijn eigen auto gekomen, dus dat is geen probleem. Maar bedankt.'

Opgelucht verlieten ze het appartement en ze zorgden ervoor dat ze het niet achterlieten zoals ze het hadden aangetroffen, maar deden de deur op slot.

Toen ze de parkeerplaats opliepen waren de straatlantaarns al aan. Terwijl ze het appartement doorzochten, was het zachtjes gaan sneeuwen en ze moesten een flink pak sneeuw van de ruiten afvegen. Toen Patrik naar de OKQ8-pomp reed, merkte hij dat er iets bovenkwam wat de hele dag aan hem had geknaagd. In de stilte van de auto, alleen met zijn gedachten, moest hij erkennen dat er iets niet klopte met de aanhouding van Anders Nilsson. Hij vertrouwde er niet op dat Mellberg de juiste vragen had gesteld tijdens het gesprek met de getuige, op grond waarvan Anders voor een verhoor was opgehaald. Misschien moest hij er zelf nog even naar kijken. Midden op de kruising bij de benzinepomp nam hij een besluit. Hij draaide abrupt het stuur om en reed de andere kant op. In plaats van af te slaan naar Tanumshede, reed hij naar Fjällbacka. Hij hoopte dat Dagmar Petrén thuis was.

Ze moest aan Patriks handen denken. Meestal keek ze eerst naar de handen en polsen van een man. Ze vond dat handen heel erg sexy konden zijn. Ze moesten niet klein zijn, maar ook weer niet zo groot als kolenschoppen. Gemiddeld groot en pezig, zonder haar, lenig en soepel. Patriks handen voldeden er precies aan.

Erica moest moeite doen om niet te dagdromen. Het was op z'n zachtst gezegd zinloos om aan iets te denken wat ze tot nu toe alleen maar als een kleine kriebel in haar buik voelde. Bovendien was het allerminst zeker hoe lang ze hier zou blijven. Als het huis werd verkocht, was er niets meer dat haar aan deze plek bond en dan stond het appartement in Stockholm op haar te wachten, evenals het leven dat ze daar met haar vrienden had. De tijd hier in Fjällbacka zou naar alle waarschijnlijkheid alleen maar een kort intermezzo in haar leven zijn en daarom zou het domweg idioot zijn om romantische luchtkastelen over een oude jeugdvriend te bouwen.

Buiten begon de schemering te vallen, hoewel het nog maar drie uur was en Erica zuchtte diep. Ze zat opgekruld in een grote, ruime gebreide trui die haar vader op koude dagen vaak op zee had gedragen en warmde haar kille handen door de lange mouwen helemaal naar beneden te trekken. Ze vond zichzelf een beetje zielig. Ze had niet het gevoel dat er op dit moment veel was om blij mee te zijn. Alex' dood, het geruzie over het huis, Lucas, het boek dat niet vlotte – ze ervoer het allemaal als een zware druk. Bovendien voelde ze dat ze zelf nog van alles moest doen na het overlijden van haar ouders, zowel in praktische zin als gevoelsmatig. Ze had de afgelopen tijd niet verder kunnen gaan met het opruimen en overal in huis stonden halfvolle vuilniszakken en dozen. Ook in haarzelf waren er halfvolle ruimten en vormden haar gevoelens losse draadjes en niet-ontwarde kluwens.

Ze had de hele middag nagedacht over de scène tussen Dan en Pernilla waarvan ze getuige was geweest. Eigenlijk snapte ze er niets van. Jaren geleden was er tussen haar en Pernilla wrijving geweest, maar dat was al sinds tijden opgelost. Dat had ze in elk geval gedacht. Waarom had Pernilla dan zó gereageerd? Erica overwoog om Dan te bellen, maar ze durfde niet goed omdat Pernilla natuurlijk ook kon opnemen. Op dit moment had ze geen energie voor nóg een conflict en ze besloot daarom er niet verder aan te denken, maar de zaak op zijn beloop te laten en te hopen dat Pernilla met het verkeerde been uit bed was gestapt en dat alles weer gewoon was als ze elkaar de volgende keer zagen. Toch bleef het aan haar knagen. Het was geen tijdelijke woede-uitbarsting maar iets wat dieper ging. Alleen kon Erica met de beste wil van de wereld niet begrijpen wat het kon zijn.

Dat ze met haar boek achterlag op schema drukte zwaar op haar en ze besloot om haar geweten wat te sussen door een tijdje te gaan schrijven. Ze ging achter de computer in de werkkamer zitten en besefte dat ze uit de warmte van de trui moest kruipen om te kunnen werken. Aanvankelijk ging het stroef, maar na een tijdje kwam ze goed op gang. Ze benijdde auteurs die heel gedisciplineerd in hun schrijven waren. Zelf moest ze zich er elke keer weer toe zetten om aan het werk te gaan. Niet omdat ze lui was, maar omdat ze een diepgewortelde angst had dat ze opeens haar vaardigheden kwijt was. Dat ze haar vingers op de toetsen zou laten rusten en haar ogen op het scherm zou richten zonder dat er iets gebeurde. Dat er alleen leegte zou zijn, een gebrek aan woorden, en dat ze zou weten dat ze nooit meer één zin op papier zou zetten. Elke keer dat dat niet gebeurde, voelde ze zich opgelucht. Nu vlogen haar vingers over het toetsenbord en had ze in een uur al twee pagina's getypt. Na nog eens drie pagina's vond ze dat ze een beloning had verdiend en ze besloot om zich even met het boek over Alex bezig te houden.

De cel kende hij goed. Hij zat er niet voor het eerst. Nachtelijke dronkenschap in een cel met braaksel op de vloer was dagelijkse kost in de perioden dat het echt slecht met hem ging. Maar deze keer was het anders. Deze keer was het ernst.

Hij ging op zijn zij liggen op de harde brits, rolde zich in een foetushouding en legde zijn hoofd op zijn handen om het plastic niet tegen zijn wang te voelen plakken. Hij beefde als een rietje, zowel door de kou in de cel als door het gebrek aan alcohol in zijn lichaam.

Het enige dat hem was verteld, was dat hij werd verdacht van de moord op Alex. Vervolgens hadden ze hem naar een cel gebracht en gezegd dat hij moest wachten tot ze hem kwamen halen. Wat dachten ze dat hij anders in deze kale cel kon doen? Tekenlessen geven? Anders trok een grimas.

Zijn gedachten waren traag nu hij zijn ogen nergens op kon laten rusten. De wanden waren van lichtgroen, oud beton met grijze vlekken waar de verf had losgelaten. In gedachten schilderde hij de muren in sterke kleuren. Hier een penseelstreek in rood, daar een in geel. Flinke halen die het oude groen deden verdwijnen. In zijn fantasie was de ruimte algauw een schitterende kakofonie van kleuren en pas toen kon hij zijn gedachten focussen.

Alex was dood. Zelfs als hij dat zou willen, viel aan die gedachte niet te ontkomen, het was een vaststaand feit. Zij was dood en daarmee zijn toekomst ook.

Ze zouden hem zo meteen komen halen. Aan hem gaan trekken. Met harde hand zouden ze hem duwen, honen en kwellen tot de waarheid naakt en trillend op tafel lag. Hij kon ze niet tegenhouden. Hij wist niet eens of hij tegengehouden wilde worden. Hij wist eigenlijk überhaupt niet veel meer. Niet dat hij eerder wel veel had geweten. Slechts weinig dingen hadden de kracht gehad om door de verzoenende nevelen van de alcohol te dringen. Alleen Alex. Alleen de wetenschap dat ze ergens dezelfde lucht inademde, dezelfde gedachten had, dezelfde pijn voelde. Dat was het enige dat altijd voldoende kracht had gehad om door te dringen, onder, over, langs de verraderlijke nevelen die hun uiterste best deden alle herinneringen met een barmhartige duisternis te omhullen.

Terwijl hij op de brits lag, begonnen zijn benen te slapen, maar hij negeerde de signalen van zijn lichaam en weigerde koppig om een andere houding aan te nemen. Als hij bewoog, zou hij misschien de controle over de kleuren op de muren kwijtraken en opnieuw naar kale lelijkheid moeten staren.

Tijdens helderder momenten kon hij de humor, of de ironie van het geheel inzien. Dat hij met een onverzadigbare behoefte aan schoonheid moest worden geboren, terwijl hij tot een leven in vuil en lelijkheid was gedoemd. Misschien stond zijn lot al bij zijn geboorte in de sterren geschreven, misschien werd het op die fatale dag herschreven.

Als als als. Hij had in gedachten vaak allerlei als-scenario's de revue laten passeren. Met de gedachte gespeeld hoe zijn leven eruit had gezien 'als'. Misschien zou hij een goed en eerbaar leven hebben geleid, met een gezin, een huis en de kunst als een bron van vreugde in plaats van vertwijfeling. Kinderen die in de tuin bij zijn atelier speelden, terwijl zich uit de keuken allerlei heerlijke geuren verspreidden. Een idylle als op een schilderij van Carl Larsson, omlijst met rozenglans. Alex was er altijd bij. Zij stond steeds in het middelpunt en hij cirkelde er als een planeet omheen.

Van die fantasieën werd hij vanbinnen altijd warm, maar plotseling verdween het warme beeld en verscheen er een koud beeld, met blauwtinten en een ijzige kou. Dat beeld kende hij goed. Hij had het nachtenlang in alle rust kunnen bestuderen, zodat hij het tot in het kleinste detail kende. Het meest bang was hij voor het bloed. Het rode, dat in schril contrast stond met het blauwe. De dood was er ook, zoals gebruikelijk. Die hield zich in de periferie op en wreef in zijn handen van plezier. Wachtte tot hij aan zet was, iets kon doen, wat dan ook. Het enige dat Anders had kunnen doen was hem negeren. Net doen alsof de dood er niet was, tot die verdween. Misschien kon het beeld dan de rozenglans weer terugkrijgen. Misschien kon Alex weer naar hem glimlachen, die glimlach waardoor zijn maag zich omdraaide. Maar de dood was een te vertrouwde kameraad om zich te laten negeren. Ze kenden elkaar nu al jaren en hun relatie werd er niet leuker op. Zelfs tijdens de lichtere momenten met Alex had de dood zich tussen hen in gewrongen, volhardend, opdringerig.

De stilte in de cel gaf hem een veilig gevoel. In de verte kon hij wat mensen horen, maar dat was ver genoeg om in een andere wereld thuis te kunnen horen. Pas toen hij een van de geluiden hoorde naderen, werd hij uit zijn droomtoestand gerukt. Voetstappen op de gang die doelbewust naar zijn cel gingen. Gerammel met het slot en toen zwaaide de deur open en stond de kleine dikke hoofdinspecteur in de deuropening. Mat sloeg Anders zijn benen over de rand van de brits en ging zitten. Tijd voor het verhoor. Dat kon hij ook maar beter achter de rug hebben.

De blauwe plekken waren nu zo licht geworden dat ze ze onder een flinke laag poeder kon verbergen. Anna bekeek haar gezicht in de spiegel. Het gezicht dat ze zag, was verweerd en getekend. Zonder make-up waren de blauwe contouren onder de huid goed te zien. Haar ene oog was nog altijd een beetje bloeddoorlopen. Haar blonde haar zag er dof en levenloos uit en moest nodig geknipt worden. Ze had nog geen afspraak bij de kapper gemaakt, ze had er gewoon de energie niet voor. Al haar kracht had ze nodig om in de dagelijkse behoeften van haar kinderen te voorzien en zelf overeind te blijven. Hoe had het zover kunnen komen?

Ze kamde haar haar strak naar achteren en deed er een elastiekje om. Moeizaam kleedde ze zich aan, terwijl ze probeerde alle bewegingen te vermijden waarbij haar ribben pijn deden. Vroeger zorgde hij er altijd voor dat hij haar alleen op haar lichaam sloeg, op plaatsen die onder haar kleren vielen, maar het afgelopen halfjaar was hij niet langer voorzichtig en had hij haar herhaaldelijk in het gezicht geslagen.

Het ergste waren echter niet de klappen. Het ergste was dat ze de hele tijd in de schaduw van de klappen leefde, in afwachting van de volgende keer, de volgende vuistslag. Wat het zo wreed maakte, was dat hij zich daar goed van bewust was en met haar angst speelde. Hij hief zijn hand om te slaan en het volgende moment ging de beweging over in een streling met een glimlach. Soms sloeg hij haar ogenschijnlijk zonder aanleiding en kwam zijn gedrag als het ware uit de lucht vallen. Niet dat hij anders veel reden nodig had, maar midden in een gesprek over de boodschappen voor het avondeten of een televisieprogramma waar ze naar zouden kijken, kon zijn vuist opeens op haar afkomen en haar in haar buik, op haar hoofd, haar rug of waar hij ook maar wilde, raken. Vervolgens kon hij, zonder ook maar één tel de draad kwijt te zijn, het gesprek vervolgen alsof er niets was gebeurd, terwijl zij op de grond naar adem lag te happen. Van die macht genoot hij.

Lucas' kleren lagen verspreid door de slaapkamer en moeizaam pakte ze de kledingstukken een voor een op en hing ze op hangers of gooide ze in de wasmand. Toen de slaapkamer er weer tot in de puntjes verzorgd uitzag, ging ze even bij de kinderen kijken. Adrian sliep, snuivend op zijn rug met zijn speen in zijn mond. Emma zat rustig in haar bed te spelen en Anna stond vanuit de deuropening naar haar te kijken. Wat leek ze toch op Lucas. Hetzelfde gedecideerde, hoekige gezicht en dezelfde ijsblauwe ogen. Dezelfde koppigheid.

Emma was een van de redenen waarom ze nog altijd van Lucas hield. Niet meer van hem houden was hetzelfde als een deel van Emma ontkennen. Hij was een deel van haar en daarom was hij ook een deel van Anna. Hij was ook een goede vader voor de kinderen. Adrian was nog te klein om het te kunnen begrijpen, maar Emma verafgoodde Lucas en Anna kon haar gewoon niet van haar vader beroven. Hoe kon ze de kinderen de helft van hun veilige bestaan ontnemen, alles overhoop halen wat bekend en belangrijk voor hen was? Ze moest gewoon sterk genoeg zijn voor hen allemaal, dan zouden ze er wel doorheen komen. In het begin was het ook anders geweest. Het kwam vast allemaal weer goed. Als zij maar sterk was. Hij zei immers dat hij haar eigenlijk niet wilde slaan, dat het voor haar bestwil was, omdat ze niet deed wat ze moest doen. Als zij maar iets beter haar best deed, een betere echtgenote werd. Ze begreep hem niet, zei hij. Als zij er maar achter kwam wat hem gelukkig maakte, als zij de juiste dingen maar deed, zodat hij niet aldoor zo in haar werd teleurgesteld.

Erica begreep het niet. Erica met haar zelfstandigheid en haar eenzaamheid. Haar moed en haar overweldigende, verstikkende zorg. Anna kon de verachting in Erica's stem horen en dat irriteerde haar mateloos. Wat wist Erica van de verantwoordelijk voor een huwelijk en een gezin? Een verantwoordelijkheid die zo op haar schouders drukte dat ze zich bijna niet staande kon houden. De enige over wie Erica zich zorgen hoefde te maken, was zichzelf. Zij was altijd zo verdomd verstandig geweest. Haar overdreven moederlijke zorg had Anna soms bijna verstikt. Overal hadden Erica's bezorgde, wakende ogen haar gevolgd, terwijl ze alleen maar met rust gelaten wilde worden. Wat maakte het uit dat hun moeder zich niet om hen bekommerde? Hun vader was er toch nog? Een van de twee was niet zo slecht. Het verschil tussen haarzelf en Erica was dat zij dingen accepteerde en dat Erica een reden probeerde te vinden. Meestal had Erica de vragen ook aan zichzelf gesteld en geprobeerd de redenen in zichzelf te vinden. Daarom had ze zich altijd veel te veel ingespannen. Anna daarentegen koos ervoor zich helemaal niet in te spannen. Het was makkelijker niet te piekeren, met de stroom mee te gaan en elke dag te nemen zoals die kwam. Daarom voelde ze zich ook zo verbitterd tegenover Erica. Die maakte zich zorgen en bekommerde zich om haar, tot in het overdrevene, en daardoor was het zoveel moeilijker haar ogen te sluiten voor de waarheid en de buitenwereld. Toen ze het huis uit ging, was dat een enorme opluchting en toen ze vlak daarna Lucas ontmoette, dacht ze dat ze eindelijk de enige mens had gevonden die van haar kon houden zoals ze was en die bovenal haar behoefte aan vrijheid kon respecteren.

Ze glimlachte bitter terwijl ze Lucas' ontbijtspullen opruimde. Vrijheid kwam tegenwoordig nog amper in haar woordenboek voor. Haar leven bestond uit de kamers in dit appartement. Alleen dankzij de kinderen kon ze nog steeds ademen; door de kinderen en de hoop dat als ze de juiste formule, de juiste bezwering vond, alles weer als vroeger kon worden.

Ze plaatste met langzame bewegingen het deksel op de botervloot, deed de kaas in een plastic zakje, zette de afwas in de vaatwasser en nam de tafel af. Toen alles blinkend schoon was, ging Anna op een van de keukenstoelen zitten en keek om zich heen. Het enige geluid dat ze hoorde was het kinderlijke gebrabbel van Emma in de kinderkamer. Een paar minuten stond Anna het zichzelf toe om van de rust te genieten. De keuken was licht en luchtig en de houten en roestvrijstalen onderdelen waren smaakvol gecombineerd. Bij de inrichting waren kosten noch moeite gespaard, wat betekende dat Philip Starck en Poggenpohl de dominante merken waren. Zelf had Anna graag een wat knussere keuken gehad, maar toen ze naar het prachtige vijfkamerappartement op Östermalm verhuisden, wist ze dat ze dat beter voor zich kon houden.

Erica's zorgen over het huis in Fjällbacka kon ze er niet bij hebben. Anna kon het zich niet veroorloven sentimenteel te zijn en met het geld van het huis konden Lucas en zij misschien een nieuwe start maken. Ze wist dat hij het vervelend vond om hier in Zweden te werken en dat hij terug wilde naar Londen, waar het volgens hem allemaal gebeurde en waar hij verder carrière kon maken. In Stockholm stagneerde zijn carrière. En al verdiende hij bij zijn huidige werkgever goed, heel goed zelfs, van de winst van het huis in Fjällbacka en het geld dat ze al hadden, zouden ze een woning op stand in Londen kunnen kopen. Dat was belangrijk voor Lucas en dus ook voor haar. Erica zou het toch wel redden. Zij hoefde alleen aan zichzelf te denken, ze had werk en een appartement in Stockholm. Het huis in Fjällbacka zou alleen maar een zomerhuis voor haar worden. Zij zou haar deel van het huis ook krijgen. Een auteur verdiende niet noemenswaardig veel en Anna wist dat Erica soms heel krap zat. Zij zou over een tijdje ook beseffen dat dit de beste oplossing was. Voor hen alle twee.

Adrian liet vanuit de kinderkamer zijn schelle stem horen en het korte moment van rust was weer voorbij. Ach, het had geen zin te zitten kniezen. De blauwe plekken zouden net als anders verdwijnen en morgen was er weer een nieuwe dag.

Patrik voelde zich ongewoon opgewekt en liep met twee treden tegelijk de trap bij Dagmar Petrén op. Eenmaal boven gekomen, moest hij echter even uitblazen en hij boog zich voorover en steunde met zijn handen op zijn knieën. Hij was toch geen twintig meer. Dat was de vrouw die opendeed ook niet, dat was duidelijk. Zoiets kleins en rimpeligs had hij niet meer gezien sinds hij een zakje gedroogde pruimen had geopend. Doordat ze zo krom en gebogen was, reikte ze nauwelijks tot zijn middel en Patrik was bang dat ze bij het eerste het beste zuchtje wind om zou vallen. Maar de ogen die hem aankeken waren helder en wakker als die van een jong meisje.

'Sta daar niet zo te puffen, jongeman. Kom binnen, dan krijg je een kopje koffie.'

De stem was verbazingwekkend krachtig. Patrik voelde zich plotseling net een schooljongen en hij liep braaf achter haar aan. Hij weerstond de neiging om te buigen en moest zijn best doen om het slakkentempo van mevrouw Petrén te volgen en haar niet omver te lopen. Eenmaal in de kamer gekomen, bleef hij abrupt staan. Nog nooit van zijn leven had hij zoveel kabouters gezien. Op elk vrij plekje stonden kabouters in kerstkledij. Grote, kleine, oude, jonge, knipperende en grijze kerstkabouters. Hij had het gevoel dat zijn hersenen op volle toeren moesten draaien om alle indrukken die op hem afkwamen te verwerken. Hij besefte dat hij met open mond stond te kijken en moest zich dwingen om die weer dicht te doen.

'Wat vind je ervan? Is het niet mooi!'

Patrik wist niet goed wat hij moest zeggen en pas na een tijdje kon hij stotterend antwoorden: 'Ja, absoluut. Hartstikke mooi.'

Hij keek mevrouw Petrén angstig aan om te zien of ze merkte dat de woorden en de toon niet echt in overeenstemming met elkaar waren. Tot zijn verbazing glimlachte ze schelms terwijl haar ogen begonnen te glinsteren. 'Maak je geen zorgen. Ik begrijp best dat dit niet direct jouw smaak is, maar als je oud wordt, heb je bepaalde verplichtingen, snap je?'

'Verplichtingen?'

'Om interessant gevonden te worden moet je een beetje excentriek zijn. Anders word je een zielig oud vrouwtje en dat wil ik niet, dat snap je wel.'

‘Maar waarom kabouters?’ Patrik begreep het nog steeds niet goed en mevrouw Petrén legde het hem uit alsof ze tegen een kind sprak.

‘Het leuke van kabouters is dat je die maar één keer per jaar hoeft neer te zetten. De rest van het jaar is het hier zo opgeruimd, daar heb je geen idee van. Een ander voordeel is dat er met kerst altijd heel veel kinderen langskomen. Voor een oude dame die niet zoveel bezoek krijgt, is het een vreugde voor de ziel als die kleintjes aanbellen om de kerstkabouters te mogen zien.’

‘Maar hoe lang hebt u de kabouters dan staan, het is nu toch al half maart?’

‘O, ik zet ze in oktober neer en dan haal ik ze tegen april weer weg. Maar je begrijpt dat het ook wel een week of twee duurt om ze uit te stallen en op te ruimen.’

Patrik begreep maar al te goed dat het tijd kostte. Hij probeerde het aantal kabouters te schatten, maar zijn hoofd had zich nog niet helemaal hersteld van de schokkende aanblik, dus hij wendde zich tot mevrouw Petrén en vroeg het haar maar: ‘Hoeveel kabouters hebt u hier?’

Het antwoord kwam meteen: ‘1443. Nee, sorry, 1442 – ik heb er gisteren een omgestoten. Een van de mooiste nog wel,’ zei mevrouw Petrén met een verdrietig gezicht.

Maar ze zette zich er snel overheen en haar gezicht werd weer vrolijk. Met verbazingwekkend veel kracht trok ze aan Patriks mouw en ze sleurde hem min of meer mee naar de keuken, waar geen enkele kabouter te bekennen viel. Patrik trok onopvallend de mouw van zijn colbertje goed, maar hij had het gevoel dat ze aan zijn oor zou hebben getrokken als ze daar bij had gekund.

‘Laten we hier gaan zitten. Op den duur word je al die mannetjes een beetje zat. Hier in de keuken mogen ze niet komen.’

Hij ging op de harde keukenbank zitten nadat zijn aanbod om haar te helpen bruusk van de hand was gewezen. Hij had zich er mentaal al op voorbereid dat hij waterige, erbarmelijke kookkoffie zou krijgen, maar toen hij het grote roestvrijstalen hypermoderne koffieapparaat op het aanrecht zag, viel zijn mond voor de tweede keer open.

‘Wat wil je hebben? Cappuccino? Café au lait? Misschien een dubbele espresso? Dat lijk je wel te kunnen gebruiken.’

Patrik kon alleen maar knikken en mevrouw Petrén genoot zichtbaar van zijn verbazing.

'Wat had je gedacht? Een oude ketel uit 1943 en zelfgemalen bonen? Nee, ik ben dan wel een oude vrouw, maar ik gun me de goede dingen des levens ook, hoor. Deze heb ik een paar jaar geleden met Kerstmis van mijn zoon gekregen, en daar heb ik veel plezier van, moet ik zeggen. Soms staan de oudjes uit de buurt in de rij voor een kopje koffie.'

Teder streek ze met haar hand over het apparaat, dat nu sputterde en siste terwijl de melk tot een luchtig schuim werd geklopt.

Terwijl de koffie werd gezet, verscheen op de tafel voor Patrik de ene lekkernij na de andere. In geen velden of wegen waren er ouderwetse kaakjes te zien; in plaats daarvan werden er grote kaneelbollen, enorme muffins, lekkere chocoladekoekjes en luchtige schuimgebakjes op tafel gezet, terwijl Patrik steeds grotere ogen opzette en begon te watertanden. Mevrouw Petrén schaterde toen ze de uitdrukking op zijn gezicht zag, en nadat ze hun allebei een kop dampend hete koffie had voorgezet, ging ze tegenover hem op een houten stoel zitten.

'Ik begrijp dat je het over het meiske in het huis hiertegenover wilt hebben. Ja, ik heb ook al met de hoofdinspecteur gesproken en hem het weinige verteld dat ik weet.'

Patrik kon zich maar met moeite losrukken van de smeuïge cake waar hij net een hap van had genomen en moest zijn tanden met zijn tong schoonmaken voordat hij zijn mond open kon doen.

'Misschien zou u willen vertellen wat u hebt gezien. Mag ik het trouwens opnemen?' Hij drukte op 'record' op de cassetterecorder en nam nog een flinke hap, terwijl hij op haar antwoord wachtte.

'Natuurlijk mag dat. Tja, het was vrijdag 25 januari, halfzeven. Je mag overigens wel "jij" zeggen, hoor. Anders voel ik me zo oud.'

'Hoe weet je zo zeker dat het die dag en dat uur was? Het is alweer een paar weken geleden.' Patrik nam nog een hap.

'Nou, ik was die dag jarig, dus mijn zoon en zijn gezin kwamen taart eten en cadeautjes brengen. Ze gingen vlak voor het nieuws van halfzeven op net 4 weg en toen hoorde ik buiten een verschrikkelijk lawaai. Ik liep naar het raam dat op de heuvel uitkijkt, op het huis van dat meiske, en toen zag ik hem.'

'Anders?'

'Die schilder, Anders, ja. Hij was zo dronken als een Maleier en stond als een gek op de deur te bonzen en te schreeuwen. Uiteindelijk liet ze hem binnen en vervolgens werd het stil. Ja, niet omdat hij ophield met schreeuwen, daar weet ik niets van. Je hoort immers niet wat zich binnen afspeelt.'

Dagmar Petrén zag dat Patriks bordje leeg was en schoof uitnodigend de schaal met kaneelbolletjes naar hem toe. Hij liet zich overhalen en pakte snel een van de bovenste bolletjes van de overvolle schaal.

'En het is zeker dat het Anders Nilsson was? Zonder twijfel?'

'O, nee, die vlegel ken ik ondertussen wel. Hij kwam hier vaak langs en als je hem hier niet zag, dan zat hij wel bij de dronkelappen op het plein. Ik begrijp helemaal niet wat hij met Alexandra Wijkner te maken had. Dat was altijd zo'n stijlvol meisje. Mooi en goed opgevoed. Toen ze klein was, kwam ze hier vaak langs en dan kreeg ze limonade en koekjes. Dan zat ze op die bank, vaak samen met het dochtertje van Tore, hoe heet ze ook alweer...'

'Erica,' zei Patrik met volle mond en hij voelde hoe hij alleen al bij het noemen van haar naam vlinders in zijn buik kreeg.

'Erica, ja, zo heette ze. Ook een lief kind, maar met Alexandra was iets bijzonders. Die lichtte als het ware op. Maar toen gebeurde er iets... Ze kwam niet meer langs en groette nauwelijks nog. Een paar maanden later verhuisden ze naar Göteborg en ik heb haar pas weer gezien toen ze een paar jaar geleden hier in de weekends begon te komen.'

'Kwamen de Carlgrens nooit?'

'Nee, nooit. Maar ze zorgden wel voor het huis. Er zijn wel timmerlui en schilders geweest. En Vera Nilsson kwam er twee keer in de maand om schoon te maken.'

'En je hebt geen idee wat er is gebeurd voordat de familie Carlgren naar Göteborg verhuisde, ik bedoel waardoor Alex zo veranderde? Er was geen ruzie of zo in de familie?'

'Er waren wel geruchten, maar dat is hier altijd zo. En er werd niets gezegd waar ik echt geloof aan hechtte. Hoewel er veel mensen in Fjällbacka zijn die menen te weten wat iedereen doet, moet je één ding goed begrijpen: je weet nooit wat zich binnen de muren van andermans huis afspeelt. Daarom wil ik er ook niet over speculeren. Daar heeft niemand baat bij. Maar goed, neem nog wat, je hebt mijn schuimgebakjes nog niet geproefd.'

Patrik voelde even goed en warempel, hij had nog een piepklein gaatje over voor een schuimgebakje.

'Heb je daarna nog iets gezien? Dat Anders Nilsson wegging bijvoorbeeld?'

'Nee, die avond heb ik hem niet meer gezien. Maar ik heb hem de week erna diverse keren het huis zien binnengaan. Toch vreemd, moet ik zeggen. Ik heb in het dorp gehoord dat ze toen al dood was. Wat had hij daar dan in vredesnaam te zoeken?'

Dat vroeg Patrik zich ook af. Dagmar Petrén keek hem strak aan: 'En, vond je het lekker?'

'Dit waren de lekkerste gebakjes die ik ooit heb geproefd. Hoe komt het dat je zoveel tegelijk klaar had staan? Ik bedoel, ik belde maar een kwartiertje van tevoren en je zou zo vlug als Superman moeten zijn om al dit lekkers zo gauw klaar te kunnen maken.'

Ze genoot van alle lof en knikte trots. 'Mijn man en ik hebben dertig jaar lang de banketbakkerij hier in Fjällbacka gerund, dus hopelijk heb ik in de loop van de jaren wel iets geleerd. Oude gewoonten geef je niet zo gauw op, en ik sta nog steeds elke ochtend om vijf uur op om te bakken. Wat de jongelui en de dames die langskomen niet opeten, geef ik aan de vogels. Ik mag ook graag nieuwe recepten uitproberen. Er zijn zoveel soorten gebak en koekjes tegenwoordig, die veel lekkerder zijn dan de oude droge kaakjes die je vroeger zoveel zag. De recepten haal ik uit culinaire tijdschriften en dan pas ik ze naar eigen smaak aan.'

Ze gebaarde naar een enorme stapel naast de bank waar meerdere jaargangen van diverse tijdschriften lagen. Afgaande op wat ze per stuk kostten, vermoedde Patrik dat ze aan de jaren in de bakkerij een aardig zakcentje had overgehouden. Hij kreeg een inval: 'Weet je ook of er een verband was tussen de familie Carlgren en de familie Lorentz, behalve dat Karl-Erik voor hen werkte? Gingen ze bijvoorbeeld met elkaar om?'

'God behoede me! De familie Lorentz die omgaat met de familie Carlgren? Alleen met sint-juttemis! Ze verkeerden in andere kringen en dat Nelly Lorentz – naar wat ik heb gehoord – na de begrafenis bij de familie Carlgren opdook, zou ik een sensatie willen noemen, niet meer en niet minder!'

'En hun zoon dan? Die jongen die verdwenen is. Heeft hij bij jouw weten ook nooit iets met de familie Carlgren te maken gehad?'

'Nee, je mag hopen van niet. Dat was een naar ventje. In de winkel probeerde hij altijd koekjes te pikken. Maar dat heeft mijn man hem wel afgeleerd toen die hem betrapte. Een ergere preek heeft hij waarschijnlijk nooit gehad. Vervolgens kwam Nelly ons natuurlijk uitschelden en ze dreigde de politie op mijn man af te sturen. Nou, hij bracht haar al snel op andere ideeën toen hij vertelde dat er getuigen van de diefstalletjes waren en dat ze de politie best mocht bellen.'

'Maar voor zover jij weet, was er dus geen verband met de familie Carlgren?'

Ze schudde haar hoofd.

'Nee, ik moest daar alleen aan denken. Behalve de moord op Alex is de verdwijning van Nils het meest dramatische wat hier is gebeurd en je weet maar nooit... soms ontdek je de meest komische verbanden. Maar dan geloof ik niet dat ik verder nog vragen heb. Mag ik je hartelijk bedanken? Het gebak was heerlijk. Nu mag ik wel een paar dagen alleen maar sla eten,' zei Patrik en hij streek over zijn buik.

'Ach nee, dat konijnenvoer is niets voor jou. Je bent nog in de groei.'

Patrik knikte dankbaar en zei haar niet dat als je vijfendertig was, alleen je taille nog maar groeide. Hij stond op van de keukenbank, maar moest meteen weer gaan zitten. Hij had het gevoel dat hij een blok beton in zijn maag had en een misselijk gevoel welde in hem op. Bij nader inzien was het toch niet zo slim geweest om al dat gebak naar binnen te werken.

Hij kneep voorzichtig zijn ogen wat dicht toen hij door de woonkamer liep, waar alle 1442 kabouters naar hem blonken en glommen.

Ze liepen weer heel langzaam en Patrik moest zijn best doen om Dagmar Petrén niet voorbij te hollen, terwijl ze voor hem uit naar de voordeur slofte. Ze was een kranige tante, dat leed geen twijfel. Een betrouwbare getuige was ze ook, en met haar verklaring was het alleen een kwestie van tijd voor de puzzelstukjes op hun plaats vielen en ze een doortimmerde zaak tegen Anders Nilsson hadden. Op dit moment hadden ze voornamelijk aanwijzingen, maar het leek erop dat de moord op Alexandra Wijkner was opgelost. Toch was Patrik er niet gerust op. Als hij iets in zijn buik kon voelen behalve gebak, dan was het onrust en het gevoel dat simpele oplossingen niet altijd de juiste waren.

Het was heerlijk de frisse lucht in te kunnen ademen en zijn misselijkheid nam iets af. Net toen hij nogmaals had bedankt en zich omdraaide om weg te lopen, drukte Dagmar Petrén hem iets in de hand. Vervolgens sloot ze de deur. Hij keek nieuwsgierig naar wat hij had gekregen. Het was een plastic tas vol koekjes – en een kleine kerstkabouter. Hij greep naar zijn buik en kreunde.

'Zo Anders, het ziet er niet zo best voor je uit.'

'O.'

'O? Is dat alles wat je te zeggen hebt? Je zit zwaar in de problemen, mocht je dat nog niet hebben begrepen! Heb je dat begrepen?'

'Ik heb niets gedaan.'

'Gelul. Hoe durf je dat tegen mij te zeggen! Ik weet dat je haar hebt vermoord, dus je kunt maar beter meteen bekennen en mij een hoop moeite besparen. Door mij moeite te besparen, bespaar je jezelf moeite. Snap je wat ik bedoel?'

Mellberg en Anders zaten in de enige verhoorkamer die het politiebureau in Tanumshede rijk was en in tegenstelling tot wat je in Amerikaanse politieseries zag, was er geen glazen wand waardoor de collega's het verhoor konden volgen. Iets wat Mellberg goed van pas kwam. Het was geheel in strijd met de voorschriften om met de verdachte alleen te zijn, maar wat maakte het uit, als hij maar bewijs leverde zou niemand zich druk maken om een paar belachelijke regeltjes. Anders had ook niet om een advocaat of iemand anders gevraagd en waarom zou Mellberg dan aandringen?

De kleine ruimte had kale wanden en was karig gemeubileerd. De enige meubels waren een tafel en twee stoelen, die nu werden gebruikt door Anders Nilsson en Bertil Mellberg. Anders hing nonchalant op de zijne, met zijn handen op zijn schoot en zijn lange benen uitgestrekt onder de tafel. Mellberg stond echter half over de tafel gebogen en zijn gezicht was zo dicht bij dat van Anders als maar kon, gezien diens allesbehalve frisse adem. Het was echter wel zo dichtbij dat er kleine spetters spuug op Anders' gezicht terechtkwamen toen Mellberg zijn woorden naar hem schreeuwde. Anders nam niet de moeite ze weg te vegen en deed alsof de hoofdinspecteur niet meer dan een irritante vlieg was, zo onbelangrijk dat het niet eens de moeite waard was om hem weg te wuiven.

'We weten alle twee dat jij Alexandra Wijkner hebt vermoord. Dat je haar een slaapmiddel hebt toegediend en in bad hebt gelegd, waar je haar polsen hebt doorgesneden om vervolgens rustig toe te kijken hoe ze doodbloedde. Dus we kunnen het beter op de voor ons alle twee makkelijkste manier doen. Jij bekent en ik noteer.'

Mellberg was heel tevreden over wat hij meende dat een krachtig begin van het verhoor was. Hij ging zitten en vouwde zijn handen over zijn grote buik. Hij wachtte. Geen reactie van Anders. Diens hoofd bleef scheef hangen en de uitdrukking op zijn gezicht ging schuil achter zijn haar. Mellbergs mondhoek vertrok. Zijn uitval had een andere reactie dan onverschilligheid verdiend. Na nog een tijdje zwijgend te hebben gewacht, sloeg hij met zijn vuist op tafel om Anders uit zijn roes te halen. Geen reactie.

'Godverdomme, jij stomme zatlap! Dacht je dat je je uit deze situatie kon redden door je kop te houden? Dan ben je toch echt aan het verkeerde adres. Jij gaat mij de waarheid vertellen, al zitten we hier de hele dag!'

De transpiratievlekken onder Mellbergs oksels groeiden met de minuut.

'Je was jaloers, nietwaar? We hebben de schilderijen gevonden die je van haar hebt gemaakt en daaruit blijkt duidelijk dat jullie het met elkaar deden. En als we nog twijfels hadden, dan hebben we ook jouw brieven aan haar nog. Jouw mierzoete, pathetische liefdesbrieven. Shit, wat een rommel. Wat zag ze eigenlijk in jou? Moet je jezelf nou zien! Je bent vies en goor en allesbehalve een don juan. De enige verklaring is dat zij op de een of andere manier pervers moet zijn geweest. Dat ze opgewonden raakte van vuil en gore oude zatlappen. Deed ze het ook met de andere zuipschuiten in Fjällbacka, of nam ze genoegen met jou?'

Als een speer schoot Anders overeind. Hij wierp zich over de tafel en greep Mellberg bij de keel. 'Klootzak! Ik vermoord je, stomme klootzak!'

Mellberg probeerde tevergeefs los te komen uit Anders' greep. Zijn gezicht werd roder en roder en zijn haar gleed van zijn hoofd en bleef als een kluwen aan zijn rechteroor hangen. Van pure verbazing liet Anders Mellberg los en de hoofdinspecteur snakte naar adem. Anders viel terug op zijn stoel en keek Mellberg pisnijdig aan.

'Dat doe je nooit meer! Heb je me gehoord? Nooit meer!' Mellberg hoestte en schraapte zijn keel om zijn stem te hervinden. 'Je verroert geen vin meer, anders smijt ik je in een cel en gooi ik de sleutel weg. Heb je me gehoord!'

Mellberg ging weer zitten, maar hij bleef Anders waakzaam aankijken. In Anders' ogen bespeurde hij nu een lichte angst, die hij eerst niet had gezien. Hij merkte dat zijn nauwkeurig gemodelleerde kapsel een flinke opdonder had gekregen en met een geroutineerd gebaar schoof hij het haar terug op zijn glimmende schedel, terwijl hij deed alsof er niets aan de hand was.

'Terug naar het onderwerp. Je had dus een seksuele relatie met het slachtoffer, Alexandra Wijkner?'

Anders mompelde met gebogen hoofd een antwoord.

'Sorry, wat zei je?' Mellberg had zijn handen gevouwen en boog zich naar voren.

'Ik zei dat we van elkaar hielden!'

De woorden echoden tussen de kale muren. Mellberg glimlachte honend.

'Oké, jullie hielden van elkaar. Belle en het beest hielden van elkaar. Wat schattig. En hoe lang "hielden" jullie al van elkaar?'

Anders mompelde weer iets onduidelijks en Mellberg moest het hem weer laten herhalen.

'Sinds we klein waren.'

'O ja? Maar ik neem toch aan dat jullie niet sinds jullie vijfde hebben liggen rollebollen? Laat ik het anders stellen: hoe lang hebben jullie een seksuele relatie gehad? Hoe lang heeft ze een affaire met je gehad? Hoe lang hebben jullie erop los geneukt? Moet ik nog doorgaan of snap je wat ik bedoel?'

Anders keek Mellberg woedend aan, maar wist zich in te houden. 'Dat weet ik niet. In de loop van de jaren af en toe. Ik weet het echt niet. Ik heb het niet in mijn agenda aangekruist.'

Hij plukte aan een paar onzichtbare draadjes op zijn broek. 'Vroeger kwam ze hier zelden, dus toen was het niet zo vaak. Meestal schilderde ik haar alleen maar. Ze was zo mooi.'

'Wat gebeurde er op de avond dat ze stierf? Gekibbel tussen minnaars? Wilde ze niet? Of was je nijdig omdat ze zwanger was? Zo was het, hè? Zij was zwanger en jij wist niet of het van jou of van haar man was. Ze dreigde vast dat ze jou het leven ook zuur zou maken, nietwaar?'

Mellberg was buitengewoon tevreden over zichzelf. Hij was ervan overtuigd dat Anders de moordenaar was, en als hij maar hard genoeg op de juiste knoppen drukte zou hij ongetwijfeld een bekentenis los weten te peuteren. Zonder meer. Daarna zouden ze bidden en smeken dat hij terugkwam naar Göteborg. Hij zou niet meteen toegeven. Ze zouden hem vast proberen te verleiden met een promotie en een hoger salaris als hij ze een tijdje aan het lijntje hield. Hij wreef vergenoegd over zijn buik en merkte nu pas dat Anders hem met grote ogen aan zat te kijken. Zijn gezicht was lijkbleek. Zijn handen maakten schokkerige bewegingen. Toen hij zijn hoofd optilde en Mellberg voor het eerst recht aankeek, zag de hoofdinspecteur dat zijn onderlip trilde en dat zijn ogen vol tranen stonden.

'Je liegt! Ze kan niet zwanger zijn geweest!' Er liep een straaltje snot uit zijn neus en Anders veegde het met zijn mouw weg. Hij keek Mellberg bijna smekend aan.

'Hoezo, dat kan niet? Condooms zijn niet voor honderd procent betrouwbaar, weet je. Ze was in de derde maand, dus je hoeft hier geen toneelstukje voor me op te voeren. Ze was zwanger en jij weet heel goed hoe dat zo kwam. Of het kind van jou of van haar chique man was, kun je nooit weten, hè. Dat is de vloek van de man, zie je. Ik ben zelf een paar keer bijna de sigaar geweest, maar geen enkel wijf heeft mij tot nu toe zover gekregen dat ik iets heb getekend.' Mellberg grinnikte.

'Niet dat het jou wat aangaat, maar we hadden al vier maanden geen seks gehad. Nu wil ik niet meer met je praten. Breng me terug naar mijn cel, want ik ben niet van plan om ook nog maar één woord te zeggen.'

Anders haalde luid zijn neus op en dreigde elk moment in huilen uit te barsten. Hij leunde met gekruiste armen achterover en keek

Mellberg vanonder zijn pony uitdagend aan. Mellberg zuchtte diep, maar voldeed aan zijn eis.

'Oké, dan gaan we over een paar uur verder. Ik geloof geen woord van wat je zegt – als je dat maar weet! Denk er maar eens goed over na terwijl je in je cel zit. Als ik je weer zie, wil ik een volledige bekentenis van je.'

Mellberg bleef even zitten nadat Anders naar zijn cel was teruggebracht. De stinkende zuiplap had niet bekend en daar snapte Mellberg niets van. Maar hij had zijn troefkaart nog niet gespeeld. De laatste keer dat iemand met Alexandra Wijkner had gesproken, was op vrijdag 25 januari om kwart over zeven, precies een week voordat ze werd gevonden. Ze had vijf minuten en vijftig seconden met haar moeder gepraat volgens telecombedrijf Telia. Dat klopte ook met het tijdskader dat de patholoog-anatoom had aangegeven. Dankzij de buurvrouw, Dagmar Petrén, wist Mellberg dat Anders Nilsson het slachtoffer niet alleen die vrijdag om halfzeven had bezocht, maar dat hij ook in de week erna een aantal keren in het huis was geweest. *Toen lag Alexandra Wijkner al dood in de badkuip.*

Een bekentenis zou Mellbergs werk aanzienlijk hebben vergemakkelijkt, maar ook als Anders stijfkoppig zou blijven, zou hij hem wel veroordeeld krijgen, daarvan was Mellberg overtuigd. Naast de getuigenverklaring van mevrouw Petrén lag ook het verslag van de huiszoeking in Alex Wijkners huis op zijn bureau. Het meest interessant waren de gegevens van het zeer grondige onderzoek van de badkamer waar ze was gevonden. Niet alleen zaten er voetsporen in het gestolde bloed op de vloer die overeenkwamen met een paar schoenen dat in het appartement van Anders in beslag was genomen, op het lichaam van het slachtoffer waren ook vingerafdrukken van Anders aangetroffen. Ze waren minder duidelijk dan op een hard en vlak oppervlak, maar desondanks goed identificeerbaar.

Hij had vandaag niet al zijn kruit willen verschieten, maar bij het volgende verhoor zou hij alles uit de kast halen. Dan zou hij die hufter wel klein krijgen.

Vergenoegd spuugde Mellberg in zijn handpalmen en hij streek zijn haar glad met het speeksel.

Het telefoontje stoorde haar midden in een verslag van het gesprek met Henrik Wijkner. Geërgerd hield ze op met typen en reikte naar de telefoon.

'Ja?' Het klonk geïrriteerder dan ze had bedoeld.

'Hoi, met Patrik. Stoor ik je?'

Erica ging rechtop zitten en had spijt dat ze niet vriendelijker was geweest toen ze opnam.

'Nee, absoluut niet. Ik zit te schrijven en ging daar zo in op dat ik opveerde toen de telefoon ging en daardoor klonk ik misschien een beetje... maar je stoort niet, echt niet, ik bedoel...'

Ze greep naar haar hoofd toen ze zichzelf als een veertienjarige hoorde wauwelen. Het was hoog tijd dat ze zich vermande en haar hormonen onder controle kreeg. Dit was belachelijk.

'Ik ben in Fjällbacka en wilde alleen even horen of je thuis was en zo ja, of ik dan langs kon komen.'

Hij klonk zelfverzekerd, mannelijk, veilig en rustig en Erica voelde zich nog stommer vanwege haar gestamel. Ze keek naar haar kleren. Ze droeg een nogal vuil joggingpak en voelde aan haar haar. Het was zoals ze vreesde. Een staartje met pieken die alle kanten op staken. Een situatie die je haast catastrofaal kon noemen.

'Hallo, Erica... ben je er nog?' Patrik klonk vragend.

'O, ja, ik ben er nog. Ik had alleen het idee dat de ontvangst van je mobieltje wegviel.'

Erica greep voor de tweede keer binnen tien seconden naar haar hoofd. Lieve help, je zou haast denken dat ze een groentje was.

'Halloooo, Erica... kun je me horen? Hallo?'

'Ja, hoor. Kom gerust langs. Geef me een kwartiertje voor je komt want ik ben bezig met... een belangrijk stuk in mijn boek en dat wil ik graag even afmaken.'

'Natuurlijk. Weet je zeker dat ik je niet stoor? Ik bedoel, we zien elkaar morgenavond ook, dus...'

'Nee, je stoort niet. Echt niet. Ik heb alleen een kwartiertje nodig.'

'Prima. Dan zie je me zo.'

Erica legde zachtjes de hoorn neer en ademde diep en vol verwachting in. Haar hart bonsde zo luid dat ze het zelf hoorde. Patrik was onderweg naar haar. Patrik was... Ze schrok op alsof iemand een emmer koud water over haar heen had gegoten, en sprong van de stoel. Hij zou er over een kwartier zijn en ze zag eruit alsof ze al een week lang niet had gedoucht of haar haar had gekamd. Ze holde met twee treden tegelijk de trap op terwijl ze haar joggingtrui over haar hoofd trok. In de slaapkamer trok ze de comfortabele broek uit en viel zowat om omdat ze vergat dat ze stil moest staan.

In de badkamer waste ze haar oksels en ze was dankbaar dat ze die vanochtend had geschoren toen ze douchte. Ze deed een beetje parfum op haar polsen, tussen haar borsten en bij haar halsslagader, waar ze haar bloed stevig voelde kloppen. Snel zocht ze naar de juiste kleding en pas toen ze het meeste uit haar kast op het bed had gegooid, besloot ze om een eenvoudig zwart Filippa K-shirt aan te trekken met een bijpassende zwarte strakke rok, die tot op haar enkels viel. Ze keek op haar horloge. Nog tien minuten. Terug naar de badkamer. Poeder, mascara, lipgloss en lichte oogschaduw. Rouge was niet nodig, haar gezicht was al rood genoeg. Het resultaat dat ze met de make-up wilde bereiken was een frisse, naturel look, maar elk jaar leek ze meer make-up nodig te hebben om dat te bereiken.

Er werd aangebeld en toen ze een laatste blik in de spiegel wierp, realiseerde ze zich met schrik dat haar haar nog steeds in een slordig staartje met een neongeel elastiekje zat. Ze rukte het elastiekje eraf en met behulp van een borstel en wat mousse slaagde ze erin haar haar enigszins in model te brengen. Er werd weer aangebeld, nu meer aanhoudend, en ze liep haastig naar beneden. Halverwege de trap bleef ze even staan om op adem te komen. Met het meest coole gezicht dat ze maar kon opbrengen, deed ze vervolgens stralend glimlachend open.

Zijn vinger trilde licht toen hij aanbelde. Hij had zich al een paar keer bijna omgedraaid en haar met een excuus opgebeld, maar de auto reed als het ware vanzelf naar Sälvik. Hij herinnerde zich heel goed waar ze woonde en op de helling bij de camping nam hij met gemak de scherpe bocht naar rechts die naar haar huis leidde. Buiten was het pikdonker, maar de straatlantaarns gaven voldoende licht om het uitzicht op zee vaag te kunnen zien. Meteen begreep hij wat Erica voor haar ouderlijk huis voelde en hoeveel pijn het haar deed dat ze het dreigde te verliezen. Opeens besefte hij ook hoe onmogelijk zijn gevoelens voor haar waren. Zij en Anna zouden het huis verkopen en er was niets dat Erica aan Fjällbacka bond. Ze zou weer naar Stockholm gaan en een plattelandsagent uit Tanumshede was niets vergeleken met de kroegtijgers op het Stureplan. Mismoedig liep hij naar de deur en belde aan.

Er deed niemand open en hij belde nog een keer aan. Het leek nu lang zo'n goed idee niet als zopas, toen hij onderweg van mevrouw Petrén was geweest. Hij had het gewoon niet kunnen laten haar te bellen nu ze zo dichtbij was. Maar toen ze opnam had hij al een beetje spijt gehad. Ze klonk zo druk, zelfs geïrriteerd toen hij belde. Maar ja, nu was het te laat voor spijt. De deurbel weerklonk voor de tweede keer door het huis.

Hij hoorde iemand de trap afkomen. De voetstappen stopten even voordat ze verder liepen in de richting van de deur. Toen werd die opengedaan en stond ze daar, breed glimlachend. Zijn adem stokte. Hij snapte niet hoe ze er altijd zo fris uit kon zien. Ze droeg geen make-up en had de natuurlijke schoonheid die hij zo aantrekkelijk vond in een vrouw. Karin zou er nooit over hebben gepiekerd zich zonder make-up te vertonen, maar Erica zag er in zijn ogen zo fantastisch uit dat hij zich niet kon voorstellen dat er nog iets kon worden toegevoegd aan wat hij zag.

Het huis was nog net zo als hij het zich van de bezoekjes in zijn jeugd herinnerde. Hier hadden meubels en huis samen waardig oud mogen worden. Hout en wit domineerden, met lichte witte en blauwe stoffen die mooi harmonieerden met het ouder wordende patina van de meubels. Ze had kaarsen aangestoken, die de winterse duisternis verdreven. Alles ademde rust en kalmte. Hij liep achter Erica aan naar de keuken.

'Wil je koffie?'

'Graag. O, ik heb nog wat bij me trouwens.' Patrik reikte haar de tas met koekjes aan. 'Ik wil er graag een paar meenemen naar het bureau. Er is meer dan genoeg kan ik je verzekeren.'

Erica keek in de plastic tas. Ze glimlachte. 'Je bent bij mevrouw Petrén geweest, zie ik.'

'Yes. En ik ben zo vol dat ik me nauwelijks kan bewegen.'

'Ze is een charmante oude dame, nietwaar?'

'Ongelooflijk. Als ik tweeënnegentig was geweest, was ik met haar getrouwd.'

Ze glimlachten naar elkaar.

'En, hoe gaat het?'

'O, goed hoor.'

Er viel een stilte waardoor ze beiden onrustig werden. Erica schonk twee kopjes koffie in en deed de rest van de koffie in een thermoskan. 'Laten we op de veranda gaan zitten.'

Ze dronken de eerste slokken in een stilte die niet langer ongemakkelijk voelde, maar gezellig. Erica zat in de rotanstoel tegenover hem. Hij schraapte zijn keel. 'Hoe gaat het met je boek?'

'Goed. En hoe gaat het bij jou? Met het onderzoek?'

Patrik dacht even na en besloot toen om haar wat meer te vertellen dan eigenlijk toegestaan was. Erica was er ondanks alles toch al bij betrokken en hij vond dat het geen kwaad kon.

'Het lijkt erop dat we de moord hebben opgelost. We hebben iemand aangehouden die op dit moment wordt verhoord, en het bewijs is zo waterdicht als het maar kan.'

Erica boog zich met een nieuwsgierig gezicht naar voren. 'Wie is het?'

Patrik aarzelde even. 'Anders Nilsson.'

'Dus het was toch Anders. Gek. Voor mijn gevoel klopt dat niet.'

Patrik was geneigd daarmee in te stemmen. Er waren ondanks de aanhouding van Anders gewoon te veel losse eindjes. De fysieke bewijzen van de plaats delict en de getuigenverklaring dat hij niet alleen vlak voor het waarschijnlijke tijdstip van overlijden maar ook diverse keren erna in het huis was geweest, lieten niet veel ruimte voor twijfel. Maar toch.

'Tja, dan is dat voorbij. Vreemd, ik had verwacht dat ik me veel opgeluchter zou voelen. En het artikel dat ik vond dan? Over de verdwijning van Nils, bedoel ik. Hoe past dat in het beeld als Anders de moordenaar is?'

Patrik haalde zijn schouders op en maakte een vragend gebaar met zijn handen. 'Ik weet het niet, Erica. Ik heb geen idee. Misschien heeft het niets met de moord te maken en is het gewoon toeval. Hoe dan ook is er geen reden er verder naar te kijken. Alex heeft haar geheimen met zich meegenomen het graf in.'

'En het kind dat ze verwachtte? Was dat van Anders?'

'Wie zal het zeggen? Van Anders, van Henrik... Jouw gok is net zo goed als de mijne. Je vraagt je wel af wat die twee bond. Wat een apart stel. Het is niet zo ongebruikelijk dat mensen vreemdgaan, maar Alexandra Wijkner en Anders Nilsson? Ik bedoel, het lijkt mij onwaarschijnlijk dat hij überhaupt iemand het bed in kreeg en Alexandra Wijkner was... tja, bloedmooi is het enige woord dat ik kan verzinnen.'

Even meende hij een rimpel tussen Erica's wenkbrauwen te zien, maar het volgende moment was die verdwenen en was zij weer haar beleefde, gezellige zelf. Het was vast verbeelding geweest. Hij wilde net wat zeggen toen vanuit de hal een riedeltje weerklonk. Zowel Patrik als Erica veerde op.

'Dat is mijn mobieltje. Momentje.' Hij snelde naar de hal om op tijd te kunnen opnemen en moest even in zijn jaszak zoeken voor hij zijn telefoon had gevonden.

'Patrik Hedström.'

'Hm... oké... ik begrijp het... Ja, dan zijn we terug bij af. Ja, ja, ik weet het. O, zei hij dat? Ja, je weet niet hoe dat zit. Oké Mellberg. Dag.'

Hij sloot het klepje van zijn mobieltje met een gedecideerde beweging en wendde zich tot Erica. 'Trek een jas aan, dan gaan we even ergens heen.'

'Waarheen?' Met haar kopje halverwege haar mond keek Erica hem vragend aan.

'Er is nieuwe informatie over de betrokkenheid van Anders. Het lijkt erop dat we hem als verdachte moeten schrappen.'

'O. Maar waar gaan we dan heen?'

'We hadden alle twee het gevoel dat er iets niet klopte. Jij hebt dat artikel over de verdwijning van Nils in het huis van Alex gevonden en misschien valt daar nog wel meer te vinden.'

'Maar hebben jullie het huis niet al doorzocht?'

'Jawel, maar misschien hebben we toen iets over het hoofd gezien. Ik wil iets uitproberen. Kom.'

Patrik was al halverwege de deur. Erica griste haar jas mee en holde achter hem aan.

Het huis leek klein en vervallen. Ze begreep niet dat mensen zo konden wonen. Dat ze zo'n triest en grauw bestaan volhielden, zo'n… arm leven. Maar zo moest de orde in de wereld zijn. Sommigen waren rijk en sommigen waren arm. Ze dankte haar gelukkige gesternte dat ze tot de eerste categorie behoorde en niet tot de tweede. Zij was niet geschikt geweest om arm te zijn. Een vrouw als zij was gemaakt om in bont en diamanten gehuld te zijn.

De vrouw die opendeed toen ze had aangeklopt, had waarschijnlijk nog nooit een echte diamant gezien. Haar hele verschijning was grijs en bruin. Nelly keek naar Vera's versleten vest en haar schrale handen die het vest voor haar borst bij elkaar hielden. Vera zei niets en bleef zwijgend in de deuropening staan. Na ongeduldig om zich heen te hebben gekeken, moest Nelly ten slotte wel wat zeggen.

'En, was je nog van plan me binnen te laten of blijven we hier de hele dag staan? We hebben er geen van tweeën belang bij dat de mensen zien dat ik bij je op bezoek kom, toch?'

Vera zei nog altijd niets, maar liep enigszins gebukt achteruit, zodat Nelly binnen kon komen.

'We moeten praten, jij en ik. Vind je ook niet?'

Nelly trok elegant de handschoenen uit die ze buiten altijd aanhad en keek vol afschuw om zich heen. De hal, de woonkamer, de keuken en één slaapkamertje. Vera liep met neergeslagen blik achter haar aan. De kamers waren donker en somber. Het behang was al jaren niet meer wat het was geweest. Niemand had de moeite genomen het linoleum te verwijderen zodat de houten vloer eronder zichtbaar werd, wat de meeste mensen in dit soort oude huizen wel hadden gedaan. Alles was echter blinkend schoon en netjes. Geen vuil in de hoekjes, alleen een alomtegenwoordige deprimerende hopeloosheid.

Nelly ging voorzichtig op de rand van de oude oorfauteuil in de woonkamer zitten. Alsof zij degene was die hier woonde, gebaarde ze Vera op de bank plaats te nemen. Vera gehoorzaamde en ging ook op het randje zitten, stil, alleen haar handen bewogen nerveus op haar schoot.

'Het is belangrijk dat we nu onze mond blijven houden. Dat begrijp je toch wel?' Nelly's stem klonk dwingend. Vera knikte en bleef naar haar schoot kijken.

'Ja, ik kan niet zeggen dat dit met Alex me spijt. Ze heeft haar verdiende loon gekregen en ik denk dat jij dat ook vindt. Die lellebel moest zich vroeg of laat in het ongeluk storten, dat heb ik altijd geweten.'

Vera keek Nelly even kort aan, maar bleef zwijgen. Nelly voelde een grote minachting voor deze alledaagse, trieste vrouw, die geen eigen wil leek te hebben. Typisch zo iemand uit de arbeidersklasse met een gebogen nek. Niet dat ze vond dat het anders zou moeten zijn, maar ze voelde desondanks verachting voor deze mensen zonder klasse, zonder stijl. Wat haar nog het meest irriteerde, was dat ze zelf afhankelijk was van Vera Nilsson. Maar dat was niet anders, ze moest zich koste wat het kost van Vera's zwijgen verzekeren. Dat was eerder ook gelukt en zou nu weer moeten lukken.

'Het is jammer dat alles zo is gelopen, maar daarom is het nu nog belangrijker dat we geen overhaaste dingen doen. Alles moet net als anders doorgaan. We kunnen het verleden niet veranderen en er is geen reden om allerlei oude koeien uit de sloot te halen.'

Nelly deed haar handtas open en pakte een witte envelop, die ze vervolgens op de salontafel legde. 'Hier heb je een kleinigheid. Hier, neem het maar aan.'

Nelly schoof de envelop naar Vera toe. Vera pakte die niet op maar keek er alleen naar.

'Het spijt me voor Anders dat het zo gelopen is. Misschien is dit wel het beste wat hem had kunnen overkomen. Ik bedoel, in de gevangenis valt er niet veel alcohol te krijgen.'

Nelly begreep meteen dat ze te ver was gegaan. Vera stond langzaam op en wees met een trillende vinger in de richting van de deur: 'Eruit!'

'Nee, toe nou, beste Vera, je moet het niet...'

'Mijn huis uit! Anders gaat niet naar de gevangenis. Je kunt je stinkgeld houden en naar de pomp lopen, jij stom wijf! Ik weet wel waar iemand als jij vandaan komt en het maakt niet uit hoeveel parfum je opdoet. De rioollucht gaat toch niet weg!'

Nelly deinsde terug toen ze de blinde haat in Vera's ogen zag. Vera had haar vuisten gebald, stond kaarsrecht en keek haar recht aan. Haar hele lichaam leek te vibreren van jarenlang onderdrukte woede. Er was geen spoor meer te bekennen van de eerdere onderdanigheid en Nelly begon zich heel ongemakkelijk te voelen. Wat een overdreven reactie. Ze had gewoon de waarheid gezegd. Je moest toch tegen de waarheid kunnen. Snel liep ze naar de deur.

'Verdwijn en wee je gebeente als ik je hier weer zie.' Vera joeg Nelly haast het huis uit en net voor ze de deur dichtsmeet, gooide ze de envelop naar buiten. Nelly was genoodzaakt zich moeizaam voorover te buigen om die op te rapen. Vijftigduizend kronen kon je niet zomaar op de grond laten liggen, hoe vernederend het ook was toen ze de buren de gordijnen opzij zag schuiven, zodat die haar praktisch door het stof konden zien kruipen. Ondankbare hond! Nou, ze zou zich vast wel nederiger opstellen als het geld op was en niemand haar nog als schoonmaakster nodig had. Haar werk bij de familie Lorentz was definitief afgelopen en het zou niet moeilijk zijn haar overige baantjes ook te laten verdwijnen. Nelly zou ervoor zorgen dat Vera op haar blote knieën naar de sociale dienst kroop wanneer zij klaar met haar was. Niemand beledigde Nelly Lorentz ongestraft.

Hij had het gevoel alsof hij door water waadde. Zijn ledematen waren stijf en stram na de nacht op de brits in de politiecel en door het gebrek aan alcohol leek zijn hoofd gevuld met watten. Anders keek rond in zijn appartement. De vloer vertoonde sporen van politielaarzen. Maar het kon hem niet veel schelen. Een beetje vuil in de hoeken had hem nooit gestoord.

Hij pakte een sixpack met bier uit de koelkast en ging op zijn rug op de matras in de woonkamer liggen. Met zijn linkerarm op de matras leunend opende hij met zijn rechterhand het blikje en dronk het gulzig en met grote slokken tot de laatste druppel leeg. Het blikje vloog met een grote boog door de kamer en belandde met een metaalachtig geluid in een hoek op de grond. Nu de meest acute behoefte was gestild, ging hij met zijn handen onder zijn hoofd op de matras liggen. Zijn ogen staarden blind naar het plafond terwijl hij even in herinneringen aan lang vervlogen tijden verzonk. Alleen in het verleden vond zijn ziel soms rust. Tussen de korte momenten waarin hij zichzelf toestond aan betere tijden te denken, sneed de pijn met een onophoudelijke intensiteit door zijn hart. Het verbaasde hem dat een periode tegelijk zo ver en zo dichtbij kon lijken.

In zijn herinnering scheen altijd de zon. Het asfalt was warm onder zijn blote voeten en zijn lippen waren altijd zout van het zeewater. Vreemd genoeg kon hij zich alleen maar zomers herinneren. Geen winters. Geen bewolkte dagen. Geen regen. Alleen zon aan een strakblauwe hemel en een licht briesje dat het gladde oppervlak van de zee brak.

Alex in luchtige zomerjurken die zich om haar benen wikkelden. Haar dat ze niet wilde laten knippen en dat daarom blond en recht tot onder op haar rug hing. Soms kon hij zich zelfs haar geur zo sterk herinneren dat die in zijn neus kietelde en een verlangen opriep. Aardbeien, zout water, shampoo met timotee. Soms vermengd met de allerminst onaangename geur van zweet als ze samen als gekken hadden gefietst of een berg hadden beklommen tot hun ledematen hen amper nog gehoorzaamden. Alex tussen hen in, met los haar en ogen die naar de lucht keken. Op zeldzame, kostbare momenten nam ze hen beiden bij de hand en heel even waren ze één in plaats van drie.

Ze zorgden er altijd goed voor dat niemand hen samen zag. Dat zou de magie tenietdoen. De betovering zou worden verbroken en ze zouden de werkelijkheid niet langer kunnen buitensluiten. De werkelijkheid moest tot elke prijs bij hen weggehouden worden. Die was lelijk en grijs en had niets te maken met de zonovergoten wereld die ze konden creëren als ze samen waren. Over de werkelijkheid spraken ze nooit. Hun dagen waren gevuld met triviale spelletjes en triviale gespreksonderwerpen. Niets mocht serieus worden genomen. Dan konden ze net doen alsof ze onkwetsbaar waren, onoverwinnelijk, onbereikbaar. Ieder voor zich waren ze niets. Samen waren ze 'de drie musketiers'.

De volwassenen waren slechts droomwezens, figuranten die in hun eigen wereld leefden zonder dat het hen beïnvloedde. Hun monden bewogen, maar er kwam geen geluid uit. Ze maakten gebaren en vertrokken hun gezicht en dat zou iets moeten betekenen, maar het leek houterig en nietszeggend. Uit zijn verband gerukt.

Anders glimlachte vaag bij de herinneringen, maar na verloop van tijd werd hij genoodzaakt uit zijn droomtoestand te ontwaken. Natuurlijke behoeften drongen zich op en eenmaal terug in zijn eigen angst, kwam hij overeind om het probleem te verhelpen.

Boven het toilet hing een vieze, stoffige spiegel. Terwijl hij stond te plassen, bekeek hij zichzelf en voor het eerst in jaren zag hij zichzelf zoals anderen hem zagen. Zijn haar was vet en piekerig. Zijn gezicht was bleek en had een ziekelijke, grijze tint. Jaren van slechte verzorging hadden geleid tot een paar gaten in zijn gebit, waardoor hij er stukken ouder uitzag dan hij eigenlijk was.

De beslissing diende zich aan zonder dat hij zich ervan bewust was dat hij die had genomen. Terwijl hij onhandig de gulp van zijn spijkerbroek dichtdeed, wist hij wat de volgende stap moest zijn. Toen hij de keuken in liep was de blik in zijn ogen vastberaden. Na even in de laden te hebben gezocht, vond hij een groot keukenmes dat hij aan zijn broekspijp afveegde. Vervolgens ging hij naar de woonkamer en haalde categorisch alle schilderijen van de muur, het resultaat van jaren werken. Hij had alleen de schilderijen gehouden en opgehangen waarover hij zelf het meest tevreden was. Veel ander werk had hij weggegooid omdat het in zijn ogen niet goed genoeg was. Nu sneed het mes door het ene doek na het andere. Hij werkte rustig en sneed de schilderijen met vaste hand in dunne stroken tot niet meer te zien viel wat ze ooit hadden voorgesteld. Het doek was verbazingwekkend taai en toen hij klaar was, stonden er zweetdruppels op zijn voorhoofd. De kamer leek een slagveld van kleuren. De stroken bedekten de hele vloer van de woonkamer en de lijsten gaapten als tandeloze monden. Tevreden keek hij om zich heen.

'Hoe weten jullie dat Anders Alex niet heeft vermoord?'

'Een vrouw die in hetzelfde trappenhuis als Anders woont, heeft hem even voor zevenen zien thuiskomen en Alex heeft om kwart over zeven nog met haar moeder gebeld. Hij kan in die korte tijd onmogelijk weer zijn teruggegaan. Dat betekent dat de getuigenverklaring van Dagmar Petrén hem alleen maar in verband brengt met het huis op een tijdstip dat Alex nog leefde.'

'Maar de vinger- en voetafdrukken in de badkamer dan?'

'Die bewijzen niet dat hij haar heeft vermoord, alleen dat hij na haar dood binnen is geweest. Dat is niet genoeg om hem nog langer vast te houden. Mellberg pakt hem ongetwijfeld weer op, hij is ervan overtuigd dat Anders de dader is, maar voorlopig moet hij hem laten gaan, want anders maakt een advocaat gehakt van hem. Voor mijn gevoel klopte er aldoor al iets niet en dit bevestigt dat. Anders wordt nog steeds verdacht, maar er zijn voldoende vraagtekens om verder te kijken.'

'En daarom zijn we onderweg naar het huis van Alex. Wat hoop je daar te vinden?'

'Ik weet het eigenlijk niet. Ik moet gewoon een duidelijker beeld krijgen van wat er kan zijn gebeurd.'

'Birgit zei dat Alex geen tijd had om met haar te praten omdat ze bezoek had. Maar als het Anders niet was, wie was het dan wel?'

'Ja, dat is de grote vraag.'

Erica vond dat Patrik een beetje te hard reed en ze hield zich krampachtig vast aan de handgreep boven de deur. Hij miste de afslag bij het clubhuis van de zeilclub bijna, waardoor hij zo abrupt naar rechts moest afslaan dat hij op een haar na een hek meenam.

'Ben je bang dat het huis er niet meer staat als we er niet op tijd zijn?' Erica glimlachte bleekjes.

'Oeps. Sorry. Ik ben een beetje te enthousiast.'

Hij ging aanzienlijk langzamer rijden en het laatste stukje naar Alex' huis durfde Erica zelfs de handgreep los te laten. Ze begreep nog steeds niet waarom Patrik haar erbij wilde hebben, maar ze vond het wel prima. Misschien leverde het informatie op voor haar boek.

Voor de deur bleef Patrik een beetje schaapachtig staan. 'Ik heb er niet aan gedacht dat ik geen sleutel heb. We komen er niet in, ben ik bang. Mellberg zou het niet waarderen als een van zijn agenten op heterdaad werd betrapt terwijl hij door een raam klom.'

Erica zuchtte diep en boog zich voorover. Ze voelde onder de mat en liet Patrik met een honend glimlachje de sleutel zien. Vervolgens deed ze de deur open en liet hem als eerste naar binnen gaan.

Iemand had de ketel weer aan de praat gekregen, want nu was de temperatuur binnen beduidend hoger dan buiten. Ze deden hun jas uit en legden die op de trap naar boven.

'En nu?' Erica kruiste haar armen en keek Patrik vragend aan.

'Alex had om kwart over zeven haar moeder aan de telefoon. Daarna kreeg ze een grote hoeveelheid slaapmiddelen binnen. Er zijn geen sporen van braak, dus waarschijnlijk kreeg ze bezoek van iemand die ze kende. Iemand die vervolgens in de gelegenheid was om haar die pillen te geven. Wanneer heeft iemand daar gelegenheid toe? Ze moeten samen iets hebben gegeten of gedronken.'

Patrik liep door de woonkamer heen en weer terwijl hij praatte. Erica ging op de bank zitten en keek geïnteresseerd toe.

Patrik stopte even en stak een wijsvinger in de lucht: 'De patholoog-anatoom wist op grond van de inhoud van haar maag te vertellen wat het laatste was dat ze had gegeten. En, wat heeft Alexandra op de avond van de moord gegeten? Volgens de patholoog-anatoom zat er gegratineerde vis en cider in haar maag. Bij het afval zat een leeg doosje diepvriesvis en er stond een lege fles cider op het aanrecht, dus dat lijkt te kloppen. Maar wat een beetje gek is, is dat er in de koelkast twee stukken ossenhaas lagen en dat er een aardappelschotel in de oven stond. Maar de oven was niet aan en de aardappelen waren nog rauw. Er stond ook een fles witte wijn op het aanrecht. Die was open en er was anderhalve deciliter uit. Dat komt ongeveer overeen met één glas.'

Patrik gaf met zijn duim en wijsvinger de hoeveelheid aan.

'Maar er zat geen wijn in de maag van Alex?' Erica boog zich geïnteresseerd naar voren en leunde met haar ellebogen op haar knieën.

'Nee, inderdaad. Omdat ze in verwachting was, dronk ze waarschijnlijk cider in plaats van wijn. De vraag is nu wie die wijn heeft gedronken.'

'Stond er ook afwas?'

'Ja. Een bord, een vork en een mes, waar resten van de visschotel op zaten. Er stonden twee glazen in de gootsteen die omgespoeld waren. Het ene glas zat onder de vingerafdrukken. Die van Alex. Op het andere glas zat geen enkele vingerafdruk.'

Hij bleef weer staan en ging in de fauteuil tegenover Erica zitten, stak zijn lange benen voor zich uit en vouwde zijn handen over zijn buik.

'Dat betekent dus dat iemand de vingerafdrukken op het glas moet hebben afgeveegd.' Erica voelde zich heel intelligent zoals ze daar zat en conclusies wist te trekken. Patrik was beleefd genoeg om net te doen alsof hij dat nog niet had bedacht.

'Ja, daar lijkt het op. Omdat de glazen omgespoeld waren, hebben we in geen van beide sporen van het slaapmiddel gevonden, maar ik vermoed dat Alex het met de cider heeft binnengekregen.'

'Maar waarom heeft ze in haar eentje die vis gegeten, terwijl ze een chic dineetje voor twee had voorbereid?'

'Dat is inderdaad een goede vraag. Waarom zou een vrouw een feestmaal laten staan en iets in de magnetron opwarmen?'

'Omdat ze een romantisch etentje voor twee heeft gepland, maar haar bezoek niet is komen opdagen.'

'Dat denk ik ook. Ze zat daar maar te wachten en ten slotte gaf ze het op. Haalde iets uit de vriezer en gooide dat in de magnetron. Dat begrijp ik maar al te goed, in je eentje ossenhaas eten is niet echt gezellig.'

'Anders is wel langs geweest, maar ze heeft vast niet op hem zitten wachten. Wat dacht je van de vader van het kind?' vroeg Patrik.

'Dat is wel het meest waarschijnlijke. Bah, wat tragisch. Heeft ze een heerlijke maaltijd voorbereid, de wijn koud gezet, misschien om de zwangerschap te vieren, weet ik veel, en dan komt hij niet en zit ze hier maar te wachten. De vraag is wie er dan wel kwam.'

'We kunnen hem niet helemaal uitsluiten. Hij kan nog steeds degene zijn die langskwam, zij het laat.'

'Ja, dat is zo. O, dit is zo frustrerend. Konden de muren maar praten!' Erica keek veelbetekenend rond.

Het was een mooie kamer. Hij zag er nieuw en fris uit. Toen ze even snoof, kon ze zelfs vagelijk de geur van verf ruiken. Op de muren zaten Erica's favoriete kleuren, lichtblauw met een vleugje grijs. De witte kozijnen en witte meubels zorgden voor een vrolijk contrast. Het was zo rustig in de kamer dat ze het liefst haar hoofd achterover had geleund en haar ogen had gesloten. De bank had ze bij House in Stockholm gezien en met haar inkomen had ze er alleen maar van kunnen dromen. Het was een bolle, grote bank die als het ware aan alle kanten uitpuilde. Nieuwe meubels waren smaakvol gecombineerd met antiek. Het antiek was Alex vast tegengekomen toen ze het huis in Göteborg restaureerde. De meeste antieke meubels waren in gustaviaanse stijl. Erica wist dat dankzij Ikea. Ze had een hele tijd een paar van hun meubels in gustaviaanse stijl willen hebben. Ze zuchtte diep en afgunstig en realiseerde zich toen waarom ze hier waren. Haar jaloezie was op slag verdwenen.

'Dus, wat je zegt is dat er iemand langskwam die ze kende, haar minnaar of iemand anders, en dat ze samen een glaasje dronken en dat die persoon een slaapmiddel in het ciderglas van Alex heeft gedaan,' zei Erica.

'Ja, dat is het meest waarschijnlijke scenario.'

'En toen? Wat is er volgens jou daarna gebeurd? Hoe is ze in de badkuip beland?' Erica begroef zichzelf nog dieper in de bank en legde heel brutaal haar benen op de salontafel. Ze moest gewoon zien dat ze deze bank bij elkaar spaarde. Even schoot het door haar hoofd dat als ze het huis verkochten, ze alle meubels kon kopen die ze maar wilde hebben. Ze duwde die gedachte meteen weer weg.

'Ik denk dat de moordenaar heeft gewacht tot Alex insliep, toen haar kleren heeft uitgetrokken en haar naar de badkamer heeft gesleept.'

'Waarom zou de moordenaar haar hebben gesleept en niet gedragen?'

'Uit het sectierapport blijkt dat er schaafwonden op haar hielen zaten en blauwe plekken onder haar oksels.'

Patrik ging rechtop zitten en keek Erica hoopvol aan. 'Mag ik even iets uitproberen?'

Erica werd voorzichtig en vroeg sceptisch: 'Tja, dat hangt ervan af wat het is.'

'Als jij nu even het slachtoffer speelt.'

'Oké. Dacht je echt dat ik daar voldoende acteertalent voor had?' Ze lachte, maar stond wel op om hem ter wille te zijn.

'Nee, ga maar weer zitten. Waarschijnlijk zaten ze hier en is Alex op de bank in slaap gevallen. Dus als je even een levenloze hoop wilt zijn?'

Erica bromde wat, maar deed haar best om een bewusteloze vrouw voor te stellen. Toen Patrik aan haar begon te sjorren, deed ze één oog open en vroeg: 'Ik hoop niet dat je mijn kleren ook uit gaat trekken?'

'O, nee. Absoluut niet. Ik zou dat... ik wilde niet... ik bedoel...' Hij stotterde en bloosde.

‘Rustig maar. Ik plaagde je. Vermoord me maar.’

Ze voelde hoe hij haar op de vloer trok nadat hij eerst de salontafel een eindje opzij had geschoven. Vervolgens probeerde hij haar aan haar polsen over de vloer te trekken, maar omdat dat niet echt ging, pakte hij haar bij haar bovenarmen en trok haar zo naar de badkamer. Opeens was ze zich heel erg bewust van haar gewicht. Patrik zou wel denken dat ze een ton woog. Ze probeerde een beetje te sjoemelen en mee te werken om niet zo zwaar te lijken, maar Patrik wees haar terecht. O, waarom had ze de afgelopen weken het dieet van de Weight Watchers niet wat nauwkeuriger gevolgd! Eigenlijk had ze het zelfs niet geprobeerd, maar zich ongeremd volgepropt om troost te vinden. En alsof het allemaal nog niet erg genoeg was, gleed haar trui omhoog terwijl Patrik aan haar trok, en dreigde er een verraderlijke vetrol zichtbaar te worden. Ze probeerde haar buik in te trekken door diep adem te halen, maar moest na een tijdje toch weer uitademen.

De tegelvloer in de badkamer voelde koud aan haar rug en ze huiverde onwillekeurig, maar niet alleen van de kou. Toen Patrik haar tot aan het bad had gesleept, legde hij haar voorzichtig neer.

‘Dat ging vrij soepel. Vrij zwaar, maar niet onmogelijk. En Alex woog minder dan jij.’

Dank je wel, dacht Erica terwijl ze nog steeds op de grond lag en haar trui over haar buik probeerde te trekken.

‘Nu moest de moordenaar haar alleen nog in het bad tillen.’ Hij maakte aanstalten om Erica’s voeten op te tillen, maar ze stond snel op en begon haar kleren af te kloppen.

‘Nee, dat doen we niet, hoor. Ik heb voor één dag wel genoeg blauwe plekken opgelopen. En je krijgt me nooit in het bad waar Alex in heeft gelegen, dat is een ding dat zeker is.’

Met tegenzin accepteerde hij haar protest en ze gingen weer terug naar de woonkamer.

‘Nadat de moordenaar Alex in bad had gelegd, was het niet moeilijk om de kraan aan te zetten en met een scheermesje haar polsen door te snijden. Het scheermesje lag in een zakje in het badkamerkastje. Daarna hoefde de moordenaar alleen nog maar schoon te maken. De glazen om te spoelen en de vingerafdrukken af te vegen. Ondertussen bloedde Alex in de badkamer langzaam dood. Heel, heel erg koelbloedig.’

'En de cv-ketel, die was al uit toen ze naar Fjällbacka kwam?'

'Daar lijkt het op. En dat is ons geluk. Als het lichaam een hele week bij kamertemperatuur was blijven liggen, was het veel moeilijker geweest om sporen op het lichaam te vinden. De vingerafdrukken van Anders waren waarschijnlijk helemaal niet zichtbaar geweest.'

Erica huiverde. De gedachte dat er vingerafdrukken van een lijk werden gehaald was haar iets te macaber.

Samen liepen ze door de rest van het huis. Erica nam nu alle tijd om de slaapkamer van Alex en Henrik goed te bekijken nadat haar vorige bezoekje zo abrupt was onderbroken. Ze vond echter niets nieuws. Ze had nog steeds het gevoel dat er iets ontbrak, en het irriteerde haar mateloos dat ze niet kon bedenken wat dat was. Ze besloot het tegen Patrik te zeggen en hij was er net zo gefrustreerd over als zij. Bovendien deed het haar deugd dat hij er nogal ongerust uitzag toen ze vertelde dat er een indringer was geweest en dat ze zich in de klerenkast had verborgen.

Patrik zuchtte diep en ging op de rand van het grote hemelbed zitten. Hij probeerde haar te helpen bedenken wat ze vergeten was. 'Was het iets groots of iets kleins?'

'Ik weet het niet, Patrik, waarschijnlijk iets kleins, anders was het me toch wel opgevallen, nietwaar? Als het hemelbed er niet meer had gestaan, had ik dat wel geweten.' Ze glimlachte en ging naast hem op het bed zitten.

'Maar waar in de kamer was het? Bij de deur? Bij het bed? Op de ladekast?'

Patrik bekeek een stukje leer dat hij op Alex' nachtkastje had gevonden. Het leek een clubteken en op de achterkant stond in kinderlijk handschrift een inscriptie gebrand. 'D.D.M. 1976.' Toen hij het omdraaide zag hij een paar vage vlekken van iets wat op oud, opgedroogd bloed leek. Hij vroeg zich af waar het vandaan kwam.

'Ik weet niet wat het was, Patrik. Als ik het had geweten, was ik nu niet zo wanhopig geweest.'

Ze keek tersluiks naar zijn profiel. Hij had fantastisch lange, donkere wimpers. De stoppeltjesbaard was perfect. Lang genoeg om als zacht schuurpapier te voelen, en kort genoeg om niet echt te schuren. Ze vroeg zich af hoe die tegen haar huid zou voelen.

'Wat is er? Zit er iets op mijn gezicht?' Patrik veegde geschrokken zijn mond af. Ze keek snel weg, want ze vond het gênant dat hij had gemerkt dat ze naar hem had zitten kijken.

'Nee, hoor. Alleen een klein stukje chocola. Maar dat is nu weg.'

Er viel een korte stilte.

'Wat dacht je ervan? We komen nu niet echt verder, hè?' zei Erica ten slotte.

'Nee, dat denk ik ook niet. Maar je moet me meteen bellen als je weet wat hier ontbreekt. Als het zo belangrijk is dat iemand het komt ophalen, dan is het ongetwijfeld ook belangrijk voor het onderzoek.'

Ze sloten het huis zorgvuldig af en Erica legde de sleutel terug onder de mat.

'Wil je een lift terug?'

'Nee, dank je, Patrik. Ik loop graag.'

'Dan zien we elkaar morgenavond.' Patrik stampte op de grond en voelde zich weer een onhandige tiener.

'Ja, om acht uur ben je welkom. Zorg dat je trek hebt.'

'Dat zal ik proberen. Maar ik beloof niets. Op dit moment heb ik het gevoel dat ik nooit meer trek zal hebben,' lachte Patrik terwijl hij over zijn buik wreef en naar het huis van Dagmar Petrén aan de overkant van de straat knikte.

Erica glimlachte en zwaaide enthousiast toen hij er in zijn Volvo vandoor ging. Bij de gedachte aan de volgende dag voelde ze het al kriebelen in haar buik en dat gevoel ging gepaard met onzekerheid, vrees en pure schrik.

Ze begon naar haar huis te lopen, maar had nog maar een paar meter afgelegd toen ze abrupt bleef staan. Ze had opeens een idee en dat moest ze controleren voordat ze het kon verwerpen. Met gedecideerde passen liep ze terug naar het huis, pakte de sleutel en ging weer naar binnen nadat ze zorgvuldig de sneeuw van haar schoenen had gestampt.

Wat zou een vrouw doen die op een man wachtte die niet kwam opdagen voor een romantisch dineetje? Ze zou hem bellen natuurlijk! Erica bad stilletjes dat Alex een moderne telefoon had en geen Ericofoon of erger nog, een oud bakelieten toestel. Ze had geluk. In de keuken hing een splinternieuwe Doro aan de muur. Met trillende vingers drukte ze op de herhaaltoets, duimend dat niemand de telefoon na Alex' dood had gebruikt.

De telefoon ging eindeloos over. Na zeven keer wilde ze bijna ophangen, maar toen kreeg ze eindelijk de voicemail van een mobiel nummer. Ze luisterde naar het bericht, maar verbrak de verbinding voor de piep. Bleek hing ze de hoorn terug. Ze kon bijna horen hoe de puzzelstukjes in haar hoofd op hun plek vielen. Plotseling wist ze ook precies wat er boven in de slaapkamer ontbrak.

Mellberg schuimbekte van woede. Als een furie liep hij door het politiebureau en als dat had gekund, dan hadden de medewerkers van bureau Tanumshede dekking gezocht onder hun bureau. Maar dat deden volwassenen niet en daarom moesten ze een hele dag naar zijn gevloek en getier en gescheld luisteren. Annika kreeg de ergste lading over zich heen en hoewel zij in de maanden dat ze voor Mellberg had gewerkt een dikke huid had gekregen, prikten haar nu voor het eerst sinds lange tijd de tranen in de ogen. Om vier uur had ze er genoeg van. Ze ontvluchtte haar werk, stopte bij de supermarkt en kocht een grote doos ijs. Eenmaal thuisgekomen zette ze *The Bold and the Beautiful* aan en liet haar tranen in het chocolade-ijs druppelen. Dit was gewoon zo'n dag.

Het ergerde Mellberg mateloos dat hij Anders Nilsson had moeten laten gaan. Hij was er tot in het diepst van zijn ziel van overtuigd dat Anders de moordenaar van Alex Wijkner was en dat hij hem de waarheid zou hebben ontfutseld als hij maar wat langer met hem alleen had kunnen zijn. Maar nee, hij had Anders moeten laten gaan vanwege een stomme getuige die hem vlak voor de een of andere tv-serie had zien thuiskomen. Hij was dus om zeven uur in zijn eigen flat geweest en Alex had om kwart over zeven met Birgit gesproken. Wat een ellende.

En dan die jonge agent, Patrik Hedström. Die probeerde hem het absurde idee op te dringen dat iemand anders dan Anders Nilsson de vrouw had vermoord. Nee, als hij in alle jaren bij de politie iets had geleerd, dan was het wel dat de meeste dingen precies waren wat ze leken. Geen verborgen motieven, geen gecompliceerde complotten. Alleen plebs dat eerbare burgers het leven zuur maakte. Vind het plebs, dan vind je de dader – dat was zijn motto in het leven.

Hij toetste het nummer van Patrik Hedströms mobiele telefoon in.

'Waar zit je, verdomme?' Geen beleefdheidsfrasen nu. 'Zit je ergens uit je neus te vreten? Wij hier op het bureau zijn druk bezig. Draaien overuren. Heb je daar weleens van gehoord? Zo niet, dan regel ik het graag zo dat je er ook nooit achter komt wat dat is. In elk geval niet hier.'

Hij voelde zich iets beter nu hij die melkmuil een beetje van katoen had kunnen geven. Je moet die groentjes kort houden, anders kregen ze veel te veel kapsones.

'Ik wil dat je met de getuige gaat praten die zegt dat Anders Nilsson om zeven uur thuis was. Zet haar onder druk, draai de duimschroeven maar een beetje aan en kijk wat je boven tafel kunt krijgen.'

'Ja, nú, verdomme.'

Hij gooide de hoorn op de haak en genoot ervan dat hij een positie had waarin hij anderen kon opdragen de rotklusjes te doen. Plotseling voelde zijn bestaan een stuk lichter. Mellberg leunde achterover in zijn stoel, opende de bovenste la en pakte een doos bonbons. Met zijn worstvingers pakte hij er een uit en stopte die genietend in zijn mond. Toen hij hem ophad, nam hij er nog een. Hardwerkende kerels als hij konden een beetje brandstof goed gebruiken.

Patrik was al afgeslagen om via Grebbestad naar Tanumshede te gaan toen Mellberg belde. Hij reed de oprit van de golfbaan van Fjällbacka op en keerde. Hij zuchtte diep. Het was al laat en hij moest nog van alles doen op het bureau. Hij had niet zo lang in Fjällbacka moeten blijven, maar het samenzijn met Erica had een speciale aantrekkingskracht op hem. Het was alsof hij naar een magneetveld werd gezogen en hij moest al zijn spier- en wilskracht gebruiken om zich ervan los te rukken. Nog een diepe zucht. Dit kon maar op één manier eindigen. Slecht. Hij had zijn verdriet over Karin nog maar net verwerkt en nu was hij al met volle vaart op weg naar een nieuwe pijn. Over masochisme gesproken. Het had hem ruim een jaar gekost om de scheiding te verwerken. Hij had vele nachten naar kwaliteitsseries als *Walker, Texas ranger* en *Mission impossible* zitten staren. Zelfs *TV Shop* had een beter idee geleken dan in zijn eentje in het tweepersoonsbed te liggen woelen, terwijl er beelden door zijn hoofd spookten van Karin die met een andere man in bed lag, alsof hij naar een slechte soap keek. Toch was de aantrekkingskracht die hij in het begin bij Karin had gevoeld niets vergeleken met wat hij nu voor Erica voelde. Logischerwijs moest de val dan ook des te groter zijn, fluisterde een duiveltje in hem.

Zoals altijd nam hij de laatste scherpe bochten voor Fjällbacka te snel. Deze zaak begon hem op de zenuwen te werken. Hij reageerde zijn frustratie af op de auto en was een gevaar op de weg toen hij afsloeg bij de heuvel waar de oude silo had gestaan. Nu was die gesloopt en lagen er ouderwets lijkende woningen en boothuizen. De huizen hier kostten een paar miljoen kronen per stuk en hij bleef zich verbazen over de hoeveelheid geld die mensen moesten hebben om voor zo'n bedrag een zomerhuis te kunnen kopen.

Uit het niets dook er in de bocht een motorrijder op en Patrik moest in paniek uitwijken. Zijn hart bonsde heftig en hij remde af tot hij net onder de toegestane snelheid reed. Dat had maar een haar gescheeld. Hij keek in zijn achteruitkijkspiegel om zich ervan te vergewissen dat de motorrijder overeind was gebleven en zijn rit kon vervolgen.

Zelf reed hij rechtdoor langs de midgetgolfbaan tot hij bij de kruising bij de benzinepomp kwam. Daar sloeg hij linksaf naar de huurflats. Weer realiseerde hij zich dat ze afschuwelijk lelijk waren. Bruin met witte gebouwen uit de jaren zestig die als vierkante blokken bij de zuidelijke inrit naar Fjällbacka leken te zijn neergesmeten. Hij vroeg zich af hoe de architect die ze had ontworpen, had gedacht. Had hij de huizen zo lelijk mogelijk willen maken, bij wijze van experiment? Of had het hem niet kunnen schelen? Waarschijnlijk waren ze het resultaat van een miljoenenproject in de jaren zestig. 'Woningen voor iedereen.' Jammer alleen dat ze er niet 'Mooie woningen voor iedereen' van hadden gemaakt.

Hij zette zijn auto op de parkeerplaats en liep naar de eerste portiek. Nummer 5. De portiek waar niet alleen Anders woonde, maar ook de getuige Jenny Rosén. Ze woonde twee hoog. Hij hijgde toen hij boven was en besefte dat hij de laatste tijd te weinig beweging en te veel koffiebroodjes had gehad. Niet dat hij ooit echt sportief was geweest, maar zo erg als nu was het nog nooit geweest.

Patrik bleef even voor de deur van Anders staan luisteren. Hij hoorde niets. Of Anders was niet thuis, of hij lag voor pampus.

Jenny's deur was rechts, recht tegenover die van Anders, die aan de linkerkant van de trapopgang woonde. Jenny had het standaard naamplaatje vervangen door een houten bordje waarop in sierschrift de namen Jenny en Max Rosén waren geschreven, versierd met decoratieve roosjes. Ze was dus getrouwd.

Ze had vanochtend vroeg het politiebureau gebeld om zich te melden als getuige en hij hoopte dat ze nog steeds thuis was. Toen ze gisteren bij alle bewoners in het trappenhuis hadden aangebeld, was ze er niet geweest en daarom hadden ze een visitekaartje achtergelaten met het verzoek het bureau te bellen zodra ze thuiskwam. Daardoor hadden ze vandaag pas gehoord hoe laat Anders was thuisgekomen op de vrijdagavond dat Alex vermoord was.

De voordeurbel echode in het appartement en werd meteen gevolgd door boos kindergehuil. Patrik hoorde voetstappen in de hal en hij voelde eerder dan dat hij het zag dat er iemand door het kijkgaatje in de deur naar hem keek. Er werd een veiligheidsketting losgemaakt en de deur ging open.

'Ja?'

Een vrouw met een kind van ongeveer een jaar oud deed open. Ze was heel slank en had sterk geblondeerd haar. Afgaande op de kleur bij de haarwortels was haar eigen kleur iets tussen donkerbruin en zwart in, wat werd bevestigd door haar kastanjebruine ogen. Ze droeg geen make-up en zag er moe uit. Ze had een versleten joggingbroek met duidelijke knieën aan en een T-shirt met een groot Adidas-logo op de borst.

'Jenny Rosén?'

'Ja, dat ben ik. Wie bent u?'

'Ik ben van de politie. Mijn naam is Patrik Hedström. Je hebt ons vanochtend gebeld en ik zou het graag nog even met je hebben over wat je ons hebt verteld.' Hij sprak zachtjes omdat hij niet wilde dat het in de flat aan de overkant te horen was.

'Kom binnen.' Ze deed een pas opzij om hem langs te laten.

Het was een kleine woning met maar één kamer en er woonde zeker geen man. In elk geval geen man die ouder was dan één jaar. De flat was één grote, roze explosie. Alles was roze. Vloerkleden, kleedjes, gordijnen, lampen, alles. Roosjes waren ook populair. Die zaten op de lampjes en kaarsenhouders, die er in overvloed waren. Aan de muren hingen afbeeldingen die de romantische inslag van de bewoonster nog verder benadrukten. Vrouwengezichten in soft focus met langsvliegende vogels. Boven het bed hing zelfs een schilderij met een huilend kind.

Ze gingen op een witte leren bank zitten en ze bood hem gelukkig geen koffie aan. Dat had hij al genoeg gehad vandaag. Ze nam het jongetje op schoot, maar hij wurmde zich los en werd toen op de grond gezet, waar hij met nog onzekere beentjes rondstapte.

Patrik realiseerde zich hoe jong ze was. Ze was bijna nog een tiener, hij zou haar leeftijd op achttien schatten. Maar hij wist dat het in dit soort kleine plaatsen niet ongebruikelijk was dat meisjes voor hun twintigste één of zelfs twee kinderen hadden. Omdat ze het kind Max noemde, concludeerde hij dat de vader hier niet woonde. Dat was ook niet ongebruikelijk. Tienerrelaties waren vaak niet bestand tegen de rompslomp die een baby met zich meebracht.

Hij pakte zijn notitieblok. 'Je hebt Anders Nilsson dus op vrijdag de vijfentwintigste, rond een uur of zeven zien thuiskomen? Hoe komt het dat je de tijd zo zeker weet?'

'Ik kijk altijd naar *Gescheiden werelden*. Dat begint om zeven uur en vlak daarvoor hoorde ik in het trappenhuis een hoop lawaai. Op zich is dat niet zo ongewoon. Bij Anders is het altijd een kabaal van jewelste. De maten met wie hij drinkt komen op elk moment van de dag langs en de politie komt ook weleens. Maar ik heb even door het kijkgaatje in de deur gekeken en toen zag ik hem. Hij was zo dronken als een tor en probeerde de deur te openen, maar het sleutelgat had een meter breed moeten zijn had hem dat willen lukken. Uiteindelijk slaagde hij er toch in en net toen hij naar binnen ging, hoorde ik de tune van *Gescheiden werelden* en dus ben ik gauw tv gaan kijken.'

Ze kauwde nerveus op een lok van haar lange haar. Patrik zag dat ze haar nagels helemaal had afgebeten. Op de nagelstompjes die ze nog had, zaten restjes van felroze nagellak.

Max was doelbewust om de salontafel heen gewaggeld en stond nu triomfantelijk aan Patriks broekspijp te trekken.

'Op, op, op,' dreunde hij en Patrik keek vragend naar Jenny.

'Doe maar. Hij vindt je blijkbaar aardig.'

Patrik tilde het kereltje onhandig op en gaf hem zijn sleutelbos om mee te spelen. Het kind straalde. Hij schonk Patrik een brede grijns en toonde twee piepkleine voortanden. Patrik glimlachte spontaan terug. Hij voelde een steek in zijn borst. Als de dingen anders waren gelopen, had hij nu zo'n kindje van zichzelf op zijn schoot kunnen hebben. Hij streek Max nadenkend over zijn donzige hoofdje.

'Hoe oud is hij?'

'Elf maanden. Het is een handenbindertje, hoor.'

Ze keek vertederd naar haar zoon en Patrik zag opeens hoe lief ze er achter haar vermoeide uiterlijk uitzag. Hij kon zich zelfs voorstellen hoe vermoeiend het moest zijn om op haar leeftijd een alleenstaande ouder te zijn. Ze zou moeten uitgaan en feestvieren, lol moeten maken met vriendinnen. In plaats daarvan was ze 's avonds druk met luiers verschonen en het huishouden. Alsof ze de innerlijke spanningen wilde illustreren, pakte ze een sigaret uit het pakje dat op de salontafel lag en stak die op. Ze nam genietend een diepe trek en hield Patrik vervolgens vragend het pakje voor. Hij schudde zijn hoofd. Roken in dezelfde ruimte als een klein kind vond hij maar niks, maar goed, dat was haar zaak, niet de zijne. Hij snapte sowieso niet hoe je op iets kon zuigen wat zo goor rook als sigaretten.

'Kan hij daarna nog weer zijn weggegaan?'

'Het is hier zo gehorig dat je in de portiek een speld kunt horen vallen. Iedereen die hier woont weet wie komt en gaat – en wanneer. Ik ben er absoluut zeker van dat Anders niet meer is weggegaan.'

Patrik besefte dat hij niet veel verder kwam. Uit nieuwsgierigheid vroeg hij: 'Wat dacht jij toen je hoorde dat Anders verdacht werd van moord?'

'Dat het lulkoek was.'

Ze nam een diepe trek en blies de rook in cirkeltjes uit. Patrik moest zich inhouden om niet iets over de risico's voor meerokers te zeggen. Max zat op zijn schoot druk op de sleutelbos te sabbelen. Hij hield hem met zijn bolle knuistjes vast en af en toe keek hij Patrik aan alsof hij hem wilde bedanken voor het geweldige speeltje.

Jenny ging verder: 'Natuurlijk, Anders is er beroerd aan toe, maar hij zou niemand kunnen vermoorden. Hij is aardig. Soms belt hij aan om een sigaret te bietsen en of hij nou dronken is of nuchter, hij is altijd aardig. Ik heb hem zelfs weleens op Max laten passen als ik even een boodschapje moest doen. Dan was hij overigens wel nuchter, hoor. Anders zou ik dat nooit hebben gedaan.'

Ze drukte de sigaret uit in een overvolle asbak. 'Eigenlijk zit er bij geen van de drop-outs hier ook maar een greintje kwaad. Het zijn zielenpoten die hun leven verzuipen. Ze doen alleen zichzelf kwaad.'

Ze zwiepte met een hoofdbeweging haar haar uit haar gezicht en reikte weer naar het pakje sigaretten. Haar vingers waren geel van de nicotine en deze sigaret smaakte kennelijk net zo lekker als de vorige. Patrik voelde zich een beetje doorrookt worden en vermoedde ook dat Jenny niets interessants meer te vertellen had. Max protesteerde toen hij hem optilde en aan Jenny gaf.

'Dank je wel voor je hulp. Je hoort waarschijnlijk wel weer van ons.'

'Prima. Ik ga nergens heen.'

De sigaret lag nu in de asbak en de rook kringelde naar Max, die geïrriteerd met zijn ogen knipperde. Hij sabbelde nog steeds op de sleutels en keek Patrik nu aan alsof hij hem uitdaagde ze terug te pakken. Patrik moest ze wel meenemen, dus hij trok voorzichtig aan de bos, maar de kleine tandjes waren verbazingwekkend sterk. Bovendien zat de hele bos nu onder het kwijl en had hij niet veel grip. Hij trok iets harder en Max gromde boos. Gewend als ze aan dergelijke situaties was, pakte Jenny Max gedecideerd de bos af en gaf die aan Patrik. Max krijste luid om zijn ongenoegen te uiten. Met de sleutelbos tussen duim en wijsvinger probeerde Patrik hem onopvallend aan zijn broekspijp af te vegen voordat hij hem weer in zijn achterzak stak.

Jenny en de brullende Max liepen met hem mee naar de deur. Het laatste wat hij zag voordat de deur dichtsloeg, waren de grote tranen die over de wangen van het kind biggelden. Ergens in zijn hart schrijnde het weer.

Het huis was nu te groot voor hem. Henrik liep van de ene kamer naar de andere. Alles in huis deed hem aan Alexandra denken. Ze had elke centimeter ervan onderhouden en was er dol op geweest. Hij had zich weleens afgevraagd of ze vanwege het huis met hem was getrouwd. Pas toen hij haar had meegenomen naar het huis, was hun relatie serieus geworden, voor allebei. Zelf was hij al serieus geweest sinds hij haar op de universiteit bij een bijeenkomst voor buitenlandse studenten had ontmoet. Met haar lange postuur en haar blonde haar had ze een aura van ongenaakbaarheid gehad, die een grotere aantrekkingskracht op hem had gehad dan al het andere in zijn leven. Hij had niets zo vurig gewild als Alex. En hij was gewend dat hij kreeg waar hij zijn zinnen op had gezet. Zijn ouders waren altijd veel te druk geweest met hun eigen leven om energie in het zijne te steken.

De tijd die het bedrijf hun nog liet, was opgeslokt door sociale evenementen. Bals voor goede doelen, cocktailparty's, zakendiners. Henrik moest lief thuisblijven met het kindermeisje en wat hij zich het beste van zijn moeder herinnerde was de geur van haar parfum als ze hem een afscheidskusje gaf, in gedachten al onderweg naar het een of andere frivole gebeuren. Ter compensatie had hij maar naar iets hoeven wijzen of hij had het gekregen. In materieel opzicht had het hem aan niets ontbroken, maar het was hem allemaal onverschillig gegeven, net zoals je verstrooid een hond aait die om aandacht vraagt.

Alex was dan ook het eerste in Henriks leven geweest dat hij niet had kunnen krijgen door er alleen maar om te vragen. Ze was onbereikbaar en dwars en daarom onweerstaanbaar. Volhardend en intensief had hij haar het hof gemaakt. Rozen, dineetjes, cadeautjes en complimenten. Hij had kosten noch moeite gespaard. En zij had het zich aan laten leunen en was een relatie met hem begonnen. Niet protesterend – hij had haar nooit kunnen dwingen – maar onverschillig. Pas toen hij haar die eerste zomer had meegenomen naar Göteborg en ze het huis hier op Särö waren binnengestapt, werd ze actiever in hun relatie. Ze beantwoordde zijn omhelzingen met een nieuwe intensiteit en hij was gelukkiger dan ooit tevoren. Diezelfde zomer trouwden ze in Zweden, hoewel ze elkaar nog maar een paar maanden kenden. Nadat ze voor hun laatste studiejaar en examens weer naar Frankrijk waren geweest, keerden ze voorgoed terug naar het huis op Särö.

Nu hij eraan terugdacht, besefte hij dat hij Alex alleen echt gelukkig had gezien als ze met het huis bezig was. Hij ging in een van de Chesterfield-stoelen in de bibliotheek zitten, liet zijn hoofd tegen de rugleuning rusten en sloot zijn ogen. Beelden van Alex schoten flikkerend als een oude super 8-film door zijn hoofd. Het leer onder zijn vingers was koel en ruw, en met zijn wijsvinger volgde hij de slingerende weg van een ouderdomsscheurtje.

Het best herinnerde hij zich haar verschillende glimlachen. Als ze een meubelstuk voor het huis vond dat precies was wat ze had gezocht, of wanneer ze met een mes behang verwijderde en het oude behang eronder nog in goede staat bleek te zijn, was haar glimlach breed en intens. Als hij haar in haar nek kuste, haar wang streelde of haar vertelde hoeveel hij van haar hield, glimlachte ze ook, soms. Soms, maar niet altijd. Die glimlach was hij gaan haten, een verre, afwezige, toegeeflijke glimlach. Daarna wendde ze zich altijd af en hij kon zien hoe haar geheimen als slangen onder het oppervlak kronkelden.

Hij had nooit vragen gesteld. Uit pure lafheid. Hij was bang geweest een kettingreactie te veroorzaken waarvan hij de consequenties niet wilde aanvaarden. Het was beter haar in elk geval fysiek naast zich te hebben, in de hoop dat ze ooit helemaal de zijne zou zijn. Hij was bereid het risico te nemen dat hij nooit alles zou krijgen, zodat hij er tenminste zeker van was dat hij een deel mocht houden. Een flintertje van Alex was genoeg. Zoveel hield hij van haar.

Hij keek de bibliotheek rond. De boeken die alle wanden bedekten en die ze moeizaam bij antiquariaten in Göteborg bij elkaar had gezocht, waren alleen maar uiterlijke schijn. Hij kon zich niet herinneren dat hij haar ooit een boek had zien lezen, behalve studieboeken op de universiteit. Misschien had ze genoeg aan haar eigen pijn en hoefde ze niet over die van anderen te lezen.

Wat hij het moeilijkst kon accepteren was de zwangerschap. Zodra hij over kinderen was begonnen, had ze fanatiek haar hoofd geschud. Ze wilde geen kinderen op een wereld als deze zetten, zei ze.

De man had hij geaccepteerd. Henrik wist dat Alex niet elk weekend trouw naar Fjällbacka ging om alleen te kunnen zijn, maar daar kon hij mee leven. Hun eigen seksleven stelde al ruim een jaar niets meer voor. Daar kon hij ook mee leven. Zelfs met haar dood zou hij leren leven, na verloop van tijd. Wat hij echter niet kon accepteren was dat ze wel het kind van een andere man had willen dragen, maar niet het zijne. Dat hield hem 's nachts uit zijn slaap. Bezweet lag hij tussen de lakens te woelen, zonder ook maar slaperig te worden. Hij had donkere kringen onder zijn ogen gekregen en was flink afgevallen. Hij had het gevoel dat hij een elastiekje was dat steeds verder werd uitgerekt en dat vroeg of laat een punt moest bereiken waarop het met een knal knapte. Tot dan toe had hij zonder tranen gerouwd, maar nu boog Henrik Wijkner zich naar voren, legde zijn gezicht in zijn handen en huilde.

5

De beschuldigingen, de harde woorden, de beledigingen – alles stroomde als water van hem af. Wat waren een paar uur beledigingen vergeleken met jaren van schuld. Wat waren een paar uur beledigingen vergeleken met een leven zonder zijn ijsprinses.

Hij lachte om de pathetische pogingen om hem de schuld op zich te laten nemen. Daar had hij geen reden toe. Zolang hij geen reden zag, zouden zij er ook niet in slagen.

Maar misschien had ze gelijk gehad. Misschien was de dag des oordeels eindelijk aangebroken. Hij wist dat het oordeel niet werd geveld door iemand van vlees en bloed. Het enige dat hem kon veroordelen was iets wat groter was dan de mens, groter dan het vlees, maar gelijkwaardig aan de ziel. De enige die mij kan veroordelen is hij die mijn ziel kan zien, dacht hij.

Het was gek hoe tegenstrijdige gevoelens een heel nieuw gevoel konden vormen. Liefde en haat werden onverschilligheid. Wraaklust en vergeving werden vastberadenheid. Tederheid en bitterheid werden verdriet, een verdriet dat zo groot was dat het een man kon verpletteren. Voor hem was zij altijd een bijzondere mengeling van licht en donker geweest. Een januskop die nu eens oordeelde, dan weer begreep. Soms bedekte ze hem ondanks zijn weerzinwekkendheid met hete kussen. Soms vernederde en haatte ze hem om dezelfde reden. In de tegenstellingen bestond geen rust.

De laatste keer dat hij haar zag, was de keer dat hij het meest van haar hield. Eindelijk was ze helemaal de zijne. Eindelijk behoorde ze hem helemaal toe, kon hij met haar doen wat hij wilde. Haar liefhebben of haar haten. Zonder dat zij zijn liefde beantwoordde met onverschilligheid.

Vroeger had hij het gevoel gehad een sluier lief te hebben. Een ontwijkende, doorschijnende, verleidelijke sluier. De laatste keer dat hij haar zag, had de sluier zijn mystiek verloren en was alleen het vlees er nog. Maar dat maakte haar bereikbaar. Voor het eerst had hij het idee dat hij kon voelen wie ze was. Hij had haar verstijfde ledematen aangeraakt en de ziel gevoeld die nog altijd in haar bevroren gevangenis klopte. Nooit had hij zoveel van haar gehouden als toen. Nu was het tijd het lot tegemoet te treden, oog in oog. Hij hoopte dat het lot zich vergevingsgezind zou betonen. Al verwachtte hij dat niet.

❄

Ze werd wakker van de telefoon. Dat mensen toch niet op normale tijden konden bellen!

'Met Erica.'

'Hoi, met Anna.' Haar toon was afwachtend. En terecht, dacht Erica.

'Hoi.' Erica was niet van plan haar er zo makkelijk mee weg te laten komen.

'Hoe gaat het met je?' Anna liep door een mijnenveld.

'Goed, hoor. En met jou?'

'O, het gaat wel. Hoe gaat het met je boek?'

'Een beetje af en aan. Maar ik kom wel steeds verder. Met de kinderen ook alles goed?' Erica besloot iets inschikkelijker te zijn.

'Emma heeft een flinke verkoudheid opgelopen, maar Adrians koliek lijkt beter te worden. Dus nu kan ik 's nachts in elk geval een paar uurtjes slapen.' Anna lachte, maar Erica meende een bittere ondertoon te horen.

Er viel een korte stilte.

'Zeg, we moeten het over het huis hebben.'

'Ja, dat vind ik ook.' Nu was het Erica's beurt om bitter te klinken.

'We moeten het verkopen, Erica. Als je ons niet kunt uitkopen, moeten we het verkopen.'

Toen Erica geen antwoord gaf, kwebbelde Anna nerveus verder. 'Lucas heeft met de makelaar gepraat en hij vindt dat we de vraagprijs op drie miljoen kronen moeten vaststellen. Drie miljoen, Erica, hoor je dat? Met jouw anderhalf miljoen kun je in alle rust schrijven zonder je zorgen om je financiën te hoeven maken. Het is vast niet makkelijk voor je om rond te komen van het schrijven. Hoe groot is de oplage van je boeken? Tweeduizend? Drieduizend? En per boek verdien je toch niet veel? Begrijp je niet dat dit voor jou ook een kans is, Erica? Je hebt altijd gezegd dat je iets literairs wilt schrijven. Met dit geld kun je daar tijd voor vrijmaken. De makelaar vindt dat we het huis pas in april of mei op de markt moeten brengen, zodat er zoveel mogelijk belangstelling is. Maar als het eenmaal te koop staat, zou het met een week of twee geregeld moeten zijn. Je begrijpt toch wel dat we dit moeten doen?'

Anna klonk smekend, maar Erica was niet in de stemming om medeleven te voelen. Haar ontdekking de dag ervoor had haar uit haar slaap gehouden en ze voelde zich sowieso teleurgesteld en chagrijnig.

'Nee, dat begrijp ik niet, Anna. Dit is ons ouderlijk huis. Wij zijn hier opgegroeid. Papa en mama hebben dit huis gekocht toen ze net getrouwd waren. Ze waren er dol op. Ik ook, Anna. Je kunt dit niet zomaar doen.'

'Maar het geld...'

'Wat kan mij dat geld schelen! Ik heb me tot nu toe gered en ik ben van plan me te kunnen blijven redden.' Erica was zo boos dat haar stem trilde.

'Maar Erica, je moet toch begrijpen dat je me er niet toe kunt dwingen het huis te houden als ik dat niet wil. De helft is van mij.'

'Als jij dit echt zou willen, dan had ik dat heel erg vervelend gevonden, maar dan had ik je besluit geaccepteerd. Het probleem is alleen dat ik het besluit van iemand anders hoor. Lucas is degene die dit wil, niet jij. Het is maar de vraag of je weet wat je zelf wilt. Weet je wel wat je zelf wilt?'

Erica wachtte Anna's antwoord niet af.

'En ik laat mijn leven niet sturen door Lucas Maxwell. Jouw man is een klootzak. En je zou als de wiedeweerga hierheen moeten komen om me te helpen met de spullen van papa en mama. Ik ben al weken bezig om de boel hier op orde te krijgen en het werk wordt er niet minder om. Het is niet eerlijk dat ik dit in mijn eentje moet doen. Als je zo vastzit aan het aanrecht dat je je zelfs niet met de nalatenschap van je ouders bezig mag houden, zou je je eens moeten afvragen of je echt zo verder wilt leven.'

Erica smeet de hoorn zo hard op de haak dat de telefoon van het nachtkastje viel. Ze lag te trillen van woede.

In Stockholm zat Anna met de hoorn in haar hand op de grond. Lucas was op zijn werk en de kinderen sliepen, dus ze had even een moment voor zichzelf gehad en dat benut om Erica te bellen. Ze had het gesprek al een paar dagen uitgesteld, maar Lucas was maar blijven zeuren dat ze Erica moest bellen over het huis en ten slotte was ze gezwicht.

Anna voelde zich verscheurd in duizend stukjes, die allemaal een andere kant op wilden. Ze hield van Erica en ze hield ook van het huis in Fjällbacka, maar wat Erica niet begreep was dat haar gezin op de eerste plaats kwam. Er was niets dat ze niet voor haar kinderen wilde doen of opofferen, en als ze Lucas gelukkig kon maken ten koste van de relatie met haar oudere zus, dan was dat niet anders. Emma en Adrian waren de enige reden waarom ze 's ochtends uit haar bed kwam, waarom ze wilde blijven leven. Als ze Lucas maar gelukkig kon maken, dan kwam alles wel in orde. Dat wist ze. Omdat zijzelf zo lastig was en niet deed wat hij wilde, moest hij gewoon hard tegen haar zijn. En als ze dit voor hem over had, als ze haar ouderlijk huis voor hem opofferde, dan zou hij beseffen hoeveel ze voor hem en haar gezin wilde doen en dan zou alles weer goed komen.

Ergens diep vanbinnen hoorde ze een stem die iets heel anders zei. Maar Anna liet haar hoofd hangen en huilde. Haar tranen verdrongen de zwakke stem. De hoorn bleef op de grond liggen.

Geïrriteerd sloeg Erica haar dekbed open en zwaaide haar benen over de rand van het bed. Ze had spijt van haar harde woorden tegen Anna, maar doordat ze in een slechte bui was en niet genoeg had geslapen, was ze volledig van de wijs geraakt. Ze probeerde Anna terug te bellen om te redden wat er te redden viel, maar kreeg de ingesprektoon.

'Shit!'

Het krukje voor de toilettafel kreeg een flinke trap, maar ze voelde zich er niet beter door. Integendeel, het was zo'n voltreffer dat ze kermend op één been rondsprong en haar zere teen vastgreep. Zelfs een bevalling kon niet zo pijnlijk zijn, dacht ze. Toen de pijn was weggeebd, ging ze tegen beter weten in op de weegschaal staan.

Ze wist dat ze dat beter niet kon doen, maar de masochist in haar dwong haar ertoe zekerheid te verkrijgen. Ze trok het T-shirt uit waarin ze had geslapen. Dat scheelde toch altijd weer een paar gram, en misschien zou haar slipje ook nog verschil uitmaken. Waarschijnlijk niet. Ze zette haar rechtervoet op de weegschaal, maar ging er niet met haar volle gewicht op staan. Geleidelijk bracht ze haar gewicht van de linkervoet over op de rechter en toen de naald 60 aanwees, wenste ze dat ze iets kon doen waardoor die daar bleef staan. Maar nee. Toen ze ten slotte met haar hele gewicht op de weegschaal stond, liet die onbarmhartig 73 zien. Aha. Ongeveer wat ze had gevreesd. Ze had gegokt dat ze twee kilo was aangekomen sinds de laatste keer dat ze zich had gewogen, op de ochtend van de dag dat ze Alex had gevonden, maar het waren er drie.

Nu ze zich had gewogen, vond ze het eigenlijk totaal overbodig dat ze dat had gedaan. Niet dat ze het niet aan haar broekband had gevoeld dat ze dikker was geworden, maar tot het moment waarop ze het zwart op wit bevestigd had gekregen, had ze het nog kunnen ontkennen. Vocht in de klerenkast of kleren te heet gewassen waren excuses waar ze de afgelopen jaren ontelbare keren gebruik van had gemaakt. Nu voelde ze zich wanhopig en ze had de neiging het dineetje met Patrik af te zeggen. Als ze hem zag, wilde ze zich sexy, mooi en slank voelen, niet opgeblazen en dik. Ze keek somber naar haar buik en trok hem zo ver in als ze kon. Het had geen zin. Ze bekeek zichzelf en profil in de passpiegel en probeerde toen haar buik zo ver mogelijk naar voren te steken. Kijk, dat beeld paste beter bij hoe ze zich nu voelde.

Ze schoot met een zucht in een wijde joggingbroek met een vergevingsgezind elastiek in de taille en trok het T-shirt waarin ze had geslapen weer aan. Ze beloofde zichzelf dat ze maandag serieus zou gaan lijnen. Het had geen zin daar nu mee te beginnen, ze had voor vanavond al een driegangenmenu gepland en er viel niet aan te ontkomen: als je een man met je kookkunsten wilde verleiden, waren boter en room onontbeerlijke ingrediënten. Maandag was bovendien altijd een goede dag om een nieuw leven te beginnen. Voor de honderdduizendste keer beloofde ze zichzelf plechtig dat ze op maandag zou gaan bewegen en zich aan het dieet van de Weight Watchers zou houden. Ze zou een nieuw mens worden. Maar vandaag nog niet.

Een groter probleem was de reden waarom ze al sinds gisteren liep te piekeren. Ze had de verschillende mogelijkheden van alle kanten bekeken en overwogen wat ze moest doen, maar was geen meter opgeschoten. Plotseling wist ze iets wat ze diep vanbinnen liever nooit had geweten.

De koffie in het koffiezetapparaat begon te geuren en het leven werd iets lichter. Geweldig wat zo'n hete, zwarte drank voor een mens kon doen. Ze schonk zichzelf een kopje in en dronk het staand bij het aanrecht genietend op. Ze was nooit dol geweest op het ontbijt en als ze nu wat minder calorieën binnenkreeg, was dat alleen maar goed gezien het geplande avondeten.

Toen er aan de deur werd gebeld, schrok ze zo dat ze wat koffie op haar T-shirt knoeide. Ze vloekte luid en vroeg zich af wie er op dit vroege uur iets van haar kon willen. Ze keek op de keukenklok. Halfnegen. Ze zette het kopje neer en deed met een vragende blik open. Voor haar deur stond Julia Carlgren met haar armen te wapperen tegen de kou.

'Hoi?' zei Erica vragend.

'Hoi,' was alles wat Julia zei.

Erica vroeg zich af wat het jongere zusje van Alex zo vroeg op dinsdagochtend op haar stoep deed, maar ze was keurig opgevoed en nodigde Julia uit verder te komen.

Julia kloste naar binnen, hing haar jas op en liep voor Erica uit naar de woonkamer.

'Ik ruik koffie. Mag ik een kopje?'

'O ja, hoor.'

Erica schonk een kopje koffie in en sloeg buiten Julia's blikveld haar ogen ten hemel. Met die meid was toch echt iets niet in orde. Ze reikte Julia het kopje aan, en met haar eigen kopje in haar hand bood ze Julia een plek op de rotanbank op de veranda aan. Ze dronken hun koffie in stilte. Erica besloot dat ze zou wachten tot Julia wat zei. Ze moest zelf maar vertellen waarom ze hier was. De stilte was gespannen en het duurde een paar minuten voordat Julia haar mond opendeed.

'Woon je nu hier?'

'Nee, eigenlijk niet. Ik woon in Stockholm, maar ik moet het huis hier leeghalen.'

'Ja, ik heb het gehoord. Gecondoleerd.'

'Dank je. Jij ook.'

Julia liet even een merkwaardig lachje horen, dat Erica schokkend en misplaatst vond. Ze herinnerde zich het document dat ze in de prullenbak bij Nelly Lorentz had gevonden en vroeg zich af hoe die puzzelstukjes in elkaar pasten.

'Je vraagt je vast af waarom ik hier ben.'

Julia keek Erica met haar wonderlijke, vaste blik aan. Ze knipperde bijna nooit met haar ogen.

Het viel Erica opnieuw op hoezeer ze verschilde van haar zus. Julia's huid werd getekend door acne en haar haar zag eruit alsof ze het zelf met een nagelschaartje had geknipt. Zonder spiegel. Haar uiterlijk had iets ongezonds. Een ziekelijke bleekheid lag als een grijzig vlies over haar huid. Wat kleren betreft had ze ook niet dezelfde smaak als Alex. Wat ze nu droeg leek uit winkels voor bejaarde dames te komen en was zo uit de mode als het maar kon zijn, tenzij je naar een gekostumeerd feest ging.

'Heb je ook foto's van Alex?'

'Sorry?' De directe vraag verbaasde Erica. 'Foto's? Ja, ik denk het wel. Verschillende zelfs. Mijn vader was dol op fotograferen, en toen we klein waren zette hij ons voortdurend op de foto. Alex kwam hier toen heel vaak, dus ze staat vast op meerdere foto's.'

'Mag ik ze zien?' Julia keek Erica streng aan, alsof ze haar verweet dat ze de foto's nog niet had gepakt. Dankbaar nam Erica de gelegenheid te baat om even aan Julia's indringende blik te ontsnappen door de fotoalbums te gaan halen.

Die lagen op zolder in een koffer. Erica was er nog niet aan toegekomen daar op te ruimen, maar wist wel waar de koffer stond. Alle foto's van haar familie werden daarin bewaard en ze had het moment gevreesd waarop ze die zou moeten doornemen. Een groot deel van de foto's lag in ongeordende stapels, maar ze wist dat de foto's die ze nu zocht netjes in albums waren geplakt. Ze bladerde ze systematisch door, van voor naar achter, en in het derde album vond ze wat ze zocht. Ook in het vierde album zaten foto's van Alex, en met de beide albums onder haar arm klauterde ze voorzichtig de vlieringtrap weer af.

Julia zat nog in precies dezelfde houding als daarvoor. Erica vroeg zich af of ze zich überhaupt wel had bewogen terwijl zij weg was geweest.

'Hier heb ik wat foto's die je wel leuk zult vinden.' Erica pufte en legde de dikke fotoalbums op de salontafel waardoor het stof alle kanten op vloog.

Julia stortte zich geestdriftig op het bovenste album en Erica ging naast haar op de rotanbank zitten om de foto's te kunnen toelichten.

'Wanneer was dit?' Julia wees op de allereerste foto van Alex die ze tegenkwam, op de tweede pagina van het album.

'Even kijken. Dat moet in... 1974 zijn geweest. Ja, dat klopt geloof ik wel. We waren hier een jaar of negen, denk ik.'

Erica streek met haar vinger over de foto en voelde zich weemoedig. Het was zo lang geleden. De foto was op een warme zomerdag genomen en Alex en zij stonden in hun blootje in de tuin. Als ze het zich goed herinnerde, waren ze bloot geweest omdat ze schreeuwend door de straal van de tuinslang heen en weer renden. Wat een beetje vreemd was op de foto, was dat Alex gebreide winterwanten droeg.

'Waarom heeft ze wanten aan? Dit lijkt toch juli of zo?' Julia keek verbluft naar Erica, die lachte bij de herinnering.

'Je zus was dol op die wanten en wilde ze per se aan, niet alleen 's winters, maar vaak ook in de zomer. Ze was zo koppig als een ezel en niemand kon haar ervan overtuigen dat ze die gore wanten beter uit kon doen.'

'Ze wist wat ze wilde, nietwaar?'

Julia keek naar de foto in het album met iets wat bijna tederheid leek. Een tel later was die blik verdwenen en bladerde ze ongeduldig verder.

De foto's waren voor Erica net relikwieën uit een ander leven. Het was zo lang geleden en er was sindsdien zoveel gebeurd. Soms leek het alsof haar jeugdjaren met Alex een droom waren geweest.

'We waren eerder zusjes dan vriendinnen. Als we niet sliepen, waren we altijd samen en vaak gingen we ook bij elkaar logeren. Elke dag keken we wat er bij ieder van ons werd gekookt, en dan kozen we voor het lekkerste eten.'

'Jullie aten dus vaak hier.' Voor het eerst verscheen er een glimlachje op Julia's lippen.

'Ja, je kunt zeggen wat je wilt over je moeder, maar met koken zou ze de kost niet kunnen verdienen.'

Een speciale foto trok Erica's aandacht. Aarzelend streek ze er even over. Het was een ongelooflijk mooie foto. Alex zat op de achtersteven van Tores boot en lachte met haar hele gezicht. Haar blonde haar wapperde om haar hoofd en achter haar was het fraaie silhouet van Fjällbacka te zien. Ze waren ongetwijfeld onderweg geweest naar een plek waar ze in zee konden zwemmen en op de klippen konden zonnebaden. Er waren veel van dat soort dagen geweest. Haar moeder had zoals altijd niet meegekund. Ze had allerlei dingetjes die ze moest regelen en er dus voor gekozen thuis te blijven. Zo was het telkens gegaan. De keren dat Elsy was meegegaan kon Erica op de vingers van één hand tellen. Ze lachte zachtjes toen ze een foto van Anna zag tijdens hetzelfde boottochtje. Zoals gewoonlijk stelde Anna zich aan en op deze foto hing ze branieachtig over de reling terwijl ze een gek gezicht naar de camera trok.

'Je zus?'

'Ja, mijn zusje, Anna.' Erica klonk kortaf. Ze wilde het verder niet over dat onderwerp hebben. Julia begreep de hint en bladerde met haar korte, dikke vingers verder. Ze had afgebeten nagels en op sommige had ze zo zitten kluiven dat er wondjes langs de randen zaten. Erica moest zichzelf ertoe zetten niet naar de beschadigde vingers te kijken en richtte zich op de foto's die voorbijkwamen.

Aan het eind van het tweede album kwam Alex opeens niet meer voor op de foto's. Het was een schril contrast. Stond ze eerst op elke pagina, nu was er geen enkele foto meer van haar. Julia legde de albums voorzichtig op elkaar op de salontafel en leunde met het kopje koffie in haar hand achterover.

'Wil je misschien een nieuw kopje koffie? Deze is ondertussen vast koud geworden.'

Julia keek naar haar kopje en realiseerde zich dat Erica gelijk had. 'Ja, als er nog is, wil ik nog wel wat.'

Ze gaf haar kopje aan Erica, die alleen maar blij was dat ze even kon opstaan om haar benen te strekken. De rieten bank zag er mooi uit, maar was niet goed voor je rug of stuitje als je er te lang op zat. Julia's rug leek dezelfde mening te zijn toegedaan, aangezien zij ook opstond en met Erica meeliep naar de keuken.

'Het was een mooie begrafenis. En er kwamen veel vrienden bij jullie thuis voor het begrafenismaal.'

Erica stond met haar rug naar Julia en schonk nieuwe koffie in de kopjes. Een nietszeggend gemompel was het enige antwoord dat ze kreeg. Ze besloot wat driester te worden.

'Jij en Nelly Lorentz leken elkaar nogal goed te kennen. Waar kennen jullie elkaar eigenlijk van?'

Erica hield haar adem in. Het papiertje dat ze bij Nelly thuis in de prullenbak had gevonden maakte haar heel nieuwsgierig naar Julia's antwoord.

'Mijn vader heeft voor haar gewerkt.'

Julia sprak haar antwoord met tegenzin uit. Ze stopte haar vingers in haar mond, maar leek zich daar niet van bewust te zijn en begon als een bezetene te knagen.

'Maar dat was allemaal lang voordat jij was geboren.' Erica viste verder.

'Ik heb als tiener 's zomers in de conservenfabriek gewerkt.' De antwoorden kwamen nog steeds langzaam en Julia hield alleen even op met nagelbijten om te kunnen antwoorden.

'Jullie leken het goed met elkaar te kunnen vinden.'

'Ja, ik neem aan dat Nelly iets in mij ziet wat niemand anders ziet.'

Haar glimlach was bitter en in zichzelf gekeerd. Erica voelde plotseling veel sympathie voor Julia. Haar leven als lelijk eendje moest zwaar zijn geweest. Ze zei niets en na een poosje dwong de stilte Julia ertoe verder te gaan.

'We waren 's zomers altijd hier en in de zomer na de zesde klas belde Nelly mijn vader en vroeg of ik op kantoor wilde komen werken om wat bij te verdienen. Daar kon ik natuurlijk geen nee tegen zeggen en vanaf dat moment heb ik daar elke zomer gewerkt tot ik met de lerarenopleiding begon.'

Erica begreep dat dit antwoord het meeste wegliet. Dat kon niet anders. Maar ze begreep ook dat Julia haar niet veel meer zou vertellen over haar relatie met Nelly. Ze gingen weer op de bank op de veranda zitten en dronken in stilte van de koffie. Beiden keken zonder iets te zien uit over het ijs, dat tot de horizon reikte.

'Het moet moeilijk voor je zijn geweest toen mijn ouders met Alex verhuisden.' Julia was de eerste die weer het woord nam.

'Ja en nee. We speelden toen al niet meer met elkaar, en het was natuurlijk wel vervelend, maar zo dramatisch was het nu ook weer niet omdat we toch geen hartsvriendinnen meer waren.'

'Wat was er gebeurd? Waarom gingen jullie niet langer met elkaar om?'

'Als ik dat eens wist.' Het verbaasde Erica dat ze nog steeds zoveel pijn voelde bij de herinnering. Dat ze het verlies van Alex nog steeds zo sterk voelde. Er waren zoveel jaren verstreken en het was eerder regel dan uitzondering dat jeugdvriendinnen van elkaar weggleden. Ze dacht dat het misschien kwam doordat de vriendschap niet op een natuurlijke wijze was geëindigd en vooral doordat ze geen verklaring had gekregen. Ze hadden geen ruzie gemaakt, Alex had geen andere hartsvriendin gekozen, geen van al die redenen waardoor een vriendschap gewoonlijk doodbloedt. Ze had zich alleen maar teruggetrokken achter een muur van onverschilligheid en daarna was ze zonder een woord te zeggen verdwenen.

'Hadden jullie ergens ruzie over gehad?'

'Nee, niet dat ik weet. Alex verloor gewoon haar belangstelling. Ze belde niet meer en vroeg niet langer of we samen iets zouden doen. En als ik het aan haar vroeg zei ze geen nee, maar ik merkte dat ze helemaal niet geïnteresseerd was. Dus uiteindelijk vroeg ik haar ook niet meer.'

'Had ze geen nieuwe vrienden met wie ze omging?'

Erica vroeg zich af waarom Julia al die vragen over haar en Alex stelde, maar ze had er niets op tegen haar geheugen op te frissen. Dat kon nuttig zijn voor haar boek.

'Ik zag haar nooit met anderen. Op school was ze steeds op zichzelf. Maar toch...'

'Wat bedoel je?' Julia boog zich geïnteresseerd naar voren.

'Ik had toch het gevoel dat er iemand was. Maar ik kan er helemaal naast zitten. Het was alleen een gevoel.'

Julia knikte nadenkend en Erica kreeg het gevoel dat ze alleen maar iets bevestigde wat Julia al wist.

'Neem me niet kwalijk dat ik het vraag, maar waarom wil je eigenlijk zoveel weten over de tijd dat Alex en ik klein waren?'

Julia keek haar niet recht aan. Haar antwoord klonk ontwijkend.

'Ze was zoveel ouder dan ik en zat al in het buitenland toen ik werd geboren. Bovendien waren we heel verschillend. Ik heb het gevoel dat ik haar nooit goed heb leren kennen. En nu is het te laat. Ik heb thuis naar foto's van Alex gezocht, maar we hebben er maar weinig. En toen moest ik aan jou denken.'

Erica voelde dat Julia's antwoord zo weinig waarheid bevatte dat het misschien zelfs als een leugen kon worden beschouwd, maar met tegenzin besloot ze er toch genoegen mee te nemen.

'Nou, ik ga maar weer eens. Bedankt voor de koffie.'

Julia stond abrupt op, liep naar de keuken en zette haar kopje in de gootsteen. Ze had opeens haast gekregen om weg te gaan. Erica liep met haar mee naar de deur.

'Bedankt dat ik de foto's mocht bekijken. Dat betekende veel voor me.'

Toen was ze weg.

Erica bleef haar in de deuropening nakijken. Een grijze, vormeloze figuur die zich, met haar armen dicht tegen haar lichaam gedrukt ter bescherming tegen de bijtende kou, naar de weg haastte. Erica deed de deur langzaam dicht en ging de warmte in.

Hij had zich in geen tijden zo nerveus gevoeld. Het gevoel in zijn maag was heerlijk en verschrikkelijk tegelijk.

De stapel kleren op het bed werd alsmaar groter omdat hij steeds een nieuwe outfit uitprobeerde. Alle kleren die hij aantrok voelden te ouderwets, te slordig, te netjes, te stom of gewoonweg te lelijk. Bovendien zaten de meeste broeken vervelend strak om zijn middel. Met een zucht gooide hij nog een broek op de stapel en ging in zijn onderbroek op de rand van het bed zitten. Opeens maakten alle verwachtingen die hij van de avond had gehad, plaats voor een serieus gevoel van ouderwetse, eerzame angst. Misschien was het beter om af te bellen.

Patrik ging op het bed liggen en staarde met zijn handen achter zijn hoofd gevouwen naar het plafond. Hij had nog steeds het tweepersoonsbed dat hij met Karin had gedeeld en nu wreef hij in een aanval van sentimentaliteit met zijn hand over haar kant van het bed. Nog niet zo lang geleden was hij in zijn slaap vaak naar haar kant gerold. Misschien had hij meteen een nieuw bed moeten kopen toen zij verhuisde, maar daar had hij zich niet toe kunnen zetten.

Ondanks al het verdriet dat hij had gevoeld toen Karin hem had verlaten, had hij zich soms afgevraagd of hij Karin zelf miste, of dat hij de illusie miste die hij over het huwelijk als instituut had gehad. Zijn vader had zijn moeder voor een andere vrouw verlaten toen hij tien jaar was en de daaropvolgende scheiding was slopend geweest, vooral voor hem en zijn jongere zusje Lotta. Toen had hij zichzelf beloofd dat hij nooit ontrouw zou zijn, maar vooral dat hij nooit, nooit zou scheiden. Als hij trouwde, was dat voor altijd. Dus toen hij en Karin vijf jaar geleden in de kerk van Tanumshede waren getrouwd, had hij er geen moment aan getwijfeld dat dat voor altijd was. Maar het leven verloopt zelden volgens plan. Karin en Leif hadden al meer dan een jaar een verhouding gehad voordat hij hen betrapte. Een verdomd klassieke situatie!

Hij was op een dag wat eerder van zijn werk naar huis gegaan omdat hij zich niet helemaal lekker voelde, en toen lagen ze daar in de slaapkamer. In hetzelfde bed als waar hij nu in lag. Misschien huisde er een masochist in hem. Hoe kon hij anders verklaren dat hij dit bed niet allang van de hand had gedaan? Maar nu was dat passé. Het maakte niet langer uit.

Hij hees zich uit bed, nog steeds onzeker of hij vanavond wel of niet naar Erica wilde. Hij wilde. En hij wilde niet. Een plotseling gebrek aan zelfvertrouwen had in één klap alle verwachtingen weggevaagd die hij de hele dag, ja zelfs de hele week, had gekoesterd. Maar het was te laat om nu af te bellen, dus hij had niet veel keus.

Toen hij uiteindelijk een Chino-broek had gevonden die aanvaardbaar om zijn middel zat, en een blauw, pas gestreken overhemd had aangetrokken, voelde hij zich meteen wat beter en hij begon zich weer op de avond te verheugen. Hij deed wat mousse in zijn haar waardoor het er nonchalant verward uitzag, en na een 'veel-succes-gebaar' naar zijn spiegelbeeld voelde hij zich klaar om te gaan.

Buiten was het stikdonker hoewel het nog maar halfacht was, en toen hij naar Fjällbacka reed werd het zicht belemmerd door een lichte sneeuwbui. Hij was op tijd vertrokken en hoefde zich niet te haasten. De gedachten aan Erica werden eventjes verdrongen door de gebeurtenissen van de afgelopen dagen op zijn werk. Mellberg was niet blij geweest toen Patrik had moeten verklaren dat de getuige, Anders' buurvrouw Jenny, zeker leek van haar zaak en dat Anders werkelijk een alibi leek te hebben voor het kritieke tijdstip. Patrik had hierdoor misschien niet dezelfde mate van agressiviteit bereikt als Mellberg, maar hij kon niet ontkennen dat hij een zekere hopeloosheid voelde. Er waren drie weken verstreken sinds ze Alex hadden gevonden, en hij had niet het gevoel dat ze nu dichter bij een oplossing waren dan toen.

Het was belangrijk dat ze de moed niet zouden verliezen, maar zich vermanden en opnieuw begonnen. Elk aanknopingspunt, elke getuigenverklaring moest weer met nieuwe ogen worden bekeken. Patrik maakte in zijn hoofd een lijstje van de dingen die hij morgen op zijn werk zou gaan doen. Erachter komen wie de vader was van het kind dat Alex verwachtte, had de hoogste prioriteit. Iemand in Fjällbacka moest toch hebben gezien of gehoord wie ze in de weekends ontmoette. Niet dat het al helemaal zeker was dat Henrik niet de vader was. En Anders was ook nog een mogelijke kandidaat. Maar toch dacht hij niet dat Alex Anders als een geschikte kandidaat voor het vaderschap had beschouwd. Hij dacht dat wat Francine aan Erica had verteld erg dicht bij de waarheid lag. Er was iemand in haar leven die heel, heel belangrijk was. Iemand die ze belangrijk genoeg vond om samen een kind mee te willen krijgen. Iets wat ze met haar man niet had gekund of niet had gewild.

Hij wilde ook meer te weten komen over de seksuele relatie met Anders. Wat had een societydame uit Göteborg gemeen met een verlopen zuipschuit? Iets zei hem dat als hij ontdekte hoe hun paden zich hadden gekruist en bij elkaar waren gekomen, hij veel van de antwoorden zou vinden die hij zocht. Dan was er het artikel over de verdwijning van Nils Lorentz. Alex was toen nog maar een kind geweest. Waarom had ze een vijfentwintig jaar oud krantenknipsel in een la verstopt? Er waren zoveel draden en die liepen zo door elkaar heen, dat hij het gevoel had dat hij naar zo'n plaatje keek waarop alles op onduidelijke stipjes lijkt, tot je op precies de juiste manier kijkt en er opeens een vorm verschijnt. Hij kon alleen die perfecte toestand niet vinden waarbij de stipjes een patroon vormden. Op zwakke momenten vroeg hij zich weleens af of hij als politieagent wel goed genoeg was om die toestand ooit te vinden. Misschien zou een moordenaar zijn straf ontlopen omdat hij niet competent genoeg was.

Een ree sprong voor de auto en Patrik werd met een schok uit zijn sombere gedachten gerukt. Hij ging op de rem staan en miste het achterste van de ree op een paar centimeter. De auto begon op de gladde weg te slippen en kwam pas na een paar lange, angstige seconden tot stilstand. Hij leunde met zijn hoofd op zijn handen, die nog steeds krampachtig het stuur omklemden, en wachtte tot zijn hartslag weer normaal werd. Zo bleef hij een paar minuten zitten. Daarna reed hij verder naar Fjällbacka, maar hij bleef een paar kilometer kruipen voordat hij harder durfde te gaan rijden.

Toen hij in Sälvik de gestrooide heuvel naar Erica's huis opreed, was hij vijf minuten te laat. Hij parkeerde de auto voor haar garage en pakte de fles wijn die hij als cadeautje had meegenomen. Een keer diep ademhalen en een laatste controle van zijn haar in de achteruitkijkspiegel, en toen was hij er klaar voor.

De stapel kleren op Erica's bed deed niet onder voor die van Patrik. Hij was zelfs iets groter. Haar klerenkast begon leeg te raken en een rij kleerhangers hing aan de stang te rammelen. Ze zuchtte zwaar. Niets zat echt goed. Door de extra kilo's die ze de laatste paar weken was aangekomen, zat geen enkel kledingstuk zoals zij wilde. Ze was boos op zichzelf en had er nog steeds veel spijt van dat ze zich die ochtend had gewogen. Erica bekeek zichzelf kritisch in de passpiegel.

Het eerste dilemma was ontstaan nadat ze had gedoucht, toen ze net als Bridget Jones, de heldin uit haar favoriete boek, voor de beslissing stond wat voor slipje ze aan zou trekken. Zou ze de mooie string met geborduurde kant doen, voor het geval dat Patrik en zij samen in bed belandden? Of zou ze de degelijke en enorm lelijke onderbroek met extra steun voor buik en billen nemen, waardoor de kans dat ze überhaupt in bed belandden enorm zou toenemen? Een moeilijke keuze, maar gezien de omvang van haar buik besloot ze na rijp beraad de ondersteunende variant te kiezen. Daaroverheen nog een panty die de boel goed strak trok. Met andere woorden: het zware geschut.

Ze keek op haar horloge en zag dat het tijd was om een beslissing te nemen. Na een blik op de stapel kleren op het bed pakte ze het kledingstuk dat ze als eerste had gepast en dat helemaal onderop lag.

Zwart kleedde af en de klassieke tot de knieën reikende jurk in Jackie Kennedymodel met zowel oude als nieuwe accenten deed haar figuur goed uitkomen. Pareloorbellen en haar horloge werden de enige sieraden en haar haar liet ze los op de schouders hangen. Ze ging weer van opzij voor de spiegel staan en hield onderzoekend haar buik in. Jawel, met behulp van de steunslip, de panty en een licht ingehouden ademhaling zag ze er heel acceptabel uit. Ze moest toegeven dat die extra kilo's niet alleen een nadeel waren. De kilo's rond haar buik had ze liever niet gehad, maar het gewicht dat zich over haar borsten had verdeeld zorgde voor een niet onverdienstelijke welving in het decolleté van de jurk. Weliswaar met een beetje hulp van een push-upbeha, maar dat soort hulpmiddelen zag je tegenwoordig bijna overal. De beha die ze nu aanhad was bovendien van de allernieuwste technologie, met gel in de cups, wat een natuurgetrouwe beweging van de borsten veroorzaakte. Een uitstekend bewijs van het succes van de wetenschap in dienst van de mens.

Door het kleren passen en de emotionele stress was ze onder haar armen gaan transpireren en met een diepe zucht ging ze zich weer wassen. Het aanbrengen van de make-up kostte bijna twintig minuten en toen ze klaar was, besefte ze dat het optutten een beetje te lang had geduurd en dat ze allang met de voorbereidingen van het eten had moeten beginnen. Snel ruimde ze de slaapkamer op. Het zou veel te lang duren om alle kleren weer op te hangen en daarom tilde ze de hele stapel gewoon op en dumpte die op de vloer van de klerenkast, waarna ze de deur dichtdeed. Voor het geval dát maakte ze het bed op, daarna keek ze de kamer rond om zich ervan te verzekeren dat er geen vieze slipjes op de vloer lagen. Een paar vieze, alledaagse Sloggi-slips zouden iedere man de lust ontnemen.

Buiten adem haastte Erica zich naar de keuken en door de stress wist ze zich helemaal geen raad. Ze wist opeens niet meer waar ze moest beginnen.

Erica dwong zichzelf even stil te staan en diep adem te halen. Er lagen twee recepten op de tafel en op basis daarvan probeerde ze een tijdsindeling te maken. Ze was geen chef-kok, maar kon wel redelijk koken, en de recepten had ze gevonden door te grasduinen in oude nummers van *Elle Gourmet*, waarop ze geabonneerd was. Het voorgerecht zou bestaan uit aardappelkoekjes met crème fraîche, nepkaviaar en fijngesnipperde rode ui. Als hoofdgerecht was ze van plan varkenshaas in bladerdeeg met portsaus en aardappelpuree te maken en als nagerecht was er een met chocola gegratineerde fruitsalade en vanille-ijs. Het nagerecht had ze godzijdank 's middags al voorbereid, dus dat kon ze van het werkrooster schrappen. Ze besloot de aardappels voor het hoofdgerecht op te zetten en daarna de aardappels voor het voorgerecht te gaan raspen.

Anderhalf uur lang werkte ze geconcentreerd door en ze schrok toen de deurbel rinkelde. De tijd was een beetje te snel gegaan en ze hoopte maar dat Patrik niet uitgehongerd was, want het zou nog even duren voordat het eten klaar was.

Erica was al bijna bij de deur toen ze bedacht dat ze nog steeds een schort om had, en er werd voor de tweede keer gebeld terwijl ze worstelde met de oudewijvenknoop die ze op haar rug had weten te leggen. Uiteindelijk kreeg ze hem los, trok de schort over haar hoofd en smeet die op een stoel in de hal. Ze wreef met haar hand over haar haar, zei tegen zichzelf haar buik in te houden en haalde een keer diep adem voordat ze met een glimlach de deur opende.

'Hallo Patrik. Leuk dat je er bent! Kom binnen.'

Ze omhelsden elkaar voorzichtig en Patrik overhandigde haar een in aluminiumfolie verpakte fles wijn.

'O, dank je, wat aardig!'

'Ja, ze raadden deze aan bij de slijter. Chileense wijn. Schijnt vol en rond te zijn met een smaak van rood fruit en een vleugje chocola. Zelf heb ik niet zoveel verstand van wijn, maar zij weten meestal wel waar ze het over hebben.'

'Hij is vast heel lekker.'

Erica lachte hartelijk en zette de fles op het oude gangkastje om Patrik uit zijn jas te helpen.

'Kom binnen. Ik hoop dat je niet uitgehongerd bent. Zoals gewoonlijk was mijn planning veel te optimistisch, dus het duurt nog wel even voordat het eten klaar is.'

'Nee hoor, ik hou het nog wel even uit.'

Patrik volgde Erica naar de keuken.

'Kan ik je ergens mee helpen?'

'Ja, pak maar een kurkentrekker uit de bovenste la daar en trek een fles wijn voor ons open. Zullen we beginnen met de wijn die jij hebt meegenomen?'

Hij gehoorzaamde gewillig en Erica zette twee grote wijnglazen op het aanrecht en begon daarna in pannen te roeren en de inhoud van de oven te controleren. De varkenshaas had nog wel even te gaan en toen ze in de aardappels prikte, merkte ze dat die nog maar halfgaar waren. Patrik gaf haar een wijnglas, dat inmiddels gevuld was met een dieprode wijn. Ze bewoog het glas voorzichtig heen en weer om de geuren van de wijn los te maken, stak haar neus diep in het glas en ademde daarna met dichte mond door haar neus in. De warme eikengeur van de wijn werd door haar neusgaten opgezogen en leek tot in haar tenen door te dringen. Heerlijk. Ze nam een klein slokje en liet de wijn in haar mond rollen, terwijl ze tegelijkertijd een beetje lucht door haar mond inademde. De smaak was even aangenaam als de geur en ze begreep dat Patrik flink wat had betaald voor deze fles.

Patrik keek haar vol verwachting aan.

'Fantastisch!'

'Ja, ik begreep laatst dat jij hier verstand van hebt. Jammer genoeg denk ik niet dat ik het verschil zou proeven tussen een pak wijn van vijftig kronen en een fles van duizenden kronen.'

'O jawel, dat zou je best. Maar het is natuurlijk ook een kwestie van wennen. En je moet er echt de tijd voor nemen en de wijn niet zomaar achteroverslaan.'

Patrik keek beschaamd naar het wijnglas in zijn hand. Het was al voor een derde leeg. Toen Erica zich omdraaide om iets bij het fornuis te regelen probeerde hij voorzichtig haar manier van proeven na te doen. Warempel, het smaakte echt als een heel nieuwe wijn. Hij liet een slok wijn in zijn mond rollen zoals hij Erica had zien doen en plotseling kwamen er duidelijke smaken naar voren. Hij meende zelfs een lichte smaak van chocola te proeven, pure chocola, en een tamelijk sterke smaak van rood fruit, rode bessen misschien, gemengd met aardbeien. Niet te geloven!

'Hoe gaat het met het onderzoek?' Erica deed haar best de vraag terloops te laten klinken, maar wachtte gespannen op het antwoord.

'We zijn terug bij af, zou je kunnen zeggen. Anders heeft een alibi voor het tijdstip van de moord en op dit moment hebben we niet veel anders om op af te gaan. Helaas hebben we waarschijnlijk een klassieke fout gemaakt. We waren er zo zeker van dat we de juiste persoon te pakken hadden dat we andere mogelijkheden niet hebben onderzocht. Maar ik ben het met de hoofdinspecteur eens dat Anders schitterend is in de rol van Alex' moordenaar. Een dronkelap, die om de een of andere ondoorgrondelijke reden een seksuele relatie heeft met een vrouw die volgens alle regels ver, heel ver buiten het bereik van zo'n drop-out als Anders zou moeten vallen. Een crime passionnel als het onvermijdelijke einde nadert. Als er uiteindelijk een einde komt aan zijn onwaarschijnlijke geluk. Zijn vingerafdrukken waren overal op het lijk en in de badkamer te vinden. We hebben zelfs zijn voetafdrukken in de plas bloed op de vloer gevonden.'

'Maar dat moet toch voldoende zijn als bewijs?'

Patrik draaide zijn wijnglas rond en keek behoedzaam naar de rode rimpelingen die in het glas werden gevormd.

'Als hij geen alibi had gehad, was het misschien voldoende geweest. Maar nu heeft hij een alibi voor het tijdstip waarvan wij denken dat de moord is gepleegd en zoals ik al eerder zei, we kunnen alleen maar bewijzen dat hij ná de moord in de badkamer is geweest, niet tíjdens. Een klein maar cruciaal verschil als we hem gerechtelijk willen vervolgen.'

De geur die zich in de keuken verspreidde was heerlijk. Erica haalde de aardappelkoekjes die ze al eerder had gebakken uit de koelkast en zette ze in de oven om warm te worden. Ze pakte twee borden voor het voorgerecht, deed de deur van de koelkast weer open en pakte de crème fraîche en een potje nepkaviaar. De fijngesnipperde ui lag in een schaaltje op het aanrecht. Ze was zich intens bewust van Patriks nabijheid.

'En jij dan? Heb je wat meer over het huis gehoord?'

'Ja, helaas. De makelaar belde gisteren en stelde voor met Pasen mensen te laten komen kijken. Volgens hem vonden Anna en Lucas dat een geweldig idee.'

'Nou ja, het duurt nog een paar maanden voor het Pasen is. Voor die tijd kan er veel gebeuren.'

'Ja, ik kan natuurlijk altijd hopen dat Lucas een hartaanval krijgt of zoiets. Nee, neem me niet kwalijk, dat heb ik niet gezegd. Maar het maakt me allemaal zo enorm kwaad!'

Ze deed de ovendeur iets te hard dicht.

'Kijk uit voor je spullen.'

'Ik denk dat ik gewoon maar aan het idee moet wennen en na moet gaan denken wat ik met al het geld van de verkoop zal doen. Al moet ik eerlijk zeggen dat ik altijd had gedacht dat ik veel blijer zou zijn als ik miljonair werd.'

'Je hoeft je geen zorgen te maken dat je miljonair wordt. Met de belastingen in dit land denk ik dat het grootste deel van je winst opgaat aan het financieren van slechte scholen en een nog slechtere gezondheidszorg. Om maar niet te spreken van het ongelooflijke, fantastische, zeer capabele maar onderbetaalde politiekorps. Wij gaan waarschijnlijk een flink deel van jouw vermogen over de balk smijten.'

Ze kon het niet laten te lachen.

'Hè, gelukkig maar. Dan hoef ik er tenminste niet over na te denken of ik een nertsmantel of een vossenbontmantel moet kopen. Hé, geloof het of niet, maar nu is het voorgerecht echt klaar.'

Ze nam in elke hand een bord en ging Patrik voor naar de eetkamer. Ze had er lang over nagedacht of ze in de keuken of in de eetkamer zouden eten, maar uiteindelijk had ze voor de eetkamer met de mooie houten klaptafel gekozen, die alleen maar mooier werd in het schijnsel van brandende kaarsen. Ze had ergens gelezen dat kaarsen het uiterlijk van een vrouw heel goed deden uitkomen en ze had er dan ook flink wat neergezet.

De tafel was gedekt met bestek en linnen servetten, en Rörstrandsborden voor het hoofdgerecht. Ze had het mooie servies van haar moeder tevoorschijn gehaald, het witte Rörstrands-porselein met de blauwe randjes, en ze herinnerde zich hoe voorzichtig haar moeder met de borden was geweest. Ze werden alleen bij heel bijzondere gelegenheden uit de kast gehaald. En dat waren niet de verjaardagen van de kinderen of andere feestelijke gebeurtenissen die met hen te maken hadden, dacht Erica verbitterd. Dan waren het gewone porselein en de keukentafel goed genoeg. Maar als de dominee en zijn vrouw, of de kloosterzuster kwamen eten, dan sloofde haar moeder zich enorm uit. Erica dwong zichzelf terug te keren naar het heden en zette de borden voor het voorgerecht op tafel.

'Dit ziet er fantastisch lekker uit.' Patrik sneed een stuk van de aardappelkoek, legde flink wat ui, crème fraîche en kaviaar op zijn vork en had die al tot halverwege zijn mond gebracht toen hij merkte dat Erica hem met geheven wijnglas en gefronste wenkbrauwen aankeek. Beschaamd legde hij zijn vork neer en pakte zijn wijnglas.

'Proost en welkom.'

'Proost.'

Erica glimlachte om zijn faux pas. Het was verfrissend en verkwikkend in vergelijking met de mannen met wie ze in Stockholm was omgegaan. Die waren allemaal zo welopgevoed en namen de etiquette zo in acht dat ze wel klonen van elkaar leken. Vergeleken met hen voelde Patrik heel puur, en wat haar betrof mocht hij met zijn vingers eten als hij dat wilde, dat vond ze helemaal niet erg. Bovendien zag hij er vreselijk lief uit als hij bloosde.

'Ik heb vandaag onverwacht bezoek gehad.'

'Zo, van wie dan?'

'Van Julia.'

Patrik keek Erica verbaasd aan en ze merkte tot haar vreugde dat hij het moeilijk leek te vinden zich los te rukken van het eten.

'Ik wist niet dat jullie elkaar kenden.'

'Dat doen we ook niet. We hebben elkaar voor het eerst ontmoet op de begrafenis van Alex. Maar vanochtend stond ze hier voor de deur.'

'Wat wilde ze?' Patrik schraapte zijn bord zo ijverig leeg dat het leek alsof hij de kleur van het porselein probeerde te schrapen.

'Ze vroeg of ze foto's mocht bekijken van toen Alex en ik klein waren. Ze hebben er zelf niet zoveel, volgens Julia, en ze hoopte dat ik er misschien meer had. Wat ook het geval is. Daarna stelde ze een heleboel vragen over de tijd dat we jong waren en zo. De mensen die ik heb gesproken, zeiden dat de zussen elkaar niet bijzonder na stonden, wat ook niet zo vreemd is gezien het leeftijdsverschil, en nu wilde ze geloof ik meer over Alex te weten komen. Haar leren kennen. Die indruk kreeg ik tenminste. Heb jij Julia trouwens ontmoet?'

'Nee, dat heb ik niet, nog niet. Maar naar wat ik heb gehoord lijken, of liever gezegd leken, ze niet erg op elkaar.'

'Nee, dat klopt inderdaad. Ze zijn eerder elkaars tegenpolen, in elk geval qua uiterlijk. Hun geslotenheid lijken ze gemeen te hebben gehad, hoewel Julia een stuursheid bezit die Alex volgens mij niet had. Alex leek eerder, hoe zal ik het zeggen… onverschillig, afgaande op wat ik heb gehoord. Julia is vooral boos. Of misschien zelfs woedend. Ik heb de indruk dat het bij haar onder de oppervlakte borrelt en gist. Een beetje vulkanisch. Klinkt dat warrig?'

'Nee, dat vind ik niet. Ik neem aan dat je als schrijver een soort fingerspitzengefühl voor mensen moet hebben. Kennis van de menselijke natuur.'

'Ach toe, noem me geen schrijver. Ik vind zelf niet dat ik die benaming al heb verdiend.'

'Vier gepubliceerde boeken en jij beschouwt jezelf niet als schrijver?'

Patrik leek het echt niet te begrijpen en Erica probeerde hem uit te leggen wat ze bedoelde.

'Ja, vier biografieën, en ik ben met de vijfde bezig. Ik wil het niet bagatelliseren, maar voor mij is een schrijver iemand die vanuit zijn eigen hart en hersens schrijft. Die niet alleen over het leven van een ander vertelt. De dag dat ik iets schrijf wat van mij komt, kan ik me een schrijver noemen.'

Ze realiseerde zich plotseling dat het niet de hele waarheid was. Oppervlakkig gezien was er volgens de definitie geen verschil tussen de biografieën die zij over historische personen had geschreven en het boek over Alex waar ze nu aan werkte. Dat ging ook over het leven van iemand anders. Maar op een bepaalde manier was het toch niet hetzelfde. Deels raakte Alex' leven op een zeer concrete manier haar eigen leven en deels kon ze in dit boek iets van zichzelf uitdrukken. Ze kon binnen het kader van feitelijke gebeurtenissen toch de ziel van het boek sturen. Maar dat kon ze Patrik nog niet vertellen. Niemand mocht weten dat ze een boek over Alex schreef.

'Julia wilde dus van alles over Alex weten. Heb je toevallig de gelegenheid gehad haar naar haar relatie met Nelly Lorentz te vragen?'

Erica vocht een zware strijd met zichzelf uit en besloot uiteindelijk dat ze Patrik deze informatie niet met goed fatsoen kon onthouden. Misschien kon hij er conclusies uit trekken die zij niet zag. Het was dat kleine, vitale puzzelstukje waarover ze niet had willen vertellen toen ze bij hem had gegeten. Maar omdat ze er niet veel verder mee was gekomen, zag ze geen reden er nog langer over te zwijgen. Maar eerst wilde ze het hoofdgerecht serveren.

Ze boog over de tafel om zijn bord te pakken en leunde daarbij expres een beetje extra naar voren. Ze wilde de troeven die ze had zo goed mogelijk uitspelen. Aan Patriks gezicht te zien dacht hij dat ze drie azen in haar hand had. Tot dusverre leek haar Wonderbra de vijfhonderd kronen die ze ervoor had moeten neertellen, meer dan waard te zijn. Al had het pijn gedaan in haar portemonnee.

'Laat mij dit maar even doen.'

Patrik pakte de borden uit haar hand en volgde haar naar de keuken. Ze goot de aardappels af en vroeg hem of hij ze door de pureeknijper wilde drukken. Zelf legde ze de laatste hand aan de saus en proefde ervan. Nog een scheut port en flink wat boter erin, dan was die klaar. Deze keer geen slankroom. Daarna hoefde ze alleen de varkenshaas in bladerdeeg uit de oven te halen en die in plakjes te snijden. Het vlees zag er perfect uit. Licht rosé vanbinnen, maar zonder het rode sap dat aangaf dat het vlees niet helemaal gaar was. Als groente had ze peultjes en die deed ze over in eenzelfde Rörstrands-schaal als waarin de aardappels lagen te wachten. Ze brachten samen het eten naar de eetkamer. Ze liet hem eerst opscheppen voordat ze de bom liet barsten.

'Julia is de enige erfgenaam van Nelly Lorentz.'

Patrik wilde net een slok wijn nemen en kennelijk schoot die in het verkeerde keelgat, want hij begon te hoesten en klopte met zijn hand op zijn borst. Zijn ogen begonnen van het ongemak te tranen.

'Sorry, wát zei je?' zei Patrik met geforceerde stem.

'Ik zei dat Julia de enige erfgenaam is van Nelly's vermogen. Dat staat in Nelly's testament,' zei Erica kalm en ze schonk Patrik wat water in tegen het hoesten.

'Durf ik te vragen hoe jij dat weet?'

'Omdat ik in Nelly's prullenmand heb geneusd toen ze me had uitgenodigd een kopje thee te komen drinken.'

Patrik kreeg een nieuwe hoestaanval en keek Erica achterdochtig aan. Terwijl hij bijna het hele glas water in één teug leegdronk, ging Erica verder: 'Er lag een kopie van het testament in de prullenbak. Daarin stond helder en duidelijk dat Julia Carlgren het vermogen van Nelly Lorentz zal erven. Ja, Jan krijgt natuurlijk zijn erfdeel, maar Julia krijgt de rest.'

'Weet Jan dit?'

'Dat weet ik niet. Maar als ik moet gokken zeg ik nee, waarschijnlijk weet hij het niet.'

Erica ging verder terwijl ze opschepte. 'Toen ze hier was heb ik Julia gevraagd hoe het kwam dat ze Nelly Lorentz zo goed leek te kennen. Ik kreeg natuurlijk een onzinantwoord. Julia zei dat ze haar kende omdat ze een paar zomers een vakantiebaantje in de conservenfabriek had gehad. Ik twijfel er niet aan dat het waar is dat ze daar heeft gewerkt, maar ze heeft de rest van het verhaal weggelaten. Het was overduidelijk een onderwerp waar ze niet graag over wilde praten.'

Patrik keek nadenkend. 'Is het jou opgevallen dat er twee paren in dit verhaal voorkomen die helemaal niet bij elkaar passen? Ik zou zelfs willen zeggen dat het twee onwaarschijnlijke paren zijn. Alex en Anders, en Julia en Nelly. Wat is de kleinste gemene deler? Als we die vinden, vinden we volgens mij de oplossing van alles.'

'Alex. Is Alex niet de kleinste gemene deler?'

'Nee,' zei Patrik, 'volgens mij is dat te eenvoudig. Het is iets anders. Iets wat wij niet kunnen zien, of wat we niet begrijpen.'

Hij zwaaide heftig met zijn vork. 'En dan is er Nils Lorentz. Of beter gezegd zijn verdwijning. Jij woonde destijds toch in Fjällbacka, wat kun jij je daarvan herinneren?'

'Ik was toen nog niet zo oud en niemand vertelt iets aan een kind. Maar ik weet nog dat er heel veel over werd gefluisterd.'

'Gefluisterd?'

'Ja, je weet wel, gesprekken die werden afgebroken als ik de kamer binnenkwam. Volwassenen die zachtjes praatten. "Sst, kijk uit dat de kinderen het niet horen" en dat soort opmerkingen. Ik weet dus eigenlijk niet meer dan dat er veel over werd gepraat toen Nils verdween. Ik ben nooit iets te weten gekomen.'

'Hm, ik denk dat ik daar maar wat dieper in ga graven. Dat is een van de eerste dingen die ik morgen ga doen. Maar nu ben ik te gast bij een vrouw die niet alleen mooi is, maar die ook fantastisch lekker kookt. Proost, op de gastvrouw.'

Hij hief zijn glas en Erica werd vanbinnen warm van het compliment. Niet dat over het koken, maar dat ze mooi was. Wat zou het allemaal veel makkelijker zijn als je elkaars gedachten kon lezen. Dit hele spel zou dan overbodig zijn. Maar nu zat ze hier en hoopte dat hij een kleine hint zou geven of hij geïnteresseerd was of niet. Als je een tiener was, kon je je in het avontuur storten en de gok wagen, maar het leek wel of je hart met de jaren minder elastisch werd. Er stond meer op het spel en de invloed op je zelfvertrouwen werd ook elke keer groter.

Toen Patrik nog twee keer had opgeschept en ze het allang niet meer over moordzaken hadden, maar over dromen en het leven hadden gepraat en verschillende wereldkwesties hadden opgelost, verhuisden ze naar de veranda om het eten te laten zakken voordat ze aan het toetje begonnen. Ze zaten allebei in een hoek van de bank en nipten aan hun wijn. Fles nummer twee was bijna op en beiden voelden dat ze redelijk wat hadden gedronken. Hun ledematen waren zwaar en warm en hun hoofd voelde alsof het in zachte, heerlijke watten was gewikkeld. De nacht buiten was pikzwart zonder ook maar één ster die de hemel verlichtte. De compacte duisternis buiten gaf hun het gevoel dat ze in een grote cocon zaten. De illusie dat ze de enige mensen op aarde waren was compleet. Erica kon zich niet herinneren dat ze zich ooit zo tevreden had gevoeld, zo thuis in haar eigen bestaan. Ze gebaarde met haar hand dat het wijnglas vasthield naar de veranda en slaagde erin met dat gebaar te laten zien dat ze het hele huis bedoelde.

'Snap jij nou dat Anna dit huis wil verkopen? Dit is niet alleen het mooiste huis dat er bestaat, er zit ook geschiedenis in de muren. En dan bedoel ik niet alleen die van mij en Anna, maar ook de geschiedenis van de mensen die hier voor ons hebben gewoond. Weet je dat een zeekapitein dit huis in 1889 voor zichzelf en zijn gezin heeft laten bouwen? Kapitein Wilhelm Jansson. Het is eigenlijk best een triest verhaal. Zoals zoveel andere verhalen uit deze omgeving. Hij bouwde het huis voor zichzelf en zijn jonge vrouw, Ida. Ze kregen vijf kinderen in eenzelfde aantal jaren, maar bij de geboorte van het zesde kind overleed Ida in het kraambed. In die tijd bestonden er geen alleenstaande vaders, dus de oudere zus van kapitein Jansson, die ongetrouwd was, trok bij hen in en zorgde voor de kinderen als hij op zee was. Zijn zus, Hilda, was niet de beste keus als pleegmoeder. Ze was de meest religieuze vrouw in de wijde omtrek, en dat zegt veel als je bedenkt hoe religieus ze hier waren. De kinderen konden zich amper verroeren of ze werden er al van beschuldigd dat ze zondig waren, en vervolgens werden ze door Hilda met hardhandige en godvrezende hand afgeranseld. Tegenwoordig zou ze waarschijnlijk een sadist zijn genoemd, maar in die tijd kon je dat soort gedrag heel goed verborgen houden onder de dekmantel van de religie.

Kapitein Jansson was niet vaak genoeg thuis om te zien hoe het zijn kinderen verging, maar hij moet zo zijn vermoedens hebben gehad. Maar zoals de meeste mannen vond hij dat het opvoeden van kinderen een vrouwenaangelegenheid was, en hij was van mening dat hij zijn vaderlijke plichten vervulde door ervoor te zorgen dat ze een dak boven hun hoofd en eten op tafel hadden. Tot hij op een dag thuiskwam en ontdekte dat zijn jongste dochter Märta al een week met een gebroken arm rondliep. Toen stuurde hij Hilda met veel donder en geweld weg en de kapitein, die een man van daden was, zocht onder de ongetrouwde vrouwen uit de omgeving naar een geschikte nieuwe pleegmoeder voor zijn kinderen. Hij maakte een goede keus. Twee maanden later was hij getrouwd met een flinke boerendochter, Lina Månsdotter. Zij sloot de kinderen in haar hart alsof ze van haarzelf waren. Ze kregen er samen ook nog zeven, dus het moet hier behoorlijk vol zijn geweest. Als je goed kijkt, kun je nog sporen van ze zien. Kleine inkepingen en gaten en versleten plekken. Overal in het huis.'

'Hoe kwam het dat jouw vader het huis kocht?'

'Na verloop van tijd verspreidden de broers en zussen zich in alle windrichtingen. Kapitein Jansson en zijn Lina, die in de loop van de jaren veel van elkaar zijn gaan houden, gingen dood. De enige die thuis bleef wonen was de oudste zoon, Allan. Hij is nooit getrouwd en toen hij ouder werd, kon hij het huis niet in zijn eentje onderhouden en besloot hij het te verkopen. Mijn vader was net met mijn moeder getrouwd, en ze waren op zoek naar een huis. Mijn vader heeft verteld dat hij ter plekke verliefd werd op het huis. Hij heeft geen seconde geaarzeld.

Toen Allan het huis aan mijn vader verkocht, heeft hij ook het hele verhaal verteld. De geschiedenis van het huis, de geschiedenis van zijn familie. Hij vond het belangrijk, zei hij, dat mijn vader de mensen kende wier voeten de oude houten vloeren hadden afgesleten. Hij liet ook papieren na. Brieven die kapitein Jansson uit alle hoeken van de wereld naar huis had gestuurd, eerst naar zijn vrouw Ida, later naar Lina. Hij liet ook de zweep na waarmee Hilda de kinderen had gestraft. Die hangt nog steeds beneden in de kelder. Toen we klein waren, gingen Anna en ik soms naar beneden om de zweep aan te raken. We kenden het verhaal over Hilda en we probeerden ons voor te stellen hoe de ruwe haren van de zweep op je blote huid voelden. En we vonden het zo zielig voor de kleine kinderen die dit moesten meemaken.'

Erica keek Patrik aan. Ze ging verder: 'Begrijp je nu waarom het zo'n pijn doet als ik eraan denk dat ik dit huis moet verkopen? Als we dat doen krijgen we het nooit, echt nooit meer terug. Het is onherroepelijk. Ik word misselijk bij de gedachte dat een paar rijke Stockholmers hier binnen komen banjeren, de vloeren gaan schuren en behang met schelpjes plakken, om het maar niet te hebben over het panoramaraam dat hier op de veranda zal worden geplaatst, voordat ik ook maar "smakeloos" kan zeggen. Wie wil nou de potloodstrepen aan de binnenkant van de deur van de voorraadkast bewaren, waarmee Lina elk jaar aangaf hoeveel de kinderen waren gegroeid? Of de brieven lezen waarin kapitein Jansson zijn vrouwen, die nauwelijks buiten het dorp waren geweest, probeert te beschrijven hoe het er op de Stille Oceaan uitziet? Hun geschiedenis zou worden uitgewist en dan zou dit huis alleen maar... een huis zijn. Een huis zoals zoveel andere. Leuk, maar zonder ziel.'

Ze hoorde zichzelf kletsen, maar om de een of andere reden was het belangrijk voor haar dat Patrik het begreep. Ze keek hem aan. Hij sloeg haar intensief gade en ze kreeg het warm onder zijn blik. Er gebeurde iets. Een moment van absolute verstandhouding en voordat ze wist wat er gebeurde zat Patrik heel dicht naast haar en na een korte aarzeling drukte hij zijn lippen op de hare. Eerst proefde ze alleen de smaak van wijn, die op hun beider lippen zat, maar daarna proefde ze Patrik zelf. Voorzichtig opende ze haar mond voor hem en voelde hoe het puntje van zijn tong de hare zocht. Haar hele lichaam voelde of het elektrisch geladen was.

Na een poosje werd het bijna ondraaglijk en Erica stond op, pakte zijn hand en zonder een woord te zeggen leidde ze hem naar de slaapkamer. Ze gingen op het bed liggen en zoenden en streelden elkaar en na een tijdje begon Patrik met een vragende blik de knoopjes op de rug van haar jurk los te maken. Ze gaf haar zwijgende toestemming door zijn overhemd open te knopen. Ze realiseerde zich ineens dat de onderbroek die ze aanhad niet iets was wat ze Patrik de eerste keer wilde laten zien. En ook de panty die ze droeg was niet het meest sexy kledingstuk ter wereld. De vraag was alleen hoe ze zich uit de panty en onderbroek kon wurmen zonder dat Patrik ze zag. Erica kwam abrupt overeind.

'Sorry, maar ik moet even naar de wc.'

Ze rende naar de badkamer en keek koortsachtig om zich heen. Ze had geluk, een stapel schone was die ze nog niet had opgeruimd lag op de wasmand. Ze wurmde zich uit de strakke panty en gooide die samen met de ouwewijvenonderbroek in de wasmand. Vervolgens trok ze een wit, dun, met kant afgezet slipje aan dat goed bij de beha paste. Ze trok de jurk weer omlaag en controleerde ook even haar uiterlijk in de spiegel. Haar krullerige haar zat een beetje in de war, haar ogen hadden een koortsachtige glans. Haar mond was roder dan gebruikelijk en licht gezwollen door al het kussen, en al zei ze het zelf: ze zag er best sexy uit. Zonder de steun gevende onderbroek was haar buik niet zo plat als ze eigenlijk wilde. Ze hield haar buik in en duwde haar borsten naar voren toen ze weer naar Patrik ging, die in dezelfde houding op het bed lag als zij hem had achtergelaten.

Er gingen steeds meer kleren uit, die allemaal op een hoop op de vloer belandden. De eerste keer was niet zo geweldig als die altijd in liefdesromans is, het was een mengeling van sterke gevoelens en een pijnlijk bewustzijn zoals het nu eenmaal in het echte leven is. Hoewel hun lichamen explosief op elkaars aanrakingen reageerden, waren ze zich sterk bewust van hun naaktheid, bezorgd over kleine onvolkomenheden, ongerust dat er pijnlijke geluiden zouden ontstaan. Ze waren onhandig en onzeker over wat de ander wel of niet prettig vond. Ze waren niet zeker genoeg van elkaar om er met woorden over te durven praten, maar maakten keelgeluidjes om te vertellen wat goed was en wat misschien een beetje anders moest. Maar de tweede keer was al beter. De derde keer was volstrekt aanvaardbaar. De vierde keer was heel goed en de vijfde was fantastisch. Ze vielen lepeltje-lepeltje liggend in slaap en het laatste wat Erica voelde voordat ze in slaap viel, was Patriks arm veilig om haar borsten en zijn vingers in de hare gevlochten. Ze viel met een glimlach op haar lippen in slaap.

Zijn hoofd barstte bijna uit elkaar. Zijn mond was zo droog dat zijn tong aan zijn gehemelte bleef plakken, maar er moest op een gegeven moment speeksel in hebben gezeten, want hij voelde een natte kwijlplek op het kussen. Hij had het gevoel of iets zijn oogleden naar beneden drukte en zijn pogingen om zijn ogen te openen tegenwerkte, maar na een paar inspannende pogingen lukte het toch.

Naast hem lag een openbaring. Ook Erica lag op haar zij, naar hem gedraaid, en haar blonde haar lag verward rond haar gezicht. Haar rustige ademhaling gaf aan dat ze nog steeds in diepe slaap was. Waarschijnlijk droomde ze iets, want haar wimpers fladderden en haar oogleden bewogen licht. Patrik dacht dat hij uren naar haar kon blijven liggen kijken zonder er genoeg van te krijgen. Zijn hele leven als dat zo mocht zijn. Ze schokte even, maar kreeg weer snel haar diepe ademhaling terug. Het was waar dat het net als fietsen was. En dan bedoelde hij niet alleen de daad zelf, maar ook het gevoel om van een vrouw te houden. Tijdens zijn allerdonkerste dagen en nachten had hij het niet voor mogelijk gehouden dat hij dit ooit weer zou voelen. Nu leek het hem onmogelijk dit níét te voelen.

Erica bewoog onrustig en hij zag dat ze bezig was naar de oppervlakte te komen. Nadat ook zij een poosje had geworsteld om haar ogen te openen, sloeg ze ze op en hij verbaasde zich er opnieuw over hoe blauw ze waren.

'Goedemorgen, slaapkopje.'

'Goedemorgen.'

De glimlach die zich over haar gezicht verspreidde, gaf hem het gevoel een miljonair te zijn.

'Heb je lekker geslapen?'

Patrik keek naar de lichtgevende cijfers op de wekker. 'Ja, de twee uur dat ik heb geslapen, waren heerlijk. Maar de wakkere uren daarvoor waren eerlijk gezegd nog heerlijker.'

Erica glimlachte alleen maar als antwoord.

Patrik was bang dat hij enorm uit zijn mond stonk, maar hij kon het niet laten naar voren te buigen en haar te kussen. De kus werd intenser en algauw was er een uur verstreken. Na afloop lag Erica op zijn linkerarm en tekende met haar wijsvinger rondjes op zijn borst. Ze keek hem aan.

'Had jij gisteren gedacht dat we hier terecht zouden komen?'

Hij dacht even na voordat hij antwoordde, en legde zijn rechterhand onder zijn hoofd terwijl hij nadacht. 'Nee, ik kan niet zeggen dat ik dat dacht. Maar ik hoopte het wel.'

'Ik ook. Ik hoopte het, bedoel ik, ik had het niet gedacht.'

Patrik ging even bij zichzelf na hoe moedig hij zich voelde, maar met Erica op zijn arm had hij het gevoel dat hij alles durfde.

'Maar het verschil is dat jij pas kort geleden begon te hopen, toch? Weet je hoe lang ik al hoop?'

Ze keek hem vragend aan. 'Nee, hoe lang dan?'

Patrik wachtte even om zijn antwoord meer effect te geven. 'Al zolang ik me kan herinneren. Ik ben al zolang ik me kan herinneren verliefd op je.'

Toen hij zichzelf dit hardop hoorde zeggen, hoorde hij hoe waar het klonk. Zo was het.

Erica keek hem met grote ogen aan. 'Je maakt een grapje! Heb ik me daar zorgen lopen maken of je ook maar een heel klein beetje geïnteresseerd was, en nu vertel je me dat het was alsof je rijp fruit oppakte. Je kon jezelf er zo van bedienen.'

Haar toon was schertsend, maar hij merkte dat zijn woorden haar een beetje hadden geschokt.

'Nou ja, ik heb natuurlijk niet mijn hele leven celibatair in een emotionele woestijn geleefd. Ik ben ook verliefd geweest op andere vrouwen, op Karin bijvoorbeeld. Maar jij bent altijd bijzonder geweest. Elke keer dat ik je zag voelde ik hier iets.'

Hij markeerde de plek boven zijn hart met een vuist op zijn borstkas. Erica pakte zijn vuist, kuste die en legde hem tegen haar wang. Dat gebaar zei hem alles.

Ze gebruikten de ochtend om elkaar te leren kennen. Patriks antwoord op de vraag wat zijn grootste hobby was, riep een gefrustreerd gebrul bij Erica op. 'Neeeee! Niet weer zo'n sportgek! Waarom, waarom kan ik geen vent vinden die slim genoeg is om in te zien dat het een volstrekt normale bezigheid is om op een grasmat achter een bal aan te lopen – als je vijf bent! Of die zich afvraagt wat de mensheid eraan heeft dat iemand over een twee meter hoge lat kan springen.'

'Twee meter vijfenveertig.'

'Wat nou twee meter vijfenveertig?' zei Erica met een stem die aangaf dat ze niet bijster geïnteresseerd was in het antwoord.

'De beste hoogspringer ter wereld, Sotomayor, springt twee meter vijfenveertig. De vrouwen springen ruim twee meter.'

'Ja, ja, *whatever*!'

Ze keek hem argwanend aan. 'Heb jij Eurosport?'

'Yes.'

'Canal+, niet voor de films maar vanwege de sport?'

'Yes.'

'TV1000 om dezelfde reden?'

'Yes. Maar om helemaal correct te zijn moet ik zeggen dat ik TV1000 om twee redenen heb.'

Erica sloeg hem bij wijze van grapje op zijn borst. 'Ben ik nog iets vergeten?'

'Yes, TV3 heeft veel sport.'

'Ik moet zeggen dat ik een goed ontwikkelde radar voor sportfanaten heb. Een week of wat geleden heb ik een ongelooflijk vervelende avond doorgebracht bij mijn vriend Dan toen we naar een olympische ijshockeywedstrijd keken. Ik begrijp echt niet dat iemand het interessant kan vinden om kerels die op Michelin-mannetjes lijken achter een klein zwart ding aan te zien jagen.'

'Het is in elk geval een stuk leuker en productiever dan hele dagen in kledingzaken rond te lopen.'

Als antwoord op deze ongemotiveerde aanval op haar allerslechtste eigenschap haalde Erica haar neus op en trok een lelijk gezicht naar Patrik. Toen zag ze dat zijn ogen plotseling begonnen te glimmen.

'Verdomme.' Hij ging rechtop in bed zitten.

'Wat is er aan de hand?'

'Godverdegodver, shit, verdomme.'

Erica keek hem met grote ogen aan.

'Hoe heb ik dat verdomme over het hoofd kunnen zien?' Hij sloeg zich een paar keer met zijn vuist op het voorhoofd.

'Hallo, ik ben er ook nog! Zou je me misschien kunnen vertellen wat er aan de hand is?'

Erica zwaaide demonstratief met haar handen voor zijn gezicht. Patrik verloor zijn concentratie even toen hij zag hoe haar blote borsten door de beweging op en neer gingen. Toen sprong hij snel uit bed, naakt als een pasgeborene, en rende de trap af. Hij kwam weer boven met een paar kranten in zijn hand, ging op bed zitten en begon koortsachtig te bladeren. Erica had het inmiddels opgegeven en keek hem alleen maar geïnteresseerd aan.

'Aha!' riep Patrik triomfantelijk uit. 'Wat een geluk dat je de oude televisiebijlagen niet hebt weggegooid!'

Hij zwaaide met een krant voor Erica's gezicht.

'Zweden-Canada!'

Nog steeds zwijgend fronste Erica met een vragend gezicht haar wenkbrauwen.

Gefrustreerd probeerde Patrik het uit te leggen. 'Zweden heeft Canada tijdens een olympische wedstrijd verslagen. Vrijdag de vijfentwintigste januari. Op TV4.'

Ze keek hem nog steeds neutraal aan. Patrik zuchtte.

'De gewone programmering was afgelast vanwege de wedstrijd. Anders kan die vrijdag niet zijn thuisgekomen tijdens *Gescheiden werelden*, want dat programma werd niet uitgezonden. Begrijp je?'

Langzaam werd het Erica duidelijk wat hij zei. Anders had niet langer een alibi. Hoewel het een mager alibi was geweest, had de politie er niet omheen gekund. Nu konden ze Anders opnieuw oppakken op grond van het materiaal dat ze al hadden. Patrik knikte tevreden toen hij zag dat Erica het begreep.

'Maar je denkt toch niet dat Anders de moordenaar is?' vroeg Erica.

'Nee, dat niet. Maar enerzijds kan ik me weleens vergissen, al begrijp ik dat je dat moeilijk kunt geloven.' Hij gaf haar een knipoog. 'En anderzijds, als ik me niet vergis, durf ik er iets om te verwedden dat Anders beduidend meer weet dan hij zegt. Nu hebben we de mogelijkheid hem veel meer onder druk te zetten.'

Patrik begon in de slaapkamer naar zijn kleren te zoeken. Ze lagen her en der verspreid, maar het meest alarmerende was dat hij merkte dat hij zijn sokken nog aanhad. Snel trok hij zijn broek aan en hij hoopte maar dat Erica het in de hitte van de hartstocht ook niet had gezien. Je zag er niet direct uit als een seksgod als je witte sportsokken aanhad waarop 'Tanumshede IF' was geborduurd.

Plotseling had hij het gevoel dat hij enorm veel haast had en hij kleedde zich met onhandige vingers aan. Bij de eerste poging zijn overhemd dicht te knopen knoopte hij helemaal verkeerd en hij vloekte toen hij alle knopen weer los moest maken en opnieuw moest beginnen. Patrik realiseerde zich opeens wat voor indruk zijn overhaaste vertrek kon maken en ging op de rand van het bed zitten, pakte Erica's handen in de zijne en keek haar recht in de ogen.

'Het spijt me dat ik zo wegren, maar ik moet wel. Ik wil alleen maar dat je weet dat dit de heerlijkste nacht in mijn leven is geweest en ik kan nauwelijks wachten tot we elkaar weer zien. Wil jij dat we elkaar weer zien?'

Wat er tussen hen was, voelde nog steeds broos en gevoelig en hij hield zijn adem in terwijl hij op haar antwoord wachtte. Ze knikte alleen maar.

'Zal ik dan weer bij je komen, na mijn werk?'

Erica knikte opnieuw als antwoord. Hij leunde naar voren en kuste haar.

Toen hij door de slaapkamerdeur liep, zat zij met opgetrokken knieen en de deken losjes om haar lichaam op het bed. De zon scheen door het kleine ronde raam in het schuine deel van het dak naar binnen en schiep de illusie van een aureool rond haar blonde hoofd. Het was het mooiste dat hij ooit had gezien.

De sneeuw was nat en drong hardnekkig door zijn dunne loafers naar binnen. De schoenen waren meer geschikt voor de zomer, maar alcohol was een effectieve manier om de kou te verdoven en de keuze tussen een paar winterschoenen en een liter brandewijn was dus snel gemaakt.

De lucht was op deze vroege woensdagochtend zo helder en zuiver en het licht zo broos dat Bengt Larsson een gevoel in zijn borst ervoer dat hij al heel lang niet had meegemaakt. Het leek verontrustend veel op vredigheid en hij vroeg zich af hoe een gewone woensdagochtend zo'n bijzondere sensatie teweeg kon brengen. Hij stopte en ademde de ochtendlucht met gesloten ogen in. Wat zou het mooi zijn geweest als zijn leven gevuld had kunnen zijn met dit soort ochtenden.

De tweesprong stond hem duidelijk voor ogen. Hij wist precies op welke dag in zijn leven de ongelukkige ommekeer had plaatsgevonden. Hij kon zelfs het tijdstip noemen. Eigenlijk had hij alle kansen op een goed leven gehad. Hij kon het niet aan mishandeling wijten. Ook niet aan armoede, honger of emotionele tekortkoming. Hij kon het alleen wijten aan zijn eigen domheid en een veel te groot vertrouwen in zijn eigen voortreffelijkheid. Natuurlijk was er ook een meisje bij betrokken geweest.

Hij was zeventien jaar geweest en in die tijd deed hij niets waar geen meisjes bij betrokken waren. Maar dit meisje was bijzonder. Maud, met haar weelderige blonde haren en gespeelde verlegenheid. Die zijn ego bespeelde als een goed gestemde viool. 'Lieve Bengt, ik wil zo graag...' 'Lieve Bengt, wil je alsjeblieft iets voor me kopen?' Zij had de riem vastgehouden en hij had gehoorzaam aan haar leiband gelopen. Het was nooit genoeg voor haar. Hij spaarde al het geld dat hij verdiende en kocht mooie kleren, parfums, alles waar ze maar naar wees. Maar zodra ze had gekregen waar ze zo ijverig om had gesmeekt, gooide ze het terzijde en vroeg ze om iets nieuws, het enige dat haar gelukkig kon maken.

Maud was als een koorts in zijn bloed geweest en ongemerkt waren de wielen steeds sneller gaan draaien tot hij niet meer wist hoe hij het had. Toen hij achttien werd, had Maud besloten dat ze alleen nog maar met hem in een Cadillac Convertible wilde rondrijden. Die kostte meer dan hij in een jaar verdiende en hij had er nachtenlang over liggen piekeren en draaien hoe hij aan het geld moest komen. Terwijl hij hevig werd gekweld, had Maud een pruilmond opgezet en in steeds duidelijker bewoordingen te kennen gegeven dat als hij de auto niet kocht, er echt wel anderen waren die haar konden behandelen zoals zij behandeld hoorde te worden. In de doorwaakte, met angst vervulde nachten werd hij overvallen door jaloezie en uiteindelijk kon hij er niet langer tegen.

Op 10 september 1954 om precies twee uur 's middags was hij de bank in Tanumshede binnengestapt, uitgerust met een oud legerpistool dat zijn vader al die jaren thuis had gehad en met een nylonkous over zijn hoofd. Niets was goed gegaan. Het bankpersoneel had weliswaar snel bankbiljetten in de tas gestopt die hij bij zich had gehad, maar het leek in de verste verte niet op het bedrag waarop hij had gehoopt. Daarna had een van de klanten – de vader van een klasgenoot – Bengt ondanks de nylonkous herkend. Nog geen uur later was de politie bij hem thuis geweest en had de tas met geld onder het bed in zijn jongenskamer gevonden. Bengt zou de uitdrukking op het gezicht van zijn moeder nooit vergeten. Ze was nu al jaren dood, maar haar ogen achtervolgden hem nog steeds als hij in een dronken bui overvallen werd door angst.

Drie jaar in de gevangenis had alle hoop op een toekomst gedood. Toen hij vrijkwam was Maud allang verdwenen. Hij wist niet waarheen en het kon hem ook niet schelen. Al zijn oude vrienden waren verdergegaan; ze hadden een vaste baan en een gezinsleven en wilden niets met hem te maken hebben. Zijn vader was tijdens zijn gevangenschap verongelukt en hij trok in bij zijn moeder. Met de hoed in de hand probeerde hij werk te vinden, maar hij werd overal afgewezen. Niemand moest hem meer. Wat hem er uiteindelijk toe bracht zijn heil in de drank te zoeken, waren alle blikken die hem steeds achtervolgden.

Voor iemand die was opgegroeid in de geborgenheid van een kleine gemeenschap waar iedereen elkaar op straat groette, was het gevoel buitengesloten te zijn even pijnlijk als een pak slaag. Hij had overwogen uit Fjällbacka weg te gaan, maar waar moest hij heen? Dan was het makkelijker om te blijven en zich in de gezegende alcohol te laten hullen.

Anders en hij hadden elkaar meteen gevonden. De twee zielenpieten, zeiden ze en lachten dan verbitterd. Bengt koesterde een welhaast vaderlijke genegenheid voor Anders en hij voelde meer verdriet over Anders' lot dan over zijn eigen. Hij wenste vaak dat hij iets had kunnen doen om Anders' leven in een andere richting te sturen, maar aangezien hijzelf de verleidelijke loktonen van de alcohol maar al te goed kende, wist hij hoe onmogelijk het was om je los te rukken van zo'n veeleisende minnares als de alcohol in de loop van de jaren werd. Ze eiste alles en gaf niets terug, en het enige dat ze konden doen was elkaar een beetje troost en gezelschap bieden.

Het pad naar Anders' portiek was grondig geveegd en met zand bestrooid en hij hoefde niet voorzichtig te lopen vanwege de fles in zijn binnenzak, zoals hij deze strenge winter zo vaak had moeten doen wanneer het helemaal tot aan de trap glibberig en glad was geweest.

De twee trappen naar Anders' appartement waren altijd een uitdaging omdat er geen lift was. Hij moest een paar keer stoppen en twee keer maakte hij van de gelegenheid gebruik om een versterkende slok uit de fles in zijn binnenzak te nemen. Toen hij eindelijk voor de deur van Anders' appartement stond, hijgde hij zwaar en hij leunde even tegen de deurpost voordat hij de deur opende; hij wist dat Anders die nooit op slot deed.

Het was stil in het appartement. Misschien was Anders niet thuis? Als hij zijn roes lag uit te slapen, kon je zijn diepe ademhaling en snuivende gesnurk meestal al in het trappenhuis horen. Bengt keek in de keuken. Niemand, behalve de gebruikelijke bacteriecultures. De deur naar de badkamer stond wijd open en ook daar was niemand. Toen hij naar de kamer ging, had hij een naar gevoel in zijn buik. Wat hij in de woonkamer zag, deed hem abrupt stoppen. De fles die hij in zijn hand hield, viel met een zware plof op de grond, maar het glas brak niet.

Het eerste dat hij zag waren de voeten die een eindje boven de vloer bungelden. De blote voeten zwaaiden licht heen en weer in een pendelende beweging. Anders had een broek aan, maar zijn bovenlichaam was bloot. Zijn hoofd hing in een wonderlijke hoek. Zijn gezicht was gezwollen en verkleurd en zijn tong leek te groot voor zijn mond en stak een eindje door de lippen naar buiten. Dit was het meest bedroevende wat Bengt ooit had gezien. Hij draaide zich om en verliet het appartement langzaam, maar pas nadat hij de fles van de vloer had gepakt. Hij zocht als een blinde naar iets waaraan hij zich kon vasthouden, maar vond alleen maar leegte. Daarom greep hij naar de enige reddingsboei die hij kende. Hij ging op de drempel van Anders' appartement zitten, bracht de fles naar zijn mond en huilde.

Het was twijfelachtig of hij een toegestaan alcoholpromillage in zijn bloed had, maar daar maakte Patrik zich op dit moment niet al te druk om. Hij reed voor de zekerheid wat langzamer dan gewoonlijk, maar omdat hij tegelijkertijd verschillende telefoontjes pleegde met zijn mobieltje was het maar de vraag in hoeverre dat bijdroeg aan de verkeersveiligheid.

Het eerste gesprek was met TV4. Zij bevestigden dat *Gescheiden werelden* op vrijdag de vijfentwintigste was komen te vervallen in verband met de ijshockeywedstrijd. Daarna belde hij Mellberg, die zoals te verwachten viel verheugd was met het nieuws; hij eiste dat Anders onmiddellijk weer naar het bureau werd gebracht. Met het derde telefoontje kreeg hij de versterking waarom hij vroeg en hij reed rechtstreeks naar het appartementencomplex waar Anders woonde. Jenny Rosén had waarschijnlijk de dagen door elkaar gehaald. Een vergissing die getuigen wel vaker maakten.

Ondanks de opwinding over een eventuele wending in de zaak kon hij zich niet echt op zijn taak concentreren. Zijn gedachten gleden steeds terug naar Erica en de afgelopen nacht. Hij merkte dat hij onbenullig breeduit zat te grijnzen, en zijn handen trommelden als uit eigen wil korte roffels op het stuur. Hij zette de radio op een station met gouwe ouwen en hoorde Aretha Franklin met het nummer 'Respect'. De vrolijke Motownsound paste perfect bij zijn stemming en hij zette de radio harder. Toen het refrein kwam, zong hij uit volle borst mee en swingde op zijn stoel. Hij vond zelf dat het verdomd goed klonk, tot de radio er plotseling mee ophield en hij alleen zijn eigen stem 'RESPECT' hoorde brullen. Zijn trommelvliezen deden pijn.

De hele afgelopen nacht voelde als een roes en dat kwam niet alleen door de hoeveelheid wijn die ze hadden gedronken. Het was alsof er een sluier of een rookgordijn van gevoelens, liefde en erotiek over de nachtelijke uren lag.

Toen hij de parkeerplaats van het appartementencomplex opreed, moest hij tegen zijn zin zijn gedachten aan de dag van gisteren loslaten. De versterking was ongewoon snel ter plaatse. Ze moesten in de buurt zijn geweest. Hij zag twee politiewagens met zwaailichten en fronste even zijn wenkbrauwen. Wat vreemd dat ze de instructies verkeerd hadden opgevat. Hij had om één wagen gevraagd, niet om twee. Toen hij dichterbij kwam, zag hij dat er een ambulance achter de politiewagens stond. Er was iets mis.

Hij herkende Lena, de blonde agente uit Uddevalla, en liep naar haar toe. Ze praatte in een mobiel, maar toen hij haar naderde, hoorde hij haar 'tot kijk' zeggen en ze stopte de mobiel in een houder aan haar riem.

'Hallo Patrik.'

'Hoi Lena. Wat is er aan de hand?'

'Een drop-out heeft Anders Nilsson aan een strop in zijn appartement gevonden.'

Ze knikte in de richting van de portiek. Patrik kreeg een ijskoud gevoel in zijn maag. 'Jullie hebben toch niets aangeraakt?'

'Nee, wat denk je wel niet van ons? Ik heb net met de centrale in Uddevalla gebeld en ze sturen een team om de plaats delict te onderzoeken. We hebben net met Mellberg gesproken, dus ik nam aan dat hij jou had gestuurd.'

'Nee, ik was sowieso op weg hierheen, om Anders weer voor een verhoor mee te nemen.'

'Maar ik hoorde dat hij een alibi had?'

'Ja, dat dachten we, maar zijn alibi klopte niet en daarom wilden we hem weer ophalen.'

'Wat vervelend. Wat denk je dat dit betekent? Ik bedoel, de kans dat er plotseling twee moordenaars in Fjällbacka rondlopen is toch nagenoeg nul, dus waarschijnlijk is hij door dezelfde persoon vermoord die ook Alex Wijkner van het leven heeft beroofd. Hebben jullie eigenlijk andere verdachten dan Anders?'

Patrik wachtte even met zijn antwoord. Het was waar dat deze gebeurtenis alles op zijn kop zette, maar hij was nog niet bereid dezelfde conclusies te trekken als Lena, namelijk dat Anders door dezelfde persoon was vermoord als Alex. Statistisch gezien was het inderdaad vrijwel onmogelijk dat er hier decennia lang geen enkele moord werd gepleegd en dat er nu plotseling twee afzonderlijke moordenaars zouden rondlopen, maar hij was ook niet bereid het onmogelijke uit te sluiten.

'Laten we maar naar boven gaan, dan kun jij me vertellen wat je tot dusverre weet. Hoe is de melding bijvoorbeeld binnengekomen?'

Lena nam de leiding en liep voor hem uit het trappenhuis in.

'Ja, zoals ik al zei heeft een drinkmaatje van Anders, ene Bengt Larsson, hem gevonden. Hij kwam vanmorgen bij Anders om samen te gaan zuipen. Hij gaat dan gewoon naar binnen en dat deed hij vandaag ook. Toen hij in het appartement kwam, zag hij Anders aan een touw hangen dat was vastgemaakt aan de bevestiging van de plafondlamp in de woonkamer.'

'Sloeg hij meteen alarm?'

'Nee, dat deed hij niet. Hij is op de drempel van het appartement gaan zitten en heeft zijn verdriet weggedronken met een fles Explorer en pas toen een buurman, die op weg was naar buiten, hem vroeg wat er aan de hand was heeft hij verteld wat er was gebeurd. Toen heeft de buurman ons gebeld. Bengt Larsson is te dronken om gedetailleerd ondervraagd te worden, dus ik heb hem net in een dronkemanscel laten opsluiten.'

Patrik vroeg zich af waarom Mellberg hem niet op de hoogte had gebracht van al deze gebeurtenissen, maar hij berustte in de situatie en nam genoegen met de verklaring dat de wegen van de hoofdinspecteur meestal volstrekt ondoorgrondelijk waren.

Patrik beklom de trap met twee treden tegelijk en haalde Lena in. Toen ze de tweede verdieping bereikten, stond de deur wijd open en hij zag mensen binnen heen en weer lopen. Jenny stond met Max op haar arm in de deuropening van haar appartement. Toen Patrik op hen afkwam, zwaaide Max enthousiast met zijn kleine vuistjes en liet met een glimlach zijn vrijwel tandeloze mond zien.

'Wat is er gebeurd?'

Jenny pakte Max, die zijn best deed zich uit haar armen te wurmen, steviger beet.

'Dat weten we nog niet. Anders Nilsson is dood, maar veel meer weten we niet. Heb jij iets ongewoons gezien of gehoord?'

'Nee, ik kan me niets bijzonders herinneren. Het eerste dat ik hoorde was dat mijn buurman met iemand in het trappenhuis begon te praten, en een tijdje later kwamen er politiewagens en een ambulance en werd het hier een drukke bedoening.'

'Maar eerder vandaag, gisteravond of vannacht niets bijzonders?' Patrik bleef doorvragen.

'Nee, eh nee, niks.'

Patrik liet het hier voorlopig bij. 'Oké, bedankt voor je hulp, Jenny.'

Hij lachte naar Max en liet hem zijn wijsvinger beetpakken, iets wat blijkbaar erg leuk was, want Max begon zo hard te lachen dat het leek of hij zou stikken. Met tegenzin maakte Patrik zich los en liep langzaam achteruit in de richting van Anders' appartement, terwijl hij naar Max bleef zwaaien en brabbelend in kindertaal 'doei' zei.

Lena stond met een spottende glimlach op haar lippen in de deuropening. 'Zo te zien lijkt dat je wel iets.'

Patrik merkte tot zijn ontzetting dat hij begon te blozen, waardoor Lena's glimlach alleen maar breder werd. Hij mompelde een onduidelijk antwoord. Zij liep voor hem uit het appartement in en zei over haar schouder: 'Je hoeft maar een gil te geven. Ik ben vrij en single en heb een biologische klok die zo hard tikt dat ik 's nachts maar amper kan slapen.'

Patrik wist dat ze een grapje maakte, dit was Lena's gewone schertsende jargon, maar hij moest er toch nog harder van blozen. Hij reageerde niet en toen ze de woonkamer binnenstapten verdween bij beiden elk spoor van een glimlach.

Iemand had Anders' lichaam losgemaakt van het touw waaraan hij had gehangen en hij lag nu op de vloer van de woonkamer. Recht boven hem hing nog het uiteinde van het touw, dat op tien centimeter van de bevestiging was losgesneden. De rest van het touw zat als een strop rond Anders' hals en Patrik kon de diepe, donkerrode streep zien waar het touw tegen de huid had geschaafd. Wat hij altijd het moeilijkst vond bij dode mensen, was de onnatuurlijke gelaatskleur. Wurging veroorzaakte een nare blauwpaarse kleur waardoor het slachtoffer er heel vreemd uitzag. De dikke, gezwollen tong die door de lippen naar buiten stak, herkende hij ook als een veelvoorkomend symptoom bij slachtoffers die gewurgd of gestikt waren. Hoewel zijn ervaring met moordslachtoffers op zijn zachtst gezegd beperkt was, kreeg de politie elk jaar haar portie zelfmoorden en hij had in zijn loopbaan drie mensen los moeten snijden.

Toen hij rondkeek in de woonkamer was er echter iets wat deze scène heel duidelijk onderscheidde van de zelfmoorden door verhanging die hij had gezien. Het was absoluut onmogelijk dat Anders ergens op was geklommen en zijn hoofd door de strop aan het plafond had gestoken. Geen stoelen, geen tafels in de buurt. Anders had midden in de kamer gezweefd als een macabere menselijke mobile.

Onervaren als hij was met plaatsen delict bewoog Patrik voorzichtig in wijde cirkels rond het lichaam. Anders' ogen waren open en keken strak de lucht in. Patrik voelde dat hij zich naar het lichaam moest uitstrekken om de ogen van de dode te sluiten. Hij wist dat hij eigenlijk geen contact met het lichaam mocht hebben voordat de patholoog-anatoom was geweest, eigenlijk had het lichaam niet eens losgemaakt mogen worden, maar iets in de starende blik prikkelde zijn zenuwen. Hij had het gevoel alsof de ogen hem door de kamer volgden.

Hij merkte op dat de kamer ongebruikelijk kaal was en zag toen dat alle schilderijen van de muren waren gehaald. Alleen de grote lelijke plekken waar de schilderijen hadden gehangen waren te zien. Verder was het er net zo smerig als hij zich van de vorige keer herinnerde, maar toen hadden de schilderijen de kamer toch een beetje opgefleurd. Ze hadden Anders' woning een zekere decadentie gegeven, door de combinatie van smerigheid en schoonheid. Nu zag het er alleen maar smerig en walgelijk uit.

Lena sprak onafgebroken in haar mobiel. Na een gesprek waarin Patrik haar alleen met eenlettergrepige woorden hoorde antwoorden, klapte ze haar kleine Ericsson-telefoon dicht en draaide zich naar hem om.

'We krijgen versterking van mensen van de Forensische Eenheid die de plaats delict komen onderzoeken. Ze vertrekken nu uit Göteborg. We mogen niets aanraken. Ik stel voor dat we voor de zekerheid buiten wachten.'

Ze liepen naar het halletje en Lena deed voorzichtig de deur dicht en draaide die op slot met een sleutel die aan de binnenkant van de deur had gezeten. De kou buiten was doordringend en Lena en Patrik stampten licht met hun voeten.

'Waar is Janne eigenlijk?' Patrik vroeg naar Lena's collega die bij haar in de auto had moeten zitten.

'Hij heeft vandaag vrijgenomen omdat een van zijn kinderen ziek is. Door alle bezuinigingen was er niemand die op zo korte termijn met me mee kon, dus ben ik in mijn eentje gegaan toen de melding binnenkwam.'

Patrik knikte afwezig. Hij was geneigd Lena's mening te delen. Veel wees erop dat ze één en dezelfde moordenaar zochten. Het trekken van te snelle conclusies was weliswaar een van de gevaarlijkste dingen die een politieagent kon doen, maar de kans dat het in dit kleine plaatsje om twee verschillende moordenaars ging, was enorm klein. En die werd nog kleiner vanwege de link tussen de beide slachtoffers.

Ze wisten dat de reis vanuit Göteborg minstens anderhalf uur zou duren, waarschijnlijk zelfs twee, en om de kou het hoofd te bieden gingen Patrik en Lena in zijn auto zitten, waar ze de verwarming aandeden. Ook de radio ging aan en lange tijd zaten ze zwijgend naar vrolijke popmuziek te luisteren. Dat voelde als een welkom contrast met de reden voor het lange wachten. Na een uur en veertig minuten zagen ze twee politiewagens het parkeerterrein oprijden en ze stapten uit om de versterking te begroeten.

'Lieve Jan, kunnen we niet een eigen huis kopen? Ik zag dat een van de huizen bij Badholmen te koop staat. Kunnen we niet gaan kijken? Het heeft een fantastisch uitzicht en er is ook een klein boothuis bij. Alsjeblieft?'

Lisa's zeurderige toon wekte zijn irritatie op. Dat gebeurde tegenwoordig bijna altijd. Hun huwelijk zou beduidend aangenamer zijn als ze haar mond wist te houden en er lief uitzag. De laatste tijd hadden zelfs haar grote stevige borsten en ronde billen hem niet het gevoel gegeven dat het de moeite waard was. Haar gezeur was alleen maar erger geworden en op dit soort momenten betreurde hij het enorm dat hij zich had laten overhalen om met haar te trouwen.

Lisa werkte als serveerster bij café Röde Orm in Grebbestad toen hij haar voor het eerst zag. Alle mannen hadden gekwijld toen ze haar diepe decolleté en lange benen zagen en hij had ter plekke besloten dat hij haar zou hebben. Meestal kreeg hij wat hij wilde en Lisa bleek geen uitzondering te zijn. Hij zag er helemaal niet slecht uit, maar wat bijna altijd de definitieve doorslag gaf, was dat hij zich voorstelde als Jan Lorentz. Het noemen van zijn achternaam deed de ogen van de vrouwen oplichten en daarna had hij vrij spel.

In het begin was hij bezeten geweest van Lisa's lichaam. Hij kon niet genoeg van haar krijgen en wist zijn oren te sluiten voor de onnozele opmerkingen die ze voortdurend met haar schelle stem uitte. De jaloerse blikken van andere mannen als hij met Lisa aan zijn arm arriveerde, vergrootten haar aantrekkingskracht ook. Aanvankelijk waren haar stille wenken dat hij haar tot een eerzame vrouw moest maken vruchteloos gebleven en als hij eerlijk was, moest hij toegeven dat haar onnozelheid haar aantrekkelijkheid teniet begon te doen, maar wat voor hem de doorslag gaf en het allemaal zo onweerstaanbaar maakte, was Nelly's heftige verzet tegen een huwelijk. Ze had vanaf het allereerste moment een hekel gehad aan Lisa en maakte van elke gelegenheid gebruik om haar standpunt te verkondigen. Een kinderlijke wens om weerstand te bieden had hem in zijn huidige situatie gebracht en hij vervloekte zijn eigen domheid.

Liggend op hun grote tweepersoonsbed tuitte Lisa haar lippen. Ze was naakt en deed haar best er verleidelijk uit te zien, maar het raakte hem niet meer. Hij wist dat ze op een antwoord wachtte.

'Je weet dat we niet bij mama weg kunnen. Ze is niet gezond en kan dit grote huis in haar eentje niet aan.'

Hij keerde Lisa de rug toe en strikte zijn das voor de grote spiegel op haar toilettafel. In de spiegel zag hij dat ze haar wenkbrauwen geïrriteerd fronste. Dat stond haar niet.

'Waarom verhuist die oude heks niet naar een gezellig tehuis zodat ze haar familie niet tot last is? Snapt ze niet dat wij recht hebben op een eigen leven? Wij moeten dag in dag uit voor dat mens zorgen. En wat heeft ze eraan om zo op haar centen te zitten? Ik durf er wat om te verwedden dat ze ervan geniet dat wij ons vernederen door voor de kruimels te moeten kruipen die van haar bord vallen. Begrijpt ze niet hoeveel jij voor haar doet? Je werkt je te pletter op dat bedrijf en de rest van de tijd ben je haar oppas. Dat mens wil ons niet eens de mooiste kamers van het huis geven als dank voor alle hulp. Nee, wij moeten in de kelder wonen terwijl zij in de mooie salons rondhangt.'

Jan draaide zich om en keek zijn vrouw met een koude blik aan. 'Ik heb je toch gezegd niet op die manier over mijn moeder te praten.'

'Je moeder.' Lisa snoof. 'Je verbeeldt je toch niet dat ze je echt als een zoon beschouwt, Jan. Jij zult voor haar nooit meer zijn dan een zielig geval van liefdadigheid. Als haar geliefde Nils niet was verdwenen, zou jij vroeg of laat zijn weggestuurd. Jij bent niets anders dan een noodoplossing, Jan. Wie zou zich anders vierentwintig uur per dag vrijwel gratis voor haar uitsloven? Het enige dat je hebt is een belofte dat jij al het geld krijgt als ze ooit een keer de pijp uitgaat. In de eerste plaats wordt dat mens zeker honderd en in de tweede plaats heeft ze ongetwijfeld haar geld nagelaten aan een asiel voor straathonden en lacht ze ons achter onze rug uit. Soms ben je zo ontzettend dom, Jan.'

Lisa draaide zich op haar rug en bestudeerde haar keurig gemanicuurde nagels. Met ijskoude kalmte deed Jan een stap in de richting van Lisa. Hij hurkte neer, draaide het lange blonde haar dat over de bedrand hing om zijn hand en begon eerst zachtjes en toen harder en harder te trekken tot haar gezicht vertrok van de pijn. Hij bracht zijn gezicht vlak bij het hare en siste met zachte stem: 'Je moet mij nooit, nooit dom noemen, hoor je me. En geloof me, dat geld zal ooit van mij zijn. Maar het is nog maar de vraag of jij hier lang genoeg mag blijven om ervan te genieten.'

Tot zijn voldoening zag hij dat er een vonkje angst in haar ogen verscheen. Hij zag hoe haar domme maar tegelijkertijd primitief sluwe brein de informatie verwerkte en tot de conclusie kwam dat het tijd was om van tactiek te veranderen. Ze strekte zich uit op het bed, tuitte haar lippen en legde haar handen rond haar borsten. Ze streelde haar tepels langzaam met haar wijsvingers tot ze hard werden en zei met spinnende stem: 'Sorry, dat was dom van me, Jan. Je weet toch hoe ik ben. Ik zeg soms dingen zonder na te denken. Kan ik het op de een of andere manier goedmaken?'

Ze zoog suggestief op haar ene wijsvinger en bracht vervolgens haar hand naar beneden.

Jan merkte tegen zijn zin dat zijn lichaam reageerde en besloot toen dat er tenminste iets was waarvoor hij haar kon gebruiken. Hij knoopte zijn das weer los.

Mellberg krabde nadenkend in zijn kruis zonder te merken dat dit gebaar bij de mensen die om hem heen zaten een gevoel van weerzin opwekte. Ter ere van deze dag had hij een pak aangetrokken. Weliswaar zat dat iets te krap, maar dat kwam volgens hem doordat iemand bij de stomerij onvoorzichtig was geweest en het pak op een te hoge temperatuur had gereinigd. Hij hoefde zich niet te wegen om bevestigd te krijgen dat hij sinds zijn dienstplicht geen gram was aangekomen en vond daarom dat de aanschaf van een nieuw pak zonde van het geld was. Goede kwaliteit was tijdloos. Dat die idioten van de stomerij hun werk niet goed deden was niet zijn schuld.

Hij schraapte zijn keel om de aandacht van alle aanwezigen te krijgen. Het gebabbel en heen en weer geschuif met de stoelen hield op en alle blikken richtten zich op de man achter het bureau. Uit het hele bureau waren stoelen verzameld, die in een halve cirkel voor hem waren neergezet. Mellberg keek hen een poosje met een plechtig gezicht aan. Dit was een moment waar hij zoveel mogelijk uit wilde halen. Met gefronst voorhoofd merkte hij dat Patrik er afgepeigerd uitzag. Het personeel mocht weliswaar zelf weten wat het in zijn vrije tijd deed, maar gezien het feit dat het midden in de werkweek was moest je toch kunnen verlangen dat ze matigheid betrachtten in feestvieren en drinken. Mellberg verdrong met succes de herinnering aan de kwart liter sterkedrank die gisteravond door zijn eigen keel was gegleden. Hij besloot later een gesprekje met de jonge Patrik te hebben over diens kijk op het alcoholbeleid van dit bureau.

'Zoals jullie allemaal weten, heeft er inmiddels nog een moord plaatsgevonden in Fjällbacka. De kans dat er sprake is van twee moordenaars is erg klein en daarom denk ik dat we ervan uit kunnen gaan dat Alexandra Wijkner en Anders Nilsson door een en dezelfde persoon zijn vermoord.'

Hij genoot van het geluid van zijn eigen stem en van de ijver en belangstelling die hij op de gezichten voor hem zag. Hij was in zijn element. Hiervoor was hij geboren.

Mellberg ging verder: 'Anders Nilsson is vanochtend gevonden door Bengt Larsson, een van Anders' drinkmaatjes. Hij is opgehangen en volgens de eerste voorlopige berichten van het team uit Göteborg heeft hij daar zeker sinds gisteravond gehangen. Tot we meer exacte informatie krijgen is dat de hypothese waarvan we uitgaan.'

De manier waarop het woord 'hypothese' op zijn tong rolde gaf hem een aangenaam gevoel. De verzameling mensen voor hem was niet bijzonder groot, maar in zijn hoofd waren het er veel meer en hun belangstelling was tastbaar. En ze zaten allemaal op zijn woorden en orders te wachten. Tevreden keek hij om zich heen. Annika tikte ijverig op een laptop, haar bril zat bijna op het puntje van haar neus. Haar goed geproportioneerde vrouwelijke vormen waren gehuld in een zeer goed zittend geel colbertje met bijbehorende rok en hij knipoogde naar haar. Dat moest genoeg zijn. Het was beter haar niet te erg te verwennen. Naast haar zat Patrik, die eruitzag alsof hij elk moment kon instorten. Zijn oogleden waren zwaar en de ogen daaronder waren zichtbaar rooddoorlopen. Hij moest inderdaad zo snel mogelijk met hem praten. Hij mocht toch zeker wel een zekere stijl van zijn personeel verwachten.

Naast Patrik en Annika had het politiebureau in Tanumshede nog drie werknemers. Gösta Flygare was de oudste op het bureau en hij deed er alles aan om tot aan zijn pensioen, dat nog maar een paar jaar verwijderd was, zo min mogelijk uit te voeren. Daarna zou hij al zijn tijd kunnen besteden aan zijn grote passie – golf. Hij was tien jaar geleden met golfen begonnen toen zijn vrouw aan kanker was overleden en de weekends hem plotseling veel te lang en te eenzaam waren geworden. De sport was algauw een gif in zijn bloed geworden en tegenwoordig beschouwde hij zijn werk, waar hij trouwens nooit veel belangstelling voor had gehad, alleen als een storend element dat hem belette naar de golfbaan te gaan.

Hoewel zijn salaris mager was, was het hem gelukt voldoende geld opzij te leggen om een appartement aan de Spaanse kust te kunnen kopen en binnenkort kon hij de zomermaanden in Zweden doorbrengen met golfen en de rest van het jaar op de banen in Spanje staan. Maar hij moest toegeven dat deze moorden voor het eerst in lange tijd een zekere belangstelling bij hem hadden weten te wekken. Al had hij liever een achttienholesbaan gelopen als het jaargetijde dat had toegelaten.

Naast hem zat de jongste medewerker van het bureau. Martin Molin riep bij iedereen – bij de een wat meer dan bij de ander – ouderlijke gevoelens op en ze probeerden hem allemaal op hun eigen manier te helpen. Maar ze zorgden er wel voor dat hij daar nooit iets van merkte. Ze gaven hem alleen opdrachten die een kind aan zou kunnen, en om de beurt namen ze de rapporten door die hij had geschreven voordat ze op Mellbergs bureau belandden.

Hij was nog geen jaar geleden afgestudeerd aan de politieacademie en het had iedereen verbaasd dat hij aan de strenge toelatingseisen had weten te voldoen en daarna zelfs de opleiding met goed gevolg had weten af te sluiten. Maar Martin was lief en goedhartig en ondanks zijn naïviteit, die hem volstrekt ongeschikt maakte voor het politievak, vond iedereen dat hij hier in Tanumshede niet veel schade kon aanrichten, en ze hielpen hem graag met alle obstakels die hij tegenkwam. Vooral Annika had hem in haar grote hart gesloten en soms toonde ze tot ieders vermaak haar gevoelens door hem spontaan tegen haar boezem te drukken.

Zijn gelaatskleur kon zich dan meten met zijn vuurrode haar, dat altijd rechtovereind stond, en zijn even rode sproeten. Maar hij aanbad Annika en hij had vele avonden bij haar en haar man doorgebracht als hij haar om raad had moeten vragen over een ongelukkige liefde. En ongelukkige liefdes waren bij hem schering en inslag. Zijn naïviteit en goedheid werkten magnetisch op vrouwen die mannen als ontbijt nuttigden en vervolgens de restjes uitspuugden. Gelukkig was Annika er altijd voor hem. Ze luisterde naar zijn verhalen, lapte zijn gedeukte zelfvertrouwen op en stuurde hem vervolgens weer de wereld in, hopend dat hij op een dag een vrouw zou tegenkomen die deze gouden vent die onder het sproetige oppervlak schuilging, op waarde wist te schatten.

Het laatste lid van de groep was tegelijk het minst populaire. Ernst Lundgren was een kontlikker van formaat en hij nam elke gelegenheid te baat om zichzelf op de voorgrond te plaatsen, bij voorkeur ten koste van anderen. Het verbaasde niemand dat hij nog steeds niet getrouwd was. Hij was een zeer onaantrekkelijke man, en hoewel lelijker mannen dan hij dankzij een redelijk aangename persoonlijkheid een partner hadden gevonden, miste Ernst deze eigenschap. Daarom woonde hij met zijn oude moeder op een boerderij tien kilometer ten zuiden van Tanumshede. Het gerucht ging dat zijn vader, die in de omgeving bekend had gestaan als een buitengewoon agressieve alcoholist, een helpende hand van zijn vrouw had gehad toen hij van de hooizolder viel en op een hooivork terechtkwam. Dat was echter allemaal lang geleden gebeurd en geruchten deden gauw de ronde als mensen geen spannende dingen hadden waarover ze konden praten. Het was in elk geval waar dat alleen een moeder van Ernst kon houden, met zijn vooruitstekende tanden, piekhaar en grote oren die vergezeld gingen van een cholerisch temperament en een overduidelijke aanwezigheid. Nu hing hij aan Mellbergs lippen alsof zijn woorden parels waren, en hij nam elke gelegenheid te baat om 'sst' te roepen als de anderen het waagden ook maar het kleinste geluid te maken dat de aandacht van Mellbergs betoog afleidde. Nu stak hij ijverig als een schooljongen zijn hand op om een vraag te stellen.

'Hoe weten we dat Anders niet door die dronkelap is vermoord en dat die daarna gewoon deed alsof hij hem vanochtend heeft gevonden?'

Mellberg knikte waarderend naar Ernst Lundgren. 'Een goede vraag, Ernst, een heel goede vraag. Zoals ik al zei, gaan we ervan uit dat het dezelfde persoon is die ook Alex Wijkner heeft vermoord. Maar controleer voor de zekerheid Bengt Larssons alibi voor gisteren.'

Mellberg wees met zijn pen naar Ernst Lundgren terwijl hij zijn blik over de anderen liet glijden. 'Een dergelijke opmerkzaamheid hebben we nodig om dit te kunnen oplossen. Ik hoop dat jullie luisteren en van Ernst leren. Jullie hebben nog een lange weg te gaan om zijn niveau te bereiken.'

Ernst sloeg bescheiden zijn ogen neer, maar zodra Mellberg zijn aandacht op iets anders richtte kon hij het niet laten om een triomfantelijke blik naar zijn collega's te werpen. Annika snoof luid en in antwoord op Lundgrens woedende blik staarde ze hem zonder te knipperen aan.

'Waar was ik gebleven?'

Mellberg plaatste zijn duimen achter de bretels die hij onder zijn colbertje droeg, en draaide zijn stoel zodat hij met zijn gezicht naar het bord kwam te zitten dat ze aan de muur achter hem hadden opgehangen en waarop de zaak Alex Wijkner in kaart was gebracht. Er was eenzelfde bord naast gehangen, maar het enige dat daarop hing was een polaroidfoto die genomen was van Anders voordat het ambulancepersoneel zijn lichaam had losgesneden.

'Wat weten we tot dusverre? Anders Nilsson is vanochtend gevonden en hij is, volgens een eerste voorlopige conclusie, sinds gisteren dood, tijdstip nog onbekend. Hij is opgehangen door een of meer onbekende personen, waarschijnlijk meer omdat het aanzienlijke kracht vereist om een volwassen man zo hoog op te tillen dat hij aan het plafond kan worden opgehangen. Wat we niet weten, is hoe ze te werk zijn gegaan. Er zijn geen sporen van een worsteling, noch in het appartement, noch op Anders' lichaam. Geen blauwe plekken die wijzen op een hardhandige behandeling van het lichaam, niet voor en niet na het intreden van de dood. Zoals ik al zei, dit zijn nog maar voorlopige gegevens, maar we krijgen waarschijnlijk meer zekerheid als er sectie is verricht op Anders' lichaam.'

Patrik zwaaide met zijn pen. 'Wanneer kunnen we het sectierapport verwachten?'

'Ze hebben een hele stapel lijken liggen, dus helaas heb ik geen bericht ontvangen wanneer ze klaar kunnen zijn.'

Niemand keek verbaasd.

'Verder weten we dat er een duidelijke link bestaat tussen Anders Nilsson en ons eerste moordslachtoffer, Alexandra Wijkner.'

Mellberg stond nu rechtop en wees naar de foto van Alexandra, die in het midden van het eerste bord was bevestigd. Ze hadden de foto van haar moeder gekregen en het viel iedereen opnieuw op hoe mooi ze was geweest toen ze nog leefde. Daardoor leek de foto die ernaast hing, van Alexandra in de badkuip, met een blauwachtig, bleek gezicht en ijs in haar haren en wenkbrauwen, nog vreselijker.

'Dit absoluut niet bij elkaar passende paar had een seksuele relatie, dat heeft Anders zelf toegegeven en we hebben zoals jullie weten zelfs bepaalde bewijzen die deze bewering staven. Wat we niet weten, is hoe lang deze relatie heeft geduurd, hoe ze met elkaar in contact kwamen en vooral niet hoe het komt dat een mooie vrouw uit de hogere kringen zo'n merkwaardige bedgenoot kiest als deze smerige en onsmakelijke alcoholist. Daar zit een luchtje aan, dat mag duidelijk zijn.'

Mellberg tikte een paar keer met zijn wijsvinger op de zijkant van zijn volumineuze, geaderde neus.

'Martin, jij krijgt als opdracht hier dieper in te graven. Je moet in elk geval Henrik Wijkner veel meer onder druk zetten dan we tot nu toe hebben gedaan. Die man weet meer dan hij vertelt, let op mijn woorden.'

Martin knikte ijverig en schreef alsof zijn leven ervan afhing in zijn notitieboekje. Annika keek hem van over de rand van haar leesbril vertederd en moederlijk aan.

'Helaas brengt dit ons wat betreft de verdachten van de moord op Alex terug naar af. Anders leek heel veelbelovend in die rol en tja, nu is de situatie anders geworden. Patrik, jij moet al het materiaal over de

Wijknermoord nog een keer doornemen. Controleer alle details opnieuw, niet één maar twee keer. Ergens in het materiaal bevindt zich het aanknopingspunt dat wij over het hoofd hebben gezien.'

Mellberg had die woorden ooit in een detectiveserie op de tv gehoord en ze voor toekomstig gebruik in zijn geheugen opgeslagen.

Gösta was nu de enige die nog geen opdracht had gekregen en Mellberg keek naar het overzichtsbord en dacht even na.

'Gösta, jij gaat met de familie van Alex Wijkner praten. Er zijn misschien dingen die ze nog niet hebben verteld. Vraag naar haar vrienden en vijanden, haar jeugd, haar persoonlijkheid, alles. Maakt niet uit wat. Praat zowel met de ouders als met de zus, maar zorg ervoor dat je iedereen apart te spreken krijgt. Het is mijn ervaring dat je dan meer uit de mensen krijgt. Overleg wel even met Molin, die met de echtgenoot gaat praten.'

Gösta zakte door de last van een concrete opdracht ineen en zuchtte berustend. Niet dat dit midden in de ijskoude winter tijd aan het golfen kon onttrekken, maar hij was er de laatste jaren aan gewend geraakt geen echt werk te hoeven verrichten. Hij had de kunst om er drukbezet uit te zien verfijnd en zat meestal op zijn computer te patiencen om de tijd te verdrijven. Dat hij nu met concrete resultaten moest komen drukte zwaar op zijn schouders. Nu was het gedaan met de rust. Ze zouden waarschijnlijk niet eens betaald krijgen als ze moesten overwerken. Hij mocht blij zijn als de benzinekosten naar en van Göteborg werden vergoed.

Mellberg klapte in zijn handen en stuurde hen vervolgens de kamer uit. 'Hup, aan het werk. We kunnen niet op ons gat blijven zitten als we deze zaak willen oplossen. Ik reken erop dat jullie harder werken dan ooit, en wat vrije tijd betreft, die hebben jullie pas weer als dit voorbij is. Tot die tijd beschik ik over jullie tijd zoals mij goeddunkt. Dat was het.'

Als iemand er al bezwaar tegen had om als een klein kind te worden weggestuurd, dan zei hij er niets van. Ze stonden op, pakten de stoel waarop ze hadden gezeten in de ene hand en hun notitieblok en pennen in de andere. Alleen Ernst Lundgren bleef dralen, maar Mellberg was vreemd genoeg niet in de stemming voor vleierij en stuurde ook hem weg.

Het was een heel vruchtbare dag geweest. Het was weliswaar een streep door de rekening dat zijn hoofdverdachte van de Wijknermoord nu zelf vermoord was, maar dat werd meer dan goedgemaakt door het feit dat één en één veel meer werd dan twee. Eén moord was een gebeurtenis, twee moorden waren voor zo'n klein district als dit een sensatie. Was hij eerder vrij zeker geweest van een enkele reis naar daar waar het allemaal gebeurde als hij de Wijknerzaak had opgelost, nu was hij er rotsvast van overtuigd dat ze hem op hun knieën zouden smeken terug te komen als hij met een pasklare oplossing van de moorden kwam.

Met die zonnige toekomstvooruitzichten binnen bereik leunde Bertil Mellberg achterover in zijn stoel, strekte geoefend zijn hand uit naar de derde la, pakte er een bonbon uit en stopte die genietend in zijn mond. Toen vouwde hij zijn handen achter zijn hoofd, deed zijn ogen dicht en besloot dat hij even een uiltje ging knappen. Het was tenslotte bijna lunchtijd.

Nadat Patrik was vertrokken had ze geprobeerd een paar uur te slapen. Dat lukte niet echt goed. Door alle gevoelens die zich verdrongen, woelde ze alleen maar onrustig heen en weer in bed en er verscheen steeds een glimlach op haar gezicht, waardoor haar mondhoeken omhoog werden getrokken. Het zou verboden moeten zijn om zo gelukkig te zijn. Het gevoel van welbehagen was zo sterk dat ze amper wist wat ze met zichzelf aan moest. Ze ging op haar zij liggen en leunde met haar rechterwang op haar handen.

Alles voelde vandaag lichter aan. De moord op Alex, het boek waarop haar uitgever ongeduldig wachtte en waarvoor ze maar niet het juiste ritme kon vinden, het verdriet om haar ouders en niet in de laatste plaats de verkoop van het huis waarin ze was opgegroeid, alles voelde vandaag lichter te dragen. De problemen waren niet verdwenen, maar voor het eerst voelde ze zich er echt van overtuigd dat haar wereld niet instortte en dat ze alle problemen die haar pad kruisten aankon.

Wat een verschil kon één dag, vierentwintig onbeduidende uren, toch maken. Gisteren om deze tijd was ze bedrukt wakker geworden. Op weg naar een eenzaamheid waarvan het einde niet in zicht leek. Nu was het alsof ze Patriks strelingen op haar huid fysiek nog steeds kon voelen. Fysiek was eigenlijk niet het goede woord, het was een te beperkte benaming.

Haar hele wezen voelde dat de eenzaamheid was vervangen door een tweezaamheid, en de stilte in de slaapkamer was nu vreedzaam terwijl die hiervoor dreigend en eindeloos had gevoeld. Natuurlijk miste ze hem al, maar ze voelde zich veilig omdat ze zeker wist dat waar hij ook was, hij in gedachten bij haar was.

Erica had het gevoel alsof ze een mentale bezem had beetgepakt waarmee ze resoluut alle oude spinnenwebben in de hoeken en al het stof dat zich binnen in haar had verzameld wegveegde. Maar door deze nieuwe helderheid besefte ze ook dat ze niet langer kon wegvluchten van de dingen die sinds een paar dagen door haar hoofd speelden.

Sinds het haar duidelijk was geworden wie de vader was van Alex' kind had ze gehuiverd voor de confrontatie. Ze keek er nog steeds niet naar uit, maar een nieuwe innerlijke kracht maakte het mogelijk er iets mee te doen en het niet zoals gewoonlijk voor zich uit te schuiven. Ze wist wat haar te doen stond.

Ze nam een lange douche onder een gloeiend hete straal. Deze ochtend voelde alles als een nieuw begin en ze wilde de dag helemaal schoon beginnen. Na het douchen en een blik op de thermometer kleedde ze zich warm aan en deed een schietgebedje dat de auto zou starten. Ze had geluk. De motor startte bij de eerste poging.

Tijdens de rit dacht Erica na over hoe ze het onderwerp ter sprake zou brengen. Ze oefende een paar inleidingen, maar de ene klonk nog beroerder dan de andere en ze besloot te improviseren. Ze had niet veel om op af te gaan, maar haar gevoel zei haar dat ze het bij het rechte eind had. Een fractie van een seconde overwoog ze Patrik te bellen en hem over haar vermoedens te vertellen, maar ze schoof die gedachte snel weg en besloot dat ze het eerst zelf moest controleren. Er stond te veel op het spel.

Hoewel het niet ver was naar haar bestemming, had ze het gevoel dat de rit een eeuwigheid duurde. Toen ze het parkeerterrein bij het Badhotel opreed, zwaaide Dan vrolijk vanaf de boot. Ze had erop gegokt dat hij hier zou zijn. Erica zwaaide terug, maar ze lachte niet. Ze deed de auto op slot en met haar handen in de zakken van haar lichtbruine duffel slenterde ze naar Dan op de boot. Het was een mistige, grijze dag, maar de lucht voelde fris aan en ze haalde een paar keer diep adem in een poging de laatste wolken in haar hoofd te verdrijven die een gevolg waren van de rijkelijke hoeveelheid wijn van gisteravond.

'Hoi Erica.'

'Hoi.'

Dan bleef doorwerken op zijn boot, maar hij was blij dat hij gezelschap had gekregen. Erica keek een beetje nerveus rond of ze Pernilla ook zag, omdat de manier waarop Dans vrouw hen de vorige keer had aangekeken haar nog steeds verontrustte. Maar in het licht van de waarheid begreep ze dat plotseling veel beter.

Voor het eerst zag Erica hoe mooi de versleten oude vissersboot eigenlijk was. Dan had de boot overgenomen van zijn vader en hij had hem met tederheid verzorgd. De visserij zat hem in het bloed en het deed hem enorm veel verdriet dat het een beroep was waarmee je tegenwoordig geen gezin meer kon onderhouden. Hij vond zijn baan als leraar op de Tanumsschool best leuk, maar dit was zijn echte roeping in het leven. Als hij op de boot werkte, dreigde er altijd een glimlach op zijn gezicht te verschijnen. Het zware werk stoorde hem geenszins en de winterkou hield hij op afstand met warme kleding. Hij hees een zware rol touw op zijn schouders en draaide zich om naar Erica.

'Wat is dit nou? Heb je geen eten meegenomen? Ik hoop niet dat dat een gewoonte gaat worden.'

Een lok van zijn blonde pony stak onder de gebreide muts uit en hij stond groot en sterk als een massieve pilaar voor haar. Hij straalde kracht en vreugde uit en het deed haar pijn dat ze die vreugde kapot moest slaan. Maar als zij het niet deed, zou iemand anders het doen. In het ergste geval de politie. Ze hield zichzelf voor dat ze hem een dienst bewees, maar ze wist dat ze zich emotioneel in een grijze zone bevond. De voornaamste reden van haar komst was dat ze het zelf wilde weten. Moest weten.

Dan liep met het touw naar de voorsteven, gooide het op de grond en liep terug naar Erica, die op de achtersteven tegen de reling leunde.

Erica keek met nietsziende ogen naar de horizon. 'Ik kocht mijn liefde met geld, ik kon niemand anders krijgen.'

Dan glimlachte en ging verder: 'Zing schoon, knarsende strengen, zing toch schoon over de liefde.'

Erica glimlachte niet. 'Is Fröding nog steeds je lievelingsdichter?'

'Dat is hij altijd geweest, en dat zal hij ook altijd blijven. De kinderen op school zeggen dat ze binnenkort moeten kotsen van Fröding, maar volgens mij kun je niet genoeg van zijn gedichten lezen.'

'Ja, ik heb die Frödingbundel nog steeds die je mij gaf toen we verkering hadden.'

Ze sprak nu tegen zijn rug, omdat Dan zich had omgedraaid om een paar kisten met netten te verplaatsen die bij de andere reling stonden. Ze ging meedogenloos verder. 'Geef je die altijd aan je vrouwen?'

Hij stopte abrupt met zijn bezigheden en draaide zich met een onthutste uitdrukking op zijn gezicht om naar Erica.

'Wat bedoel je? Jij hebt er een gekregen en ja, Pernilla heeft er ook een gekregen, al vraag ik me af of ze ooit de moeite heeft genomen erin te lezen.'

Erica zag een ongeruste blik in zijn ogen, maar ze pakte de reling waar ze tegenaan leunde wat steviger beet met haar in wanten gehulde handen en keek hem vastberaden recht aan.

'En Alex? Heeft zij ook een exemplaar gekregen?'

Het gezicht van Dan kreeg dezelfde kleur als de sneeuw op het ijs achter hem, maar ze zag ook opluchting die snel over zijn gezicht trok.

'Wat bedoel je? Alex?' Hij was nog niet bereid te capituleren.

'Ik vertelde je laatst toch dat ik vorige week op een avond in Alex' huis was. Wat ik niet vertelde, was dat er iemand binnenkwam toen ik daar was. Iemand die rechtstreeks naar de slaapkamer liep en daar iets meenam. Ik wist eerst niet wat dat was, maar toen ik ontdekte dat het laatste telefoontje dat Alex vanuit haar huis had gepleegd naar jouw mobiel was, herinnerde ik me wat er in de kamer ontbrak. Ik heb immers precies dezelfde bundel thuis liggen.'

Dan stond zwijgend voor haar terwijl ze verder ging: 'Het was niet zo moeilijk te bedenken waarom iemand bij Alex zou binnendringen om vervolgens alleen maar zoiets simpels als een dichtbundel te stelen. Er stond een opdracht in, toch? Een opdracht die de man zou aanwijzen die haar minnaar was?'

'"Met al mijn liefde bied ik je mijn hartstocht – Dan."'

Hij declameerde met een stem die zwaar was van emotie. Nu was het zijn beurt om met nietsziende ogen te staren. Bruusk ging hij op een kist zitten en rukte zijn muts van zijn hoofd. Zijn haar stond wild alle kanten op en hij trok zijn wanten uit en haalde zijn handen door zijn haar. Toen keek hij Erica recht aan.

'Ik kon het niet laten uitkomen. Wat wij samen hadden was waanzin. Een intense en verterende waanzin. Niet iets wat we konden laten botsen met onze echte levens. We wisten allebei dat er een eind aan moest komen.'

'Was het de bedoeling dat jullie elkaar die vrijdag dat ze doodging zouden zien?'

Bij de herinnering bewogen een paar spieren in Dans gezicht. Sinds Alex was overleden moest hij ontelbare keren hebben nagedacht over wat er zou zijn gebeurd als hij wel was gekomen. Of ze dan nog steeds in leven zou zijn.

'Ja, we zouden elkaar die vrijdagavond ontmoeten. Pernilla zou met de kinderen naar haar zus in Munkedal gaan. Ik verzon een smoesje en zei dat ik me niet lekker voelde en liever thuis wilde blijven.'

'Maar Pernilla ging niet?'

Een lange stilte volgde.

'Jawel. Pernilla vertrok, maar ik bleef thuis. Ik deed mijn mobieltje uit en ik wist dat Alex nooit naar onze vaste telefoon zou durven bellen. Ik bleef thuis omdat ik laf was. Ik durfde haar niet in de ogen te kijken en te zeggen dat het voorbij was. Hoewel ik wist dat zij ook begreep dat het vroeg of laat zo zou moeten lopen, durfde ik niet degene te zijn die die stap nam. Ik dacht dat ze wel genoeg van me zou krijgen en het uit zou maken als ik me langzaam terugtrok. Heel macho, vind je ook niet?'

Erica wist dat het moeilijkste deel nog moest komen, maar ze moest wel verder gaan. Hij kon het maar beter van haar horen.

'Maar helaas was het zo, Dan, dat ze niet begreep dat het voorbij moest zijn. Ze zag een toekomst voor jullie. Een toekomst waarin jij je gezin en zij Henrik zou verlaten en daarna zouden jullie nog lang en gelukkig leven.'

Bij elk woord leek hij dieper weg te zakken en nog had hij het ergste niet gehoord.

'Dan, ze was in verwachting. Van jou. Waarschijnlijk had ze het die vrijdag aan je willen vertellen. Ze had een feestelijk dineetje voorbereid en een fles champagne in de koelkast gelegd.'

Dan was niet in staat haar aan te kijken. Hij probeerde zijn blik op de zee te richten, weg, maar de tranen begonnen te stromen waardoor alles in een nevel veranderde. Het huilen ontstond ergens diep vanbinnen en de tranen biggelden over zijn wangen. Terwijl hij steeds harder moest huilen, veegde hij de hele tijd met zijn wanten onder zijn neus om het snot tegen te houden. Uiteindelijk steunde hij zijn hoofd op zijn handen en gaf hij de pogingen om zijn gezicht af te drogen op.

Erica hurkte naast hem neer en sloeg haar armen om hem heen in een poging hem te troosten. Maar Dan schudde haar armen van zich af en ze begreep dat hij op eigen kracht uit de hel moest zien te komen waarin hij zich nu bevond. Daarom wachtte ze met over elkaar geslagen armen tot zijn tranen langzamer stroomden en hij weer leek te kunnen ademen.

'Hoe weet je dat ze zwanger was?' De woorden kwamen stotend.

'Ik was met Birgit en Henrik bij de politie toen ze het vertelden.'

'Weten ze dat het niet Henriks kind is?'

'Henrik weet het kennelijk, maar nee, Birgit weet het niet, zij denkt dat het Henriks kind is.'

Hij knikte. Het leek hem een beetje te troosten dat haar ouders het niet wisten.

'Hoe hebben jullie elkaar leren kennen?' Erica wilde zijn gedachten van zijn ongeboren kind afleiden, al was het maar voor eventjes, om hem wat respijt te geven.

Hij glimlachte verbitterd. 'Op een vrij klassieke manier. Waar ontmoet je op onze leeftijd iemand in Fjällbacka? In café Galären natuurlijk. We zagen elkaar dwars door de zaal en het was alsof ik een stomp in mijn maag kreeg. Ik heb me nooit eerder zo tot iemand aangetrokken gevoeld.'

Bij die woorden voelde Erica een steekje jaloezie. Dan ging verder: 'Er is toen niets gebeurd, maar een paar weken later belde ze me op mijn mobieltje. Ik ben naar haar toe gegaan. Daarna ging het allemaal vanzelf. Gestolen momenten als Pernilla weg was. Niet zoveel avonden en nachten dus, we zagen elkaar vooral overdag.'

'Was je niet bang dat de buren je zouden zien als je naar Alex ging?

Je weet zelf maar al te goed hoe snel hier gepraat wordt?'

'Natuurlijk heb ik daaraan gedacht. Ik sprong meestal over het hek aan de achterkant en ging dan door de kelderingang naar binnen. Als ik eerlijk ben, was dat ook een groot deel van de spanning tussen ons. Het gevaar en het risico.'

'Maar begreep je niet hoeveel je riskeerde?'

Dan draaide zijn muts in zijn handen en hield zijn blik strak op de vloer gericht terwijl hij praatte. 'Natuurlijk wel. In zekere mate. Maar ergens voelde ik me onkwetsbaar. Het overkomt altijd anderen, maar mij niet. Zo is het toch?'

'Weet Pernilla het?'

'Nee. In elk geval niet expliciet. Maar ik denk dat ze iets vermoedt. Je hebt zelf gezien hoe ze reageerde toen ze ons hier zag. Zo is ze al een paar maanden, jaloers, ze houdt me in de gaten. Volgens mij voelt ze dat er iets aan de hand is.'

'Je begrijpt toch wel dat je het haar nu moet vertellen?'

Dan schudde heftig zijn hoofd en de tranen kwamen weer in zijn ogen. 'Dat gaat niet, Erica. Ik kan het niet. Pas sinds mijn relatie met Alex heb ik echt begrepen hoeveel Pernilla voor me betekent. Alex was een passie, maar Pernilla en de kinderen zijn mijn leven. Ik kan het niet!'

Erica leunde naar voren en legde haar hand op die van Dan. Haar stem was rustig en helder en verried niets van de opwinding die ze vanbinnen voelde.

'Dan, je moet het vertellen. De politie moet het weten en nu kun je het nog op je eigen manier aan Pernilla vertellen. Vroeg of laat komt de politie er zelf achter, en dan heb je die kans niet meer. Dan heb je geen keus meer. Je zei toch zelf dat ze waarschijnlijk iets weet of in elk geval vermoedt. Misschien is het zelfs een bevrijding voor jullie allebei als jullie erover praten. Je moet de lucht zuiveren.'

Ze zag dat Dan luisterde en dat haar woorden zelfs tot hem doordrongen, en ze voelde ook dat hij huiverde.

'Wat als ze bij me weggaat? Wat als ze de kinderen meeneemt en bij me weggaat, Erica, wat moet ik dan beginnen? Ik ben niets zonder hen.'

Een klein, klein stemmetje in Erica fluisterde gemeen dat hij daar wat eerder aan had kunnen denken, maar dit werd overstemd door sterkere stemmen die zeiden dat de tijd van verwijten voorbij was. Er waren belangrijker dingen te doen. Ze leunde naar voren, sloeg haar armen om hem heen en streelde troostend met haar handen over zijn rug. Zijn gehuil nam eerst in kracht toe en ebde daarna weg en toen hij zich uit haar omhelzing losmaakte en zijn tranen droogde, zag ze aan hem dat hij had besloten het onvermijdelijke niet voor zich uit te schuiven.

Toen ze van de kade wegreed, zag ze hem in de achteruitkijkspiegel, onbeweeglijk op zijn geliefde boot met zijn blik gericht op de horizon. Ze duimde dat hij de juiste woorden zou weten te vinden. Dat zou moeilijk worden.

Hij had het gevoel dat hij helemaal vanuit zijn tenen gaapte en dat de geeuwen zich door zijn hele lichaam verspreidden. Hij was nog nooit van zijn leven zo moe geweest. Maar ook nog nooit zo gelukkig.

Hij vond het moeilijk zich op de hoge stapels papieren te concentreren die voor hem lagen. Een moordzaak genereerde onwaarschijnlijk veel documenten en het was zijn werk om alles tot in het kleinste detail door te nemen, om dat kleine, vitale puzzelstukje te vinden dat het onderzoek verder zou kunnen brengen. Hij wreef met zijn duim en wijsvinger in zijn ogen en haalde diep adem om energie te verzamelen voor die taak.

Om de tien minuten moest hij van zijn stoel opstaan om zich uit te strekken, koffie te halen, op en neer te springen, het maakte niet uit, als hij maar wakker en geconcentreerd bleef. Zijn hand was verschillende keren als uit eigen beweging op weg geweest naar de telefoon om Erica te bellen, maar hij hield zich in. Als ze even moe was als hij lag ze nog lekker te slapen. Hij hoopte dat ze dat deed. Hij was namelijk van plan haar de komende nacht zo lang mogelijk wakker te houden, als het aan hem lag.

Een stapel die gegroeid was sinds hij de vorige keer de papieren had doorgenomen, was die met informatie over de familie Lorentz. Annika had, ijverig als altijd, verder gezocht naar oude artikelen en krantenberichten waarin zij werden genoemd, en die had ze vervolgens netjes op de stapel op Patriks bureau gelegd. Hij werkte systematisch en friste zijn geheugen op door de stapel om te keren zodat hij eerst de artikelen las die hij al eerder had gelezen. Twee uur later was zijn fantasie nog steeds niet in beweging gezet. Hij had nog steeds het gevoel dat hij iets over het hoofd zag, maar hij kon er maar niet opkomen wat het was.

De eerste echt interessante nieuwe informatie kwam toen hij al een flink deel van de stapel had doorgewerkt. Annika had een krantenbericht gevonden over een brandstichting in Bullaren, dat ongeveer vijftig kilometer van Fjällbacka lag. Het bericht dateerde uit 1975 en de *Bohusläningen* had er bijna een hele pagina aan gewijd. Een huis was in de nacht van 6 op 7 juli 1975 in een rap tempo afgebrand. Toen het vuur was gedoofd, was er vrijwel niets meer over van het huis en werden de stoffelijke resten gevonden van Stig en Elisabeth Norin, de eigenaars van het huis. Miraculeus genoeg had hun tienjarige zoon aan de brand weten te ontkomen en hij werd gevonden in een van de bijgebouwen. De omstandigheden rond de brand waren volgens de *Bohusläningen* verdacht en de politie beschouwde het als brandstichting.

Het artikel was met een paperclip boven op een map bevestigd en in de map trof Patrik het onderzoek van de politie aan. Hij snapte nog steeds niet wat het artikel met de familie Lorentz te maken had, tot hij de map opende en de naam van de tienjarige zoon van het echtpaar Norin zag. De jongen heette Jan, en in de map bevond zich ook een rapport van Maatschappelijk Werk, waarin zijn plaatsing als pleegkind bij de familie Lorentz werd vermeld. Patrik floot zachtjes. Het was nog steeds onduidelijk wat dit met de dood van Alex te maken had, en trouwens ook met die van Anders, maar langzaam begon iets te dagen. Schaduwen die verdwenen en opzijgingen zodra hij zich erop probeerde te concentreren, maar die aangaven dat hij op het goede spoor zat. Hij maakte een aantekening en ploeterde toen verder door het materiaal voor hem.

Zijn notitieblok raakte langzaam gevuld met aantekeningen. Zijn handschrift was zo onregelmatig dat Karin altijd schertsend had gezegd dat hij eigenlijk arts had moeten worden, maar hij kon het zelf lezen en daar ging het om. Een nog-te-doen-lijstje kreeg vorm, maar het belangrijkste in de aantekeningen waren alle vragen die het materiaal opriep, gemarkeerd met grote, zwarte vraagtekens. Wie verwachtte Alex voor het feestelijke etentje? Wie was de man die ze in het geheim ontmoette en wiens kind ze verwachtte? Kon het Anders zijn, hoewel hij zelf het tegendeel had beweerd, of was het iemand die ze nog niet in het vizier hadden? Hoe kwam het dat een vrouw als Alex, met haar uiterlijk, stijl en geld, een relatie had met iemand als Anders? Waarom had Alex een artikel over de verdwijning van Nils Lorentz in een la liggen?

De lijst met vragen werd steeds langer. Patrik was al met zijn derde A4'tje bezig toen hij bij de vraagtekens kwam die met Anders' dood te maken hadden. De stapel papieren over Anders was tot nog toe veel kleiner. Dat zou nog wel veranderen, maar voorlopig waren er slechts een stuk of tien papieren, onder andere het materiaal dat tijdens de huiszoeking bij Anders in beslag was genomen. Het grootste vraagteken wat Anders betreft was de manier waarop hij was gestorven. Patrik onderstreepte die vraag diverse keren, met zwarte, boze strepen. Hoe hadden de moordenaar of de moordenaars Anders aan de haak aan het plafond weten te hangen? De sectie zou antwoorden verschaffen, maar voor zover Patrik had kunnen zien vertoonde het lichaam geen sporen van een worsteling, precies zoals Mellberg vanmorgen tijdens het werkoverleg had opgemerkt. Een slap lichaam is ongekend zwaar en Anders' lichaam had een flink eind omhoog getild moeten worden om het touw aan de haak te kunnen bevestigen.

Het was niet zo dat hij bij wijze van uitzondering dacht dat Mellberg gelijk had, dat het inderdaad om meerdere personen ging die elkaar hadden geholpen. Maar hij had het gevoel dat het niet klopte met de moord op Alex, en Patrik durfde er vergif op in te nemen dat ze naar één en dezelfde moordenaar zochten. Na zijn aanvankelijke twijfel raakte hij er nu meer en meer van overtuigd dat dat het geval was.

Hij keek naar de papieren die ze in Anders' appartement hadden gevonden en spreidde ze als een waaier uit op zijn bureau. Hij had een potlood in zijn mond waarop hij zoveel had gekauwd dat het onherkenbaar was veranderd en hij voelde dat zijn mond vol zat met gele potloodschilfers. Hij spuugde voorzichtig en probeerde de rest van de schilfers met zijn vingers van zijn tong te halen. Dat lukte niet bijzonder goed. Nu zaten de schilfers op zijn vingers. Hij zwaaide een paar keer met zijn hand in de lucht om te proberen ze weg te krijgen, maar gaf het toen op en richtte zijn aandacht weer op de waaier van papieren op zijn bureau. Geen van de papieren wekte echte belangstelling en vermoeid pakte hij de telefoonrekening van Telia als een uitgangspunt. Anders belde erg weinig, maar als alle vaste kosten werden meegerekend was het toch een aanzienlijk bedrag. De specificatie vormde een bijlage bij de telefoonrekening en Patrik zuchtte bij de gedachte dat hij alle nummers zou moeten controleren. Dit was niet de goede dag voor vervelende routineklussen.

Systematisch werkte hij de nummers op de specificatie af en hij zag algauw dat Anders maar een heel klein aantal nummers had gebeld. Maar één nummer viel op. In het begin van de specificatie kwam het niet voor, maar nadat het ergens halverwege voor het eerst opdook, was dit het nummer dat het vaakst was gebeld. Patrik toetste het nummer in.

Toen de telefoon acht keer was overgegaan en hij op het punt stond om op te hangen, hoorde hij een antwoordapparaat. Bij het horen van de naam aan de andere kant schoot hij rechtovereind op zijn stoel, waardoor zijn dijspieren zich pijnlijk spanden omdat hij vergeten was dat zijn benen lui op het bureau lagen. Hij zwaaide zijn benen naar beneden en masseerde een spier aan de binnenkant van zijn rechterdij die door de heftige beweging iets te veel was gestrekt, ongetraind als die was.

Langzaam legde Patrik de hoorn op de haak voordat de piep, die aangaf dat je een boodschap kon inspreken, was opgehouden. Hij tekende een cirkel om een van de aantekeningen op zijn blok en na even nagedacht te hebben, tekende hij nog een cirkel. De ene klus wilde hij zelf doen, maar de andere kon hij aan Annika overlaten. Met de aantekeningen in zijn hand liep hij naar Annika, die met de computerbril op het puntje van haar neus druk zat te tikken. Ze keek hem vragend aan.

'Je komt zeker vragen of je een paar van mijn taken kunt overnemen om zo mijn onredelijk zware last te verlichten?'

'Nee, dat was niet echt mijn bedoeling.' Patrik glimlachte.

'Nee, daar was ik al bang voor.' Annika keek Patrik gespeeld streng aan.

'En, waarmee kom je mijn beginnende maagzweer erger maken?'

'Een heel klein klusje maar.' Patrik liet zien hoe klein dat klusje was door met zijn duim en wijsvinger een millimeter aan te geven.

'Goed, laat maar horen.'

Patrik pakte een stoel en ging voor Annika's bureau zitten. Haar kamer was, hoewel uitermate klein, zonder twijfel de gezelligste kamer van het politiebureau. Ze had heel veel planten neergezet, die hier buitengewoon goed leken te gedijen, wat toch een klein wonder mocht heten omdat het enige licht in de kamer door het glazen luik naar de entree kwam. De koude betonnen muren waren bedekt met foto's van de twee grote passies van Annika en haar man Lennart: hun honden en dragracing. Ze hadden twee grote labradors, die in de weekends met Annika en Lennart mee mochten als ze in het land gingen dragracen. Lennart was degene die de echte wedstrijden reed, maar Annika ging altijd mee om hem aan te moedigen en ze stond ook altijd klaar met de picknickmand. In principe kwamen ze telkens dezelfde mensen tegen als ze wedstrijden afliepen en in de loop van de jaren had zich een hechte groep gevormd die elkaar als echte vrienden beschouwde. Minstens twee weekends per maand waren er wedstrijden en dan was het zinloos om te vragen of Annika wilde werken.

Hij keek naar zijn aantekeningen.

'Ja, ik zou je willen vragen of je me kunt helpen een kleine inventarisatie van Alexandra Wijkners leven te maken. Begin bij haar dood en controleer alle informatie over tijden die we hebben gekregen. Hoe lang ze getrouwd was met Henrik. Hoe lang ze in Zweden heeft gewoond. Controleer de informatie over haar schooltijd in Frankrijk en Zwitserland enzovoort, enzovoort. Begrijp je waar ik heen wil?'

Terwijl hij zat te praten, had Annika aantekeningen gemaakt in een notitieblok en nu keek ze met een bevestigende blik op. Hij was er zeker van dat hij alles te horen zou krijgen wat belangrijk genoeg was om te weten en hij zou vooral te horen krijgen of een van de inlichtingen die hij had gekregen, het papier waarop die geschreven was níét waard was. Want er moest iets zijn wat niet klopte, daar was hij van overtuigd.

'Bedankt voor je hulp, Annika. Je bent een parel.'

Patrik kwam al overeind, maar toen hij Annika met barse stem 'Zitten!' hoorde zeggen, bevroor hij midden in de beweging en liet hij zijn achterwerk weer op het stoelkussen zakken. Hij begreep plotseling waarom haar labradors zo goed gedresseerd waren.

Ze leunde met een tevreden glimlach achterover en hij begreep zijn vergissing. Hij had niet persoonlijk naar haar kamer moeten gaan, maar gewoon een briefje voor haar klaar moeten leggen. Hij had moeten weten dat ze altijd dwars door hem heen keek en bovendien had ze een bovennatuurlijk goede neus voor romances. Je kon alleen maar de witte vlag hijsen en capituleren en hij leunde dan ook achterover in afwachting van het spervuur van vragen dat in aantocht was. Ze begon vriendelijk maar verraderlijk.

'Wat zie jij er uitgeput uit vandaag!'

'Hm...'

'Had je gisteren een feestje?' Annika viste verder terwijl ze met machiavellistische listigheid naar barsten in zijn verhaal zocht.

'Tja, ik weet niet of je het een feestje moet noemen. Het ligt eraan hoe je daar tegenaan kijkt. Hoe definieer je eigenlijk een feestje?'

Ze spreidde haar armen en sperde haar lichtblauwe ogen onschuldig wijd open. 'Draai er maar niet omheen, Patrik. Vertel. Wie is het?'

Hij zei niets en liet haar in stilte lijden. Na een paar tellen zag hij dat haar een lichtje opging.

'Aha!'

Haar uitroep weergalmde triomfantelijk en Annika zwaaide als een overwinnaar met haar wijsvinger in de lucht.

'Zij is het, hoe heet ze, hoe heet ze toch...'

Ze knipte met haar vingers terwijl ze koortsachtig in haar geheugen zocht.

'Erica! Erica Falck!' Tevreden leunde ze weer achterover in haar stoel.

'Zooo, Patrik... Vertel eens, hoe lang is dit al aan de gang?'

Zoals gewoonlijk verbaasde hij zich weer over de feilloze precisie waarmee ze het in één keer goed had geraden. Het had ook geen enkele zin iets te ontkennen. Hij voelde dat hij van top tot teen begon te blozen en dat zei meer dan hij in woorden kon zeggen. Daarna kon hij een brede glimlach niet onderdrukken en dat was voldoende voor Annika.

Na een vijf minuten durend kruisverhoor lukte het Patrik uiteindelijk Annika's kamer te verlaten en hij had het gevoel of hij door een mangel was gehaald. Maar het was niet onaangenaam geweest om het onderwerp Erica te bespreken en hij vond het moeilijk terug te keren naar de klus die hij zichzelf had opgelegd. Hij trok zijn jack aan, liet Annika weten waar hij heen ging en begaf zich naar buiten, waar inmiddels grote sneeuwvlokken zachtjes op de grond vielen.

Erica zag de sneeuwvlokken voor het raam neerdalen. Ze zat achter haar computer, maar had die uitgezet en staarde nu naar een zwart scherm. Ondanks de denderende hoofdpijn had ze zichzelf ertoe gedwongen tien bladzijden over Selma te schrijven. Ze voelde geen enthousiasme meer voor het boek, maar ze zat vast aan het contract en over een paar maanden moest het klaar zijn. Het gesprek met Dan had een domper op haar goede humeur gezet en ze vroeg zich af of hij zijn verhaal nu aan Pernilla vertelde. Ze besloot haar zorgen om Dan voor iets creatiefs te gebruiken en zette de computer weer aan.

Via een snelkoppeling op het bureaublad opende ze het concept voor het boek over Alex dat inmiddels ruim honderd pagina's bevatte. Ze las de pagina's van begin tot eind door. Het was goed. Het was zelfs heel goed. Maar het baarde haar zorgen hoe alle personen in Alex' omgeving zouden reageren als het boek uitkwam. Erica had het verhaal weliswaar gedeeltelijk gemaskeerd, ze had personages en plaatsen andere namen gegeven en er zelfs het een en ander bij gefantaseerd, maar de basis van het boek werd onmiskenbaar gevormd door Alex' leven, gezien vanuit Erica's ogen. Vooral het gedeelte over Dan bezorgde Erica behoorlijke kopzorgen. Hoe kon ze hem en zijn gezin op zo'n manier aan het publiek uitleveren? Tegelijkertijd voelde ze dat ze dit móést schrijven. Voor het eerst had een idee voor een boek haar echt geestdriftig gemaakt. Ze had zoveel andere ideeën gehad die ondermaats waren geweest en die ze in de loop van de jaren had verworpen en ze wist dat ze het zich niet kon veroorloven dit los te laten. Eerst zou ze het boek afmaken, daarna zou ze erover nadenken hoe ze met de gevoelens van de betrokkenen moest omgaan.

Ze had bijna een uur lang ijverig zitten schrijven toen er aan de deur werd gebeld. Eerst raakte ze geïrriteerd omdat ze werd gestoord nu ze eindelijk op gang was gekomen, maar toen bedacht ze dat het misschien Patrik was en ze sprong op van haar stoel. Ze keek vlug in de spiegel voordat ze de trap naar de voordeur afrende. De glimlach op haar lippen verdween snel toen ze zag wie er voor de deur stond. Pernilla zag er vreselijk uit. Ze leek tien jaar ouder sinds de vorige keer dat Erica haar had gezien. Haar ogen waren gezwollen en rood van het huilen, haar haar zat door de war en in de haast leek ze vergeten te zijn een jas aan te trekken en nu stond ze daar in een dun vest te huiveren. Erica liet haar binnen in de warmte en met een impulsief gebaar sloeg ze haar armen om Pernilla heen en omhelsde haar, terwijl ze troostend over haar rug wreef, net zoals ze een paar uur geleden bij Dan had gedaan. Daardoor brak het laatste stukje zelfbeheersing dat Pernilla nog had en ze huilde met lange snikken op Erica's schouder. Toen ze na een poosje haar hoofd optilde, was de mascara nog verder uitgelopen, wat haar een clownachtig uiterlijk gaf.

'Sorry.'

Pernilla keek door de mist van tranen naar Erica's schouder. De witte trui die Erica aan had was zwart van de mascara.

'Het geeft niet. Vergeet het. Kom binnen.'

Erica sloeg een arm om Pernilla's schouders en liep samen met haar naar de woonkamer. Ze voelde dat Pernilla over haar hele lijf trilde en volgens haar kwam dat niet alleen door de kou. Heel even vroeg ze zich af waarom Pernilla juist naar haar was gekomen. Erica was altijd veel meer Dans vriendin geweest dan die van Pernilla en ze vond het een beetje raar dat Pernilla niet naar een van haar eigen vriendinnen of haar zus was gegaan. Maar nu was ze hoe dan ook hier en Erica zou doen wat ze kon om haar te helpen.

'Ik heb een kan koffie klaarstaan. Wil je een kopje? Hij staat er weliswaar al een uurtje, maar ik denk dat hij nog goed te drinken is.'

'Graag.'

Pernilla ging op de bank zitten en sloeg haar armen stevig om zich heen, alsof ze bang was uit elkaar te vallen en ze zichzelf zo bijeen wilde houden. In zekere zin was dat waarschijnlijk ook zo.

Erica kwam terug met twee kopjes koffie. Ze zette het ene kopje voor Pernilla op de salontafel neer en het andere voor zichzelf en ging in de grote oorfauteuil zitten zodat ze met haar gezicht naar Pernilla zat. Ze wachtte tot Pernilla zou beginnen.

'Wist jij het?'

Erica aarzelde. 'Ja, maar pas sinds kort.' Weer een aarzeling. 'Ik heb tegen Dan gezegd dat hij met jou moest praten.'

Pernilla knikte. 'Wat moet ik doen?'

Het was een retorische vraag en Erica liet hem daarom onbeantwoord wegsterven.

Pernilla ging verder: 'Ik weet dat ik in het begin voor Dan alleen maar een manier was om jou te vergeten.'

Erica wilde protesteren, maar Pernilla hield haar met een handbeweging tegen.

'Ik weet dat het zo was, maar ik dacht dat het in de loop van de tijd veel meer was geworden en dat we echt van elkaar hielden. We hadden het goed en ik vertrouwde hem volledig.'

'Dan houdt van je, Pernilla. Ik weet dat hij dat doet.'

Pernilla leek haar niet te horen en praatte verder terwijl ze in haar koffiekopje staarde. Erica zag dat ze het kopje zo stevig beetpakte dat haar knokkels wit werden.

'Ik zou ermee kunnen leven dat hij een verhouding had, dat zou ik aan een vroege midlifecrisis of zo kunnen wijten, maar dat hij die vrouw zwanger heeft gemaakt, kan ik hem nooit vergeven.'

Er klonk zoveel woede in Pernilla's stem dat Erica een impuls om terug te deinzen moest onderdrukken. Toen Pernilla haar hoofd ophief en Erica aankeek was de haat in haar ogen zo groot dat Erica een ijzingwekkend voorgevoel kreeg. Ze had nooit eerder zo'n gloeiend intense woede gezien en heel even vroeg ze zich af hoe lang Pernilla eigenlijk al op de hoogte was van Dans relatie met Alex. En hoe ver ze zou gaan om wraak te nemen. Toen wuifde ze die gedachte even snel weg als die was gekomen. Dit was Pernilla, huisvrouw met drie kinderen, al vele jaren getrouwd met Dan, geen razende furie die als een engel der wrake optrad tegen de minnares van haar man. Maar toch, Pernilla's blik had iets kouds wat Erica bang maakte.

'Wat gaan jullie nu doen?'

'Ik weet het niet. Op dit moment weet ik helemaal niets. Ik moest gewoon het huis uit. Dat was de enige gedachte in mijn hoofd. Ik kon hem zelfs niet aankijken.'

Erica dacht met medeleven aan Dan. Hij bevond zich op dit moment waarschijnlijk in zijn eigen privéhel. Het zou natuurlijker hebben gevoeld als Dan bij haar was gekomen om troost te zoeken. Dan had ze wel geweten wat ze moest zeggen, welke woorden de pijn konden verzachten. Misschien was het voldoende om alleen maar te luisteren.

'Waarom denk je dat hij het heeft gedaan? Wat kreeg hij niet van mij dat hij wel van haar kreeg?'

Erica begreep ineens waarom Pernilla bij haar was gekomen en niet naar haar eigen vriendinnen was gegaan. Ze dacht dat Erica antwoorden over Dan had. Dat zij Pernilla zou kunnen vertellen waarom Dan dit had gedaan. Helaas zou Erica haar moeten teleurstellen. Ze had Dan altijd gekend als de eerlijkheid zelve en het was nooit bij haar opgekomen dat hij ontrouw zou kunnen zijn. Ze was nog nooit zo verbaasd geweest als toen ze de herhaaltoets op Alex' telefoon had ingedrukt en Dans stem op zijn voicemail hoorde. Als ze helemaal eerlijk was, moest ze zeggen dat ze op dat moment een enorme teleurstelling had gevoeld. Het was de teleurstelling die je voelt als iemand die je heel na staat, niet de persoon is die je altijd had gedacht. Daarom begreep ze dat Pernilla zich niet alleen verraden en in de steek gelaten voelde, maar zich ook afvroeg wie de man met wie ze zoveel jaren had samengeleefd, eigenlijk was.

'Ik weet het niet, Pernilla. Het heeft me eerlijk gezegd enorm verbaasd. Zo ken ik Dan helemaal niet.'

Pernilla knikte en het leek haar enigszins te troosten dat ze niet de enige was die om de tuin was geleid. Ze plukte nerveus aan onzichtbare pluisjes op haar vest. Haar lange, donkerbruine haar met restjes permanent zat in een slordige staart en ze maakte een onverzorgde indruk. Erica had altijd een beetje neerbuigend gedacht dat Pernilla veel meer aandacht aan haar uiterlijk kon besteden. Ze permanentte haar haar nog steeds, hoewel permanenten ongeveer gelijk met de korte herencolbertjes uit de mode waren geraakt, en haar kleren kocht ze altijd via goedkope postorderbedrijven met lage prijzen en een even lage modekwaliteit. Maar zoals ze er nu bijliep, had Erica haar nog nooit gezien.

'Pernilla, ik weet dat het op dit moment ongelooflijk zwaar is, maar jullie zijn een gezin, Dan en jij. Jullie hebben drie prachtmeiden en jullie hebben samen vijftien goede jaren gehad. Handel niet overhaast. Begrijp me goed, ik praat niet goed wat hij heeft gedaan. Misschien kunnen jullie niet samen verder na wat er is gebeurd. Misschien is het niet mogelijk om te vergeven. Maar neem nog geen beslissingen en laat het eerst allemaal een beetje zakken. Denk goed na voordat je iets doet. Ik weet dat Dan van je houdt, dat zei hij vandaag nog, en ik weet ook dat hij enorm veel spijt heeft. Hij zegt dat hij van plan was een eind aan de verhouding te maken en ik geloof hem.'

'Ik weet gewoon niet wat ik nog moet denken, Erica. Niets waarin ik geloofde is waar geweest, dus wat moet ik nu denken?'

Daar was geen antwoord op en de stilte viel zwaar tussen hen.

'Hoe was ze?'

Erica zag voor de tweede keer diep in Pernilla's ogen een koud vuur branden. Ze hoefde niet te vragen wie Pernilla bedoelde.

'Het is allemaal zo lang geleden. Ik kende haar niet meer.'

'Ze was mooi. Ik heb haar 's zomers hier gezien. Ze was precies zoals ik had willen zijn. Mooi, elegant, mondain. Ik voelde me altijd een boerentrien als ik haar zag en ik zou er alles voor over hebben gehad om eruit te zien zoals zij. In zekere zin kan ik Dan begrijpen. Zet mij en Alex naast elkaar en het is duidelijk wie er wint.'

Ze trok gefrustreerd aan haar praktische maar onmodieuze kleren alsof ze wilde laten zien wat ze bedoelde.

'Ik ben ook altijd jaloers op jou geweest. Zijn grote jeugdliefde die naar de grote stad vertrok en hem smachtend achterliet. De schrijfster uit Stockholm die echt iets van haar leven had gemaakt en zich af en toe stralend aan ons gewone stervelingen vertoonde. Dan verheugde zich altijd al weken van tevoren op jouw bezoekjes.'

De bitterheid in Pernilla's stem vervulde Erica met ontzetting en voor het eerst schaamde ze zich echt voor haar neerbuigende gedachten over Pernilla. Wat had ze er weinig van begrepen. Toen ze erover nadacht, moest ze toegeven dat ze het op een bepaalde manier best leuk had gevonden de verschillen tussen haarzelf en Pernilla te demonstreren. Tussen haar knipbeurt bij een kapper aan het Stureplan die vijfhonderd kronen kostte en Pernilla's thuispermanent. Tussen haar merkkleren die ze op de Biblioteksgatan kocht en Pernilla's goedkope blouses en lange rokken. Wat had dat voor rol gespeeld? Waarom was ze op zwakkere momenten blij geweest over dat verschil? Zij was toch degene geweest die het had uitgemaakt met Dan? Was het alleen maar om haar eigen ego te strelen, of was ze eigenlijk jaloers geweest omdat Pernilla en Dan zoveel meer hadden dan zijzelf? Was ze ergens diep vanbinnen jaloers geweest op hun gezin en had ze misschien zelfs spijt gehad dat ze niet was gebleven? Omdat zij niet het gezin had dat Pernilla nu had? Had ze bewust geprobeerd Pernilla te kleineren omdat ze eigenlijk jaloers op haar was? Dat was een nare gedachte die ze niet kon wegdrukken. Ze schaamde zich tot in het diepst van haar ziel. Tegelijkertijd vroeg ze zich af hoe ver ze zelf zou zijn gegaan om te verdedigen wat Pernilla had. Hoe ver had Pernilla willen gaan? Erica keek haar nadenkend aan.

'Wat zullen de kinderen zeggen?'

Het leek alsof het nu pas tot Pernilla doordrong dat dit meer mensen zou raken dan alleen Dan en haarzelf.

'Het moet bekend worden, toch? Over het kind, bedoel ik. Wat zullen de meisjes zeggen?'

Die gedachte leek paniek op te roepen bij Pernilla en Erica deed haar best haar gerust te stellen.

'De politie moet weten dat Dan degene was die een relatie met Alex had, maar dat betekent niet dat iedereen dat te weten komt. Jullie kunnen zelf bepalen wat jullie aan de meisjes vertellen. Je hebt er nog steeds controle over, Pernilla.'

Dat leek Pernilla gerust te stellen en ze nam een paar grote slokken koffie. Die moest inmiddels koud zijn geworden, maar daar leek ze zich niets van aan te trekken. Voor het eerst voelde Erica een sterke woede jegens Dan. Het verbaasde haar dat ze dat niet eerder had gevoeld, maar nu merkte ze hoe de woede binnen in haar groeide. Hoe stom was hij eigenlijk? Hoe kon hij alles wat hij had weggooien, aantrekkingskracht of niet? Begreep hij niet hoe goed hij het had? Ze vouwde haar handen op haar schoot en probeerde haar sympathie over de tafel heen naar Pernilla over te brengen. Of die overkwam of niet, wist ze niet.

'Bedankt dat je hebt willen luisteren. Dat vind ik echt heel aardig van je.'

Hun blikken ontmoetten elkaar. Er was nog geen uur verstreken sinds Pernilla had aangebeld, maar Erica voelde dat ze veel had geleerd in deze tijd, vooral over zichzelf.

'Red je je? Kun je ergens naartoe?'

'Ik ga naar huis.' Pernilla's stem was helder en resoluut. 'Ik laat me door haar niet uit mijn huis en van mijn gezin verjagen. Die lol gun ik haar niet. Ik ga naar huis en naar mijn man en we gaan dit oplossen. Maar niet zonder slag of stoot. Vanaf nu zullen de dingen anders worden geregeld.'

Erica kon ondanks alle ellende een glimlach niet onderdrukken. Dan zou het niet makkelijk krijgen, dat was duidelijk. Maar dat was zijn verdiende loon.

Ze omhelsden elkaar onhandig bij de deur. Toen Pernilla de auto in stapte en naar de weg reed, wenste Erica haar en Dan met heel haar hart succes toe. Tegelijk knaagde er ook een onrustig gevoel aan haar. Het beeld van Pernilla's met haat vervulde blik bleef in haar hoofd zitten. In die blik had geen mildheid gezeten.

Alle foto's lagen voor haar uitgespreid op de keukentafel. Het enige dat ze nu nog van Anders had waren foto's. De meeste waren oud en vergeeld. Het was al heel lang geleden dat er een reden was geweest om een foto van hem te maken. De foto's van zijn babytijd waren zwartwit, daarna kwamen de verbleekte kleurenfoto's toen hij ouder werd. Hij was een vrolijk kind geweest. Een beetje wild, maar altijd vrolijk. Zorgzaam en lief. Hij had voor haar gezorgd en de rol als man in huis serieus genomen. Soms misschien een beetje te serieus, maar ze had hem zijn gang laten gaan. Goed of fout. Dat was moeilijk te zeggen. Misschien had ze zoveel dingen anders moeten doen, maar misschien had dat ook wel niets uitgemaakt. Wie zou het zeggen?

Vera glimlachte toen ze een van haar lievelingsfoto's zag. Anders zat op zijn fiets, trots als een pauw. Ze had veel avonden en weekends overgewerkt om die fiets voor hem te kunnen kopen. Hij was donkerblauw en had een langwerpig, smal zadel, en volgens Anders was deze fiets het enige dat hij zich in zijn hele leven zou wensen. Naar deze fiets had hij meer verlangd dan naar wat dan ook in zijn leven en nooit zou ze zijn gezicht vergeten toen hij hem op zijn achtste verjaardag kreeg. Elk vrij moment reed hij rond op die fiets en op deze foto had ze hem weten te vangen. Hij had lang krullend haar dat over de kraag van het gladde, strakke Adidas-jack met gestreepte mouwen viel. Zo wilde ze zich hem herinneren. Voordat alles mis begon te lopen.

Ze had al heel lang op deze dag gewacht. Elk telefoontje, elke klop op de deur had angst met zich meegebracht. Misschien dat net dat telefoontje, of die klop, zou brengen wat ze al zo lang had gevreesd. Toch had ze niet echt geloofd dat die dag zou komen. Het was tegennatuurlijk dat je kind vóór jou overleed en waarschijnlijk was het daarom zo moeilijk je die mogelijkheid voor te stellen. De hoop was het laatste dat doodging en ergens had ze altijd gedacht dat het wel goed zou komen. Al was het door een wonder. Maar wonderen bestaan niet. En er bestond geen hoop. Het enige dat er nu nog over was, was hopeloosheid, en een stapel vergeelde foto's.

De keukenklok tikte luid in de stilte. Voor het eerst zag ze hoe uitgewoond haar huis eruitzag. In al die jaren had ze er niets aan gedaan en dat was te zien. Het vuil had ze weggehouden, maar de onverschilligheid had ze niet weten weg te vegen en die zat als het ware aan de muren en het plafond vastgeplakt. Alles was grauw en levenloos. Verspild. Dat drukte nog het meest op haar. Dat alles verspild en vergooid was.

Anders' vrolijke gezicht keek haar honend aan vanaf de foto's. Het vertelde duidelijker dan wat dan ook dat ze had gefaald. Het was haar taak geweest die glimlach op zijn gezicht vast te houden, hem vertrouwen te geven, hoop, en vooral liefde voor de toekomst. In plaats daarvan had ze stilzwijgend toegekeken toen dat alles hem werd ontnomen. Ze had haar taak als moeder verzaakt en die schande zou ze nooit uit haar bewustzijn kunnen poetsen.

Ze bedacht hoe weinig bewijzen er eigenlijk waren voor het feit dat Anders echt had geleefd. De schilderijen waren weg, de weinige meubels in zijn appartement zouden weldra worden weggegooid als niemand ze wilde hebben. In haar huis stond niets van zijn spullen. Die had hij verkocht of in de loop van de jaren vernield. Het enige echte bewijs voor zijn bestaan was een handvol foto's op de tafel voor haar. En haar herinneringen. Hij zou natuurlijk ook voorkomen in de herinnering van andere mensen, maar dan als een verlopen alcoholist, niet als iemand die werd gemist of om wie werd gehuild. Zij was de enige die nog lichte herinneringen aan hem had. Soms was het moeilijk geweest die tevoorschijn te halen, maar ze waren er en op een dag als vandaag waren dat de enige herinneringen aan hem die bovenkwamen. Niets anders mocht er zijn.

De minuten werden uren en Vera zat aan haar keukentafel met de foto's voor zich. Haar gewrichten werden stijf en haar ogen kregen moeite om de details op de foto's te onderscheiden omdat de winterduisternis het licht langzaam smoorde, maar dat maakte niet uit. Ze was nu volledig, onverbiddelijk alleen.

De deurbel weerklonk in het huis. Het duurde zo lang voordat hij iemand hoorde bewegen dat hij al op het punt stond zich om te draaien en terug te lopen naar zijn auto, maar na een tijdje wachten hoorde hij iemand voorzichtig aan komen lopen. De deur ging langzaam naar binnen toe open en hij zag Nelly Lorentz, die hem met een vragende blik aankeek. Het verbaasde hem dat ze de deur zelf opendeed. Hij had een stijve butler in livrei verwacht, die hem genadig binnenliet. Maar waarschijnlijk hadden de mensen tegenwoordig geen butler.

'Ik ben Patrik Hedström van de politie in Tanumshede. Ik ben op zoek naar uw zoon, Jan.'

Hij had eerst naar het kantoor gebeld, maar daar had hij te horen gekregen dat Jan vandaag thuis werkte.

Zonder blikken of blozen deed de vrouw een stap opzij en liet hem binnen. 'Ik zal Jan roepen, een ogenblikje.'

Langzaam maar elegant liep Nelly naar een deur die naar een trap naar beneden bleek te leiden. Patrik had gehoord dat Jan de kelder in het luxueuze huis bewoonde en hij concludeerde dat de trap daarheen voerde.

'Jan, er is bezoek voor je. De politie.'

Patrik betwijfelde of Nelly's iele stem beneden te horen was, maar voetstappen op de trap maakten duidelijk dat dat wel degelijk het geval was. Toen Jan in de hal verscheen werd een betekenisvolle blik tussen moeder en zoon uitgewisseld, maar daarna knikte Nelly naar Patrik en vertrok naar haar eigen kamers. Jan liep met uitgestoken hand en een glimlach die veel tanden liet zien op Patrik af. Patrik kreeg het beeld van een alligator in zijn hoofd. Een glimlachende alligator.

'Dag, ik ben Patrik Hedström van het politiebureau in Tanumshede.'

'Jan Lorentz. Aangenaam kennis te maken.'

'Ik werk aan het onderzoek naar de moord op Alex Wijkner en ik zou u een paar vragen willen stellen, als dat schikt.'

'Maar natuurlijk. Ik weet niet hoe ik kan helpen, maar het is uw werk dat uit te maken, niet het mijne, toch?'

Weer die alligatorglimlach. Patrik voelde zijn vingers jeuken, hij wilde niets liever dan die glimlach van Jans gezicht vegen. Die had iets wat zijn weerzin opriep.

'Laten we naar mijn appartement beneden gaan, dan heeft moeder geen last van ons.'

'Ja natuurlijk, dat is goed.'

Patrik vond de woonsituatie nogal wonderlijk. In de eerste plaats had hij moeite met volwassen kerels die nog steeds bij hun moeder woonden, en in de tweede plaats kon hij niet begrijpen dat Jan zich erin schikte dat hij naar een donkere kelder werd verwezen, terwijl zijn moeder hierboven op minstens tweehonderd vierkante meter in weelde woonde. Jan zou niet menselijk zijn als het niet bij hem was opgekomen dat Nils waarschijnlijk nooit naar de kelder zou zijn verbannen als hij vandaag de dag hier was geweest.

Patrik volgde Jan de trap af. Hij moest toegeven dat het voor een kelderwoning lang niet slecht was. Kosten noch moeite waren gespaard en het appartement was ingericht door iemand die graag zijn welstand wilde etaleren. Veel gouden franjes, fluweel en brokaat, waarschijnlijk van de duurste merken, maar helaas kwam de inrichting niet tot haar recht omdat er geen daglicht was. Daardoor leek het eerder op een bordeel. Patrik wist dat Jan getrouwd was en hij vroeg zich af wie van hen beiden op deze inrichting had aangedrongen. Als hij op zijn eigen ervaring afging, gokte hij op de vrouw.

Jan nam hem mee naar een kleine werkkamer, waar behalve een bureau met computer ook een bank stond. Ze gingen allebei aan een kant van de bank zitten en Patrik pakte een notitieblok uit zijn tas. Hij had besloten niet meteen te vertellen dat Anders Nilsson dood was en niets tegen Jan te zeggen voordat hij daartoe werd gedwongen. Strategie en timing waren belangrijk wilde hij iets nuttigs uit Jan Lorentz krijgen.

Hij keek onderzoekend naar de man naast hem. Hij zag er gewoon te perfect uit. Zijn overhemd en zijn pak vertoonden geen enkele kreukel. De das was perfect gestrikt en hij had zich net geschoren. Geen haartje zat verkeerd en zijn hele persoon straalde kalmte en zelfvertrouwen uit. Te veel kalmte en zelfvertrouwen. Patrik wist uit ervaring dat alle mensen die door de politie werden ondervraagd zich min of meer nerveus gedroegen, ook als ze niets te verbergen hadden. Een volstrekt kalm uiterlijk duidde erop dat de persoon in kwestie iets te verbergen had, dat was Patriks eigen, zelfbedachte theorie. En die klopte opvallend vaak.

'Gezellig is het hier.' Het kon geen kwaad beleefd te zijn.

'Ja, Lisa, mijn vrouw, heeft het hier ingericht. Ik vind zelf dat ze daar best goed in is geslaagd.'

Patrik keek om zich heen in de kleine donkere werkkamer die overdadig was versierd met kussens met gouden franje en glanzend marmer. Een uitstekend voorbeeld van wat een slechte smaak in combinatie met te veel geld kon bewerkstelligen.

'Zijn jullie dichter bij een oplossing gekomen?'

'We hebben vrij veel informatie gevonden en beginnen een idee te krijgen van wat er kan zijn gebeurd.'

Niet helemaal waar, maar hij kon altijd proberen Jan een beetje in verwarring te brengen.

'Hebt u Alex Wijkner gekend? Ik hoorde dat uw moeder bij het begrafenismaal aanwezig was.'

'Nee, ik kan niet zeggen dat ik haar kende. Ik wist natuurlijk wie ze was, en in Fjällbacka kent iedereen elkaar min of meer, maar ze zijn jaren geleden verhuisd. We groetten elkaar op straat als we elkaar tegenkwamen, maar meer was het niet. Wat mijn moeder betreft, daar kan ik niets van zeggen. Dat moet u haar vragen.'

'Tijdens het onderzoek is onder andere naar voren gekomen dat Alex Wijkner een, hoe zal ik het noemen… een relatie had met Anders Nilsson. Die ken je toch wel, neem ik aan?'

Jan glimlachte. Een scheve, neerbuigende glimlach.

'Ja, wie kent hem niet? Hij is eerder berucht dan bekend, zou ik willen zeggen. Zei je dat hij en Alex een relatie hadden? Neem me niet kwalijk, maar dat kan ik me moeilijk voorstellen. Een paar apart, op zijn zachtst gezegd. Ik kan begrijpen wat hij in haar zag, maar ik kan me nauwelijks voorstellen wat voor belang zij erbij had om met hem om te gaan. Weten jullie dat echt zeker?'

'We weten zeker dat het zo was. Anders dus. Ken je hem?'

Weer zag hij een superieure glimlach op Jans lippen, maar deze keer was die nog breder. Jan schudde geamuseerd zijn hoofd.

'Nee, stel je voor. We bewegen ons niet direct in dezelfde kringen, zou je kunnen zeggen. Ik zie hem soms op het plein met de andere alcoholisten, maar dat ik hem ken, nee echt niet.' Hij straalde duidelijk uit hoe absurd die gedachte was. 'Wij gaan met mensen uit een heel andere maatschappelijke klasse om, en alcoholisten horen daar echt niet bij.'

Jan wuifde Patriks vraag weg alsof het een grapje was, maar zag Patrik niet een glimp van bezorgdheid in zijn ogen? Als dat al zo was, dan was die even snel verdwenen als hij was gekomen, maar hij was zeker van zijn zaak. Jan werd onaangenaam getroffen door de vragen over Anders. Mooi, Patrik wist nu dat hij op de goede weg was. Hij stond zichzelf toe van zijn volgende vraag te genieten voordat hij die stelde en laste een theatrale pauze in voor hij met onschuldige verbazing vroeg: 'Maar hoe komt het dan dat Anders de laatste tijd zo vaak hierheen heeft gebeld?'

Tot zijn grote tevredenheid zag hij de glimlach van Jans gezicht verdwijnen. De vraag had hem duidelijk van zijn stuk gebracht en heel even kon Patrik achter het dandy-achtige imago kijken dat Jan zo zorgvuldig cultiveerde. Achter de façade zag hij nu onvervalste schrik. Toen vermande Jan zich, maar hij probeerde tijd te winnen door omstandig een sigaar aan te steken terwijl hij het vermeed Patrik in de ogen te kijken.

'Vind je het erg als ik rook?'

Hij verwachtte geen antwoord en Patrik gaf hem dat ook niet.

'Dat Anders hierheen zou hebben gebeld begrijp ik echt niet. Ik heb in elk geval niet met hem gesproken en ik denk dat ik ook voor mijn vrouw kan antwoorden. Nee, dat is echt heel vreemd.'

Hij zoog aan de sigaar en leunde achterover met zijn arm nonchalant op de kussens van de bank.

Patrik zei niets. Uit ervaring wist hij dat je mensen vaak meer kon laten zeggen dan ze van plan waren door gewoon te zwijgen. Er bestond een behoefte om de stilte op te vullen als die te lang duurde, en dit was een spel dat Patrik goed beheerste. Hij wachtte.

'Hé, ik geloof dat ik weet wat er is gebeurd.' Jan leunde naar voren en zwaaide geanimeerd met zijn sigaar. 'Iemand heeft ons antwoordapparaat gebeld en niets gezegd. We hebben alleen maar iemand op het bandje horen ademen. En ik heb een paar keer de telefoon opgenomen en dan was er niemand aan de andere kant. Dat moet Anders zijn geweest die aan ons nummer is gekomen.'

'Waarom zou hij jullie bellen?'

'Hoe moet ik dat weten?' Jan spreidde zijn armen. 'Jaloezie misschien. Wij hebben veel geld en dat is velen een doorn in het oog. Mensen als Anders geven graag anderen de schuld van hun eigen ellende en dan het liefst mensen die, in tegenstelling tot henzelf, wel iets van hun leven hebben weten te maken.'

Patrik vond dat het magertjes klonk. Het zou moeilijk zijn om dit te weerleggen, maar hij geloofde Jan geen moment.

'Ik neem aan dat jullie dat bandje van het antwoordapparaat niet hebben bewaard?'

'Helaas.' Jan fronste zijn voorhoofd in een poging er spijtig uit te zien. 'Er zijn andere gesprekken overheen opgenomen. Helaas, ik had jullie graag willen helpen. Maar als hij weer belt, zal ik het bandje natuurlijk bewaren.'

'Je kunt er zeker van zijn dat Anders niet meer naar jullie zal bellen.'

'Ach zo, waarom niet?'

Patrik kon onmogelijk uitmaken of de vragende blik oprecht of geveinsd was.

'Omdat Anders vermoord is.'

Een askegel van de sigaar trilde neer op Jans knieën.

'Is Anders vermoord?'

'Ja, hij is vanochtend gevonden.'

Patrik keek Jan onderzoekend aan. Kon hij maar horen wat er op dit moment door Jans hoofd ging. Wat zou het dan allemaal makkelijker zijn. Was zijn verbazing oprecht, of was hij gewoon een uitstekende toneelspeler?

'Is het dezelfde dader als bij Alex?'

'Het is te vroeg om daar iets over te kunnen zeggen.' Hij wilde Jan nog even laten bungelen. 'Je weet dus heel zeker dat je Alexandra Wijkner noch Anders Nilsson kent?'

'Ik weet echt wel met wie ik omga en met wie niet. Ik ken hen alleen van gezicht, meer niet.'

Jan was weer op weg terug naar zijn glimlachende, kalme ik.

Patrik besloot de ondervraging een andere wending te geven.

'In het huis van Alex Wijkner lag een krantenartikel over de verdwijning van je broer dat ze uit de *Bohusläningen* had geknipt. Weet jij waarom zij een artikel over die zaak heeft bewaard?'

Opnieuw spreidde Jan zijn armen en de manier waarop hij zijn ogen opensperde, zei dat het hem volstrekt onbegrijpelijk voorkwam.

'Jaren geleden was dat hét gesprek van de dag in Fjällbacka. Misschien heeft ze het artikel puur uit belangstelling bewaard.'

'Misschien. Hoe kijk jij tegen de verdwijning aan? Er deden verschillende theorieën de ronde.'

'Ja, volgens mij leidt Nils een vrolijk leven in een of ander warm land. Mijn moeder daarentegen is ervan overtuigd dat hij een ongeluk heeft gehad.'

'Stonden jullie elkaar na?'

'Nee, dat zou ik niet willen zeggen. Nils was een stuk ouder dan ik en hij vond het volgens mij ook niet zo leuk dat hij een pleegbroer kreeg met wie hij de aandacht van zijn moeder moest delen. Maar we waren ook geen vijanden, we stonden gewoon onverschillig tegenover elkaar.'

'Nadat Nils was verdwenen ben jij door Nelly geadopteerd, is het niet?'

'Ja, dat klopt. Ongeveer een jaar na zijn verdwijning.'

'En daarmee kreeg je ook het halve koninkrijk.'

'Ja, zo zou je het misschien kunnen zeggen.'

Alleen het stompje van de sigaar was nog over, waardoor Jan bijna zijn vingers brandde. Hij drukte de sigaar met een bruusk gebaar uit in een opzichtige asbak.

'Het was natuurlijk niet leuk dat dat ten koste van iemand anders ging, maar ik kan gerust zeggen dat ik me in de loop van de jaren heb bewezen. Toen ik de leiding van de conservenfabriek overnam gingen de zaken slecht, maar ik heb het hele bedrijf vanaf de bodem geherstructureerd en tegenwoordig exporteren we vis- en schaaldierconserven over de hele wereld, naar de VS, Australië, Zuid-Amerika...'

'Waarom denk je dat Nils naar het buitenland is gevlucht?'

'Ik zou dit eigenlijk niet moeten vertellen, maar vlak voor Nils' verdwijning is er veel geld van de fabriek verdwenen. Bovendien ontbraken er kleren, een koffer en zijn paspoort.'

'Waarom is er nooit aangifte gedaan bij de politie dat er geld was verdwenen?'

'Mijn moeder weigerde dat. Ze zei dat het een vergissing moest zijn en dat Nils zoiets nooit zou hebben kunnen doen. Je weet hoe moeders zijn. Het is tenslotte hun baan om alleen maar het goede in hun kinderen te zien.'

Een nieuwe sigaar werd aangestoken. Patrik vond dat het behoorlijk rokerig werd in de kleine kamer, maar hij zei niets.

'Wil jij er ook een? Het zijn Cubaanse. Met de hand gerold.'

'Nee dank je, ik rook niet.'

'Jammer. Je weet niet wat je mist.' Jan bestudeerde genietend zijn sigaar.

'Ik heb in ons archief over de brand gelezen waarbij jouw ouders omkwamen. Dat moet zwaar zijn geweest. Hoe oud was je? Negen, tien?'

'Ik was tien. En je hebt gelijk. Het was zwaar. Maar ik heb geluk gehad. De meeste kinderen die hun ouders verliezen worden niet geholpen door mensen als de familie Lorentz.'

Patrik vond het nogal smakeloos om in dit verband over geluk te praten.

'Voor zover ik het heb begrepen vermoedde men dat de brand was aangestoken. Zijn ze ooit meer te weten gekomen?'

'Nee, je hebt de rapporten toch gelezen. De politie is nooit verder gekomen. Persoonlijk denk ik dat mijn pa zoals gewoonlijk in bed lag te roken en in slaap is gevallen.'

Voor de eerste keer tijdens het gesprek toonde hij ongeduld. 'Mag ik vragen wat dit met de moorden te maken heeft? Ik heb al gezegd dat ik geen van beiden kende en ik snap niet goed wat mijn moeilijke jeugd hiermee te maken heeft.'

'Op dit moment trekken we alles na. De telefoontjes van Anders' huis naar jullie waren voor mij een reden dit verder te onderzoeken. Mijn excuses als ik je tijd onnodig in beslag heb genomen.'

Patrik stond op en stak zijn hand uit. Jan stond ook op en legde de sigaar in de asbak voordat hij Patriks uitgestoken hand aannam.

'Het geeft niet, het geeft helemaal niet. Het was leuk je te ontmoeten.'

Die zogenaamde onderdanigheid was nog erger, dacht Patrik. Hij volgde Jan de trap op. Het contrast was groot toen hij op de zeer smaakvol ingerichte bovenverdieping kwam. Jammer dat Jans vrouw het nummer van Nelly's binnenhuisarchitect niet had gekregen.

Hij nam beleefd afscheid en verliet het huis met het gevoel dat hij de mug had gezift en de kameel had verzwolgen. Aan de ene kant had hij het gevoel dat hij bij Jan thuis iets had gezien waarvan hij de betekenis had moeten begrijpen. Iets wat hem in de royaal ingerichte kamer was opgevallen. Aan de andere kant klopte er iets niet helemaal aan Jan Lorentz. Patrik kwam terug bij zijn eerdere gedachte. De man was te perfect.

Het was bijna zeven uur en het was harder gaan sneeuwen toen Patrik eindelijk bij Erica op de stoep stond. Erica verbaasde zich over het sterke gevoel dat ze kreeg toen ze hem zag en hoe vanzelfsprekend het was om hem om de hals te vliegen en zich in zijn armen te nestelen. Hij zette twee boodschappentassen op de vloer in de hal en beantwoordde haar omhelzing warm en lang.

'Ik heb je gemist.'

'Ik jou ook.'

Ze kusten elkaar teder. Na een poosje begon Patriks maag zo luid te knorren dat ze dat maar als een aansporing beschouwden om de tassen mee te nemen naar de keuken. Hij had veel te veel eten gekocht, maar Erica zette de spullen die ze niet nodig hadden in de koelkast. Als volgens een stilzwijgende afspraak praatten ze tijdens het koken niet over wat er die dag was voorgevallen. Pas toen ze hun honger hadden gestild en voldaan tegenover elkaar aan de eettafel zaten, begon Patrik te vertellen wat er was gebeurd.

'Anders Nilsson is dood. Hij is vanmorgen in zijn appartement gevonden.'

'Heb jij hem gevonden toen je daarheen reed?'

'Nee, maar dat scheelde maar een paar minuten.'

'Hoe is hij overleden?'

Patrik aarzelde even. 'Hij is opgehangen.'

'Opgehangen. Je bedoelt dat hij is vermoord.' Erica kon haar opwinding niet verbergen. 'Door dezelfde persoon die Alex heeft vermoord?'

Patrik vroeg zich af voor de hoeveelste keer hij die vraag vandaag hoorde. Maar het was ontegenzeggelijk een belangrijke vraag.

'We denken van wel.'

'Hebben jullie meer aanwijzingen? Heeft iemand iets gezien? Hebben jullie iets concreets gevonden dat de moorden met elkaar in verband brengt?'

'Hé, rustig aan.' Patrik stak afwerend zijn handen omhoog. 'Ik kan niet meer vertellen. We kunnen trouwens ook wel over leukere dingen praten. Hoe jouw dag is geweest, bijvoorbeeld.'

Erica glimlachte scheef. Hij moest eens weten dat haar dag niet veel leuker was geweest dan de zijne. Maar dat kon ze hem niet vertellen. Dat moest Dan zelf doen.

'Ik heb lang geslapen en de rest van de dag heb ik voornamelijk zitten schrijven. Een stuk minder spannend dan jouw dag.'

Hun handen hadden elkaar over de tafel heen gezocht. Hun vingers vlochten zich samen. Het was veilig en prettig om zo samen te zijn terwijl de compacte duisternis het huis omsloot. Grote sneeuwvlokken dwarrelden nog steeds als kleine vallende sterren uit de nachtelijke zwarte hemel neer.

'Verder heb ik nagedacht over Anna en het huis. Laatst heb ik midden in een gesprek zomaar de hoorn erop gegooid en sindsdien heb ik daar een rotgevoel over. Misschien was ik egoïstisch. Ik heb er alleen maar aan gedacht wat het mij zou doen als het huis werd verkocht, wat ik zou verliezen. Maar Anna heeft het ook niet zo makkelijk. Zij probeert het beste van haar situatie te maken en hoewel ik vind dat ze er verkeerd aan doet, doet ze het niet om mij dwars te zitten. Ze kan soms best onnadenkend en naïef zijn, maar ze is altijd zorgzaam en ruimhartig geweest en ik heb haar de laatste tijd de schuld gegeven van mijn verdriet en teleurstelling. Misschien is het toch het beste om het huis te verkopen. Met een schone lei te beginnen. Ik kan zelfs een nieuw maar veel kleiner huis voor het geld kopen. Misschien ben ik te sentimenteel. Het is tijd om verder te gaan, niet langer te treuren over wat had kunnen zijn, maar juist te kijken naar wat ik wel heb.'

Patrik begreep dat ze het niet alleen over het huis had.

'Hoe is het ongeluk met je ouders gebeurd? Als je het tenminste niet vervelend vindt om erover te praten.'

'Nee, dat is wel goed.' Ze haalde diep adem. 'Ze waren bij mijn tante in Strömstad geweest. Het was donker en het had geregend en door de kou was de weg spekglad. Mijn vader reed altijd voorzichtig, maar ze denken dat er een dier voor de auto is gesprongen. Hij week uit, raakte in een slip en reed toen recht tegen een boom aan. Ze waren waarschijnlijk op slag dood. Dat is Anna en mij in elk geval verteld. Maar je weet natuurlijk niet of dat ook echt zo is.'

Een eenzame traan liep zachtjes over Erica's wang en Patrik leunde naar voren en veegde die weg. Hij pakte haar bij de kin beet en dwong haar hem recht aan te kijken.

'Dat zouden ze nooit zeggen als het niet waar was. Ik weet zeker dat ze niet hebben geleden, Erica. Dat weet ik echt heel zeker.'

Ze knikte zonder iets te zeggen. Ze geloofde hem en had het gevoel alsof er een zware last van haar af was gevallen. De auto was in brand gevlogen en ze had nachtenlang wakker gelegen, huiverend bij de gedachte dat haar ouders misschien nog lang genoeg hadden geleefd om het vuur te kunnen voelen. Patriks woorden namen haar ongerustheid weg en voor de eerste keer voelde ze een soort rust als ze aan het ongeluk dacht waarbij haar ouders waren omgekomen. Het verdriet was er nog, maar de angst was weg. Met zijn duim veegde Patrik een paar tranen weg die over haar wang waren gelopen.

'Arme Erica. Arme, arme Erica.'

Ze pakte zijn hand en legde die tegen haar wang.

'Je hoeft helemaal geen medelijden met me te hebben, Patrik. Ik ben nog nooit zo gelukkig geweest als nu, op dit moment. Het is raar, ik voel me zo ongelooflijk veilig bij jou. Ik merk niets van de onzekerheid die je meestal voelt als je net met iemand samen bent. Hoe zou dat komen denk je?'

'Ik denk dat het komt omdat we voor elkaar bestemd zijn.'

Erica bloosde toen ze zijn woorden hoorde. Maar ze moest toegeven dat ze hetzelfde voelde. Het was alsof ze thuiskwam.

Als op een afgesproken signaal stonden ze op, lieten de afwas voor wat die was en liepen innig verstrengeld de trap op naar de slaapkamer. Buiten woedde nu een ware sneeuwstorm.

Het was raar om weer in haar oude meisjeskamer te slapen. Vooral omdat haar smaak was veranderd naarmate ze ouder was geworden, terwijl de kamer nog steeds hetzelfde was. Veel roze en veel kant had tegenwoordig niet echt haar voorkeur.

Julia lag op haar rug op haar smalle meisjesbed en staarde met haar handen op haar buik gevouwen naar het plafond. Alles was bezig in te storten. Haar hele leven viel in duigen en vormde een hoop scherven. Het was alsof ze haar hele leven in een huis met lachspiegels had gewoond, waardoor niets was wat het leek te zijn. Ze wist niet hoe het met haar studie zou gaan. Al het enthousiasme was in één keer van haar afgegleden en nu ging het semester zonder haar verder. Niet dat ze dacht dat iemand haar zou missen. Ze had nooit makkelijk vrienden gemaakt.

Julia had het gevoel dat ze net zo goed in haar roze kamer naar het plafond kon blijven staren tot ze oud en grijs was. Birgit en Karl-Erik zouden haar dat niet durven te verbieden. Als het nodig was, kon ze de rest van haar leven op hen teren. Een slecht geweten zou hun portemonnee voor de hele toekomst openhouden.

Het was alsof ze door water bewoog. Al haar bewegingen waren zwaar en moeizaam en alle geluiden bereikten haar als door een filter. In het begin was het niet zo geweest. Toen was ze vervuld geweest van een oprechte woede en een haat die zo sterk was dat ze er bang van werd. Ze haatte nog steeds, maar met berusting in plaats van energie. Ze was het zo gewend zichzelf te verachten dat ze zelfs lichamelijk kon voelen hoe de haat van richting veranderde; in plaats van zich naar buiten te richten, was die nu naar binnen gekeerd en groef grote gaten in haar borst. Oude gewoonten veranderde je niet zomaar. Zelfhaat was een kunstvorm die ze tot in de perfectie had leren beoefenen.

Ze draaide zich op haar zij. Op het bureau stond een foto van haar en Alex en ze bedacht dat ze niet moest vergeten die weg te gooien. Zodra ze genoeg puf had om overeind te komen, zou ze de foto in duizend stukjes scheuren en weggooien. De aanbidding die ze in haar blik op de foto zag, deed haar een lelijk gezicht trekken. Alex was zoals altijd koel en mooi, terwijl het lelijke jonge eendje ernaast haar met een rond gezichtje aanbiddend aankeek. In haar ogen had Alex nooit iets fout kunnen doen, en heel diep vanbinnen had ze altijd stiekem gehoopt dat op een dag de cocon zou openbarsten en ze er even mooi en zelfverzekerd als Alex uit zou stappen. Ze lachte schamper om haar eigen naïviteit. Wat een grap. De grap was bovendien altijd ten koste van haarzelf gegaan. Ze vroeg zich af of er achter haar rug over was gepraat. Of ze die domme, lelijke, kleine Julia hadden uitgelachen.

Toen er voorzichtig op de deur werd geklopt, trok Julia zich samen in de foetushouding. Ze wist wie het was.

'Julia, we maken ons zorgen om je. Waarom kom je niet even beneden bij ons zitten?'

Ze antwoordde Birgit niet. In plaats daarvan bestudeerde ze uiterst geconcentreerd een sliert van haar haar.

'Alsjeblieft, lieve Julia.'

Birgit ging op de stoel bij het bureau zitten, met haar gezicht naar Julia gekeerd.

'Ik begrijp dat je boos bent en dat je ons misschien zelfs haat, maar geloof me, het was niet onze bedoeling je pijn te doen.'

Het schonk Julia voldoening dat Birgit er afgemat en gekweld uitzag. Ze zag eruit alsof ze nachtenlang niet had geslapen. Wat ze misschien inderdaad niet had gedaan. Rond haar ogen hadden zich nieuwe rimpels gevormd en Julia dacht vals dat de facelift die Birgit zichzelf volgend jaar voor haar vijfenzestigste verjaardag wilde geven misschien eerder zou moeten plaatsvinden. Birgit schoof de stoel wat dichterbij en legde haar hand op Julia's schouder. Julia duwde de hand meteen weg en Birgit deinsde gekwetst terug.

'Lieverd, we houden allemaal van je. Dat weet je toch.'

Of ze dat wist. Waar was deze poppenkast goed voor? Ze wisten toch wat ze aan elkaar hadden en Birgit had er geen idee van wat liefde was. De enige van wie ze had gehouden was Alex. Altijd Alex.

'We moeten er toch over praten, Julia. We moeten elkaar in deze tijd steunen.'

Birgits stem beefde. Julia vroeg zich af hoe vaak Birgit had gewenst dat zij, Julia, was doodgegaan in plaats van Alex. Ze zag dat Birgit het opgaf en hoe haar hand trilde toen ze de stoel terugzette. Birgit wierp een laatste smekende blik naar Julia. Demonstratief draaide Julia zich zo om dat ze met haar gezicht naar de muur kwam te liggen. Birgit deed de deur zachtjes achter zich dicht.

De ochtend was gewoonlijk niet Patriks favoriete tijdstip van de dag, en deze ochtend was bijzonder vervelend. In de eerste plaats moest hij opstaan uit Erica's warme bed en haar daar achterlaten om naar zijn werk te gaan. In de tweede plaats moest hij een halfuur sneeuwruimen voordat hij in de auto kon stappen. En in de derde plaats startte die rotwagen niet toen hij hem onder de sneeuw vandaan had gehaald. Na herhaalde pogingen moest hij het opgeven en Erica's huis binnengaan om haar te vragen of hij haar auto mocht lenen. Dat was goed en gelukkig startte die wel bij de eerste poging.

Een halfuur te laat kwam hij het bureau binnenhollen. Door het sneeuwruimen was hij bezweet geraakt en in een poging zichzelf wat verkoeling te geven trok hij een paar keer aan zijn overhemd. Het koffiezetapparaat was een noodzakelijke stop voordat hij met zijn werk kon beginnen, en pas toen hij met een kopje koffie in zijn hand achter zijn bureau zat, voelde hij dat zijn pols weer normaal werd. Hij stond het zichzelf toe even weg te dromen en in het gevoel van onbezonnen, uitzinnige verliefdheid weg te zakken. De afgelopen nacht was net zo heerlijk geweest als de eerste, maar ze waren er toch in geslaagd een greintje gezond verstand te gebruiken zodat ze nog een paar uur slaap kregen. Het zou overdreven zijn om te zeggen dat hij was uitgerust, maar hij was in elk geval niet comateus zoals gisteren.

Hij begon met de aantekeningen van het gesprek dat hij de vorige dag met Jan had gevoerd. Hij was geen nieuwe details te weten gekomen die zijn belangstelling wekten, maar hij beschouwde het bezoek toch niet als verloren tijd. Het was minstens zo belangrijk voor het onderzoek dat hij de mensen die bij de zaak betrokken waren, of dat konden zijn, enigszins leerde kennen. 'Moordonderzoeken gaan over mensen', had een van zijn docenten op de politieacademie dikwijls gezegd en die woorden waren in Patriks geheugen gegrift. Bovendien meende hij dat hij een echte mensenkenner was en tijdens gesprekken met getuigen en verdachten probeerde hij altijd een poosje kille feiten uit te schakelen, om op die manier een indruk te krijgen van de persoon voor hem. Jan had bij Patrik geen positieve indruk achtergelaten. Toen hij probeerde de kenmerken van Jans persoonlijkheid samen te vatten, kwamen woorden als onbetrouwbaar, glad en wellustig in hem op. Het was volstrekt duidelijk dat Jan meer achterhield dan dat hij vertelde. Opnieuw pakte Patrik de stapel papieren die over de familie Lorentz gingen. Hij kon nog steeds geen concreet verband leggen tussen hen en de twee moordzaken. Behalve de telefoontjes van Anders naar Jan, maar hij kon niet bewijzen dat Jans verhaal over de hinderlijke telefoontjes naar het antwoordapparaat niet klopte. Patrik pakte de map over de dood van Jans ouders. Iets aan de toon van Jans stem toen hij het over die gebeurtenis had gehad, baarde Patrik zorgen. Er was iets wat niet klopte. Hij kreeg een inval. Patrik nam de hoorn van de haak en toetste een nummer in dat hij uit zijn hoofd kende.

'Hallo Vicky, hoe is het met jou?'

De persoon aan de andere kant van de lijn zei dat het goed met haar ging. Na de inleidende beleefdheidsfrasen kon Patrik ter zake komen.

'Ik wil je om een gunst vragen. Ik ben bezig een man te checken die rond 1975 met Maatschappelijk Werk te maken heeft gehad. Tien jaar oud, Jan Norin heette hij destijds. Denk je dat jullie daar nog informatie over hebben? Oké, ik wacht wel even.'

Hij trommelde ongeduldig met zijn vingers op het bureau terwijl Vicky Lind op het kantoor van Maatschappelijk Werk in het computersysteem zocht. Na een tijdje hoorde hij haar weer.

'Heb je iets gevonden? Geweldig. Kun je zien wie de zaak heeft behandeld? Siv Persson. Dat is mooi, ik ken Siv wel. Heb je haar telefoonnummer?'

Patrik noteerde het nummer ijverig op een Post-it briefje en hing op nadat hij beloofd had Vicky een keer mee uit eten te nemen. Hij toetste het nummer in dat hij had gekregen en hoorde al snel een frisse stem door de hoorn. Siv bleek zich de zaak met Jan Norin heel goed te herinneren en ze vond het goed als Patrik meteen langskwam.

Patrik rukte zijn jack met zo'n haast van de kapstok dat het ding omviel. Met maximaal ongelukkige precisie nam de kapstok in zijn val een schilderij van de muur en een bloempot uit de boekenkast mee, wat een behoorlijk lawaai veroorzaakte. Patrik liet alles liggen en toen hij in de gang kwam, zag hij uit elke deuropening een hoofd naar buiten steken. Hij zwaaide alleen maar en rende door de deur naar buiten, terwijl nieuwsgierige ogen zijn tocht volgden.

Het kantoor van Maatschappelijk Werk lag maar een paar honderd meter van het politiebureau en Patrik baggerde door de sneeuw in de richting van de winkelstraat. Aan het einde van de straat ging hij bij Tanumshede Gestgifveri linksaf en hij liep een klein stukje rechtdoor. Het kantoor lag in hetzelfde pand als het gemeentehuis en Patrik nam de trap naar boven. Na de receptioniste, iemand bij wie hij in de bovenbouw in de klas had gezeten, vrolijk te hebben begroet werd hij bij Siv binnengelaten. Siv Persson stond niet op om hem te begroeten toen hij binnenkwam. Hun wegen hadden elkaar in de jaren dat Patrik bij de politie werkte al vele malen gekruist en ze respecteerden elkaars professionaliteit, hoewel ze het er niet altijd over eens waren wat de beste aanpak van een zaak was. Dat kwam misschien ook doordat Siv een van de aardigste mensen was die hij kende en als maatschappelijk werkster was het misschien niet altijd even handig als je alleen het beste in de mensen zag. Tegelijkertijd bewonderde hij haar omdat ze ondanks alle mislukkingen die ze in de loop van de jaren had meegemaakt, toch haar onwrikbare positieve kijk op de menselijke natuur had weten te bewaren. Patrik had zelf het gevoel dat het bij hem eerder de andere kant was opgegaan.

'Hallo Patrik! Het is je gelukt je door de sneeuwchaos heen te worstelen.'

Patrik reageerde instinctief op haar onnatuurlijk opgewekt klinkende stem. 'Ja, ik had bijna een sneeuwscooter nodig om hier te komen.'

Ze zette haar bril op, die aan een koordje rond haar hals hing. Siv hield van felle kleuren en vandaag paste haar rode bril bij haar kleding. Ze had al zolang hij haar kende hetzelfde kapsel. Een kaarsrecht pagekapsel dat bij haar kaak ophield, en een korte pony die tot vlak boven haar wenkbrauwen kwam. Haar haar was glimmend koperrood en de felle kleuren zorgden ervoor dat Patrik zich alleen al door naar haar te kijken fitter voelde.

'Je zei dat je naar een van mijn oude zaken wilde kijken? Jan Norin.'

Nog steeds een veel te geforceerde toon. Ze had het materiaal voor zijn komst tevoorschijn gehaald en op het bureau voor haar lag een dikke map.

'Ja, zoals je ziet hebben we flink wat materiaal over die jongen. Beide ouders waren aan de drugs en als ze niet waren verongelukt, hadden we vroeg of laat moeten ingrijpen. Ze lieten de jongen aan zijn lot over en hij moest in feite zichzelf opvoeden. Kwam in vieze en kapotte kleren op school en werd door zijn klasgenoten gepest omdat hij stonk. Kennelijk sliep hij in de oude stal en daarna moest hij in de kleren waarin hij had geslapen naar school.'

Ze keek hem van over de rand van haar bril aan.

'Ik neem aan dat je mijn vertrouwen niet zult beschamen, en dat je voor de vereiste toestemming zorgt om de gegevens over Jan te krijgen, eventueel later?'

Patrik knikte alleen maar. Hij wist dat het belangrijk was om de regels te volgen, maar soms vereiste een onderzoek een zekere effectiviteit en dan moesten de ambtelijke molens maar later malen. Siv en hij hadden al lange tijd een goede werkrelatie en hij wist dat ze die vraag moest stellen. Hij ging verder: 'Waarom hebben jullie niet eerder ingegrepen? Hoe heeft het zo ver kunnen komen? Het klinkt alsof Jan sinds zijn geboorte is verwaarloosd, en toch was hij al tien jaar toen zijn ouders omkwamen.'

Siv zuchtte diep. 'Ja, ik begrijp wat je bedoelt en geloof me, ik heb dikwijls hetzelfde gedacht. Maar toen ik hier begon te werken, dat was trouwens een maand voor de brand, waren de tijden heel anders. Er moest heel wat aan de hand zijn wilde de staat het recht van de ouders om hun kinderen naar eigen inzicht op te voeden beperken. Veel mensen waren ook voor een vrije opvoeding, en daar leden kinderen als Jan helaas onder. En er zijn nooit sporen van lichamelijk geweld bij hem aangetroffen. Als je het cynisch wilt zeggen dan was het voor hem misschien het beste geweest als hij was geslagen en in het ziekenhuis was beland. Dan hadden we tenminste een oogje in het zeil kunnen houden. Maar vermoedelijk werd hij op een zodanige manier mishandeld dat het van buitenaf niet te zien was, of misschien verwaarloosden ze hem "alleen maar".' Siv tekende de aanhalingstekens in de lucht.

Tegen zijn zin voelde Patrik een golf van sympathie voor de kleine Jan. Hoe kon je verdorie een normaal mens worden als je onder dergelijke omstandigheden opgroeide?

'Maar het ergste heb je nog niet gehoord. We hebben het nooit kunnen bewijzen, maar veel wijst erop dat de ouders Jan voor geld, of drugs, door mannen lieten misbruiken.'

Patrik voelde dat zijn mond openviel van verbazing. Dit was veel erger dan hij ooit had kunnen vermoeden.

'We hebben het zoals ik net al zei, nooit kunnen bewijzen, maar met de kennis van nu kunnen we zien dat Jan heel goed aan het beeld beantwoordde van kinderen die seksueel misbruikt zijn. Hij had onder andere veel moeite met de discipline op school. De andere kinderen pestten hem, maar ze waren ook bang voor hem.'

Siv sloeg de map open en bladerde in de papieren tot ze vond wat ze zocht.

'Hier is het. Toen hij in de tweede klas zat, had hij een mes mee naar school genomen waarmee hij een van de ergste treiteraars bedreigde. Hij heeft hem zelfs in het gezicht gestoken, maar de schoolleiding heeft de hele zaak in de doofpot gestopt en voor zover ik kan zien, is hij niet gestraft. Er volgden meer van dat soort gebeurtenissen waarbij Jan enorm agressief was jegens zijn klasgenoten, maar het incident met het mes was het ernstigste. Er is ook een paar keer melding gemaakt van onzedelijk gedrag tegenover de meisjes in de klas. Voor zo'n jong kind waren zijn seksuele toenaderingspogingen en insinuaties zeer geavanceerd. Maar ook die meldingen hebben nergens toe geleid. Men wist gewoon niet hoe om te gaan met een kind dat dit soort stoornissen vertoonde jegens de mensen in zijn omgeving. Tegenwoordig zou men zeker hebben gereageerd op de uiterlijke tekenen en actie hebben ondernomen, maar je moet niet vergeten dat dit allemaal in het begin van de jaren zeventig speelde. Dat was een heel andere wereld.'

Patrik voelde medelijden én woede omdat men een kind op die manier had behandeld.

'En na de brand? Hebben zich toen meer van dit soort gebeurtenissen voorgedaan?'

'Nee, dat is het vreemde. Na de brand is hij bijna meteen bij de familie Lorentz geplaatst en daarna hebben we nooit gehoord dat Jan weer problemen had. Ik ben zelf een paar keer naar de familie Lorentz gegaan om te zien hoe de situatie was, en toen ontmoette ik een heel andere jongen. Hij zat daar met nat gekamde haren in zijn pak en staarde me zonder met zijn ogen te knipperen aan, terwijl hij beleefd al mijn vragen beantwoordde. Vrij eng eigenlijk. Iemand verandert niet van de ene dag op de andere op die manier.'

Patrik schrok op. Dit was de eerste keer dat hij Siv iets negatiefs hoorde zeggen over een van haar zaken. Hij begreep dat dit iets was waar hij verder in moest duiken. Er was iets wat ze wilde zeggen, maar hij zou ernaar moeten vragen.

'Wat de brand betreft…'

Hij liet de woorden even in de lucht hangen en zag dat Siv rechter op haar stoel ging zitten. Dat betekende dat hij op de goede weg was.

'Ik heb bepaalde geruchten over de brand gehoord.' Hij keek Siv vragend aan.

'Ik ben niet verantwoordelijk voor geruchten. Wat heb je gehoord?'

'Dat de brand was aangestoken. In ons onderzoek staat zelfs "vermoedelijk" aangestoken, maar er is nooit enig spoor van de daders gevonden. De brand begon op de benedenverdieping van het huis. Het echtpaar Norin sliep in een kamer op de bovenverdieping en maakte geen enkele kans. Heb jij ooit gehoord dat er iemand was die de Norins zo erg haatte dat hij zoiets zou doen?'

'Ja.' Haar antwoord was kort en kwam zo zacht dat hij niet zeker wist of hij het werkelijk had gehoord.

Ze herhaalde met krachtiger stem: 'Ja, ik weet wie de Norins voldoende haatte om hen levend te laten verbranden.'

Patrik zei niets en liet haar in haar eigen tempo verdergaan.

'Ik ben met de politie meegeweest naar het huis. De brandweer was als eerste ter plaatse en een van de brandweerlieden was op pad gegaan om de plek te onderzoeken, om te kijken of er geen vonken van het huis waren weggevlogen die nu kracht lagen te verzamelen voor een tweede brand. De brandweerman vond Jan in de stal en omdat Jan die weigerde te verlaten, namen ze contact met ons op. Ik was nieuw als maatschappelijk werkster en zo achteraf moet ik toegeven dat ik het allemaal best spannend vond. Jan zat in de stal, helemaal achterin, met zijn rug tegen de muur en hij werd bewaakt door een brandweerman die erg opgelucht was toen wij arriveerden. Ik stuurde de politie weg en ging zelf naar binnen om, zo dacht ik in elk geval, Jan te troosten en mee te nemen. Zijn handen bewogen de hele tijd in het donker, maar ik kon niet zien wat hij deed. Maar toen ik dichterbij kwam, zag ik dat hij ergens mee zat te spelen. Het was een doosje lucifers. Met oprecht plezier sorteerde hij de lucifers: aangestoken, zwarte lucifers in de ene helft van het doosje en onaangestoken, rode lucifers in de andere helft. De uitdrukking op zijn gezicht was er een van pure vreugde. Het hele kind straalde als door een innerlijke gloed en zoiets engs heb ik in mijn hele leven niet gezien, Patrik. Ik zie dat gezicht nog steeds af en toe voor me als ik 's avonds in bed lig. Toen ik bij hem kwam, pakte ik hem voorzichtig het lucifersdoosje af. Toen keek hij me aan en zei: "Zijn ze nu dood?" Alleen dat. "Zijn ze nu dood?" Toen gniffelde hij en liet zich gewillig uit de oude stal leiden. Het laatste dat ik zag toen we daar weggingen, waren een deken, een zaklantaarn en een stapel kleren in een hoek van het gebouw. Toen begreep ik dat wij medeschuldig waren aan de dood van zijn ouders. We hadden veel en veel eerder moeten ingrijpen.'

'Heb je dit ooit aan iemand verteld?'

'Nee, wat had ik moeten zeggen? Dat hij zijn ouders had vermoord omdat hij met lucifers zat te spelen? Nee, ik heb nooit iets gezegd tot jij vragen kwam stellen. Maar ik heb altijd vermoed dat hij op de een of andere manier bij de politie zou opduiken. Waar is hij bij betrokken?'

'Ik kan op dit moment niets zeggen, maar ik beloof dat ik je op de hoogte zal brengen zodra ik dat kan. Ik ben je ongelooflijk dankbaar dat je me dit hebt verteld, en ik zal meteen de administratieve rompslomp regelen zodat jullie geen problemen krijgen.'

Hij zwaaide en was verdwenen.

Toen hij weg was, bleef Siv Persson achter haar bureau zitten. De rode bril hing aan het koordje om haar hals en ze wreef met haar duim en wijsvinger over haar neus terwijl ze haar ogen dicht hield.

Op het moment dat Patrik buiten de sneeuw in stapte, ging zijn mobieltje over. Zijn vingers waren in de bittere kou al snel stijf geworden en hij had moeite om het klepje van de telefoon open te krijgen. Hij hoopte dat het Erica was en was teleurgesteld toen hij het nummer van de receptie van het politiebureau op het display zag knipperen.

'Patrik Hedström. Dag, Annika. Nee, ik ben op weg naar het bureau. Ja, maar wacht daar nog even mee, ik ben er zo.'

Hij deed het klepje dicht. Het was Annika weer gelukt. Ze had iets gevonden wat niet klopte in Alex' levensbeschrijving.

Het kraakte onder zijn voeten toen hij zich naar het politiebureau haastte. Terwijl hij bij Siv zat was de sneeuwschuiver langs geweest en hij hoefde niet hetzelfde gevecht te leveren als op de heenweg. Er waren niet veel mensen buiten in de kou en de winkelstraat lag er verlaten bij; slechts een enkeling haastte zich met opgestoken kraag en neergetrokken muts ter bescherming tegen de kou voort.

Toen hij het bureau binnenstapte, stampte hij de sneeuw van zijn schoenen. Hij realiseerde zich dat sneeuw in combinatie met lage schoenen je sokken onbehaaglijk nat maakte. Dat had hij natuurlijk ook eerder kunnen bedenken.

Hij liep linea recta naar Annika's kamer. Ze zat al op hem te wachten en uit haar voldane blik concludeerde hij dat wat ze had gevonden goed was, echt goed.

'Zitten al je kleren in de was of zo?'

Patrik begreep haar vraag eerst niet, maar naar haar plagerige lachje te oordelen stak ze de draak met hem. Een tel later viel het kwartje en hij keek naar zijn kleren. Verdomme, hij droeg nog steeds dezelfde kleren die hij eergisteren aan had gehad toen hij naar Erica ging. Hij herinnerde zich het sneeuwruimen van die ochtend en vroeg zich af of hij gewoon niet fris rook of dat hij echt stonk.

Hij mompelde een soort antwoord op Annika's opmerking en probeerde haar zo boosaardig mogelijk aan te kijken. Dat vond ze alleen maar nog amusanter.

'Ja ja, hartstikke leuk. Kom nu maar ter zake. Voor de dag ermee, vrouw!'

Hij sloeg met gespeelde woede met zijn vuist op haar bureau. Een vaas met bloemen reageerde meteen door om te vallen en water over het bureau te verspreiden.

'O, sorry. Dat was niet de bedoeling. Wat ben ik toch onhandig...'

Hij zocht iets om de boel mee te deppen, maar Annika was zoals gebruikelijk sneller en toverde ergens vanachter het bureau een rol keukenpapier tevoorschijn. Ze begon rustig het bureau droog te vegen terwijl ze Patrik een inmiddels bekend commando gaf.

'Zitten!'

Hij gehoorzaamde meteen en vond het bijna onrechtvaardig dat hij niet beloond werd met een koekje omdat hij zo braaf was.

'Zullen we dan maar beginnen?'

Annika wachtte niet op Patriks antwoord en begon van haar computerscherm te lezen. 'Laten we eens kijken. Ik ben begonnen met het moment dat ze doodging en daarna ben ik teruggegaan in de tijd. In de periode dat ze in Göteborg woonde lijkt alles te kloppen. In 1989 is ze samen met haar vriendin een galerie begonnen. Daarvoor heeft ze vijf jaar aan een universiteit in Frankrijk gestudeerd, met kunstgeschiedenis als hoofdvak. Ik heb haar cijfers vandaag per fax ontvangen en ze heeft haar tentamens op tijd en met goed gevolg afgelegd. Ze heeft op het Hvitfeldtska in Göteborg op de middelbare school gezeten. De schoolrapporten heb ik ook ontvangen. Ze was geen geweldige leerling, maar ook geen slechte, een echte middenmoter.'

Annika stopte even en keek naar Patrik, die zich naar voren had gebogen en de tekst op haar beeldscherm probeerde te lezen. Ze draaide het scherm een eindje weg zodat hij haar ontdekking niet voortijdig kon zien.

'Voor die tijd had ze op een kostschool in Zwitserland gezeten. Een internationale school, L'Ecole de Chevalier, en die is poepieduur.'

Annika legde veel nadruk op het laatste woord.

'Volgens de informatie die ik kreeg toen ik daarheen belde, kost het zo'n honderdduizend kronen per semester en daar komen kost en inwoning, kleding en boeken nog bij. En ik heb het gecontroleerd, de prijzen waren toen Alexandra Wijkner daar naar school ging net zo hoog.'

Patrik nam haar woorden bedachtzaam in zich op terwijl hij hardop nadacht: 'Het is dus de vraag hoe de familie Carlgren het zich kon veroorloven Alex daarheen te sturen. Birgit is voor zover ik weet altijd huisvrouw geweest en Karl-Erik kan met geen mogelijkheid zoveel hebben verdiend dat hij zich dergelijke uitgaven kon permitteren. Heb je gecontroleerd...'

Annika onderbrak hem.

'Ja, ik heb gevraagd wie de rekeningen voor Alexandra betaalde, maar dat soort informatie verstrekken ze niet. Dat doen ze alleen op bevel van de Zwitserse politie, maar door alle bureaucratische rompslomp zou dat ons minstens een halfjaar kosten. In plaats daarvan ben ik maar aan de andere kant begonnen en ik probeer nu de financiële situatie van de Carlgrens door de jaren heen te controleren. Misschien hebben ze van een of ander familielid geld geërfd, weet ik veel. Ik wacht op bericht van de bank, maar het zal een paar dagen duren voordat we die informatie krijgen. Maar,' een nieuwe kunstmatige pauze, 'dat is toch niet het meest interessante. Volgens de familie Carlgren begon Alex in het voorjaar van 1977 op de kostschool. Volgens het register van de school begon ze echter pas in het voorjaar van 1978.'

Annika leunde triomfantelijk achterover en sloeg haar armen over elkaar.

'Weet je dat zeker?' Patrik kon zijn opwinding maar amper beteugelen.

'Ik heb het niet één, niet twee, maar drie keer gecontroleerd. Het jaar tussen het voorjaar van 1977 en het voorjaar van 1978 ontbreekt in Alex' leven. We weten absoluut niet waar ze toen was. Ze zijn hier in maart 1977 weggegaan en daarna is er niets, geen enkele informatie tot Alex het jaar daarop naar de school in Zwitserland gaat. In diezelfde tijd duiken haar ouders op in Göteborg. Ze kopen een huis en Karl-Erik begint zijn nieuwe baan als chef van een middelgroot bedrijf in de groothandelsbranche.'

'We weten dus ook niet waar zij zich in die periode bevonden?'

'Nee, nog niet. Maar ik blijf zoeken. Het enige dat we weten is dat er geen gegevens zijn die erop wijzen dat ze dat jaar in Zweden waren.'

Patrik telde op zijn vingers. 'Alex is geboren in 1965, ze was dus, even kijken, twaalf in 1977.'

Annika keek weer naar het beeldscherm. 'Ze is geboren op 3 januari, dus dat klopt, ze was twaalf jaar toen ze verhuisden.'

Patrik knikte nadenkend. De informatie die Annika had weten op te graven was waardevol, maar op dit moment leidde die alleen maar tot nog meer vraagtekens. Waar was de familie Carlgren tussen 1977 en 1978 geweest? Een heel gezin kon niet zomaar verdwijnen. De sporen waren er, ze moesten ze alleen zien te vinden. Maar er moest nog meer zijn. De informatie dat Alex vroeger een kind had gekregen, hield hem nog steeds bezig.

'Heb je echt geen ander hiaat in haar levensverhaal gevonden? Zou iemand anders in haar naam de tentamens op de universiteit hebben kunnen doen, bijvoorbeeld? Of zou haar partner de galerie een tijdje alleen hebben kunnen runnen? Niet dat ik niet geloof wat jij hebt ontdekt, maar zou je de gegevens nog een keer willen checken? En controleer de ziekenhuizen om te kijken of ene Alexandra Carlgren of Wijkner daar een kind heeft gebaard. Begin met de ziekenhuizen in Göteborg, en als je daar niets vindt, ga dan verder het land in, met Göteborg als uitgangspunt. Er moet ergens iets over te vinden zijn. Een kind gaat niet zomaar in rook op.'

'Kan ze het kind niet in het buitenland hebben gekregen? In de tijd op de kostschool bijvoorbeeld? Of in Frankrijk?'

'Ja, natuurlijk kan dat, waarom heb ik daar niet aan gedacht? Probeer of je iets kunt vinden via de internationale kanalen. Kijk of er een manier is om erachter te komen waar de Carlgrens naartoe zijn gegaan. Paspoort, visum, ambassades. Ergens moet informatie zijn over waar ze heen zijn gegaan.'

Annika maakte aantekeningen alsof haar leven ervan afhing.

'Heeft een van de anderen trouwens al iets zinnigs ontdekt?'

'Ernst heeft het alibi van Bengt Larsson gecontroleerd en dat klopt, dus die kunnen we doorstrepen. Martin heeft Henrik Wijkner telefonisch gesproken en hij is niets meer te weten gekomen over het verband tussen Anders en Alex. Hij gaat nu met de drinkmaten van Anders praten om te horen of Anders misschien iets tegen hen heeft gezegd. En Gösta... Gösta zit op zijn kamer en heeft medelijden met zichzelf en probeert moed te verzamelen voor een tochtje naar Göteborg om de Carlgrens te spreken. Ik schat dat hij op zijn vroegst maandag vertrekt.'

Patrik zuchtte. Als ze deze zaak wilden oplossen was het waarschijnlijk beter dat hij niet al te veel op zijn collega's rekende, maar zelf het grove werk uitvoerde.

'Je hebt niet overwogen het de Carlgrens rechtstreeks te vragen? Misschien is er helemaal niets verdachts aan de hand. Misschien is er een natuurlijke verklaring,' zei Annika.

'Zij hebben de informatie over Alex gegeven. Om de een of andere reden probeerden ze te verhullen wat ze tussen 1977 en 1978 hebben gedaan. Ik zal met ze praten, maar ik wil eerst wat meer weten. Ze moeten niet de kans krijgen eronderuit te komen.'

Annika leunde achterover en glimlachte arglistig. 'Wanneer gaan jullie trouwen?'

Patrik besefte dat ze dit lekkere hapje niet een-twee-drie zou loslaten. Hij moest zich er maar op instellen dat hij de komende tijd een bron van vermaak op het bureau zou zijn.

'Tja, dat is misschien nog ietsjepietsje aan de vroege kant. We moeten toch wel minstens een week samen zijn geweest voordat we de kerk regelen.'

'Zo zo, jullie zijn dus een stel.'

Hij besefte dat hij met open ogen in de val was gelopen.

'Nee, of jawel, of ja, misschien zijn we dat wel... Ik weet het niet, we vinden het tot nu toe fijn om bij elkaar te zijn, maar het is allemaal zo nieuw en misschien gaat ze binnenkort wel terug naar Stockholm, ach, ik weet het niet. Voorlopig moet je hier maar genoegen mee nemen.'

Patrik kronkelde als een worm op zijn stoel.

'Oké, maar ik verlang doorlopende informatie over de ontwikkelingen, als je dat maar weet.' Annika zwaaide waarschuwend met haar wijsvinger.

Hij knikte berustend. 'Ja ja, ik hou je op de hoogte. Ik beloof het. Tevreden?'

'Ja, voorlopig is dat wel genoeg.'

Ze stond op, liep om het bureau heen en voordat hij wist wat er gebeurde, was hij gevangen in een stevige omhelzing en werd hij tegen Annika's weelderige boezem gedrukt.

'Ik vind het zo fijn voor je. Pak dit nu goed aan, Patrik, beloof me dat.'

Ze drukte hem nog een keer tegen zich aan en zijn ribben begonnen te protesteren. Omdat hij op dat moment geen lucht kreeg, kon hij haar niet antwoorden, maar ze vatte zijn zwijgen kennelijk op als een bevestiging en liet hem los, maar pas nadat ze hem flink in zijn wang had geknepen.

'Naar huis jij, je moet schone kleren aantrekken. Je stinkt!'

En met die opmerking werd hij naar de gang verwezen, met een pijnlijke wang en ribben. Hij voelde voorzichtig aan zijn borstkas. Hij mocht Annika heel graag, maar soms wenste hij dat ze een beetje voorzichtiger omging met een arme man van vijfendertig wiens lichamelijke gesteldheid snel bergafwaarts ging.

Badholmen lag er verlaten bij. 's Zomers was het hier stampvol vrolijke badgasten en luidruchtige kinderen, maar nu gierde de wind troosteloos over de sneeuw die de afgelopen nacht als een dikke deken was gevallen. Erica stapte voorzichtig door de sneeuw die op de klippen lag. Ze had een sterke behoefte aan frisse lucht gevoeld en hier vanaf Badholmen kon ze vrij over de eilanden en het ogenschijnlijk oneindige witte ijs turen. In de verte waren auto's te horen, maar verder was het barmhartig stil en ze kon zichzelf bijna horen denken. De duiktoren verrees hoog naast haar. Niet even hoog als ze in haar kinderjaren had gevonden, toen leek die tot aan de hemel te reiken, maar toch zo hoog dat ze op een mooie zomerdag nooit van de hoogste plank zou durven springen.

Ze zou hier eeuwig kunnen staan. Warm gekleed weerstond ze de kou die door haar kleren probeerde te dringen, en vanbinnen voelde ze het ijs ontdooien. Ze had zelf niet ingezien hoe eenzaam ze zich had gevoeld, tot ze het niet meer was. Maar wat zou er met Patrik en haar gebeuren als ze terug moest naar Stockholm? Dat waren heel veel kilometers en ze voelde zich veel te oud voor een relatie op afstand.

Als ze het huis inderdaad moest verkopen, was er dan toch nog een mogelijkheid om te blijven? Ze wilde pas bij Patrik intrekken als hun relatie een flinke tijd op de proef was gesteld en dat zou betekenen dat ze andere woonruimte in Fjällbacka moest vinden.

Het probleem was dat dat idee haar niet aantrok. De belangrijkste reden was dat als ze het huis verkochten, ze dan liever alle banden met Fjällbacka verbrak, ze wilde dan niet hier komen en vreemde mensen door het huis van haar jeugd zien lopen. Ze kon zich ook niet indenken hier een flat te huren, dat zou heel vreemd voelen. Ze voelde de vreugde wegglijden in hetzelfde tempo als de negatieve gedachten zich opstapelden. Natuurlijk moest er een oplossing zijn, en hoewel ze niet stokoud was, hadden de vele jaren waarin ze alleen aan zichzelf had hoeven denken hun sporen nagelaten en voelde ze zich niet zo flexibel meer. Na rijp beraad had ze besloten dat ze bereid was haar leven in Stockholm op te geven, maar alleen als ze in het vertrouwde huis kon blijven wonen. Anders veranderde er gewoon te veel in haar universum en verliefd of niet, dat was haar echt te veel.

Misschien kwam het ook door de dood van haar ouders dat ze minder zin had in grote veranderingen. Die verandering was groot genoeg voor de komende jaren en nu verlangde ze naar een geborgen, veilig en voorspelbaar bestaan. Terwijl ze vroeger bang was geweest om zich te binden, wilde ze nu niets liever dan dat Patrik deel zou uitmaken van die geborgenheid en voorspelbaarheid. Ze wilde haar leven in alle gebruikelijke stappen kunnen plannen. Samenwonen, zich verloven, trouwen, kinderen krijgen en daarna een lange reeks gewone dagen die elkaar opvolgden, tot ze elkaar op een dag aankeken en ontdekten dat ze samen oud waren geworden. Dat was toch niet te veel gevraagd?

Voor het eerst voelde ze een steek verdriet bij de gedachte aan Alex. Het was alsof ze nu pas besefte dat Alex' leven onherroepelijk was afgelopen. Hoewel hun wegen elkaar jarenlang niet hadden gekruist, had ze toch af en toe aan haar gedacht en geweten dat Alex' leven doorging, parallel met haar eigen leven. Nu was zij de enige die een toekomst had, die al het verdriet en alle vreugde zou mogen meemaken die de jaren in zich droegen. Als ze nu aan Alex dacht, zou het beeld dat bij haar opkwam altijd dat van Alex' bleke lijk in het bad zijn. Het bloed op de tegels en het haar dat eruit had gezien als een bevroren aureool. Misschien had ze daarom wel besloten het boek over Alex te schrijven. Het was een manier om de jaren dat ze elkaar na hadden gestaan opnieuw te beleven en tegelijk de persoon te leren kennen die Alex was geworden nadat hun wegen zich hadden gescheiden.

Wat haar de afgelopen dagen had verontrust, was dat het materiaal een beetje te plat voelde. Het was alsof ze maar van één kant naar een driedimensionale figuur mocht kijken. De andere kanten, die even belangrijk waren om een idee te krijgen van hoe de figuur eruitzag, had ze nog niet mogen zien. Ze had ontdekt dat ze meer naar de mensen in de omgeving moest kijken, niet alleen naar de hoofdpersonen, maar naar alle figuranten die rondom Alex hadden bestaan. Ze had vooral nagedacht over dingen die ze met de voelsprieten van een kind had aangevoeld, maar waar ze nooit een duidelijk beeld van had gekregen.

Er was iets gebeurd in het jaar voordat Alex verhuisde en niemand had ooit de moeite genomen om haar te vertellen wat. Het gefluister was gestopt zodra zij in de buurt kwam en men had haar beschermd tegen iets wat ze nu wanhopig graag wilde weten. Het probleem was alleen dat ze niet wist waar ze moest beginnen. Het enige dat ze zich kon herinneren van de keren dat ze geprobeerd had de gefluisterde gesprekken van de volwassenen af te luisteren, was dat ze het woord 'school' een aantal keren had gehoord. Dat was niet veel om op af te gaan, maar het was het enige dat ze had. Erica wist dat Alex' meester van de lagere school, en dus ook die van haarzelf, nog steeds in Fjällbacka woonde en bij gebrek aan beter besloot ze bij hem te beginnen.

Het was harder gaan waaien en de kou begon door haar dikke kleren heen te dringen. Erica voelde dat het tijd was om in beweging te komen. Ze wierp een laatste blik op Fjällbacka, dat beschut lag door de berg die zich achter het dorp verhief. Wat 's zomers gehuld was in een goudgeel licht was nu grauw en schraal, maar Erica vond dit toch mooier. 's Zomers leek het meer op een mierenhoop waar een voortdurende activiteit heerste. Nu lag er een vredige rust over de kleine gemeenschap en ze kon zich bijna voorstellen dat het dorp sliep. Tegelijkertijd wist ze dat de rust bedrieglijk was. Onder de oppervlakte waren evenveel slechte kanten van de mens vertegenwoordigd als overal elders waar mensen leefden. Daar had ze in Stockholm het een en ander van gezien, maar Erica dacht dat het hier misschien zelfs gevaarlijker was. Haat, jaloezie, gierigheid en wraak, alles werd onder één groot deksel verborgen dat gevormd werd door 'wat zullen de mensen er wel niet van zeggen?' Al het kwade, kleingeestige en gemene kon rustig gisten onder een oppervlak dat altijd schoongeboend was. Nu Erica op de klippen van Badholmen naar de kleine, met sneeuw bedekte gemeenschap keek, vroeg ze zich af welke geheimen daar werden bewaakt.

Ze huiverde, stopte haar handen diep in haar zakken en liep naar het centrum.

Het leven was elk jaar bedreigender geworden. Hij ontdekte de hele tijd nieuwe gevaren. Het was begonnen toen hij zich plotseling bewust was geworden van de vele miljoenen bacillen en bacteriën die om hem heen draaiden. Hij vond het vreselijk iets te moeten aanraken en als hij dat toch moest doen, zag hij legers bacteriën die op hem kropen en dreigden ontelbare bekende en onbekende ziekten met zich mee te brengen, die hem zeker een langdurig en pijnlijk sterfbed zouden bezorgen. Vervolgens was de omgeving zelf bedreigend geworden. Grote oppervlakken brachten hun eigen gevaren mee, net als kleine oppervlakken. Als hij in een menigte terechtkwam, begon het zweet uit alle poriën van zijn lichaam te sijpelen en zijn ademhaling werd snel en oppervlakkig. De oplossing was eenvoudig. De enige omgeving die hij in elk geval gedeeltelijk kon beheersen, was zijn eigen huis en hij besefte al snel dat hij in feite zijn eigen leven kon leiden zonder ooit nog buiten de deur te hoeven komen.

De laatste keer dat hij buiten was geweest, was acht jaar geleden en hij verdrong elk eventueel verlangen om de buitenwereld te betreden zo effectief, dat hij niet langer wist of dat verlangen eigenlijk nog wel bestond. Hij was tevreden met zijn leven en zag geen reden om daar iets aan te veranderen.

Axel Wennerström bracht zijn dagen volgens een inmiddels vaste routine door. Elke dag volgde hij hetzelfde rooster en deze dag was dat niet anders. Hij stond om zeven uur op, ontbeet en maakte daarna de hele keuken met krachtige schoonmaakmiddelen schoon om alle eventuele bacteriën uit te roeien die zijn ontbijt had kunnen verspreiden nadat het uit de koelkast was gehaald. Daarna bracht hij een paar uur door met het stoffen, vegen en opruimen van de rest van het huis. Pas rond enen kon hij zich een pauze veroorloven en dan ging hij met de krant op de veranda zitten. Volgens een speciale afspraak met Signe, de postbode, kreeg hij de krant elke ochtend in een plastic tas, zodat hij het beeld van alle vieze mensenhanden die de krant hadden aangeraakt voordat die bij hem in de brievenbus viel, enigszins kon verdringen.

Een klop op de deur bezorgde hem een adrenalinestoot. Op dit tijdstip kwam er nooit iemand langs. De boodschappen werden meestal vroeg op de vrijdagochtend gebracht. Dat was in principe het enige bezoek dat hij kreeg. Moeizaam bewoog hij zich centimeter voor centimeter naar de deur. Er werd nog een keer hardnekkig geklopt. Hij strekte een bevende hand uit naar het bovenste slot en deed dat open. Hij wenste dat hij een spionnetje had gehad, dat zag je wel vaker bij voordeuren van een flat, maar in het oude gebouw waar hij woonde, zat niet eens een raam bij de deur waardoor hij kon zien wie de indringer was. Hij deed ook het onderste slot open en met bonzend hart opende hij de deur. Hij onderdrukte het verlangen om de aanblik van het vreselijke, naamloze dat hem achter de deur te wachten stond, buiten te sluiten.

'Axel? Axel Wennerström?'

Hij ontspande. Vrouwen waren minder bedreigend dan mannen. Voor de zekerheid liet hij de deurketting erop zitten.

'Ja, dat ben ik.'

Hij probeerde zo afwijzend mogelijk te klinken. Hij wilde alleen maar dat zij, wie ze ook was, zou verdwijnen en hem met rust zou laten.

'Dag, meneer Wennerström. Ik weet niet of u zich mij nog kunt herinneren, maar ik heb bij u in de klas gezeten. Erica Falck?'

Hij zocht in zijn geheugen. Hij had zoveel jaar lesgegeven en zoveel leerlingen gehad. Vaag kwam het beeld van een klein blond meisje boven. Ja, dat was ook zo, de dochter van Tore.

'Ik zou u graag even spreken als dat kan.'

Ze keek hem door de deurspleet dwingend aan. Axel zuchtte diep, maakte de deurketting los en liet haar binnen. Hij probeerde er niet aan te denken hoeveel onbekende organismen ze in zijn schone huis mee naar binnen bracht. Hij wees op een schoenenplank om aan te geven dat ze haar laarzen moest uittrekken. Ze gehoorzaamde beleefd en hing ook haar jas op. Om te voorkomen dat haar vuil in de rest van zijn huis kwam, wees hij naar de rieten meubels op de veranda. Ze ging op de bank zitten en in gedachten maakte hij een aantekening dat hij de kussens moest wassen zodra ze weer weg was.

'Het is een tijd geleden dat ik u heb gezien.'

'Ja, als ik het goed heb, zat je vijfentwintig jaar geleden bij mij in de klas.'

'Ja, dat klopt. De tijd gaat snel.'

Axel vond het frustrerend om over koetjes en kalfjes te moeten praten, maar hij schikte zich er met tegenzin in. Hij wilde dat ze ter zake kwam, zodat ze weer snel zou vertrekken en hij zijn huis weer voor zichzelf had. Hij begreep absoluut niet wat ze van hem moest. Hij had door de jaren heen honderden leerlingen gehad en tot nu toe was hij verschoond gebleven van hun bezoek. Maar nu zat Erica Falck voor hem en hij zat op hete kolen in de rieten fauteuil tegenover haar en wilde niets liever dan van haar afkomen. Zijn ogen zochten de hele tijd het kussen waarop ze zat, en hij kon letterlijk zien hoe alle bacteriën die ze bij zich droeg krioelend van de bank naar beneden bewogen en zich over de vloer verspreidden. Het zou niet genoeg zijn het kussen te wassen, hij zou het hele huis moeten schoonmaken en desinfecteren als ze weer weg was.

'U vraagt zich zeker af waarom ik hier ben.'

Hij knikte alleen maar ten antwoord.

'U hebt vast wel gehoord dat Alexandra Wijkner vermoord is.'

Dat had hij inderdaad en het had dingen naar boven gebracht die hij een groot deel van zijn leven had geprobeerd te verdringen. Nu wilde hij nog liever dat Erica Falck zou opstaan en door de deur zou verdwijnen. Maar ze bleef zitten, en hij onderdrukte een kinderlijke impuls om zijn handen tegen zijn oren te plaatsen en luid te gaan neuriën, om zo alle woorden waarvan hij wist dat ze zouden komen buiten te sluiten.

'Ik heb zo mijn redenen om een aantal zaken over Alex en haar dood te onderzoeken en ik zou u een paar vragen willen stellen, als u dat goedvindt?'

Axel sloot zijn ogen. Hij had geweten dat deze dag ooit zou komen.

'Ja, dat is goed.'

Hij nam niet de moeite te vragen wat voor redenen ze had om hem vragen over Alex te stellen. Hij vond het best als ze dat voor zichzelf wilde houden. Hij was niet geïnteresseerd. Ze mocht best vragen stellen, maar er was niets dat zei dat hij ze moest beantwoorden. Tegelijkertijd voelde hij tot zijn verbazing een sterk verlangen om alles aan de blonde vrouw tegenover hem te vertellen. Om de last die hij vijfentwintig jaar lang had gedragen op iemand anders over te laden, op wie dan ook. Het had zijn leven vergiftigd. Het was diep in zijn geweten als een zaadje gegroeid en vervolgens had het zich als een gif door zijn lichaam en gemoed verspreid. Op heldere momenten wist hij dat het de wortel was van zijn behoefte aan reinheid en van zijn steeds groter wordende angst voor alles wat zijn controle over de omgeving kon bedreigen. Erica Falck kon vragen wat ze wou, maar hij zou alles doen om de lust tot vertellen te bedwingen. Als hij zijn greep verloor, zouden de dijken rondom zijn zorgvuldig opgebouwde bescherming doorbreken. Dat mocht niet gebeuren.

'Kunt u zich Alexandra herinneren?'

Inwendig glimlachte hij bitter. De meeste kinderen die hij in de klas had gehad, hadden alleen maar zwakke, vage herinneringen achtergelaten, maar Alexandra stond hem vandaag de dag even duidelijk voor de geest als vijfentwintig jaar geleden. Maar dat kon hij natuurlijk niet zeggen.

'Ja, ik herinner me Alexandra. Maar dan als Alexandra Carlgren, niet als Wijkner natuurlijk.'

'Ja, dat spreekt voor zich. Hoe was ze op school?'

'Stil, een beetje teruggetrokken, nogal vroegrijp.'

Hij merkte dat Erica gefrustreerd raakte omdat hij zo weinig zei, maar hij probeerde bewust zo min mogelijk te zeggen, alsof de woorden het van hem zouden overnemen en uit zichzelf zouden gaan stromen als het er te veel werden.

'Was ze een goede leerling?'

'Tja, niet echt goed, maar ook niet slecht. Als ik het me goed herinner, hoorde ze niet tot de meest ambitieuze leerlingen, maar ze was op een rustige manier intelligent en eigenlijk was ze een echte middenmoter.'

Erica aarzelde even en Axel realiseerde zich dat ze nu bij de vragen zouden komen waar ze eigenlijk antwoord op wilde hebben. De vragen die ze tot nog toe had gesteld waren voor haar alleen een aanloopje geweest.

'Ze verhuisden midden in het semester. Weet u nog wat voor reden Alex' ouders opgaven?'

Hij deed of hij nadacht, plaatste zijn vingertoppen tegen elkaar en steunde gemaakt peinzend zijn kin op zijn handen. Hij zag dat Erica een beetje naar voren schoof op de bank en heel benieuwd was naar het antwoord op die vraag. Hij moest haar teleurstellen. Het enige dat hij haar niet kon vertellen was de waarheid.

'Ja, ik meen dat haar vader elders een baan had gekregen. Om je de waarheid te zeggen weet ik het niet goed meer, maar ik meen me vaag te herinneren dat het zoiets was.'

Erica kon haar teleurstelling niet verbergen. Opnieuw voelde hij de behoefte om zijn borst open te splijten en te ontbloten wat daar al die jaren verborgen had gelegen. Om zijn geweten te zuiveren door de hele naakte waarheid eruit te gooien. Maar in plaats daarvan haalde hij diep adem en drukte dat wat naar boven en naar buiten wilde, weg.

Ze ging koppig verder. 'Maar het kwam toch nogal plotseling? Had u er eerder al iets over gehoord, had Alex gezegd dat ze zouden verhuizen?'

'Tja, ik vond het niet zo raar. Het kwam inderdaad nogal onverwacht, maar zulke dingen kunnen snel gaan en haar vader kreeg misschien op heel korte termijn een mooi aanbod, ik weet het ook niet.'

Hij spreidde zijn armen alsof hij wilde zeggen dat hij net zo weinig wist als Erica, en de frons tussen haar wenkbrauwen werd dieper. Dit was niet het antwoord dat ze wilde horen. Maar ze moest er genoegen mee nemen.

'Ja, dan is er nog iets. Ik herinner me vaag dat er in die tijd over Alex werd gepraat. Ik weet ook nog dat de volwassenen iets over de school zeiden. Weet u misschien wat dat was? Ik heb alleen maar heel vage herinneringen, maar het was iets wat wij kinderen niet mochten horen.'

Axel voelde dat alle gewrichten in zijn lichaam ineens stijf werden. Hij hoopte dat zijn verbijstering niet even duidelijk te zien was als hij die kon voelen. Hij wist natuurlijk dat het gerucht de ronde moest hebben gedaan, zo ging dat altijd. Je kon niets geheim houden, maar hij dacht toch dat de schade beperkt was gebleven. Hij had zelf geholpen die te beperken. Dat vrat nog steeds aan hem. Erica wachtte op een antwoord.

'Nee, ik heb geen idee wat dat geweest zou moeten zijn. Maar er wordt zoveel gepraat. Je weet hoe de mensen zijn. De meeste dingen zijn helemaal niet waar. Ik zou er niet te veel belang aan hechten als ik jou was.'

De teleurstelling was op haar hele gezicht te lezen. Ze had geen enkel antwoord gekregen op de vragen waarvoor ze was gekomen, dat begreep hij. Maar hij had geen keus. Het was als een snelkookpan. Als hij het deksel ook maar een heel klein beetje optilde, zou alles kunnen exploderen. Tegelijkertijd was er nog steeds iets wat zich opdrong om verteld te mogen worden. Het was alsof iemand bezit had genomen van zijn lichaam; hij voelde dat zijn mond openging en zijn tong de woorden begon te vormen, de woorden die niet gezegd mochten worden. Tot zijn opluchting stond Erica op en het moment ging voorbij. Ze trok haar jas en laarzen aan en stak haar hand uit. Hij keek naar de hand en slikte een paar keer voordat hij die beetpakte. Hij moest zijn best doen om geen vies gezicht te trekken. Het contact met de huid van een ander mens vond hij onbeschrijflijk walgelijk. Eindelijk stapte ze naar buiten, maar ze draaide zich om toen hij op het punt stond de deur dicht te doen.

'Ik ben nog iets vergeten. Had Nils Lorentz voor zover u weet iets met Alex te maken, of met de school?'

Axel aarzelde, maar nam toen een besluit. Ze zou er toch achter komen, als hij het niet zei deed een ander dat wel.

'Weet je dat niet meer? Hij heeft een semester als invalkracht gewerkt.'

Toen deed hij de deur dicht, draaide van beide sloten de sleutels om, zette de deurketting vast, leunde met zijn rug tegen de deur en sloot zijn ogen.

Snel pakte hij de schoonmaakspullen en veegde alle sporen van de onwelkome bezoekster weg. Pas daarna voelde zijn wereld weer veilig.

De avond was niet goed begonnen. Lucas had al een slecht humeur toen hij thuiskwam en ze probeerde hem steeds een stap voor te zijn om hem niet nog meer redenen tot ergernis te geven. Ze wist inmiddels dat als hij slechtgehumeurd thuiskwam, hij naar een excuus zocht om zijn woede te botvieren.

Ze besteedde extra veel aandacht aan het eten, maakte zijn lievelingsgerecht klaar en dekte de tafel met zorg. Ze hield de kinderen uit de buurt door hen in Emma's kamer naar *De leeuwenkoning* te laten kijken en Adrian eten uit een flesje te geven zodat hij in slaap viel. Ze zette Lucas' lievelings-cd op, Chet Baker, en ten slotte kleedde ze zich extra feestelijk en besteedde ze meer aandacht aan haar kapsel en make-up dan gewoonlijk. Maar ze merkte al snel dat het deze avond niet uitmaakte wat ze deed. Lucas had kennelijk een heel vervelende dag op zijn werk gehad en de woede die zich in hem had opgebouwd, moest naar buiten. Anna zag de glimp in zijn ogen en ze kon niet anders doen dan wachten tot de bom zou barsten.

De eerste klap kwam zonder waarschuwing. Een oorvijg van rechts waardoor haar oor begon te suizen. Ze pakte haar wang beet en keek op naar Lucas, alsof ze nog steeds hoopte dat iets in hem zou smelten als hij de sporen zag die hij op haar lichaam achterliet. Maar dat maakte de lust om haar nog meer pijn te doen alleen maar groter. Het had haar heel veel tijd gekost om te begrijpen en te accepteren dat hij er echt van genoot haar te verwonden. Jarenlang had ze hem geloofd als hij haar verzekerde dat de klappen hem evenveel pijn deden als haar, maar dat geloofde ze nu niet langer. Ze had het monster in hem al eerder gezien en inmiddels was het haar bekend.

Ze dook instinctief ineen om zich te beschermen tegen de klappen die nog zouden volgen. Toen die over haar heen begonnen te regenen, probeerde ze zich te concentreren op een punt in haar binnenste, een plek waar Lucas niet bij kon. Dat was iets waar ze steeds beter in was geworden en hoewel ze zich bewust was van de pijn, kon ze zich er het grootste deel van de tijd van distantiëren. Het was alsof ze tegen het plafond zweefde en naar haar eigen ik keek, dat ineengerold op de grond lag terwijl Lucas zijn woede op haar uitleefde.

Ze hoorde een geluid, waardoor ze snel terugkeerde naar de werkelijkheid en weer in haar lichaam terechtkwam. Emma stond in de deuropening, met haar duim in haar mond en haar knuffeldeken in haar armen. Anna had haar meer dan een jaar geleden zover gekregen dat ze niet meer op haar duim zoog, maar nu zoog ze heel hard en luid om troost te vinden. Lucas had haar nog niet gezien omdat hij met zijn rug naar Emma's kamer stond, maar hij draaide zich om toen hij zag dat Anna's blik gericht was op iets achter hem.

Met snelle pas liep hij voordat Anna hem kon tegenhouden naar zijn dochter; hij tilde haar hardhandig op en schudde haar zo hard door elkaar dat Anna kon horen hoe Emma's tanden klapperden. Anna probeerde overeind te komen, maar ze had het gevoel alsof alles in slowmotion gebeurde. Ze wist dat ze deze scène altijd voor zich zou kunnen zien. Lucas die Emma door elkaar schudde, Emma die met grote, niet-begrijpende ogen naar haar geliefde vader keek die in een angstaanjagende vreemdeling was veranderd.

Anna wierp zich naar voren om Emma tegen Lucas te beschermen, maar voordat ze hem kon bereiken moest ze lamgeslagen toezien hoe Lucas het kleine kinderlijfje tegen de muur wierp. Er klonk een akelig krakend geluid en Anna wist dat haar leven nu onherroepelijk was veranderd. Lucas' ogen waren bedekt met een glanzend vlies en hij keek bijna niet-begrijpend naar het kind in zijn handen, voordat hij haar voorzichtig en liefdevol op de grond zette. Daarna tilde hij haar weer op, alsof ze een kleine baby was, en hij keek met glanzende, robotachtige ogen naar Anna.

'Ze moet naar het ziekenhuis. Ze is van de trap gevallen en heeft zich bezeerd. We moeten het ze uitleggen. Ze is van de trap gevallen.'

Hij praatte onsamenhangend en liep zonder te kijken of Anna hem volgde naar de voordeur. Ze bevond zich in een shocktoestand en volgde slapjes. Het was alsof ze in een droom bewoog, waaruit ze elk moment kon ontwaken.

Lucas herhaalde keer op keer: 'Ze is van de trap gevallen. Ze moeten ons geloven, als we maar hetzelfde zeggen, Anna. Want we zeggen toch hetzelfde, Anna, ze is van de trap gevallen, toch?'

Lucas praatte maar door, Anna kon alleen knikken. Ze wilde Emma, die nu hysterisch huilde van pijn en verwarring, uit Lucas' armen rukken, maar ze durfde niet. Op het laatste moment, toen ze al in het trappenhuis stonden, ontwaakte ze uit haar nevelige toestand en realiseerde zich dat Adrian alleen in het appartement lag. Ze haastte zich weer naar binnen en wiegde hem de hele weg naar de Spoedeisende Hulp beschermend in haar armen, terwijl de knoop in haar maag steeds groter werd.

'Heb je zin om te komen lunchen?'

'Ja graag. Wanneer zal ik komen?'

'Ik kan over een uur iets klaar hebben, komt dat uit?'

'Ja, dat is perfect. Dan kan ik hier nog wat afmaken. Tot over een uurtje.'

Er viel een korte stilte, toen zei Patrik aarzelend: 'Kusje, tot straks.'

Erica merkte dat ze licht begon te blozen van deze eerste, maar veelbetekenende stap voorwaarts in hun relatie. Ze antwoordde met dezelfde woorden en ze hingen op.

Terwijl ze de lunch voorbereidde, schaamde ze zich een beetje over haar plannen. Tegelijkertijd voelde ze dat ze niet anders kon, en toen er een uur later werd aangebeld haalde ze diep adem en deed de deur open. Het was Patrik en hij kreeg een hartstochtelijk onthaal, dat Erica noodgedwongen moest onderbreken toen de eierwekker ging ten teken dat de spaghetti klaar was.

'Wat eten we?' Patrik klopte op zijn buik om aan te geven dat hij trek had.

'Spaghetti bolognese.'

'Mmm, lekker. Je bent een droomvrouw, wist je dat?'

Patrik kwam achter haar staan, sloeg zijn armen om haar heen en begon voorzichtig in haar hals te bijten.

'Je bent sexy, intelligent, fantastisch in bed, maar vooral, en dat is het aller-, allerbelangrijkste, je kunt goed koken. Wat wil een man nog meer...'

De deurbel ging. Patrik keek vragend naar Erica, die haar ogen neersloeg en wegliep om open te doen na eerst haar handen aan de keukenhanddoek te hebben afgeveegd. Het was Dan. Hij zag er gekweld en afgemat uit. Zijn hele lichaam hing slap en zijn ogen waren doods. Erica schrok hevig toen ze hem zag, maar ze vermande zich en probeerde niets te laten merken.

Toen Dan de keuken binnenkwam, keek Patrik Erica nog steeds vragend aan. Ze schraapte haar keel en stelde de mannen aan elkaar voor.

'Patrik Hedström – Dan Karlsson. Dan wil je iets vertellen. Maar laten we eerst gaan zitten.'

Met de pan met gehaktsaus in haar handen ging ze hen voor naar de eetkamer. Ze schoven aan tafel en de stemming was bedrukt. Ze voelde zich zwaar te moede, maar ze wist dat dit nodig was. Ze had Dan die ochtend gebeld en hem overgehaald de politie over zijn relatie met Alex te vertellen en ze had voorgesteld dat hij dat bij haar thuis zou doen, zodat het hopelijk wat makkelijker voor hem was.

Ze negeerde Patriks vragende blik en stak van wal. 'Patrik, Dan is hier vandaag omdat hij je iets moet vertellen, in jouw hoedanigheid van politieagent.'

Ze gebaarde naar Dan dat hij kon beginnen. Dan keek naar zijn bord, het eten had hij nog niet aangeraakt. De onaangename stilte hield nog even aan, toen begon hij te praten. 'Ik ben de man met wie Alex een relatie had. De vader van de baby die ze verwachtte.'

Ze hoorden een rammelend geluid toen Patrik zijn vork op zijn bord liet vallen. Erica legde haar hand op zijn arm en zei: 'Dan is een van mijn oudste en beste vrienden, Patrik. Ik heb gisteren ontdekt dat Dan degene is die Alex hier in Fjällbacka ontmoette. Ik heb jullie voor de lunch uitgenodigd omdat ik dacht dat het makkelijker zou zijn om er hier over te praten dan op het politiebureau.'

Ze zag aan Patrik dat hij het niet leuk vond dat ze zich er op deze manier mee had bemoeid, maar dat kwam later wel. Dan was een goede vriend en ze wilde er alles aan doen om de situatie niet nog erger te maken. Toen ze hem door de telefoon had gesproken, had hij verteld dat Pernilla met de kinderen naar haar zus in Munkedal was gegaan. Ze moest nadenken, had ze gezegd. Ze wist niet hoe het verder zou gaan. Ze kon niets beloven. Dan zag zijn hele leven instorten. In zekere zin zou het een bevrijding zijn om zijn verhaal aan de politie te vertellen. De afgelopen weken waren zwaar geweest. Aan de ene kant had hij in stilte om Alex moeten rouwen, aan de andere kant was hij bij elk telefoontje en elke klop op de deur opgesprongen, ervan overtuigd dat het de politie was die had ontdekt dat hij de man was met wie Alex een relatie had. Nu Pernilla het wist, was hij niet langer bang om het aan de politie te vertellen. Het kon niet erger worden dan het al was. Het kon hem niet schelen wat er met hem gebeurde, als hij zijn gezin maar niet kwijtraakte.

'Dan heeft niets met de moord te maken, Patrik. Hij is bereid alles te vertellen wat jullie over Alex en hem willen weten, maar hij zweert dat hij haar op geen enkele manier kwaad heeft gedaan, en ik geloof hem. Ik hoop dat je dit zoveel mogelijk binnen de muren van het bureau kunt houden. Je weet hoeveel er wordt gepraat en Dans gezin heeft al genoeg geleden. Dan trouwens ook. Hij heeft een fout gemaakt, en geloof me, daar betaalt hij een heel hoge prijs voor.'

Patrik keek nog steeds niet bijster tevreden, maar hij knikte ten teken dat hij luisterde naar wat ze zei. 'Ik zou graag alleen met Dan willen praten, Erica.'

Ze protesteerde niet, maar stond op en liep naar de keuken om op te ruimen. Vanuit de keuken hoorde ze hen de ene keer luider, de andere keer weer zachter praten. Dans zware, diepe stem en Patriks wat lichtere. De discussie klonk af en toe verhit, maar toen ze na ruim een halfuur de keuken in kwamen zag Dan er opgelucht uit, terwijl Patrik nog steeds grimmig keek. Dan omhelsde Erica voordat hij vertrok en gaf Patrik een hand.

'Ik neem contact met je op als we meer willen weten,' zei Patrik. 'Misschien moet je naar het bureau komen om ook een schriftelijke verklaring af te leggen.'

Dan knikte alleen maar zonder iets te zeggen en vertrok na een laatste zwaai naar hen beiden.

De blik in Patriks ogen voorspelde niet veel goeds. 'Dit moet je nooit, nooit meer doen, Erica. We onderzoeken een moord en we moeten alles op de juiste manier doen.'

Als hij boos was, fronste hij zijn hele voorhoofd en ze moest zich inhouden om de rimpels niet weg te zoenen.

'Ik weet het, Patrik. Maar de vader van het kind stond boven aan jullie lijstje van verdachten en ik wist dat als hij naar het bureau zou gaan, jullie hem in een verhoorkamer zouden zetten en hem waarschijnlijk hard aan zouden pakken. Dan zou dat op dit moment niet aankunnen. Zijn vrouw heeft de kinderen meegenomen en hem verlaten en hij weet niet of ze nog wel terugkomen. Bovendien heeft hij iemand verloren die, hoe je er ook tegenaan kijkt, iets voor hem betekende. Alex. En hij heeft zijn verdriet met niemand kunnen delen, met niemand kunnen praten. Daarom dacht ik dat we in elk geval konden beginnen met een gesprek hier thuis, in een neutrale omgeving, zonder andere politiemensen erbij. Ik begrijp dat jullie hem nog verder moeten verhoren, maar nu is het ergste achter de rug. Het spijt me oprecht dat ik je om de tuin heb geleid, Patrik. Denk je dat je het me kunt vergeven?'

Ze tuitte haar lippen zo verleidelijk ze maar kon en vlijde zich tegen hem aan. Ze pakte zijn armen, legde die om haar middel en ging toen op haar tenen staan om zijn mond met de hare te kunnen bereiken. Onderzoekend stak ze de punt van haar tong in zijn mond en het duurde maar een paar tellen voor ze een reactie van hem voelde. Na een poosje duwde hij haar van zich af en keek haar rustig in de ogen.

'Voor deze keer is het je vergeven, maar doe het niet nog een keer, hoor je me? En nu stel ik voor dat we de rest van de lunch in de magnetron opwarmen, zodat het geknor in mijn buik ophoudt.'

Erica knikte en innig verstrengeld liepen ze naar de eetkamer, waar de lunch vrijwel onaangeroerd op de borden lag.

Toen Patrik weer terug moest naar het bureau en al bijna buiten stond, herinnerde Erica zich dat er nog iets was wat ze hem had willen vertellen.

'Ik vertelde je toch dat ik me vagelijk herinner dat er over Alex werd gepraat vlak voordat ze verhuisden, en dat het iets met de school te maken had. Ik heb geprobeerd het te checken, maar ben niet veel wijzer geworden. Maar ik kreeg wel te horen dat er inderdaad nog een verband is tussen Alex en Nils, behalve dat Karl-Erik op de conservenfabriek werkte. Nils is namelijk een semester ingevallen als meester op de lagere school. Ik heb hem nooit als leraar gehad, maar ik weet dat hij in Alex' klas inviel. Ik weet niet of het belangrijk is, maar ik wilde het je toch vertellen.'

'Zo, Alex heeft Nils dus als leraar gehad.'

Patrik bleef nadenkend op het trapje bij de voordeur staan.

'Misschien is het inderdaad niet belangrijk, maar op dit moment zijn alle lijnen tussen Nils Lorentz en Alex van belang. We hebben verder niet zoveel om op af te gaan.'

Hij keek haar ernstig aan.

'Dan zei iets wat ik maar niet kan vergeten. Hij zei dat Alex het er de laatste tijd vaak over had gehad dat je schoon schip moest maken met je verleden. Dat je lastige kwesties onder ogen moest durven zien, om verder te kunnen gaan. Ik vraag me af of dat te maken kan hebben met wat jij net zei, Erica.' Patrik zweeg even, maar kwam toen weer met een ruk terug naar het heden en zei: 'Ik kan Dan niet als verdachte uitsluiten, ik hoop dat je dat begrijpt.'

'Ja, ik begrijp het, Patrik. Maar pak het alsjeblieft voorzichtig aan. Kom je vanavond?'

'Ja, ik moet alleen wel even naar huis om schone kleren en zo te halen. Maar ik kom rond zevenen.'

Ze kusten elkaar ten afscheid. Patrik nam nu zijn eigen auto mee en Erica bleef op het trapje staan en keek hem na tot de auto uit het zicht was verdwenen.

Patrik reed niet rechtstreeks terug. Hij wist eigenlijk niet waarom hij het had gedaan, maar voordat hij van het bureau was vertrokken had hij de sleutels van Anders' appartement meegenomen. Hij besloot daarheen te gaan en in alle rust rond te kijken. Wat hij nu nodig had was een nieuw aanknopingspunt, het maakte niet uit wat. Hij had het gevoel dat alle sporen die hij onderzocht doodliepen en dat het hun nooit zou lukken de moordenaar of de moordenaars te vinden. De geheime minnaar van Alex had, precies zoals Erica zei, boven aan de lijst van verdachten gestaan, maar nu was hij daar niet zo zeker meer van. Hij wilde Dan nog niet helemaal afschrijven, maar hij moest toegeven dat het spoor niet langer even heet voelde.

In Anders' appartement hing een spookachtige atmosfeer. Patrik zag nog steeds het beeld voor zich van Anders die zachtjes heen en weer bungelde aan zijn strop, hoewel hij al was losgemaakt toen Patrik hem zag. Hij wist niet waar hij naar zocht, maar trok een paar handschoenen aan om de plaats delict intact te laten. Hij ging precies onder de haak aan het plafond staan waar de strop had vastgezeten en probeerde zich voor te stellen hoe het was gegaan toen Anders werd opgehangen. Het klopte gewoon niet. Het was een hoog plafond en de strop was vlak onder de haak vastgemaakt. Er moest aanzienlijke kracht zijn gebruikt om Anders' lichaam zo ver omhoog te krijgen. Hij was weliswaar vrij mager geweest, maar gezien zijn lengte moest hij toch redelijk wat hebben gewogen. Patrik bedacht dat hij Anders' gewicht moest controleren als het sectierapport binnenkwam. Volgens hem moest Anders wel door meerdere mensen zijn opgetild. Maar hoe kwam het dan dat er geen sporen op Anders' lichaam zaten? Ook als hij verdoofd was geweest, had het optillen van het lichaam sporen moeten hebben achtergelaten. Het klopte gewoon niet.

Hij liep verder door het appartement en keek rond. Omdat er behalve de matras in de woonkamer en een keukentafel met twee stoelen niet veel meubels waren, viel er niet veel te onderzoeken. Patrik ontdekte dat de keukenladen de enige opbergplek waren, en die doorzocht hij systematisch. Ze waren al eerder doorzocht, maar hij wilde er toch zeker van zijn dat ze niets over het hoofd hadden gezien.

In de vierde la vond hij een notitieblok dat hij op de keukentafel legde voor nader onderzoek. Hij hield het blok bij het raam omhoog om in het heldere daglicht te kunnen zien of er afdrukken op stonden. En inderdaad, wat op het bovenste papier was geschreven, had afdrukken achtergelaten op het papier eronder en hij paste een beproefde methode toe om te zien of hij iets van de tekst zichtbaar kon maken. Met een potlood dat hij in dezelfde keukenla had gevonden, veegde hij voorzichtig grafiet over het vel papier. Er kwamen alleen fragmenten van de tekst tevoorschijn, maar daaruit kon hij wel opmaken waar het over ging. Patrik floot zachtjes. Dit was interessant, heel interessant. De radertjes kwamen piepend in beweging. Voorzichtig legde hij het blok in een van de plastic zakken die hij uit de auto had meegenomen.

Patrik ging verder met het onderzoeken van de laden. Het meeste was rotzooi, maar in de allerlaatste la vond hij iets interessants. Hij keek naar het stukje leer dat hij tussen zijn vingers hield. Het was precies eenzelfde stukje als hij bij Alex thuis had gezien toen hij en Erica daar waren. Het had op haar nachtkastje gelegen en hij had dezelfde ingebrande inscriptie gelezen als hier. 'D.D.M. 1976.'

Toen hij het omdraaide, zag hij dat er net als bij Alex een paar vage bloedvlekken op de achterkant zaten. Dat er tussen Alex en Anders een link bestond die zij nog niet hadden ontdekt, was niets nieuws. Wat hem daarentegen verblufte was het knagende gevoel dat hij kreeg als hij naar het stukje leer keek.

Iets in zijn onderbewustzijn vroeg om aandacht en probeerde hem te zeggen dat het kleine stukje leer hem iets belangrijks kon vertellen. Hij wist dat hij een overduidelijk detail over het hoofd zag, maar het weigerde zich kenbaar te maken. Maar het stukje leer vertelde hem in elk geval dat het verband tussen Alex en Anders heel ver terugging. In elk geval tot 1976. Het jaar voordat Alex en haar ouders uit Fjällbacka verhuisden en een jaar lang spoorloos verdwenen. Een jaar voordat Nils Lorentz voorgoed verdween. Nils, die volgens Erica leraar was geweest op de school waar zowel Alex als Anders op had gezeten.

Patrik besefte dat hij met de ouders van Alex moest praten. Als de vermoedens die nu vorm begonnen te krijgen klopten, hadden zij de laatste antwoorden; antwoorden die de stukken die hij al meende te onderscheiden konden samenvoegen.

Hij stopte het stukje leer in een ander zakje en wierp een laatste blik op de woonkamer voordat hij vertrok. Opnieuw zag hij het beeld van Anders' bleke, magere, bungelende lichaam voor zijn geestesoog en hij beloofde zichzelf dat hij deze kwestie, die ervoor had gezorgd dat Anders zijn treurige leven in een strop had geëindigd, tot de bodem zou uitzoeken. Als dat waarvan hij nu de contouren begon te zien inderdaad was gebeurd, dan was dat een tragedie die alle begrip te boven ging. Hij hoopte van harte dat hij het mis had.

Patrik zocht Gösta's naam op in het adressenboek en toetste zijn doorkiesnummer op het bureau in. Waarschijnlijk stoorde hij hem in een spelletje patience.

'Hoi, met Patrik.'

'Dag Patrik.'

Gösta's stem aan de andere kant van de lijn klonk even vermoeid als altijd.

'Heb je al een afspraak gemaakt met de familie Carlgren in Göteborg?'

'Nee, daar heb ik nog geen tijd voor gehad. Er waren allerlei andere dingen.'

Gösta klonk afwachtend. Hij schoot in de verdediging door Patriks vraag en was bang dat hij kritiek zou krijgen omdat hij nog niet aan zijn opdracht was begonnen. Hij had zich er gewoonweg niet toe kunnen zetten. De hoorn van de haak tillen en bellen voelde als een onmogelijkheid, in de auto stappen en naar Göteborg rijden als een onoverkomelijkheid.

'Zou je het erg vinden als ik het van je overneem?'

Patrik wist dat het een retorische vraag was. Hij was zich er terdege van bewust dat Gösta dolgelukkig zou zijn als hij niet hoefde te gaan. En inderdaad antwoordde Gösta met hervonden vreugde in zijn stem: 'Nee, absoluut niet! Als jij wilt gaan, dan graag. Ik heb nog zoveel andere dingen te doen, ik weet gewoon niet hoe ik die anders voor elkaar moet krijgen.'

Ze wisten beiden dat ze een spel speelden, maar zo deden ze het al jaren en het werkte voor allebei. Patrik kon doen wat hij wilde doen, en Gösta kon, in de geruststellende wetenschap dat het werk toch werd gedaan, terugkeren naar zijn computerspel.

'Zou je me hun telefoonnummer kunnen geven, dan bel ik ze meteen.'

'Ja, natuurlijk, ik heb het hier. Even kijken...' Hij las het nummer voor.

Patrik noteerde het in het notitieblok dat altijd op het dashboard in de auto zat. Hij bedankte Gösta en beëindigde het gesprek om meteen de Carlgrens te kunnen bellen. Hij duimde dat ze thuis zouden zijn. Hij had geluk. Karl-Erik nam op nadat de telefoon drie keer was overgegaan. Toen Patrik zei waarom hij belde, klonk Karl-Erik eerst aarzelend, maar daarna zei hij dat het goed was dat Patrik langskwam om een paar vragen te stellen. Karl-Erik probeerde erachter te komen waar het precies om ging, maar daar gaf Patrik geen antwoord op; hij zei alleen dat er een paar vraagtekens waren en dat hij hoopte dat zij hem daarbij konden helpen.

Hij reed achteruit het parkeerterrein van het appartementencomplex af, sloeg eerst rechts- en op de volgende kruising linksaf en zat toen op de weg richting Göteborg. Het eerste stuk schoot het niet op, met kronkelende weggetjes door het bos, maar toen hij op de snelweg kwam, ging het aanzienlijk sneller. Hij passeerde eerst Dingle en vervolgens Munkedal. Toen hij bij Uddevalla kwam, wist hij dat hij halverwege was. Zoals altijd wanneer hij autoreed, had hij de muziek hard staan. Hij vond autorijden rustgevend. Toen hij de grote lichtblauwe villa in Kålltorp had bereikt, bleef hij nog even in de auto zitten om moed te verzamelen. Als zijn vermoedens klopten, zou hij de gezinsidylle nu onverbiddelijk kapot maken. Maar soms was dat zijn werk.

Er kwam een auto de oprit oprijden. Ze zag hem niet, maar hoorde het geluid op het grind. Erica deed de voordeur open en keek naar buiten. Haar mond viel open van verbazing toen ze zag wie er uitstapte. Anna zwaaide vermoeid naar haar en deed toen de achterportieren open om de kinderen uit hun kinderstoeltjes te tillen. Erica deed een paar klompen aan en liep naar buiten om haar te helpen. Anna had niet gebeld om te zeggen dat ze op bezoek kwam en Erica vroeg zich af wat er aan de hand was.

Anna zag er bleek uit in haar zwarte jas. Voorzichtig zette ze Emma op de grond terwijl Erica de gordel van Adrians kinderstoeltje losmaakte en hem eruit tilde. Ze kreeg een grote tandeloze grijns als dank en voelde hoe een glimlach zich als antwoord over haar gezicht verspreidde. Daarna keek ze vragend naar haar zus, maar Anna schudde slechts haar hoofd om aan te geven dat ze niets moest vragen. Erica kende haar zus goed genoeg om te weten dat Anna haar verhaal zou vertellen als ze zelf vond dat de tijd daar rijp voor was, eerder kon je niets uit haar krijgen.

'Wat krijg ik vandaag leuk bezoek. Dat jullie zomaar je tante komen opzoeken.'

Erica brabbelde en glimlachte naar de baby in haar armen en keek daarna verder rond de auto om ook Emma te begroeten, maar deze keer beantwoordde Emma haar glimlach niet. In plaats daarvan hield ze de jas van haar moeder krampachtig vast en staarde alleen maar achterdochtig naar Erica.

Erica liep met Adrian het huis in en Anna volgde vlak daarachter met Emma aan haar ene hand en een kleine tas in de andere. Erica zag tot haar verbazing dat de kofferruimte van de combi was volgepakt, maar ze hield haar vragen voor zich.

Onhandig trok ze Adrians jas uit en Anna deed hetzelfde bij Emma, maar dat ging veel vlugger en handiger. Toen pas zag Erica dat Emma's ene arm tot aan de elleboog in het gips zat en ze keek verschrikt naar Anna, die opnieuw bijna onmerkbaar haar hoofd schudde. Emma keek nog steeds met grote, ernstige ogen naar Erica en bleef de hele tijd vlak bij Anna staan. Ze had haar duim in haar mond gestopt en dat was voor Erica nog een bewijs dat er iets ernstigs was gebeurd. Anna had een jaar geleden al verteld dat Emma niet langer op haar duim zoog.

Met Adrians warme kinderlijfje stevig in haar armen liep Erica de woonkamer in en ze ging met hem op de bank zitten. Adrian keek haar gefascineerd aan en kleine glimlachjes kwamen en verdwenen weer, alsof hij niet kon beslissen of hij zou lachen of niet. Hij was zo lief dat Erica hem wel wilde opeten.

'Hebben jullie een goede reis gehad?'

Erica wist niet goed wat ze moest zeggen, ze moesten maar over koetjes en kalfjes praten tot Anna besloot te vertellen wat er aan de hand was.

'Ja, het is natuurlijk best ver. We zijn via Dalsland gereden. Emma werd misselijk op de kronkelende bosweggetjes, dus hebben we een paar keer moeten stoppen zodat ze wat frisse lucht kreeg.'

'Dat was vast niet leuk, Emma?'

Erica deed een poging om contact te krijgen met Emma. Het kind schudde haar hoofd, maar keek nog steeds vanonder haar pony en hield zich vast aan haar moeder.

'Volgens mij moeten jullie even gaan slapen, denk je ook niet, Emma? Jullie hebben de hele weg geen oog dichtgedaan, jullie moeten doodop zijn.'

Emma knikte goedkeurend op het voorstel en begon als op commando met haar gezonde hand in haar ogen te wrijven.

'Kan ik ze boven neerleggen, Erica?'

'Ja, natuurlijk. Leg ze maar in de slaapkamer van papa en mama. Ik slaap daar tegenwoordig, dus het bed is opgemaakt.'

Anna pakte Adrian uit Erica's armen en het jongetje liet tot haar vreugde protesterende geluidjes horen toen hij bij zijn leuke tante werd weggehaald.

'De deken, mama,' zei Emma toen ze al halverwege de trap waren en Anna liep weer naar beneden om de tas te pakken die ze in de gang had laten staan.

'Heb je hulp nodig?'

Erica vond dat het er nogal eng uitzag toen Anna met Adrian op haar ene arm en de tas in haar andere hand de trap opliep, terwijl Emma haar de hele tijd probeerde vast te houden.

'Nee, dank je, het lukt wel. Ik ben het gewend.' Anna glimlachte een scheve, verbitterde glimlach die Erica niet goed kon interpreteren.

Terwijl Anna de kinderen naar bed bracht, zette Erica verse koffie. Ze vroeg zich af hoeveel kannen koffie ze de laatste tijd had gedronken. Haar maag zou binnenkort gaan protesteren. Ze huiverde even toen ze met een schepje koffie boven het koffiefilter stond. Verdomme. Patriks kleren lagen door de hele slaapkamer verspreid en Anna zou wel heel dom zijn als ze niet zag wat er aan de hand was. Het spottende glimlachje van Anna, die even later de trap afkwam, bevestigde dit.

'Zo, zusje. Er is iets wat je mij niet hebt verteld. Wie is de man die zijn kleren niet netjes kan ophangen?'

Onwillekeurig begon Erica te blozen. 'Ja, eh, het is allemaal nogal snel gegaan.'

Ze hoorde dat ze stotterde en Anna vond het alleen maar amusanter worden. De vermoeide lijnen in haar gezicht verdwenen en Erica zag glimpen van haar zus zoals ze vroeger was geweest, voordat ze Lucas had ontmoet.

'Nou, vertel, wie is het? Stop nou maar met je gemompel en geef je zusje wat pikante details. Je zou bijvoorbeeld met zijn naam kunnen beginnen. Is het iemand die ik ken?'

'Ja, dat zou best kunnen. Ik weet niet of je je Patrik Hedström nog kunt herinneren?'

Anna sloeg zich gillend op de knieën. 'Patrik! Natuurlijk weet ik nog wie Patrik is! Hij liep vroeger als een jong hondje met zijn tong uit zijn mond achter je aan. Heeft hij dus eindelijk de kans gekregen…'

'Ja, ik bedoel, ik wist natuurlijk wel dat hij me best leuk vond toen we jong waren, maar ik wist niet hoe leuk…'

'Allemachtig, je moet stekeblind zijn geweest! Hij was hartstikke verliefd op je. God, wat romantisch. Hij heeft al deze jaren dus naar je lopen smachten en eindelijk kijk je hem diep in de ogen en ontdek je de grote liefde.'

Anna legde dramatisch haar hand op haar hart en Erica moest wel om haar lachen. Dit was de zus die ze kende en van wie ze hield.

'Nou, zo is het nu ook weer niet helemaal. Hij is getrouwd geweest, maar zijn vrouw heeft hem een jaar geleden verlaten en nu is hij gescheiden en woont in Tanumshede.'

'Wat doet hij? Zeg niet dat hij bouwvakker is. Dan word ik zo jaloers. Ik heb altijd gedroomd van een echte kerel.'

Erica stak als een klein kind haar tong uit naar Anna, die hetzelfde terug deed.

'Nee, hij is geen bouwvakker. Hij is politieman, als je het per se wilt weten.'

'Politieman, kijk eens aan. Met andere woorden een man met een wapenstok. Ja, dat is ook helemaal niet gek...'

Erica was bijna vergeten wat een pestkop haar zus kon zijn en ze schudde alleen maar vermoeid haar hoofd, terwijl ze koffie in twee kopjes schonk. Anna liep gewoontegetrouw naar de koelkast, pakte de melk en schonk een beetje in haar kopje, en een beetje in dat van Erica. Het plagerige lachje verdween van haar gezicht en Erica begreep dat ze nu bij de reden van Anna's plotselinge komst naar Fjällbacka waren aanbeland.

'Ja, mijn sprookjeshuwelijk is voorbij. Definitief. Dat is het in feite al een aantal jaren, maar ik heb het nu pas echt begrepen.'

Ze zweeg en keek verdrietig naar haar koffiekopje.

'Ik weet dat je Lucas nooit hebt gemogen, maar ik hield echt van hem. Op de een of andere manier kon ik rationaliseren dat hij me sloeg, hij vroeg immers altijd om vergeving en verzekerde me dat hij van me hield, dat deed hij vroeger in elk geval. Ik heb mezelf aangepraat dat het mijn schuld was. Als ik maar een beetje een betere echtgenote kon zijn, een betere minnares en moeder, dan zou hij me niet hoeven slaan.'

Anna beantwoordde Erica's onuitgesproken vragen.

'Ja, ik weet hoe belachelijk het klinkt, maar ik kon mezelf heel goed voor de gek houden. En hij was een goede vader voor Emma en Adrian, en in mijn ogen maakte dat veel goed. Ik wilde hun vader niet van hen afpakken.'

'Maar er is iets gebeurd?'

Erica hielp Anna op dreef. Ze zag hoe moeilijk Anna het vond om haar verhaal te vertellen. Ook haar trots was geknakt, en Anna was altijd een enorm trotse vrouw geweest, die het niet makkelijk toegaf als ze het mis had.

'Ja, er is iets gebeurd. Gisteravond begon hij me weer te slaan, zoals gewoonlijk. Dat gebeurde de laatste tijd steeds vaker. Maar gisteren...' Haar stem brak en Anna slikte een paar keer om het huilen te onderdrukken.

'Gisteren heeft hij Emma geslagen. Hij was zo kwaad en zij kwam binnen toen hij met mij bezig was en hij kon zich niet beheersen.' Anna slikte weer. 'We zijn naar de Spoedeisende Hulp gegaan waar ze een scheurtje in haar arm hebben geconstateerd.'

'Ik neem aan dat je aangifte hebt gedaan bij de politie?' Erica voelde hoe de woede een harde bal in haar maag vormde, een bal die steeds groter werd.

'Nee.' Het woord kwam bijna onhoorbaar uit Anna's mond en de tranen begonnen over haar bleke wangen te stromen. 'Nee, we zeiden dat ze van de trap was gevallen.'

'Maar allemachtig, geloofden zé dat echt?'

Anna glimlachte scheef. 'Je weet hoe charmant Lucas kan zijn. Hij bracht de arts en de verpleegkundigen volledig het hoofd op hol en ze vonden hem bijna even zielig als Emma.'

'Maar Anna, je moet aangifte doen. Je laat hem hier toch niet mee wegkomen?'

Ze keek naar haar huilende zus. Haar medelijden wedijverde met haar woede. Anna kromp ineen toen ze Erica's blik zag.

'Het zal nooit meer gebeuren, daar zal ik voor zorgen. Ik deed alsof ik naar zijn verontschuldigingen luisterde en zodra hij naar zijn werk was gegaan heb ik de auto gepakt en zijn we weggereden. Ik ben niet van plan ooit nog naar hem terug te gaan, Lucas mag de kinderen niet nog een keer pijn doen. Als ik aangifte had gedaan, hadden ze vast en zeker Maatschappelijk Werk ingeschakeld en dan hadden ze de kinderen misschien van ons allebei afgepakt.'

'Maar Lucas zal jou nooit zomaar de kinderen laten houden, Anna. Zonder aangifte en zonder onderzoek, hoe wil je er bijvoorbeeld voor zorgen dat alleen jij de voogdij over de kinderen krijgt?'

'Ik weet het niet, ik weet het niet, Erica. Ik kan er nu niet over nadenken, ik moest gewoon bij hem weg. Het andere moet later worden opgelost. Wees alsjeblieft niet boos op me!'

Erica zette haar kopje op tafel, stond op van haar stoel en sloeg haar armen om haar zus. Ze streelde haar haar en maakte sussende geluiden. Ze liet Anna flink uithuilen tegen haar schouder en voelde dat haar trui steeds natter werd. Tegelijkertijd nam haar haat jegens Lucas toe. Ze zou die klootzak maar al te graag op zijn bek slaan.

Birgit spiedde naar de straat, verborgen achter het gordijn. Karl-Erik zag aan haar opgetrokken schouders hoe gespannen ze was. Sinds de politieman had gebeld, had ze bezorgd heen en weer gedrenteld. Zelf had hij voor het eerst sinds lange tijd een innerlijke rust gevoeld. Karl-Erik was van plan de politieman alle antwoorden te geven – als hij de juiste vragen stelde.

De geheimen droeg hij nu al zoveel jaren in zich mee. In zekere zin was het voor Birgit makkelijker geweest. Zij had met de situatie om weten te gaan door alles te verdringen. Ze weigerde erover te praten en fladderde verder door het leven alsof er niets was gebeurd. Maar alles was wel gebeurd. En er was geen dag voorbijgegaan zonder dat hij eraan had gedacht, en elke keer was de last zwaarder geworden om te dragen. Hij wist dat het van buitenaf leek of Birgit de sterkste van hun tweeën was. Op alle feestjes en bijeenkomsten straalde zij als een ster, terwijl hij de grijze, onzichtbare man naast haar was. Zij droeg haar mooie kleren, haar dure sieraden en haar make-up als een pantser.

Als ze dan thuiskwamen, na weer zo'n stralende, uitbundige avond, en zij haar uitrusting afdeed, was het alsof ze inzakte en er niets van haar overbleef. Ze was dan niets meer, behalve een bevend, onzeker kind dat zich aan hem vastklampte om steun te krijgen. Tijdens hun hele huwelijk had hij geworsteld met zijn gevoelens voor zijn vrouw. Haar schoonheid en broosheid wekten tederheid en een beschermersinstinct op, gaven hem het gevoel een man te zijn, maar haar onwil om de confrontatie met de zwaardere kanten van het leven aan te gaan irriteerde hem soms zo erg dat hij er bijna gek van werd. Wat hem het meest boos maakte, was dat hij wist dat ze in feite helemaal niet dom was, maar ze was opgevoed met de idee dat een vrouw koste wat kost moest verbergen dat ze een of andere vorm van intelligentie bezat en zich alleen maar moest inspannen om mooi en hulpeloos te zijn. Om te behagen. Toen ze net getrouwd waren had hij dit niet zo vreemd gevonden, de tijdgeest was toen zo. Maar de tijden waren veranderd en stelden heel andere eisen aan zowel vrouwen als mannen. Hij had zich aangepast, maar zij niet. Deze dag zou daarom heel moeilijk voor haar worden. Karl-Erik dacht dat ze diep vanbinnen wist wat hij van plan was. Om die reden had ze bijna twee uur lang door de kamers gedrenteld. Maar hij wist ook dat ze hem hun familiegeheimen niet zonder slag of stoot zou laten prijsgeven.

'Waarom moet Henrik erbij zijn?' Birgit draaide zich naar hem om en wreef ongerust in haar handen.

'De politie wilde met de familie praten en Henrik hoort toch bij de familie?'

'Jawel, maar ik vind het gewoon niet nodig hem daarvoor hierheen te laten komen. De politie wil waarschijnlijk alleen maar wat algemeenheden weten.'

Haar stem ging op en neer bij de onuitgesproken vragen. Hij kende haar zo goed.

'Daar is hij.'

Birgit liep snel weg van het raam. Het duurde even voordat er werd aangebeld. Karl-Erik haalde een paar keer diep adem en ging opendoen, terwijl Birgit zich snel terugtrok in de woonkamer, waar Henrik al op de bank zat, diep verzonken in zijn eigen gedachten.

'Dag. Ik ben Patrik Hedström.'

'Karl-Erik Carlgren.'

Ze schudden elkaar beleefd de hand en Karl-Erik schatte dat de politieman van Alex' leeftijd was. Dat deed hij tegenwoordig vaak. Nadenken over mensen in termen van Alex.

'Kom binnen. We kunnen in de woonkamer praten.'

Patrik keek enigszins verbaasd toen hij Henrik zag, maar hij herstelde zich snel en begroette ook Birgit beleefd, en vervolgens Henrik. Ze gingen rond de salontafel zitten en er volgde een vrij lange, bedrukte stilte. Ten slotte nam Patrik het woord.

'Ja, dit kwam allemaal nogal onverwachts, maar ik ben blij dat jullie me zo snel konden ontvangen.'

'We vroegen ons net af of er iets bijzonders is gebeurd. Hebben jullie iets nieuws ontdekt? We hebben al een tijdje niets van jullie gehoord...' De zin stierf weg en Birgit keek Patrik hoopvol aan.

'We komen langzaam maar zeker verder, dat is het enige dat ik op dit moment kan zeggen. De moord op Anders Nilsson heeft de zaak ook in een ander licht geplaatst.'

'Ja, natuurlijk, hebben jullie ontdekt of hij door dezelfde persoon is vermoord als onze dochter?'

Birgit sprak geagiteerd en Karl-Erik moest zich inhouden om zich niet naar voren te buigen en geruststellend zijn hand op de hare te leggen. Vandaag moest hij zich harden tegen de rol van beschermer, die zo bij hem zat ingebakken.

Even stond hij zich toe weg te zweven in zijn eigen gedachten, weg van het heden naar een verleden dat hem nu zo ver verwijderd toescheen. Met een blik die vervuld leek van weerzin keek hij om zich heen in de woonkamer. Wat waren ze makkelijk voor de verleiding bezweken, je kon de geur van bloedgeld bijna ruiken. Het huis in Kålltorp was meer dan waar ze ooit van hadden durven dromen toen de kinderen nog klein waren. Het was groot en licht, met details die typerend waren voor de jaren dertig, maar tegelijk van alle gemakken voorzien. Met het salaris dat hij in Göteborg verdiende, hadden ze het zich eindelijk kunnen veroorloven.

De kamer waar ze nu in zaten was de grootste kamer van het huis. Overgemeubileerd naar zijn smaak, maar Birgit had een voorliefde voor glimmende en schitterende spullen en alles was zo goed als nieuw. Ongeveer eens in de drie jaar begon Birgit te klagen dat alles er zo versleten uitzag en dat ze genoeg had van alle spullen die ze hadden, en na een paar weken gaf hij meestal toe en trok hij zijn portefeuille weer. Het was alsof ze door alles te vernieuwen zichzelf en haar leven steeds opnieuw kon uitvinden. Momenteel zat ze in een Laura Ashley-periode en de kamer was vol rozenpatronen en stroken en voelde verstikkend vrouwelijk aan. Maar hij wist dat hij het hoogstens een paar jaar hoefde uit te houden en misschien had hij de volgende keer wel geluk en ontwikkelde Birgit een zwak voor Chesterfield-meubels en Engelse jagersmotieven. Maar als hij pech had werden het tijgerprints.

Patrik schraapte zijn keel. 'Ik heb een aantal vraagtekens waarbij ik jullie hulp nodig heb.'

Niemand zei iets en hij ging verder: 'Weten jullie waar Alex en Anders Nilsson elkaar van kenden?'

Henrik keek verbluft, en Karl-Erik begreep dat hij niets wist. Dat deed hem verdriet, maar er was niets aan te doen.

'Ze zaten bij elkaar in de klas, maar dat is heel lang geleden.'

Birgit bewoog nerveus op de bank naast haar schoonzoon. Henrik zei: 'Ik herken de naam. Had Alex niet een paar van zijn schilderijen in de galerie te koop staan?'

Patrik knikte en Henrik ging verder: 'Ik begrijp het niet, zouden ze ook op een andere manier iets met elkaar te maken hebben gehad? Wat zou de reden kunnen zijn dat iemand mijn vrouw en een van haar exposanten vermoordt?'

'Daar proberen we juist achter te komen.'

Patrik aarzelde even voordat hij verder ging.

'Helaas hebben we ook vastgesteld dat ze een relatie hadden.'

In de stilte die volgde zag Karl-Erik allerlei emoties op de gezichten van Birgit en Henrik verschijnen. Zelf voelde hij alleen milde verbazing, maar die maakte snel plaats voor de overtuiging dat de politieman de waarheid sprak. Het was tamelijk vanzelfsprekend als je naar de omstandigheden keek.

Birgit hield ontzet haar hand voor haar mond en Henriks gezicht verloor langzaam alle kleur. Karl-Erik zag dat Patrik zich niet prettig voelde in de rol van boodschapper van slecht nieuws.

'Dat kan niet waar zijn.' Besluiteloos keek Birgit om zich heen, maar ze kreeg geen bijval van de anderen.

'Waarom zou Alex een relatie met zo iemand hebben?' Ze keek naar Karl-Erik, maar hij weigerde haar blik te kruisen en keek in plaats daarvan naar zijn handen. Henrik zei niets, maar het was alsof hij ineenzakte.

'Jullie weten niet of ze na de verhuizing contact bleven houden?'

'Nee, dat kan ik me niet indenken. Alex heeft alle banden volledig verbroken toen we uit Fjällbacka verhuisden.' Opnieuw was het Birgit die sprak, terwijl Henrik en Karl-Erik zwegen.

'Ik wilde jullie nog iets anders vragen. Jullie verhuisden midden in het schooljaar toen Alex in de zesde klas zat. Hoe kwam dat? En het gebeurde ook op stel en sprong.'

'Dat was helemaal niet raar. Karl-Erik kreeg een fantastische baan aangeboden, die hij gewoon niet kon weigeren. Hij moest snel beslissen en ze hadden per direct iemand nodig, daarom ging het allemaal zo snel.' Terwijl ze sprak, wreef ze onafgebroken met haar handen over haar knieën.

'Maar jullie hebben Alex niet op een school in Göteborg ingeschreven. In plaats daarvan ging ze naar een kostschool in Zwitserland. Waarom was dat?'

'Door Karl-Eriks nieuwe werk kregen we het financieel veel beter en we wilden Alex gewoon de beste mogelijkheden geven,' zei Birgit.

'Maar waren er geen goede scholen in Göteborg waar ze heen had kunnen gaan?'

Patrik ging onverbiddelijk door met zijn vragen en Karl-Erik moest zijn doortastendheid wel bewonderen. Ooit was hij zelf even jong en enthousiast geweest. Nu was hij alleen maar moe.

Birgit ging verder: 'Natuurlijk waren die er wel, maar denk eens aan het netwerk dat ze op zo'n kostschool kon opbouwen. Er zaten zelfs een paar prinsen op school, en het is toch geweldig als je met dergelijke contacten het leven in kunt gaan.'

'Hebben jullie haar naar Zwitserland gebracht?'

'Natuurlijk gingen we mee om haar in te schrijven, als u dat bedoelt. Natuurlijk.'

'Tja, dat was niet echt wat ik bedoelde.'

Patrik keek op zijn notitieblok, maar wat hij ging zeggen zat ook in zijn geheugen.

'Alexandra ging in het voorjaar van 1977 van school af. Ze werd in het voorjaar van 1978 ingeschreven op de kostschool en toen begon ook Karl-Erik zijn baan hier in Göteborg. Mijn vraag is dus: waar zijn jullie die tussenliggende tijd geweest?'

Op Henriks voorhoofd begon zich een rimpel te vertonen en hij keek afwisselend van Birgit naar Karl-Erik. Beiden ontweken zijn blik en Karl-Erik voelde een zeurende pijn in zijn hartstreek, die langzaam erger werd.

'Ik begrijp niet wat u met deze vragen wilt bereiken. Wat maakt het uit of we in 1977 of in 1978 zijn verhuisd? Onze dochter is dood en u komt ons hier dingen vragen alsof wij verdachten zijn. Er zal wel ergens een vergissing zijn gemaakt. Iemand heeft een fout gemaakt in een of ander register, zo moet het zijn. We zijn hier in het voorjaar van 1977 naartoe verhuisd en toen is Alexandra op de school in Zwitserland begonnen.'

Patrik keek met een medelijdende blik naar Birgit, die zich steeds meer opwond. 'Mevrouw Carlgren, het spijt me voor het ongemak. Ik weet dat jullie het momenteel heel moeilijk hebben, maar ik moet deze vragen stellen. En mijn informatie klopt. Jullie zijn hier pas in het voorjaar van 1978 komen wonen en we hebben niets kunnen vinden dat erop wijst dat jullie in de twaalf maanden daarvoor zelfs maar in Zweden waren. Dus ik moet het nog een keer vragen: waar waren jullie tussen het voorjaar van 1977 en het voorjaar van 1978?'

Met wanhoop in haar blik keek Birgit naar Karl-Erik om hulp, maar hij wist dat hij haar niet langer de hulp kon bieden die zij wenste. Hij dacht dat dit op langere termijn het beste voor het gezin zou zijn, maar hij wist ook dat het haar op korte termijn kapot zou kunnen maken. Desondanks was er geen keus. Hij keek verdrietig naar zijn vrouw en schraapte toen zijn keel.

'We waren in Zwitserland, mijn vrouw, ik en Alex.'

'Stil, Karl-Erik, je moet niets meer zeggen!'

Hij negeerde haar. 'We waren in Zwitserland omdat onze twaalfjarige dochter zwanger was.'

Het verbaasde Karl-Erik niet toen hij zag dat Patrik Hedström uit verbijstering over het antwoord zijn pen liet vallen. Wat de politieman ook had verwacht, of vermoed, het was toch anders nu het hardop werd gezegd. Hoe zou iemand zich zoiets vreselijks trouwens voor kunnen stellen?

'Mijn dochter werd misbruikt – verkracht. Ze was nog maar een kind.'

Hij hoorde dat zijn stem brak en hij drukte zijn vuist hard tegen zijn lippen om zich te vermannen. Na een poosje kon hij verder gaan. Birgit weigerde hem aan te kijken, maar nu was er geen weg meer terug.

'We merkten dat er iets fout zat, maar we wisten niet wat het was. Voor die tijd was Alex altijd vrolijk geweest, had ze zich veilig gevoeld. Ergens in het begin van de zesde klas begon ze te veranderen. Ze werd stil en in zichzelf gekeerd. Ze nam geen vriendjes of vriendinnetjes meer mee naar huis en ze kon uren wegblijven zonder dat wij wisten waar ze was. We namen het allemaal niet zo serieus en dachten dat het een fase was waar ze doorheen ging. Een voorstadium van haar puberteit misschien, ik weet het niet.'

Hij moest zijn keel weer schrapen. De pijn in zijn borst werd heviger.

'Pas in haar vierde maand ontdekten we dat ze zwanger was. We hadden daar waarschijnlijk eerder tekenen van moeten zien, maar wie kon denken dat... We konden ons niet eens voorstellen...'

'Karl-Erik, alsjeblieft.'

Birgits gezicht was een grauw masker. Henrik leek wel verdoofd, alsof hij niet kon geloven wat hij hoorde. En dat kon hij waarschijnlijk ook niet. Ook Karl-Erik klonk het onwaarschijnlijk in de oren nu hij het hardop uitsprak. Vijfentwintig jaar lang hadden de woorden aan zijn ingewanden geknaagd. Uit consideratie voor Birgit had hij zijn behoefte om het eruit te gooien bedwongen, maar nu stroomden ze eruit, ongeremd.

'Abortus kwam niet bij ons op. Zelfs niet onder die omstandigheden. We hebben Alex ook niet laten kiezen, als ze dat al had gekund. We hebben haar nooit gevraagd hoe ze zich voelde, of wat ze wilde. In plaats daarvan zwegen we het dood, we haalden haar van school, reisden naar het buitenland en bleven daar tot het kind was geboren. Niemand mocht iets weten. Want wat zouden de mensen ervan zeggen?'

Hij hoorde zelf hoe verbitterd die laatste woorden klonken. Niets was belangrijker geweest dan dat. Dat was zelfs belangrijker geweest dan het geluk en het welzijn van hun eigen dochter. Hij kon niet eens Birgit alle schuld van die keuze geven. Zij had er altijd de meeste waarde aan gehecht hoe dingen naar buiten toe overkwamen, maar na jaren van zelfonderzoek had hij voor zichzelf moeten bekennen dat hij haar haar zin had gegeven vanuit zijn eigen wens om de schone schijn op te houden. Hij voelde maagzuur in zijn keel omhoog komen, slikte hardnekkig en ging verder: 'Nadat ze het kindje had gekregen, schreven we haar in op de kostschool, reisden terug naar Göteborg en gingen verder met ons leven.'

Elk woord droop van verbittering en zelfverachting. Birgits ogen stonden vol woede, misschien zelfs haat, toen ze hem intens aanstaarde, alsof ze probeerde hem met pure wilskracht te laten ophouden. Maar hij wist dat het proces was begonnen op het moment dat Alex dood in de badkuip werd gevonden. Hij wist dat ze zouden gaan rondneuzen, de onderste steen boven zouden halen en alles zouden bekijken wat naar het zonlicht kroop. Het was beter dat ze zelf in hun eigen woorden de waarheid vertelden. Of in zijn woorden, naar het zich nu liet aanzien. Misschien hadden ze dat eerder moeten doen, maar de moed had geleidelijk opgebouwd moeten worden. Het telefoontje van Patrik Hedström was het laatste zetje geweest dat hij nodig had gehad.

Hij wist dat hij veel had weggelaten, maar een vermoeidheid viel als een deken over hem en hij liet Patrik verder gaan met het stellen van vragen die de gaten konden vullen. Hij leunde achterover in zijn fauteuil en pakte de armleuning stevig beet. Henrik begon als eerste te praten. Zijn stem trilde merkbaar.

'Waarom hebben jullie nooit iets gezegd? Waarom heeft Alex niets gezegd? Ik wist dat ze iets voor me verborg, maar dít?'

Karl-Erik spreidde in een berustend gebaar zijn handen. Hij kon niets tegen de echtgenoot van Alex zeggen.

Patrik had zijn best gedaan professioneel te blijven, maar je kon zien dat hij geschokt was. Hij pakte de pen die hij had laten vallen van de vloer en probeerde zich te concentreren op het notitieblok voor hem.

'Wie vergreep zich aan Alex? Was het iemand op school?'

Karl-Erik knikte alleen maar.

'Was het...' Patrik aarzelde. 'Was het Nils Lorentz?'

'Wie is Nils Lorentz?' vroeg Henrik.

Birgit antwoordde hem, met een ijzeren toon in haar stem. 'Hij was invalkracht op school. Hij is de zoon van Nelly Lorentz.'

'Maar waar is hij nu? Hij moet toch zeker in de gevangenis zijn beland voor wat hij Alex heeft aangedaan?'

Het leek Henrik veel moeite te kosten het verhaal van Karl-Erik te begrijpen.

'Hij is vijfentwintig jaar geleden spoorloos verdwenen. Niemand heeft hem sindsdien gezien. Maar ik zou ook graag willen weten waarom er geen aangifte tegen hem is gedaan. Ik heb in onze archieven gezocht. Klopt het dat er nooit aangifte tegen hem is gedaan bij de politie?'

Karl-Erik deed zijn ogen dicht. Patriks vraag klonk niet als een beschuldiging, maar zo voelde het wel. Elk woord prikte als een naald in zijn huid en herinnerde hem aan de vreselijke vergissing die ze vijfentwintig jaar geleden hadden begaan.

'We hebben nooit aangifte gedaan. Toen we begrepen dat Alex zwanger was en zij ons vertelde wat er was gebeurd, ben ik naar Nelly gestormd en heb ik haar verteld wat haar zoon had gedaan. Ik was absoluut van plan om hem bij de politie aan te geven en dat heb ik ook tegen Nelly gezegd, maar...'

'Maar Nelly kwam met mij praten en stelde voor het zonder inmenging van de politie te regelen. Ze zei dat er geen reden was om Alex nog meer te vernederen door heel Fjällbacka te laten fluisteren over wat er was gebeurd. We moesten het wel met haar eens zijn en het leek ons veel beter voor Alex als we het binnen de familie konden houden. Nelly beloofde dat ze Nils op een gepaste manier onder handen zou nemen,' zei Birgit, die kaarsrecht op de bank zat.

'Nelly regelde ook een heel goed betaalde baan voor mij in Göteborg. We hebben ons door geld en groene bossen laten verblinden.'

Karl-Erik was meedogenloos eerlijk tegen zichzelf. De tijd van ontkenning was voorbij.

'Dat had er niets mee te maken. Hoe kun je zoiets zeggen, Karl-Erik! We hadden alleen het beste met Alex voor. Wat zou ze eraan hebben gehad als iedereen wist wat er was gebeurd? We hebben haar een kans gegeven om verder te gaan met haar leven.'

'Nee, Birgit, we hebben onszelf een kans gegeven om verder te gaan met óns leven. Alex verloor die kans toen wij ervoor kozen het allemaal dood te zwijgen.'

Ze keken elkaar over de tafel aan en Karl-Erik wist dat bepaalde zaken nooit meer ongedaan konden worden gemaakt. Ze zou het nooit begrijpen.

'En het kind? Wat is daarmee gebeurd? Hebben jullie het afgestaan voor adoptie?'

Stilte. Toen hoorden ze een stem uit de deuropening. 'Nee, het kind is niet voor adoptie afgestaan. Ze besloten het kind te houden en haar voor te liegen wie ze was.'

'Julia! Ik dacht dat je op je kamer was!' Karl-Erik draaide zich om en zag Julia in de deuropening staan. Ze moest op haar tenen de trap zijn afgeslopen, want niemand had haar horen komen. Hij vroeg zich af hoe lang ze daar had gestaan.

Ze leunde met over elkaar geslagen armen tegen de deurpost. Heel haar vormeloze lichaam straalde opstandigheid uit. Hoewel het al vier uur in de middag was, had ze nog steeds haar pyjama aan. Ze leek ook dagenlang niet te hebben gedoucht. Karl-Erik voelde hoe het medelijden zich vermengde met de pijn in zijn borst. Mijn arme, arme lelijke eendje.

'Als Nelly, of moet ik "oma" zeggen, er niet was geweest, hadden jullie nooit iets gezegd, toch? Jullie zouden nooit hebben verteld dat mijn moeder niet mijn moeder is, maar mijn oma, en dat mijn vader niet mijn vader is, maar mijn opa, en vooral dat mijn zus mijn zus niet is, maar mijn moeder. Kun je het nog volgen, of zal ik het een keer herhalen? Het is tenslotte behoorlijk ingewikkeld.'

De sarcastische vraag was aan Patrik gericht en het leek bijna alsof Julia genoot van de ontzette uitdrukking op zijn gezicht. 'Pervers, vind je ook niet?'

Ze liet haar stem dalen alsof ze op het toneel moest fluisteren en drukte haar wijsvinger tegen haar lippen. 'Maar, sst, je mag het aan niemand vertellen. Want wat zouden de mensen wel niet zeggen? Stel je voor dat ze over de keurige familie Carlgren beginnen te roddelen.'

Ze verhief haar stem weer. 'Maar godzijdank heeft Nelly me van de zomer alles verteld toen ik een vakantiebaantje op de fabriek had. Ze vertelde me wat ik allang had moeten weten, waar ik recht op had om het te weten. Wie ik eigenlijk ben. Mijn hele leven heb ik me een buitenstaander gevoeld. Ik heb gevoeld dat ik niet in dit gezin paste. Het was ook niet makkelijk om een oudere zus als Alex te hebben, maar ik aanbad haar. Zij was alles wat ik wilde zijn, alles wat ik niet was. Ik heb gezien hoe jullie naar haar keken en hoe jullie naar mij keken. En Alex, die net deed alsof ze zich niet noemenswaardig om mij bekommerde, waardoor ik haar alleen maar nog meer verafgoodde. Nu begrijp ik waarom. Ze kon het nauwelijks verdragen me te zien. De bastaard die geboren werd na een verkrachting, en daar werd ze elke keer dat ze mij zag weer aan herinnerd. Snappen jullie echt niet hoe wreed dat was?'

Karl-Erik huiverde bij haar woorden alsof hij een draai om zijn oren had gekregen. Hij wist dat ze gelijk had. Het was verschrikkelijk wreed geweest om Julia te houden en op die manier Alex ertoe te dwingen keer op keer de verschrikkingen te beleven die een eind hadden gemaakt aan haar jeugd. Het was ook niet juist geweest tegenover Julia. Birgit en hij hadden nooit kunnen vergeten hoe ze was verwekt. Waarschijnlijk had ze dat al vanaf het eerste begin gevoeld, want ze was krijsend ter wereld gekomen en daarna had ze haar hele jeugd tegen de hele wereld gekrijst en geschopt. Julia had nooit een kans voorbij laten gaan om zich onmogelijk te maken en Birgit en hij waren te oud geweest om een klein kind aan te kunnen, laat staan zo'n veeleisend kind als Julia.

In zekere zin was het een opluchting geweest toen ze afgelopen zomer op een dag was thuisgekomen en hen witheet van woede met haar verhaal had geconfronteerd. Het had hen niet verbaasd dat Nelly op eigen gezag Julia de waarheid had verteld. Nelly was een vals oud kreng, dat zich alleen om haar eigen belangen bekommerde, en als ze er baat bij had om het aan Julia te vertellen, dan zou ze dat zeker doen. Daarom hadden ze geprobeerd Julia ervan te weerhouden het vakantiebaantje te accepteren, maar Julia had, eigenwijs als altijd, voet bij stuk gehouden.

Toen Nelly de waarheid aan Julia had verteld, was er een nieuwe wereld voor haar opengegaan. Voor het eerst was er iemand die haar werkelijk wilde hebben, die bij haar wilde horen. Hoewel Nelly Jan had, waren bloedbanden het belangrijkst voor haar, en ze had tegen Julia gezegd dat ze van plan was haar bezittingen aan Julia na te laten, als het eenmaal zover was. Karl-Erik begreep heel goed welke invloed dit op Julia had. Ze zat vol woede tegenover de mensen van wie ze had gedacht dat het haar ouders waren, en ze verafgoodde Nelly met dezelfde intensiteit als waarmee ze Alex had aanbeden. Dit schoot allemaal door zijn hoofd toen hij haar in de deuropening zag staan, met het zachte licht uit de keuken achter haar rug. Hoewel het waar was dat ze vele keren naar Julia hadden gekeken en herinnerd waren aan de vreselijke gebeurtenis uit het verleden, was het heel treurig dat ze nooit zou begrijpen dat ze echt van haar hielden. Maar ze was thuis als een koekoeksjong geweest en ze hadden zich onhandig en hulpeloos gevoeld tegenover haar. Zo voelden ze zich nog steeds en nu zouden ze waarschijnlijk moeten accepteren dat ze haar voorgoed kwijt waren. Fysiek bevond ze zich nog steeds in hun huis, maar mentaal had ze hen al verlaten.

Henrik zag eruit alsof hij amper lucht kreeg. Hij boog zijn hoofd naar zijn knieën en deed zijn ogen dicht. Even vroeg Karl-Erik zich af of het juist was geweest om Henrik te vragen hierbij aanwezig te zijn. Hij had het gedaan omdat hij vond dat Henrik het verdiende de waarheid te weten. Ook hij had van Alex gehouden.

'Maar Julia...'

Birgit strekte in een onhandig, smekend gebaar haar armen uit naar Julia, maar Julia keerde haar alleen maar verachtelijk de rug toe en ze hoorden haar de trap op stampen.

'Ik vind het echt heel erg. Ik begreep dat er iets niet klopte, maar dit had ik nooit verwacht. Ik weet niet wat ik moet zeggen.' Patrik spreidde gelaten zijn handen.

'Nee, wij weten zelf ook niet wat we moeten zeggen. Vooral niet tegen elkaar.' Karl-Erik keek zijn vrouw onderzoekend aan.

'Hoe lang heeft het misbruik geduurd, weten jullie dat?'

'We weten het niet precies. Alex wilde er niet over praten. Waarschijnlijk toch wel een paar maanden, misschien zelfs een jaar.' Hij aarzelde. 'En daar hebt u ook het antwoord op uw eerdere vraag.'

'Welke?' zei Patrik.

'Over het verband tussen Alex en Anders. Anders was ook een slachtoffer. De dag voordat we zouden verhuizen, hebben we een briefje gevonden dat Alex aan Anders had geschreven. Daaruit bleek dat ook hij door Nils was misbruikt. Kennelijk hadden ze op de een of andere manier begrepen of te horen gekregen dat ze zich in dezelfde situatie bevonden, hoe weet ik niet, en hadden ze troost bij elkaar gezocht. Ik heb het briefje meegenomen en ben er zelf mee naar Vera Nilsson gegaan. Ik vertelde haar wat er met Alex was gebeurd en wat er waarschijnlijk met Anders gebeurde. Het was een van de moeilijkste dingen die ik ooit heb gedaan. Anders is, of was,' verbeterde hij zich snel, 'het enige dat ze had. Ergens hoopte ik waarschijnlijk dat Vera zou doen waar wij niet moedig genoeg voor waren geweest – namelijk dat ze aangifte zou doen tegen Nils, zodat hij verantwoordelijk werd gesteld voor zijn daden. Maar er gebeurde niets, dus ik neem aan dat Vera even zwak was als wij.'

Onbewust was hij met zijn vuist zijn borst gaan masseren. De pijn werd steeds maar erger en was uitgestraald naar zijn vingers.

'En jullie hebben er geen idee van waar Nils heen is gegaan?'

'Nee, absoluut niet. Maar waar hij ook is, ik hoop dat die klootzak lijdt.'

De pijn nam nu explosief toe. Zijn vingers werden gevoelloos en hij begreep dat er iets mis was. Serieus mis. Door de pijn werd zijn gezichtsveld kleiner en hoewel hij de monden van de anderen zag bewegen, was het alsof alle beelden en alle geluiden in slow motion binnenkwamen. Heel even verheugde hij zich over het feit dat de woede uit Birgits ogen verdween, maar toen hij zag dat daar angst voor in de plaats kwam begreep hij dat er iets ernstigs aan de hand was. Toen werd alles donker om hem heen.

Na de paniekerige ambulancerit naar het Sahlgrenska-ziekenhuis probeerde Patrik in de auto weer op adem te komen. Hij was met zijn eigen auto achter de ambulance aan gereden en bij Birgit en Henrik gebleven tot het bericht kwam dat Karl-Eriks hartaanval weliswaar ernstig was geweest, maar dat zijn toestand niet langer kritiek was.

Vandaag was een van de meest schokkende dagen in zijn leven geweest. Hij had veel ellende gezien in zijn jaren als politieman, maar nog nooit had hij zo'n hartverscheurend verhaal gehoord als Karl-Erik deze middag had verteld.

Hoewel Patrik de waarheid herkende als hij die hoorde, vond hij het toch moeilijk om te accepteren wat hij had gehoord. Hoe kon je verder gaan met je leven als je zoiets als Alex had meegemaakt? Ze was niet alleen misbruikt en beroofd van haar jeugd, ze had ook daarna altijd moeten leven met een constante herinnering aan die gebeurtenissen. Hoezeer hij ook zijn best deed, hij kon het handelen van haar ouders niet begrijpen. Hij kon zich van zijn leven niet voorstellen dat hij de dader zou laten ontkomen als zijn kind was misbruikt, en hij kon zich nog minder indenken dat hij ervoor zou kiezen het dood te zwijgen. Hoe kon uiterlijk vertoon belangrijker zijn dan het leven en welzijn van je kind? Dat vond hij onbegrijpelijk.

Hij zat met gesloten ogen en leunde tegen de hoofdsteun. Het was gaan schemeren en hij moest eigenlijk terug naar huis, maar hij voelde zich zwak en willoos. Zelfs de gedachte dat Erica op hem wachtte kon hem er niet toe zetten de motor te starten en naar huis te rijden. Zijn onwrikbare positieve houding tegenover het leven had op haar grondvesten geschud en voor het eerst twijfelde hij eraan of het goede in de mens werkelijk het kwade overheerste.

Ergens voelde hij zich ook een beetje schuldig: het verschrikkelijke verhaal had hem weliswaar tot diep in zijn hart geraakt, maar tegelijk had hij een professionele voldoening gevoeld toen de puzzelstukjes een voor een op hun plaats vielen. Deze middag waren er zoveel vragen beantwoord. Toch voelde hij nu een grotere frustratie dan voorheen. Want hoewel hij voor veel dingen een verklaring had gekregen, tastte hij nog steeds in het duister waar het de moordenaar, of moordenaars, van Alex en Anders betrof. Misschien lag het motief verborgen in het verleden, misschien had het niets met het verleden te maken, al leek hem dat onwaarschijnlijk. Ondanks alles was dit het enige duidelijke verband dat hij tussen Alex en Anders had gevonden.

Maar waarom zou iemand hen willen vermoorden op grond van vergrijpen die meer dan vijfentwintig jaar geleden waren begaan? En als het toch zo was, waarom nu pas? Wat was het dat iets in beweging had gezet wat zoveel jaren had liggen rusten, en wat in een periode van een paar weken tot twee moorden had geleid? Het meest frustrerende was dat hij geen flauw idee had in welke richting hij verder moest gaan.

Deze middag betekende een grote doorbraak in het onderzoek, maar leidde tegelijkertijd tot een impasse. Patrik ging in gedachten na wat hij deze dag had gedaan en gehoord, en toen realiseerde hij zich dat hij een zeer concrete aanwijzing in de auto had liggen. Iets wat hij was vergeten in de nasleep van het bezoek bij de Carlgrens en het tumult dat volgde toen Karl-Erik zo ziek werd. Nu voelde hij weer hetzelfde enthousiasme dat hij die ochtend had gehad en hij besefte dat hij bovendien een unieke kans had om de aanwijzing nader te onderzoeken. Hij had alleen wat geluk nodig.

Hij zette zijn mobiele telefoon aan, negeerde de boodschap dat er drie berichten op zijn voicemail stonden en belde Inlichtingen om het nummer van het Sahlgrenska-ziekenhuis te vragen. Hij kreeg het algemene nummer en vroeg of ze hem wilden doorverbinden.

'Het Sahlgrenska-ziekenhuis.'

'Dag, u spreekt met Patrik Hedström. Ik wilde weten of ene Robert Ek bij jullie op de forensisch-geneeskundige afdeling werkt.'

'Een ogenblikje, ik zal even kijken.'

Patrik hield zijn adem in. Robert was een oud-klasgenoot van de politieacademie, die zich na zijn studie had gespecialiseerd tot forensisch technicus. In hun studietijd waren ze heel intensief met elkaar omgegaan, maar daarna hadden ze het contact verloren. Patrik meende dat hij iemand had horen zeggen dat Robert tegenwoordig in het Sahlgrenska werkte en hij duimde dat dat inderdaad het geval was.

'Eens even kijken. Ja, er werkt een Robert Ek op die afdeling. Zal ik u doorverbinden?'

Patrik jubelde inwendig. 'Heel graag.'

De telefoon ging een paar keer over en toen hoorde Patrik Roberts stem. 'Forensisch-geneeskundige afdeling, met Robert Ek.'

'Hallo, Robban, raad eens wie ik ben?'

Het was een paar seconden stil. Patrik dacht nooit dat Robert zijn stem zou herkennen en hij stond net op het punt hem een hint te geven. Maar toen hoorde hij een kreet in de hoorn.

'Patrik Hedström, ouwe reus! Dat is een tijd geleden! Hoe komt het dat jij belt? Dat gebeurt niet dagelijks, bedoel ik maar.'

Roberts stem was plagerig en Patrik schaamde zich een beetje. Hij wist dat hij heel slecht was in het onderhouden van sociale contacten. Robert was daar veel beter in geweest, maar hij had het opgegeven toen Patrik steeds niet van zich liet horen. Hij schaamde zich nog meer toen hij bedacht dat hij alleen maar belde omdat hij zijn hulp nodig had. Maar nu kon hij moeilijk terugkrabbelen.

'Ik weet het, ik ben niet zo'n beller. Maar op dit moment zit ik op de parkeerplaats voor het ziekenhuis en toen bedacht ik dat ik iemand had horen zeggen dat jij hier werkt. Vandaar dat ik bel om te horen of ik even langs kan komen wippen.'

'Ja natuurlijk. Ga maar naar binnen, hartstikke leuk!'

'Hoe moet ik je vinden? Waar zit je?'

'We zitten in de kelder. Je gaat door de hoofdingang naar binnen, neemt de lift naar beneden, dan rechtsaf en vervolgens loop je de hele gang door. Helemaal aan het eind is een deur en daarachter zitten wij. Bel maar aan, dan laat ik je binnen. Hartstikke leuk om je weer te zien.'

'Vind ik ook. Goed, dan zien we elkaar over een paar minuten.'

Opnieuw schaamde Patrik zich omdat hij op het punt stond misbruik te maken van een oude vriend, maar aan de andere kant stond Robert bij hem in het krijt. Toen ze nog studeerden was Robert verloofd geweest met een meisje dat Susanne heette, ze woonden zelfs al samen. Tegelijk had hij ook iets gehad met een van hun vrouwelijke klasgenoten, Marie, die ook een vriend had. Het had bijna twee jaar geduurd en Patrik wist niet meer hoe vaak hij Roberts huid had gered. Hij had heel, heel vaak smoesjes verzonnen en blijk gegeven van een enorme fantasie als Susanne weer eens belde om te vragen of hij wist waar Robert was.

Achteraf vond hij het allemaal niet zo achtenswaardig, van hem noch van Robert. Maar destijds waren ze jong en onvolwassen geweest en als hij eerlijk was, moest hij toegeven dat hij het best spannend had gevonden en misschien zelfs een beetje jaloers was geweest op Robert, die twee vrouwen had. Maar natuurlijk was de zeepbel uiteindelijk gebarsten en het eind van het liedje was dat Robert zonder woning en zonder vrouw kwam te zitten. Maar hij was een geboren charmeur en hij had niet lang bij Patrik op de bank hoeven slapen voordat hij een nieuwe vriendin had gevonden bij wie hij was ingetrokken.

Toen Patrik had gehoord dat Robert in het Sahlgrenska werkte, had hij ook begrepen dat Robert inmiddels getrouwd was en kinderen had, en dat was iets wat hij zich maar moeilijk kon voorstellen. Hij zou er nu wel achter komen hoe dat zat.

Hij zocht zijn weg door de ogenschijnlijk oneindige ziekenhuisgangen en hoewel het zo eenvoudig had geklonken toen Robert de weg had beschreven, verdwaalde Patrik twee keer voordat hij eindelijk voor de goede deur stond. Hij belde aan en wachtte. De deur vloog open.

'Hallo!'

Ze omhelsden elkaar hartelijk en deden vervolgens allebei een stap achteruit om te zien wat de tijd met de ander had gedaan. Patrik zag dat de tijd Robert goedgezind was geweest en hij hoopte dat Robert hetzelfde over hem dacht. Voor de zekerheid hield hij zijn buik in en zette zijn borstkas een beetje op.

'Kom binnen, kom binnen.'

Robert ging hem voor naar zijn kantoor, dat een klein hok bleek te zijn dat maar amper plaats bood aan één persoon, laat staan aan twee. Patrik bestudeerde Robert wat beter nadat hij tegenover hem was gaan zitten op een stoel voor het bureau. Zijn blonde haar was even netjes gekamd als toen ze jonger waren, en de kleren onder de witte laboratoriumjas waren nog steeds keurig gestreken. Patrik had altijd gedacht dat Roberts behoefte aan netheid een tegenwicht moest bieden aan de chaos die hij zo vaak in zijn privéleven schiep. Zijn blik viel op een foto op een plank achter het bureau.

'Is dat jouw gezin?'

Hij kon zijn verbaasde toon niet goed verbergen.

Robert glimlachte trots en pakte de foto van de plank.

'Ja, dit zijn mijn vrouw Carina en mijn twee kinderen, Oscar en Maja.'

'Hoe oud zijn ze?'

'Oscar is twee en Maja is zes maanden.'

'Leuk zijn ze. Hoe lang ben je al getrouwd?'

'Drie jaar nu. Dat had je zeker nooit gedacht, dat ik nog een keer huisvader zou worden?'

Patrik lachte. 'Nee, ik moet toegeven dat ik dat niet had verwacht.'

'Ach, je kent het wel, toen David oud werd, maakte hij psalmen. En jij dan? Jij hebt vast een hele horde kinderen?'

'Nee, zo is het niet helemaal gelopen. Ik ben gescheiden. Geen kinderen, wat misschien wel een geluk is in zo'n situatie.'

'Vervelend om te horen.'

'Zo erg is het niet. Ik heb iemand ontmoet en dat lijkt veelbelovend, dus we zullen zien.'

'Vertel, hoe komt het dat je hier na al die jaren als een duveltje uit een doosje opduikt?'

Patrik aarzelde even. Hij vond het nog steeds pijnlijk dat hij zo lang niets van zich had laten horen en nu om een gunst kwam vragen.

'Ik was voor mijn werk in de stad en bedacht dat jij op deze afdeling werkte. Ik heb ergens hulp bij nodig, en ik heb gewoon geen tijd om het via de gebruikelijke langzame bureaucratische kanalen te doen. Het zou weken duren voordat ik antwoord krijg en dat geduld heb ik niet.'

Robert keek alsof zijn nieuwsgierigheid was gewekt. Hij plaatste zijn vingertoppen tegen elkaar en wachtte tot Patrik verder ging.

Patrik boog omlaag en pakte een in plastic gewikkeld vel papier uit zijn tas. Hij gaf het aan Robert, die het onder de sterke bureaulamp legde om het beter te kunnen bekijken.

'Het papier komt van een notitieblok van een moordslachtoffer. Ik zie dat er afdrukken zijn van iets wat op het vel erboven is geschreven, maar omdat ze zo vaag zijn kan ik maar gedeeltelijk zien wat er staat. Jullie hebben toch apparatuur om dit soort afdrukken zichtbaar te maken?'

'Ja, dat hebben we inderdaad.' Robert antwoordde nogal aarzelend, terwijl hij het vel papier onder de lamp bestudeerde.

'Maar zoals je zelf al zei, zijn er vrij strikte regels hoe en in welke volgorde zaken dienen te worden behandeld. We hebben hier nog stapels werk liggen.'

'Ja ja, ik weet het. Maar ik dacht dat dit redelijk snel en eenvoudig gecheckt kon worden en dat ik jou wel kon vragen of het mogelijk is iets zichtbaar te maken...'

Robert fronste zijn wenkbrauwen terwijl hij nadacht over wat Patrik zei. Toen glimlachte hij ondeugend en stond op van zijn bureaustoel.

'Ja, je moet ook niet te bureaucratisch zijn. Het kost tenslotte inderdaad maar een paar minuten. Kom maar mee.'

Hij liep voor Patrik het krappe kantoor uit naar de deur die tegenover zijn eigen deur lag. De kamer was groot en licht en stond vol vreemd uitziende apparatuur. Het was er glimmend schoon en de kamer had door de witte muren en alle chromen werkbanken en kasten een klinisch uiterlijk. Het apparaat dat Robert nodig had stond achter in de kamer. Hij pakte het vel papier met de grootst mogelijke voorzichtigheid uit het plastic en legde het op een plaat. Hij drukte op de aan-knop aan de zijkant en een blauwachtig licht begon te branden. De woorden verschenen meteen duidelijk op het papier.

'Zie je het? Had je hierop gehoopt?'

Patrik las snel de tekst door.

'Dit is precies wat ik had gehoopt. Kun je het even laten liggen zodat ik het over kan schrijven?'

Robert glimlachte.

'Ik weet iets veel beters. Met dit apparaat kan ik een foto maken van de tekst, die je kunt meenemen.'

Een brede glimlach verspreidde zich over Patriks gezicht.

'Geweldig! Dat zou perfect zijn. Bedankt!'

Een halfuur later vertrok Patrik met een kopie van Anders' notitieblok. Hij had Robert plechtig en heilig beloofd wat vaker van zich te laten horen, en hij hoopte dat hij zich aan die belofte kon houden. Helaas kende hij zichzelf maar al te goed.

Tijdens de terugreis was hij in gedachten verzonken. Hij vond het heerlijk om in het donker te rijden. De stilte toen hij werd omsloten door de pikzwarte nacht, die alleen af en toe werd onderbroken door het licht van een paar tegenliggers, zorgde ervoor dat hij veel helderder kon denken. Stukje voor stukje voegde hij de dingen die hij al wist samen met de tekst die hij net op het vel papier had gelezen, en toen hij de oprit van zijn huis in Tanumshede opreed, was hij er vrij zeker van dat hij in elk geval één van de raadsels die hem kwelden had opgelost.

Het voelde vreemd om zonder Erica naar bed te gaan. Het was gek hoe snel je ergens aan wende, aan leuke dingen in elk geval, en hij merkte dat hij nu moeite had om in zijn eentje in slaap te vallen. Het had hem verbaasd dat hij zo teleurgesteld was geweest toen Erica hem tijdens de terugrit op zijn mobieltje had gebeld om te zeggen dat haar zus onverwachts was langsgekomen en dat het beter was als hij in zijn eigen huis sliep. Hij had meer willen vragen, maar hoorde aan Erica's stem dat ze niet kon antwoorden en daarom zei hij alleen maar dat ze elkaar morgen zouden bellen en dat hij haar miste.

Nu verdreven zowel de beelden van Erica als de gedachten aan wat hij de volgende dag moest doen zijn slaap en voor Patrik werd het een heel lange nacht.

Toen de kinderen die avond sliepen hadden ze eindelijk tijd om te praten. Omdat Anna eruitzag alsof ze wel wat kon eten, had Erica snel wat eten uit de vriezer ontdooid. Bovendien was ze zelf vergeten te eten en nu knorde haar maag.

Anna at niet veel en prikte af en toe met haar vork in het eten en Erica voelde de bekende ongerustheid over haar zusje in haar buik. Net als toen ze klein waren wilde ze Anna in haar armen nemen, haar wiegen en zeggen dat alles goed zou komen, het pijnlijke plekje kussen en de pijn laten verdwijnen. Maar inmiddels waren ze volwassen en Anna's problemen waren veel erger dan de pijn van een geschaafde knie. Erica voelde zich machteloos en hulpeloos in deze situatie. Voor het eerst in haar leven had ze het gevoel dat haar zusje een vreemde was en ze merkte dat ze zich onhandig voelde en niet goed wist hoe ze met haar moest praten. Dus zweeg ze en wachtte tot Anna het initiatief zou nemen. Dat deed ze pas na een lange stilte.

'Ik weet niet wat ik moet doen, Erica. Wat gaat er met mij en de kinderen gebeuren? Waar moet ik heen? Hoe moet ik in mijn levensonderhoud voorzien? Ik ben zo lang huisvrouw geweest, ik kan helemaal niets.'

Erica zag hoe Anna's knokkels wit werden toen ze, in een poging om fysiek grip op de situatie te houden, de tafel beetpakte.

'Stil maar, daar moet je nu niet aan denken. Alles zal goed komen. Je bekijkt alles eerst gewoon van dag tot dag en jij en de kinderen kunnen zo lang blijven als je maar wilt. Het huis is immers ook van jou.'

Ze glimlachte voorzichtig en zag tot haar vreugde dat Anna dat ook deed. Anna veegde met de rug van haar hand een beetje snot van haar neus en plukte nadenkend aan het tafelkleed.

'Ik kan mezelf maar niet vergeven dat ik het zo ver heb laten komen. Hij heeft Emma pijn gedaan, hoe heb ik hem Emma pijn kunnen laten doen?'

Het snot begon weer te stromen en nu veegde ze het weg met een zakdoek.

'Waarom heb ik hem Emma pijn laten doen? Wist ik diep vanbinnen dat het zou gebeuren, maar sloot ik uit gemakzucht mijn ogen?'

'Anna, als er iets is wat ik honderd procent zeker weet, dan is het wel dat je nooit bewust zou toestaan dat iemand je kinderen pijn deed.'

Erica strekte haar arm over de tafel uit en pakte Anna's hand. Die was verontrustend mager. Haar botten leken wel vogelbotjes, die konden breken als ze er te hard op drukte.

'Wat ik ook niet begrijp is dat een stuk van mij, ondanks alles wat hij heeft gedaan, toch nog van hem houdt. Ik heb zo lang van Lucas gehouden dat die liefde als het ware een deel van mij is geworden, een deel van wie ik ben, en wat hij ook heeft gedaan, het lukt me niet om dat deel kwijt te raken. Ik zou het weg willen snijden met een mes, puur fysiek. Ik voel me walgelijk en smerig.'

Bevend wreef ze met haar vrije hand over haar borst alsof ze wilde laten zien waar het kwaad zat.

'Dat is heel normaal, Anna. Je hoeft je niet te schamen. Nu moet je alleen zorgen dat je je weer goed gaat voelen.'

Ze pauzeerde even.

'Maar je moet wel aangifte doen bij de politie tegen Lucas.'

'Nee, Erica, nee, dat kan ik niet.'

De tranen stroomden over haar wangen en een paar druppels bleven op haar kin hangen, voordat ze omlaag vielen en natte vlekken op het tafelkleed veroorzaakten.

'Jawel, Anna, dat moet je wel doen. Hij mag hier niet mee wegkomen. Zeg niet dat je met jezelf kunt leven als je hem bijna de arm van je dochter laat breken zonder dat hij zich daarvoor hoeft te verantwoorden!'

'Nee, ja, ik weet het niet, Erica. Ik kan niet helder denken, het is alsof mijn hele hoofd vol watten zit. Ik kan er nu niet over denken, misschien later.'

'Nee, Anna. Niet later. Nu. Later is het te laat. Je moet het nu doen! Ik ga morgen met je mee naar het politiebureau, maar jij moet het doen, niet alleen voor de kinderen, maar ook voor jezelf.'

'Ik weet niet of ik daar sterk genoeg voor ben.'

'Ik weet dat je dat wel bent. In tegenstelling tot jou en mij hebben Emma en Adrian een moeder die van hen houdt en bereid is alles voor hen te doen.'

Ze kon niet verhinderen dat haar stem bitter klonk.

Anna zuchtte.

'Je moet dat loslaten, Erica. Ik heb al lang geleden geaccepteerd dat papa de enige ouder was die we in feite hadden. Ik denk er ook niet meer over na waarom dat zo was. Hoe zou ik dat moeten weten? Misschien wilde mama eigenlijk geen kinderen? Misschien waren wij niet de kinderen die ze had gewild? We zullen het nu nooit meer weten, en het heeft geen enkele zin om erover door te zeuren. Al heb ik waarschijnlijk meer geluk gehad dan jij. Ik had tenslotte ook jou. Ik heb het misschien nooit tegen je gezegd, maar ik weet wat jij voor mij hebt gedaan en wat je voor mij hebt betekend toen we opgroeiden. Jij had niemand die in plaats van mama voor je zorgde, maar je moet niet verbitterd raken, Erica, dat moet je me beloven. Ik heb heus wel gezien dat je je terugtrekt zodra je iemand tegenkomt met wie het misschien serieus kan worden. Je trekt je terug voordat je serieus wordt gekwetst. Je moet leren het verleden los te laten, Erica. Het lijkt erop dat je nu iets heel moois hebt, en dat mag je deze keer niet verliezen. Ik wil tenslotte ook een keer tante worden.'

Nu lachten ze beiden door hun tranen heen en was het Erica's beurt om snot met het servet weg te vegen. Hun heftige emoties leken de kamer een zware atmosfeer te geven, maar tegelijkertijd voelde het als een voorjaarsschoonmaak van de ziel. Er was zoveel wat niet was uitgesproken, er lag zoveel stof in de hoeken en ze voelden beiden dat het tijd was er de bezem door te halen.

Ze praatten de hele nacht door, tot de winterduisternis werd verdreven door een grauwe ochtendnevel. De kinderen sliepen langer dan gebruikelijk en toen Adrian door doordringend te gaan krijsen eindelijk kenbaar maakte dat hij wakker was, bood Erica aan 's ochtends voor de kinderen te zorgen zodat Anna een paar uur kon slapen.

Ze voelde zich lichter te moede dan ze in haar herinnering ooit was geweest. Wat er met Emma was gebeurd drukte natuurlijk nog steeds op haar, maar zij en Anna hadden die nacht veel tegen elkaar gezegd wat veel eerder gezegd had moeten worden. Sommige waarheden waren onprettig maar noodzakelijk geweest om aan te horen, en het verbaasde haar hoe makkelijk haar zusje haar doorzag. Erica moest bekennen dat ze Anna waarschijnlijk had onderschat, dat ze misschien zelfs af en toe een beetje laatdunkend was geweest en haar alleen als een groot kind zonder verantwoordelijkheidsgevoel had gezien. Maar Anna was veel meer en ze was blij dat ze eindelijk de echte Anna had kunnen zien.

Ze hadden ook veel over Patrik gepraat en Erica probeerde hem nu met Adrian op haar arm te bellen. Thuis werd er niet opgenomen, daarom probeerde ze zijn mobieltje. Bellen bleek een grote uitdaging te zijn omdat Adrian het fantastische speelgoed in haar hand erg leuk vond en wanhopig probeerde het van haar af te pakken. Toen Patrik na de eerste toon zijn mobieltje opnam, verdween de nachtelijke vermoeidheid als bij toverslag.

'Dag lieverd.'

'Mmm, ik vind het leuk als je me zo noemt.'

'Hoe is het?'

'Het gaat. We zitten hier midden in een familiecrisis. Ik vertel je er meer over als we elkaar zien. Er is veel gebeurd en Anna en ik hebben de hele nacht zitten praten en nu zorg ik voor de kinderen zodat zij een paar uurtjes kan slapen.'

Hij hoorde hoe ze een geeuw onderdrukte.

'Je klinkt moe.'

'Ik ben ook moe. Enorm. Maar Anna heeft haar slaap nu meer nodig dan ik, dus ik moet nog een paar uur wakker blijven. De kinderen zijn nog niet groot genoeg om zichzelf te redden.'

Adrian brabbelde instemmend.

Patrik nam direct een beslissing.

'Er is een andere oplossing.'

'Zo, wat dan? Moet ik ze een paar uur aan de trapleuning vastbinden?' Ze lachte.

'Ik kom op ze passen.'

Erica giechelde argwanend. 'Jij? Op de kinderen passen?'

Hij liet zijn meest gekwetste stem horen. 'Wil je soms zeggen dat ik dat niet zou kunnen? Als ik in mijn eentje twee inbrekers kan neerslaan, moet ik twee extreem kleine mensjes toch zeker wel aankunnen? Of vertrouw je me soms niet?'

Hij pauzeerde even kunstmatig en hoorde hoe Erica aan de andere kant van de lijn een theatrale zucht slaakte.

'Tja, misschien kun je het wel aan. Maar ik waarschuw je, het zijn twee wildebrassen. Weet je zeker dat je hun tempo aankunt, op jouw leeftijd bedoel ik?'

'Ik zal het proberen. Ik zal voor de zekerheid mijn hartmedicijnen meenemen.'

'Goed, dan is het aanbod aangenomen. Wanneer kom je?'

'Nu meteen. Ik was al op weg naar Fjällbacka voor iets anders en ben net voorbij de midgetgolfbaan. We zien elkaar over een minuut of vijf.'

Ze stond in de deuropening op hem te wachten toen hij uit zijn auto stapte. Ze had een jongetje met bolle wangen en druk zwaaiende armen op haar arm. Daarachter, nauwelijks zichtbaar, stond een klein meisje met haar duim in haar mond en een gegipste arm in een mitella. Hij wist nog steeds niet waarom Erica's zus zo onverwachts was gekomen, maar op grond van wat Erica over haar zwager had verteld bekroop hem bij de aanblik van de gegipste arm van het meisje een angstig voorgevoel. Hij vroeg niets, Erica zou hem vertellen wat er was gebeurd als daar gelegenheid toe was.

Hij begroette hen een voor een. Erica kreeg een zoen op haar mond,

Adrian een aai over zijn wang en vervolgens ging hij op zijn hurken zitten om een ernstige Emma te begroeten. Hij pakte haar gezonde hand en zei: 'Hallo, ik heet Patrik. Hoe heet jij?'

Het antwoord kwam pas na enige tijd.

'Emma.'

Toen stopte ze haar duim weer in haar mond.

'Ze ontdooit nog wel.'

Erica gaf Adrian aan Patrik en draaide zich om naar Emma.

'Mama en tante Erica moeten even slapen, daarom komt Patrik op jullie passen. Vind je dat goed? Hij is een vriend van mij en hij is hartstikke, hartstikke lief. En als jij hartstikke, hartstikke lief bent krijg je misschien van Patrik een ijsje uit de vriezer.'

Emma keek Erica wantrouwig aan, maar de kans op een ijsje vormde een onweerstaanbare verleiding en ze knikte met tegenzin.

'Dan laat ik ze aan jou over, we zien elkaar straks weer. Probeer ervoor te zorgen dat ze nog leven als ik wakker word.'

Erica verdween naar boven en hij draaide zich om naar Emma, die hem nog steeds wantrouwend aankeek.

'Goed, wat zullen we gaan doen? Zullen we een potje schaken? Nee? Wat vind je van een ijsje als ontbijt? Dat lijkt je wel wat. Oké. Maar wie het laatst bij de vriezer is, die krijgt een wortel.'

Langzaam probeerde Anna weer bij bewustzijn te komen. Ze had het gevoel alsof ze honderd jaar had geslapen, als Doornroosje. Toen ze haar ogen opende, had ze eerst moeite om zich te oriënteren. Toen herkende ze het behang van haar meisjeskamer en de werkelijkheid stortte zich over haar heen als een ton bakstenen. Ze kwam snel overeind. De kinderen! Toen hoorde ze Emma's vrolijke gegil van de benedenverdieping en herinnerde ze zich dat Erica had beloofd op hen te passen terwijl zij lag te slapen. Ze ging weer liggen en besloot nog een paar minuten in het warme bed te blijven. Zodra ze opstond, zou ze met het echte leven aan de gang moeten gaan, en op deze manier kon ze dat nog een paar minuten ontvluchten.

Langzaam drong het tot haar door dat het niet Erica's stem was die zich beneden vermengde met het gelach van Emma en Adrian. Een koud, ijzingwekkend moment dacht ze dat Lucas hier was, maar toen besefte ze dat Erica hem liever ter plekke neer zou schieten dan dat ze hem binnen zou laten. Ze had wel zo'n vermoeden wie de bezoeker was en nieuwsgierig sloop ze naar de trap en keek door de spijlen van de trapleuning. De woonkamer zag eruit alsof er een bom was ontploft. De kussens van de bank waren in combinatie met vier eetkamerstoelen en een deken een hut geworden en Adrians blokken lagen verspreid over de hele vloer. Op de salontafel lagen zoveel ijspapiertjes dat Anna hoopte dat Patrik een grootverbruiker van ijs was. Het zou waarschijnlijk heel moeilijk worden haar dochter vandaag nog een echte maaltijd te laten eten. De dochter in kwestie zat op de schouders van een donkerharige man met een sympathiek uiterlijk en warme, bruine ogen. Ze stikte bijna van het lachen en Adrian, die in zijn luier op een kleed op de vloer lag, deelde kennelijk in haar vreugde. Maar degene die het het allermeest naar zijn zin leek te hebben was Patrik, en op dat moment won hij voor eeuwig een plaatsje in Anna's hart.

Ze kwam overeind en schraapte voorzichtig haar keel om de aandacht van de drie speelkameraadjes te trekken.

'Mama, kijk, ik heb een paard gekregen.'

Emma demonstreerde haar totale macht over 'het paard' door hard aan zijn haren te trekken, maar Patriks protesten waren veel te mild en de kleine dictator trok zich er niets van aan.

'Emma, je moet voorzichtig zijn met je paard. Anders mag je er misschien niet meer op rijden.'

Die opmerking zette de ruiter aan het denken en voor de zekerheid aaide ze Patriks manen met haar gezonde hand om zich ervan te verzekeren dat ze haar ruiterprivileges niet kwijt zou raken.

'Hallo, Anna, dat is een tijd geleden.'

'Zeg dat wel. Ik hoop dat ze je niet vòlledig hebben uitgeput.'

'Nee, we hebben het hartstikke leuk gehad.'

Hij keek plotseling een beetje bezorgd. 'Ik ben heel voorzichtig geweest met haar arm.'

'Dat geloof ik zeker. Ze lijkt zich heel goed te voelen. Ligt Erica te slapen?'

'Ja, ze klonk zo moe toen we elkaar vanochtend spraken, dat ik aanbood te komen.'

'En dat is kennelijk goed gegaan.'

'Ja, al hebben we er een behoorlijke rommel van gemaakt. Ik hoop maar dat Erica niet boos is als ze wakker wordt en ziet dat ik haar woonkamer volledig heb geruïneerd.'

Anna vond zijn bezorgde gezicht heel vermakelijk. Het leek alsof Erica hem al flink onder de duim had.

'Ik zal je helpen met opruimen. Maar eerst heb ik een kop koffie nodig. Wil jij ook?'

Ze dronken koffie en praatten met elkaar alsof ze oude vrienden waren. De weg naar Anna's hart ging via de kinderen en de verering in Emma's ogen toen ze om Patrik heen hing, was onmiskenbaar. Anna probeerde haar dochter zover te krijgen dat ze hem even met rust liet, maar Patrik wuifde haar bezwaren weg. Toen Erica een uurtje later met een slaapdronken gezicht beneden kwam, had Anna Patrik over van alles uitgehoord, van zijn schoenmaat tot de reden van zijn scheiding. Toen Patrik uiteindelijk zei dat hij moest gaan, protesteerden alle vrouwen, en Adrian zou zeker ook hebben geprotesteerd als hij niet dodelijk vermoeid in slaap was gevallen.

Toen ze zijn auto hoorden wegrijden, draaide Anna zich met opengesperde ogen om naar Erica.

'Jee, hij is echt de droom van iedere schoonmoeder geworden. Weet je of hij toevallig nog een jongere broer heeft?'

Erica glimlachte alleen maar gelukkig als antwoord.

Patrik had zichzelf met het oppassen een paar uur uitstel gegeven, maar nu wachtte dan toch de taak die hem die nacht uit zijn slaap had gehouden. Zelden had hij meer opgezien tegen iets waarvan hij wist dat het een onvermijdelijk deel was van het beroep dat hij had gekozen. Hij had een van de twee moorden opgelost, maar daar was hij helemaal niet blij mee.

Patrik reed langzaam van Sälvik naar het centrum. Hij wilde het zo lang mogelijk uitstellen, maar het was niet ver en hij was er sneller dan hij had gehoopt. Hij parkeerde de auto op de parkeerplaats bij Evas Liv en legde het laatste stuk te voet af. Het huis lag helemaal aan het eind van een van de straten die steil omlaag liepen naar de boothuizen aan het water. Het was een mooi oud huis, maar het leek jarenlang te zijn verwaarloosd. Voordat hij op de deur klopte, haalde hij even diep adem, maar zodra zijn knokkels op het hout hadden geslagen moest hij zich professioneel opstellen. Persoonlijke gevoelens mochten geen rol spelen. Hij was politieagent en als zodanig gedwongen zijn werk te doen, ongeacht zijn eigen emoties in dezen.

Vera deed bijna meteen open. Ze keek hem vragend aan, maar deed snel een pas opzij toen hij vroeg of hij binnen mocht komen. Ze liep voor hem uit naar de keuken en ze gingen aan de keukentafel zitten. Het viel Patrik op dat ze niet vroeg waar hij voor kwam en even dacht hij dat dat misschien was omdat ze het al wist. Hoe dan ook, hij moest een manier zien te vinden om zijn boodschap zo tactvol mogelijk te brengen.

Kalm keek ze hem aan, maar hij zag donkere kringen onder haar ogen als een teken van het verdriet om de dood van haar zoon. Op de tafel lag een oud fotoalbum en hij vermoedde dat hij foto's van een jonge Anders zou zien als hij het opensloeg. Het voelde zwaar om hier te komen, bij een moeder die verdriet had over haar zoon die nog maar een paar dagen dood was, maar weer moest hij zijn natuurlijke beschermersinstinct opzijschuiven en zich concentreren op de taak waarvoor hij was gekomen. Om de waarheid over Anders' dood te horen.

'Vera, toen we elkaar de vorige keer zagen was dat onder heel verdrietige omstandigheden en ik wil je daarom eerst oprecht condoleren.'

Ze knikte alleen maar en wachtte zwijgend tot hij verder zou gaan.

'Ik begrijp maar al te goed hoe moeilijk het voor je is, maar het is nu eenmaal mijn werk om uit te zoeken wat er met Anders is gebeurd, ik hoop dat je dat begrijpt.'

Patrik sprak duidelijk, alsof hij het tegen een kind had. Hij wist niet goed waarom hij dat deed, maar hij voelde dat het belangrijk voor hem was dat ze werkelijk begreep wat hij bedoelde.

'We hebben de dood van Anders als een moord onderzocht en we hebben ook gezocht naar een verband met de moord op Alexandra Wijkner, met wie hij een relatie had. We hebben geen sporen van een eventuele moordenaar gevonden en het is ons ook niet duidelijk geworden hoe de moord heeft plaatsgevonden. Om je de waarheid te vertellen heeft het ons zelfs echte kopzorgen bezorgd, en niemand heeft er een goede verklaring voor kunnen vinden hoe het kan zijn gebeurd. Maar toen vond ik dit bij Anders thuis.'

Patrik legde de kopie van het vel papier op de keukentafel, voor Vera, met de tekst naar haar gekeerd. Er gleed een uitdrukking van verbazing over haar gezicht en ze keek herhaalde malen van het papier naar Patriks gezicht. Ze pakte het papier op en draaide het om. Voelde met haar vingers aan de letters en legde het toen weer op tafel, nog steeds met een verbijsterde gelaatsuitdrukking.

'Waar heb je dit gevonden?' Haar stem was hees van verdriet.

'Thuis bij Anders. Je bent verbaasd omdat je dacht dat jij het enige exemplaar van deze brief had meegenomen, is het niet?'

Ze knikte. Patrik vervolgde: 'Dat heb je ook gedaan, feitelijk. Ik vond het notitieblok waarop Anders de brief had geschreven maar door de druk van zijn pen op het papier kwam er ook een afdruk op het vel eronder. Die afdruk hebben wij zichtbaar kunnen maken.'

Vera glimlachte ironisch. 'Ja, daar heb ik natuurlijk nooit aan gedacht. Slim van je om zoiets te bedenken.'

'Ik denk dat ik ongeveer wel weet wat er is gebeurd, maar ik zou het graag van jou zelf horen, in je eigen woorden.'

Ze plukte even aan het papier en ging met haar vingertoppen over de woorden, alsof ze braille zat te lezen. Een diepe zucht, en toen gaf ze gehoor aan Patriks vriendelijke maar gedecideerde verzoek.

'Ik ging met een tas eten naar Anders. De deur zat, zoals gewoonlijk, niet op slot, dus riep ik dat ik er was en ging naar binnen. Het was rustig, helemaal geen geluid, stil. Ik zag hem meteen. Het was of mijn hart op dat moment ophield met kloppen. Zo voelde het. Alsof mijn hart ophield met kloppen en er alleen maar stilte in mijn borst kwam. Hij zwaaide zachtjes heen en weer. Alsof het midden in de kamer waaide, maar ik wist natuurlijk dat dat niet kon.'

'Waarom heb je de politie niet gewaarschuwd? Of een ambulance?'

Ze haalde haar schouders op.

'Ik weet het niet. Mijn eerste ingeving was naar voren te rennen en hem los te maken, maar toen ik in de woonkamer kwam, zag ik dat het te laat was. Mijn zoon was dood.'

Voor de eerste keer tijdens haar verhaal trilde haar stem een beetje, maar toen slikte ze even en dwong zichzelf met griezelige kalmte verder te gaan.

'Ik vond deze brief in de keuken. Jij hebt hem gelezen, je weet wat erin staat. Dat hij het niet aankon te leven. Dat het leven één lang lijden voor hem was geweest en dat hij er nu niet langer tegen kon. Al zijn redenen om door te gaan waren verdwenen. Ik denk dat ik een uur in de keuken heb gezeten, misschien wel twee, ik weet het niet goed. Opeens had ik de brief in mijn tas gestopt en toen heb ik de stoel die hij had gebruikt om bij de strop te komen, weggehaald en weer teruggezet in de keuken.'

'Maar waarom, Vera? Waarom? Waar was dat goed voor?'

Haar blik was vast, maar Patrik zag aan haar licht trillende handen dat haar uiterlijke kalmte bedrieglijk was. Hij kon zich niet voorstellen hoe verschrikkelijk het voor een moeder moest zijn om haar zoon aan het plafond te zien hangen, met een dikke blauwe tong en uitpuilende ogen. Hij had het zelf al moeilijk gevonden om Anders te zien en nu moest zijn moeder de rest van haar leven doorbrengen met dat beeld op haar netvlies.

'Ik wilde hem verdere vernederingen besparen. Jarenlang hebben de mensen met verachting naar hem gekeken. Mensen hebben naar hem gewezen en om hem gelachen. Ze staken hun neus in de wind als ze hem zagen en dachten dat ze beter waren dan hij. Wat zouden de mensen zeggen als ze hoorden dat Anders zich had verhangen? Ik wilde hem die schande besparen en dat heb ik gedaan op de enige manier die ik kon bedenken.'

'Maar ik begrijp het nog steeds niet. Waarom zou zelfmoord erger zijn dan moord?'

'Jij bent te jong om dat te begrijpen. De verachting voor zelfmoordenaars zit bij de mensen hier aan de kust nog steeds heel diep. Ik wilde niet dat ze zo over mijn kleine jongen zouden praten. Er is in de loop van de jaren genoeg lelijks over hem gezegd.'

Vera's stem klonk hard als staal. Al deze jaren had ze al haar energie aangewend om haar zoon te beschermen en te helpen, en hoewel Patrik haar motief nog steeds niet begreep, was het waarschijnlijk alleen maar natuurlijk dat ze hem ook na zijn dood bleef beschermen.

Vera reikte naar het fotoalbum op de tafel en opende het zodat zowel zij als Patrik het kon bekijken. Patrik meende aan de kleren te zien dat de foto's in de jaren zeventig waren genomen en Anders' gezicht lachte hem van alle licht vergeelde foto's toe, open en zorgeloos.

'Wat een mooie jongen was hij toch, mijn Anders.'

Vera's stem was dromerig en ze wreef met haar wijsvinger over de foto's.

'Hij was altijd zo lief. Hij veroorzaakte nooit problemen.'

Patrik bekeek de foto's met belangstelling. Het was ongelooflijk dat dit dezelfde persoon was die hij alleen maar als een wrak had gekend. Gelukkig maar dat de jongen op de foto's niet had geweten welk lot hem te wachten stond. Een van de foto's wekte zijn belangstelling wat meer. Een mager, blond meisje stond naast Anders, die op een fiets met een langwerpig, smal zadel en een ossenkopstuur zat. Ze glimlachte flauwtjes en keek verlegen vanonder haar pony.

'Dit is toch Alex?'

'Ja.' Vera klonk kortaf.

'Speelden ze vaak met elkaar toen ze klein waren?'

'Niet vaak. Maar het gebeurde wel. Ze zaten tenslotte bij elkaar in de klas.'

Behoedzaam betrad Patrik dit gevoelige terrein. Bij elke stap die hij nam, probeerde hij zich mentaal met zijn tenen te oriënteren.

'Ik heb begrepen dat ze Nils Lorentz een tijdje als leraar hebben gehad, klopt dat?'

Vera keek hem onderzoekend aan. 'Ja, dat is mogelijk. Het is zo lang geleden.'

'Er werd naar het schijnt nogal veel over Nils Lorentz gepraat. Vooral toen hij daarna zomaar verdween.'

'Hier in Fjällbacka praten de mensen over van alles en nog wat. Dus hebben ze vast ook over Nils Lorentz gepraat.'

Het was duidelijk dat hij nu in een etterende wond zat te wroeten, maar hij moest verdergaan en nog dieper wroeten.

'Ik heb met de ouders van Alex gepraat en zij hebben bepaalde uitlatingen over Nils Lorentz gedaan. Uitlatingen die ook Anders betroffen.'

'O.'

Het was duidelijk dat ze het hem niet makkelijk wilde maken.

'Volgens hen heeft Nils Lorentz zich aan Alex vergrepen en ze beweerden dat Anders ook een slachtoffer was.'

Vera zat stokstijf op het randje van haar stoel en ze reageerde niet op Patriks bewering die hij als een vraag had bedoeld. Hij besloot te wachten tot ze iets zou zeggen, en na een korte innerlijke strijd sloeg ze het fotoalbum langzaam dicht en stond op.

'Ik heb geen zin om oude koeien uit de sloot te halen. Ik wil dat je nu vertrekt. Als jullie maatregelen tegen mij willen treffen voor wat ik heb gedaan toen ik Anders vond, dan weten jullie me te vinden, maar ik ben niet van plan dingen naar boven te halen die het beste maar begraven kunnen blijven.'

'Ik heb nog één vraag: hebben jullie het hier weleens met Alexandra over gehad? Volgens mijn informatie had zij besloten met het verleden af te rekenen en het zou dan logisch zijn geweest als ze ook met jou had gepraat.'

'Jazeker, dat heeft ze gedaan. Ik ben bij haar thuis geweest, een week of zo voordat ze overleed, en heb geluisterd naar haar naïeve ideeën om met het verleden af te rekenen, alle oude lijken uit de kast te halen enzovoort, enzovoort. Modern gebazel als je het mij vraagt. Het lijkt wel of iedereen tegenwoordig zijn vuile was buiten wil hangen, omdat het zo gezond zou zijn om openlijk over je geheimen en zonden te praten. Maar bepaalde zaken moeten privé blijven. Dat heb ik ook tegen haar gezegd. Ik weet niet of ze naar me heeft geluisterd, maar ik hoop van wel. Anders heb ik die hardnekkige blaasontsteking, die ik toen in haar ijskoude huis heb opgelopen, voor niets gekregen.'

Met die woorden gaf Vera duidelijk aan dat het gesprek was afgelopen en ze liep naar de voordeur. Ze opende de deur voor Patrik en nam heel afgemeten afscheid.

Toen hij met zijn muts ver over zijn oren en zijn wanten aan weer buiten in de kou stond, wist hij letterlijk niet op welke voet hij moest staan. Hij sprong op en neer om het wat warmer te krijgen en liep vervolgens in hoog tempo naar zijn auto.

Vera was een gecompliceerde vrouw, zoveel had hij tijdens hun gesprek begrepen. Ze hoorde tot een heel andere generatie, maar stond in veel opzichten toch in conflict met de waarden en normen van die generatie. Gedurende het hele leven van haar zoon had zij in hun levensonderhoud voorzien, en zelfs toen hij volwassen was geworden en voor zichzelf had moeten kunnen zorgen, was ze hem blijven helpen.

In zekere zin was ze een geëmancipeerde vrouw die zich al die jaren zonder man had weten te redden, maar tegelijk was ze gebonden door de regels die voor vrouwen, en voor mannen trouwens ook, van haar generatie golden. Tegen zijn zin voelde hij een zekere bewondering voor haar. Ze was een sterke vrouw. Een complexe vrouw, die meer had doorstaan dan iemand in zijn leven zou moeten doorstaan.

Hij wist niet wat de gevolgen voor Vera konden zijn na haar pogingen om de zelfmoord van Anders op een moord te laten lijken. Hij moest dit absoluut op het politiebureau melden, maar hij had er geen flauw idee van wat er daarna zou gebeuren. Als het aan hem lag zagen ze het door de vingers, maar hij kon niet beloven dat het zo zou gaan. Zuiver juridisch bestond de mogelijkheid haar aan te klagen wegens belemmering van een onderzoek, maar hij hoopte van harte dat dat niet zou gebeuren. Hij mocht Vera, dat was gewoon zo. Ze was een vechter, en daar waren er niet veel van.

Toen hij in de auto ging zitten, zag hij dat er een bericht op zijn voicemail stond. Toen hij het afluisterde, bleek het Erica te zijn. Ze zei dat drie vrouwen en een heel, heel klein mannetje hoopten dat hij die avond bij hen kwam eten. Patrik keek op zijn horloge. Het was al vijf uur en snel besloot hij dat het toch al te laat was om nog naar het politiebureau te gaan en wat moest hij thuis doen? Voordat hij de motor startte, belde hij Annika en vertelde kort wat hij had gedaan, maar hij liet de details achterwege omdat hij het hele verhaal wilde vertellen als hij oog in oog met Mellberg stond. Hij wilde tot elke prijs voorkomen dat de situatie verkeerd werd begrepen en dat Mellberg alleen voor zijn eigen genoegen een enorme operatie op touw zette.

Onderweg naar Erica keerden zijn gedachten de hele tijd terug naar de moord op Alex. Het frustreerde hem dat ze alweer op een dood spoor waren gestuit. Twee moorden betekenden een twee keer zo grote kans dat de moordenaar een fout had begaan. Nu was hij weer terug bij af en voor het eerst dacht hij dat hij de moordenaar van Alex misschien niet zou vinden. Dat maakte hem opmerkelijk verdrietig. Hij had het gevoel dat hij Alex beter kende dan wie dan ook. Wat hij over haar jeugd en leven na het misbruik te weten was gekomen, raakte hem diep. Hij wilde haar moordenaar koste wat kost vinden.

Maar hij moest voor zichzelf bekennen dat hij weer op een doodlopende weg zat en hij wist niet welke kant hij nu op moest, waar hij moest zoeken. Patrik dwong zichzelf de zaak voor vandaag los te laten. Nu zou hij Erica, haar zus en de kinderen zien en hij voelde dat dat precies was wat hij vanavond nodig had. Door al deze ellende voelde hij zich kapot vanbinnen.

Mellberg trommelde ongeduldig met zijn vingers op zijn bureau. Waar was die jongen toch? Dacht hij soms dat dit een kinderdagverblijf was? Dat hij kon komen en gaan wanneer hij wilde? Het was weliswaar zaterdag, maar wie dacht dat hij vrij kon nemen voordat deze zaak was opgelost, vergiste zich behoorlijk. Nou ja, hij zou hem snel uit de droom helpen. Op zijn bureau golden strikte regels en een heldere discipline. Duidelijk leiderschap. Dat was de teneur en als er iemand geboren was met leiderskwaliteiten, dan was hij het wel. Zijn moeder had altijd gezegd dat hij het ver zou schoppen en hoewel hij moest toegeven dat het misschien wat langer duurde dan ze beiden hadden gedacht, had hij er nooit aan getwijfeld dat zijn voortreffelijke kwalificaties vroeg of laat lonend zouden zijn.

Daarom was het zo frustrerend dat het onderzoek kennelijk was vastgelopen. Zijn kans was zo dichtbij dat hij die kon ruiken, maar als zijn armzalige medewerkers niet spoedig met resultaten kwamen, kon hij een promotie en een overplaatsing wel op zijn buik schrijven. Lammelingen, dat waren ze. Provinciale agentjes die maar amper in staat waren om met hun eigen handen en een zaklantaarn hun achterwerk te vinden. Hij had enige hoop gekoesterd ten aanzien van de jonge Hedström, maar het zag ernaar uit dat die hem ook zou teleurstellen. Hij had in elk geval nog geen resultaten gemeld van zijn reis naar Göteborg, dus dat zou waarschijnlijk alleen maar een extra kostenpost blijken te zijn. Nu was het tien over negen en hij had nog geen glimp van hem gezien.

'Annika.'

Hij schreeuwde in de richting van de open deur en merkte dat zijn irritatie verder toenam toen het ruim een minuut duurde voordat het haar behaagde op te staan en gehoor te geven aan zijn oproep.

'Ja, wat is er?'

'Heb je iets van Hedström gehoord? Ligt hij nog lekker in zijn warme bedje, of hoe zit dat?'

'Dat denk ik niet. Hij heeft gebeld om te zeggen dat zijn auto niet wilde starten, maar hij is onderweg.' Ze keek op haar horloge. 'Hij zou hier over een kwartiertje moeten zijn.'

'Verdomme, hij kan toch komen lopen.'

Ze antwoordde niet meteen en hij zag tot zijn verbazing dat Annika begon te glimlachen. 'Tja, hij was kennelijk niet thuis, denk ik.'

'Waar was hij dan, verdomme?'

'Dat moet je Patrik maar vragen,' zei Annika en ze draaide hem de rug toe en liep terug naar haar kamer.

Dat Patrik een geldige reden leek te hebben voor zijn late komst, ergerde Mellberg nog meer. Konden de mensen niet een beetje vooruitziend zijn en 's morgens wat vroeger van huis gaan voor het geval de auto haperde?

Een kwartier later kwam Patrik binnen na eerst tactvol op de open deur te hebben geklopt. Hij was buiten adem, had rode wangen en leek schaamteloos opgewekt en vief, hoewel hij zijn chef bijna een halfuur had laten wachten.

'Dacht je soms dat we hier parttime werken? En waar was je gisteren? Want eergisteren was je toch in Göteborg?'

Patrik ging op de bezoekersstoel tegenover het bureau zitten en beantwoordde de agressieve vragen van Mellberg rustig.

'Het spijt me dat ik te laat ben. De auto wilde vanmorgen niet starten en het duurde meer dan een halfuur om hem aan de praat te krijgen. Ja, eergisteren was ik in Göteborg en daar wilde ik het eerst over hebben voordat ik vertel wat ik gisteren heb gedaan.'

Mellberg gromde dat Patrik zijn verhaal kon doen. Patrik vertelde wat hij over Alex' jeugd te weten was gekomen. Hij liet geen enkel afschuwelijk detail achterwege en bij het nieuws dat Julia de dochter van Alex was, voelde Mellberg hoe zijn onderkinnen naar zijn borstkas trilden. Zoiets had hij nog nooit gehoord. Patrik ging verder en vertelde over Karl-Eriks acute rit naar het ziekenhuis, en hoe hij het voor elkaar had gekregen in allerijl een vel papier uit Anders' flat te laten analyseren. Hij legde uit dat het een afscheidsbrief bleek te zijn en kwam toen natuurlijk uit op wat hij gisteren had gedaan en waarom. Patrik vatte de situatie vervolgens samen voor een ongewoon stille Mellberg: 'Onze ene moord blijkt dus een zelfmoord te zijn en wat de andere betreft hebben we nog steeds geen idee van de dader en het motief. Ik heb het gevoel dat het te maken heeft met het verhaal van Alexandra's ouders, maar ik heb geen concrete bewijzen die mijn vermoeden ondersteunen. Nu weet je alles wat ik ook weet. Heb jij enig idee hoe we verder moeten gaan?'

Het duurde even voordat Mellberg wat kon zeggen.

'Wat een ongelooflijk verhaal, zeg. Persoonlijk zou ik liever mijn geld zetten op die kerel met wie Alex scharrelde, dan op die oude koek van vijfentwintig jaar geleden. Ik stel voor dat je met Alex' loverboy gaat praten en deze keer moet je hem de duimschroeven wat harder aandraaien. Ik denk dat we dan veel beter gebruikmaken van onze middelen.'

Zodra Patrik hem had verteld wie de vader van het kind was, had Mellberg Dan boven aan de lijst van verdachten geplaatst.

Patrik knikte – verdacht gewillig naar Mellbergs mening – en stond op om te gaan.

'O ja, goed gedaan, Hedström,' zei Mellberg met tegenzin. 'Jij gaat hier dus mee verder?'

'Absoluut chef, beschouw het als gedaan.'

Hoorde hij daar een ironische ondertoon? Maar Patrik keek hem met een onschuldige blik aan en Mellberg wuifde zijn argwaan weg. De jongen had kennelijk genoeg gezond verstand om de stem van de ervaring te herkennen als hij die hoorde.

Het doel van geeuwen is om de hersenen meer zuurstof te geven. Patrik was er absoluut niet van overtuigd dat hij er baat bij had. De vermoeidheid van de nacht waarin hij thuis had liggen woelen had hem ingehaald en zoals gewoonlijk was het slapen bij Erica met meerderheid van stemmen verworpen. Moe keek hij naar de inmiddels bekende stapels papieren op zijn bureau en hij moest zich inhouden om niet alles in de prullenbak te kieperen. Hij was dit onderzoek nu meer dan zat. Hij had het gevoel alsof er maanden waren verstreken, terwijl het in feite maar om hoogstens vier weken ging. Er was zoveel gebeurd en toch was hij niet verder gekomen. Annika, die langs zijn kamer was gelopen en hem in zijn ogen had zien wrijven, kwam met een broodnodig kopje koffie en zette dat voor hem neer.

'Heb je het moeilijk?'

'Ja, ik moet toegeven dat het op dit moment nogal lastig voelt. Maar we moeten gewoon weer bij het begin beginnen. Ergens in deze stapels bevindt zich het antwoord, dat weet ik. Het enige dat ik nodig heb is een piepkleine aanwijzing die ik tot nu toe over het hoofd heb gezien.'

Hij gooide zijn potlood met een berustend gebaar op een van de stapels.

'En verder?'

'Wat bedoel je?'

'Hoe is het leven verder, los van het werk? Je weet vast wel wat ik bedoel...'

'Ja, Annika. Ik weet precies wat je bedoelt. Wat wil je weten?'

'Is het nog steeds bingo?'

Patrik wist niet zeker of hij het echt wilde weten, maar hij vroeg het toch, tegen beter weten in. 'Bingo?'

'Ja, je weet wel. Vijf op rij...' Toen deed ze de deur met een plagerige glimlach dicht.

Patrik grinnikte in zichzelf. Ja, zo zou je het misschien kunnen noemen.

Hij dwong zichzelf weer aan zijn werk te denken en krabde weifelend met een pen op zijn hoofd. Er was iets wat niet klopte. Iets in wat Vera had gezegd klopte gewoon niet. Hij pakte het notitieblok waarop hij tijdens het gesprek met Vera aantekeningen had gemaakt en nam die nauwkeurig en systematisch woord voor woord door. Langzaam vormde zich een gedachte. Het was maar een klein detail, maar het kon belangrijk zijn. Met een geroutineerd gebaar pakte hij een vel papier uit een van de stapels op zijn bureau. De rommelige indruk was bedrieglijk. Hij wist precies waar alles zich bevond.

Patrik las ook dit vel papier grondig en nadenkend door en reikte toen naar de telefoon.

'Hallo, u spreekt met Patrik Hedström van de politie in Tanumshede. Ik wilde alleen even weten of u straks thuis bent, ik wilde u een paar vragen stellen. Aha, u bent dan thuis, dat is mooi. Dan ben ik over twintig minuten bij u. Waar woont u? Bij de invalsweg naar Fjällbacka. Rechtsaf na de steile helling en dan het derde huis aan de linkerkant. Een rood huis met witte hoeken. Oké, dat vind ik wel. Anders bel ik nog een keer. Tot straks.'

Nog geen twintig minuten later stond Patrik voor de deur. Het had hem geen moeite gekost om het kleine huis te vinden waar Eilert volgens hem vele, vele jaren met zijn gezin had gewoond. Toen hij op de houten deur klopte, werd die bijna meteen geopend door een vrouw met een norse en verbitterde uitdrukking op haar gezicht. Ze stelde zich uitbundig voor als Svea Berg, de vrouw van Eilert, en ging hem voor naar een kleine woonkamer. Patrik begreep dat zijn telefoontje een koortsachtige activiteit teweeg had gebracht. Het mooie servies stond op de eetkamertafel en een verscheidenheid aan koekjes lag op een hoge, drie verdiepingen tellende schaal. Deze zaak zou hem nog een behoorlijk zwembandje bezorgen, zuchtte Patrik inwendig.

Even instinctief als hij Svea Berg niet mocht, vatte hij sympathie op voor haar man toen hij een paar montere, helderblauwe ogen ontmoette en een stevige handdruk kreeg. Hij voelde de eeltplekken op Eilerts hand en begreep dat dit een man was die zijn hele leven hard had gewerkt.

Toen Eilert was opgestaan waren er kreukels ontstaan in het overtrek van de bank en met een diepe frons was Svea er snel bij om het recht te trekken, met een verwijtende blik naar haar echtgenoot. Het hele huis was blinkend schoon, alles stond op zijn plaats, en je kon je nauwelijks voorstellen dat hier iemand woonde. Patrik had medelijden met Eilert. Hij zag er verloren uit in zijn eigen huis.

Het was bijna komisch om te zien hoe snel Svea's gelaatsuitdrukkingen wisselden: een vleierige glimlach als ze zich tot Patrik wendde, en een verwijtende blik als ze naar haar echtgenoot keek. Patrik vroeg zich af wat haar echtgenoot had gedaan om zo'n irritatie op te wekken, maar hij vermoedde dat alleen al Eilerts aanwezigheid voor Svea een bron van boosheid vormde.

'Gaat u zitten, meneer de agent, dan krijgt u een kopje koffie en wat koekjes.'

Patrik ging gehoorzaam op de stoel zitten die op het raam uitkeek en Eilert bewoog zich in de richting van de stoel ernaast.

'Niet daar, Eilert, dat begrijp je toch wel. Jij moet hier zitten.'

Ze wees bevelend naar de stoel aan de korte kant van de tafel en Eilert gehoorzaamde braaf. Patrik keek om zich heen terwijl Svea ronddraafde en koffie inschonk, ondertussen kreukels in het tafelkleed en de gordijnen gladstrijkend. Het huis was kennelijk ingericht door iemand die een schijn van welstand wilde wekken die niet bestond. Alle spullen waren slechte kopieën, alles, van de gordijnen die eruit moesten zien alsof ze van zijde waren, met veel stroken en strikken, tot de hoeveelheid prullen van nieuwzilver en nepgoud. Eilert leek in al deze namaakpracht een vreemde eend in de bijt.

Het frustreerde Patrik dat hij niet meteen ter zake kon komen. Svea kwekte maar door en slurpte luid van haar koffie.

'Dit servies heeft mijn zuster uit Amerika naar mij opgestuurd, moet u weten. Ze is met een rijke man getrouwd en ze stuurt altijd van die mooie cadeaus. Dit servies heeft heel veel gekost.'

Ze tilde veelbetekenend het sierlijk gedecoreerde koffiekopje op. Patrik stond heel sceptisch tegenover de vermeende waarde van het servies, maar gaf wijselijk geen commentaar.

'Ja, ik zou zelf ook naar Amerika zijn gegaan als ik niet zo'n zwakke gezondheid had gehad. Anders zou ik daar ook een rijke man hebben getrouwd, en niet vijftig jaar in dit krot hebben gewoond.'

Svea wierp een beschuldigende blik naar Eilert, die rustig bleef zitten en niets zei. Dit liedje had hij ongetwijfeld vaker gehoord.

'Ik heb jicht, begrijpt u. Mijn gewrichten zijn helemaal kapot en van 's morgens vroeg tot 's avonds laat heb ik pijn. Gelukkig ben ik niet iemand die klaagt. En daar komt mijn vreselijke migraine ook nog bij, dus ik zou genoeg te jammeren hebben, maar zo ben ik niet, begrijpt u, ik klaag niet. Nee, je moet je pijn geduldig dragen. Ik weet niet hoe vaak mensen tegen me hebben gezegd: wat ben jij sterk, Svea, dat je dag in dag uit al die pijn kunt verdragen. Maar zo ben ik nu eenmaal.'

Ze sloeg bescheiden haar ogen neer en wreef tegelijk demonstratief haar handen, die er in Patriks lekenogen allesbehalve jichtig uitzagen. Wat een takkewijf, dacht hij. Opgemaakt en uitgedost, met veel te veel goedkope sieraden en een dikke laag make-up. Het enige positieve dat hij over haar uiterlijk kon zeggen, was dat het bij de inrichting van het huis paste. Hoe was het in hemelsnaam mogelijk dat twee zo verschillende mensen als Eilert en Svea vijftig jaar getrouwd konden zijn? Maar hij nam aan dat het een generatiekwestie was. Mensen van hun generatie scheidden alleen vanwege veel ernstiger kwesties dan onderlinge verschillen. Maar jammer was het wel. Eilert had vast geen leuk leven gehad.

Patrik schraapte zijn keel om Svea's onstuimige woordenstroom te onderbreken. Ze zweeg gehoorzaam en hing aan zijn lippen om te horen wat voor spannend nieuws hij kwam brengen. Waarschijnlijk zou het roddelcircuit meteen worden geactiveerd zodra hij de deur uit was gestapt.

'Ja, ik heb een paar vragen over de dagen voordat u Alexandra Wijkner vond. Toen u daar was en op het huis paste.'

Hij zweeg, keek naar Eilert en wachtte tot die zou antwoorden. Maar Svea was hem voor.

'Ja, het is me toch wat. Dat zoiets hier zou gebeuren. En dat mijn Eilert haar zou vinden. Er wordt de laatste weken over niets anders gesproken.'

Haar wangen gloeiden van opwinding en Patrik moest zich inhouden om geen scherp commentaar te geven. In plaats daarvan glimlachte hij arglistig en zei: 'Als u het niet erg vindt zou ik willen vragen of het mogelijk is dat uw man en ik even ongestoord kunnen praten. Het is een standaardprocedure bij de politie dat we getuigenverklaringen altijd zonder buitenstaanders afnemen.'

Een regelrechte leugen, maar hij zag tot zijn tevredenheid dat ze, ondanks haar grote ergernis over het feit dat ze uit het spannende middelpunt der gebeurtenissen werd verbannen, zijn gezag in deze kwestie slikte en met tegenzin opstond van tafel. Patrik werd direct beloond met een waarderende en geamuseerde blik van Eilert, die niet goed kon verbergen dat hij het geweldig vond dat Svea op zo'n smadelijke manier van haar pleziertje werd beroofd. Toen ze zich sloffend in de keuken had teruggetrokken, ging Patrik verder: 'Waar waren we gebleven? Ja, u zou me vertellen over de week ervoor, toen u in Alexandra Wijkners huis was.'

'Wat heeft dat voor zin?'

'Dat weet ik op dit moment niet goed. Maar het kan belangrijk zijn. Probeert u zich dus zoveel mogelijk details te herinneren.'

Eilert dacht een poosje zwijgend na en gebruikte de tijd om zorgvuldig zijn pijp te stoppen met tabak uit een zakje waar drie ankers op stonden. Pas toen hij de pijp had aangestoken en een paar trekjes had genomen, begon hij te praten.

'Laten we eens kijken. Ik vond haar op vrijdag. Ik ging er altijd op vrijdag heen om alles even na te lopen voordat ze op vrijdagavond kwam. De laatste keer dat ik daar geweest was, was dus de vrijdag ervoor. Nee, trouwens, we zouden die vrijdag op verjaardagsvisite gaan bij onze jongste zoon die veertig werd, dus was ik er al op donderdagavond heen gegaan.'

'Hoe was het huis toen? Is u iets opgevallen?' Patrik had moeite zijn ongeduld te verbergen.

'Of me iets is opgevallen?' Eilert nam nog een paar langzame trekjes van zijn pijp terwijl hij nadacht.

'Nee, alles was in orde. Ik heb een rondje door het huis en de kelder gemaakt, maar alles zag er goed uit. Ik heb het huis ook weer zorgvuldig afgesloten. Ik had een eigen sleutel gekregen.'

Patrik voelde zich genoodzaakt het ronduit te vragen, de vraag die aan hem had geknaagd. 'En de ketel. Deed die het? Was er warmte in het huis?'

'Jazeker. Er was niets mis met de ketel. Die moet kapot zijn gegaan toen ik weer weg was. Ik begrijp niet waarom dat belangrijk kan zijn? Wanneer de ketel kapotging?'

Eilert haalde de pijp even uit zijn mond.

'Om helemaal eerlijk te zijn weet ik niet of het belangrijk is. Maar bedankt voor uw hulp. Het kan belangrijk zijn.'

'Gewoon uit nieuwsgierigheid, maar waarom hebt u dit niet door de telefoon gevraagd?'

Patrik glimlachte.

'Ik denk dat ik een beetje ouderwets ben. Ik heb het idee dat ik door de telefoon niet evenveel te horen krijg als wanneer ik oog in oog met iemand praat. Soms vraag ik me weleens af of ik niet honderd jaar geleden geboren had moeten worden, vóór alle moderne uitvindingen.'

'Onzin, jongen. Geloof die praatjes maar niet dat alles vroeger beter was. Koud, armoedig en werken van 's morgens vroeg tot 's avonds laat, dat is allemaal niets om van te dromen. Nee hoor, ik gebruik zoveel mogelijk moderniteiten. Ik heb zelfs een computer, met internet. Dat had u vast niet van deze oude man gedacht.'

Hij wees veelzeggend met zijn pijp naar Patrik.

'Ik kan niet zeggen dat het me echt verbaast. Nee, nu moet ik echt gaan.'

'Ik hoop dat het zin heeft gehad, dat u hier niet voor niets bent gekomen.'

'Nee hoor, ik heb precies gehoord wat ik wilde weten. En ik heb de lekkere koekjes van uw vrouw mogen proeven.'

Eilert snoof. 'Ja, bakken kan ze, dat moet ik toegeven.'

Toen verzonk hij in een stilte die vijftig jaar ontberingen leek te vullen. Svea, die waarschijnlijk met haar oor tegen de deur had gestaan, kon zich niet langer inhouden en kwam de kamer in.

'Zo, hebt u te horen gekregen wat u wilde weten?'

'Ja, dank u wel. Uw man is heel welwillend geweest. Ik wil u graag nog bedanken voor de koffie en de lekkere koekjes.'

'Geen dank. Fijn dat u ze lekker vond. Vooruit, Eilert, begin jij maar vast de tafel af te ruimen, dan laat ik meneer de agent uit.'

Gehoorzaam begon Eilert koffiekopjes en schoteltjes te verzamelen terwijl Svea druk kwebbelend Patrik naar de voordeur begeleidde.

'Doe de deur goed achter u dicht. Ik kan niet tegen tocht, begrijpt u.'

Patrik slaakte een zucht van verlichting toen de deur achter hem dichtviel. Wat een vreselijke vrouw. Maar hij had de bevestiging gekregen die hij zocht. Nu was hij er vrij zeker van wie Alex Wijkner had vermoord.

Tijdens de begrafenis van Anders was het niet zulk mooi weer als toen Alex ter aarde werd besteld. De wind deed pijn aan de blootgestelde delen van de huid en veroorzaakte rode wangen. Patrik had zich zo warm mogelijk aangekleed, maar het was toch niet voldoende tegen de kou, en hij huiverde toen hij bij het open graf stond en ze de kist langzaam lieten zakken. De begrafenisplechtigheid zelf had niet lang geduurd en er waren bijna geen mensen geweest. Slechts een paar mensen waren naar de kerk gekomen en Patrik zelf had discreet op de bank helemaal achterin plaatsgenomen. Op de voorste bank zat alleen Vera.

Hij had getwijfeld of hij mee zou gaan naar de teraardebestelling, maar besloot op het laatste moment dat dat het minste was dat hij voor

Anders kon doen. Al de tijd dat hij naar Vera had gekeken, had ze geen spier vertrokken, maar hij dacht niet dat haar verdriet daarom minder was. Ze was gewoon niet iemand die ervan hield haar gevoelens openlijk te tonen. Patrik kon dat begrijpen en voelde waardering voor haar. Op een bepaalde manier bewonderde hij haar. Ze was een sterke vrouw.

Na de teraardebestelling gingen de weinige begrafenisbezoekers ieder huns weegs. Vera liep langzaam met gebogen hoofd over het grindpad naar de kerk. Vanwege de snijdende wind had ze haar sjaal als een hoofddoek om haar hoofd geknoopt. Even aarzelde Patrik. Na een innerlijke strijd die het aantal meters tussen hem en Vera groter had gemaakt, nam hij een besluit en haalde haar in.

'Mooie plechtigheid.'

Ze glimlachte verbitterd.

'Jij weet even goed als ik dat Anders' begrafenis even zielig was als de rest van zijn leven. Maar toch bedankt. Het was aardig gezegd.'

In Vera's stem doorklonken jaren van vermoeidheid.

'Ik zou misschien dankbaar moeten zijn. Nog niet zo lang geleden had hij niet eens begraven mogen worden op de algemene begraafplaats. Hij zou een afgezonderde plek hebben gekregen, buiten de door de kerk gewijde grond, een plek speciaal bedoeld voor zelfmoordenaars. Er zijn nog steeds veel ouderen die denken dat zelfmoordenaars niet in de hemel komen.'

Ze zweeg even. Patrik wachtte tot ze verder ging.

'Heeft wat ik bij Anders' zelfmoord heb gedaan nog juridische gevolgen?'

'Nee, ik denk dat ik wel kan garanderen dat dat niet het geval zal zijn. Wat je deed was betreurenswaardig, en natuurlijk was dat een overtreding, maar nee, ik geloof niet dat het juridische gevolgen zal hebben.'

Ze passeerden het wijkgebouw van de kerk en liepen langzaam in de richting van Vera's huis, dat slechts op een paar honderd meter van de kerk lag. Patrik had er de hele nacht over liggen piekeren hoe hij te werk moest gaan en was tot een wrede maar hopelijk succesvolle oplossing gekomen. Nonchalant zei hij: 'Wat ik nog het meest tragisch vind aan de dood van Anders en Alex, is dat er ook een kind heeft moeten sterven.'

Vera draaide zich met een heftige beweging naar hem om. Ze bleef staan en trok wild aan de mouw van zijn jas.

'Welk kind? Waar heb je het over?'

Patrik was dankbaar dat ze die informatie, tegen alle verwachtingen in, uit de openbaarheid hadden kunnen houden.

'Alexandra's kind. Ze was zwanger toen ze werd vermoord. In de derde maand.'

'Haar man...'

Vera begon te stotteren, maar Patrik ging met geforceerde ongevoeligheid verder.

'Haar man had er niets mee te maken. Ze hadden kennelijk al in geen jaren gemeenschap gehad. Nee, het schijnt dat de vader iemand was die ze hier in Fjällbacka ontmoette.'

Vera hield zijn mouw zo stevig vast dat haar knokkels wit werden.

'Goede god, goede, goede god.'

'Ja, het is inderdaad wreed. Een ongeboren kind doden. Volgens het sectierapport was het een jongetje.'

Hij huilde inwendig, maar dwong zichzelf ertoe niets meer te zeggen en de reactie af te wachten waarop hij rekende.

Ze stonden onder de grote kastanjeboom, vijftig meter van Vera's huis. Toen ze er plotseling vandoor ging werd hij totaal verrast. Ze rende verbazingwekkend snel voor iemand van haar leeftijd en het duurde een paar tellen voordat Patrik het besef had achter haar aan te hollen. Toen hij bij haar huis kwam, stond de voordeur wijd open en hij stapte voorzichtig naar binnen. Hij hoorde snikkende geluiden uit de badkamer, en daarna hoorde hij haar heftig overgeven.

Het voelde verkeerd om met zijn muts in zijn hand in de hal te staan luisteren hoe zij overgaf, dus trok hij zijn natte schoenen en jas uit en liep naar de keuken. Toen Vera een paar minuten later binnenkwam, pruttelde het koffiezetapparaat en stonden er twee kopjes op de keukentafel. Ze was bleek en voor het eerst zag hij tranen. Slechts een aanduiding, als een glinstering in de ooghoeken, maar dat was voldoende. Vera ging stijf op een van de keukenstoelen zitten.

In slechts een paar minuten was ze vele jaren ouder geworden en ze bewoog langzaam, als een beduidend oudere vrouw. Patrik gaf haar nog een paar minuten respijt terwijl hij koffie voor hen inschonk, maar toen hij ging zitten gaf hij haar met een strenge blik te verstaan dat het moment van de waarheid was aangebroken. Zij wist dat hij het wist en er was geen weg terug.

'Ik heb dus mijn kleinkind vermoord.'

Patrik vatte dit op als een retorische vraag en antwoordde niet. Als hij antwoordde, zou hij nog steeds moeten liegen. Nu kon hij niet meer terugkrabbelen. Ze zou spoedig achter de waarheid komen. Maar eerst was hij aan de beurt.

'Ik begreep dat jij Alex had vermoord toen je vertelde dat je de week voor haar dood bij haar was geweest. Je zei dat het koud was geweest in haar huis, maar de ketel is pas de week daarna kapotgegaan, in de week dat ze doodging.'

Vera staarde voor zich uit en leek niet eens gehoord te hebben wat Patrik zei.

'Het is vreemd. Nu realiseer ik me pas dat ik iemand anders van het leven heb beroofd. Alexandra's dood was nooit echt werkelijk voor me, maar Anders' kind... Ik zie het bijna voor me...'

'Waarom moest Alex dood?'

Vera stak afwerend een hand op. Ze zou het vertellen, maar in haar eigen tempo.

'Het zou een schandaal zijn geworden. Iedereen zou hem hebben nagewezen en over hem hebben gepraat. Ik deed wat ik dacht dat goed was. Ik wist niet dat hij toch nog het mikpunt van spot zou worden. Dat mijn zwijgen hem vanbinnen op zou vreten en hem alle waarde zou ontnemen. Het was zo eenvoudig. Karl-Erik kwam bij me en vertelde wat er was gebeurd. Voordat hij bij mij kwam, had hij met Nelly gepraat en zij waren het er samen over eens. Er zou niets goeds uit voortkomen als het hele dorp het te weten kwam. Het zou ons geheim zijn en als ik wist wat het beste voor Anders was, dan moest ik mijn mond houden. Dus zweeg ik. Ik zweeg al die jaren. En elk jaar betaalde Anders er een hogere prijs voor dan het jaar ervoor. Elk jaar kwijnde hij verder weg in zijn eigen hel en ik koos ervoor mijn eigen aandeel daarin niet te willen zien. Ik ruimde zijn troep op en hield hem zo goed en zo kwaad als het ging overeind, maar ik kon het niet ongedaan maken. Zwijgen kan nooit teruggenomen worden.'

Ze had haar koffie in een paar gulzige slokken opgedronken en hief vragend haar kopje op naar Patrik. Hij stond op, pakte de koffiekan en schonk nog eens in. Het leek of de gewoonte van koffie drinken haar hielp grip op de werkelijkheid te houden.

'Soms denk ik dat de stilte erger was dan het misbruik. We spraken er nooit over, zelfs niet binnen deze vier muren, en ik begrijp nu pas wat dat met hem moet hebben gedaan. Misschien interpreteerde hij mijn zwijgen als een verwijt. Dat is het enige dat ik niet kan verdragen. Dat hij heeft gedacht dat ik hem schuldig achtte aan wat er was gebeurd. Dat heb ik nooit gedacht, zelfs geen seconde, maar ik zal nu nooit weten of hij dat wist.'

Heel even leek de façade te barsten, maar toen rechtte Vera haar rug weer en dwong zichzelf verder te gaan. Patrik kon zich alleen maar voorstellen hoeveel kracht haar dat kostte.

'In de loop van de jaren vonden we een soort evenwicht. Hoewel het leven voor ons allebei ellendig was, wisten we wat we hadden en wat we aan elkaar hadden. Ik wist natuurlijk dat hij Alex nog steeds af en toe zag en dat ze zich op een vreemde manier tot elkaar aangetrokken voelden, maar ik dacht toch dat we verder konden gaan zoals we altijd hadden gedaan. Toen zei Anders opeens dat Alex openbaar wilde maken wat er met hen was gebeurd. Ze wilde alle oude lijken uit de kast halen, zei hij geloof ik. Hij klonk zelf bijna onverschillig toen hij dat zei, maar ik had het gevoel alsof ik een elektrische schok had gekregen. Het zou alles veranderen. Niets zou nog hetzelfde zijn als Alex na zoveel jaren allerlei oude geheimen bekendmaakte. Waar zou dat goed voor zijn? En wat zouden de mensen zeggen? En Anders deed wel alsof hij het zich niet aantrok, maar ik ken hem en ik geloof dat hij net zomin als ik wilde dat ze alles zou vertellen. Ik ken, kende, mijn zoon.'

'Dus ging je bij haar op bezoek.'

'Ja. Ik ging er die vrijdagavond heen in de hoop dat ik haar tot rede kon brengen. Dat ik haar kon laten inzien dat ze niet in haar eentje een besluit kon nemen dat voor ons allemaal consequenties zou hebben.'

'Maar ze begreep het niet.'

Vera lachte bitter.

'Nee, ze begreep het niet.'

Ze had inmiddels ook haar tweede kopje koffie leeggedronken terwijl Patrik nog halverwege zijn eerste was, maar nu zette ze haar kopje neer en vouwde haar handen op de tafel.

'Ik deed een beroep op haar. Ik legde uit hoe moeilijk het voor Anders zou zijn als ze vertelde wat er was gebeurd, maar ze keek me recht in de ogen en beweerde dat ik alleen aan mezelf dacht, en niet aan Anders. Hij zou het fijn vinden als het eindelijk bekend werd, zei ze. Hij had er nooit om gevraagd dat we zouden zwijgen en ze zei bovendien dat ik, Nelly, Karl-Erik en Birgit niet aan hen hadden gedacht toen we besloten het geheim te houden en dat we alleen onze eigen reputatie smetteloos hadden willen houden. Wat een brutaliteit!'

De woede die even in Vera's ogen ontvlamde, doofde even snel als hij was gekomen en werd vervangen door een onverschillige, dode blik. Ze ging verder: 'Er brak iets in me toen ik haar zoiets ongehoords hoorde beweren. Alsof ik niet alles had gedaan voor Anders' bestwil. Ik kon bijna horen hoe er iets knapte en ik handelde zonder na te denken. Ik had mijn slaaptabletten in mijn handtas zitten en toen zij naar de keuken ging, heb ik een paar tabletten verkruimeld en in haar ciderglas gestopt. Toen ik kwam had ze een glas wijn voor me ingeschonken en toen ze terugkwam uit de keuken, deed ik alsof ik haar woorden accepteerde en ik vroeg haar of we onze glazen niet als vrienden konden legen voordat ik wegging. Daar leek ze blij om en ze hield me gezelschap. Na een poosje viel ze op de bank in slaap. Ik had er niet over nagedacht wat ik dan zou doen, de slaaptabletten waren een spontane ingeving geweest, maar ik bedacht dat ik het op zelfmoord kon laten lijken. Ik had niet genoeg slaaptabletten bij me om haar een dodelijke dosis te kunnen geven, het enige dat ik kon bedenken was haar polsen door te snijden. Ik wist dat veel mensen dat in bad doen, dus dat leek een goed en uitvoerbaar plan.'

Haar stem was monotoon. Het klonk alsof ze het over een heel gewone, alledaagse gebeurtenis had, niet over moord.

'Ik trok al haar kleren uit. Ik dacht dat ik haar wel kon dragen, ik heb sterke armen door al het schoonmaakwerk dat ik heb gedaan, maar dat bleek niet mogelijk. In plaats daarvan moest ik haar naar de badkamer slepen en in de badkuip hijsen. Toen sneed ik met een scheermesje dat ik in de badkamerkast had gevonden beide polsslagaders door. Omdat ik het huis jarenlang een keer per week had schoongemaakt, kende ik het goed. Ik waste het glas af waaruit ik had gedronken, deed het licht uit, sloot de deur af en legde de reservesleutel weer op zijn plaats.'

Patrik was geschokt, maar dwong zichzelf met kalme stem te praten.

'Je begrijpt natuurlijk wel dat je nu met mij mee moet gaan. Ik hoef toch niet om versterking te bellen?'

'Nee. Dat hoef je niet te doen. Mag ik een paar dingen pakken die ik mee wil nemen?'

Hij knikte.

'Ja, dat is goed.'

Ze stond op. In de deuropening draaide ze zich om.

'Hoe had ik kunnen weten dat ze zwanger was? Ze dronk weliswaar geen wijn, dat viel me wel op, maar ik had er geen idee van dat het daarom was. Misschien dronk ze gewoon niet veel, of moest ze nog rijden. Hoe had ik het kunnen weten? Dat was toch onmogelijk?'

Haar stem klonk smekend en Patrik kon alleen maar stom knikken. Hij zou haar binnenkort vertellen dat het kind niet van Anders was, maar voorlopig durfde hij het evenwicht in het vertrouwen dat ze hem had geschonken niet te verstoren. Er waren meer mensen aan wie ze haar verhaal moest vertellen voordat ze de zaak Alexandra Wijkner definitief konden afsluiten. Maar er was iets wat hem stoorde. Zijn intuïtie zei hem dat Vera nog steeds niet alles had verteld.

Toen hij in de auto zat, pakte hij de kopie van de brief die Anders had nagelaten, als zijn laatste boodschap aan de wereld. Langzaam las hij de woorden van Anders nog een keer door en weer voelde Patrik hoe sterk de pijn was die hem vanaf het papier tegemoetkwam.

6

'De ironie in mijn leven is me vaak opgevallen. Dat ik het vermogen heb om met mijn vingers en ogen schoonheid te creëren, terwijl ik verder alleen maar in staat ben lelijkheid en vernietiging te scheppen. Daarom is het vernietigen van mijn schilderijen het laatste dat ik zal doen. Om enige vorm van consequentie in mijn leven te krijgen. Het is beter om consequent te zijn en alleen viezigheid achter te laten dan een complexer persoon te lijken dan ik verdien.

Eigenlijk ben ik eenvoudig. Het enige dat ik ooit heb gewild is een paar maanden en gebeurtenissen uit mijn leven uit te wissen. Ik vind niet dat dat te veel gevraagd is.

Maar misschien heb ik wel verdiend wat ik in mijn leven kreeg. Misschien heb ik in een vorig leven iets verschrikkelijks gedaan waarvoor ik in dit leven de prijs heb moeten betalen. Niet dat het echt wat uitmaakt. Maar het zou toch prettig geweest zijn als ik had geweten waarvoor ik in dat geval heb betaald.

Jullie vragen je misschien af waarom ik dit moment kies om een leven te verlaten dat al zo lang zinloos is geweest. Ja, waarom? Waarom doe je op een bepaald moment überhaupt iets? Hield ik zoveel van Alex dat het leven zijn allerlaatste zin had verloren? Dat is waarschijnlijk een van de verklaringen waarnaar jullie zullen grijpen. Ik weet het eigenlijk niet als ik helemaal eerlijk ben. De gedachte aan de dood is een vriend met wie ik lang heb geleefd, maar pas nu heb ik het gevoel er klaar voor te zijn. Misschien maakte de dood van Alex mijn eigen vrijheid mogelijk. Zij is altijd de onbereikbare geweest, degene in wier schil je zelfs niet het kleinste krasje kon maken. Dat zij dood kon gaan maakte dat mijn eigen mogelijkheid tot diezelfde weg opeens wijd openstond. Ik ben al heel lang bepakt en bezakt geweest, en nu kan ik gaan.

Vergeef me, mama.
Anders'

❄

Hij had de gewoonte om vroeg op te staan, of midden in de nacht zoals sommigen zeiden, nooit van zich af kunnen schudden. Wat in dit geval nuttig bleek te zijn. Svea reageerde niet toen hij om vier uur opstond, maar voor de zekerheid sloop hij zachtjes de trap af, met zijn kleren in zijn handen. Eilert kleedde zich in stilte aan in de woonkamer en pakte toen de koffer die hij achter in de voorraadkast had verstopt. Hij had dit al maandenlang voorbereid en niets aan het toeval overgelaten. Vandaag was de eerste dag van de rest van zijn leven.

De auto startte ondanks de kou bij de eerste poging en om twintig over vier liet hij het huis waar hij de afgelopen vijftig jaar had gewoond achter zich. Hij reed door een slapend Fjällbacka en gaf pas meer gas toen hij de oude molen was gepasseerd. Daarna sloeg hij af naar Dingle. Het was ruim tweehonderd kilometer naar het vliegveld Landvetter bij Göteborg en hij kon het rustig aan doen. Het vliegtuig naar Spanje zou pas om acht uur vertrekken.

Eindelijk kon hij het leven gaan leiden dat hij zelf wilde.

Hij had dit al heel lang gepland, vele jaren. Zijn kwaaltjes werden elk jaar erger, net als de frustratie over het leven samen met Svea. Eilert vond dat hij iets beters verdiende. Op internet had hij een klein pension in een dorp aan de Spaanse kust gevonden. Een eindje van de stranden en de toeristische gebieden vandaan, dus de prijs was overkomelijk. Hij had gemaild en uitgezocht of hij daar het hele jaar kon wonen als hij dat wilde, de eigenaresse zou hem dan korting geven. Het had lang geduurd om het geld bij elkaar te sparen omdat Svea zijn doen en laten streng in de gaten hield, maar eindelijk was het hem gelukt. Hij dacht dat hij ongeveer twee jaar zou kunnen rondkomen van zijn geld als hij zuinig leefde, en daarna moest hij er gewoon iets op vinden. Op dit moment kon niets zijn enthousiasme beteugelen.

Voor het eerst in vijftig jaar voelde hij zich vrij en hij merkte dat hij de oude Volvo uit pure vreugde wat extra gas gaf. Hij zou de auto op de parkeerplaats voor langere tijd achterlaten, dan zou Svea vanzelf een keer ontdekken waar die was. Niet dat het wat uitmaakte. Ze had nooit haar rijbewijs gehaald en had Eilert als onbetaalde chauffeur gebruikt als ze ergens heen wilde. Het enige dat een beetje op zijn geweten drukte waren de kinderen. Aan de andere kant waren het altijd meer Svea's kinderen geweest dan de zijne en tot zijn verdriet waren ze net zo kleingeestig en bekrompen geworden als zij. Waar hij ongetwijfeld ook schuld aan had, omdat hij lange dagen had gewerkt en alle mogelijke smoesjes had verzonnen om zoveel mogelijk van huis te kunnen zijn. Maar hij had toch besloten om vanaf Landvetter een ansichtkaart te sturen om te vertellen dat hij uit eigen vrije wil verdween en dat ze zich geen zorgen hoefden te maken. Hij wilde tenslotte niet dat er een grote politieactie op touw werd gezet om hem te zoeken.

De wegen waarop hij in het donker reed waren verlaten en hij liet de radio zelfs uit, om zo van de stilte te kunnen genieten. Nu begon het leven.

'Ik vind het zo moeilijk te begrijpen. Dat Vera Alex heeft vermoord zodat ze niet zou vertellen dat Anders en zij meer dan vijfentwintig jaar geleden werden misbruikt.'

Erica liet haar wijnglas met een peinzende blik in haar hand ronddraaien.

'Je moet de behoefte om in een kleine gemeenschap niet op te vallen niet onderschatten. Als het oude verhaal over het misbruik bekend zou worden, zouden de mensen een nieuwe reden hebben om iemand na te wijzen. Daarentegen geloof ik haar niet als ze zegt dat ze het voor Anders heeft gedaan. Misschien heeft ze gelijk als ze zegt dat Anders ook niet wilde dat iedereen te weten kwam wat hun was overkomen, maar volgens mij was het voor haarzelf onverdraaglijk dat mensen achter haar rug om zouden gaan fluisteren als bekend werd dat Anders als kind was misbruikt en dat ze daar niets tegen had gedaan maar er juist aan had meegewerkt om alles in de doofpot te stoppen. Volgens mij dacht ze dat ze die schande niet kon verdragen. Toen ze eenmaal begreep dat Alex zich niet liet ompraten, heeft ze Alex in een impuls gedood, weldoordacht en koelbloedig.'

'Hoe neemt ze het nu op? Dat ze is ontmaskerd, bedoel ik?'

'Ze is verbazingwekkend kalm. Ik geloof dat ze enorm opgelucht was toen we haar vertelden dat Anders niet de vader van het kind was en dat ze dus niet haar ongeboren kleinkind heeft vermoord. Het lijkt nu alsof het haar helemaal niets kan schelen wat er met haar gebeurt. En waarom zou ze ook? Haar zoon is dood, ze heeft geen vrienden, geen leven. Alles is onthuld, en ze heeft niets meer te verliezen. Alleen haar vrijheid, en die lijkt momenteel niet veel voor haar te betekenen.'

Ze zaten in Patriks huis en dronken nu wijn na samen te hebben gegeten. Erica genoot van de rust en de stilte. Ze vond het heerlijk om Anna en de kinderen bij haar thuis te hebben, maar soms werd het haar te veel en vandaag was zo'n dag. Patrik was de hele dag bezig geweest met het verhoren van Vera, maar toen hij klaar was had hij Erica en haar kleine weekendtas opgehaald en nu zaten ze hier lekker op de bank als een nijver oud stel.

Erica deed haar ogen dicht. Dit moment was heerlijk en beangstigend tegelijk. Alles was zo perfect, en tegelijk moest ze er ook aan denken dat dat misschien betekende dat het van nu af aan alleen maar minder kon worden. Wat er zou gebeuren als ze weer naar Stockholm verhuisde, was iets waar ze helemaal niet aan wilde denken. Zij en Anna hadden dagenlang om de kwestie van het huis heen gedraaid en waren stilzwijgend overeengekomen er nog niet over te praten. Erica dacht ook niet dat Anna op dit moment in staat was beslissingen te nemen en daarom had zij ook niet aangedrongen.

Maar vanavond wilde ze niet aan de toekomst denken. Het was beter om helemaal niet aan de dag van morgen te denken en in plaats daarvan zoveel mogelijk van dit moment te genieten. Ze dwong zichzelf haar sombere gedachten te verdrijven.

'Ik heb vandaag met de uitgever gesproken. Over het boek over Alex.'

'En, wat zeiden ze?'

Het enthousiasme in Patriks ogen stelde haar tevreden.

'Het leek hun een schitterend idee en ze willen dat ik zo snel mogelijk materiaal opstuur. Ik moet het boek over Selma nog steeds afmaken, maar ik heb een maand uitstel gekregen, dus nu heb ik beloofd het in september in te leveren. Ik denk zelfs dat ik aan beide boeken tegelijk kan werken. Tot nu toe is dat in elk geval redelijk gegaan.'

'Wat dacht de uitgever van de juridische kant van de zaak? Loop je risico om door Alex' familie voor de rechter te worden gedaagd?'

'De wet over persvrijheid is vrij duidelijk. Ik heb het recht erover te schrijven, ook zonder hun toestemming, maar ik hoop natuurlijk dat ze willen meewerken als ik ze het project en mijn plannen met het boek kan uitleggen. Ik wil echt geen sensatieverhaal zonder inhoud schrijven, maar juist vertellen wat er werkelijk is gebeurd en duidelijk maken wie Alex echt was.'

'En de markt? Denken ze dat er belangstelling bestaat voor dit soort boeken?'

Patriks ogen straalden en Erica vond het fijn dat hij zo enthousiast was. Hij wist hoeveel dit boek voor haar betekende en behandelde het onderwerp daarnaar.

'Ja, ze denken van wel. In de VS is enorm veel belangstelling voor true crime-boeken. De boeken van de grootste schrijfster van dat genre, Ann Rule, vliegen als warme broodjes over de toonbank. Bovendien is het hier in Zweden een vrij nieuw verschijnsel. Er zijn een paar boeken die op dezelfde lijn liggen, bijvoorbeeld het boek dat een paar jaar geleden werd geschreven over die arts en die patholoog-anatoom, maar die zijn allemaal niet zo zuiver. Ik zou net als Ann Rule veel aandacht willen besteden aan het onderzoek. Feiten controleren, met alle betrokkenen praten en daarna een zo waarheidsgetrouw mogelijk boek schrijven over wat er is gebeurd.'

'Denk je dat de familie van Alex zich door jou wil laten interviewen?'

'Ik weet het niet.' Erica draaide een haarlok om haar vinger. 'Ik weet het echt niet. Maar ik zal het ze in elk geval vragen en als ze niet willen meewerken, moet ik op een andere manier te werk gaan. Ik heb het voordeel dat ik zelf al zoveel over hen weet. Niet dat ik het niet eng vind om het ze te vragen, maar dat is niet anders. Als dit boek goed verkoopt, zou ik er niets op tegen hebben om meer boeken over interessante rechtszaken te schrijven en dan moet ik er maar aan wennen dat ik me aan de betrokkenen moet opdringen. Dat hoort erbij. Bovendien denk ik dat mensen er behoefte aan kunnen hebben hun verhaal te vertellen. Zowel uit het perspectief van het slachtoffer als dat van de dader.'

'Je wilt dus ook proberen met Vera te praten?'

'Ja, absoluut. Ik heb geen idee of ze mee wil werken, maar ik ga het in elk geval proberen. Misschien vertelt ze het, misschien ook niet. Ik kan haar niet dwingen.'

Ze haalde haar schouders op in een gebaar dat onverschilligheid uitdrukte, maar natuurlijk zou het boek niet zo goed worden als Vera niet wilde meewerken. Wat ze tot nu toe had geschreven was een geraamte, nu moest ze hard aan het werk om vlees aan de botten te krijgen.

'En jij dan?'

Ze draaide zich een beetje om op de bank en legde haar benen op Patriks knieën, die de hint begreep en gehoorzaam haar voeten begon te masseren.

'Hoe was jouw dag? Ben je nu de held van het bureau?'

De zware zucht die Patrik slaakte gaf aan dat dat niet het geval was.

'Nee, je dacht toch niet dat Mellberg de eer laat aan wie die toekomt? Hij heeft vandaag als een gek heen en weer gerend tussen de verhoorkamer en diverse interviews met de pers. "Ik" was een veelvoorkomend voornaamwoord in de gesprekken met de journalisten. Het zou me verbazen als hij überhaupt mijn naam heeft genoemd. Maar wat maakt het uit. Wie wil zijn naam gedrukt zien staan? Ik heb gisteren een moordenaar gearresteerd en dat vind ik mooi genoeg.'

'Goh, wat kun jij edelmoedig zijn.'

Erica stompte hem speels op zijn schouder.

'Geef nu maar toe dat je best vooraan bij de microfoon had willen staan tijdens een grote persconferentie om met vooruitgestoken borst te vertellen hoe geniaal je erachter was gekomen wie de moordenaar was.'

'Tja, het zou natuurlijk best leuk geweest zijn om in de plaatselijke pers genoemd te worden. Maar het is zoals het is. Mellberg gaat met alle eer strijken en daar kan ik helemaal niets aan doen.'

'Denk je dat hij die overplaatsing krijgt die hij zo graag wil?'

'Als dat zou kunnen. Nee, ik vermoed dat de leiding in Göteborg heel tevreden is dat hij is waar hij is, dus ik ben bang dat we het tot zijn pensioen met hem moeten uithouden. En die datum lijkt op dit moment erg ver weg.'

'Arme Patrik.'

Ze aaide over zijn haar en dat zag hij als een teken om zich op haar te storten en haar onder zich op de bank vast te nagelen.

De wijn maakte haar ledematen zwaar en de warmte van zijn lijf verspreidde zich langzaam naar haar lichaam. Haar ademhaling veranderde en werd zwaarder, maar ze had nog een paar vragen voor hem. Ze dwong zich ertoe weer overeind te komen en duwde Patrik met mild geweld terug naar zijn eigen hoekje.

'Maar ben je hier tevreden mee? De verdwijning van Nils, bijvoorbeeld. Je bent niets meer te weten gekomen van Vera?'

'Nee, ze beweert dat ze daar niets over weet. Helaas geloof ik haar niet. Volgens mij had ze een nog sterkere reden om Anders te beschermen dan dat mensen erachter zouden komen dat Nils zich aan hem had vergrepen. Volgens mij weet ze precies wat er met Nils is gebeurd, en dat geheim moet koste wat kost bewaard blijven. Maar ik geef toe dat het me stoort dat het nog steeds alleen maar gissingen zijn. Mensen gaan niet zomaar in rook op. Hij is ergens en bovendien zijn er een of meer personen die weten waar. Maar ik heb in elk geval een theorie.'

Hij nam stap voor stap de mogelijke loop der gebeurtenissen door en verklaarde de omstandigheden waarop hij zijn idee stoelde. Erica voelde dat ze huiverde, ondanks de warmte in de kamer. Het klonk onwaarschijnlijk, maar toch logisch. Ze begreep ook dat Patrik nooit iets van zijn verhaal zou kunnen bewijzen. En misschien had dat ook helemaal geen nut. Er waren zoveel jaren verstreken. Er waren al zoveel levens kapotgemaakt dat je het gevoel kreeg dat niemand er baat bij had nog een leven kapot te maken.

'Ik weet dat dit nooit ergens toe zal leiden. Tegelijk wil ik het weten, voor mezelf. Ik heb nu wekenlang met deze zaak geleefd en ik moet het kunnen afsluiten.'

'Maar wat ga je doen? Wat kun je trouwens doen?'

Patrik zuchtte.

'Ik ga gewoon om een paar antwoorden vragen. Als je niets vraagt, kom je ook nooit iets te weten, toch?'

Erica keek hem onderzoekend aan.

'Ik weet niet of het wel zo'n goed plan is, maar dat weet je zelf het beste.'

'Ja, ik hoop het. Zullen we dood en verdriet nu achter ons laten en ons aan elkaar wijden?'

'Dat vind ik een uitstekend idee.'

Hij stortte zich weer op haar en deze keer was er niemand die hem wegduwde.

Toen hij van huis wegreed, lag Erica nog in bed. Hij had het hart niet gehad haar te wekken en was stilletjes opgestaan, had zich aangekleed en was vertrokken.

Hij had een zekere verbazing maar ook een voorzichtige afwachtende houding bespeurd toen hij deze afspraak maakte. De ander had de voorwaarde gesteld dat ze elkaar discreet zouden treffen en Patrik had daar geen bezwaar tegen gehad. Daarom was hij deze maandagochtend om zeven uur op en toen hij in het donker richting Fjällbacka reed, kwam hij maar heel af en toe een auto tegen. Hij sloeg af bij een bord waar Väddö op stond, en parkeerde zijn auto als eerste op het parkeerterrein dat een eindje van de weg af lag. Daar bleef hij wachten. Na tien minuten kwam er nog een auto het parkeerterrein oprijden, die naast de zijne parkeerde. De bestuurder stapte uit, opende de passagiersdeur van Patriks auto en stapte in. Patrik liet de motor stationair draaien om de verwarming aan te kunnen laten, anders zouden ze straks bevriezen.

'Dit is allemaal best spannend, een geheime ontmoeting in het donker. De vraag is alleen waarom?'

Jan maakte een volkomen ontspannen maar enigszins vragende indruk. 'Ik dacht dat het onderzoek nu was afgesloten. Jullie hebben de moordenaar van Alex toch?'

'Ja, dat klopt. Maar er zijn nog steeds een paar puzzelstukjes die niet passen en dat ergert me.'

'Ach zo, wat voor stukjes zijn dat dan?'

Op Jans gezicht vielen geen gevoelens te bespeuren. Patrik vroeg zich af of straks zou blijken dat het onnodig was geweest zo onchristelijk vroeg op te staan. Maar nu was hij hier en kon hij evengoed afmaken wat hij was begonnen.

'Zoals je misschien wel hebt gehoord werden Alexandra en Anders door jouw stiefbroer Nils misbruikt.'

'Ja, dat heb ik gehoord. Verschrikkelijk. Vooral voor mijn moeder.'

'Maar dat was geen nieuws voor haar. Ze wist er al van.'

'Ja natuurlijk. Ze heeft de situatie aangepakt op de enige manier die ze kende. Met de grootst mogelijke discretie. De naam van de familie moest natuurlijk beschermd worden. Koste wat kost.'

'En wat vind jij daarvan? Dat je broer een pedofiel was en dat je moeder dat wist en hem in bescherming nam?'

Jan liet zich niet uit zijn evenwicht brengen. Hij veegde een paar onzichtbare stofjes van zijn jas en fronste alleen maar zijn ene wenkbrauw toen hij Patrik na een paar tellen bedenktijd antwoordde.

'Ik begrijp mijn moeder natuurlijk. Ze handelde op de enige manier die in haar vermogen lag en het leed was toch al geschied, zo is het toch?'

'Ja, zo kun je het natuurlijk ook zien. De vraag is alleen waar Nils toen heen is gegaan. Heeft niemand in de familie ooit iets van hem vernomen?'

'Dan zouden we natuurlijk als goede burgers de politie op de hoogte hebben gebracht.'

De ironie was zo handig in de intonatie opgenomen dat die nauwelijks kon worden waargenomen.

'Maar ik begrijp best dat hij ervoor koos te verdwijnen. Wat was er hier nog? Mijn moeder had ontdekt wat voor mens hij eigenlijk was, en hij kon niet op de school blijven werken, daar zou moeder in elk geval voor zorgen. Dus is hij vertrokken. Waarschijnlijk woont hij in een of ander warm land, waar hij makkelijk in contact met kleine meisjes en jongens kan komen.'

'Dat denk ik niet.'

'O, waarom niet? Heb je ergens het spreekwoordelijke lijk in de kast gevonden?'

Patrik negeerde de spottende toon.

'Nee, dat hebben we niet. Maar ik heb wel een theorie.'

‘Wat spannend zeg.’

‘Volgens mij waren Alex en Anders niet de enigen die door Nils werden misbruikt. Volgens mij was zijn belangrijkste slachtoffer degene die hij het meest binnen handbereik had. Die het eerst beschikbaar was. Volgens mij werd jij ook misbruikt.’

Voor de eerste keer meende Patrik een barst in Jans neutrale, gladde gezicht te zien, maar een tel later had hij in elk geval ogenschijnlijk de controle hervonden.

‘Dat is een interessante theorie. Waar baseer je die op?’

‘Niet op veel, dat moet ik toegeven. Maar ik heb een gemeenschappelijke schakel tussen jullie drieën gevonden. In jullie jeugd. Toen ik bij je was, zag ik een stukje leer in je werkkamer liggen. Dat stukje leer betekent volgens mij heel veel voor je. Het symboliseert iets. Een verbond, een saamhorigheid, een bloedbroederschap. Je hebt het meer dan vijfentwintig jaar bewaard. Dat hadden Anders en Alex ook gedaan met hun stukje leer. Op de achterkant staat een vage vingerafdruk in bloed, daarom denk ik dat jullie een bloedbroederschap hebben gesloten, op een vrij theatrale manier zoals kinderen nu eenmaal doen. Er zijn drie letters op de voorkant van het leer gebrand. “D.D.M.” Ik heb niet kunnen ontdekken wat dat betekent. Maar misschien kun jij me daarbij helpen?’

Patrik kon bijna letterlijk waarnemen hoe twee verschillende verlangens in Jan met elkaar in strijd waren. Aan de ene kant zei Jans verstand hem dat hij helemaal niets moest zeggen, aan de andere kant is de zin om te vertellen, om je geheim aan iemand toe te vertrouwen, niet te onderschatten. Patrik stelde zijn vertrouwen in Jans ego en gokte erop dat Jan het onweerstaanbaar zou vinden om zijn hart te luchten tegenover iemand die met belangstelling luisterde. Hij besloot Jans beslissing te vergemakkelijken.

‘Alles wat hier vandaag wordt gezegd blijft tussen ons. Ik heb geen energie en geen middelen om iets te onderzoeken wat vijfentwintig jaar geleden is gebeurd en ik denk niet eens dat ik bewijzen zou vinden als ik het ging proberen. Dit is voor mezelf. Ik moet het gewoon weten.’

De verleiding werd Jan te groot.

‘“De Drie Musketiers”, daar staat “D.D.M.” voor. Belachelijk en kinderachtig romantisch, maar zo beschouwden we ons. Wij tegen de rest van de wereld. Als we samen waren, konden we vergeten wat er met ons was gebeurd. We hadden het er nooit over met elkaar, maar dat was ook niet nodig. We begrepen het toch wel. We sloten een pact dat we er altijd voor elkaar zouden zijn. Met een stukje glas dat we hadden gevonden, hebben we ons in een vinger gesneden en toen hebben we het bloed vermengd en er een stempel op ons embleem mee gezet.

Ik was de sterkste van ons drieën. Ik moest de sterkste zijn. De anderen konden zich in elk geval thuis veilig voelen, ik moest altijd over mijn schouder kijken en 's avonds lag ik met de deken tot aan mijn kin opgetrokken in bed te luisteren naar de voetstappen die altijd kwamen, eerst in de hal en daarna steeds dichterbij.'

Het was alsof er een dijk was doorgebroken. Jan praatte in een razend tempo en Patrik hield zich stil om de woordenstroom niet te onderbreken. Jan stak een sigaret op, draaide het raampje een eindje open om de rook naar buiten te laten gaan en ging toen verder: 'We leefden in een eigen wereld. We ontmoetten elkaar in het geheim, en zochten troost en geborgenheid bij elkaar. Hoewel we eigenlijk voor elkaar een herinnering aan het kwaad hadden moeten zijn, konden we juist als we samen waren een tijdje wegvluchten. Ik weet niet eens hoe we het wisten. Waarom we elkaar opzochten. Maar op de een of andere manier wisten we het. Het was onvermijdelijk dat we elkaar opzochten. Het was mijn idee om het op onze eigen manier op te lossen. Alex en Anders zagen het eerst als een spel, maar ik wist dat het ernst moest worden. Er was geen andere uitweg. Op een koude, heldere winterdag gingen we het ijs op, mijn stiefbroer en ik. Het was niet moeilijk om hem mee te lokken. Hij vond het geweldig dat ik het initiatief nam en verheugde zich op ons uitstapje. Ik had die winter vele uren op het ijs doorgebracht en wist precies waar ik hem te grazen moest nemen. Anders en Alex stonden ons daar op te wachten. Nils was verbaasd toen hij hen zag, maar hij was zo arrogant dat hij het niet als bedreigend ervoer. We waren tenslotte maar kinderen. De rest was eenvoudig. Een wak, een duw en hij was weg. Eerst waren we zo opgelucht. De eerste dagen waren heerlijk. Nelly was buiten zichzelf van ongerustheid omdat ze niet wist waar Nils was gebleven, maar ik lag 's nachts in bed te lachen. Ik luisterde naar de afwezigheid van voetstappen. Toen barstte de hel los. Alex' ouders waren ergens achter gekomen, hoe weet ik niet, en ze gingen naar Nelly. Alex kon waarschijnlijk niet tegen alle vragen en alle druk en had alles verteld, ook over Anders en mij. Ze vertelde niet wat we met Nils hadden gedaan, maar wel alles wat er daarvoor was gebeurd. Als ik had gedacht enige sympathie van mijn stiefmoeder te krijgen, kwam ik bedrogen uit. Nelly heeft me nooit meer in de ogen gekeken. Ze vroeg ook nooit meer waar Nils was. Soms vraag ik me af of ze iets vermoedde.'

'Vera is ook achter het misbruik gekomen.'

'Ja, maar moeder was handig. Ze speelde in op Vera's behoefte om Anders te beschermen en zelf de schone schijn op te houden en hoefde haar niet eens te betalen of om te kopen met een mooi baantje om haar te laten zwijgen.'

'Denk je dat Vera er ooit achter is gekomen wat er met Nils is gebeurd?'

'Dat weet ik wel zeker. Ik geloof niet dat Anders dat al die jaren voor Vera verborgen heeft kunnen houden.'

Patrik dacht hardop. 'Waarschijnlijk heeft Vera Alex dus niet alleen vermoord om het misbruik geheim te houden, maar vooral omdat ze bang was dat Anders van moord beschuldigd zou worden.'

Jans glimlach was bijna vol leedvermaak. 'Dat is bijna komisch als je enerzijds bedenkt dat de moord verjaard is, en anderzijds dat niemand de moeite zou nemen een aanklacht tegen ons in te dienen, zoveel jaren later, gezien de omstandigheden en het feit dat we toen kinderen waren.'

Met tegenzin moest Patrik hem gelijk geven. Het zou geen gevolgen hebben gehad als Alex naar de politie was gestapt en had verteld wat er was gebeurd, maar waarschijnlijk had Vera zich dat nooit gerealiseerd en had ze gedacht dat er een reële kans bestond dat Anders wegens moord naar de gevangenis zou gaan.

'Hebben jullie daarna contact gehouden? Jij en Alex en Anders?'

'Nee. Alex verhuisde bijna meteen en Anders trok zich terug in zijn eigen wereldje. Natuurlijk kwamen we elkaar weleens tegen, maar pas toen Anders mij na de dood van Alex opbelde en schreeuwend beweerde dat ik haar had vermoord, hebben we elkaar voor het eerst in vijfentwintig jaar gesproken. Ik ontkende het natuurlijk, ik had ook niets met haar dood te maken, maar hij gaf niet op.'

'Wist je niet dat zij van plan was geweest naar de politie te gaan om te vertellen hoe Nils was overleden?'

'Niet voordat ze doodging. Anders vertelde het nadat ze was overleden.'

Jan blies nonchalant een paar rookkringen de auto in.

'Wat zou er gebeurd zijn als je het had geweten?'

'Daar zullen we nooit achter komen.'

Hij draaide zich om naar Patrik en keek hem met zijn koude, blauwe ogen aan. Patrik huiverde. Nee, daar zouden ze nooit achter komen.

'Maar zoals ik al zei, niemand zou de moeite hebben genomen om ons daarvoor te pakken. Al moet ik wel toegeven dat het de verhouding tussen mij en moeder zou hebben gecompliceerd.'

Toen veranderde Jan abrupt van onderwerp.

'Ze gingen met elkaar om, heb ik gehoord, Anders en Alex. Een typisch voorbeeld van Belle en het beest. Ik had misschien zelf wat moeten proberen, vanwege onze oude vriendschap...'

Patrik voelde absoluut geen medelijden met de man naast hem. Hij had weliswaar een verschrikkelijke jeugd gehad, maar er was nog iets meer met Jan. Iets kwaads en verrots dat uit zijn poriën sijpelde. Impulsief vroeg hij: 'Jouw eigen ouders zijn onder tragische omstandigheden om het leven gekomen. Weet jij daar wat meer van, behalve wat uit het onderzoek is gebleken?'

Er speelde een glimlach om Jans mond. Hij draaide het raampje nog een paar centimeter verder open en wierp de peuk trefzeker door het raam.

'Een ongeluk zit in een klein hoekje, toch? Een lamp die omvalt, een fladderend gordijn. Kleine omstandigheden die samen één grote toevalligheid vormen. En je zou het natuurlijk een godsgeschenk kunnen noemen dat mensen die het werkelijk verdienen, door een ongeluk worden getroffen.'

'Waarom ging je ermee akkoord mij te spreken? Waarom heb je dit allemaal verteld?'

'Ik ben zelf ook verbaasd. Ik was eigenlijk niet van plan om te komen, maar mijn nieuwsgierigheid nam de overhand, vermoed ik. Ik vroeg me af hoeveel je wist en hoeveel je raadde. En er huist in ons allemaal een behoefte om ons handelen, juist of niet, met iemand te delen. Vooral aan iemand die niets kan doen tegen de dingen die hij te horen krijgt. Nils' dood ligt ver terug in de tijd, het zou jouw woord tegen het mijne zijn en ik ben bang dat niemand je zou geloven.'

Jan stapte uit de auto, maar draaide zich om en leunde naar binnen.

'Ik neem aan dat misdaad voor sommige mensen echt wel lonend is. Op een dag zal ik een aanzienlijk vermogen erven. Ik betwijfel of ik in dezelfde situatie had verkeerd als Nils nog had geleefd.'

Hij salueerde met twee vingers tegen zijn voorhoofd, deed het portier dicht en liep naar zijn eigen auto. Patrik voelde hoe een grijns vol leedvermaak zich over zijn gezicht verspreidde. Jan was kennelijk niet op de hoogte van Julia's relatie tot Nelly of de rol die zij zou spelen als het testament werd voorgelezen. Gods wegen waren ontegenzeggelijk ondoorgrondelijk.

Hij zat op zijn kleine balkon en de warme bries streelde zijn gegroefde wangen. De zon verwarmde en heelde zijn pijnlijke gewrichten en hij kon zich elke dag weer wat makkelijker bewegen. Hij ging dagelijks naar zijn werk op de vismarkt, waar hij hielp de vangst te verkopen die 's ochtends met de vissersboten binnenkwam.

Hier probeerde niemand oudere mensen het recht om zich nuttig te maken te ontnemen. Hij voelde zich meer gerespecteerd en gewaardeerd dan ooit, en langzaam maar zeker had hij vrienden gemaakt in het kleine dorp. Het ging weliswaar nog niet zo goed met de taal, maar hij merkte dat hij zich met gebaren en goede bedoelingen kon redden, en zijn woordenschat groeide ook langzaam maar zeker. Het borreltje, soms waren het er twee, na een dag hard werken hielp ook goed om zijn verlegenheid te overwinnen en hij ontdekte tot zijn verbazing dat hij bezig was in een soort kletskous te veranderen.

Toen hij zo op zijn balkon zat en uitkeek over een weelderige begroeiing die overging in het blauwste water dat hij ooit had gezien, voelde Eilert dat hij nooit dichter bij het paradijs zou komen.

Een andere jeu in het leven was de dagelijkse flirt met de rondborstige pensionhoudster Rosa, en hij speelde zelfs af en toe met de gedachte dat het mettertijd misschien iets meer zou kunnen worden dan een onschuldige flirt. De aantrekkingskracht was er, dat was overduidelijk, en de mens was tenslotte niet geschapen om alleen te leven.

Heel even moest hij aan Svea denken. Toen drukte hij die onbehaaglijke gedachte weg, deed zijn ogen dicht en genoot van een welverdiende siësta.

Predikant

Voor Micke

❄

De dag begon veelbelovend. Hij werd vroeg wakker, vóór de rest van het gezin, en nadat hij zich zo geluidloos mogelijk had aangekleed, wist hij ongemerkt het huis te verlaten. Het lukte hem ook zijn ridderhelm en houten zwaard mee te nemen, waarmee hij gelukzalig zwaaide toen hij hollend de honderd meter van het huis naar de ingang van de Koningskloof aflegde. Hij bleef even staan en keek eerbiedig naar de steile spleet midden in de berg. Er zat twee meter tussen de wanden, die zich een tiental meters naar de hemel verhieven waarlangs de zomerzon net omhoog begon te klimmen. Drie grote rotsblokken, die voor eeuwig midden in de kloof waren blijven hangen, vormden een indrukwekkend gezicht. De plek had een magische aantrekkingskracht op het kind van zes jaar en het feit dat ze verboden terrein was, maakte haar alleen maar aantrekkelijker.

De kloof had haar naam gekregen toen koning Oscar II aan het eind van de negentiende eeuw een bezoek bracht aan Fjällbacka, maar dat wist de jongen niet, en het kon hem ook niet schelen, toen hij voorzichtig de schaduwen in sloop, zijn houten zwaard in de aanslag. Maar zijn vader had wel verteld dat de scènes in de Hellepoel in de film *Ronja de roversdochter*, in de Koningskloof waren opgenomen, en toen hij de roverhoofdman Mattis daar op zijn paard had zien rijden had het behoorlijk in zijn buik gekriebeld. Soms speelde hij hier rovertje, maar vandaag was hij een ridder. Een ridder van de ronde tafel, net als in het grote, mooie kleurenboek dat hij voor zijn verjaardag van zijn oma had gekregen.

Hij klauterde over de grote stenen die de grond bedekten en maakte zich gereed om de grote, vuurspuwende draak met zijn moed en zijn zwaard aan te vallen. De zomerzon bereikte de kloof niet, waardoor de plek koud en donker was. Perfect voor draken. Weldra zou het bloed uit de hals van het beest spuiten, en na een langdurige doodsstrijd zou de draak dood voor zijn voeten neervallen.

Iets in zijn ooghoek trok zijn aandacht. Hij zag achter een grote steen een stukje rode stof en zijn nieuwsgierigheid kreeg de overhand. De draak kon wachten. Misschien lag daar wel een schat verborgen. Hij zette zich af, sprong op de steen en keek aan de andere kant naar beneden. Hij viel bijna achterover maar na een paar tellen met zijn armen te hebben gezwaaid, hervond hij zijn evenwicht. Later zou hij niet toegeven dat hij het eng had gevonden, maar hij was in zijn zesjarige leven nog nooit zo bang geweest als nu. Een mevrouw lag hem te beloeren; ze lag op haar rug en keek hem recht aan, met starende ogen. Zijn eerste instinct zei hem te vluchten voordat ze hem kon pakken en doorkreeg dat hij hier speelde hoewel dat niet mocht. Misschien zou ze hem dwingen te vertellen waar hij woonde en hem meesleuren naar papa en mama, die heel boos zouden vragen hoe vaak ze hem wel niet hadden gezegd dat hij zonder een volwassene niet naar de Koningskloof mocht gaan.

Maar het rare was dat de mevrouw niet bewoog. Ze had ook geen kleren aan en heel even geneerde hij zich omdat hij naar een naakte vrouw stond te kijken. Het rode dat hij had gezien was geen stuk stof, maar een tas die vlak naast haar lag. Kleren zag hij nergens. Vreemd, om hier naakt te gaan liggen. Dat was hartstikke koud.

Toen bekroop hem een onmogelijke gedachte: misschien was de mevrouw wel dood! Hij kon geen andere reden bedenken waarom ze daar zo stil lag. Die gedachte deed hem van de steen springen en langzaam achteruit naar de ingang van de kloof lopen. Toen hij een paar meter van de dode mevrouw was verwijderd, draaide hij zich om en rende zo snel hij kon naar huis. Het kon hem niet langer schelen of hij op zijn kop zou krijgen.

Door het zweten kleefden de lakens aan haar lichaam. Erica draaide van links naar rechts, maar het was onmogelijk een prettige houding te vinden. De lichte zomernacht maakte het slapen er ook niet makkelijker op en voor de duizendste keer bedacht ze dat ze donkere gordijnen moest kopen en ophangen, of liever gezegd, ze moest Patrik zover zien te krijgen dat hij dat deed.

Zijn tevreden geknor naast haar dreef haar bijna tot waanzin. Dat hij het lef had zachtjes te snurken terwijl zij nacht in nacht uit wakker lag! Het was ook zijn baby. Zou hij uit solidariteit niet ook wakker moeten blijven? Ze duwde zachtjes tegen hem aan in de hoop dat hij wakker zou worden. Geen beweging. Ze duwde wat harder. Hij bromde zachtjes, trok de deken over zich heen en draaide haar zijn rug toe.

Zuchtend ging ze met gekruiste armen op haar rug naar het plafond liggen staren. Haar buik stak als een grote aardbol recht omhoog en ze probeerde zich de baby voor te stellen, in het donker in de vloeistof zwemmend. Misschien met een duim in zijn mond. Maar het was nog steeds te onwerkelijk, ze was in de achtste maand, maar ze kon nog steeds niet bevatten dat er een baby in haar buik zat. Ach, in de nabije toekomst zou het waarschijnlijk maar al te werkelijk worden. Erica werd heen en weer geslingerd tussen verlangen en vrees. Het was moeilijk om verder te kijken dan de bevalling. Als ze eerlijk was, was het op dit moment moeilijk om verder te kijken dan het probleem dat ze niet meer op haar buik kon slapen. Ze keek naar de oplichtende cijfers van de wekker. 4:42. Misschien moest ze het licht maar aandoen en een poosje gaan lezen?

Drieënhalf uur en een slechte thriller later stond ze net op het punt zich uit bed te hijsen, toen de telefoon doordringend begon te rinkelen. Geoefend reikte ze Patrik de hoorn.

'Hallo, met Patrik.' Zijn stem klonk slaperig. 'Ja, natuurlijk, verdomme, ja, ik kan er over een kwartiertje zijn. We zien elkaar daar.'

Hij draaide zich om naar Erica. 'Er is een melding binnengekomen, ik moet ervandoor.'

'Maar je hebt toch vakantie. Kan er niemand anders gaan?' Ze hoorde dat haar stem zeurderig klonk, maar een nacht zonder slaap was niet bevorderlijk voor haar humeur.

'Het gaat om een moord. Mellberg wil dat ik erbij ben. Hij gaat er zelf ook heen.'

'Een moord? Waar?'

'Hier in Fjällbacka. Een jongetje heeft vanmorgen in de Koningskloof een dode vrouw gevonden.'

Patrik kleedde zich aan, wat bijna geen tijd kostte omdat hij midden juli alleen maar iets luchtigs aan hoefde te trekken. Voordat hij de deur uit rende, klom hij op het bed en zoende Erica op haar buik, ergens in de buurt van de plaats waarvan ze zich vaag meende te herinneren dat daar vroeger een navel zat.

'Tot kijk, baby. Wees lief voor je moeder, ik kom gauw weer thuis.'

Hij kuste Erica snel op haar wang en haastte zich weg. Zuchtend hees Erica zich uit bed en trok een van de tentjurken aan waaruit ze tegenwoordig kon kiezen. Tegen beter weten in had ze talloze babyboeken gelezen en volgens haar moesten alle mensen die over een vreugdevolle zwangerschap schreven, publiekelijk worden afgeranseld. Geen slaap, pijn in de gewrichten, striae, aambeien, hevige transpiratieaanvallen en hormonale stoornissen, dat kwam allemaal dichter bij de werkelijkheid. En ze straalde helemaal niet als van een innerlijke gloed. Morrend liep ze voorzichtig de trap af naar het eerste kopje koffie van de dag. Hopelijk zou dat de nevels doen optrekken.

Toen Patrik arriveerde, heerste er al een koortsachtige activiteit. De ingang van de Koningskloof was afgezet met gele linten, en hij telde drie politiewagens en een ambulance. Het technische personeel uit Uddevalla was al aan het werk en hij wist dat hij de plaats delict niet moest betreden. Van die beginnersfout trok zijn chef, hoofdinspecteur Mellberg, zich niets aan, hij sjouwde gewoon rond tussen de forensische technici. Vertwijfeld keken die naar Mellbergs schoenen en kleren die duizenden vezels en deeltjes op hun kwetsbare werkplek verspreidden. Toen Patrik bij het afzetlint stopte en naar Mellberg zwaaide, verliet deze tot hun grote opluchting de plaats delict en klom over het lint.

'Hallo, Hedström.'

Zijn stem klonk bijna vrolijk en Patrik huiverde van verbazing. Heel even verbeeldde hij zich dat Mellberg hem wilde omhelzen, maar godzijdank was dat niet meer dan een verontrustend gevoel. Zijn chef leek een metamorfose te hebben ondergaan! Patrik had nog maar een week vakantie, maar de man voor hem was echt niet dezelfde die een week geleden met een zuur gezicht achter zijn bureau had zitten mopperen dat vakantie als concept moest worden afgeschaft.

Mellberg schudde enthousiast Patriks hand en gaf hem een klap op zijn rug. 'En hoe is het met de legkip? Is het al bijna zover?'

'Over anderhalve maand, hebben ze gezegd.'

Patrik begreep de oorzaak van Mellbergs vreugdebetoon nog steeds niet, maar schoof zijn nieuwsgierigheid opzij en probeerde zich te concentreren op de reden van zijn komst. 'Wat hebben jullie gevonden?'

Mellberg leverde een krachtsinspanning om de glimlach van zijn gezicht te verdrijven en wees naar de schaduwrijke kloof. 'Een jochie van zes is vanmorgen stiekem buiten gaan spelen toen zijn ouders nog lagen te slapen; hij wilde geloof ik riddertje spelen tussen de rotsblokken, en toen vond hij een dode vrouw. De melding kwam om kwart over zes binnen.'

'Hoe lang zijn de technici al bezig op de plaats delict?'

'Ze zijn een uur geleden gearriveerd. De ambulance was er als eerste en ze konden meteen bevestigen dat er geen medische maatregelen getroffen hoefden te worden, dus vanaf dat moment konden de technici hun gang gaan. Die lui zijn wel lastig, hoor. Ik wilde alleen even rondkijken en ik vond ze echt onbeschoft. Maar misschien word je zo als je altijd kruipend met een pincet naar vezels moet zoeken.'

Nu herkende Patrik zijn chef tenminste weer, dit klonk meer als de gewone Mellberg. Uit ervaring wist Patrik dat het geen zin had te proberen de opvattingen van Mellberg te corrigeren, het was makkelijker ze gewoon te negeren.

'Wat weten we over de vrouw?'

'Op dit moment niets. Vermoedelijk een jaar of vijfentwintig. Het enige kledingstuk, als je het zo kunt noemen, is een handtas, verder is ze helemaal naakt. Best mooie tieten trouwens.'

Patrik deed zijn ogen dicht en herhaalde in gedachten, alsof het een innerlijke mantra was: Het duurt niet lang meer tot hij met pensioen gaat. Het duurt niet lang meer tot hij met pensioen gaat...

Mellberg ging intussen onbewogen verder: 'Er is geen duidelijke doodsoorzaak te zien, maar ze is behoorlijk toegetakeld. Blauwe plekken over het hele lichaam en een aantal wonden die op messteken lijken. O ja, ze ligt op een grijze deken. De patholoog-anatoom bekijkt haar nu, dus hopelijk krijgen we vrij gauw een voorlopige conclusie.'

'Is er niemand als vermist opgegeven, iemand van ongeveer die leeftijd?'

'Nee, niets wat ook maar in de buurt komt. Een week of wat geleden was er een man vermist, maar later bleek dat hij er genoeg van had om met zijn vrouw in de caravan te zitten en ervandoor was gegaan met een grietje dat hij in een café had ontmoet.'

Patrik zag dat het team nu bezig was het lichaam voorzichtig in een lijkzak te tillen. Handen en voeten waren reglementair van plastic zakken voorzien om eventuele sporen zeker te stellen, en het team van forensische technici uit Uddevalla werkte geoefend samen om de zak op een zo effectief mogelijke manier om de vrouw te trekken. Daarna zou de deken waarop ze had gelegen in een plastic zak worden gestopt om later ook grondig onderzocht te worden.

De verbaasde uitdrukking op hun gezichten en de manier waarop ze in hun bewegingen bevroren maakten Patrik duidelijk dat er iets onverwachts was gebeurd.

'Wat is er aan de hand?'

'Jullie zullen het niet geloven, maar hier liggen botten. En twee doodshoofden. Naar de hoeveelheid botten te oordelen vermoed ik dat het inderdaad om twee skeletten gaat.'

Zomer 1979

Ze slingerde behoorlijk toen ze in de midzomernacht naar huis fietste. Ze had meer gedronken dan ze van plan was geweest, maar dat maakte niet uit. Ze was tenslotte volwassen, dus ze kon doen wat ze zelf wilde. En het beste van alles was, dat ze een poosje zonder haar kind had kunnen zijn. Het kind dat maar krijste, tederheid nodig had en dingen eiste die ze niet kon geven. Het was de schuld van het kind dat ze nog steeds bij haar moeder moest wonen die haar amper de tuin uit liet gaan, hoewel ze al negentien was. Het was een wonder dat ze vanavond midzomer had mogen vieren.

Als het kind er niet was geweest, had ze nu op zichzelf gewoond en haar eigen geld kunnen verdienen. Ze had kunnen uitgaan wanneer ze wilde en weer kunnen thuiskomen als het haar uitkwam, zonder dat iemand zich ermee had bemoeid. Maar met het kind ging dat niet. Ze had haar dochter het liefst willen afstaan, maar dat had haar moeder niet goed gevonden, en daar moest zij nu de prijs voor betalen. Als haar moeder het kind zo graag wilde, kon ze er toch zelf voor zorgen?

Haar moeder zou behoorlijk boos zijn als ze bij het krieken van de dag binnen kwam waggelen. Haar adem stonk naar alcohol en daar zou ze morgen ongetwijfeld voor moeten boeten. Maar dat was het waard. Sinds de geboorte van dat rotkind had ze niet meer zo'n lol gehad.

Ze fietste dwars over de kruising en langs het benzinestation en nog een eindje verder over dezelfde weg. Toen sloeg ze linksaf naar Bräcke en belandde bijna in de sloot. Ze trok de fiets weer overeind en verhoogde het tempo voor de eerste steile helling. Haar haar wapperde in de wind en de lichte zomernacht was doodstil. Ze sloot even haar ogen en dacht aan de lichte zomernacht waarin de Duitser haar zwanger had gemaakt. Het was een heerlijke, verboden nacht geweest, maar de prijs die ze ervoor moest betalen niet waard.

Plotseling sprongen haar ogen weer open. Iets deed de fiets stoppen en het laatste dat ze zich herinnerde, was de grond die met hoge snelheid op haar afkwam.

❄

Op het politiebureau in Tanumshede verzonk Mellberg vreemd genoeg in diepe gedachten. Patrik zei ook niet veel toen hij tegenover hem plaatsnam in de koffiekamer, ook hij dacht na over de gebeurtenissen van die ochtend. Eigenlijk was het te warm voor koffie, maar hij had iets versterkends nodig en van alcohol was natuurlijk geen sprake. Verstrooid probeerden beide mannen zich wat koelte toe te wuiven door aan hun overhemd te trekken. De airco was al twee weken kapot en het was ze nog steeds niet gelukt een monteur langs te laten komen. 's Ochtends ging het nog wel, maar tegen de middag steeg de warmte tot ondraaglijke temperaturen.

'Wat is er in godsnaam aan de hand?' Mellberg krabde bedachtzaam in zijn haar dat als een vogelnestje op zijn hoofd was gedraaid om zijn kale schedel te verbergen.

'Ik heb geen flauw idee, om je de waarheid te zeggen. Het lijk van een vrouw, boven op twee skeletten. Als het niet om een dode ging, zou ik misschien aan een kwajongensstreek denken. Uit een biologielokaal gestolen skeletten of zo. Maar we kunnen er niet omheen dat de vrouw is vermoord. Ik hoorde een van de technici zeggen dat de botten er niet echt vers uitzagen. Maar dat hangt natuurlijk ook af van hoe ze hebben gelegen. Of ze aan weer en wind zijn blootgesteld, of ergens beschut hebben gelegen. Hopelijk kan de patholoog een globale schatting geven van hun ouderdom.'

'Laten we het hopen. Wanneer verwacht je zijn eerste rapport?' Mellberg fronste bezorgd zijn bezwete voorhoofd.

'Waarschijnlijk komt dat in de loop van de dag, daarna zal het wel een paar dagen kosten om alles wat nauwkeuriger te bekijken. Voorlopig moeten we maar roeien met de riemen die we hebben. Waar zijn de anderen?'

Mellberg slaakte een zucht. 'Gösta is vandaag vrij. Een golftoernooi, geloof ik. Ernst en Martin zijn ergens anders mee bezig. En Annika zit op Tenerife. Ze dacht waarschijnlijk dat het deze zomer ook zou regenen, arme stakker. Ze vond het vast niet leuk om Zweden met dit weer te moeten verlaten.'

Patrik keek verbaasd naar Mellberg en vroeg zich opnieuw af waar deze ongebruikelijke uiting van sympathie vandaan kwam. Er was iets vreemds aan de gang, dat was zeker. Maar het had geen zin daar nu tijd aan te verspillen, er waren belangrijkere zaken om over na te denken.

'Jij hebt deze week eigenlijk vakantie, maar denk je dat je me met deze zaak kunt komen helpen? Ernst is te fantasieloos en Martin te onervaren om een onderzoek te leiden, dus jouw hulp is echt welkom.'

Het verzoek streelde Patriks ijdelheid zozeer, dat hij meteen ja zei. Hij zou misschien enorm op zijn kop krijgen van Erica, maar hij troostte zich met de gedachte dat hij binnen een kwartier thuis kon zijn als ze hem dringend nodig had. Bovendien werkten ze elkaar in deze hitte nogal op de zenuwen, dus misschien was het zelfs beter als hij wat minder thuis was.

'Eerst zou ik willen nagaan of er een opsporingsbericht is uitgegaan naar een verdwenen vrouw. We moeten vrij breed zoeken, zeg bijvoorbeeld van Strömstad tot aan Göteborg. Ik zal Martin of Ernst vragen dat na te gaan. Volgens mij komen ze net binnen.'

'Dat is goed, dat is heel goed. Zo mag ik het horen, ga zo door!' Mellberg stond op en gaf Patrik met een vrolijk gezicht een klap op de schouder. Patrik besefte dat hij als gewoonlijk het werk zou moeten doen en dat Mellberg met de eer ging strijken, maar hij wist dat het geen zin had zich daaraan te ergeren.

Zuchtend zette hij zowel zijn als Mellbergs koffiekopje in de vaatwasser. Hij hoefde zich vandaag niet met zonnebrandcrème in te smeren.

'Opstaan, of dachten jullie soms dat dit een pension is waar je de hele dag in je nest kunt blijven liggen!'

De stem sneed door dikke lagen nevel en echode pijnlijk tegen zijn voorhoofdsbeen. Johan deed voorzichtig een oog open, maar sloot het snel weer toen het getroffen werd door het verblindende licht van de zomerzon.

'Wel verd...' Robert, Johans één jaar oudere broer, draaide zich om in zijn bed en legde het kussen over zijn hoofd. Dat werd bruusk weggerukt en hij kwam mopperend overeind. 'Je mag hier ook nooit uitslapen.'

'Jullie slapen elke dag uit, stelletje luiwammesen. Het is al bijna twaalf uur. Als jullie niet elke nacht op pad gingen om weet ik veel wat uit te spoken, was het misschien ook niet nodig de hele dag in je nest te blijven liggen. Ik kan hier best wat hulp gebruiken. Jullie hebben gratis kost en inwoning, hoewel jullie volwassen kerels zijn, en dan vind ik het niet te veel gevraagd jullie arme moeder een handje te helpen.'

Solveig Hult stond met de armen gekruist voor haar enorme lichaam. Ze was ziekelijk vet en had de bleekheid van mensen die nooit buiten komen. Haar haar hing ongewassen in donkere slierten rond haar gezicht.

'Bijna dertig en jullie leven nog steeds van je moeder. Ja, échte kerels. En hoe komen jullie eigenlijk aan het geld om elke avond feest te vieren, als ik vragen mag? Jullie werken niet en dragen nooit iets bij aan de huishoudpot. Als jullie vader nog had geleefd, dan was het allang afgelopen geweest met deze manieren! Hebben jullie al iets van het arbeidsbureau gehoord? Daar zouden jullie vorige week heen!'

Nu was het Johans beurt om zijn kussen over zijn gezicht te trekken. Hij probeerde het voortdurende gezeur, dat klonk als een plaat die was blijven hangen, buiten te sluiten, maar nu werd zijn kussen bruusk weggetrokken en ook hij kwam overeind met zijn katerige hoofd, dat bonsde als een marsorkest.

'Ik heb de ontbijtspullen allang opgeruimd. Jullie moeten zelf maar iets uit de koelkast pakken.'

Solveig waggelde met haar enorme achterwerk de kleine kamer uit die de twee broers nog steeds deelden, en smeet de deur met een klap achter zich dicht. Ze durfden niet weer te gaan liggen, maar pakten een pakje sigaretten en staken allebei een sigaret op. Ze konden wel zonder ontbijt, maar de peuk deed hun levensgeesten op gang komen en de rook brandde heerlijk in hun keel.

'Wat een kraak was dat gisteren...' Robert lachte en blies kringen in de lucht. 'Ik had toch gezegd dat ze mooie spullen zouden hebben. Directeur van een bedrijf in Stockholm, natuurlijk gunt hij zich alleen het allerbeste.'

Johan antwoordde niet. In tegenstelling tot zijn oudere broer kreeg hij van de inbraken nooit een adrenalinekick, hij liep juist dagenlang rond met een grote, koude angstklomp in zijn buik, zowel voor als na een kraak. Maar hij deed altijd wat Robert zei en het kwam niet eens bij hem op dat hij ook iets anders kon doen.

De inbraak van gisteren had de grootste buit sinds lange tijd opgeleverd. De mensen waren voorzichtig geworden en hadden niet zo vaak meer dure spullen in hun zomerhuisjes staan. Ze zetten er vooral oude troep neer waarvan ze niet wisten wat ze ermee aan moesten, of veilingkoopjes die hun het gevoel gaven dat ze een goede slag hadden geslagen, maar die geen cent waard waren. Maar gisteren hadden Robert en Johan een nieuwe tv, een dvd-speler, een Nintendo-spel en een hoop sieraden van de vrouw des huizes buitgemaakt. Robert zou de spullen via zijn gebruikelijke kanalen verkopen en dat zou een flinke smak geld opleveren. Niet dat ze het er lang mee zouden redden, gestolen geld brandde in je broekzak en na een paar weken zou het weer op zijn. Ze gaven het uit aan gokken en drank en kochten af en toe iets voor zichzelf. Johan keek naar het dure horloge om zijn pols. Gelukkig zag ma niet wanneer iets waardevol was. Als ze wist wat dit horloge had gekost, zou er nooit een eind aan haar gezeur komen.

Soms had Johan het gevoel alsof hij in een tredmolen zat die alsmaar door draaide, terwijl de jaren verstreken. Eigenlijk was er niets veranderd sinds hun tienertijd en hij zag nu ook geen uitweg. Het enige dat zijn leven op dit moment zin gaf, was het enige dat hij ooit geheim had gehouden voor Robert. Johans instinct zei hem dat er niets goeds uit zou voortkomen als hij zijn broer in vertrouwen nam. Robert zou er met zijn grove opmerkingen alleen iets smerigs van maken.

Heel even stond hij zichzelf toe eraan te denken hoe zacht haar haar tegen zijn ruwe wang voelde, hoe klein haar hand in de zijne was.

'Hé, zit niet zo te dagdromen. We moeten zaken doen.'

Robert stond met de sigaret bungelend in zijn mondhoek op en liep als eerste door de deur. Zoals altijd volgde Johan hem, hij kon niets anders.

In de keuken zat Solveig op haar gebruikelijke plek. Al sinds hij klein was, sinds dat met zijn vader was gebeurd, had hij haar in haar stoel bij het raam zien zitten, terwijl haar vingers ijverig bezig waren met wat er voor haar op de tafel lag. In zijn eerste herinneringen was ze mooi geweest, maar in de loop van de jaren had het vet zich steeds dikker om haar lichaam en over haar gelaatstrekken gelegd.

Ze leek wel in trance zoals ze daar zat; haar vingers leidden een eigen leven, onophoudelijk wijzend en strelend. Ruim twintig jaar was ze nu met die verdomde albums bezig, steeds maar sorterend en hersorterend. Ze had steeds nieuwe gekocht en daar de foto's en krantenknipsels in geplakt. Mooier, beter. Hij snapte wel dat dit haar manier was om de gelukkiger tijden te bewaren, maar ooit zou ze toch moeten inzien dat die allang voorbij waren.

Het waren foto's uit de tijd dat Solveig nog mooi was. Het hoogtepunt in haar leven was haar huwelijk met Johannes Hult, de jongste zoon van Ephraïm Hult, de beroemde vrijkerkelijke predikant en eigenaar van het meest welvarende landgoed in de omgeving. Johannes was knap en rijk; zij was weliswaar arm, maar ze was het mooiste meisje in de provincie Bohuslän, dat zei iedereen in die tijd. En als daar nog meer bewijs voor nodig was, dan waren er de artikelen die ze had verzameld toen ze twee jaar op rij tot meikoningin was gekroond. Die artikelen en de vele zwart-witfoto's van haarzelf had ze meer dan twintig jaar dag in dag uit verzorgd en gesorteerd. Ze wist dat dat meisje zich nog ergens onder de vetlagen bevond, en via de foto's kon ze haar vasthouden, hoewel ze elk jaar verder uit haar handen glipte.

Met een laatste blik over zijn schouder liet Johan zijn moeder in de keuken achter en volgde Robert op de hielen. Zijn broer had gelijk, ze moesten zaken doen.

Erica overwoog of ze zou gaan wandelen, maar ze realiseerde zich dat dat misschien niet zo'n goed idee was nu de zon op haar hoogst stond en de hitte het meest intens was. Ze had zich de hele zwangerschap geweldig gevoeld, tot de hittegolf serieus toesloeg. Vanaf dat moment had ze voornamelijk rondgelopen als een bezwete walvis die wanhopig probeerde verkoeling te vinden. Patrik, God zegene hem, was op het idee gekomen een tafelventilator voor haar te kopen en die droeg ze nu als een kostbare schat overal in huis met zich mee. Het nadeel was dat het ding op elektriciteit werkte, ze moest dus altijd dicht bij een stopcontact zitten, wat haar bewegingsvrijheid beperkte.

Maar op de veranda zat het stopcontact op een perfecte plek, daar kon ze breeduit op de bank zitten met de ventilator voor zich op de tafel. Maar ze hield eenzelfde houding nooit langer dan vijf minuten vol, waardoor ze voortdurend heen en weer zat te draaien om zich prettiger te voelen. Bij bepaalde houdingen kreeg ze een voet in haar ribben of probeerde iets wat vermoedelijk een hand was haar in haar zij te slaan, en dan moest ze weer anders gaan zitten. Hoe ze het nog meer dan een maand moest uithouden, was voor haar een raadsel.

Ze waren nog maar een halfjaar bij elkaar, Patrik en zij, toen ze zwanger raakte, maar gek genoeg maakte geen van beiden zich daar druk om. Ze waren allebei al wat ouder en dus iets zekerder van wat ze wilden en zagen geen reden om nog langer te wachten. Pas nu begon ze koudwatervrees te krijgen, maar daar was het eigenlijk wel een beetje te laat voor. Misschien hadden ze nog niet lang genoeg samengewoond toen ze zich in dit avontuur stortten? Zou hun relatie bestand zijn tegen de plotselinge confrontatie met een kleine vreemdeling die alle aandacht opeiste die ze tot nu toe aan elkaar hadden kunnen geven?

De tijd van de stormachtige, blinde verliefdheid was weliswaar voorbij en ze hadden een meer realistische, alledaagse basis opgebouwd, met inzicht in elkaars goede en slechte kanten, maar wat als na de eerste opwinding over de baby alleen de slechte kanten overbleven? Hoe goed kende ze niet de statistieken over hoeveel relaties in het eerste levensjaar van het eerste kind stukliepen? Maar het had geen zin daar nu over te piekeren. Gedane zaken namen geen keer en het was gewoon zo dat Patrik en zij allebei met elke vezel van hun lichaam naar de komst van dit kind verlangden. Hopelijk zou dat verlangen lang genoeg aanhouden om de enorme verandering aan te kunnen.

Ze schrok op toen de telefoon ging. Moeizaam hees ze zich uit de bank en ze hoopte dat de beller genoeg geduld had en niet zou ophangen voordat ze bij de telefoon was.

'Ja, hallo?

Goh, ben jij het, Conny.

Ja, dank je, al is het eigenlijk te warm om dik te zijn.

Langskomen? Ja, natuurlijk... jullie mogen best koffie komen drinken.

Blijven slapen? Tja...' Erica slaakte inwendig een zucht.

'Ja, natuurlijk. Wanneer komen jullie?

Vanavond! Ja, nee, natuurlijk is dat geen enkel probleem. Ik maak de logeerkamer in orde.'

Vermoeid legde ze de hoorn op de haak. 's Zomers was het een groot nadeel om een huis in Fjällbacka te hebben. Plotseling doken alle familieleden en kennissen op die tijdens de tien koude maanden van het jaar nooit iets van zich lieten horen. In november waren ze niet bijster geïnteresseerd om langs te komen, maar in juli grepen ze hun kans om gratis te kunnen overnachten, met uitzicht op zee met beide handen aan. Erica had gedacht dat ze daar deze zomer van verschoond zouden blijven, want het was al half juli en niemand had van zich laten horen. Maar nu belde haar neef Conny. Hij was met zijn vrouw en twee kinderen al onderweg van Trollhättan naar Fjällbacka. Het ging maar om één nacht, dat kon ze nog wel aan. Op zich was ze nooit bijster dol geweest op haar twee neven, maar haar opvoeding had haar geleerd dat ze niet kon weigeren hen te ontvangen, al zou ze dat eigenlijk wel moeten doen omdat de mannen in haar ogen echte klaplopers waren.

Erica was in elk geval blij dat Patrik en zij een huis in Fjällbacka hadden waar ze gasten konden ontvangen, uitgenodigd of niet. Na de plotselinge dood van haar ouders had haar zwager geprobeerd het huis te verkopen. Maar haar zus Anna had uiteindelijk genoeg gekregen van zijn fysieke en psychische mishandeling; ze had zich van Lucas laten scheiden en het huis was nu eigendom van Erica en Anna samen. Omdat Anna met haar twee kinderen in Stockholm was blijven wonen, hadden Patrik en Erica het huis in Fjällbacka kunnen betrekken, en ter compensatie waren zij verantwoordelijk voor alle kosten. In de toekomst zouden ze een meer permanente oplossing moeten zien te vinden, maar voorlopig was Erica blij dat ze het hele jaar in het huis kon wonen.

Ze keek om zich heen en besefte dat ze moest opschieten wilde het huis een beetje toonbaar zijn als de gasten kwamen. Ze vroeg zich af wat Patrik van deze invasie zou vinden, maar toen gooide ze haar hoofd in de nek. Als hij haar alleen kon laten en midden in zijn vakantie ging werken, kon zij gasten ontvangen als ze dat wilde. Ze was alweer vergeten dat ze het best prettig had gevonden om hem niet constant thuis te hebben.

Ernst en Martin waren inderdaad net terug van hun opdracht en Patrik besloot hen bij te praten. Hij riep hen naar zijn kamer en ze namen plaats in de stoelen voor zijn bureau. Het was overduidelijk dat Ernst witheet was van woede omdat Patrik de leiding van het onderzoek had gekregen, maar Patrik verkoos dit te negeren. Dat was Mellbergs pakkie-an, en in het ergste geval, als zijn collega weigerde samen te werken, redde hij zich wel zonder Ernsts hulp.

'Ik neem aan dat jullie al hebben gehoord wat er is gebeurd.'

'Ja, we hoorden het op de politieradio.' Martin, jong en enthousiast, zat in tegenstelling tot Ernst kaarsrecht op zijn stoel met een notitieblok op zijn schoot en een pen in de aanslag.

'In de Koningskloof in Fjällbacka is dus een vermoorde vrouw aangetroffen. Ze was naakt en leek tussen de twintig en dertig jaar oud. Onder haar lichaam lagen twee menselijke skeletten van onbekende oorsprong en leeftijd, maar ik kreeg een onofficiële gissing van Karlström van de technische afdeling dat ze niet vers waren. Dit belooft ons dus veel werk, naast alle dronkenmansruzies en dronkenmansritten waarmee we worden overspoeld. En omdat Annika en Gösta allebei vrij zijn, moeten we voorlopig echt alles zelf doen. Ik heb deze week eigenlijk ook vakantie, maar ben, op verzoek van Mellberg, ermee akkoord gegaan toch te werken en ik zal dit onderzoek leiden. Hebben jullie hier vragen over?'

Ernst verkoos geen directe confrontatie aan te gaan, waarschijnlijk om straks achter Patriks rug om te gaan zeuren.

'Wat wil je dat ik ga doen?' Martin leek wel een jong veulen en hij tekende nu ongeduldig cirkels boven op zijn notitieblok.

'Ik wil dat jij in het SIS gaat zoeken naar vrouwen die de afgelopen twee maanden als vermist zijn opgegeven. We beginnen met die periode tot we meer horen van de Forensische Eenheid. Al denk ik dat het sterfgeval van veel recenter datum is, misschien van maar een paar dagen geleden.'

'Heb je het niet gehoord?' vroeg Martin.

'Wat moet ik hebben gehoord?'

'De database ligt plat. We moeten het SIS dus laten zitten en op de oude, degelijke manier te werk gaan.'

'Shit, wat een timing. Oké, volgens Mellberg en ook volgens mijn eigen informatie voordat ik met vakantie ging, is er bij ons geen aangifte gedaan van een vermissing. Daarom stel ik voor dat je alle districten in de naaste omgeving belt. Bel in een cirkel, je begint in het midden en gaat steeds verder naar buiten, snap je dat?'

'Ja, hoe ver moet ik gaan?'

'Tot je iemand vindt die past. Bel straks meteen naar Uddevalla voor een voorlopig signalement waarmee je kunt werken.'

'En wat moet ik doen?' Het enthousiasme in Ernsts stem was niet echt aanstekelijk.

Patrik keek in de aantekeningen die hij na zijn gesprek met Mellberg snel had gemaakt.

'Ik zou willen dat jij gaat praten met de mensen die in de buurt van de Koningskloof wonen. Vraag ze of ze vannacht, of in de vroege ochtend, iets hebben gezien of gehoord. Overdag komen er veel toeristen in de kloof, dus het lijk, of liever gezegd de lijken, moeten daar vannacht of vanochtend vroeg heen zijn vervoerd. We kunnen waarschijnlijk aannemen dat ze via de grote ingang zijn binnengebracht, ik kan me niet voorstellen dat ze vanaf het Ingrid Bergmanstorg de trap zijn opgedragen. Het jochie heeft haar vanmorgen om een uur of zes gevonden, ik zou me dus concentreren op de tijd tussen negen uur gisteravond en zes uur vanochtend. Ik was zelf van plan de archieven in te duiken. Er is iets met die twee skeletten wat me dwarszit en ik heb het gevoel dat ik moet weten wat het is, maar... Kunnen jullie niets bedenken? Komt er niets in je op?'

Patrik spreidde zijn armen en wachtte met gefronste wenkbrauwen op een antwoord, maar Martin en Ernst schudden alleen hun hoofd. Tja, dan zat er niets anders op dan de catacomben in te gaan...

Onkundig van het feit dat hij in ongenade was gevallen – hoewel hij dat misschien had kunnen vermoeden als hij tijd had gehad om erover na te denken – zat Patrik in de lagere regionen van het politiebureau in Tanumshede in oude papieren te snuffelen. Op de meeste mappen had zich een laag stof verzameld, maar ze leken godzijdank wel goed geordend. De meeste dossiers waren in chronologische volgorde gearchiveerd en hoewel hij niet goed wist wat hij zocht, wist hij wel dat het zich hier bevond.

Hij zat in kleermakershouding op de stenen vloer en bladerde methodisch doos na doos met mappen door. Decennia van menselijke lotgevallen gingen door zijn handen en het viel hem na een poosje op hoeveel mensen en gezinnen keer op keer in de registers van de politie waren terug te vinden. Misdrijven leken soms van ouder op kind en soms zelfs op kleinkind over te gaan, dacht hij toen dezelfde familienaam voor de zoveelste keer opdook.

Zijn mobiele telefoon rinkelde en hij zag op het display dat Erica belde.

'Dag lieverd, alles goed?' Hij wist wat haar antwoord zou zijn.

'Ja, ik weet dat het warm is. Zet de ventilator maar aan, verder is er niet veel aan te doen.

Moet je horen, we hebben een moord op ons dak gekregen en Mellberg wil dat ik het onderzoek leid. Zou je het heel erg vinden als ik een paar dagen ga werken?'

Patrik hield zijn adem in. Hij wist dat hij zelf had moeten bellen om te vertellen dat hij ging werken, maar op typisch mannelijk ontwijkende wijze had hij verkozen het onvermijdelijke voor zich uit te schuiven. Anderzijds wist Erica heel goed welke consequenties zijn baan kon hebben. De zomer was voor de politie in Tanumshede de meest hectische periode van het jaar, en de collega's konden slechts bij toerbeurt korte vakanties opnemen. Zelfs de weinige dagen die ze achter elkaar vrij konden zijn, waren niet gegarandeerd, dat hing af van het aantal dronkenschappen, vechtpartijen en andere neveneffecten van het toerisme waarmee het bureau te maken kreeg. En moord belandde natuurlijk op een heel eigen schaal.

Ze zei iets wat hij bijna niet verstond.

'Bezoek zei je? Wie dan? Je neef?' Patrik zuchtte.

'Nee, wat moet ik ervan zeggen? Natuurlijk was het veel fijner geweest als we vanavond met zijn tweetjes hadden kunnen doorbrengen, maar als ze onderweg zijn is daar niets aan te doen. Ze blijven toch maar één nacht?

Goed, dan neem ik op weg naar huis garnalen mee. Dat is lekker makkelijk, dan hoef jij geen eten klaar te maken. Ik ben om zeven uur thuis. Kusje.'

Hij stopte de telefoon in zijn zak en ging verder met de inhoud van de dozen die nog voor hem lagen. Een map waar VERMISSINGEN op stond trok zijn aandacht; een ambitieuze collega had ooit de aangiften van vermissingen verzameld die in de politieonderzoeken waren voorgekomen. Patrik voelde dat dit was wat hij zocht. Zijn vingers waren vies geworden van al het stof en voordat hij de vrij dunne map opende, veegde hij ze af aan zijn broek. Na een poosje bladeren en lezen kreeg zijn geheugen het benodigde zetje. Hij had zich dit meteen moeten herinneren omdat er in het district zo weinig mensen verdwenen zonder ooit teruggevonden te worden, maar dat zou wel aan zijn leeftijd liggen. Nu lagen de aangiften in elk geval voor hem, en hij voelde dat het geen toeval kon zijn: twee vrouwen die in 1979 als vermist waren opgegeven en nooit waren teruggevonden. Twee skeletten die in de Koningskloof waren gevonden.

Hij nam de hele map mee naar boven het daglicht in en legde die op zijn bureau.

De paarden waren de enige reden dat ze hier bleef. Geoefend en met vaste hand roskamde ze de bruine ruin. Het lichamelijke werk vormde een uitlaatklep voor haar frustratie. Het was gewoon shit om zeventien te zijn en niet over je eigen leven te mogen beslissen. Zodra ze meerderjarig was, zou ze dit stomme gat vaarwel zeggen. Dan zou ze het aanbod aannemen van de fotograaf die in Göteborg op haar was afgestapt. Als ze model in Parijs was en massa's geld verdiende, zou ze hun vertellen waar ze met hun vervloekte opleiding heen konden. De fotograaf had gezegd dat haar waarde als model elk jaar afnam en er zou dus al een jaar verspild zijn voordat ze de kans kreeg, alleen omdat haar pa het in zijn hoofd had gezet dat ze een opleiding moest volgen. Je had toch geen opleiding nodig om op de catwalk te lopen, en als ze pak 'm beet op haar vijfentwintigste te oud werd als model, zou ze met een miljonair trouwen en lachen om zijn dreigementen dat hij haar wilde onterven. Ze zou zijn hele fortuin in één dag kunnen uitgeven aan winkelen.

Haar stomme brave broer maakte het er niet beter op. Het was weliswaar beter om bij hem en Marita te wonen dan thuis, maar het scheelde niet veel. Hij was zo vervloekt degelijk. Wat hij ook deed, het ging nooit verkeerd, terwijl zij altijd overal de schuld van kreeg.

'Linda?'

Zelfs in de stal werd ze niet met rust gelaten.

'Linda?' De stem klonk dringender. Hij wist dat ze hier was, het had dus geen zin om te proberen ervandoor te gaan.

'Ja, wat zeur je toch. Wat is er?'

'Je hoeft niet zo'n toon tegen me aan te slaan. Ik vind het niet te veel gevraagd dat je probeert een beetje beleefd te zijn.'

Ze mopperde een paar vloeken als antwoord, en Jacob liet het gaan.

'Jij bent mijn broer, niet mijn vader, heb je daar weleens aan gedacht?'

'Daar ben ik me inderdaad van bewust, ja, maar zolang je onder mijn dak woont, voel ik me toch in zekere mate verantwoordelijk voor je.'

Omdat hij bijna vijftien jaar ouder was, dacht Jacob dat hij alles wist maar het was makkelijk een hoge toon aan te slaan als je je schaapjes op het droge had. Pa had al zo vaak gezegd dat Jacob een zoon was om trots op te zijn en dat hij het landgoed ooit zou beheren, dat Linda ervan uitging dat de hele mikmak op een goede dag van hem zou zijn. Tot die tijd kon hij het zich veroorloven net te doen of geld niet belangrijk voor hem was, maar Linda keek daar doorheen. Iedereen bewonderde Jacob omdat hij met probleemjongeren werkte, maar iedereen wist ook dat hij op een dag zowel het landgoed als een vermogen zou erven, en het zou spannend zijn om te zien hoeveel belangstelling hij dan nog voor ideëel werk zou opbrengen.

Ze giechelde even. Als Jacob wist dat ze 's avonds stiekem het huis verliet, zou hij helemaal gek worden en als hij wist wie ze ontmoette zou ze waarschijnlijk de preek van haar leven krijgen. Hij kon wel zeggen dat hij solidair was met de minder bedeelden, maar ze moesten niet te dichtbij komen. Dat Jacob uit zijn vel zou springen als hij erachter kwam dat ze met Johan omging, had trouwens nog dieper gewortelde redenen. Johan was hun neef, en de vete tussen de twee takken van de familie was lang voor haar geboorte begonnen, zelfs voordat Jacob was geboren. De reden kende ze niet, ze wist alleen dat het zo was en dat maakte het extra spannend als ze wegsloop om Johan te ontmoeten. Bovendien voelde ze zich prettig in zijn gezelschap. Hij was weliswaar behoorlijk fijngevoelig, maar hij was tien jaar ouder dan zij en dat gaf hem een zekerheid waar jongens van haar leeftijd alleen van konden dromen. Dat ze neef en nicht waren, stoorde haar niet. Tegenwoordig mochten neven en nichten zelfs met elkaar trouwen en hoewel ze dergelijke toekomstplannen niet koesterde, had ze er niets op tegen het een en ander met hem te onderzoeken, zolang het maar in het geheim gebeurde.

'Wilde je iets van me of kwam je me gewoon controleren?'

Jacob slaakte een diepe zucht en legde een hand op haar schouder. Ze probeerde zich terug te trekken, maar zijn greep was sterk.

'Ik snap niet waar al deze agressie vandaan komt. De jongeren met wie ik werk zouden alles geven voor een thuis en een jeugd als de jouwe. Een beetje dankbaarheid en ingetogenheid zouden op hun plaats zijn, weet je. En ja, ik wilde inderdaad iets van je. Marita heeft het eten klaar, dus ga je omkleden en kom aan tafel.'

Hij liet haar schouder los en liep de stal uit naar het hoofdgebouw. Mopperend legde Linda de roskam neer. Ze had tenslotte best honger.

Martins hart was alweer gebroken. Voor de hoeveelste keer wist hij niet, maar het feit dat hij eraan gewend was, verzachtte de pijn niet. Net als alle vorige keren had hij gedacht dat nu de ware haar hoofd op het kussen naast hem had gelegd. Hij wist weliswaar dat ze al bezet was, maar in zijn naïviteit dacht hij dat hij meer was dan een verzetje en dat de dagen van haar partner geteld waren. Hij had er geen idee van dat hij met zijn onschuldige gezicht en bijna snoezige verschijning voor oudere, rijpere vrouwen die met hun man in een sleur leefden, als een suikerklontje voor een vlieg was. Mannen die ze niet wilden verlaten voor een leuke vijfentwintigjarige politieagent, met wie ze echter wel graag het bed deelden als de lust en de behoefte aan bevestiging bevredigd moesten worden. Niet dat Martin bezwaar had tegen de fysieke kant van een verhouding, hij was op dat gebied zelfs bijzonder talentvol, maar helaas was hij ook een ongewoon gevoelige jongeman. Verliefdheden gedijden goed in Martin Molin. Daarom eindigden de korte romances voor hem altijd in tranen en tandengeknars als de vrouwen er een eind aan maakten en terugkeerden naar hun misschien saaie maar geregelde en vertrouwde leventje.

Hij zuchtte diep achter zijn bureau, maar dwong zichzelf zich te concentreren op de taak die voor hem lag. De telefoontjes die hij tot nu toe had gepleegd hadden niets opgeleverd, maar er waren nog veel politiedistricten die hij moest bellen. Dat de database moest crashen op het moment dat hij die zo dringend nodig had, was waarschijnlijk zijn gebruikelijke pech, daarom zat hij hier nu telefoonnummer na telefoonnummer in te toetsen om te proberen iemand te vinden die overeenkwam met het signalement van de dode vrouw.

Twee uur later leunde hij achterover en gooide teleurgesteld zijn pen tegen de muur. Geen enkele als vermist opgegeven persoon kwam overeen met het slachtoffer. Wat nu?

Het was verdomd onrechtvaardig. Hij was ouder dan die snotneus en had dus de leiding over dit onderzoek moeten krijgen, maar ondank is 's werelds loon. Jarenlang had hij die vervloekte Mellberg bewust stroop om de mond gesmeerd en wat kreeg hij ervoor terug? Niets! Ernst nam de bochten op weg naar Fjällbacka met hoge snelheid en als hij niet in een politiewagen had gereden, zou hij zeker een paar opgestoken middelvingers in de achteruitkijkspiegel hebben gezien. Ze moesten het eens wagen, die stomme toeristen, dan zouden ze nog eens wat meemaken.

Vragen of de buren iets hadden gezien of gehoord. Dat was een klus voor een aspirant, niet voor iemand met vijfentwintig jaar ervaring. Een klus voor die melkmuil van een Martin, dan had hij, Ernst, kunnen rondbellen en lekker kunnen kletsen met de collega's in de nabijgelegen districten.

Inwendig kookte hij van woede, maar dat was sinds zijn kinderjaren zijn natuurlijke gemoedstoestand, dus op zich was er niets ongebruikelijks aan de hand. Zijn cholerische temperament maakte hem niet bijster geschikt voor een beroep waarin sociale contacten belangrijk waren, maar anderzijds dwong hij respect af bij het geboefte, dat instinctief aanvoelde dat je geen ruzie moest maken met Ernst Lundgren als je gezondheid je lief was.

Toen hij door het dorp reed, werden overal de halzen uitgerekt. De mensen volgden hem met hun ogen en wezen hem na, en hij begreep dat het nieuws zich al door heel Fjällbacka had verspreid. Vanwege alle dubbelgeparkeerde auto's moest hij over het Ingrid Bergmanstorg kruipen, en hij zag tot zijn voldoening dat een aantal mensen halsoverkop het terras van Café Bryggan verliet. Eigen schuld. Als de auto's er op de terugweg nog stonden, wilde hij best een tijdje de vakantie-vreugde van al die foutparkeerders verpesten. Misschien zou hij ze ook laten blazen. Veel chauffeurs hadden achter een koud biertje gezeten en als hij geluk had, kon hij een paar rijbewijzen in beslag nemen.

Bij de Koningskloof was niet veel plaats om te parkeren, maar hij vond een plekje en begon aan de operatie buurtonderzoek. Zoals verwacht had niemand iets gezien. Mensen die het normaal gesproken merkten als de buurman in zijn eigen huis een scheet liet, werden doof en blind als de politie iets wilde weten. Maar Ernst vermoedde dat ze echt niets hadden gehoord. 's Zomers was de geluidsoverlast 's nachts zo groot, met dronken mensen die in de kleine uurtjes naar huis schuifelden, dat je leerde alle buitengeluiden weg te zeven om toch een goede nachtrust te krijgen. Maar irritant was het wel.

Bij het laatste huis kreeg hij beet. Weliswaar geen vette vangst, maar toch iets. De man die het verst van de ingang van de Koningskloof woonde, had rond drieën, toen hij was opgestaan om te plassen, een auto gehoord. Hij kon de tijd zelfs preciseren tot kwart voor drie, maar hij had niet naar buiten gekeken, dus kon hij niets zeggen over het uiterlijk van de chauffeur of de auto. Maar hij was vroeger rij-instructeur geweest en wist zeker dat het geen nieuw model was geweest, maar een die er waarschijnlijk al flink wat jaren op had zitten.

Geweldig, het enige dat hij na twee uur buurtonderzoek wist, was dat de moordenaar de lijken naar alle waarschijnlijkheid rond drie uur had gedropt, en mogelijk in een oudere auto reed. Niets om over naar huis te schrijven.

Ernsts humeur knapte echter aanzienlijk op toen hij op de terugweg zag dat nieuwe parkeerzondaars de plek van de oude hadden ingenomen. Nu zouden ze zich de longen uit het lijf mogen blazen!

Aanhoudend geklingel van de deurbel onderbrak Erica's moeizame geploeter met de stofzuiger. Ze transpireerde hevig en veegde een paar natte haarslierten uit haar gezicht voordat ze de deur opendeed. Ze moesten als autodieven hebben gereden om hier nu al te kunnen zijn.

'Hallo dikke!'

Ze werd gevangen in een stevige omhelzing en merkte dat ze niet de enige was die zweette. Met haar neus diep in Conny's oksel, bedacht ze dat ze met hem vergeleken waarschijnlijk naar rozen en lelietjes-vandalen rook.

Na zich uit zijn omhelzing te hebben losgemaakt begroette ze Conny's vrouw Britta door haar beleefd de hand te schudden omdat ze elkaar slechts een paar keer hadden ontmoet. Britta's handdruk was nat en slap en Erica associeerde die met een dode vis. Ze huiverde en onderdrukte de impuls om haar hand aan haar broek af te vegen.

'Wat een buik! Zit er soms een tweeling in?'

Ze vond het heel vervelend als er op deze manier over de omvang van haar lichaam werd gesproken, maar ze had inmiddels begrepen dat zwangerschap iedereen het recht gaf je lichaamsomvang te becommentariëren en op een veel te familiaire manier je buik aan te raken. Ze had zelfs meegemaakt dat onbekenden zomaar op haar waren afgestapt om aan haar buik te zitten. Erica wachtte het dus maar af, en het duurde niet lang of Conny's handen waren daar.

'Ah, daar zit een kleine voetballer. Duidelijk een jongetje gezien de trappen die hij uitdeelt. Kom eens voelen, kinderen!'

Erica was niet in staat te protesteren en werd aangevallen door twee paar kleefhanden die afdrukken maakten op haar witte positietrui. Gelukkig verloren Lisa en Victor, zes en acht jaar oud, al snel hun belangstelling.

'Wat vindt de trotse vader ervan? Telt hij de dagen al af?' Conny wachtte niet op antwoord en Erica herinnerde zich dat dialogen niet zijn sterkste kant waren. 'Ik weet nog goed toen deze twee snotneuzen ter wereld kwamen. Een enorm heftige gebeurtenis. Maar vertel hem wel dat hij niet daar beneden moet kijken, want dan heb je een hele tijd geen zin meer.'

Hij grinnikte en stootte Britta met zijn elleboog in haar zij. Ze keek chagrijnig terug. Erica realiseerde zich dat het een lange dag zou worden. Als Patrik maar op tijd thuiskwam.

Patrik klopte zachtjes op Martins deur. Hij was een beetje jaloers omdat het zo netjes was op diens kamer. Het bureau was zo schoon dat het als operatietafel gebruikt kon worden.

'Hoe gaat het? Heb je iets gevonden?'

Martins moedeloze gezicht zei hem al voor het hoofdschudden dat het antwoord negatief was. Shit. Op dit moment was het eerste streven de vrouw te identificeren. Ergens waren mensen die zich zorgen om haar maakten. Iemand moest haar verdomme toch missen!

'En jij?' Martin knikte naar de map in Patriks hand. 'Heb je gevonden wat je zocht?'

'Ik geloof van wel.'

Patrik pakte een stoel die tegen de muur stond en schoof die naar voren zodat hij naast Martin kon gaan zitten.

'Kijk. Twee vrouwen zijn eind jaren zeventig in Fjällbacka verdwenen. Ik snap niet dat ik het me niet meteen herinnerde, het was destijds voorpaginanieuws, maar hier is in elk geval het overgebleven onderzoeksmateriaal.'

De map die hij op het bureau had gelegd, was behoorlijk stoffig en hij zag dat Martins vingers jeukten om haar schoon te vegen. Een waarschuwende blik hield hem echter tegen. Patrik opende de map en liet Martin de foto's zien die bovenop lagen.

'Dit is Siv Lantin, ze verdween op midzomerdag 1979. Ze was negentien jaar.' Patrik pakte de volgende foto. 'Dit is Mona Thernblad, zij verdween twee weken later en was toen achttien jaar. Geen van beide meisjes is ooit gevonden, hoewel er veel zoekacties zijn gehouden en er gedregd is en alles wat je maar kunt bedenken. Sivs fiets lag in een sloot, maar dat was het enige dat werd teruggevonden. En van Mona alleen een sportschoen.'

'Ja, nu je het zegt, weet ik het ook weer. Er was toch een verdachte?'

Patrik bladerde door de vergeelde onderzoekspapieren en wees met zijn vinger naar een getypte naam.

'Johannes Hult. Het was nota bene zijn broer, Gabriël Hult, die de politie belde om te vertellen dat hij in de nacht dat ze verdween zijn broer met Siv Lantin had gezien, op weg naar zijn boerderij in Bräcke.'

'Hoe serieus werd die tip genomen? Ik bedoel, er moet heel wat meer achter zitten als je je broer als verdachte van een moord aanwijst.'

'De vete in de familie Hult duurde toen al jaren en iedereen was ervan op de hoogte. Ik neem dus aan dat de informatie met een zekere scepsis werd ontvangen, maar ze moest natuurlijk wel worden onderzocht, en Johannes is eén paar keer op het bureau verhoord. Maar er waren geen bewijzen, behalve de informatie van zijn broer en dat was het ene woord tegen het andere, dus is hij vrijgelaten.'

'Waar woont hij tegenwoordig?'

'Ik weet het niet zeker, maar volgens mij heeft Johannes Hult kort daarna zelfmoord gepleegd. Verdorie, Annika had nu hier moeten zijn, zij zou er in een mum van tijd een veel actueler document van hebben kunnen maken. De inhoud van deze map is op z'n zachtst gezegd pover.'

'Je lijkt er vrij zeker dat de gevonden skeletten van deze twee vrouwen zijn.'

'Wat is zeker? Ik ga alleen van de waarschijnlijkheid uit. We hebben twee vrouwen die in de jaren zeventig zijn verdwenen en nu duiken er twee skeletten op, die vrij oud lijken te zijn. Hoe groot is de kans dat dat slechts een samenloop van omstandigheden is? Maar echt zeker weten doe ik het niet, dat komt pas als de patholoog zijn zegje heeft gedaan. Maar ik zal erop toezien dat hij deze informatie zo snel mogelijk krijgt.'

Patrik keek op zijn horloge. 'Shit, ik kan maar beter opschieten. Ik had beloofd vandaag vroeg thuis te zijn. We krijgen bezoek van Erica's neef en ik moet nog garnalen en wat andere dingen kopen. Wil jij ervoor zorgen dat de lijkschouwer deze informatie krijgt? En check even bij Ernst als hij terugkomt, of hij iets interessants te weten is gekomen.'

Toen hij buitenkwam sloeg de hitte hem tegemoet en Patrik haastte zich in zijn auto, waar hij de airco kon aanzetten. Als deze hitte hem al zo'n knauw gaf, kon hij zich voorstellen wat die met Erica deed, de arme schat.

Pech dat ze net nu bezoek kregen, maar hij begreep dat ze moeilijk nee kon zeggen. En omdat de familie Flood de volgende dag alweer zou vertrekken, ging er maar één avond verloren. Hij zette de airco op de hoogste stand en reed richting Fjällbacka.

'Heb je met Linda gepraat?'

Laine wreef nerveus in haar handen. Hij was het gebaar gaan verafschuwen.

'Er valt niet zoveel te praten. Ze moet gewoon doen wat haar gezegd wordt.'

Gabriël keek niet eens op en ging rustig verder met zijn bezigheden. Hij klonk afwijzend, maar Laine liet zich niet zo makkelijk de mond snoeren. Helaas. Al jaren wenste hij dat zijn vrouw vaker zweeg dan praatte, dat zou wonderen doen met haar persoonlijkheid.

Gabriël Hult was een echte accountant. Hij vond het heerlijk om credit en debet met elkaar te vergelijken en de balans kloppend te maken, en alles wat met gevoelens en niet met logica te maken had, verafschuwde hij met heel zijn hart. Netheid was zijn motto en ondanks de zomerse warmte was hij gekleed in pak en overhemd, weliswaar van iets dunnere stof dan normaal, maar desalniettemin correct. Zijn donkere haar was in de loop van de jaren dun geworden, maar hij droeg het achterovergekamd en deed geen moeite om het kale gedeelte midden op zijn hoofd te verbergen. Wat het helemaal afmaakte, was de ronde bril die altijd op het puntje van zijn neus rustte, zodat hij neerbuigend over de rand kon kijken naar de persoon met wie hij praatte. Recht moet recht blijven, dat was het motto waarnaar hij leefde, en hij wilde alleen maar dat de mensen in zijn omgeving hetzelfde deden. Maar het leek alsof ze al hun kracht en energie gebruikten om zijn perfecte evenwicht te verstoren en hem het leven moeilijk te maken. Alles zou zoveel eenvoudiger zijn als ze gewoon deden wat hij zei en niet zelf allerlei domme dingen verzonnen.

De grootste bron van onrust in zijn leven was momenteel Linda. Zo lastig was Jacob in zijn tienerjaren nooit geweest! In Gabriëls voorstellingswereld waren meisjes rustiger en meegaander dan jongens.

Maar zij hadden een tienermonster op hun dak gekregen dat a zei als zij b zeiden en in het algemeen haar best deed om haar leven in zo kort mogelijke tijd te verpesten. Hij had niet veel op met haar domme plannen om model te worden. Ze zag er weliswaar leuk uit, maar had helaas de hersens van haar moeder geërfd en zou het geen uur volhouden in de harde modellenwereld.

'We hebben deze discussie al eerder gevoerd, Laine, en ik ben sindsdien niet van mening veranderd. Er is geen sprake van dat Linda mag vertrekken om foto's te laten maken bij een louche fotograaf die haar alleen maar naakt wil zien. Linda moet een opleiding volgen, punt uit.'

'Ja, maar volgend jaar is ze achttien en dan doet ze toch wat ze wil. Is het niet beter om haar nu te steunen, zodat we niet het gevaar lopen dat ze ons over een jaar voorgoed verlaat?'

'Linda weet van wie ze haar geld krijgt, het zou me erg verbazen als ze ervandoor ging zonder zich te verzekeren van een gestage bron van inkomsten. En als ze blijft studeren is dat precies wat ze krijgt. Ik heb haar elke maand geld beloofd als ze maar blijft studeren, en ik ben van plan om me aan die belofte te houden. En nu wil ik niets meer over deze kwestie horen.'

Laine bleef in haar handen wrijven, maar ze wist wanneer ze had verloren en liep met hangende schouders zijn werkkamer uit. Ze deed voorzichtig de schuifdeuren achter zich dicht en Gabriël slaakte een zucht van verlichting. Dit gezeur werkte op zijn zenuwen. Ze kende hem na al deze jaren toch goed genoeg om te weten dat hij nooit van mening veranderde als hij eenmaal een besluit had genomen.

De tevredenheid en de rust keerden terug toen hij weer verder kon schrijven in het boek dat voor hem lag. De moderne boekhoudprogramma's op de computer hadden bij hem nooit voet aan de grond gekregen, want hij hield van de zekerheid van een groot logboek voor zijn neus, met keurige rijen getallen die aan het eind van elke pagina bij elkaar werden opgeteld. Toen hij klaar was, leunde Gabriël voldaan achterover in zijn stoel. Dit was een wereld waarover hij controle had.

Heel even vroeg Patrik zich af of hij op het verkeerde adres was. Dit kon niet het rustige, stille huis zijn dat hij vanochtend had verlaten.

Het geluidsniveau oversteeg de toegestane waarden op de meeste werkplekken en het leek alsof iemand er een bom had laten ontploffen. Overal lagen spullen die hij niet herkende en de dingen die op een bepaalde plaats moesten liggen lagen daar niet. Naar Erica's gelaatsuitdrukking te oordelen had hij al een of twee uur geleden thuis moeten zijn.

Verbaasd telde hij slechts twee kinderen en twee extra volwassenen en hij vroeg zich af hoe die in 's hemelsnaam als een compleet kinderdagverblijf konden klinken. De tv stond keihard op het Disney-kanaal en een klein jochie zat een nog kleiner meisje achterna met een speelgoedpistool. De ouders van de twee deugnieten zaten in alle rust op de veranda en de grote knurft van een man zwaaide vrolijk naar Patrik, maar nam niet de moeite om overeind te komen, want dan had hij zich moeten losrukken van de schaal met koekjes.

Patrik liep naar de keuken en Erica stortte zich in zijn armen.

'Haal me hier alsjeblieft vandaan. Ik moet in een vorig leven een vreselijke zonde hebben begaan dat dit me nu overkomt. De kinderen zijn kleine duivels in mensengedaante, en Conny is... Conny. Zijn vrouw heeft nauwelijks een woord gezegd en kijkt zo zuur dat de melk begint te schiften. Laat ze alsjeblieft snel weer vertrekken.'

Patrik klopte haar troostend op haar rug en voelde dat haar trui kletsnat was van het zweet.

'Ga maar even lekker douchen, dan zal ik me een tijdje over de gasten ontfermen. Je bent helemaal bezweet.'

'Dank je, je bent een engel. Er staat een kan koffie klaar. Ze zitten al aan hun derde kopje, maar Conny geeft hints dat hij iets sterkers wil, kijk maar even wat we in huis hebben.'

'Ik regel het, en nu naar boven, lieverd, voordat ik me bedenk.'

Hij kreeg een dankbare zoen en toen waggelde Erica moeizaam de trap op richting douche.

'Ik wil een ijsje.' Victor was stilletjes achter Patrik komen staan en richtte zijn pistool op hem.

'We hebben jammer genoeg geen ijs in huis.'

'Dan moet je dat maar gaan kopen.'

Het brutale gezicht van de jongen irriteerde Patrik mateloos, maar hij probeerde vriendelijk te blijven en zei zo mild hij kon: 'Nee, daar is geen sprake van. Er staan koekjes buiten, pak daar maar wat van.'

'Ik wil ijijijs!!!' De jongen brulde en sprong op en neer. Zijn gezicht was nu knalrood.

'We hebben geen ijs, zeg ik toch!' Patriks geduld begon op te raken.

'IJS, IJS, IJS, IJS...'

Victor gaf zich niet zomaar gewonnen. Maar hij moest aan Patriks ogen hebben gezien dat de grens bereikt was, want hij hield plotseling op met schreeuwen en liep langzaam achteruit de keuken uit. Vervolgens rende hij huilend naar zijn ouders, die buiten op de veranda zaten en het tumult in de keuken hadden genegeerd.

'PAPA, die meneer is niet aardig! Ik wil IJS!'

Met de koffiekan in zijn hand probeerde Patrik zich Oost-Indisch doof te houden. Hij liep naar buiten om zijn gasten te begroeten. Conny stond op en stak zijn hand uit, en daarna legde Britta haar koude kabeljauwhand in die van Patrik.

'Victor bevindt zich momenteel in een fase waarin hij de grenzen van zijn eigen wil test. Omdat we hem niet willen remmen in zijn persoonlijke ontwikkeling laten we hem zelf uitvinden waar de scheidslijn tussen zijn eigen wensen en die van zijn omgeving loopt.'

Britta keek liefdevol naar haar zoon en Patrik meende zich te herinneren dat Erica had verteld dat ze psycholoog was. Als dit haar idee van opvoeding was, zou de kleine Victor later veelvuldig met psychologen in contact blijven. Conny, die amper leek te hebben gemerkt wat er gebeurde, kreeg zijn zoon stil door hem gewoon een groot stuk cake in de mond te stoppen. Naar de rondingen van het kind te oordelen was dit een veelvoorkomende methode. Maar Patrik moest toegeven dat die in al haar eenvoud effectief en aantrekkelijk bleek.

Toen Erica na het douchen met een beduidend opgewektere gelaatsuitdrukking weer beneden kwam, had Patrik de garnalen met toebehoren op tafel gezet. Na met een zesde zintuig te hebben aangevoeld dat het de enige manier was om een volledige catastrofe te vermijden, had hij voor de kinderen twee pizza's gehaald.

Ze gingen zitten en Erica stond op het punt haar mond te openen om iedereen smakelijk eten te wensen, toen Conny met twee handen in de schaal met garnalen begon te graven. Een, twee, drie grote handen vol belandden op zijn bord en in de schaal lag nog slechts de helft van de oorspronkelijke hoeveelheid.

'Mmm, lekker. Hier zien jullie iemand die wel een garnaaltje lust.' Conny sloeg zich trots op de buik en viel zijn berg garnalen aan.

Patrik, die in één keer de twee kilo peperdure garnalen had opgediend, zuchtte en nam een handjevol garnalen dat op zijn bord bijna geen plaats innam. Erica deed zwijgend hetzelfde en gaf toen de schaal aan Britta, die met een zuur gezicht de rest op haar bord schepte.

Na de mislukte maaltijd maakten ze de bedden in de logeerkamer op en verontschuldigden zich vroeg, met het smoesje dat Erica moest rusten. Patrik liet Conny zien waar de whisky stond en liep opgelucht de trap op naar de rust op de bovenverdieping.

Toen ze zich eindelijk in bed hadden geïnstalleerd, vertelde Patrik wat hij die dag had gedaan. Hij hield zijn werkzaamheden als politieagent al heel lang niet meer geheim voor Erica, want hij wist dat zij nooit iets doorvertelde. Toen hij bij de episode met de twee verdwenen vrouwen kwam, merkte hij dat ze haar oren spitste.

'Ik kan me herinneren dat ik erover heb gelezen. Jullie denken dus dat jullie ze hebben gevonden?'

'Ik ben er vrij zeker van. Anders zou het een veel te groot toeval zijn. Maar pas als we het rapport van de patholoog hebben, kunnen we het goed gaan uitzoeken, tot die tijd moeten we zoveel mogelijk wegen openhouden.'

'Je hebt zeker geen hulp nodig bij het vinden van achtergrondmateriaal?'

Ze draaide zich enthousiast naar hem toe en hij herkende de gloed in haar ogen.

'Nee, nee, nee, je moet het rustig aan doen. Vergeet niet dat je met ziekteverlof bent.'

'Ja, maar mijn bloeddruk was bij de laatste controle weer goed. En ik word gek van het thuiszitten. Ik heb niet eens aan een nieuw boek kunnen beginnen.'

Het boek over Alexandra Wijkner en haar tragische dood was een groot succes geweest en had geleid tot een contract voor een nieuw boek over een echte moordzaak. Dat had enorm veel van haar gevergd, zowel qua werkuren als emotioneel, en nadat het manuscript in mei naar de uitgeverij was gegaan had ze geen puf gehad om aan een nieuw project te beginnen. Een te hoge bloeddruk had de doorslag gegeven en daarom had ze ermee ingestemd het werk aan een nieuw boek uit te stellen tot de baby was geboren. Maar het was niets voor Erica om thuis duimen te draaien.

'Annika is met vakantie, dus zij kan niets doen. En research doen is minder makkelijk dan je denkt. Je moet weten waar je moet zoeken, en ik weet dat. Ik kan toch wel een heel klein beetje gaan kijken...'

'Nee, geen sprake van. Hopelijk vertrekken Conny en zijn wilde aanhang morgenvroeg en daarna kun jij het weer lekker rustig aan doen. En nu moet je stil zijn, want ik wil even met de baby praten. We moeten zijn voetbalcarrière plannen...'

'Of die van haar.'

'Of die van haar. Maar dan wordt het waarschijnlijk golf. Momenteel word je nog niet rijk van damesvoetbal.'

Erica zuchtte, maar ging gehoorzaam op haar rug liggen om de communicatie te vergemakkelijken.

'Merken ze niet dat je stiekem weggaat?'

Johan lag op zijn zij naast Linda en kietelde haar met een strootje in haar gezicht.

'Nee, want Jacob vertrouwt me.' Ze fronste haar voorhoofd en deed de ernstige stem van haar broer na. 'Dat is iets wat hij heeft opgevangen tijdens al die schep-een-goed-contact-met-jongeren-cursussen die hij heeft gevolgd. Het ergste is dat de meesten hem ook nog lijken te geloven, voor sommigen is Jacob hetzelfde als God. Maar als je zonder vader opgroeit, neem je misschien met alles genoegen.' Geïrriteerd sloeg ze het strootje weg waarmee Johan haar plaagde. 'Houd daarmee op.'

'Wat, mag ik je niet een beetje plagen?'

Ze zag dat hij gekwetst was en leunde naar voren om hem als pleister op de wonde te kussen. Ze had gewoon geen goede dag. Ze was die ochtend ongesteld geworden, dus kon ze een week lang niet met Johan naar bed, en het verblijf bij haar brave broer en zijn even brave vrouw werkte haar op de zenuwen.

'Ach, was dit jaar maar vast voorbij, dan kon ik uit dit vervloekte gat vertrekken!'

Ze moesten fluisteren om niet ontdekt te worden in hun schuilplaats op de hooizolder, maar Linda sloeg met haar hand op de planken om haar woorden kracht bij te zetten.

'Wil je ook bij mij weg?'

De gekwetste uitdrukking op Johans gezicht werd erger en Linda had haar tong wel willen afbijten. Als ze de wijde wereld in trok, zou ze iemand als Johan nooit aankijken, maar zolang ze hier was deugde hij als vermaak, meer ook niet. Het was echter niet nodig dat hij dat begreep. Dus rolde ze zich op als een aanhalig jong katje en ging dicht tegen hem aan liggen. Ze kreeg geen reactie, dus pakte ze zijn arm en legde die om haar lichaam. Als uit eigen wil begonnen zijn vingers te wandelen en ze glimlachte inwendig. Mannen waren zo makkelijk te manipuleren.

'Je kunt toch met me meegaan?' Dat kon ze zeggen omdat ze zeker wist dat hij zich nooit zou kunnen losrukken uit Fjällbacka, en vooral niet van zijn broer. Soms vroeg ze zich af of hij wel naar de wc ging zonder het eerst aan Robert te vragen.

Johan antwoordde niet op haar vraag. In plaats daarvan zei hij: 'Heb je met je vader gepraat? Wat vindt hij ervan dat je weg wilt?'

'Wat moet hij zeggen? Hij kan me nog een jaar vasthouden, maar zodra ik achttien ben heeft hij geen bal meer over me te vertellen. En dat irriteert hem mateloos. Soms denk ik dat hij ons in zijn vervloekte rekeningenboeken wil invoeren. Jacob debet, Linda credit.'

'Wat, debet?'

Linda lachte om zijn vraag. 'Dat zijn economische termen, daar hoef jij je niet druk om te maken.'

'Soms vraag ik me af hoe het zou zijn gegaan als ik...' Johans ogen zagen niets toen hij zijn blik op iets achter haar richtte terwijl hij op een strootje kauwde.

'Hoe het was gegaan als wat?'

'Als mijn vader niet al zijn geld was kwijtgeraakt. Dan hadden wij misschien in het landhuis gewoond en had jij met oom Gabriël en tante Laine in het huisje gezeten.'

'Ja, ja, dat zou een fraai gezicht zijn geweest. Mama in het huisje, arm als een kerkrat.'

Linda gooide haar hoofd achterover en lachte zo uitbundig dat Johan haar tot stilte moest manen. Hij wilde niet dat Jacob en Marita hen zouden horen, hun huis lag slechts op een steenworp afstand van de schuur.

'Misschien zou mijn vader dan nog hebben geleefd. En dan had mijn moeder niet alle dagen met haar stomme fotoalbums zitten spelen.'

'Maar hij heeft toch niet vanwege het geld…'

'Dat kun je toch niet weten, jij weet verdomme helemaal niet waarom hij het heeft gedaan!' Johans stem schoot een octaaf omhoog en klonk schel.

'Dat weet toch iedereen.'

Linda vond de wending die het gesprek had genomen niet leuk, maar ze durfde Johan niet in de ogen te kijken. De familievete en alles wat daarbij hoorde was tot nog toe, als door een stilzwijgende overeenkomst, een onderwerp geweest waarover ze niet spraken.

'Iedereen denkt dat hij het weet, maar niemand weet er ook maar iets van. Nu woont jouw broer op onze boerderij, het is allemaal zo klote!'

'Het is toch niet Jacobs schuld dat het zo is gelopen.' Het voelde vreemd om haar broer, over wie ze meestal niets goeds te vertellen had, te verdedigen, maar het hemd was nu eenmaal nader dan de rok. 'Hij heeft de boerderij van opa gekregen en bovendien was hij altijd de eerste om Johannes te verdedigen.'

Johan wist dat ze gelijk had en de woede gleed weer van hem af. Maar soms deed het zo'n pijn als Linda over haar familie sprak, omdat het hem herinnerde aan wat hij zelf had verloren. Hij durfde het niet tegen haar te zeggen, maar vaak vond hij haar behoorlijk ondankbaar. Zij en haar familie hadden alles, zijn familie had niets. Wat was daar rechtvaardig aan?

Tegelijkertijd vergaf hij haar alles. Hij had nog nooit zo intens van iemand gehouden, en de aanblik van haar slanke lichaam naast het zijne zette hem in vuur en vlam. Soms kon hij niet geloven dat het waar was, dat zo'n engel tijd aan hem wilde verspillen. Maar hij wist dat hij zijn geluk beter niet in twijfel kon trekken. In plaats daarvan probeerde hij zijn ogen te sluiten voor de toekomst en te genieten van het heden. Nu trok hij haar dichter naar zich toe en sloot zijn ogen toen hij de geur van haar haar inademde. Hij opende het bovenste knoopje van haar spijkerbroek, maar ze hield hem tegen.

'Ik wil niet, ik ben ongesteld. Laat mij mijn gang maar gaan.'

Ze maakte zijn gulp open en hij ging op zijn rug liggen. Achter zijn gesloten ogen flikkerde de hemel voorbij.

Er was nog maar een dag verstreken sinds ze de dode vrouw hadden gevonden, maar Patrik werd nu al door ongeduld gekweld. Ergens was iemand die zich afvroeg waar de vrouw was. Die daarover nadacht, zich zorgen maakte, de gedachten in steeds bangere banen liet lopen. En het vreselijke was dat de ergste nachtmerrie inderdaad bewaarheid was geworden. Meer dan wat ook wilde hij weten wie de vrouw was, om de mensen die van haar hielden op de hoogte te kunnen stellen. Niets was erger dan de onzekerheid, zelfs de dood niet. Het rouwproces kon pas beginnen als je wist waar je om rouwde. Het zou niet makkelijk zijn voor degene die de boodschap moest brengen – een verantwoordelijkheid die Patrik mentaal al op zich had genomen – maar hij wist dat dat een deel van zijn werk vormde. Verlichten en steunen. Maar vooral, erachter komen wat er met iemands vermiste geliefde was gebeurd.

Martins vruchteloze belronde van gisteren had het identificatiewerk in één klap vele keren moeilijker gemaakt. Ze was niet als vermist opgegeven in een van de naburige districten, dus nu werd het zoekgebied uitgebreid naar heel Zweden, misschien zelfs naar het buitenland. De opdracht leek onmogelijk, maar die gedachte schoof hij snel terzijde. Op dit moment waren zij nog de enige pleitbezorgers voor de onbekende vrouw.

Martin klopte bescheiden op de deur.

'Hoe wil je dat ik verder ga? Zal ik de zoekcirkel uitbreiden, of met de grote steden beginnen, of...?' Hij haalde in een vragend gebaar zijn wenkbrauwen en schouders op.

Patrik voelde ineens de zwaarte van de verantwoordelijkheid voor het onderzoek. Eigenlijk was er niets wat in een bepaalde richting wees, maar ze moesten ergens beginnen.

'Bel met de grote steden. Göteborg is afgehandeld, dus begin maar met Stockholm en Malmö. Het eerste rapport van de Forensische

Eenheid kan elk moment binnenkomen en als we geluk hebben, levert dat misschien iets bruikbaars op.'

'Oké.' Martin sloeg met zijn vlakke hand op de deur toen hij wegging en liep naar zijn kamer. Het doordringende geluid van de bel bij de receptie deed hem omkeren naar de deur om de bezoeker binnen te laten. Normaal gesproken was dat Annika's taak.

Het meisje zag er ongerust uit. Ze was tenger, had twee lange, blonde vlechten en droeg een enorme rugzak.

'*I want to speak to someone in charge.*'

Haar Engels had een zwaar accent en Martin vermoedde dat ze uit Duitsland kwam. Hij gebaarde dat ze binnen kon komen en riep door de hal: 'Patrik, je hebt bezoek!'

Te laat bedacht hij dat hij misschien eerst had moeten vragen waarvoor ze kwam, maar Patrik had zijn hoofd al om de deur van zijn kamer gestoken en het meisje liep zijn kant op.

'*Are you the man in charge?*'

Heel even voelde Patrik de verleiding haar naar Mellberg door te sturen, technisch gezien de hoogste baas, maar hij veranderde van gedachten toen hij haar vertwijfelde gelaatsuitdrukking zag en besloot haar die ervaring te besparen. Een aardig meisje naar Mellberg sturen was als een schaap naar de slachtbank leiden, en zijn natuurlijke beschermersinstinct nam het over.

'*Yes, how can I help you?*'

Hij gebaarde dat ze binnen kon komen en in de stoel voor zijn bureau mocht gaan zitten. Verbazend makkelijk haalde ze de enorme rugzak van haar rug en zette die voorzichtig tegen de muur naast de deur.

'*My English is very bad. You speak German?*'

Patrik dacht even na over zijn schoolduits. Het antwoord hing af van hoe je '*speak German*' definieerde. Hij kon een pilsje bestellen en om de rekening vragen, maar hij dacht niet dat dit meisje hier in de hoedanigheid van serveerster was.

'Een beetje Duits,' antwoordde hij gebrekkig in haar moederstaal en zijn hand maakte het gaat-wel-gebaar.

Ze leek tevreden met dat antwoord en begon langzaam en duidelijk te spreken om hem de kans te geven te begrijpen wat ze zei. Tot zijn verbazing merkte Patrik dat hij meer verstond dan hij had verwacht en hoewel hij niet alle woorden kende, begreep hij de samenhang van haar verhaal.

Ze stelde zich voor als Liese Forster. Kennelijk was ze een week geleden ook al op het bureau geweest om haar vriendin Tanja als vermist op te geven. Ze had met een politieagent gesproken, hier op het bureau, en te horen gekregen dat hij contact met haar zou opnemen als hij meer wist. Nu had ze een hele week nog steeds niets gehoord. De ongerustheid stond met grote letters op haar gezicht geschreven en Patrik nam haar verhaal uiterst serieus.

Tanja en Liese hadden elkaar in de trein naar Zweden ontmoet. Ze kwamen allebei uit Noord-Duitsland. Ze hadden vanaf het begin af aan een heel goed contact gehad, Liese zei dat ze als zusjes waren geworden. Liese had geen vastomlijnde plannen voor haar trip door Zweden en daarom had Tanja voorgesteld dat ze mee zou gaan naar een plaatsje aan de Zweedse westkust dat Fjällbacka heette.

'Waarom precies Fjällbacka?' vroeg Patrik in moeizaam Duits.

Het antwoord kwam aarzelend. Dat was het enige onderwerp waar Tanja niet frank en vrij met haar over had gesproken, en Liese moest bekennen dat ze het niet goed wist. Tanja had alleen verteld dat ze daar iets moest doen. Als dat was afgehandeld konden ze hun reis door Zweden voortzetten, maar ze moest daar eerst iets zoeken, had ze gezegd. Het onderwerp leek nogal gevoelig en Liese had niet doorgevraagd. Ze was gewoon blij met het reisgezelschap en was graag meegegaan, ondanks Tanja's onduidelijke motivatie.

Ze hadden drie dagen op de camping van Sälvik gestaan toen Tanja verdween. Ze was 's morgens vertrokken met de mededeling dat ze iets moest doen en tegen de middag weer terug zou zijn. Het werd middag en het werd avond en nacht, en naarmate de wijzers van de klok voortbewogen, was Liese steeds ongeruster geworden. De volgende ochtend had ze bij het toeristenbureau aan het Ingrid Bergmanstorg de weg naar het dichtstbijzijnde politiebureau gevraagd. De aangifte was genoteerd en nu vroeg ze zich af wat ermee was gebeurd.

Patrik staarde het meisje onthutst aan. Voor zover hij wist hadden ze geen aangifte van een vermissing binnengekregen, maar nu voelde hij hoe zich een bal in zijn maag vormde. Het antwoord op zijn vraag hoe Tanja eruitzag, bevestigde zijn bange vermoedens. Alles wat Liese over haar vriendin vertelde, kwam overeen met de dode vrouw in de Koningskloof, en toen hij met een bezwaard hart een foto van de dode vrouw liet zien, bevestigde Lieses gesnik zijn vermoedens. Martin hoefde niet verder te bellen en iemand zou verantwoordelijk worden gesteld voor het feit dat Tanja's verdwijning niet correct was gerapporteerd. Er waren onnodig veel kostbare uren verspild, en Patrik dacht wel te weten in welke richting hij de schuldige moest zoeken.

Patrik was al naar zijn werk gereden toen Erica ontwaakte uit een slaap die voor de verandering diep en droomloos was geweest. Ze keek op de wekker. Het was negen uur en ze hoorde geen geluiden van de benedenverdieping.

Een poosje later stond de koffie te pruttelen en was Erica begonnen voor haar gasten en zichzelf de ontbijttafel te dekken. Ze kwamen een voor een de keuken binnen, de een nog slaapdronkener dan de ander, maar ze knapten al snel op toen ze zich te goed deden aan het hun voorgezette ontbijt.

'Gaan jullie vandaag verder naar Koster?' Erica stelde haar vraag zowel uit beleefdheid als in de hoop van hen af te zijn.

Conny wisselde een snelle blik met zijn vrouw en zei: 'Nee... eh, Britta en ik hebben het er gisteravond over gehad en omdat we hier toch zijn en het zulk mooi weer is, wilden we vandaag eigenlijk naar een van de eilanden gaan. Jullie hebben toch een boot?'

'Ja, die hebben we inderdaad...' erkende Erica tegen haar zin. 'Maar ik weet niet zeker of Patrik die wel wil uitlenen. Met het oog op de verzekering en zo...' verzon Erica in de haast. De gedachte dat ze ook maar een paar uur langer zouden blijven dan verwacht, deed haar benen trillen van frustratie.

'Nee, maar we dachten dat jij ons misschien naar een mooi plekje kon brengen, dan bellen we wel als we weer terug willen.'

Dat Erica op dat moment geen woorden vond, vatte Conny op als een stille bevestiging. Erica riep geduld aan van hogere machten en hield zichzelf voor dat een paar uur langer geen confrontatie met de familie waard was. Gelukkig hoefde ze niet de hele dag met hen op te trekken en hopelijk waren ze vertrokken als Patrik van zijn werk thuiskwam. Ze had al besloten wat lekkers te koken en er een gezellig rustig avondje met zijn tweeën van te maken, Patrik had tenslotte nog vakantie. En wie wist hoeveel tijd ze nog voor elkaar zouden vinden als de baby er was – ze moesten nu maar van de gelegenheid gebruikmaken.

Toen de familie Flood na veel gedoe hun strandspullen had ingepakt, begaven ze zich naar de plek waar de boot lag. De kleine blauwe houten sloep was laag, en het was moeilijk er vanaf de kade bij Badholmen in te klimmen; het kostte Erica met haar lichaamsomvang heel wat moeite. Na een uur te hebben rondgevaren op zoek naar een 'lege klip, of nog liever een strand' voor de gasten, vond ze uiteindelijk een kleine baai die de andere toeristen miraculeus genoeg leken te hebben gemist, en daarna koerste ze weer naar huis. Het bleek niet mogelijk zich zonder hulp de kade op te hijsen, dus moest ze een paar langskomende badgasten vernederd om assistentie vragen.

Bezweet, warm, moe en boos reed ze naar huis, maar ze bedacht zich vlak voordat ze het clubhuis van de zeilvereniging passeerde en sloeg snel linksaf in plaats van rechtdoor te rijden naar Sälvik. Ze reed rechts om de berg heen en parkeerde voor de bibliotheek. Ze zou knettergek worden als ze de hele dag thuis zat te niksen. Patrik kon later protesteren, maar hij kreeg hulp met de research, of hij wilde of niet!

Toen Ernst op het bureau kwam, liep hij met trillende knieën naar Hedströms kamer. Patrik had hem op zijn mobieltje gebeld en hem met graniet in zijn stem opgedragen direct naar het bureau te komen. Hij vermoedde gevaar. Hij ging zijn geheugen na om erachter te komen waarop hij betrapt kon zijn, maar moest bekennen dat de keuzemogelijkheid te groot was. Hij kon zich als geen ander aan zijn verplichtingen onttrekken en had laksheid tot een kunstvorm verheven.

'Ga zitten.'

Gedwee gehoorzaamde hij Patriks bevel, maar met een koppig gezicht om zich tegen de naderende storm te beschermen.

'Wat is er zo dringend? Ik zat midden in een zaak en alleen omdat jij toevallig de verantwoordelijkheid voor een onderzoek hebt, kun je mij niet zomaar hierheen commanderen.'

Aanval was de beste verdediging, maar naar Patriks steeds donker wordende gelaatsuitdrukking te oordelen was dat in dit geval de verkeerde manier.

'Heb jij een week geleden de aangifte van een verdwenen Duitse toeriste behandeld?'

Verdomme. Dat was hij vergeten. Dat kleine blonde meisje was vlak voor lunchtijd binnengekomen, en hij had haar afgescheept zodat hij weg kon om te eten. Meestal was er ook niets aan de hand met die verdwenen vrienden, meestal lagen ze stomdronken in een sloot of waren ze met iemand mee naar huis gegaan. Verdomme. Hij wist dat hij hiervoor zou boeten. Wat stom dat hij dit niet in verband had gebracht met de vrouw die ze gisteren hadden gevonden, maar achteraf was het altijd makkelijk praten. Nu moest hij de schade zien te beperken.

'Ja, eh, ik geloof van wel.'

'Je gelooft van wel?!' Patriks gewoonlijk zo rustige stem bulderde door de kleine kamer. 'Of je hebt die aangifte in behandeling genomen of je hebt dat niet gedaan. Iets anders kan niet. En als je een aangifte behandeld hebt, waar... is die dan verd...' Patrik was zo ziedend, dat hij over zijn woorden struikelde. 'Besef je hoe dit het onderzoek gefrustreerd kan hebben?'

'Ja, natuurlijk was dat niet zo handig, maar hoe had ik moeten weten...'

'Je hoeft helemaal niets te weten, je moet gewoon je werk doen! Ik hoop dat ik dit niet nog een keer hoef mee te maken. En nu moeten we kostbare uren inhalen.'

'Is er iets wat ik kan...' Ernst liet zijn stem zo onderdanig mogelijk klinken en zag er zo berouwvol uit als hij maar kon. Vanbinnen vloekte hij omdat hij door een jong broekje op deze manier werd toegesproken, maar omdat Hedström momenteel Mellbergs oor leek te hebben, zou het dom zijn de situatie nog erger te maken.

'Jij hebt genoeg gedaan. Martin en ik gaan verder met het onderzoek, jij mag de binnenkomende zaken afhandelen. We hebben een aangifte van een inbraak in een villa in Skeppstad binnengekregen. Mellberg vindt het goed dat jij daarheen gaat.'

Ten teken dat het gesprek was afgelopen, keerde Patrik Ernst de rug toe en begon koortsachtig en luid op zijn toetsenbord te tikken.

Morrend liep Ernst weg. Het was toch niet zo erg dat hij was vergeten één klein rapportje te schrijven. Als de gelegenheid zich voordeed zou hij eens een keertje met Mellberg overleggen of het wel verstandig was om iemand met zo'n labiel humeur de leiding over een moordonderzoek te geven. Ja, verdomme, dat zou hij zeker doen.

De puistige jongeling voor hem was een voorbeeld van lethargie. De hopeloosheid stond in zijn gelaatstrekken gegrift en de zinloosheid van het bestaan was hem allang geleden ingestampt. Jacob herkende de tekenen en zag die als een uitdaging. Hij wist dat hij de macht bezat om het leven van de jongen een heel andere wending te geven; hoe goed hij daarin slaagde hing alleen af van de vraag of de jongen zelf enig verlangen koesterde om het goede pad te kiezen.

Jacobs werk met de jongeren was binnen de geloofsgemeenschap wijd en zijd bekend en werd alom gerespecteerd. Vele gebroken zielen hadden het terrein van de boerderij betreden, om het als productieve sociale burgers weer te verlaten. Het religieuze aspect werd echter voor de omgeving afgezwakt om de overheidssubsidies niet in gevaar te brengen. Er waren altijd mensen zonder godsgeloof die 'sekte' riepen zodra iets buiten hun fantasieloze visie op religie viel.

Het respect dat hij genoot had hij grotendeels zelf verdiend, maar Jacob kon niet ontkennen dat een deel ervan ook kon worden toegeschreven aan het feit dat zijn grootvader Ephraïm Hult, 'de Predikant' was. Zijn grootvader had weliswaar niet tot deze gemeenschap behoord, maar zijn reputatie had zich langs de kust van de provincie Bohuslän zo wijd verspreid, dat het weerklank vond bij alle vrijkerkelijke groeperingen. De rechtzinnige Zweedse Kerk beschouwde de Predikant natuurlijk als een charlatan, maar dat deed iedereen die op zondag voor lege kerkbanken preekte, dus daar trokken de vrijere christelijke groeperingen zich niet veel van aan.

Het werk met de onaangepaste en verslaafde jongeren had Jacobs leven bijna een decennium lang inhoud gegeven, maar het verschafte hem niet langer dezelfde voldoening als vroeger. Hij had de activiteiten op de cursusboerderij in Bullaren opgezet, maar het werk vulde niet langer de leegte waarmee hij zijn hele leven had geleefd. Hij miste iets, en de jacht naar dit onbekende 'iets' beangstigde hem. Hij, die zo lang had gemeend op vaste grond te staan, voelde nu dat het bedenkelijk schommelde onder zijn voeten, en hij huiverde bij de gedachte aan de afgrond die zich kon openen en hem helemaal kon verzwelgen, zowel zijn lichaam als zijn ziel. Hoe vaak had hij niet vol overtuiging wijsneuzig opgemerkt dat twijfel het belangrijkste gereedschap van de duivel was, zonder te vermoeden dat hij zich op zekere dag zelf in deze situatie zou bevinden?

Hij stond op en ging met zijn rug naar de jongen staan, staarde door het raam dat naar het meer uitkeek, maar zag alleen zijn eigen spiegelbeeld in het glas. Een sterke, gezonde man, dacht hij ironisch. Zijn donkere haar was kort, Marita, die hem thuis knipte, deed dat echt goed. Hij had fijne gelaatstrekken, gevoelig maar niet onmannelijk. Hij was tenger noch bijzonder stevig gebouwd, de definitie van een normaal postuur. Maar Jacobs grootste waarde waren zijn ogen. Die waren helder blauw en hadden het unieke vermogen om tegelijk mild en indringend te kijken. Die ogen hadden hem geholpen velen van het juiste pad te overtuigen. Hij wist dat, en hij maakte er gebruik van.

Maar vandaag niet. Zijn eigen demonen maakten het moeilijk om zich op de problemen van iemand anders te concentreren, en het was makkelijker om de woorden van de jongen tot zich te nemen als hij hem niet hoefde aan te kijken. Jacob liet zijn spiegelbeeld met zijn blik los en keek naar het Bullarmeer en het bos dat zich mijlenver daarachter uitstrekte. Het was zo heet, dat hij de lucht boven het water zag vibreren. Ze hadden de grote boerderij voor weinig geld kunnen kopen omdat die na jaren van verwaarlozing helemaal vervallen was geweest, en na vele uren gemeenschappelijk zwoegen hadden ze haar gerenoveerd tot haar huidige toestand. Het was er niet luxueus, maar wel fris, schoon en gezellig. De vertegenwoordiger van de gemeente liet zich altijd imponeren door het huis en de mooie omgeving en oreerde graag over het positieve effect hiervan op al die arme onaangepaste jongens en meisjes. Tot nu toe was het nooit een probleem geweest om subsidies te krijgen, en ze hadden in de tien jaar dat ze bezig waren goed werk verricht. Het probleem zat dus alleen in zijn hoofd. Of zat het in zijn ziel?

Misschien had de verleiding in het gewone leven hem op een beslissende tweesprong in de verkeerde richting geduwd. Hij had er nooit aan getwijfeld om zijn zusje in zijn huis op te nemen. Wie anders dan hij zou haar innerlijke onrust kunnen lenigen en haar rebelse temperament tot rust brengen? Maar in de psychologische strijd was ze zijn meerdere gebleken, en terwijl haar ik elke dag sterker werd, voelde hij hoe de voortdurende irritatie zijn fundament uitholde. Soms betrapte hij zich erop dat hij zijn handen vouwde met de gedachte dat ze een dom, simpel meisje was dat het verdiende dat de familie haar aan haar lot overliet. Maar die onchristelijke manier van denken leidde altijd tot uren van zelfonderzoek en ijverige bijbelstudie in de hoop zijn kracht terug te vinden.

Naar buiten toe was hij nog steeds een rots van geborgenheid en vertrouwen. Jacob wist dat de mensen in zijn omgeving hem zagen als iemand op wie ze altijd konden leunen, en hij was nog niet bereid dat beeld van zichzelf op te offeren. Sinds hij de ziekte had overwonnen die hem een tijd behoorlijk had geteisterd, vocht hij om de controle over het bestaan te behouden. Maar de moeite die het hem kostte om de schone schijn op te houden, teerde zijn laatste geestelijke vermogens uit, en de afgrond kwam met rasse schreden naderbij. Wederom dacht hij na over de ironie dat de cirkel, na zoveel jaren, werd gesloten. Het bericht had hem één tel lang tot het onmogelijke gebracht. Hij twijfelde. Hoewel de twijfel maar heel even had geduurd, had die een klein, klein scheurtje gevormd in het sterke web dat zijn bestaan bijeen had gehouden, en die scheur werd steeds groter.

Jacob joeg deze gedachten weg en dwong zich zich op de jongeling en diens erbarmelijke bestaan te concentreren. De vragen die hij stelde kwamen automatisch, evenals de invoelende glimlach die hij altijd toonde aan een nieuw zwart schaap in de kudde.

Nog een dag. Nog een kapot mens om te repareren. Er kwam nooit een eind aan. Maar zelfs God mocht op de zevende dag toch rust nemen?

Nadat ze het inmiddels roodverbrande gezin van het strandje had opgehaald, wachtte Erica naarstig op Patriks thuiskomst. Ze zocht ook naar tekenen dat Conny en de zijnen hun spullen gingen pakken, maar het was al halfzes en ze maakten geen aanstalten om te vertrekken. Ze besloot het nog even aan te zien en een tactvolle manier te bedenken om te vragen of ze niet gauw moesten vertrekken, maar het geschreeuw van de kinderen bezorgde haar een flinke hoofdpijn en het moest allemaal niet te lang meer duren. Opgelucht hoorde ze Patrik de stoep opklimmen en ze liep op hem af om hem te begroeten.

'Dag lieverd.' Ze moest op haar tenen staan om hem een zoen te kunnen geven.

'Hoi. Zijn ze nog niet weg?' Patrik sprak zachtjes en keek vragend naar de woonkamer.

'Nee, en ze lijken ook geen pogingen in die richting te ondernemen. Wat moeten we in godsnaam doen?' Erica antwoordde met even zachte stem en sloeg haar ogen ten hemel om aan te geven dat ze het maar niks vond.

'Ze kunnen toch niet nog een dag blijven zonder dat te vragen? Of kunnen ze dat wel?' vroeg Patrik met een ongerust gezicht.

Erica snoof. 'Je moest eens weten hoeveel gasten mijn ouders door de jaren heen 's zomers kregen. Ze zeiden altijd dat ze maar voor even kwamen aanwippen, om vervolgens een hele week te blijven hangen in de verwachting volledig te worden verzorgd en gratis eten te krijgen. Mensen zijn niet goed wijs, en de familie is altijd het ergst.'

Patrik keek verschrikt. 'Ze kunnen toch geen week blijven! We moeten iets doen. Kun jij niet zeggen dat ze moeten vertrekken?'

'Ik, waarom moet ík dat doen?'

'Het is jouw familie.'

Erica moest toegeven dat hij daar gelijk in had. Ze moest dus maar gewoon door de zure appel heen bijten. Ze liep de woonkamer in om naar de plannen van de gasten te informeren, maar zo ver kwam ze niet.

'Wat eten we?' Vier paar ogen keken haar vol verwachting aan.

'Eh...' Erica werd helemaal van haar apropos gebracht door deze brutaliteit. In gedachten maakte ze snel de inventaris van de vriezer op. 'Spaghetti met gehaktsaus. Over een uur.'

Erica wilde zichzelf wel een trap voor haar achterste geven toen ze terugliep naar Patrik in de keuken.

'Wat zeiden ze? Wanneer vertrekken ze?'

Erica keek Patrik niet aan toen ze zei: 'Dat weet ik niet. Maar over een uur eten we spaghetti met gehaktsaus.'

'Heb je niets gezegd?' Nu was het Patriks beurt om zijn ogen ten hemel te slaan.

'Het is niet zo makkelijk, probeer het zelf maar eens.' Erica brieste geïrriteerd en begon met een hoop lawaai potten en pannen tevoorschijn te halen. 'We moeten nog een avond doorbijten, ik zeg het ze morgen. Ga jij nu maar uien snijden, ik kan niet in mijn eentje voor zes mensen koken.'

Ze waren een poosje in een drukkende stilte bezig, tot Erica zich niet langer kon inhouden. 'Ik ben vandaag in de bibliotheek geweest en heb materiaal meegenomen waar jij misschien wat aan hebt. Het ligt daar.' Ze knikte met haar hoofd naar de keukentafel. Daar lag een keurige stapel kopieën.

'Ik zei toch dat je niet moest...'

'Ja, ja, ik weet het. Maar gebeurd is gebeurd en het was echt leuk om weer eens wat anders te doen dan hier thuis naar de muren te staren. Je moet niet zeuren.'

Patrik had inmiddels geleerd wanneer hij zijn mond moest houden, hij ging aan de keukentafel zitten en begon het materiaal door te bladeren. Hij las met grote belangstelling de krantenartikelen over de verdwijning van de twee meisjes.

'Geweldig, wat goed! Ik neem dit morgen allemaal mee naar het bureau om het wat grondiger door te lezen, maar het ziet er prima uit.'

Hij liep naar Erica die bij het fornuis stond, ging achter haar staan en legde zijn armen om haar dikke buik. 'Ik wil helemaal niet zeuren, ik ben alleen maar bezorgd voor jou en de baby.'

'Dat weet ik wel.' Erica draaide zich naar hem om en sloeg haar armen om zijn hals. 'Maar ik ben niet van porselein, moet je weten Als de vrouwen vroeger op de akkers konden werken tot ze in principe ter plekke moesten bevallen, kan ik in een bibliotheek best bladzijden omslaan zonder dat er iets met ons gebeurt.'

'Ja, oké, ik weet het.' Hij zuchtte. 'Als we maar van onze kostgangers afkomen, dan hebben wij wat meer tijd voor elkaar. En je moet beloven dat je het zegt als je wilt dat ik een dag thuisblijf. Ze weten op het bureau dat ik vrijwillig aan het werk ben en dat jij voorgaat.'

'Ik beloof het. Maar nu moet je even helpen het eten klaar te maken, dan worden de kinderen misschien wat rustiger.'

'Dat kan ik me nauwelijks voorstellen. Misschien moeten we ze een whisky-ijsje geven, dan vallen ze vast gauw in slaap.' Patrik glimlachte samenzweerderig.

'Wat ben jij erg. Schenk maar een glas in voor Conny en Britta, dan blijven die tenminste in een goed humeur.'

Patrik deed wat ze vroeg en keek met een treurige blik naar het snel gedaalde niveau in de fles met zijn beste maltwhisky. Als ze nog een paar dagen bleven, zou zijn whiskyverzameling nooit meer dezelfde zijn.

Zomer 1979

Met de grootst mogelijke voorzichtigheid opende ze haar ogen. Een barstende hoofdpijn veroorzaakte pijnscheuten tot in haar haarwortels. Maar het vreemde was dat ze niets zag toen ze haar ogen opende. Er was nog steeds alleen maar compacte duisternis. In een moment van paniek dacht ze dat ze blind was geworden. Misschien was de zelfgestookte brandewijn die ze gisteren had gedronken niet goed geweest, daar had ze verhalen over gehoord, over jongeren die blind werden van zelfgestookte alcohol. Na een paar tellen werd de omgeving vaag zichtbaar en ze begreep dat er niets mis was met haar ogen, maar dat ze zich bevond op een plek waar geen licht was. Ze keek omhoog om een sterrenhemel of een maansikkel te zoeken, voor het geval ze ergens buiten lag, maar ze realiseerde zich direct dat het 's zomers nooit zo donker werd dat je het tere noordse zomernachtlicht niet kon zien.

Ze voelde aan de ondergrond waarop ze lag en greep in zanderige aarde, die ze tussen haar vingers door liet sijpelen. De aarde rook sterk naar humus, een zoete, misselijkmakende geur, en het drong langzaam tot haar door dat ze zich onder de grond bevond. De paniek sloeg toe. Het gevoel was claustrofobisch. Zonder te weten hoe groot de ruimte was, had ze het gevoel dat de muren langzaam op haar afkwamen, haar insloten. Ze krabbelde aan haar hals toen ze het gevoel kreeg dat er bijna geen lucht meer was, maar vervolgens dwong ze zichzelf een paar keer rustig en diep in te ademen om de paniek te bedwingen.

Het was koud en ze besefte opeens dat ze naakt was, op haar slipje na. Haar lichaam deed op verschillende plekken pijn en ze huiverde terwijl ze haar armen over elkaar sloeg en haar knieën tot aan haar kin optrok. De eerste paniek maakte nu plaats voor een zo hevige angst dat ze het gevoel had dat die aan haar botten knaagde. Hoe was ze hier terechtgekomen? En waarom? Wie had haar uitgekleed? Het enige dat haar hersenen haar konden antwoorden, was dat ze het antwoord op deze vragen waarschijnlijk niet wilde weten. Er was haar iets ergs overkomen en ze wist niet wat, en dat maakte de verlammende angst vele malen erger.

Over haar hand schoof een streep licht en automatisch richtte ze haar ogen op de bron hiervan. In het diepdonkere zwart was een klein streepje licht te zien en ze zette zich ertoe op te staan en schreeuwde om hulp. Geen reactie. Ze ging op haar tenen staan en probeerde de lichtbron aan te raken, maar kwam er niet eens in de buurt. Er drupte iets op haar opgeheven gezicht. Waterdruppels werden een straaltje en ze merkte ineens dat ze enorme dorst had. Ze reageerde instinctief en opende haar mond om de drank in zich op te nemen, gulzig, met wijdopen mond. Eerst stroomde het meeste over haar hals, maar na een poosje had ze de goede techniek te pakken en dronk ze gretig. Toen leek het alsof alles bedekt werd door een nevel, en de ruimte begon te draaien. Daarna was er slechts duisternis.

❄

Linda werd voor de verandering vroeg wakker, maar probeerde toch nog wat te slapen. Het was gisteravond, of gisternacht om precies te zijn, laat geworden met Johan en ze voelde zich een beetje katerig door het slaapgebrek. Voor het eerst in maanden hoorde ze regen op het dak. De kamer die Jacob en Marita voor haar hadden ingericht, lag precies onder de nok en het geluid van de regen op de dakpannen was zo luid dat ze het gevoel had dat het tussen haar slapen echode.

Ze ontwaakte voor het eerst in tijden in een koele slaapkamer. De hitte had bijna twee maanden aangehouden en dat was een record, deze zomer was de heetste in honderd jaar. Aanvankelijk had ze de zengende zon verwelkomd, maar de bekoring was weken geleden alweer verdwenen, en ze was het feit dat ze elke ochtend tussen van zweet doorweekte lakens wakker werd gaan haten. De frisse, koele lucht die nu onder de dakbalken door naar binnen joeg, was daarom heel aangenaam. Linda wierp de dunne deken van zich af en liet haar lichaam de behaaglijke temperatuur voelen. Hoewel het helemaal niets voor haar was, besloot ze op te staan voor iemand haar het bed uit kwam jagen. Het was misschien wel gezellig om een keertje niet alleen te ontbijten. Vanuit de keuken klonk het gerammel van de ontbijtspullen die werden klaargezet, en ze trok een korte kimono aan en stak haar voeten in een paar pantoffels.

Beneden werd haar vroege komst verwelkomd door verbaasde gezichten. Het hele gezin was daar verzameld, Jacob, Marita, William en Petra, en hun gedempte gesprek werd abrupt afgebroken toen Linda op een van de lege stoelen ging zitten en een boterham begon te smeren.

'Wat leuk dat je ons een keer gezelschap wilt houden, maar ik zou het op prijs stellen als je wat meer kleren aantrok. Denk aan de kinderen.'

Jacob was zo vervloekt schijnheilig dat ze er misselijk van werd. Alleen om hem te pesten liet ze de dunne kimono een eindje openvallen zodat een glimp van haar ene borst zichtbaar werd. Jacob werd witheet van woede, maar om de een of andere reden bond hij de strijd met haar niet aan en liet haar begaan. William en Petra keken haar gefascineerd aan en Linda trok gekke bekken terug waarop ze in een giechelbui uitbarstten. Het waren eigenlijk heel schattige kinderen, dat moest ze toegeven, maar Jacob en Marita zouden hen spoedig verpesten. Aan het eind van hun religieuze opvoeding zou er geen levensvreugde meer over zijn.

'Rustig. Jullie moeten tijdens het eten netjes aan tafel zitten. Haal je benen van de stoel, Petra, en zit als een grote meid. En jij doet je mond dicht als je eet, William. Ik wil je eten niet zien.'

De lach verdween van de gezichten, en de kinderen gingen met lege, starende ogen rechtop zitten als twee tinnen soldaatjes. Linda zuchtte inwendig. Soms kon ze echt niet begrijpen dat Jacob en zij familie waren. Ze kende geen broer en zus die zo verschillend waren als Jacob en zij, daarvan was ze overtuigd. Wat het zo onrechtvaardig maakte, was dat hij de lieveling van hun ouders was en voortdurend de hemel in werd geprezen, terwijl er op haar alleen maar werd gevit. Zij kon er toch niets aan doen dat ze een ongepland nakomertje was toen haar ouders zich er al op hadden ingesteld dat de jaren met kleine kinderen achter hen lagen? Of dat Jacobs ziekte, zoveel jaar voor haar geboorte, ervoor had gezorgd dat ze dat niet nog een keer wilden meemaken? Ze begreep best dat het heel moeilijk was geweest toen hij bijna doodging, maar daar hoefde zij toch niet voor gestraft te worden? Zij had hem tenslotte niet ziek gemaakt.

Jacob was tijdens zijn ziekte enorm vertroeteld en dat was gewoon doorgegaan, ook toen hij weer helemaal gezond was. Alsof hun ouders elke dag van zijn leven als een godsgeschenk beschouwden, terwijl haar leven alleen maar tot ergernis en problemen leidde. Om maar niet te spreken van opa en Jacob. Ze begreep best dat er tussen hen een bijzondere band bestond na wat opa voor Jacob had gedaan, maar dat hoefde toch niet te betekenen dat er voor zijn andere kleinkinderen helemaal geen plaats was? Omdat opa was overleden toen ze nog heel klein was, had zij nooit blootgestaan aan zijn onverschilligheid, maar ze wist van Johan dat hij en Robert niet bij hem in de gunst hadden gestaan en hadden moeten toezien hoe alle aandacht naar hun neef Jacob ging. Dat was haar vast en zeker ook overkomen als hij nog steeds had geleefd.

Deze onrechtvaardigheid riep hete tranen op achter haar oogleden, maar Linda drong ze als gebruikelijk terug. Ze gunde het Jacob niet dat hij haar tranen zag en daarmee opnieuw de kans kreeg om verlosser van de wereld te spelen. Ze wist dat zijn vingers jeukten om haar leven de juiste richting op te sturen, maar ze ging nog liever dood dan net zo'n saaie piet te worden als hij. Brave meisjes kwamen misschien in de hemel, maar zij was van plan veel en veel verder te komen. Ze ging liever met veel gedonder en geraas ten onder dan als een zacht ei door het leven te moeten gaan, zoals haar oudere broer, die zich veilig voelde omdat iedereen van hem hield.

'Heb je plannen voor vandaag? Ik zou best wat hulp kunnen gebruiken.'

Marita smeerde rustig nog wat boterhammen voor de kinderen terwijl ze haar vraag aan Linda stelde. Ze was een moederlijke vrouw, met een alledaags uiterlijk en was iets te zwaar. Linda had altijd gevonden dat Jacob iets beters had kunnen krijgen. In gedachten zag ze haar broer en schoonzus in hun slaapkamer. Ze deden het vast en zeker één keer per maand, plichtsgetrouw, zonder licht en haar schoonzus in een lang nachthemd met lange mouwen. Het beeld deed haar giechelen en de anderen keken haar vragend aan.

'Hallo, Marita vroeg je iets. Kun je haar vandaag in huis helpen? Het is hier geen pension, hoor.'

'Ja, ja, ik had het de eerste keer al gehoord. Je hoeft niet zo te zeuren. En nee, ik kan vandaag niet helpen. Ik ga...' Ze zocht naar een goed excuus. 'Ik moet naar Scirocco kijken. Hij liep gisteren een beetje mank.'

Haar excuus werd met sceptische blikken ontvangen en Linda zette haar meest strijdlustige gezicht op, klaar voor de confrontatie. Maar tot haar verbazing toonde niemand vandaag de kracht om die strijd met haar aan te gaan, hoewel ze overduidelijk had gelogen. De overwinning – en nog een dag in ledigheid – was voor haar.

Het verlangen om buiten in de regen te gaan staan met zijn gezicht naar de hemel terwijl het water over hem heen stroomde, was onweerstaanbaar. Maar sommige dingen kon je als volwassene niet doen, en al helemaal niet als je op je werk was, dus Martin moest zijn kinderlijke impuls onderdrukken. Maar heerlijk was het wel. Al het benauwde, hete, dat hen de afgelopen twee maanden gevangen had gehouden, werd met deze ene regenbui weggespoeld. Hij kon de geur van de regen ruiken door het raam dat hij wijd open had gezet. Er spatten druppels op het deel van het bureau dat er het dichtstbij stond, maar hij had alle papieren die daar lagen weggehaald, dus dat gaf niets. Het was het waard om de geur van verkoeling te ruiken.

Patrik had gebeld om te zeggen dat hij zich had verslapen, dus Martin was voor de verandering als eerste aanwezig geweest. Na de onthulling van Ernsts blunder was de stemming op het bureau gisteren bedrukt geweest, en het was prettig om nu even rustig over de laatste ontwikkelingen na te kunnen denken. Hij benijdde Patrik niet, die de familie van de vrouw op de hoogte moest brengen, maar hij wist dat zekerheid een eerste stap was in het helende deel van het rouwproces. Waarschijnlijk wisten de familieleden niet eens dat de vrouw was verdwenen, het bericht zou als een schok komen. Maar eerst moesten ze de familie zien te vinden, en Martin moest vandaag contact opnemen met zijn collega's in Duitsland. Hij hoopte dat ze in het Engels konden communiceren, anders had hij een probleem. Zijn schoolduits was goed genoeg om te kunnen beoordelen dat ze aan Patriks kennis van het Duits niet veel hadden; zijn collega had zich met horten en stoten door het gesprek met Tanja's vriendin geworsteld.

Hij wilde net de hoorn van de haak nemen om naar Duitsland te bellen, toen de telefoon met een doordringend geluid overging. Zijn hart ging wat sneller toen hij de naam van de Forensische Eenheid in Göteborg hoorde, en hij strekte zijn arm uit naar zijn vol gekliederde notitieblok. Eigenlijk hoorde de eenheid verslag uit te brengen aan Patrik, maar omdat die nog niet aanwezig was, moesten ze genoegen nemen met Martin.

'Jullie hebben het maar druk in die uithoek van jullie.' Patholoog Tord Pedersen doelde op de sectie die hij anderhalf jaar geleden op Alex Wijkner had verricht; dat was het begin geweest van een van de weinige moordonderzoeken die de politie in Tanumshede in haar geschiedenis had uitgevoerd.

'Ja, je gaat je afvragen of er misschien iets in het water zit. Straks hebben we Stockholm ingehaald wat de moordstatistieken betreft.'

De licht humoristische toonval was voor Martin, net als voor vele anderen die beroepsmatig vaak met de dood en ongelukken te maken hadden, een manier om met de dagelijkse werksituatie om te gaan. Het besef dat het werk een serieuze aangelegenheid was, werd er niet minder door.

'Hebben jullie al sectie op haar kunnen verrichten? In deze hitte worden toch veel vaker moorden gepleegd dan anders?' ging Martin verder.

'Ja, in principe heb je gelijk. We merken dat mensen vanwege de warmte opvliegender zijn, maar toevallig is het de laatste dagen nogal rustig geweest, dus we konden sneller met jullie zaak aan de gang dan we hadden gedacht.'

'Vertel maar.' Martin hield zijn adem in. Het succes van het onderzoek hing in hoge mate af van wat de Forensische Eenheid te melden had.

'Nou, jullie moordenaar is absoluut geen sympathiek figuur. De doodsoorzaak kon vrij eenvoudig worden vastgesteld, ze is gewurgd, maar wat er met haar is gebeurd voordat ze doodging, is pas echt opzienbarend.' Pedersen stopte even en het klonk alsof hij een bril opzette.

'Ja?' Martin kon zijn ongeduld niet verbergen.

'Even kijken... Jullie krijgen dit ook via de fax binnen... hm,' Pedersen las en Martins hand raakte bezweet omdat hij de hoorn zo krampachtig vasthield.

'Ja, hier heb ik het. Veertien fracturen op verschillende plaatsen van het skelet. Te oordelen naar de variërende mate van genezing die heeft plaatsgevonden, allemaal toegebracht voordat de dood intrad.'

'Je bedoelt...'

'Ik bedoel dat iemand haar armen, benen, vingers en tenen in de loop van vermoedelijk een week heeft gebroken.'

'Zijn ze op hetzelfde moment of op verschillende tijdstippen gebroken, kunnen jullie dat zien?'

'Zoals ik al zei, varieert de genezingsgraad van de fracturen onderling, dus volgens mijn professionele mening zijn de breuken gedurende de hele periode ontstaan. Ik heb een schets gemaakt van de volgorde waarin de botbreuken hebben plaatsgevonden. Die vind je bij het materiaal dat ik jullie heb gefaxt. Ze had ook flink wat oppervlakkige snijwonden over haar lichaam, eveneens in variërende stadia van genezing.'

'Godverdomme.' Het spontane commentaar ontglipte Martin.

'Ik ben geneigd het met je opmerking eens te zijn.' Pedersens stem klonk droog. 'De pijn die ze heeft gevoeld, moet ondraaglijk zijn geweest.'

Ze overpeinsden de wreedheid van de mens even in stilte. Toen hervond Martin zich: 'Hebben jullie sporen op het lichaam gevonden waar wij iets aan kunnen hebben?'

'Ja, we hebben sperma gevonden. Als jullie de goede verdachte vinden, kan hij met zijn DNA aan de moord worden gekoppeld. Wij zoeken natuurlijk ook in de database, maar dat levert zelden een match op, het register is nog te klein. We kunnen alleen maar dromen van de dag dat het DNA van alle burgers opvraagbaar zal zijn, dan hebben we een heel andere situatie.'

'Ja, dromen is waarschijnlijk het juiste woord. Schending van de privacy van het individu en dat soort zaken steken natuurlijk een spaak in het wiel.'

'Als wat deze vrouw is overkomen geen schending van haar privacy is, weet ik het niet meer...'

Dit waren ongebruikelijk filosofische woorden voor de anders zo zakelijke Tord Pedersen, en Martin begreep dat Pedersen geraakt was door het lot van deze vrouw. Normaal gesproken was dat niet iets wat een patholoog zich kon veroorloven, wilde hij 's nachts goed kunnen slapen.

'Kun je me zeggen wanneer ze ongeveer is overleden?'

'Ja, met de resultaten van de tests die de technische afdeling op de plaats delict heeft uitgevoerd, aangevuld met mijn eigen waarnemingen, kan ik je een vrij betrouwbaar tijdsinterval geven.'

'Laat maar horen.'

'Naar mijn mening is ze ergens tussen zes en elf uur overleden, op de avond voordat ze in de Koningskloof werd gevonden.'

Martin klonk teleurgesteld. 'Kun je niet wat preciezer zijn?'

'Het is in Zweden de gewoonte om bij dit soort zaken nooit een kleiner tijdsinterval te geven dan vijf uur, maar de waarschijnlijkheid voor het interval is vijfennegentig procent, dus dat is heel betrouwbaar. Daarentegen kan ik bevestigen wat jullie waarschijnlijk al hadden vermoed, namelijk dat de Koningskloof de secundaire plaats delict is; de vrouw is op een andere plek vermoord en heeft daar tot een paar uur na haar dood gelegen, dat blijkt onder meer uit de lijkvlekken.'

'Dat is toch altijd wat.' Martin slaakte een zucht. 'En de skeletten, hebben die nog wat opgeleverd? Patrik heeft je toch informatie gestuurd over wie wij denken dat het zijn?'

'Ja, die informatie heb ik ontvangen. Maar we zijn nog niet helemaal klaar. Het is niet zo makkelijk om gebitskaarten uit de jaren zeventig te vinden, maar we zijn druk bezig en zodra we meer hebben, laten we het jullie weten. Ik kan al wel zeggen dat het twee vrouwenskeletten zijn, en dat de leeftijd ongeveer lijkt te kloppen. Het heupbeen van de ene vrouw duidt er ook op dat ze een kind heeft gebaard, en dat klopt eveneens met de informatie die we hebben. Het meest interessante van alles is dat beide skeletten vergelijkbare fracturen vertonen als de dode vrouw. Off the record zou ik zelfs durven te zeggen dat de fracturen van de drie slachtoffers nagenoeg identiek zijn.'

Martin liet van pure verbazing zijn pen op de grond vallen. Wat hadden ze eigenlijk op hun dak gekregen? Een sadistische moordenaar die vierentwintig jaar tussen zijn kwade daden liet verstrijken? Aan het alternatief wilde hij niet denken: dat de moordenaar geen vierentwintig jaar had gewacht, maar dat de andere slachtoffers gewoon nog niet waren gevonden.

'Zijn zij ook met een mes gestoken?'

'Omdat er geen organisch materiaal meer is, is dat moeilijker te zeggen, maar er zitten een paar krassen op de botten die erop kunnen wijzen dat ze aan eenzelfde behandeling zijn blootgesteld, ja.'

'En de doodsoorzaak bij hen?'

'Dezelfde als bij het Duitse meisje. De botten zijn precies bij de hals beschadigd, wat overeenkomt met verwondingen die bij wurging ontstaan.'

Martin maakte tijdens het gesprek snel aantekeningen. 'Heb je nog iets anders wat belangrijk kan zijn?'

'Alleen dat de skeletten waarschijnlijk onder de grond hebben gelegen, er is aarde gevonden waar we na de analyse misschien meer over kunnen zeggen. Maar ook daar zijn we nog niet klaar mee, dus jullie moeten nog even geduld hebben. Er is ook aarde gevonden op Tanja Schmidt en op de deken waarop ze lag, en die gaan we vergelijken met die op de skeletten.' Pedersen stopte even maar ging vervolgens verder: 'Leidt Mellberg het onderzoek?'

Martin meende een zekere ongerustheid in Pedersens stem te bespeuren. Hij glimlachte even maar kon de man aan de andere kant van de lijn op dat punt geruststellen. 'Nee, Patrik heeft de verantwoordelijkheid gekregen. Maar wie met de eer gaat strijken als we deze zaak oplossen, is een heel ander verhaal...'

Ze moesten allebei lachen om Martins opmerking, maar het was voor Martin in elk geval een enigszins besmuikte lach.

Na het gesprek met Tord Pedersen haalde Martin de pagina's uit het faxapparaat van het politiebureau, en toen Patrik een poosje later arriveerde, had Martin zich al goed ingelezen. Na een summiere samenvatting was Patrik even terneergeslagen als hijzelf. Dit leek een verdomd ingewikkelde zaak te worden.

Anna lag in haar bikini te zonnen op de voorplecht van de zeilboot. De kinderen deden een middagdutje in de kajuit en Gustav stond aan het roer. Zoute waterdruppels spatten op haar lichaam wanneer de voorsteven het wateroppervlak raakte, en dat was heerlijk verkoelend. Als ze haar ogen sloot, kon ze even haar zorgen vergeten en doen alsof dit haar echte leven was.

'Anna, er is telefoon voor je.' Gustavs stem wekte haar uit een welhaast meditatieve toestand.

'Wie is het?' Ze hield haar hand boven haar ogen tegen de zon en zag dat Gustav met haar mobieltje stond te zwaaien.

'Dat wilde hij niet zeggen.'

Verdomme. Ze wist meteen wie er aan de lijn was, en met een bezorgd gevoel in haar maag liep ze voorzichtig naar Gustav.

'Met Anna.'

'Wie was dat, verdomme,' siste Lucas.

Anna aarzelde. 'Ik had je toch verteld dat ik met een vriend ging zeilen.'

'En ik moet zeker geloven dat dat zomaar een vriend is.' De rest kwam snel. 'Hoe heet hij?'

'Daar heb jij niets mee te...'

Lucas onderbrak haar. 'Hoe héét hij, Anna?'

Haar verzet werd onder zijn stem steeds verder afgebroken. Zachtjes antwoordde ze: 'Gustav af Klint.'

'Zo, zo. Dat klinkt imponerend.' Lucas' stem, die eerst honend had geklonken, werd nu zacht en dreigend: 'Hoe durf je mijn kinderen mee op vakantie te nemen met een andere man.'

'We zijn gescheiden, Lucas,' zei Anna. Ze legde weer een hand boven haar ogen.

'Jij weet even goed als ik dat dat niets verandert, Anna. Jij bent de moeder van mijn kinderen en dat betekent dat jij en ik altijd bij elkaar zullen horen. Jij bent van mij en de kinderen zijn van mij.'

'Waarom probeer je ze dan van me af te pakken?'

'Omdat jij labiel bent, Anna. Je hebt altijd al zwakke zenuwen gehad en eerlijk gezegd vertrouw ik er niet op dat jij voor mijn kinderen kunt zorgen zoals ze verdienen. Kijk maar naar jullie leven. Jij werkt hele dagen en zij gaan naar de crèche. Is dat goed voor de kinderen, vind je dat, Anna?'

'Maar ik móét werken, Lucas. En hoe zou jij het oplossen als je de kinderen had? Jij moet toch ook werken? Wie zou er dan voor ze zorgen?'

'Er is een oplossing, Anna, dat weet je.'

'Ben je helemaal gek? Dacht je dat ik bij je terugkwam nadat je Emma's arm hebt gebroken? En na wat je mij hebt aangedaan?' Haar stem schoot de hoogte in. Instinctief wist ze dat ze te ver was gegaan.

'Dat was niet mijn schuld! Het was een ongeluk! En bovendien, als jij me niet altijd had tegengewerkt, had ik mijn humeur niet zo vaak hoeven verliezen!'

Het was alsof ze tegen lucht sprak. Het was zinloos. Anna wist na alle jaren met Lucas dat hij meende wat hij zei. Het was nooit zijn schuld. Alles was altijd de schuld van iemand anders. Elke keer dat hij haar sloeg, had hij haar een schuldgevoel bezorgd omdat ze niet begrijpend, liefdevol en onderdanig genoeg was geweest.

Toen ze met behulp van eerder verborgen krachten de scheiding had doorgedrukt, had ze zich voor het eerst in jaren sterk, onoverwinnelijk gevoeld. Eindelijk zou ze haar leven kunnen heroveren. Zij en de kinderen zouden opnieuw kunnen beginnen. Maar het was iets te makkelijk gegaan. Lucas was echt heel erg geschrokken toen hij in een van zijn woede-uitbarstingen de arm van zijn dochter had gebroken, en hij was voor de verandering heel meegaand geweest. Een hectisch vrijgezellenbestaan na de scheiding, waarin hij druk bezig was met de ene verovering na de andere, had er ook toe bijgedragen dat hij Anna en de kinderen met rust had gelaten. Maar net toen Anna het gevoel kreeg dat het haar was gelukt aan hem te ontsnappen, had Lucas genoeg gekregen van zijn nieuwe leven en begon hij zijn blik weer op zijn gezin te richten. Toen bloemen, cadeaus en smeekbeden om vergiffenis niets opleverden, had hij zijn fluwelen handschoenen uitgetrokken. Hij eiste de voogdij over de kinderen, en bediende zich daartoe van allerlei ongegronde beschuldigingen om aan te tonen dat Anna als moeder ongeschikt was. Geen van die beschuldigingen was gegrond, maar Lucas kon zo overtuigend en charmant zijn als hij dat wilde, dat ze toch beefde bij de gedachte dat zijn pogingen zouden slagen. Ze wist ook dat het hem eigenlijk helemaal niet om de kinderen ging. Met zijn werk zou hij niet voor twee kleine kinderen kunnen zorgen, maar hij hoopte dat hij Anna voldoende schrik kon aanjagen zodat ze terugkwam. Op zwakke momenten was ze daar ook bijna toe bereid. Tegelijk besefte ze dat het onmogelijk was; het zou haar ondergang worden. Ze verhardde.

'Lucas, deze discussie heeft geen enkele zin. Ik ben na de scheiding verder gegaan met mijn leven, en dat zou jij ook moeten doen. Het klopt dat ik een man heb ontmoet en dat moet je maar accepteren. Het gaat goed met de kinderen en het gaat goed met mij. Kunnen we niet proberen hier als volwassen mensen mee om te gaan?'

Haar toon was smekend, maar de stilte aan de andere kant van de lijn was compact. Ze begreep dat ze een grens had overschreden. Toen ze de toon hoorde die aangaf dat Lucas gewoon had opgehangen, wist ze dat ze op de een of andere manier een prijs zou moeten betalen. Een hoge prijs.

Zomer 1979

De helse pijn in haar hoofd maakte dat ze in haar gezicht ging krabben. De pijn die ze voelde toen haar nagels lange strepen in haar huid trokken, was bijna bevredigend vergeleken met de barstende hoofdpijn en hielp haar te kunnen focussen.

Het was nog steeds zwart om haar heen, maar iets had haar doen ontwaken uit haar diepe, droomloze, verdoofde situatie. Een klein streepje licht verscheen boven haar hoofd, en terwijl ze er met half dichtgeknepen ogen naar keek, werd de streep langzaam breder. Omdat ze niet meer aan licht gewend was, zag ze niet maar hoorde ze iemand door de kier, die inmiddels steeds breder was geworden, een trap aflopen. Iemand kwam alsmaar dichterbij in het donker. Ze was zo verward dat ze niet kon uitmaken of ze angst of opluchting moest voelen. Beide waren aanwezig, met elkaar vermengd, en soms kreeg het ene gevoel de overhand, soms het andere.

De laatste passen in haar richting waren vrijwel geluidloos. Ze lag in de foetushouding. Zonder dat er een woord werd geuit, voelde ze een hand haar hoofd strelen. Misschien had dat gebaar geruststellend moeten zijn, maar door de eenvoud ervan kreeg de angst haar hart in een krampachtige greep.

De hand bewoog verder over haar lichaam, en ze beefde in het donker. Heel even schoot er door haar hoofd dat ze zich tegen de onbekende zonder gezicht moest verzetten, maar de gedachte verdween even snel als ze was opgekomen. De duisternis was te overweldigend en de kracht in de hand die haar streelde penetreerde haar huid, haar zenuwen, haar ziel. Onderwerping was haar enige mogelijkheid, dat besefte ze tot haar ontzetting.

Toen de hand niet langer streelde maar begon te wrikken en te draaien, te trekken en te rukken, kwam dat niet als een verrassing. Op de een of andere manier verwelkomde ze de pijn. Het was gemakkelijker om in zekerheid met de pijn om te gaan, dan om angstig op het onbekende te wachten.

❄

Het tweede gesprek van Tord Pedersen kwam slechts een paar uur nadat Patrik met Martin had gepraat. Mona Thernblad, het tweede in 1979 verdwenen meisje, was een van de skeletten die in de Koningskloof was gevonden.

Patrik en Martin namen samen de informatie door die ze tijdens het onderzoek hadden verzameld. Mellberg schitterde door afwezigheid, maar het golftoernooi van Gösta Flygare was afgelopen, hij was weer aan het werk. Hij behoorde niet tot de winnaars, maar had tot zijn grote verbazing en vreugde een hole-in-one geslagen en was daarom in het clubhuis op champagne getrakteerd. Martin en Patrik hadden al drie keer tot in het kleinste detail moeten aanhoren hoe de bal in één keer in de zestiende hole was gevlogen, en ze twijfelden er niet aan dat ze het verhaal voor het eind van de dag nog verschillende keren te horen zouden krijgen. Maar dat was niet zo erg, ze gunden het Gösta en Patrik gaf hem nog even respijt voor ze hem bij het onderzoek betrokken. Op dit moment zat Gösta dus al zijn golfkennissen te bellen om hen over De Grote Gebeurtenis te vertellen.

'Er is dus een klootzak die eerst de botten van die meisjes breekt voordat hij ze vermoordt,' zei Martin. 'En hen met een mes snijdt,' voegde hij eraan toe.

'Ja, daar heeft het inderdaad alles van weg. Ik gok op een seksueel motief. Een sadistische klootzak die geilt op andermans pijn. Het feit dat er op Tanja sperma is aangetroffen, wijst daar ook op.'

'Ga jij met Mona's familie praten? Ik bedoel, ga jij ze vertellen dat we haar hebben gevonden?'

Martin keek bezorgd en Patrik stelde hem gerust door te bevestigen dat hij die taak op zich zou nemen.

'Ik was van plan vanmiddag naar haar vader te gaan. Haar moeder is al jaren geleden overleden, ik hoef het dus alleen aan hem te vertellen.'

'Hoe weet je dat? Ken je ze?'

'Nee, maar Erica heeft gisteren in de bibliotheek van Fjällbacka alles verzameld wat er in de pers over Siv en Mona is verschenen. Er is regelmatig over de verdwijningen geschreven en een paar jaar geleden is er een interview met de families gepubliceerd. Alleen Mona's vader leeft nog en Siv had alleen haar moeder toen ze verdween. Er was ook een dochtertje, met haar wil ik praten zodra we bevestigd krijgen dat Siv de andere vrouw is.'

'Het zou toch verdomd toevallig zijn als het iemand anders is?'

'Ja, ik ga ervan uit dat zij het is, maar we hebben nog geen zekerheid. Er zijn gekkere dingen gebeurd.'

Patrik zocht in de stapel papieren die Erica voor hem had opgeduikeld, en legde een paar vellen in de vorm van een waaier voor zich op het bureau. Daar lag ook de onderzoeksmap die hij in het kelderarchief had gevonden, en nu wilde hij de informatie die ze over de verdwijningen van de meisjes hadden gevonden vergelijken. In de krantenartikelen stond veel wat niet in het onderzoeksmateriaal werd vermeld, dus beide bronnen samen gaven een zo volledig mogelijk beeld van wat er tot nu toe bekend was.

'Kijk hier eens. Siv verdween in de midzomernacht van 1979 en Mona verdween twee weken later.'

Om het materiaal te structureren en een duidelijker beeld te krijgen, stond Patrik op van zijn bureaustoel en begon op het bord aan de muur te schrijven.

'De laatste keer dat Siv Lantin levend is gezien, was toen ze naar huis fietste na een avondje stappen met haar vrienden. De allerlaatste getuigenverklaring beschrijft hoe ze afslaat van de grote weg en richting Bräcke fietst. Toen was het twee uur 's nachts en ze werd gezien door een chauffeur die haar in zijn auto inhaalde. Daarna heeft niemand meer iets van haar vernomen.'

'De informatie van Gabriël Hult buiten beschouwing gelaten,' voegde Martin eraan toe.

Patrik knikte instemmend. 'Ja, als je de getuigenis van Gabriël Hult buiten beschouwing laat, en dat moeten we voorlopig maar doen.' Hij vervolgde: 'Mona Thernblad verdween twee weken later, in tegenstelling tot Siv op klaarlichte dag. Ze verliet haar huis rond drie uur 's middags om te gaan joggen, en kwam nooit meer terug. Een van haar gymschoenen werd langs haar gebruikelijke looproute gevonden, verder niets.'

'Waren er overeenkomsten tussen de beide meisjes? Behalve dat ze ongeveer even oud waren.'

Patrik moest glimlachen. 'Ik begrijp dat je regelmatig naar tv-programma's over daderprofielen kijkt. Helaas moet ik je teleurstellen. Als we met een seriemoordenaar te maken hebben, want ik neem aan dat je daarop doelt, vertonen de meisjes in elk geval geen duidelijke uiterlijke overeenkomsten.' Hij klemde twee zwart-witfoto's op het bord.

'Siv was negentien, klein, donker en mollig. Ze had de naam nogal makkelijk met jongens om te gaan en zorgde voor een klein schandaal toen ze op haar zeventiende een kind kreeg. Zowel zij als het kind woonde bij haar moeder, maar volgens de kranten ging Siv vaak stappen en vond ze het helemaal niet leuk om thuis te zitten. Mona daarentegen wordt beschreven als een welopgevoed meisje dat het goed deed op school, veel vrienden had en bij iedereen populair was. Ze was lang en blond, en trainde veel. Achttien jaar oud, maar ze woonde nog steeds bij haar ouders omdat haar moeder ziekelijk was en haar vader niet in zijn eentje voor zijn vrouw kon zorgen. Het lijkt erop dat niemand iets slechts over haar kon zeggen. De enige overeenkomst tussen deze meisjes is dat ze meer dan twintig jaar geleden spoorloos van de aardbodem zijn verdwenen en nu als skeletten opduiken in de Koningskloof.'

Martin leunde nadenkend met zijn hoofd tegen zijn hand. Patrik en hij bestudeerden nog een poosje zwijgend de krantenknipsels en de aantekeningen op het bord. Ze dachten beiden aan de jonge meisjes, ze hadden nog zoveel jaren voor zich gehad als het kwaad hun pad niet had gekruist. En nu Tanja, van wie ze nog geen foto hadden toen ze nog leefde. Ook een jong meisje, met een leven waarover ze naar eigen wens kon beschikken. Maar zij was nu ook dood.

'Er zijn toentertijd enorm veel mensen ondervraagd.' Patrik pakte een dikke stapel getypte vellen papier uit de map. 'Vrienden en familie van de meisjes zijn verhoord. Er zijn buurtonderzoeken verricht en het gewone geboefte is ook aan de tand gevoeld. Voor zover ik kan zien, zijn er rond de honderd verhoren afgenomen.'

'Hebben die iets opgeleverd?'

'Nee, niets. En toen kwam de tip van Gabriël Hult. Hij belde de politie zelf op om te vertellen dat hij Siv in de auto van zijn broer had gezien, in de nacht dat ze verdween.'

'En? Dat was toch niet voldoende om hem van moord te verdenken?'

'Nee, maar toen Gabriëls broer, Johannes Hult, werd verhoord, ontkende hij dat hij haar had gesproken of gezien en bij gebrek aan betere sporen, koos men ervoor zich op hem te concentreren.'

'Heeft dat ergens toe geleid?' Martin had zijn ogen van pure fascinatie wijd opengesperd.

'Nee, er kwam verder niets naar boven. En een paar maanden later hing Johannes Hult zich in zijn schuur op, dus je kunt wel zeggen dat dat spoor heel koud werd.'

'Mysterieus dat hij zo kort na die gebeurtenissen zelfmoord pleegde.'

'Ja, maar als hij de dader was, heeft zijn geest Tanja vermoord. Dode mannen moorden niet...'

'En hoe zat het met de broer die zijn eigen vlees en bloed aangeeft? Waarom zou iemand zoiets doen?' Martin fronste zijn voorhoofd. 'Wat stom van me! Hult – dat moet familie zijn van Johan en Robert, onze oudgedienden van het dievengilde.'

'Ja, dat klopt. Johannes was hun vader. Sinds ik het een en ander over de familie Hult heb gelezen, begrijp ik iets beter hoe het komt dat Johan en Robert ons zo vaak bezoeken. Ze waren slechts vijf en zes jaar oud toen Johannes zich ophing, en Robert was degene die hem vond. Je kunt je bijna niet voorstellen wat voor invloed dat op een jochie van zes moet hebben gehad.'

'Zeg dat wel.' Martin schudde zijn hoofd. 'Ik heb koffie nodig voordat we verder gaan, ik moet mijn cafeïnegehalte op peil houden. Wil jij ook een kopje?'

Patrik knikte en even later kwam Martin terug met twee koppen dampende koffie. Voor de verandering was het weer voor iets warms.

Patrik vervolgde zijn verhaal. 'Johannes en Gabriël zijn de zonen van ene Ephraïm Hult, ook wel de Predikant genoemd. Ephraïm was een bekende, of zo je wilt beruchte, vrijkerkelijke predikant in Göteborg. Hij organiseerde grote bijeenkomsten waarop hij zijn zonen, die toen nog klein waren, in tongen liet spreken en zieken en kreupelen liet genezen. Hij werd door de meeste mensen als een bedrieger en charlatan beschouwd, maar won wel de hoofdprijs toen een van de vrouwen in zijn trouwe gemeente, Margareta Dybling, na haar overlijden haar hele bezit aan hem naliet. Behalve een aanzienlijke som geld had ze ook een groot stuk bosgrond en een pompeus landhuis in de buurt van Fjällbacka aan hem vermaakt. Ephraïm verloor plotseling alle zin om Gods woord te verspreiden, verhuisde met zijn zonen hierheen en sindsdien leeft de familie op het geld van de oude dame.'

Het bord stond nu vol aantekeningen en Patriks bureau was bezaaid met papieren.

'Een beetje familiegeschiedenis is best interessant, maar wat heeft het met de moorden te maken? Johannes is twintig jaar vóór de moord op Tanja overleden en dode mannen moorden niet, zoals je het zo welbespraakt uitdrukte.' Martin had moeite om zijn ongeduld te verbergen.

'Dat is waar, maar ik heb al het oude materiaal doorgenomen en Gabriëls getuigenverklaring is eigenlijk het enige interessante dat uit het oude onderzoek naar voren komt. Ik had ook gehoopt met Errold Lind te kunnen praten, die destijds verantwoordelijk was voor het onderzoek, maar hij is helaas in 1989 aan een hartaanval overleden, dus dit materiaal is alles wat we hebben. Tenzij jij een beter idee hebt, stel ik voor dat we eerst proberen wat meer over Tanja te weten te komen. Verder gaan we met de nog in leven zijnde ouders van Siv en Mona praten, en daarna beslissen we of het de moeite waard is om ons weer op Gabriël Hult te richten.'

'Dat klinkt zinvol. Waar zal ik mee beginnen?'

'Begin met de informatie over Tanja. En zet Gösta vanaf morgen ook aan het werk. Dan zijn zijn goede tijden voorbij.'

'En Mellberg en Ernst? Wat doe je met hen?'

Patrik slaakte een zucht. 'Mijn strategie is hen er zoveel mogelijk buiten te houden. Dat betekent dat wij drieën meer moeten doen, maar ik denk dat we er op de lange termijn baat bij hebben. Mellberg is alleen maar blij als hij niets hoeft te doen en in principe heeft hij dit onderzoek aan mij overgedragen. Ernst kan doorgaan met de dingen die hij doet, dat wil zeggen zoveel mogelijk de lopende aangiften afhandelen. Als hij hulp nodig heeft sturen we Gösta, jij en ik houden als het enigszins kan onze handen vrij voor dit onderzoek. Begrepen?'

Martin knikte enthousiast. '*Yes, boss.*'

'Oké, aan de slag.'

Toen Martin zijn kamer had verlaten ging Patrik met zijn gezicht naar het bord zitten. Hij vouwde zijn handen achter zijn hoofd en verzonk in gedachten. Ze hadden een zware taak voor de boeg en ze hadden maar weinig ervaring met moordonderzoeken, en in een aanval van vertwijfeling zonk de moed hem in de schoenen. Hij hoopte van ganser harte dat het gebrek aan ervaring gecompenseerd kon worden door enthousiasme. Martin ging ervoor en hij zou ervoor zorgen dat Flygare uit zijn doornroosjesslaap werd gewekt. Als het hen ook nog lukte Mellberg en Ernst op afstand te houden, maakten ze volgens Patrik wellicht een kans om de zaken op te lossen. Al was die kans niet groot, vooral omdat het spoor van twee van de moorden zo koud was dat het wel bevroren leek. Hij wist dat ze de meeste kans maakten als ze zich op Tanja concentreerden, maar zijn instinct zei hem dat er zo'n sterk en wezenlijk verband tussen de moorden bestond dat ze parallel onderzocht moesten worden. Het zou niet makkelijk zijn om het oude onderzoek nieuw leven in te blazen, maar ze waren genoodzaakt het te proberen.

Hij pakte een paraplu uit de paraplubak, zocht in het telefoonboek een adres op en begaf zich met bezwaard gemoed op pad. Sommige dingen die hij moest doen, waren onmenselijk.

De regen trommelde hardnekkig tegen de ruiten, en onder andere omstandigheden zou Erica de verkoeling hebben verwelkomd. Maar het lot en opdringerige familieleden beslisten anders en zo werd ze langzaam maar zeker naar de rand van de waanzin gedreven.

De kinderen renden als gekken rond, het leek wel of ze gefrustreerd waren omdat ze binnen moesten blijven, en Conny en Britta hadden zich als in het nauw gedreven honden tegen elkaar gekeerd. Het was nog niet geëscaleerd in een regelrechte ruzie, maar het gekibbel werd steeds erger en had het niveau van briesen en snauwen bereikt. Oude koeien werden uit de sloot gehaald en Erica had het liefst boven een deken over haar hoofd getrokken. Maar wederom dwong haar goede opvoeding haar met een dreigend vingertje om zich midden in het oorlogsgebied beschaafd te gedragen.

Ze had vol verlangen naar de deur gekeken toen Patrik naar zijn werk ging. Hij had niet kunnen verbergen hoe opgelucht hij was naar het politiebureau te kunnen vluchten, en eventjes was ze in de verleiding gekomen om zijn belofte van gisteren dat hij thuis zou blijven als zij dat vroeg, te testen. Maar ze wist dat het niet goed was om dat te doen omdat zij niet alleen gelaten wilde worden met 'de vreselijke vier', dus zwaaide ze hem, als een plichtsgetrouw huisvrouwtje, door het keukenraam uit toen hij wegreed.

Het huis was niet zo groot, en de rommel begon catastrofale vormen aan te nemen. Ze had wat gezelschapsspellen voor de kinderen tevoorschijn gehaald, maar dat had er alleen maar toe geleid dat de letterblokjes van het scrabblespel samen met monopoly-huizen en speelkaarten door de hele woonkamer verspreid lagen. Moeizaam bukte ze zich, pakte de spullen op en probeerde een beetje orde in de kamer aan te brengen. De conversatie tussen Britta en Conny op de veranda werd steeds verhitter en ze begon te begrijpen waarom de kinderen geen manieren kenden. Als ouders zich als kinderen van vijf gedroegen, was het niet makkelijk om de echte kinderen te leren anderen en andermans bezittingen te respecteren. Was deze dag maar vast voorbij! Zodra het ophield met regenen zou ze de familie Flood wegsturen. Goede opvoeding en gastvrijheid ten spijt, alleen de Heilige Birgitta zou zich kunnen inhouden als dit gezin nog veel langer bleef.

De druppel die de emmer deed overlopen kwam tijdens de lunch. Met zere voeten en een zeurende pijn in haar onderrug had Erica een uur aan het fornuis gestaan om een maaltijd te bereiden die zowel aan Conny's gulzige eetlust als aan de kieskeurigheid van de kinderen voldeed, en ze dacht zelf dat haar dat vrij goed was gelukt. Gegratineerde worst en macaroni in witte saus moest volgens haar alle partijen tevredenstellen, maar algauw bleek dat ze er helemaal naast zat.

'Bah, ik haat deze worst. Gatver!' Lisa schoof demonstratief haar bord opzij en sloeg met een zuur gezicht haar armen over elkaar.

'Jammer voor je, want dit is wat je kunt krijgen.' Erica sprak met vaste stem.

'Maar ik heb hónger. Ik wil wat anders!'

'Er is niets anders. Als je de worst niet lekker vindt, eet dan de macaroni maar met ketchup.' Erica deed haar best haar stem mild te laten klinken, maar inwendig kookte ze.

'De macaroni is vies! Ik wil iets anders. Mamaaaa!'

'Zou je haar misschien iets anders kunnen geven?' Britta gaf haar kleine zeurpiet een aai over haar wang en werd beloond met een glimlach. Overtuigd van haar overwinning keek Lisa Erica met rode triomfwangen sommerend aan. Maar nu was de grens overschreden. Nu was het oorlog.

'Er is niets anders. Of je eet wat er voor je staat, of je eet niets.'

'Maar Erica toch, dat vind ik onredelijk van je. Conny, vertel haar hoe we het thuis doen, wat ons opvoedingsbeleid is.' Maar Britta wachtte niet op zijn antwoord. 'Wij dwingen onze kinderen nergens toe, dwang remt hun ontwikkeling. Als mijn Lisa iets anders wil, vinden wij dat ze dat moet krijgen. Ik bedoel, ze is een individu en heeft evenveel recht om zich uit te drukken als wij. Wat zou jij ervan vinden als iemand je eten opdrong dat je niet wilt? Ik denk niet dat je dat zou accepteren.'

Britta doceerde met haar beste psychologenstem, maar voor Erica was de maat vol. Met een ijskoude kalmte pakte ze het bord van het kind, tilde het boven Britta's hoofd en kiepte het om. De onthutsing toen de macaroni met witte saus over haar haren stroomde en in haar bloes kroop, deed Britta midden in een zin zwijgen.

Tien minuten later waren ze weg. Vermoedelijk om nooit meer terug te komen. En waarschijnlijk zou Erica nu bij dat deel van de familie op de zwarte lijst belanden, maar met de beste wil van de wereld kon ze daar niet rouwig om zijn. Ze schaamde zich ook niet, hoewel haar gedrag in het gunstigste geval kinderachtig genoemd kon worden. Het was een heerlijk gevoel geweest om de agressie die zich de afgelopen twee dagen had opgebouwd, de vrije loop te laten en ze peinsde er niet over haar excuses aan te bieden.

Ze was van plan de rest van de dag met een goed boek en de eerste kop thee van de zomer op de veranda door te brengen. Het leven voelde opeens veel lichter.

Hoewel de serre maar klein was, kon de prachtige begroeiing zich meten met de mooiste tuinen. Elke bloem was liefdevol uit zaadjes of door stekken gekweekt, en dankzij de hete zomer was de atmosfeer nu bijna tropisch. In een hoek van de serre teelde hij groenten en er ging niets boven het plukken van eigenhandig geteelde tomaten, pompoenen, uien en zelfs meloenen en druiven.

Het kleine rijtjeshuis lag aan de Dinglevägen, bij de zuidelijke invalsweg naar Fjällbacka; het was niet groot maar functioneel. Zijn serre viel tussen de meer bescheiden pogingen van de overige bewoners van de rijtjeshuizen op als een groen uitroepteken.

Alleen als hij in zijn serre zat, miste hij het oude huis niet. Het huis waarin hij zelf was opgegroeid en waar hij later met zijn vrouw en dochter had gewoond. Die waren beiden dood, en in zijn eenzaamheid was het verdriet steeds groter geworden, tot hij op een dag had beseft dat hij ook afscheid moest nemen van het huis en alle herinneringen die in de muren zaten.

Het rijtjeshuis bezat natuurlijk niet de persoonlijkheid van het oude huis waarvan hij zoveel had gehouden, maar juist door die onpersoonlijkheid werd de pijn in zijn borst verzacht, tegenwoordig leek het verdriet vooral op een dof gerommel dat altijd op de achtergrond te horen was.

Toen Mona verdween, dacht hij dat Linnea van verdriet zou sterven. Ze had voor die tijd al een zwakke gezondheid gehad, maar ze was taaier gebleken dan hij had verwacht. Ze bleef nog tien jaar leven. Voor hem, dat wist hij zeker. Ze wilde hem niet alleen laten met het verdriet. Elke dag opnieuw vocht ze om in leven te blijven, al was dat leven voor hen beiden slechts een schaduwbestaan geworden.

Mona was het licht in hun leven geweest. Ze werd geboren toen ze allebei de hoop op kinderen hadden opgegeven, en er kwamen er ook niet meer. Alle liefde die ze konden opbrengen werd belichaamd in dat blonde, vrolijke wezen, wier lach vuurtjes in zijn hart deed branden. Dat ze zomaar kon verdwijnen kwam hem volstrekt onbegrijpelijk voor. Toen had het gevoeld alsof de zon niet langer had mogen schijnen. Alsof de hemel op de aarde had moeten vallen. Maar er gebeurde niets. Buiten hun treurige huis ging het leven gewoon verder. Mensen lachten, leefden en werkten. Maar Mona was weg.

Ze leefden lang op de hoop. Misschien was ze ergens. Misschien had ze er zelf voor gekozen te verdwijnen en leefde ze een leven zonder hen. Tegelijkertijd kenden ze de waarheid. Het andere meisje was vlak daarvoor verdwenen en dat was te toevallig om jezelf voor de gek te kunnen houden. Bovendien was Mona niet het soort meisje dat hen zo'n verdriet zou aandoen. Ze was lief en beminnelijk en deed al het mogelijke om voor hen te zorgen.

De dag dat Linnea stierf, kreeg hij het definitieve bewijs dat Mona in de hemel was. Door de ziekte en het verdriet was zijn geliefde vrouw slechts een schaduw van haar vroegere zelf geworden, en toen ze in haar bed lag en zijn hand vasthield, wist hij dat dit de dag was waarop hij alleen zou achterblijven. Na uren waken had ze nog een laatste keer zijn hand gestreeld en toen had zich een glimlach over haar gezicht verspreid. Het licht dat op datzelfde moment in Linnea's ogen begon te branden, was een licht dat hij al tien jaar niet meer had gezien. Niet sinds ze de laatste keer naar Mona had gekeken. Ze richtte haar blik op iets achter hem en stierf. Toen wist hij het zeker. Linnea stierf gelukkig omdat hun dochter haar in de tunnel tegemoetkwam. Dat maakte de eenzaamheid op veel manieren draaglijker. Nu waren in elk geval de twee mensen van wie hij het meest had gehouden bij elkaar. Het was slechts een kwestie van tijd tot hij met hen herenigd zou worden. Hij verheugde zich op die dag, maar tot die tijd was het zijn plicht om naar beste vermogen zijn leven te leiden. God had niet veel begrip voor loochenaars en hij durfde niets te ondernemen wat zijn plaats in de hemel, naast Linnea en Mona, in gevaar kon brengen.

Een klop op de deur onderbrak zijn melancholieke gedachten. Moeizaam stond hij op uit de fauteuil en leunend op zijn stok baande hij zich een weg door het groen, door de hal, naar de voordeur. Een ernstige jongeman stond voor de deur, hij had zijn hand geheven om nog een keer te kloppen.

'Albert Thernblad?'

'Ja, dat ben ik. Maar als u iets wilt verkopen, zeg ik nu al nee.'

De man glimlachte. 'Nee, ik kom niets verkopen. Ik ben Patrik Hedström en ik werk bij de politie. Mag ik even binnenkomen?'

Albert zei niets, maar deed een stap opzij om Patrik binnen te laten. Hij ging hem voor naar de serre en gebaarde dat de politieman op de bank kon plaatsnemen. Hij had niet gevraagd wat de reden van Patriks komst was, dat was niet nodig. Hij had meer dan twintig jaar op dit bezoek gewacht.

'Wat een prachtige planten. Ik kan wel zien dat u groene vingers hebt.' Patrik lachte nerveus.

Albert zei niets maar keek Patrik met vriendelijke ogen aan. Hij begreep dat het voor de politieman niet makkelijk was om zijn nieuws te komen brengen, maar hij hoefde zich geen zorgen te maken. Na zoveel jaren wachten was het alleen maar goed om het eindelijk te weten. Het verdriet had hij al gehad.

'Ja, het is zo dat we uw dochter hebben gevonden.' Patrik schraapte zijn keel en begon overnieuw. 'We hebben uw dochter gevonden en we kunnen bevestigen dat ze vermoord is.'

Albert knikte alleen maar. Hij voelde rust in zijn gemoed. Eindelijk zou hij haar te ruste kunnen leggen. Dan was er een graf waar hij heen kon gaan. Hij zou haar naast Linnea leggen.

'Waar hebben jullie haar gevonden?'

'In de Koningskloof.'

'De Koningskloof?' Albert fronste zijn voorhoofd. 'Als ze daar lag, waarom is ze dan niet eerder gevonden? Daar komen toch heel veel mensen.'

Patrik Hedström vertelde hem over de vermoorde Duitse toeriste en dat ze Siv waarschijnlijk ook hadden gevonden. Dat ze dachten dat iemand Mona en Siv daar 's nachts had neergelegd, maar dat ze al die jaren eigenlijk ergens anders hadden gelegen.

Albert kwam tegenwoordig niet meer zo vaak in het dorp, en in tegenstelling tot de rest van Fjällbacka had hij niets over de moord op het Duitse meisje gehoord. Het eerste dat hij voelde toen hij hoorde wat haar was overkomen, was een stomp in zijn maagstreek. Ergens zou iemand hetzelfde verdriet voelen dat hij en Linnea hadden gehad. Ergens waren een vader en een moeder die hun dochter nooit meer zouden zien. Dat overschaduwde het nieuws over Mona. Vergeleken met de familie van het dode meisje had hij geluk; voor hem was het verdriet inmiddels dof geworden, het had geen scherpe randjes meer. Zij hadden nog vele jaren te gaan voordat ze zover waren, en zijn hart ging naar hen uit.

'Is het bekend wie dit heeft gedaan?'

'Helaas niet. Maar we zullen doen wat in ons vermogen ligt om daarachter te komen.'

'Weet u of het dezelfde persoon is?'

De politieman schudde zijn hoofd. 'Nee, ook dat weten we nog niet zeker. Er zijn bepaalde overeenkomsten, dat is alles wat ik op dit moment kan zeggen.'

Patrik keek bezorgd naar de oude man voor hem. 'Kan ik iemand bellen? Iemand die u gezelschap kan komen houden?'

De glimlach was vriendelijk en vaderlijk. 'Nee, er is niemand.'

'Zal ik de dominee vragen of hij langs wil komen?'

Wederom dezelfde vriendelijke glimlach. 'Nee dank u, ik heb geen dominee nodig. Maakt u zich maar geen zorgen, ik heb deze dag in gedachten al zo vaak meegemaakt, dit komt niet als een schok. Ik wil hier gewoon rustig bij mijn planten nadenken. Ik heb niets te klagen. Ik ben misschien wel oud, maar ook taai.'

Hij legde zijn hand op die van de politieman, alsof hij degene was die troost gaf. En misschien was dat ook wel zo.

'Als u er geen bezwaar tegen hebt zou ik u een paar foto's van Mona willen laten zien, en wat over haar vertellen. Zodat u écht begrijpt hoe ze was toen ze nog leefde.'

Zonder te aarzelen knikte de jonge man, en Albert strompelde weg om de oude albums te pakken. Ruim een uur liet hij foto's zien en vertelde hij over zijn dochter. Dit was het beste uur dat hij in tijden had meegemaakt, en hij realiseerde zich dat hij zich veel te lang zijn herinneringen had onthouden.

Toen ze bij de voordeur afscheid namen, drukte hij Patrik een foto in de hand. Daarop stond Mona, op haar vijfde verjaardag met een grote taart met vijf kaarsjes voor zich en een glimlach van oor tot oor. Ze was betoverend lief met haar blonde krullen en ogen die glinsterden van levenslust. Het was voor Albert belangrijk dat de politiebeambten dat beeld op hun netvlies hadden staan als ze de moordenaar van zijn dochter zochten.

Toen de politieman was vertrokken, ging Albert weer in de serre zitten. Hij deed zijn ogen dicht en snoof de zoete bloemengeur op. Vervolgens viel hij in slaap en droomde van een lange lichte tunnel, waarin Mona en Linnea als schaduwen aan het eind op hem stonden te wachten. Hij dacht dat hij hen zag zwaaien.

De deur naar zijn werkkamer vloog met een klap open. Solveig stormde naar binnen en achter haar zag hij Laine aan komen rennen, hulpeloos met haar handen zwaaiend.

'Jij klootzak. Jij godvergeten lul!'

Hij zette automatisch een scheef gezicht vanwege het taalgebruik. Hij vond het uiterst onaangenaam als mensen in zijn nabijheid sterke gevoelens toonden, en hij had geen consideratie met dit soort taalgebruik.

'Wat is er aan de hand? Solveig, ik vind dat je tot bedaren moet komen en niet op deze manier tegen mij mag praten.'

Hij realiseerde zich te laat dat de belerende toon die voor hem zo natuurlijk was, haar alleen maar verder opwond. Het leek alsof ze hem naar de keel wilde vliegen en voor de zekerheid trok hij zich achter zijn bureau terug.

'Tot bedaren komen! Zeg jij dat ik tot bedaren moet komen, schijnheilige klootzak! Slappe lul!'

Hij zag dat ze ervan genoot hem bij elk schuttingwoord te zien huiveren, en achter haar werd Laine alsmaar bleker.

Solveig liet haar stem een beetje dalen maar nu sloop er een gemene toon in. 'Wat is er, Gabriël? Waarom kijk je zo bedrukt? Je vond het vroeger toch zo fijn als ik vieze woorden in je oor fluisterde, daar werd je geil van. Weet je dat nog, Gabriël?'

De woorden kwamen sissend uit Solveigs mond terwijl ze het bureau naderde.

'Er is helemaal geen reden om met die oude koek aan te komen zetten. Heb je me iets te vertellen, of ben je als gewoonlijk alleen maar dronken en vervelend?'

'Of ik je iets te vertellen heb? Ja, daar kun je donder op zeggen. Ik was in Fjällbacka en raad eens wat ik daar hoorde? Ze hebben Mona en Siv gevonden.'

Gabriël schrok en de onthutsing stond duidelijk op zijn gezicht geschreven.

'Hebben ze de meisjes gevonden? Waar dan?'

Solveig leunde over het bureau, steunend op haar handen, zodat haar gezicht slechts een paar centimeter van dat van Gabriël verwijderd was.

'In de Koningskloof. Samen met een jonge Duitse die vermoord is. En ze denken dat de moordenaar een en dezelfde is. Je moet je schamen, Gabriël Hult. Je moet je schamen omdat je je broer hebt beschuldigd, je eigen vlees en bloed. Hij heeft in de ogen van alle mensen de schuld gedragen, hoewel er nooit een greintje bewijs tegen hem was. Al dat wijzen en fluisteren achter zijn rug heeft hem gebroken. Maar jij wist misschien wel dat het zo zou gaan. Jij wist dat hij zwak was. En gevoelig. Hij kon de schande niet verdragen en heeft zich opgehangen, en het zou me niet verbazen als dat precies was waarop jij had gerekend toen je de politie belde. Je kon het niet verdragen dat Ephraïm meer van hem hield.'

Solveig prikte Gabriël zo hard in zijn borst dat hij bij elke stoot verder naar achteren werd gedrukt. Hij stond al met zijn rug tegen de vensterbank en kon haar niet langer ontwijken. Hij zat gevangen. Met zijn ogen probeerde hij Laine te kennen te geven dat ze iets aan de onbehaaglijke situatie moest doen, maar zoals altijd stond ze alleen maar hulpeloos toe te kijken.

'Mijn Johannes was altijd geliefder dan jij, bij iedereen, en dat kon je niet hebben, hè?' Solveig verwachtte geen antwoord op haar opmerkingen die gemaskeerd waren als vragen, en ging verder met haar monoloog. 'Zelfs toen Ephraïm hem onterfde, bleef hij meer van Johannes houden. Voor jou was het landgoed en het geld, maar de liefde van je vader kon je nooit krijgen. Hoewel jij voor het landgoed werkte, terwijl Johannes de bloemetjes buiten zette. En toen pakte hij je ook nog je verloofde af, dat was de druppel, nietwaar? Begon je hem toen te haten, Gabriël? Begon je je broer toen te haten? Zeker, het was misschien onrechtvaardig, maar dat gaf jou nog niet het recht te doen wat je hebt gedaan. Je hebt Johannes' leven kapotgemaakt, en het mijne en dat van mijn kinderen trouwens ook. Dacht je dat ik niet wist waar de jongens zich mee bezighouden? En dat is jouw schuld, Gabriël Hult.

Maar eindelijk zullen de mensen weten dat Johannes niet heeft gedaan waar ze al die jaren over hebben gefluisterd. Eindelijk zullen de jongens en ik weer met opgeheven hoofd kunnen lopen.'

De woede leek eindelijk weg te ebben en in plaats daarvan kwamen de tranen. Gabriël wist niet wat erger was. Heel even had hij in haar woede een flits van de oude Solveig gezien. De mooie schoonheidskoningin, hij was zo trots geweest dat zij zijn verloofde was, tot zijn broer haar afpakte, zoals hij alles pakte wat hij wilde hebben. Toen de woede plaatsmaakte voor tranen, liep Solveig leeg als een lekke ballon en zag hij de vette, onverzorgde slons weer die haar dagen vulde met zelfmedelijden.

'Dat je mag branden in de hel, Gabriël Hult, samen met je vader.'

Ze fluisterde de woorden en verdween even snel als ze was gekomen. Gabriël en Laine bleven achter. Hij had het gevoel alsof hij door een shellshock was getroffen. Zwaar ging hij op de bureaustoel zitten en keek zonder iets te zeggen naar zijn vrouw. Ze wisselden een blik van verstandhouding. Ze begrepen beiden wat het betekende dat oude botten letterlijk weer naar de oppervlakte waren gekomen.

IJverig en vol vertrouwen begon Martin aan de taak om Tanja Schmidt, zoals ze volgens haar paspoort heette, te leren kennen. Liese had op hun verzoek Tanja's spullen naar het bureau gebracht en hij had haar rugzak grondig doorzocht. Haar paspoort had helemaal onderin gelegen. Het zag er nieuw uit en had maar weinig stempels, eigenlijk alleen stempels van de route tussen Duitsland en Zweden. Of ze was nooit eerder buiten de grenzen van Duitsland geweest, of ze had om de een of andere reden een nieuw paspoort gekregen.

De pasfoto was verbazingwekkend goed. Martin oordeelde dat ze er leuk had uitgezien, misschien een beetje aan de ordinaire kant. Bruine ogen en bruin haar dat net over haar schouders reikte. Een meter vijfenzestig, normaal postuur, wat dat ook mocht betekenen.

Verder had de rugzak niets interessants onthuld. Schone kleren, een paar versleten pockets, toiletspullen en snoeppapiertjes. Helemaal niets persoonlijks, wat hij op zich een beetje vreemd vond. Zou je niet op zijn minst een foto van je familie of vriendje bij je moeten hebben, of een adresboek? Maar ze hadden natuurlijk wel een handtas bij het lichaam gevonden. Liese had bevestigd dat Tanja een rode handtas had gehad. Waarschijnlijk had ze haar persoonlijke spullen daarin bewaard, maar die waren nu weg. Kon het om een beroving gaan? Of had de moordenaar haar persoonlijke spullen als souvenirs meegenomen? Op Discovery, in programma's over seriemoordenaars, had hij gezien dat ze vaak spullen van hun slachtoffers bewaarden, als onderdeel van het ritueel.

Martin wist dat hij te hard van stapel liep. Er was nog niets dat op een seriemoordenaar wees. Hij moest zich maar niet in dat gedachtespoor vastbijten.

Hij schreef puntsgewijs op hoe hij het onderzoek rond Tanja zou aanpakken. Ten eerste: contact opnemen met de Duitse politieautoriteiten, wat hij al had willen doen toen hij werd onderbroken door het telefoontje van Tord Pedersen. Daarna zou hij wat diepgaander met Liese praten en ten slotte zou hij Gösta vragen naar de camping te gaan om daar wat rond te vragen. Misschien had Tanja daar met iemand gepraat. Hoewel, misschien kon Patrik die opdracht beter aan Gösta geven. In dit onderzoek had Patrik de bevoegdheid om Gösta orders te geven, niet Martin. En dingen hadden de neiging veel vloeiender te verlopen als de juiste procedures werden gevolgd.

Opnieuw begon hij het nummer van de Duitse politie in te toetsen en deze keer kreeg hij contact. Het zou overdreven zijn om te zeggen dat het gesprek soepel verliep, maar toen hij ophing, was hij er vrij zeker van dat het hem gelukt was de relevante gegevens op de juiste manier over te brengen. Ze beloofden terug te bellen zodra ze meer informatie hadden. Hij dacht tenminste dat de persoon aan de andere kant van de lijn dat had gezegd. Als ze in de toekomst veelvuldig met de Duitse collega's moesten praten, waren ze waarschijnlijk genoodzaakt een tolk in te schakelen.

Omdat het vaak zoveel tijd kostte om informatie uit het buitenland te verkrijgen, had hij hier graag net zo'n goede internetverbinding willen hebben als thuis. Maar vanwege het hackinggevaar had het politiebureau niet eens een gewone modemverbinding. Hij besloot dat hij Tanja Schmidt thuis op het net in het Duitse telefoonboek zou opzoeken. Maar als hij het zich goed herinnerde, was Schmidt een van de meest voorkomende Duitse achternamen dus de kans dat het iets zou opleveren was klein.

Omdat hij toch op de informatie uit Duitsland moest wachten, kon hij net zo goed aan de slag met zijn volgende opdracht. Hij had Lieses mobiele nummer gekregen en hij belde haar om zich ervan te verzekeren dat ze er nog steeds was. Eigenlijk was ze helemaal niet verplicht te blijven, maar ze had beloofd de komende dagen niet verder te reizen zodat ze met haar konden praten.

Haar reis moest de meeste glans al hebben verloren. Volgens haar getuigenverklaring waren de twee meisjes elkaar in korte tijd heel na gaan staan. Nu zat ze in haar eentje in een tent op de camping van Sälvik in Fjällbacka, en haar reisgenote was vermoord. Misschien verkeerde zij ook in gevaar? Dat was een scenario waaraan Martin nog niet had gedacht. Misschien moest hij daar met Patrik over praten zodra die terug was op het bureau. Het leek best mogelijk dat de moordenaar de meisjes op de camping had gezien en het om de een of andere reden op allebei had voorzien. Maar hoe pasten Mona en Siv dan in het plaatje? Mona en eventuéél Siv, verbeterde hij zichzelf meteen. Als iets bijna zeker was, mocht je er nooit van uitgaan dat het ook daadwerkelijk zeker was, had een van de docenten op de politieacademie eens gezegd, en naar die stelling probeerde Martin altijd te handelen.

Bij nader inzien dacht hij ook niet dat Liese in gevaar verkeerde. Wederom hadden ze met waarschijnlijkheden te maken, en de waarschijnlijkheid sprak ervoor dat ze er alleen maar bij betrokken was geraakt op grond van een ongelukkig gekozen reisgenoot.

Ondanks zijn eerdere bezorgdheid besloot hij op een slimme manier te proberen Gösta wat concreet politiewerk te laten verrichten. Hij liep door de gang naar Gösta's kamer.

'Gösta, mag ik je even storen?'

Gösta zat nog steeds lyrisch over zijn prestatie op de golfbaan te telefoneren en hing schuldbewust op toen Martin zijn hoofd om de deur stak.

'Ja?'

'Patrik heeft ons gevraagd naar de camping van Sälvik te gaan. Ik moet de reisgenoot van het slachtoffer spreken en jij moest wat rondvragen op de camping, geloof ik.'

Gösta bromde even voor de vorm, maar trok de juistheid van Martins bewering over Patriks verdeling van de taken niet in twijfel. Hij pakte zijn jack en volgde Martin naar diens auto. De stortbui was overgegaan in motregen, maar de lucht was helder en fris om in te ademen. Het voelde alsof weken van stof en hitte waren weggespoeld en alles zag er schoner uit dan anders.

'Laten we hopen dat deze regen maar tijdelijk is, anders komt er helemaal niets meer van golfen.'

Gösta zat met een zuur gezicht in de auto te foeteren, en Martin bedacht dat Gösta waarschijnlijk de enige was die een kleine onderbreking van de zomerhitte niet op prijs stelde.

'Tja, ik vind het best lekker. Die brandende hitte betekende bijna mijn einde. En denk eens aan Patriks vriendin. Het moet vreselijk vermoeiend zijn om midden in de zomer hoogzwanger te zijn. Ik zou het nooit hebben gered, dat is een ding dat zeker is.'

Martin kletste maar wat, hij wist dat Gösta de neiging had om nogal weinig te zeggen als het niet over golf ging. En omdat Martins kennis van het golfen niet verder ging dan dat hij wist dat de bal rond was en dat golfspelers meestal geïdentificeerd konden worden aan de hand van hun geruite clownsbroek, stelde hij zich erop in het gesprek in zijn eentje gaande te houden. Daarom duurde het even voordat hij merkte dat Gösta iets zei.

'De jongen werd begin augustus geboren, in net zo'n warme zomer als deze.'

'Heb jij een zoon, Gösta, dat wist ik helemaal niet.'

Martin zocht in zijn geheugen naar opmerkingen over Gösta's gezin. Hij wist dat Gösta's vrouw een paar jaar geleden was overleden, maar hij kon zich niet herinneren dat hij iets over kinderen had gehoord. Hij wendde zich met een verbaasde blik tot Gösta. Zijn collega beantwoordde de blik niet, maar keek naar zijn handen, die op zijn schoot lagen. Zonder dat hij daar erg in leek te hebben, draaide Gösta aan de gouden trouwring die hij nog steeds droeg. Het leek alsof hij Martins vraag niet had gehoord. In plaats daarvan ging hij met toonloze stem verder: 'Majbritt kwam dertig kilo aan. Ze werd zo groot als een huis. Ze kon zich ook niet bewegen in de warmte. Op het eind zat ze alleen maar in de schaduw te hijgen en te puffen. Ik haalde de ene karaf water na de andere voor haar, maar het was alsof ik een kameel te drinken gaf, er kwam geen eind aan haar dorst.'

Hij begon te lachen, een grappige, introverte, liefdevolle lach, en Martin realiseerde zich dat Gösta zo diep in zijn herinneringen was verzonken dat hij niet langer tegen hem sprak. Gösta ging verder: 'De jongen was perfect toen hij werd geboren. Dik en mooi. Maar vervolgens ging alles zo snel.' Gösta draaide alsmaar sneller aan zijn trouwring. 'Ik was bij ze op bezoek in het ziekenhuis toen hij plotseling stopte met ademhalen. De hel brak los. Mensen kwamen van alle kanten aangesneld en haalden hem bij ons weg. We zagen hem pas weer toen hij in zijn kistje lag. Wat als het nog een keer mis zou gaan? Dat hadden we niet aangekund, Majbritt en ik, dus moesten we genoegen nemen met elkaar.'

Gösta schrok op alsof hij uit een trance ontwaakte. Hij keek Martin verwijtend aan, alsof het diens schuld was dat de woorden met hem op de loop waren gegaan.

'We hebben het hier niet meer over, begrepen? En het is ook niets waar jullie in de koffiepauze over hoeven te kletsen. Het is allemaal veertig jaar geleden gebeurd en niemand anders hoeft het te weten.'

Martin knikte, maar hij kon het niet laten Gösta een zacht klapje op de schouder te geven. De oudere man gromde even, maar Martin voelde toch dat er op dat moment een dunne band tussen hen ontstond, waar voorheen alleen een wederzijds gebrek aan respect was geweest. Gösta mocht nog steeds niet de beste politieman zijn die het korps had voortgebracht, dat betekende niet dat hij geen ervaring en kennis bezat waar een ander eventueel iets van zou kunnen leren.

Ze waren beiden opgelucht toen ze de camping bereikten. De stilte na grote ontboezemingen kon zwaar zijn, en de laatste vijf minuten had er in de auto een dergelijke stilte gehangen.

Gösta ging op pad, met zijn handen in zijn zakken en een mismoedig gezicht, om de campinggasten te ondervragen. Martin vroeg waar Lieses tent stond en die bleek nauwelijks groter dan een zakdoek. Ze lag ingeklemd tussen twee grotere tenten en leek daardoor nog kleiner. In de tent rechts van de hare was een gezin met kinderen luidruchtig aan het spelen en in de tent links zat een stevige jongen van een jaar of vijfentwintig onder de luifel een pilsje te drinken. Iedereen keek nieuwsgierig naar Martin toen hij op Lieses tent afliep.

Kloppen was geen alternatief en daarom riep hij zachtjes. Het geluid van een ritssluiting die werd opengetrokken, werd gevolgd door haar blonde hoofd dat door de opening naar buiten werd gestoken.

Twee uur later vertrokken ze weer zonder iets nieuws te hebben opgestoken. Liese had alleen maar kunnen herhalen wat ze op het bureau al aan Patrik had verteld, en geen van de andere campinggasten had iets bijzonders opgemerkt betreffende Tanja of Liese.

Maar Martin had iets gezien wat in zijn achterhoofd bleef zeuren. Hoewel hij koortsachtig naging wat hij allemaal op de camping had gezien, bleef hij in verwarring. Hij had iets gezien wat hij had moeten registreren. Hij trommelde geïrriteerd met zijn vingers op het stuur, maar moest het uiteindelijk opgeven.

De terugreis verliep in totale stilte.

Patrik hoopte dat hij later net zo zou worden als Albert Thernblad. Niet zo eenzaam natuurlijk, maar even elegant. Albert was na de dood van zijn vrouw niet in verval geraakt, wat heel vaak wel gebeurde bij oudere mannen die alleen kwamen te staan. In plaats daarvan was hij keurig gekleed in overhemd en vest, en zijn witte haren en baard waren goed verzorgd. Hoewel hij moeilijk liep, bewoog hij zich waardig, met opgeheven hoofd, en hoewel Patrik maar een klein deel van het huis had gezien, leek alles schoon en netjes. De manier waarop Albert met het nieuws over zijn gevonden dochter was omgegaan, had ook indruk gemaakt op Patrik. Je kon zien dat Albert vrede had gesloten met zijn lot en, gezien de omstandigheden, probeerde het beste van zijn leven te maken.

De foto's van Mona die Albert had laten zien, hadden Patrik diep geraakt. Zoals zo vaak had hij zich opnieuw gerealiseerd dat het veel te makkelijk was om de slachtoffers die hij tegenkwam tot een cijfer in de statistiek te reduceren, of hen een etiket op te plakken van 'eiser' of 'slachtoffer'. Het maakte niet uit of het ging om iemand die beroofd was of, zoals in dit geval, om een moordslachtoffer. Albert had helemaal gelijk gehad toen hij de foto's liet zien. Nu had Patrik Mona kunnen volgen, van baby in de kraamkliniek via mollige peuter en scholier tot de geslaagde eindexamenkandidaat en het opgewekte, gezonde meisje dat ze tot haar verdwijning was geweest.

Maar er was nog een meisje over wie hij meer te weten moest komen. Bovendien kende hij het dorp goed genoeg om te weten dat de geruchten al vleugels hadden gekregen en met de snelheid van de bliksem door het dorp vlogen. Hij kon ze maar beter voor zijn en met Siv Lantins moeder gaan praten, hoewel ze nog niet bevestigd hadden gekregen dat het werkelijk om Siv ging. Voor de zekerheid had hij ook haar adres opgezocht voordat hij het politiebureau verliet. Het was een beetje moeilijker geweest om haar te vinden, omdat Gun niet langer Lantin heette; ze was kennelijk hertrouwd, of getrouwd, dat wist hij niet. Na enig speurwerk had hij ontdekt dat ze tegenwoordig Struwer heette, en dat er aan de Norra Hamngatan in Fjällbacka een zomerhuis op naam van Gun en Lars Struwer stond. De naam Struwer kwam hem bekend voor, maar hij wist niet goed waarvan.

Hij had geluk en vond een parkeerplaats bij het Badrestaurant, de laatste honderd meter legde hij te voet af. 's Zomers was in de Norra Hamngatan alleen eenrichtingsverkeer toegestaan, maar op het kleine stukje dat hij liep, kwam hij drie idioten tegen die kennelijk geen verkeersborden konden lezen en hem dwongen zich tegen de stenen muur te drukken toen zij hun tegemoetkomend verkeer wilden passeren. Het terrein waar die lui woonden, was kennelijk ook zo zwaar dat ze een grote jeep nodig hadden. Dat soort auto's was onder de zomergasten oververtegenwoordigd en hij vermoedde dat in dit geval de omgeving van Stockholm als onbegaanbaar terrein werd beschouwd.

Patrik had zin om zijn politielegitimatie te pakken en de wegpiraten de les te lezen, maar hij zag ervan af. Als ze 's zomers gingen proberen de badgasten gezond verstand bij te brengen, zouden ze niet veel tijd overhouden voor iets anders.

Toen hij het huis had bereikt, een wit huis met blauwe hoeken dat aan zijn linkerhand lag, tegenover de rij rode boothuizen die Fjällbacka haar karakteristieke silhouet verleenden, waren de eigenaars van het huis bezig een paar flinke koffers uit een goudkleurige Volvo V70 te halen. Of liever gezegd, een wat oudere man in een double-breasted colbertje tilde in zijn eentje puffend de koffers uit de auto, terwijl een kleine, zwaar opgemaakte vrouw naast hem stond te gebaren. Ze waren beiden bruin van de zon, en als de zomer niet zoveel zon had gehad, had Patrik gegokt dat ze in het buitenland op vakantie waren geweest. Nu konden de klippen van Fjällbacka evengoed ten grondslag liggen aan hun kleurtje.

Hij stapte op hen af en aarzelde even voordat hij zijn keel schraapte om hun aandacht te trekken. Beiden stopten midden in hun bewegingen en draaiden zich naar hem om.

'Ja?' Gun Struwers stem was een beetje te schel en Patrik zag een nors trekje in haar gezicht.

'Ik ben Patrik Hedström en ik werk bij de politie. Zou ik even met jullie kunnen praten?'

'Eindelijk!' De handen met de roodgelakte nagels schoten in de lucht en ze keek verontwaardigd. 'Dat het zo lang heeft moeten duren! Ik begrijp niet wat er met ons belastinggeld wordt gedaan! De hele zomer hebben we erop gewezen dat mensen zonder toestemming onze parkeerplaats gebruiken, maar we hebben helemaal niets van jullie gehoord. Gaan jullie die lui eindelijk aanpakken? We hebben namelijk veel geld betaald voor dit huis en we vinden dat wij het recht hebben zelf gebruik te maken van onze parkeerplaats, maar dat lijkt dus te veel gevraagd!'

Ze zette haar handen in haar zij en keek Patrik strak aan. Achter haar stond haar echtgenoot en hij keek alsof hij door de grond wilde zakken. Het was duidelijk dat hij het allemaal niet zo schokkend vond.

'Ik ben hier niet vanwege een parkeerovertreding. Maar ik moet u eerst iets vragen. Heette u voor uw trouwen Gun Lantin en hebt u een dochter met de naam Siv?'

Gun zweeg en sloeg haar hand voor haar mond. Patrik had geen antwoorden meer nodig. Haar echtgenoot herpakte zich als eerste en gebaarde naar de voordeur, die openstond zodat de koffers naar binnen konden worden gebracht. Het leek nogal riskant om de koffers op straat te laten staan, dus hielp Patrik Lars Struwer ze naar binnen te dragen, terwijl Gun zich voor hen het huis in haastte.

In de woonkamer gingen Gun en Lars naast elkaar op de bank zitten, terwijl Patrik de fauteuil koos. Gun klemde zich aan Lars vast, maar zijn troostende klopjes waren nogal mechanisch, alsof hij besefte dat de situatie dat van hem eiste.

'Wat is er gebeurd? Wat hebben jullie ontdekt? Er zijn meer dan twintig jaar verstreken, hoe kan er dan nu iets naar voren zijn gekomen?' Gun kletste nerveus.

'Ik wil benadrukken dat we het nog niet zeker weten, maar het kán zijn dat we Siv hebben gevonden.'

Guns hand vloog naar haar hals en voor de verandering leek ze sprakeloos.

Patrik ging verder: 'We wachten nog op een definitieve identificatie door de patholoog, maar waarschijnlijk is het Siv.'

'Maar hoe, waar...?' Guns vragen kwamen stamelend. Het waren dezelfde vragen die Mona's vader had gesteld.

'Er is een dode vrouw in de Koningskloof gevonden. Bij haar is Mona Thernblad aangetroffen, en vermoedelijk eveneens Siv.'

Net als aan Albert Thernblad legde hij uit dat de meisjes daarheen waren vervoerd, en dat de politie al het mogelijke in het werk stelde om erachter te komen wie de moorden had gepleegd.

Gun leunde met haar gezicht tegen de borst van haar man, maar Patrik zag dat ze met droge ogen huilde. Hij kreeg de indruk dat haar verdriet voor een deel slechts toneelspel was, maar dat was niet meer dan een vaag gevoel.

Toen Gun weer tot zichzelf was gekomen, haalde ze een zakspiegeltje uit haar handtas om haar make-up te controleren en ze vroeg aan Patrik: 'Wat gaat er nu gebeuren? Wanneer kunnen we de stoffelijke resten van mijn arme kleine Siv terugkrijgen?' Zonder op een antwoord te wachten richtte ze zich tot haar man. 'We moeten een fatsoenlijke begrafenis voor mijn arme schat regelen, Lars. En daarna zouden we de mensen een koffietafel in de feestzaal van het hotel kunnen aanbieden. Misschien zelfs een driegangendiner. Denk je dat we een uitnodiging kunnen sturen naar...' Ze noemde de naam van een van de kopstukken uit het bedrijfsleven, van wie Patrik wist dat hij verderop in de straat een huis bezat.

Gun ging verder: 'Ik kwam zijn vrouw Eva in het begin van de zomer tegen en ze zei toen dat we een keer iets moesten afspreken. Ze zouden het vast op prijs stellen als ze werden uitgenodigd.'

Haar stem klonk opgewonden en haar echtgenoot fronste afkeurend zijn wenkbrauwen. Ineens wist Patrik waar hij de achternaam eerder had gehoord. Lars Struwer had een van de grootste levensmiddelenketens van Zweden opgericht, maar was, als Patrik het zich goed herinnerde, al jaren met pensioen en had de keten aan buitenlandse eigenaars verkocht. Geen wonder dat ze zich hier een huis konden veroorloven, de man was goed voor vele, vele miljoenen. Sivs moeder had zich opgewerkt; aan het eind van de jaren zeventig woonde ze nog het hele jaar door met haar dochter en kleindochter in een zomerhuisje.

'Alsjeblieft, we kunnen ons later wel bezighouden met de praktische zaken. Je hebt tijd nodig om dit nieuws op je in te laten werken.'

Hij keek haar verwijtend aan en Gun liet haar blik meteen zakken en leek zich haar rol als treurende moeder te herinneren.

Patrik keek om zich heen en moest ondanks zijn sombere boodschap eigenlijk hard lachen. De kamer was een parodie op de zomerhuizen waar Erica zo vaak grapjes over maakte: ingericht als een kajuit, met maritieme kleuren, zeekaarten aan de muren, kandelaars in de vorm van een vuurtoren, gordijnen met een schelpjespatroon en zelfs een oud roer als salontafel. Een duidelijk voorbeeld dat veel geld en goede smaak niet noodzakelijkerwijs hand in hand hoeven te gaan.

'Ik vraag me af of u iets over Siv kunt vertellen. Ik ben net bij Albert Thernblad geweest, de vader van Mona, en hij heeft me een aantal foto's uit Mona's jeugd laten zien. Zou ik ook wat foto's van uw dochter mogen bekijken?'

In tegenstelling tot Albert, die was gaan stralen toen hij over zijn oogappel mocht vertellen, schoof Gun gegeneerd heen en weer op de bank.

'Eh, ik zou niet goed weten waarom. Ze hebben zoveel vragen gesteld toen Siv verdween, dat kunt u toch allemaal in het archief terugvinden...'

'Ja, natuurlijk, maar ik dacht aan meer persoonlijke dingen. Hoe ze was, wat ze leuk vond, wat ze wilde worden en zo...'

'Wat ze wilde worden – tja, veel keuze had ze niet. Op haar zeventiende raakte ze immers zwanger van die Duitse jongen en toen heb ik ervoor gezorgd dat ze geen tijd meer verspilde aan haar studie. Daar was het toch al te laat voor en ik was niet van plan om in mijn eentje voor haar kind te zorgen, dat heb ik haar duidelijk verteld.'

Ze sprak met honende stem, en toen Patrik zag hoe Lars naar zijn vrouw keek, begreep hij dat er niet veel over was van de illusie die hij mogelijk van haar had gehad toen ze trouwden. Hij zag een vermoeidheid en berusting in Lars' gezicht, dat gegroefd was door teleurstellingen. Misschien was het van Lars' kant aanvankelijk echte liefde geweest, maar Patrik durfde er wat om te verwedden dat Gun zich had laten lokken door de vele miljoenen op Lars Struwers bankrekening. Het was ook duidelijk dat Gun niet veel moeite meer deed om haar ware aard te verbergen.

'Haar dochter ja, waar bevindt die zich tegenwoordig?' Patrik leunde naar voren, nieuwsgierig naar het antwoord.

Wederom krokodillentranen. 'Toen Siv verdween, kon ik niet zelf voor het kind zorgen. Dat had ik natuurlijk graag gewild, maar ik had in die tijd niet veel geld en om dan voor een klein meisje te zorgen, ja dat ging gewoon niet. Dus heb ik maar het beste van de situatie gemaakt en haar naar Duitsland gestuurd, naar haar vader. Ja, die was niet echt blij dat hij zomaar met een klein kind werd opgescheept, maar het was niet anders, hij was tenslotte de vader, dat had ik zwart op wit staan.'

'Ze woont dus in Duitsland?' Een kleine gedachte kwam in Patriks brein op. Zou het kunnen dat... nee, dat was toch niet mogelijk.

'Nee, ze is dood.'

Patriks gedachte verdween even snel als ze was gekomen. 'Dood?'

'Ja, omgekomen bij een auto-ongeluk toen ze vijf was. Hij heeft niet eens de moeite genomen om me te bellen, die Duitser. Ik kreeg alleen maar een brief waarin hij schreef dat Malin was overleden. Ik werd ook niet uitgenodigd voor de begrafenis, stel je toch eens voor! Mijn eigen kleinkind, en ik mocht niet op haar begrafenis komen.' Haar stem trilde van verontwaardiging.

'Hij heeft ook nooit gereageerd op de brieven die ik schreef toen het kind nog leefde. Vindt u ook niet dat het niet meer dan rechtvaardig was geweest als hij de oma van zijn moederloze kind een handje had geholpen? Ik heb er tenslotte voor gezorgd dat zijn kind de eerste twee jaar te eten kreeg en kleren aan haar lijf had. Had ik dan niet het recht op een kleine vergoeding?'

Gun was nu zo razend over het onrecht dat haar in haar ogen was aangedaan, dat ze pas kalmeerde toen Lars haar mild maar resoluut in de schouder kneep, als een dringend verzoek om tot bedaren te komen.

Patrik nam niet de moeite te antwoorden. Hij wist bovendien dat Gun Struwer zijn antwoord niet op prijs zou hebben gesteld. Waarom zou de vader van het kind haar in godsnaam geld sturen? Zag ze echt niet in hoe onredelijk dat verzoek was? Kennelijk niet, te oordelen naar de rode plekken in haar gezicht die zich scherp aftekenden tegen haar door de zon gebruinde, leerachtige wangen, hoewel haar kleinkind al meer dan twintig jaar dood was.

Hij deed een laatste poging om iets persoonlijks over Siv te weten te komen. 'Zijn er misschien foto's?'

'Tja, ik heb niet veel foto's van haar genomen, maar ergens moet ik er wel eentje kunnen vinden.'

Ze liep de kamer uit en liet Patrik bij Lars achter. Ze zwegen even, maar toen begon Lars te praten, zo zachtjes dat Gun het niet kon horen. 'Ze is niet zo koud als ze lijkt; ze heeft ook heel goede kanten, Gun.'

Yeah right, dacht Patrik. Het verweer van een gek, zou hij deze opmerking willen noemen. Maar Lars deed waarschijnlijk wat hij kon om zijn keuze voor Gun te rechtvaardigen. Patrik gokte dat Lars ongeveer twintig jaar ouder was dan zijn vrouw, en het leek niet al te vergezocht om te denken dat zijn keuze door een ander lichaamsdeel was bepaald dan door het hoofd. Anderzijds moest Patrik toegeven dat hij door zijn beroep misschien een beetje te cynisch was geworden. Misschien ging het hier wel om echte liefde, wat wist hij ervan?

Gun kwam weer terug, niet met dikke fotoalbums zoals Albert Thernblad, maar met één kleine zwart-witfoto die ze met een stuurs gezicht aan Patrik overhandigde. Daarop stond Siv, een norse tiener met haar pasgeboren dochter op de arm. In tegenstelling tot de foto van Mona was er op haar gezicht geen vreugde te bespeuren.

'Nu moeten we aan de slag. We zijn net terug uit de Provence, waar Lars' dochter woont.' Uit de manier waarop Gun het woord 'dochter' uitsprak, begreep Patrik dat er geen liefdevolle gevoelens tussen haar en haar stiefdochter bestonden.

Hij besefte ook dat zijn aanwezigheid niet langer gewenst was, dus nam hij afscheid.

'En bedankt voor de foto. Ik beloof dat ik hem in goede staat zal teruggeven.'

Gun maakte een afwerend gebaar. Toen herinnerde ze zich haar rol weer, en trok een ander gezicht. 'Laat het me weten zodra jullie zekerheid hebben, alstublieft. Ik wil mijn kleine Siv zo graag begraven.'

'Natuurlijk, zodra ik iets weet, hoort u dat van me.'

Hij sprak onnodig kortaangebonden, maar deze hele vertoning had hem een sterk gevoel van onbehagen gegeven.

Toen hij weer op de Norra Hamngatan stond, opende zich boven hem de hemel. Hij bleef even staan en liet de stortbui het kleffe gevoel wegspoelen dat het bezoek aan de Struwers hem had bezorgd. Nu wilde hij naar huis en Erica in zijn armen nemen en het leven voelen dat klopte onder zijn hand op haar buik. Hij moest voelen dat de wereld niet zo wreed en kwaad was als ze soms leek. Dat kón ze gewoon niet zijn.

Zomer 1979

Ze had het gevoel alsof er maanden waren verstreken. Maar ze wist dat het niet zo lang kon zijn. Toch leek elk uur in het donker een heel leven.

Veel te veel tijd om na te denken. Veel te veel tijd om te kunnen voelen hoe de pijn elke zenuw omdraaide. Tijd om na te denken over alles wat ze had verloren. Of zou verliezen.

Nu wist ze dat ze hier niet meer weg zou komen; niemand kon een dergelijke pijn ontvluchten. Toch had ze nooit zachtere handen gevoeld dan de zijne. Nooit eerder hadden handen haar met zoveel liefde gestreeld en daardoor hongerde ze naar meer. Niet de akelige aanraking, niet de pijnlijke, maar de zachte die daarna kwam. Als ze zo'n aanraking eerder had mogen voelen, was alles anders geweest, dat wist ze nu. Het gevoel dat ze kreeg als hij zijn handen over haar lichaam bewoog was zo zuiver, zo onschuldig, dat de harde kern in haar binnenste werd geraakt, een kern die niemand ooit had kunnen bereiken.

In het donker was hij haar alles geworden. Er waren geen woorden geuit, maar ze fantaseerde over de klank van zijn stem. Vaderlijk, warm. Als de pijn kwam haatte ze hem. Dan zou ze hem kunnen doden. Als ze daar maar toe in staat was.

❄

Robert vond hem in de schuur. Ze kenden elkaar goed en hij wist dat hij Johan daar altijd kon vinden als die ergens over piekerde. Toen hij niemand thuis had aangetroffen, was hij meteen naar de schuur gelopen en daar zat Johan met opgetrokken knieën en zijn armen stevig om zijn benen geklemd op de vloer.

Ze waren zo verschillend, dat Robert soms niet kon geloven dat ze echt broers waren. Zelf was hij er trots op dat hij geen minuut van zijn leven ergens over had nagedacht of geprobeerd had consequenties van zijn handelingen in te schatten. Hij handelde, daarna ging het zoals het ging. Wie dan leeft, die dan zorgt was zijn motto, er was geen reden om te piekeren over dingen die je niet kon sturen. Het leven besodemieterde je toch wel op de een of andere manier, dat was gewoon de orde der dingen.

Johan daarentegen was zo diepzinnig dat het niet goed meer voor hem was. Op zeldzame momenten van scherpzinnigheid kon Robert een steek van spijt voelen omdat zijn jongere broer ervoor had gekozen hem op zijn slechte pad te volgen, maar anderzijds was dat misschien toch het beste, anders werd Johan alleen maar teleurgesteld. Zij waren zonen van Johannes Hult en op hun tak van de familie rustte een vloek. Ze hadden geen enkele kans om ooit ergens in te slagen, dus waarom zouden ze het dan proberen?

Hij zou het nooit toegeven, zelfs niet als hij werd gemarteld, maar Robert hield meer van zijn broer dan van wat ook ter wereld, en hij voelde een steek in zijn hart toen hij Johans silhouet in het halfduister van de schuur onderscheidde. Johan leek mijlenver weg met zijn gedachten, en er lag een droefheid over hem heen die Robert bijwijlen kon zien. Dan leek het alsof er een wolk van melancholie over Johans gemoed trok, die hem naar een donker en akelig plekje dwong, weken achter elkaar. Robert had het de hele zomer niet gezien, maar nu voelde hij het fysiek zodra hij de deur binnenstapte.

'Johan?'

Hij kreeg geen antwoord. Robert liep zachtjes het donker in. Hij hurkte naast zijn broer en legde zijn hand op diens schouder. 'Johan, zit je hier nu alweer?'

Zijn jongere broer knikte alleen maar. Toen Johan zijn gezicht naar Robert wendde, zag hij tot zijn verbazing dat het gezwollen was van het huilen. Dat was ongebruikelijk, ook voor Johan. Robert werd door bezorgdheid overvallen.

'Hoe gaat het, Johan? Wat is er gebeurd?'

'Papa.'

De rest van de zin verdronk in een snikkend gehuil en Robert spande zich in om te horen wat Johan zei. 'Wat zeg je over papa, Johan?'

Johan haalde een paar keer diep adem om weer rustig te worden en zei toen: 'Iedereen zal nu begrijpen dat papa onschuldig was aan de verdwijning van die meisjes. Snap je, de mensen zullen begrijpen dat hij het niet heeft gedaan!'

'Waar heb je het over?' Robert schudde Johan door elkaar, maar hij voelde dat zijn hart een keer oversloeg.

'Ma is in het dorp geweest en ze hoorde dat ze een vermoord meisje hadden gevonden. De verdwenen meisjes zijn ook bij haar aangetroffen. Snap je? Er is nú een meisje vermoord. Niemand kan toch beweren dat pa dat heeft gedaan?'

Johan begon bijna hysterisch te lachen. Robert begreep nog steeds niet wat zijn broer zei. Sinds hij zijn vader met een strop om zijn hals in de schuur had gevonden, had hij gedroomd en gefantaseerd dat hij ooit de woorden zou horen die Johan nu uitspuugde.

'Je houdt me toch niet voor de gek? Want dan zul je wat meemaken.'

Hij balde zijn vuist, maar Johan bleef hysterisch lachen en de tranen, waarvan Robert nu begreep dat het vreugdetranen waren, bleven stromen. Johan draaide zich om en omhelsde Robert zo hard dat hij bijna geen lucht meer kreeg, en toen hij begreep dat zijn broer de waarheid sprak, omarmde Robert Johan ook zo stevig hij maar kon.

Eindelijk zou hun vader eerherstel krijgen. Eindelijk zouden zij en hun moeder met opgeheven hoofd door het dorp kunnen lopen, zonder dat ze achter hun rug gefluister hoorden en vingers zagen die discreet in hun richting wezen als de mensen dachten dat zij het niet zagen. Nu zouden ze spijt krijgen, die roddelaars. Vierentwintig jaar lang hadden ze slechte dingen over hun gezin gezegd en nu konden ze zich gaan schamen.

'Waar is ma?'

Robert maakte zich los uit de omhelzing en keek met een vragende blik naar Johan, die ongecontroleerd begon te giechelen. Tussen de giechelbuien door zei hij iets onverstaanbaars.

'Wat zeg je? Kalmeer nou even en praat normaal. Waar is ma, vroeg ik?'

'Ze is bij oom Gabriël.'

Roberts gezicht betrok. 'Wat moet ze verdomme bij die klootzak?'

'Hem de waarheid vertellen, denk ik. Ik heb ma nog nooit zo boos gezien als toen ze terugkwam uit het dorp en vertelde wat ze had gehoord. Ze zou naar het landhuis gaan en Gabriël vertellen wat voor mens hij was, zei ze. Hij zal er wel flink van langs hebben gekregen. Je had haar moeten zien. Haar haren stonden rechtovereind en het scheelde niet veel of er kwam rook uit haar oren, dat kan ik je wel vertellen.'

Dat beeld van hun moeder, met de haren rechtovereind en rookwolken uit haar oren, bezorgde ook Robert een giechelbui. Zo lang hij zich kon herinneren was ze een sloffende, foeterende schaduw geweest, hij vond het moeilijk zich haar als een woedende furie voor te stellen.

'Wat had ik Gabriëls gezicht graag willen zien toen ze daar kwam aangestormd. En dat van tante Laine niet te vergeten.'

Johan gaf een trefzekere imitatie van zijn tante toen hij een angstig gezicht trok en zich in de handen wreef. Hij sprak met schelle stem: 'Maar Solveig toch. Maar lieve Solveig, zo mag je niet praten.'

Beide broers rolden van het lachen over de vloer.

'Hé, denk jij weleens aan pa?' Johans vraag bracht de ernst terug en

Robert zweeg even voor hij antwoordde.

'Ja, natuurlijk doe ik dat. Maar ik vind het moeilijk aan iets anders te denken dan hoe hij er die dag uitzag. Wees maar blij dat jij hem niet hebt gezien. En jij dan, denk jij weleens aan hem?'

'Ja, vaak. Maar ik heb dan het gevoel alsof ik naar een film kijk, als je begrijpt wat ik bedoel. Ik kan me herinneren hoe vrolijk hij altijd was en dat hij grapjes maakte en danste en mij hoog in de lucht gooide. Maar ik zie het als het ware van buitenaf, als een film.'

'Ik begrijp wat je bedoelt.'

Ze lagen naast elkaar en staarden naar het plafond, terwijl de regen tegen het plaatijzer boven hun hoofd sloeg.

Johan zei zachtjes: 'Hij hield toch zeker wel van ons, Robert?'

Robert antwoordde even zachtjes: 'Natuurlijk, Johan, natuurlijk deed hij dat.'

Ze hoorde dat Patrik buiten op de stoep een paraplu uitschudde en kwam moeizaam overeind van de bank om hem bij de deur te begroeten.

'Hoi?'

Zijn toon was vragend en hij keek verbaasd om zich heen. Rust en stilte had hij kennelijk niet verwacht. Eigenlijk zou ze een beetje verbolgen op hem moeten zijn omdat hij haar de hele dag niet had gebeld, maar ze was veel te blij dat hij weer thuis was. Ze wist ook dat ze hem altijd op zijn mobieltje kon bereiken, en ze twijfelde er niet aan dat hij wel duizend keer aan haar had gedacht. Dat was de geborgenheid van hun relatie en het was heerlijk daarin te kunnen rusten.

'Waar zijn Conny en de bandieten?' Patrik fluisterde, onzeker of ze er nog waren of niet.

'Britta kreeg een bord met macaroni en worst over haar hoofd, en toen wilden ze niet langer blijven. Ondankbare lui.'

Erica genoot van Patriks onthutste gezicht.

'Ik ging over de rooie. Ergens moet je de grens trekken. We zullen de komende eeuw geen uitnodigingen van die kant van de familie ontvangen, maar dat vind ik helemaal niet erg. Jij wel?'

'Nee, alsjeblieft.' Patrik stond perplex. 'Heb je dat echt gedaan? Heb je een bord met eten over haar hoofd leeggegooid?'

'Op mijn erewoord. Heel mijn goede opvoeding vloog zo door het raam naar buiten. Nu kom ik waarschijnlijk niet meer in de hemel.'

'Hm, je bent zelf een stukje hemel, dus daar hoef je niet...'

Hij beet haar plagerig in haar hals, precies op het plekje waarvan hij wist dat het kietelde en ze duwde hem lachend weg.

'Ik maak even een kopje warme chocola, daarna moet jij alles over De Grote Confrontatie vertellen.' Patrik pakte haar hand en leidde Erica naar de keuken, waar hij haar op een keukenstoel hielp.

'Je ziet er moe uit,' zei ze. 'Hoe gaat het met het onderzoek?'

Hij zuchtte terwijl hij cacaopoeder door de melk roerde.

'Tja, het gaat, maar daar is alles ook mee gezegd. Gelukkig konden de technici de plaats delict onderzoeken voordat we dit weer kregen. Als we ze vandaag hadden gevonden in plaats van eergisteren, was er helemaal niets meer geweest. Bedankt trouwens, voor het materiaal dat je voor me hebt opgeduikeld. Dat was heel nuttig.'

Hij ging tegenover haar zitten terwijl hij wachtte tot de chocola warm werd. 'En jij, hoe is het met jullie? Alles goed met de baby?'

'Alles is goed met ons. Onze toekomstige voetballer is als gewoonlijk lekker druk geweest, maar ik had een heerlijke dag toen Conny en Britta eenmaal waren vertrokken. Dat was misschien precies wat ik nodig had om me eindelijk te kunnen ontspannen en lekker te lezen – een stelletje gekke familieleden.'

'Dat is mooi, dan hoef ik me geen zorgen te maken.'

'Nee, absoluut niet.'

'Wil je dat ik morgen thuisblijf? Ik kan misschien hier wel wat doen, dan ben ik in elk geval in de buurt.'

'Dat is heel lief van je, maar het gaat goed met me. Ik vind het belangrijker dat je probeert de moordenaar te vinden voordat het spoor weer koud is. De tijd dat ik eis dat je geen meter bij me vandaan mag, komt nog wel.' Ze glimlachte en streek over zijn hand. Toen ging ze verder: 'Bovendien is er een algemene hysterie op komst. Ik ben vandaag diverse keren gebeld door mensen die willen horen hoeveel jullie weten – en natuurlijk zeg ik niets, al zou ik wel iets weten, wat niet het geval is.' Ze moest even op adem komen. 'En het toeristenbureau heeft kennelijk heel veel afzeggingen gekregen van mensen die hier niet meer durven komen, en een groot aantal zeilers is naar andere havens vertrokken. Als de plaatselijke toeristenindustrie jullie dus nog niet onder druk heeft gezet, moeten jullie je daar maar op gaan voorbereiden.'

Patrik knikte. Hij had al gevreesd dat dit zou gebeuren. De hysterie zou toenemen en zich verspreiden tot ze iemand achter slot en grendel hadden gezet. En voor een plaats als Fjällbacka, die van het toerisme leefde, was dat een ramp. Hij herinnerde zich een zomer van een paar jaar geleden, toen een man in juli vier vrouwen had verkracht voordat ze hem eindelijk konden grijpen. De ondernemers van Fjällbacka waren dat jaar radeloos geweest, omdat de toeristen ervoor hadden gekozen naar de naburige plaatsen te trekken, zoals Grebbestad of Strömstad. Moord zou een veel ergere reactie teweegbrengen. Godzijdank was het de verantwoordelijkheid van de hoofdcommissaris om met dit soort zaken om te gaan, Patrik liet die gesprekken met liefde aan Mellberg over.

Hij wreef met zijn vingers over zijn neus. Een stevige hoofdpijn was in aantocht. Patrik wilde net een aspirientje nemen toen hij bedacht dat hij de hele dag nog niets had gegeten. Eten was anders een van de zonden waaraan hij zich graag overgaf, waar een opkomende slappere taille van kon getuigen, en hij kon zich niet herinneren wanneer hij voor het laatst een maaltijd was vergeten, laat staan twee. Hij was te moe om echt te koken en maakte een paar boterhammen met kaas en kaviaarpasta klaar die hij in de warme chocola doopte. Erica keek hem lichtelijk walgend aan vanwege deze in haar ogen gastronomisch verwerpelijke combinatie, maar voor Patrik was het een godenspijs. Drie boterhammen later was de hoofdpijn slechts een herinnering en voelde hij nieuwe krachten.

'Zullen we Dan en zijn vriendin dit weekend uitnodigen? We kunnen gaan barbecuen.'

Erica fronste haar voorhoofd en keek niet bijster enthousiast.

'Hé, je hebt Maria nog geen kans gegeven. Hoe vaak heb je haar ontmoet? Twee keer?'

'Ja, ja, ik weet het. Maar ze is zo...' ze zocht naar het juiste woord, 'eenentwintig.'

'Daar kan zij toch niets aan doen. Dat ze jong is, bedoel ik. Ik ben het met je eens dat ze een beetje vreemd lijkt, maar misschien is ze alleen maar verlegen. En je zou je toch een beetje kunnen inspannen voor Dan. Ik bedoel, hij heeft tenslotte voor haar gekozen. En het is toch helemaal niet raar dat hij na de scheiding van Pernilla iemand anders heeft ontmoet.'

'Goh, wat ben jij ineens tolerant geworden,' zei Erica chagrijnig, maar ze moest toegeven dat Patrik gelijk had. 'Hoe kom je zo grootmoedig?'

'Ik ben altijd grootmoedig tegenover meisjes van eenentwintig. Ze hebben zulke mooie kwaliteiten.'

'Zo, welke dan?' zei Erica zuur tot ze doorkreeg dat Patrik haar plaagde. 'Oké, genoeg. Ja, je hebt gelijk, natuurlijk kunnen we Dan en zijn kleine meisje uitnodigen.'

'Hé, hé.'

'Ja, ja, Dan en MARIA. Het wordt vast gezellig. Ik kan Emma's poppenhuis tevoorschijn halen, dan heeft ze iets te doen terwijl de volwassenen eten.'

'Erica...'

'Ik stop al. Maar het is gewoon niet eenvoudig ermee op te houden. Het lijkt wel een tic.'

'Gemeen mens, kom hier en geef me een knuffel in plaats van kwade plannen te smeden.'

Ze gehoorzaamde en ze kropen samen op de bank. Dit maakte het voor Patrik mogelijk in zijn werk de confrontatie aan te gaan met de donkere kanten van de menselijkheid: Erica, en de gedachte dat hij misschien een kleine bijdrage kon leveren aan een veiliger wereld voor het kind dat achter de gespannen huid van Erica's buik zijn voetjes tegen zijn hand drukte. Buiten begon het te schemeren en terwijl de kleur van de lucht van grijs overging in vlammend roze, nam de wind in kracht af. Hij vermoedde dat morgen de zon weer zou schijnen.

Patriks voorgevoel bleek te kloppen. De volgende dag was het alsof het nooit had geregend en tegen lunchtijd dampte het asfalt alweer. Martin transpireerde hoewel hij alleen een korte broek en een T-shirt droeg, maar dat voelde bijna natuurlijk. Hij herinnerde zich de verkoeling van gisteren slechts als een droom.

Hij wist niet goed hoe hij verder moest met zijn werk. Patrik was bij

Mellberg, dus ze hadden nog niet kunnen overleggen. Een van zijn problemen was de informatie uit Duitsland. Ze konden elk moment terugbellen en hij was bang iets van het gesprek te missen vanwege zijn gebrekkige kennis van het Duits. Daarom zou het het beste zijn om nu al iemand te zoeken die hen als tolk kon helpen. Maar wie moest hij vragen? De tolken die in het verleden op het bureau waren geweest, kwamen met name voor de Baltische talen, en voor Russisch en Pools vanwege gestolen auto's die naar die landen verdwenen, maar tot nu toe hadden ze nooit hulp gezocht voor het Duits. Hij pakte het telefoonboek en begon willekeurig te bladeren, onzeker wat hij zocht. Hij kreeg een idee toen zijn oog op een bepaalde rubriek viel. Gezien het aantal Duitse toeristen dat elk jaar door Fjällbacka stroomde, had het toeristenbureau vast iemand in dienst die de taal beheerste. Enthousiast toetste hij het nummer in en een lichte, opgewekte vrouwenstem nam op.

'Goedemorgen, met het toeristenbureau in Fjällbacka, u spreekt met Pia.'

'Hallo, met Martin Molin van het politiebureau in Tanumshede. Ik heb een vraagje, werkt er bij jullie toevallig iemand die goed Duits spreekt?'

'Jawel, ikzelf. Waar gaat het over?'

Pia's stem klonk met de seconde aantrekkelijker en Martin kreeg een idee.

'Zou ik even bij jullie langs kunnen komen om erover te praten? Heb je daar tijd voor?'

'Natuurlijk. Over een halfuur heb ik pauze. Als je dan komt, kunnen we misschien samen bij Café Bryggan gaan lunchen?'

'Dat lijkt me uitstekend. Tot over een halfuurtje dan.'

Opgeruimd hing Martin op. Hij wist niet goed wat voor dwaasheden er in hem waren gevaren, maar haar stem had zo vriendelijk geklonken.

Toen hij zijn auto een halfuur later voor de ijzerwarenwinkel had geparkeerd en zich een weg baande tussen alle zomergasten op het Ingrid Bergmanstorg, kreeg hij een beetje koudwatervrees. Dit is geen afspraakje, dit is een politiezaak, zei hij tegen zichzelf, maar hij kon niet ontkennen dat het hem behoorlijk teleur zou stellen als Pia van het toeristenbureau tweehonderd kilo bleek te wegen en vooruitstekende tanden had.

Hij stapte de steiger vol eettafels op en keek zoekend om zich heen. Aan een van de tafeltjes verderop zwaaide een jonge vrouw in een blauwe bloes en met een gekleurde sjaal waarop het logo van het toeristenbureau prijkte. Martin slaakte een zucht van verlichting, die onmiddellijk werd gevolgd door een gevoel van triomf omdat hij het bij het rechte eind had gehad. Pia zag er heel goed uit. Met grote bruine ogen en donker krullend haar, een vrolijke glimlach met witte tanden en charmante kuiltjes in de wangen. Deze lunch werd veel leuker dan wanneer hij met Hedström in de koffiekamer van het bureau een koude pastasalade naar binnen had moeten werken. Niet dat hij Hedström niet mocht, maar de man was geen feestnummer!

'Martin Molin.'

'Pia Löfstedt.'

Toen ze zich aan elkaar hadden voorgesteld bestelden ze allebei vissoep bij de lange, blonde serveerster.

'We hebben geluk, "de haring" is hier deze week.'

Pia zag dat Martin niet begreep waar ze het over had. 'Christian Hellberg, kok van het jaar in 2001. Hij komt uit Fjällbacka. Je merkt het wel als je de vissoep hebt geproefd, die is echt goddelijk.'

Tijdens het praten zat ze de hele tijd druk te gebaren en Martin merkte dat hij haar gefascineerd aankeek. Pia was heel anders dan de vrouwen met wie hij uitging, en misschien vond hij het daarom zo gezellig om hier met haar te zitten. Hij moest zichzelf eraan herinneren dat dit geen sociale maar een werklunch was, en dat hij hier met een opdracht was gekomen.

'Ik moet toegeven dat we niet elke dag door de politie worden gebeld. Ik neem aan dat het te maken heeft met de lijken in de Koningskloof?'

De vraag klonk als een droge constatering, niet sensatiebelust, en Martin knikte bevestigend.

'Ja, dat klopt. Zoals jullie ongetwijfeld al hebben gehoord was het meisje een Duitse toeriste, en waarschijnlijk hebben we een tolk nodig. Denk je dat jij dat aankunt?'

'Ik heb twee jaar in Duitsland gestudeerd, dus dat moet geen probleem zijn.'

De soep werd gebracht en al na één lepel moest Martin toegeven dat die inderdaad 'goddelijk' was. Hij probeerde niet te slurpen, maar gaf zijn pogingen al snel weer op; hij hoopte maar dat ze *Michiel van de Hazelhoeve* had gelezen: 'Je moet wel slurpen anders weet je niet dat het soep is...'

'Het is een beetje vreemd...' Pia stopte even en nam nog een lepel soep. Af en toe waaide er een zwak briesje langs de tafels, dat heel even verkoeling gaf. Ze volgden met hun blik een mooie ouderwetse kotter, die met klapperende zeilen vooruit probeerde te komen. Het waaide niet hard genoeg om lekker te kunnen zeilen, dus de meeste boten gebruikten de motor. Pia ging verder: 'Dat Duitse meisje, Tanja heette ze toch? Ze kwam ruim een week geleden bij ons op het bureau en vroeg of we haar konden helpen met de vertaling van een paar artikelen.'

Martins interesse was gewekt. 'Wat voor artikelen?'

'Over die meisjes met wie zij gevonden werd. De artikelen gingen over hun verdwijning. Het waren oude artikelen die ze had gekopieerd, waarschijnlijk uit de bibliotheek.'

De lepel rammelde toen hij die van pure opwinding op zijn bord liet vallen. 'Zei ze waarom ze daar hulp bij wilde hebben?'

'Nee, en ik heb het ook niet gevraagd. Eigenlijk mogen we zulke dingen niet tijdens werktijd doen, maar midden op de dag waren alle toeristen aan het zwemmen, dus het was rustig. En bovendien leek het voor haar heel belangrijk, ik kreeg een beetje medelijden met het meisje.'

Pia aarzelde: 'Heeft dit iets met de moord te maken? Ik had misschien eerder moeten bellen om het te vertellen...'

Ze klonk onzeker en Martin haastte zich haar gerust te stellen. Om de een of andere reden vond hij het heel vervelend als zij zich door hem onbehaaglijk zou voelen.

'Nee, dat kon jij toch niet weten. Maar het is goed dat je het nu vertelt.'

Tijdens de rest van de lunch spraken ze over leukere zaken en haar vrije uur was snel voorbij. Ze haastte zich naar het kleine toeristenbureau dat midden op het plein stond, zodat de collega die na haar ging lunchen niet boos werd. Voordat hij het goed en wel in de gaten had, was ze verdwenen, een veel te snel afscheid. Hij had haar willen vragen of ze niet iets konden afspreken, maar de woorden waren niet over zijn lippen gekomen. Mopperend en vloekend liep hij naar zijn auto, maar op de terugweg naar Tanumshede gingen zijn gedachten onwillekeurig naar wat Pia had verteld, dat Tanja had gevraagd haar te helpen bij het vertalen van artikelen over de verdwenen meisjes. Waarom was ze in hen geïnteresseerd geweest? Wie was ze? Wat was het verband tussen haar, Siv en Mona, een verband dat zij niet zagen?

Het leven was goed. Het leven was zelfs heel goed. Hij kon zich niet herinneren wanneer de lucht zo schoon, de geuren zo sterk en de kleuren zo helder waren geweest. Het leven was echt goed.

Mellberg keek naar Hedström, die in de stoel tegenover hem zat. Een aantrekkelijke vent en een goede politieman. Ja, dat had hij misschien niet eerder in die bewoordingen gezegd, maar nu zou hij van de gelegenheid gebruikmaken. Het was belangrijk dat zijn medewerkers voelden dat ze werden gewaardeerd. Een goede leider geeft met dezelfde vastberadenheid kritiek én lof, had hij ergens gelezen. Hij was tot op heden misschien iets te gul geweest met zijn kritiek – dat kon hij nu in zijn hervonden scherpzinnigheid wel erkennen – maar dat kon natuurlijk worden gecompenseerd.

'Hoe gaat het met het onderzoek?'

Hedström vertelde hem in grote lijnen wat ze tot op heden hadden gedaan.

'Uitstekend, uitstekend.' Mellberg knikte joviaal. 'Ja, ik heb vandaag een aantal vervelende gesprekken gevoerd. Men vindt het heel belangrijk dat deze zaak snel wordt opgelost zodat het geen verstrekkende gevolgen krijgt voor de toeristenindustrie, zoals ze het zo fraai uitdrukten. Maar daar hoef jij je niet druk om te maken. Ik heb hen persoonlijk verzekerd dat een van de beste mensen van het korps dag en nacht bezig is om de dader achter slot en grendel te krijgen. Ga dus maar door met je goede werk, dan neem ik de bobo's in de gemeente voor mijn rekening.'

Hedström keek hem verbaasd aan. Mellberg vuurde een brede glimlach op hem af. Ja, de jongen moest eens weten...

Het overleg bij Mellberg had ruim een uur geduurd en toen hij terugliep naar zijn kamer, keek Patrik even bij Martin naar binnen. Die was er niet, dus ging Patrik snel naar Hedemyrs en kocht een in plastic verpakte sandwich die hij met een kop koffie in de koffiekamer verorberde. Toen hij klaar was, klonken Martins voetstappen in de gang en Patrik gebaarde dat Martin naar zijn kamer moest komen.

Patrik begon: 'Is jou de laatste tijd iets vreemds aan Mellberg opgevallen?'

'Behalve dat hij niet klaagt, geen kritiek levert, de hele tijd zit te glimlachen, flink is afgevallen en kleren draagt die in de jaren negentig in de mode waren – nee.' Martin glimlachte om te laten zien dat hij het ironisch bedoelde.

'Er is iets niet pluis. Niet dat je mij hoort klagen. Hij bemoeit zich niet met het onderzoek en vandaag heeft hij me zo geprezen dat ik ervan moest blozen. Maar er is iets...'

Patrik schudde zijn hoofd, maar verder lieten ze hun gedachten over de nieuwe Bertil Mellberg voor wat ze waren, omdat ze heel goed wisten dat er dringender zaken moesten worden behandeld. Van sommige dingen moet je gewoon genieten zonder ze in twijfel te trekken.

Martin vertelde over het vergeefse bezoek aan de camping, ze waren niets nuttigs van Liese te weten gekomen. Toen hij vertelde over Pia, dat Tanja haar had gevraagd artikelen over Mona en Siv te vertalen, was Patriks belangstelling gewekt.

'Ik wist wel dat er een verband was! Maar wat kan het verdomme zijn?' Hij krabde zich op zijn hoofd.

'Wat zeiden de ouders gisteren?'

De twee foto's die Patrik van Albert en Gun had gekregen, lagen op zijn bureau en hij gaf ze aan Martin. Hij beschreef de ontmoetingen met Mona's vader en Sivs moeder, en kon zijn afkeer van de laatstgenoemde niet verbloemen.

'Het moet toch een opluchting betekenen dat de meisjes zijn gevonden. Het moet verschrikkelijk zijn om jaar in jaar uit niet te weten waar ze zijn. De onzekerheid is het ergst, zeggen mensen die het kunnen weten.'

'Ja, laten we hopen dat Pedersen bevestigt dat het tweede skelet inderdaad dat van Siv Lantin is, anders hebben we een probleem.'

'Ik durf je bijna te beloven dat we daarvan uit kunnen gaan. Nog geen nieuws over de analyse van de aarde die op de skeletten is gevonden?'

'Nee, helaas. En het is maar de vraag of het wat oplevert. Ze kunnen overal begraven hebben gelegen en zelfs als we erachter komen wat voor soort aarde het is, blijft het zoeken naar een speld in een hooiberg.'

'Ik richt mijn hoop op het DNA. Als we de juiste persoon vinden, hebben we direct zekerheid als we zijn DNA met ons materiaal vergelijken.'

'Ja, we hoeven dus alleen de dader nog maar te vinden.'

Ze zaten een tijdje in stilte na te denken tot Martin de sombere stemming doorbrak en opstond.

'Als we hier blijven zitten schiet het sowieso niet op. Ik kan maar weer beter aan het werk gaan.'

Hij liet een peinzende Patrik achter.

De stemming tijdens het eten was bedrukt. Dat was op zich niet ongewoon sinds Linda bij hen was ingetrokken, maar vandaag was de sfeer om te snijden. Haar broer had verslag gedaan van Solveigs bezoek aan hun ouders, maar hij leek er niet bijster veel zin in te hebben om lang bij het onderwerp stil te staan. Linda was echter niet van plan zich daardoor te laten hinderen.

'Dus oom Johannes heeft die meisjes niet vermoord. Papa zal zich nu wel erg beroerd voelen, eerst heeft hij zijn eigen broer beschuldigd en nu blijkt die onschuldig te zijn.'

'Stil, je moet niet praten over dingen waar je niets van weet.'

Iedereen aan tafel schrok op. Ze hadden Jacob maar zelden zijn stem horen verheffen, als het al ooit was gebeurd. Zelfs Linda leek even geschrokken, maar ze slikte een keer en ging onverdroten verder: 'Waarom dacht papa eigenlijk dat oom Johannes de dader was? Niemand vertelt mij ooit iets.'

Jacob aarzelde, maar wist ook dat hij haar vragen niet kon tegenhouden en daarom besloot hij haar tegemoet te komen. In elk geval gedeeltelijk.

'Papa zag een van de meisjes in de auto van Johannes, in de nacht dat ze verdween.'

'Waarom was papa midden in de nacht aan het autorijden?'

'Hij was bij mij in het ziekenhuis geweest, en besloot daar niet te overnachten maar weer naar huis te gaan.'

'Was dat alles? Was dat de reden dat hij Johannes aangaf bij de politie? Ik bedoel, er kunnen allerlei verklaringen voor zijn, misschien gaf hij haar een lift of zo?'

'Misschien. Maar Johannes ontkende dat hij het meisje die avond überhaupt had gezien, hij zei dat hij op dat tijdstip thuis lag te slapen.'

'Maar wat zei opa? Was die niet woedend toen Gabriël de politie over Johannes had verteld?'

Linda raakte helemaal gefascineerd. Ze was na de verdwijning van de meisjes geboren en kende alleen flarden van het verhaal. Niemand wilde vertellen wat er eigenlijk was gebeurd, en het meeste van wat Jacob nu zei, was nieuw voor haar.

Jacob snoof. 'Of opa woedend was? Ja, dat kun je wel zeggen. Hij lag op dat moment in het ziekenhuis, druk bezig mijn leven te redden, en was razend dat papa zoiets had kunnen doen.'

De kinderen waren van tafel gestuurd, anders hadden hun ogen geglinsterd bij het verhaal over hun overgrootvader die het leven van hun vader had gered. Dat verhaal hadden ze al vele, vele malen gehoord maar ze kregen er nooit genoeg van.

Jacob ging verder: 'Kennelijk was hij zo boos dat hij zijn testament wilde wijzigen en Johannes tot zijn enige erfgenaam benoemen, maar het kwam er niet van en toen overleed Johannes. Als hij niet was doodgegaan, hadden wij misschien in het boswachtershuisje gewoond, in plaats van Solveig en de jongens.'

'Maar waarom had papa zo'n hekel aan Johannes?'

'Ja, dat weet ik niet precies. Papa heeft nooit graag over dit onderwerp gepraat, maar opa heeft het een en ander verteld dat het misschien kan verklaren. Oma is bij Johannes' geboorte overleden en daarna reisden Gabriël en Johannes met hun vader langs de westkust waar opa preken en kerkdiensten hield. Opa vertelde me dat hij al vroeg begreep dat zowel Johannes als Gabriël de gave bezat om te genezen, dus aan het eind van elke dienst moesten ze mensen uit het publiek met een handicap of een ziekte genezen.'

'Heeft papa dat gedaan? Mensen genezen, bedoel ik? Kan hij dat nog steeds?'

Linda's mond viel open van verbazing, deze episode van haar familiegeschiedenis was nieuw voor haar en ze durfde maar amper adem te halen uit vrees dat Jacob zich weer zou sluiten en haar niet verder wilde laten delen in wat hij wist. Ze wist dat hij en opa een speciale band hadden gehad, vooral toen bleek dat opa's beenmerg geschikt was voor donatie aan Jacob, die aan leukemie leed, maar ze had nooit begrepen dat opa hem zoveel had verteld. Linda wist dat opa in de volksmond 'de Predikant' werd genoemd en ze had de mensen ook weleens horen mompelen dat hij door bedrog aan zijn vermogen was gekomen, maar die verhalen over Ephraïm beschouwde ze altijd slechts als overdreven legenden. Ze was nog heel klein geweest toen hij doodging, voor Linda was hij niet meer dan een stijve, oude man op familiefoto's.

'Nee, dat geloof ik niet.' Jacob glimlachte even bij de gedachte aan zijn correcte vader als genezer van zieken en kreupelen. 'Papa heeft dat waarschijnlijk nooit gedaan, en volgens opa was het niet ongebruikelijk dat je het contact met die gave verloor als je in de puberteit kwam. Je kunt er weer mee in contact komen, maar dat is niet zo makkelijk. Ik geloof niet dat Gabriël of Johannes die gave nog bezat toen ze in de puberteit kwamen. En papa had waarschijnlijk een hekel aan Johannes omdat ze zo verschillend waren. Johannes was heel knap en hij kon iedereen heel gemakkelijk voor zich innemen, maar hij ging vreselijk onverantwoordelijk om met alles in zijn leven. Zowel hij als Gabriël had een grote som geld gekregen toen opa nog leefde, maar Johannes had zijn deel er al in een paar jaar doorheen gejaagd. Dat maakte opa razend en in zijn testament benoemde hij Gabriël tot zijn belangrijkste erfgenaam in plaats van het resterende vermogen gelijkelijk tussen beiden te verdelen. Maar, zoals ik al zei, als hij wat langer had geleefd, was hij misschien weer van gedachten veranderd.'

'Maar er moet meer aan de hand zijn geweest, papa kon Johannes toch niet zo erg haten alleen omdat die knapper en charmanter was? Dat is toch geen reden om je broer bij de politie aan te geven?'

'Nee, maar als ik moet raden dan denk ik dat het feit dat Johannes er met papa's verloofde vandoor ging, de druppel was die de emmer deed overlopen.'

'Wát! Heeft papa een relatie gehad met Solveig? Die vette zeug!'

'Heb je nooit foto's van de jonge Solveig gezien? Ik kan je vertellen dat ze echt heel knap was, en zij en papa waren verloofd. Maar op een dag vertelde ze dat ze verliefd was geworden op oom Johannes en met hem ging trouwen. Ik geloof dat papa er helemaal kapot van was. En je weet hoezeer hij wanorde en dramatiek in zijn leven haat.'

'Ja, hij zal wel volledig geflipt zijn.'

Jacob stond op om aan te geven dat het gesprek was afgelopen. 'Nu heb je genoeg familiegeheimen gehoord. Maar je begrijpt nu misschien beter waarom er zo'n vijandige sfeer heerst tussen papa en Solveig.'

Linda giechelde. 'Ik had er alles voor over gehad om een vlieg aan de muur te zijn toen ze papa kwam uitschelden. Dat zal me een vertoning zijn geweest.'

Jacobs mond vertrok ook een beetje. 'Ja, "vertoning" is waarschijnlijk het goede woord. Maar probeer alsjeblieft een beetje ernstiger te blijven als je papa ziet. Ik kan me moeilijk voorstellen dat hij de humor ervan inziet.'

'Ja, ik zal me als een braaf meisje gedragen.'

Linda zette de borden in de vaatwasser, bedankte Marita voor het eten en ging naar haar kamer. Voor het eerst in tijden hadden Jacob en zij samen ergens om gelachen. Hij kon best gezellig zijn, als hij zijn best maar deed, dacht Linda en ze vergat voor het gemak dat zij de laatste jaren zelf ook niet echt een lieverdje was geweest.

Ze nam de hoorn van de haak en probeerde Johan te bereiken. Tot haar verbazing merkte ze dat het haar echt interesseerde hoe hij zich voelde.

Laine was bang in het donker. Vreselijk bang. Ondanks alle avonden die ze zonder Gabriël op het landgoed had doorgebracht, had ze er nooit aan kunnen wennen. Vroeger was Linda nog thuis geweest, en voor die tijd Jacob, maar nu was ze helemaal alleen. Ze wist dat Gabriel vaak weg moest voor zijn werk, maar toch voelde ze zich verbitterd. Dit was niet het leven waarvan ze had gedroomd toen ze met een vermogend man trouwde. Niet dat het geld op zich zo belangrijk was geweest. De geborgenheid had haar gelokt. De geborgenheid van Gabriels saaiheid en de geborgenheid van geld op de bank. Ze wilde een ander leven dan dat van haar moeder.

Als kind had ze altijd in angst geleefd voor de woedeaanvallen van haar alcoholistische vader. Hij had het hele gezin getiranniseerd en zijn kinderen tot onzekere mensen gemaakt, die dorstten naar liefde en tederheid. Alleen zij was nog in leven. Haar broer en haar zus waren beiden bezweken aan de duisternis in hen, de een door die duisternis binnen te houden, de ander door die naar buiten te keren. Zelf zat ze daar tussenin, ze deed noch het ene noch het andere, ze was alleen maar onzeker en zwak en ze liet haar gevoelens gewoon smeulen.

Haar onzekerheid was nooit zo tastbaar als wanneer ze 's avonds in haar eentje door de stille kamers liep. Dan herinnerde ze zich het duidelijkst de stinkende adem, de klappen en de liefkozingen die ze 's nachts in het geniep moest verduren.

Toen ze met Gabriël trouwde, had ze echt gedacht dat ze de sleutel had gevonden die het donkere kistje in haar borst kon openen. Maar ze was niet dom, ze wist dat ze een troostprijs was. Die hij nam omdat hij de vrouw die hij eigenlijk wilde hebben, niet kon krijgen. Dat maakte toen niet uit; op een bepaalde manier was het zelfs makkelijker: geen gevoelens die de rustige buitenkant in beroering konden brengen, alleen maar saaie voorspelbaarheid in een eindeloze keten van dagen die elkaar opvolgden. Ze dacht dat dat het enige was dat ze zich wenste.

Vijfendertig jaar later wist ze hoezeer ze zich had vergist. Niets was erger dan eenzaamheid in tweezaamheid, en dat was precies wat ze had gekregen toen ze haar jawoord had gegeven in de kerk van Fjällbacka. Zij en Gabriël hadden parallelle levens geleid. Voor het landgoed gezorgd, hun kinderen opgevoed en bij gebrek aan andere gespreksonderwerpen over het weer en de wind gepraat.

Zij was de enige die wist dat er in Gabriël een andere man schuilde dan degene die hij dagelijks aan zijn omgeving liet zien. In de loop van de jaren had ze hem gadegeslagen, ze had hem in het geheim bestudeerd en heel geleidelijk de man leren kennen die hij had kunnen zijn. Het verbaasde haar dat dit inzicht zo'n groot verlangen in haar had gewekt. Maar Gabriëls andere kant lag zo diep begraven dat ze dacht dat hij zelf niet eens wist dat achter die saaie, beheerste buitenkant een gepassioneerde man schuilging. Ze zag hoeveel woede zich in hem had verzameld, maar ze dacht dat er evenveel liefde was, als ze maar het vermogen had gehad die naar de oppervlakte te lokken.

Zelfs toen Jacob ziek was, waren ze niet nader tot elkaar gekomen. Ze hadden naast elkaar aan zijn bed gezeten – zijn sterfbed hadden ze allebei gedacht – zonder elkaar te kunnen troosten. En vaak had ze het gevoel gehad dat Gabriël helemaal niet wilde dat zij erbij was.

Gabriëls geslotenheid was voor een groot deel te wijten aan zijn vader. Ephraïm Hult was een indrukwekkende man geweest en de mensen met wie hij in contact kwam konden in twee kampen worden verdeeld: vrienden of vijanden. Niemand stond onverschillig tegenover de Predikant, maar Laine begreep hoe moeilijk het moest zijn geweest om in de schaduw van zo'n man op te groeien. Bovendien hadden zijn zonen niet meer van elkaar kunnen verschillen. Johannes was heel zijn korte leven een groot kind gebleven, een levensgenieter die nam wat hij wilde hebben en nooit lang genoeg bleef om te zien wat voor sporen zijn chaos achterliet. Gabriël koos ervoor zich op een tegenovergestelde manier te ontwikkelen. Ze had gezien dat hij zich schaamde voor zijn vader en Johannes, voor hun bombastische gebaren, hun vermogen om overal als een vuurbaken te stralen. Zelf wilde hij verdwijnen in een anonimiteit die de omgeving duidelijk moest maken dat hij niets gemeen had met zijn vader. Gabriël streefde eigenlijk alleen maar naar respect, orde en rechtvaardigheid. Hij sprak nooit over zijn jeugd of over de jaren dat hij met Ephraïm en Johannes door het land trok. Maar Laine wist toch het een en ander, en ze begreep hoe belangrijk het voor haar man was om dat deel van zijn verleden te verbergen dat zo slecht rijmde met het beeld dat hij naar buiten toe wilde laten zien. Dat Ephraïm Jacobs leven had gered, had tegenstrijdige gevoelens bij Gabriël opgeroepen. De vreugde dat er een manier was gevonden om de ziekte te overwinnen, werd vertroebeld door het feit dat zijn vader, en niet hijzelf, de koene ridder was die te hulp kwam schieten. Hij zou er alles voor over hebben gehad om de held van zijn zoon te zijn.

Laines gedachten werden onderbroken door een geluid van buiten. Vanuit haar ooghoek zag ze een schaduw, en daarna nog een, die snel door de tuin liepen. De angst kreeg weer greep op haar. Ze zocht naar de draadloze telefoon en was al helemaal in paniek toen ze die eindelijk op zijn plek in de oplader vond. Met trillende vingers toetste ze het nummer van Gabriëls mobieltje in. Er werd iets door het raam gegooid en ze begon luid te schreeuwen. Het raam was verbrijzeld door een steen die tussen de glassplinters op de vloer lag. Een tweede steen sloeg het raam ernaast kapot en snikkend rende ze de kamer uit naar boven, waar ze zich opsloot in de badkamer terwijl ze gespannen op Gabriëls stem wachtte. In plaats daarvan kwam de voicemail, en ze hoorde de paniek in haar eigen stem toen ze een onsamenhangende boodschap insprak.

Daarna zat ze met haar armen stevig om haar knieën geklemd bevend op de vloer te luisteren naar eventuele geluiden achter de deur. Ze hoorde niets meer, maar durfde niet van haar plaats te komen.

Toen het ochtend werd, zat ze daar nog steeds.

Erica werd wakker toen de telefoon rinkelde. Ze keek op haar horloge. Halfelf in de ochtend. Ze moest weer in slaap zijn gevallen na de halve nacht te hebben liggen draaien, bezweet en ongemakkelijk.

'Ja?' Haar stem klonk slaapdronken.

'Hoi Erica, sorry, heb ik je wakker gemaakt?'

'Ja, maar dat geeft niet, Anna. Ik zou toch niet de hele ochtend moeten liggen slapen.'

'Jawel, slaap zoveel je kunt nu het nog kan. Straks krijg je niet veel slaap meer. Hoe is het trouwens met je?'

Erica maakte van de gelegenheid gebruik en klaagde een poosje over alle beproevingen van de zwangerschap tegen haar zus, die het precies begreep omdat ze zelf twee kinderen had.

'Arme stakker… De enige troost is dat je weet dat het vroeg of laat over gaat. Hoe gaat het nu Patrik thuis is? Werken jullie elkaar niet op de zenuwen? Ik weet nog dat ik de laatste weken het liefst met rust werd gelaten.'

'Ik geef toe dat de muren bijna op me afkwamen, dus ik heb niet echt geprotesteerd toen hij aan een moordzaak moest gaan werken.'

'Een moordzaak? Wat is er gebeurd?'

Erica vertelde over de jonge Duitse die vermoord was en de twee verdwenen vrouwen die waren teruggevonden.

'Jé, wat vreselijk.' De lijn begon te kraken.

'Waar zijn jullie? Is het leuk op de boot?'

'Ja, het is geweldig. Emma en Adrian vinden het prachtig en als het aan Gustav ligt, zijn ze binnenkort volleerde zeilers.'

'Gustav, ja. Hoe gaat het tussen jullie? Is hij al rijp genoeg om aan de familie te worden voorgesteld?'

'Daarom bel ik eigenlijk. We zijn nu in Strömstad en zijn van plan naar het zuiden te varen. Je moet eerlijk zeggen als het je te druk wordt, maar eigenlijk wilden we morgen een dagje in Fjällbacka blijven en even op bezoek komen. We slapen op de boot, dus je hebt niet veel last van ons, en je moet echt zeggen als het je te veel wordt, maar het zou zo verschrikkelijk leuk zijn om je buik te zien.'

'Natuurlijk zijn jullie welkom. Dan en zijn vriendin komen morgen barbecuen, en het is geen enkel probleem om een paar extra hamburgers op de grill te leggen.'

'O, wat leuk, dan krijg ik dat lammetje eindelijk ook te zien.'

'Nou, Patrik heeft me gezegd dat ik aardig tegen haar moet zijn, dus nu moet jij niet ook beginnen...'

'Ja, maar dit vereist natuurlijk wel wat extra voorbereiding. We moeten nagaan welke muziek tegenwoordig populair is bij de kids en welke kleren hot zijn en of lipgloss met een smaakje nog wel in is. We doen als volgt: als jij MTV checkt, koop ik wel een paar roddelbladen. Bestaat *Starlet* trouwens nog steeds, misschien is dat een idee.'

Erica schudde van het lachen. 'Houd op, ik ga dood. Wees nou maar lief... En trouwens, wie in een glazen huis woont, moet niet met stenen gooien. Wij hebben Gustav nog niet ontmoet, dus wat ons betreft kan hij ook maar zo een enorme lijperd blijken.'

'Tja, lijperd is niet echt een woord dat ik op Gustav vind slaan.'

Erica begreep dat Anna haar schertsende commentaar helemaal niet waardeerde. Haar zusje kon zo vreselijk teergevoelig zijn.

'Ik vind dat ik heb geboft dat iemand als Gustav mijn kant zelfs maar heeft opgekeken, ik ben tenslotte een alleenstaande moeder. Hij hoeft maar in het adelsboek te kijken, en toch kiest hij mij. Dat zegt heel wat over hem, vind ik. Ik ben de eerste vrouw die niet in het adelsboek voorkomt, met wie hij een relatie begint, dus ik heb echt geluk gehad.'

Erica vond ook dat dat heel wat over hem zei, maar niet op de manier die haar zus bedoelde. Anna had mannen nooit goed kunnen beoordelen en de manier waarop ze over Gustav sprak, verontrustte Erica nogal. Maar ze besloot de man niet op voorhand te veroordelen, hopelijk kon ze haar bange vermoedens terzijde schuiven zodra ze hem ontmoette.

Ze vroeg opgewekt: 'Hoe laat komen jullie?'

'Rond een uur of vier, schikt dat?'

'Dat komt heel goed uit.'

'Dan zien we elkaar morgen, doei.'

Toen ze had opgehangen voelde Erica zich werkelijk bezorgd. Iets in Anna's geforceerde toonval deed haar zich afvragen hoe goed de relatie met de fantastische Gustav af Klint eigenlijk was voor haar zusje.

Ze was zo blij geweest toen Anna scheidde van Lucas Maxwell, de vader van haar kinderen. Anna was zelfs aan een studie kunstgeschiedenis begonnen, een oude droom die ze nu eindelijk kon verwezenlijken. Ze had het geluk gehad een parttimebaan bij het veilingwezen in Stockholm te vinden. Daar had ze Gustav leren kennen. Hij kwam uit een zeer vooraanstaande adellijke familie en beheerde het familielandgoed in de provincie Hälsingland, dat ooit door koning Gustav Vasa aan zijn voorvaderen was geschonken. Gustavs familie ging om met het koninklijk huis en als zijn vader verhinderd was, ging Gustav naar de jaarlijkse jachtpartij van de koning. Dit had Anna allemaal aan Erica verteld, maar Erica was in het uitgaansleven van Stockholm net iets te veel van die lummels uit de upper class tegengekomen, en voelde daarom een zekere ongerustheid. Maar ze had Gustav nog nooit ontmoet, misschien was hij heel anders dan die andere rijke erfgenamen, die zich, verscholen achter hun façade van geld en titels, allerlei vrijheden veroorloofden en zich in gelegenheden als Riche en Spy Bar als zwijnen gedroegen. Ze zou het morgen wel merken. Ze hoopte dat ze ernaast zat en dat Gustav van een heel ander kaliber was. Er was niemand die ze een beetje geluk en stabiliteit meer gunde dan Anna.

Ze zette de ventilator aan en bedacht hoe ze haar dag zou besteden. Haar vroedvrouw had verteld dat het hormoon oxytocine, dat steeds meer wordt aangemaakt naarmate de bevalling nadert, bij zwangere vrouwen een sterke nestdrang veroorzaakt. Dat verklaarde waarom Erica de afgelopen weken bijna manisch en alsof haar leven ervan afhing alles in huis was gaan sorteren, nummeren en catalogiseren. Ze was helemaal gefixeerd op het idee dat ze daarmee klaar moest zijn voordat de baby kwam, en nu naderde ze het stadium waarin er in huis niet veel meer te doen viel. De klerenkasten waren netjes, de kinderkamer was klaar, de bestekladen waren gesopt. Alleen de kelder moest nog worden opgeruimd, daar lag nog allerlei rommel. Erica kwam puffend overeind en pakte resoluut de draagbare ventilator onder haar arm. Ze kon maar beter opschieten, voordat Patrik haar betrapte.

Hij had vijf minuten pauze genomen en zat in de zon voor het politiebureau een ijsje te eten, toen Gösta zijn hoofd door een van de vensteropeningen stak en riep: 'Patrik, kun je even aan de telefoon komen?'

Patrik hapte snel het laatste stukje Magnum van het stokje en ging naar binnen. Hij pakte de hoorn die op Gösta's bureau lag en was verbaasd toen hij hoorde wie er belde. Na een kort gesprek, waarin hij een aantal aantekeningen neerkrabbelde, hing hij op en zei tegen Gösta, die hem vanuit zijn bureaustoel had gadegeslagen: 'Zoals je hoorde heeft iemand de ramen bij Gabriël Hult ingegooid. Ga je mee een kijkje nemen?'

Gösta leek een beetje verbaasd dat Patrik hem vroeg en niet Martin, maar hij knikte.

Toen ze een poosje later over de oprijlaan reden, zuchtten ze allebei even jaloers. Het landhuis waarin Gabriël Hult resideerde was werkelijk magnifiek. Het glansde als een witte parel tussen het groen, en de iepen, die de oprijlaan omzoomden, bogen eerbiedig in de wind. Patrik bedacht dat Ephraïm Hult wel een heel goede predikant moest zijn geweest dat hij dit allemaal had gekregen.

Zelfs het gekraak onder hun voeten toen ze over het grindpad naar het bordes liepen, voelde extra luxueus en hij was heel benieuwd hoe het er binnen zou uitzien.

Gabriël Hult deed zelf open, en Patrik en Gösta veegden hun voeten af aan de deurmat voordat ze de hal in stapten.

'Fijn dat jullie zo snel konden komen. Mijn vrouw is erg geschokt over het gebeurde. Ik was weg voor zaken, dus ze was gisteravond alleen thuis.'

Terwijl hij praatte, ging hij hen voor naar een grote mooie kamer, met hoge ramen waardoor het zonlicht binnenviel. Op een witte bank zat een vrouw met een angstige gelaatsuitdrukking, maar ze stond op om hen te begroeten.

'Laine Hult. Fijn dat jullie zo snel konden komen.'

Ze ging weer zitten, Gabriël gebaarde naar de bank tegenover die van Laine, en Patrik en Gösta namen daarop plaats. Ze voelden zich geen van beiden op hun gemak. Ze hadden zich niet in het pak gestoken toen ze naar hun werk waren gegaan, en hadden allebei een korte broek aan. Patrik had in elk geval nog een net T-shirt aan, maar Gösta droeg een behoorlijk oud overhemd met korte mouwen en van een synthetische stof met een mintgroen patroon. Het contrast was des te groter omdat Laine een fris pakje van natuurkleurig linnen droeg en Gabriël gekleed was in een driedelig kostuum. Dat moest behoorlijk warm en zweterig zijn, dacht Patrik en hij hoopte maar dat Gabriël in de zomer niet altijd zo gekleed hoefde te gaan. Maar het was moeilijk je Gabriël in vrijetijdskleding voor te stellen en hij leek niet eens te transpireren in zijn donkerblauwe pak, terwijl Patrik bij de gedachte alleen dat hij in dit jaargetijde iets dergelijks zou moeten dragen, al nat werd onder zijn armen.

'Uw man heeft door de telefoon vrij kort gemeld wat er is voorgevallen, maar zou u het misschien wat uitgebreider kunnen vertellen?'

Patrik glimlachte geruststellend naar Laine en pakte zijn kleine notitieblok en een pen. Hij wachtte.

'Ja, ik was gisteren alleen thuis. Gabriël moet vaak weg voor zaken, dus dat zijn veel eenzame nachten.'

Patrik hoorde het verdriet in haar stem en hij vroeg zich af of Gabriel Hult dat ook had gehoord. Ze ging verder: 'Ik weet dat het stom klinkt, maar ik ben enorm bang in het donker, dus meestal gebruik ik maar twee kamers als ik alleen ben, mijn slaapkamer en de televisiekamer die daarnaast ligt.'

Het viel Patrik op dat ze 'mijn' slaapkamer zei en hij stond er even bij stil hoe verdrietig het was als getrouwde mensen niet eens samen sliepen. Dat zou hem en Erica nooit overkomen.

'Ik wilde net Gabriël bellen toen ik buiten iets zag bewegen. Nog geen tel later vloog er iets door een van de ramen aan de korte kant van het huis, links van waar ik stond. Ik zag nog dat het een grote steen was en toen verbrijzelde een tweede het raam ernaast. Daarna hoorde ik alleen het geluid van rennende voeten en ik zag twee schaduwen in de richting van de bosrand verdwijnen.'

Patrik maakte aantekeningen met korte steekwoorden. Gösta had sinds ze waren binnengekomen nog geen woord gezegd, behalve zijn naam toen hij zich aan Gabriël en Laine voorstelde. Patrik keek hem met een vragende blik aan om te zien of er iets was waarover hij duidelijkheid wilde, maar Gösta bestudeerde zwijgend zijn nagelriemen. Ik had net zo goed een deurstopper kunnen meenemen, dacht Patrik.

'Hebben jullie enig idee wat het motief van de daders zou kunnen zijn geweest?'

Het antwoord van Gabriël, die leek te onderbreken wat Laine net wilde gaan zeggen, kwam snel. 'Nee, of het moet doodgewone jaloezie zijn. Het heeft de mensen altijd gestoken dat onze familie op dit landgoed woont, en in de loop van de jaren zijn er regelmatig dronken lui op het terrein geweest. Onschuldige kwajongensstreken en daar zou het ook bij zijn gebleven als mijn vrouw er niet op had gestaan de politie in te lichten.'

Hij keek met een misnoegde blik naar Laine, die voor de eerste keer tijdens het gesprek liet zien dat er een beetje leven in haar zat door boos terug te kijken. De opstandigheid in die handeling leek een smeulend vonkje in haar aan te wakkeren, want zonder haar man nog eens aan te kijken zei ze rustig tegen Patrik: 'Ik vind dat jullie met Robert en Johan Hult moeten praten, dat zijn de neven van mijn man, en hun vragen waar ze gisteren waren.'

'Laine, dat is toch helemaal niet nodig!'

'Jij was hier gisteren niet, dus jij weet helemaal niet hoe eng het is als er van een meter afstand stenen door de ramen vliegen. Ik had wel geraakt kunnen worden. En je weet even goed als ik dat het die twee idioten waren die hier zijn geweest!'

'Laine, we hadden toch afgesproken...' Gabriël sprak met samengeknepen lippen en zijn kaakspieren stonden strak gespannen.

'Jíj hebt dat afgesproken!' Laine negeerde haar echtgenoot en wendde zich weer tot Patrik, gesterkt door haar eigen ongebruikelijke blijk van moed.

'Zoals ik al zei heb ik ze niet gezien, maar ik durf te zweren dat het Johan en Robert waren. Hun moeder, Solveig, was hier eerder op de dag geweest en had zich heel vervelend gedragen en die twee zijn echte rotte appelen, dus... maar ja, dat weten jullie, jullie hebben tenslotte vaker met hen van doen gehad.'

Ze gebaarde naar Patrik en Gösta, die alleen maar instemmend konden knikken. Het was waar dat de politie met een zorgwekkende regelmaat bij de beruchte gebroeders Hult langs moest gaan; dat was al zo toen Johan en Robert nog puistige jongens waren.

Laine keek uitdagend naar Gabriël om te zien of hij haar durfde tegenspreken, maar hij haalde slechts gelaten zijn schouders op, alsof hij wilde zeggen dat hij zijn handen in onschuld waste.

'Wat was de aanleiding van de ruzie met hun moeder?' vroeg Patrik.

'Dat mens heeft niet veel aanleiding nodig, ze heeft ons altijd al gehaat, maar dat ze gisteren overstuur was, kwam door het nieuws over de meisjes die jullie in de Koningskloof hebben gevonden. Met haar beperkte intelligentie had ze de conclusie getrokken dat die vondst het bewijs leverde dat Johannes, haar man, ten onrechte was beschuldigd en daar gaf ze Gabriël de schuld van.'

Laines stem ging omhoog van verontwaardiging en ze wees met opgeheven hand naar haar man, die inmiddels deed alsof hij mentaal niet bij het gesprek was betrokken.

'Ja, in de papieren over de verdwijningen las ik dat u uw broer bij de politie hebt aangegeven als verdachte. Kunt u daar wat meer over vertellen?'

Gabriëls gezicht vertrok nauwelijks merkbaar, het was slechts een kleine indicatie dat hij de vraag vervelend vond, maar zijn stem klonk rustig toen hij antwoordde. 'Het is allemaal jaren geleden gebeurd. Maar als u wilt weten of ik volhoud dat ik mijn broer samen met Siv Lantin heb gezien, dan is het antwoord ja. Ik was van het ziekenhuis in Uddevalla, waar mijn zoon lag die toen leukemie had, met de auto onderweg naar huis. Op de weg naar Bräcke kwam ik de auto van mijn broer tegen. Ik vond het nogal vreemd dat hij midden in de nacht op pad was, daarom keek ik wat beter en toen zag ik het meisje op de passagiersstoel zitten met haar hoofd op mijn broers schouder. Het leek alsof ze sliep.'

'Hoe wist u dat het Siv Lantin was?'

'Dat wist ik niet, maar ik herkende haar meteen toen ik later de foto in de krant zag. Ik wil er echter wel op wijzen dat ik nooit heb gezegd dat mijn broer de meisjes heeft vermoord, ik heb hem niet als moordenaar aangewezen, zoals de mensen in het dorp beweren. Ik heb alleen gemeld dat ik hem met het meisje heb gezien, omdat ik vond dat dat mijn burgerplicht was. Het had niets te maken met een eventueel conflict tussen ons, of met wraak zoals sommigen beweerden. Ik heb verteld wat ik heb gezien, en ik heb het de politie laten uitzoeken. Kennelijk zijn er nooit bewijzen tegen Johannes gevonden, daarom vind ik deze hele discussie nu overbodig.'

'Maar wat dacht u er zelf van?' Patrik keek Gabriël nieuwsgierig aan. Hij kon zich niet goed voorstellen dat iemand zo gewetensvol was dat hij zijn eigen broer aangaf.

'Ik denk helemaal niets, ik houd me bij de feiten.'

'Maar u kende uw broer toch. Denkt u dat hij in staat was tot het plegen van een moord?'

'Mijn broer en ik hadden niet veel gemeen. Ik heb me weleens afgevraagd of we wel dezelfde genen hadden, zo verschillend waren we. U vraagt mij of ik denk dat hij in staat was iemand van het leven te beroven?' Gabriël spreidde zijn handen. 'Ik weet het eerlijk gezegd niet, ik kende mijn broer niet goed genoeg om die vraag te kunnen beantwoorden. En bovendien lijkt ze inmiddels overbodig, gezien de laatste ontwikkelingen, is het niet?'

Daarmee beschouwde hij het gesprek als beëindigd, hij stond op uit zijn fauteuil. Patrik en Gösta begrepen de niet bijster subtiele hint en namen afscheid.

'Wat vind je ervan, zullen we de jongens even aan de tand voelen over wat ze gisteravond hebben uitgespookt?'

De vraag was retorisch gesteld en Patrik reed al in de richting van Johans en Roberts huis zonder op Gösta's antwoord te wachten. De slapheid van de oudere man tijdens het verhoor ergerde hem. Wat was er nodig om deze oude zonderling wakker te schudden? Zijn pensioen kwam weliswaar steeds dichterbij, maar hij was nog in dienst en je mocht toch verwachten dat hij zijn werk deed.

'En, wat is jouw mening over dit alles?' De irritatie in Patriks stem was duidelijk hoorbaar.

'Dat ik niet weet welk alternatief het ergst is: dat we een moordenaar hebben die in twintig jaar minstens drie meisjes heeft vermoord en van wie we absoluut niet weten wie het is, of dat het werkelijk Johannes Hult was die Siv en Mona heeft gemarteld en vermoord en dat iemand hem nu kopieert. Wat het eerste alternatief betreft, zouden we misschien de gevangenisregisters nader moeten bekijken. Heeft er iemand gevangengezeten tussen de verdwijning van Siv en Mona en de moord op het Duitse meisje? Dat zou een verklaring voor de pauze kunnen zijn.' Gösta's stem klonk bedachtzaam en Patrik keek hem verbaasd aan. De oudere man was toch niet zo wazig als hij had gedacht.

'Dat zou vrij makkelijk gecontroleerd kunnen worden. In Zweden zitten niet zoveel mensen twintig jaar gevangen. Zoek jij het uit als we weer op het bureau zijn?'

Gösta knikte en keek daarna zwijgend door het zijraam.

De weg naar de oude boswachterswoning werd steeds slechter; hemelsbreed was het maar een kort stukje van het huis van Gabriël en Laine naar het kleine huisje van Solveig en de jongens, maar het verschil was aanzienlijk. Het erf leek wel een schroothoop. Er stonden drie auto's in verschillende stadia van verval, en verder nog een heleboel andere rotzooi van ondefinieerbare aard. Deze mensen waren kennelijk echte verzamelaars, en Patrik vermoedde dat ze er ook flink wat goederen tussen zouden vinden die uit vakantiehuisjes in de omgeving waren gestolen. Maar daar kwamen ze vandaag niet voor, ze moesten prioriteiten stellen.

Robert kwam op hen af vanuit een schuurtje waarin hij aan een van de oude autowrakken had staan sleutelen. Hij was gekleed in een smerige overall die een verschoten blauwgrijze kleur had. Zijn handen zaten onder de olie en hij had kennelijk in zijn gezicht gewreven, want ook daar zaten strepen en vlekken. Hij veegde zijn handen af aan een dot poetskatoen terwijl hij op hen afkwam.

'Wat willen jullie nou weer? Als jullie hier gaan zoeken, wil ik eerst de juiste documenten zien.' Zijn stem klonk familiair. Terecht, want ze hadden elkaar in de loop van de jaren vaak ontmoet.

Patrik hief zijn handen in een afwerend gebaar op. 'Rustig maar, we gaan nergens naar zoeken. We willen alleen even met je praten.'

Robert keek hen achterdochtig aan, maar toen knikte hij.

'We willen je broer ook spreken. Is hij thuis?'

Robert knikte onwillig en schreeuwde naar het huis: 'Johan, de politie is hier. Ze willen met ons praten!'

'Kunnen we niet even binnen gaan zitten?'

Zonder het antwoord af te wachten liep Patrik naar de deur, met Gösta in zijn kielzog. Robert had geen andere keus dan mee te gaan. Hij nam niet de moeite zijn overall uit te trekken of zich te wassen. Omdat Patrik in het verleden diverse keren een verrassingsbezoekje aan het huis had afgelegd, wist hij dat daar ook geen reden toe was: het vuil zat overal. Jaren geleden moet het ongetwijfeld een gezellig huis zijn geweest, al was het klein. Maar jaren van verwaarlozing hadden alles in een zootje veranderd. Het behang was somber bruin, met losse banen en heel veel vlekken. En alle rommel leek ook bedekt door een dun, vettig vlies.

De beide politiemannen knikten naar Solveig die aan de wankele keukentafel met haar albums bezig was. Haar donkere haar hing in slierten langs haar hoofd en toen ze nerveus haar pony uit haar ogen veegde, glommen haar vingers van het vet. Onbewust veegde Patrik zijn handen af aan zijn korte broek, waarna hij voorzichtig op het puntje van een van de stoelen ging zitten. Johan kwam uit een aangrenzende kleine kamer en nam met een stuurs gezicht naast zijn moeder en broer plaats op de keukenbank. Toen ze zo naast elkaar zaten, zag Patrik hoeveel ze op elkaar leken. Solveigs vroegere schoonheid was als een echo in de gezichten van de jongens terug te vinden. Patrik had gehoord dat Johannes ook een knappe man was geweest, en als zijn zonen hun rug rechtten, zouden zij er ook niet onverdienstelijk uitzien. Nu verleende een soort vluchtigheid hen een nogal gladde uitstraling. Oneerlijkheid was waarschijnlijk het woord waarnaar Patrik zocht. Als een uiterlijk oneerlijk kon zijn, klopte die beschrijving in elk geval voor Robert. Patrik koesterde nog steeds enige hoop voor Johan; de keren dat hij hen ambtshalve was tegengekomen, had de jongste broer altijd een minder verharde indruk gemaakt dan de oudste. Patrik meende bij Johan soms een zekere ambivalentie te bespeuren tegenover de carrière die hij in navolging van Robert had gekozen. Het was jammer dat Robert zoveel invloed op hem had, anders zou Johan voor een heel ander leven kunnen kiezen. Maar het was nu eenmaal zoals het was.

'Wat is er nu weer, verdomme?' Johan stelde dezelfde stuurse vraag als zijn broer.

'We wilden even horen wat jullie gisteravond hebben uitgespookt. Hebben jullie misschien bij jullie oom en tante stenen door de ramen gegooid?'

De broers wisselden een samenzweerderige blik voordat ze een masker van totale onwetendheid opzetten.

'Nee, waarom zouden we zoiets doen? We waren gisteravond de hele avond thuis, is het niet, mama?'

Ze draaiden zich allebei om naar Solveig en zij knikte bevestigend. Ze had de albums tijdelijk dichtgeslagen en luisterde gretig naar het gesprek tussen haar zonen en de politie.

'Ja, ze waren gisteren allebei hier. We hebben met zijn drieën televisie gekeken. Het was een gezellig familieavondje.' Ze nam niet de moeite haar ironische toonval te verbergen.

'En Johan en Robert zijn niet even weggeweest? Rond een uur of tien?'

'Nee, ze zijn geen minuut weggeweest. Voor zover ik me kan herinneren zijn ze niet eens naar de plee gegaan.' Nog steeds dezelfde ironische toon terwijl haar zonen maar zaten te grijnzen.

'Iemand heeft gisteren dus een paar ramen bij hen vernield. Dan hebben ze het zeker wel in hun broek gedaan van angst?'

De grijns ging nu over in een regelrechte lach en Patrik moest aan Beavis and Butt-Head denken.

'Alleen jullie tante. Gabriël was weg, ze was gisteren dus alleen thuis.'

De teleurstelling stond op hun gezicht geschreven. Ze hadden waarschijnlijk gehoopt beiden bang te maken en er niet op gerekend dat Gabriël niet thuis zou zijn.

'Ik hoorde dat jij, Solveig, gisteren ook een bezoekje aan het landgoed hebt gebracht, en dreigementen hebt geuit. Kun je daar iets meer over zeggen?'

Gösta had het woord genomen en Patrik en de gebroeders Hult keken hem verbaasd aan.

Solveig lachte rauw. 'Zo, ze zeiden dus dat ik ze heb bedreigd. Nou, ik heb niets gezegd wat ze niet verdienden. Gabriël heeft mijn man aangewezen als moordenaar. Hij heeft hem van het leven beroofd, alsof hij hem zelf aan de strop had opgehangen.'

Bij het horen van de manier waarop zijn vader was doodgegaan, begon een spier in Roberts gezicht te trekken en Patrik herinnerde zich ineens dat hij had gelezen dat Robert zijn dode vader had gevonden.

Solveig vervolgde haar tirade: 'Gabriël heeft Johannes altijd gehaat. Sinds ze klein waren was hij al jaloers op hem. Johannes was alles wat Gabriël niet was, en dat wist hij. Ephraïm trok Johannes altijd voor en dat kan ik wel begrijpen. Je mag weliswaar geen onderscheid maken tussen je kinderen,' ze knikte naar de jongens naast haar op de bank, 'maar Gabriël was een kouwe kikker, terwijl Johannes bruiste van het leven. En ik kan het weten, eerst was ik met de ene verloofd en later met de andere. Gabriël liet zich met geen mogelijkheid opwinden. Hij was altijd zo vervloekt correct en wilde wachten tot we getrouwd waren. Dat werkte me op de zenuwen. Toen raakte zijn broer in mij geïnteresseerd en dat was iets heel anders. Zijn handen konden overal tegelijk zijn en als hij alleen al naar me keek, stond ik in vuur en vlam.' Solveig grinnikte en staarde voor zich uit, alsof ze de hete nachten uit haar jeugd herbeleefde.

'Verdomme ma, houd je mond.'

De afkeer was van de gezichten van de zonen af te lezen, ze wilden kennelijk geen details over het amoureuze verleden van hun moeder horen. Op Patriks netvlies verscheen het beeld van een naakte Solveig, die wellustig met haar vettige lichaam kronkelde, en hij knipperde even met zijn ogen om dat beeld weer kwijt te raken.

'Toen ik dus hoorde dat er een meisje was vermoord en dat Siv en Mona waren gevonden, ben ik naar ze toe gegaan om ze de waarheid te zeggen. Uit pure jaloezie en gemeenheid heeft Gabriël het leven van Johannes en mij en de jongens verpest, maar eindelijk kijkt de waarheid de mensen in de ogen. Nu mogen ze zich schamen, nu zullen ze weten dat ze naar de verkeerde broer hebben geluisterd en ik hoop dat Gabriël in de hel zal branden vanwege zijn zonden.'

Ze werd weer bijna net zo razend als de dag ervoor en Johan legde een kalmerende en tegelijk waarschuwende hand op haar arm.

'Nou, wat de reden ook is, je mag mensen niet bedreigen. En je mag ook geen stenen door de ramen gooien.' Patrik keek veelbetekenend naar Robert en Johan en liet merken dat hij de verklaring van hun moeder over een gezellig avondje thuis voor de buis geen moment geloofde. Zij wisten dat hij het wist en hij vertelde hun nu dat hij van plan was hen in de gaten te houden. Ze mompelden slechts ten antwoord. Solveig leek de waarschuwende hint echter te negeren en had rode vlekken van woede op haar wangen.

'Trouwens, Gabriël is niet de enige die zich moet schamen! Wanneer biedt de politie eigenlijk haar verontschuldigingen aan? Door bij ons op de boerderij alles binnenstebuiten te keren en Johannes in een politiewagen mee te nemen voor verhoor, hebben jullie ook een aandeel gehad in zijn dood. Is het geen tijd voor een excuus?'

Voor de tweede keer nam Gösta het woord: 'Voordat we echt weten wat er met de drie meisjes is gebeurd, worden er geen verontschuldigingen aangeboden. En zolang het onderzoek loopt, wil ik dat jij je fatsoenlijk gedraagt, Solveig.' De vastheid in Gösta's stem leek van een onverwachte plek te komen.

Toen ze weer in de auto zaten vroeg Patrik verbaasd: 'Kennen Solveig en jij elkaar?'

Gösta bromde. 'Wat is kennen? Ze is even oud als mijn jongste broer en toen we nog klein waren, kwam ze vaak bij ons thuis. Toen ze een tiener was, kende iedereen Solveig. Ze was het mooiste meisje in de wijde omgeving moet je weten, al is dat moeilijk voor te stellen als je haar tegenwoordig ziet. Het is heel jammer dat haar leven en dat van de jongens zo'n foute wending heeft genomen.' Hij schudde spijtig zijn hoofd. 'En ik kan haar niet eens beloven dat ze gelijk heeft als ze zegt dat Johannes onschuldig is gestorven. We weten tenslotte helemaal niks!'

Gefrustreerd sloeg hij met zijn vuist op zijn dij. Patrik had het idee dat hij naar een beer keek die uit zijn winterslaap ontwaakt.

'Controleer jij de gevangenissen als we terug zijn?'

'Ja, ja, dat heb ik toch al gezegd! Ik begrijp een instructie als ik die krijg. Bevelen van een snotaap die maar amper droog is achter de oren...' Gösta keek somber door de autoruit.

We hebben nog een lange weg te gaan, dacht Patrik vermoeid.

Erica merkte dat ze het fijn vond dat Patrik die zaterdag thuisbleef. Hij had beloofd het weekend vrij te nemen en nu tuften ze in hun houten bootje langs de klippen. Ze hadden het geluk gehad bijna net zo'n boot te vinden als Erica's vader Tore had gehad. Dat was het enige type boot dat zij wilde hebben. Zeilen had ze nooit bijzonder leuk gevonden, ondanks een paar lessen op de zeilschool, en een plastic motorboot ging weliswaar sneller, maar wie had er nu haast op het water?

Het geluid van de motor was voor haar het geluid van haar jeugd. Als klein kind had ze vaak op de warme houten bodem gelegen met het slaapverwekkende gebonk in haar oren. Gewoonlijk zat ze het liefst op de verhoogde voorsteven voor het windscherm, maar in haar huidige, op zijn zachtst gezegd minder gracieuze toestand durfde ze dat niet aan en nu zat ze op een van de banken achter de beschuttende schermen. Patrik stond aan het roer, met de wind in zijn bruine haar en een glimlach op zijn gezicht. Ze waren vroeg vertrokken om de toeristen voor te zijn, en de lucht was fris en helder. De boot werd met regelmatige tussenpozen bespat met zout water, en Erica proefde het zout in de lucht die ze inademde. Het was moeilijk je voor te stellen dat ze een klein mensje in zich droeg dat over een paar jaar naast Patrik op de achtersteven zou zitten, in een groot oranje zwemvest met een brede kraag, zoals zij zo vaak naast haar vader had gezeten.

Haar ogen begonnen te branden bij het idee dat haar vader zijn kleinkind nooit zou zien. Haar moeder ook niet, maar omdat zij zich nooit noemenswaardig om haar dochters had bekommerd, dacht Erica niet dat haar kind zoveel gevoelens bij haar moeder zou hebben opgewekt. Ze had ook altijd onnatuurlijk stijf op Anna's kinderen gereageerd en hen alleen onhandig omhelsd als de situatie en de omgeving dat leken te eisen. De bitterheid welde in Erica op, maar ze slikte het nare gevoel weg. Op donkere momenten was ze bang dat het moederschap voor haar even belastend zou blijken te zijn als het voor Elsy was geweest; dat ze in één klap in haar koude, ontoegankelijke moeder zou veranderen. Het logische deel van haar hersenen zei dat die angst belachelijk was, maar angst was niet logisch en het gevoel was er wel degelijk. Anderzijds was Anna een warme en liefdevolle moeder voor Emma en Adrian, dus waarom zou zij ook niet zo worden, probeerde ze zichzelf gerust te stellen. Ze had in elk geval de juiste vader voor het kind gekozen, dacht ze toen ze naar Patrik keek. Zijn kalmte en zekerheid compenseerden haar eigen rusteloosheid op een manier die ze nooit eerder met iemand had meegemaakt. Hij zòu een geweldige vader worden.

Ze gingen in een kleine beschutte baai aan land en legden hun badlakens op de kale klippen. Dit had ze gemist toen ze in Stockholm woonde. De scherenkust, met haar bossen en plantengroei, was daar heel anders en had op de een of andere manier een rommelige en opdringerige indruk gemaakt. De bewoners van de westkust noemden de kust van Stockholm minachtend een overstroomde tuin. De westelijke scherenkust was heel zuiver in haar eenvoud. In de roze en grijze kristallen van het graniet reflecteerde het water en alles stak hartverscheurend mooi af tegen de wolkeloze hemel. Kleine bloemen in de spleten vormden de enige vegetatie en in dat schrale milieu kwam hun schoonheid dubbel tot haar recht. Erica deed haar ogen dicht en voelde hoe ze weggleed in een behaaglijke slaap, bij het geluid van het klokkende water en de boot die zachtjes aan het meertouw trok.

Toen Patrik haar voorzichtig wakker maakte, wist ze eerst niet goed waar ze was. Het scherpe zonlicht verblindde haar even toen ze haar ogen opensloeg, en Patrik was slechts een donkere schaduw die boven haar uittorende. Toen realiseerde ze zich dat ze bijna twee uur had geslapen en nu echt trek had in de meegebrachte koffie.

Ze schonken de koffie uit de thermosfles in twee grote mokken en aten er kaneelbolletjes bij. Koffiedrinken was nergens zo lekker als langs het water, en ze genoten met volle teugen. Erica kon zich niet inhouden en begon over het verboden gespreksonderwerp.

'Hoe gaat het eigenlijk?'

'Zo, zo. Eén stap vooruit en twee stappen terug.' Patriks antwoord was kort. Het was duidelijk dat hij niet wilde dat het kwaad dat zich in zijn werk had opgedrongen, de zonovergoten stilte zou binnenvallen. Maar Erica's nieuwsgierigheid was te groot en ze kon het niet nalaten verder te vragen.

'Hadden jullie iets aan de artikelen die ik heb gevonden? Denken jullie dat het allemaal iets met de familie Hult te maken heeft, of had Johannes Hult gewoon pech dat hij erbij betrokken raakte?'

Patrik zuchtte met de mok tussen zijn handen. 'Wist ik het maar.

Die hele familie lijkt een vreselijk wespennest en ik zou het liefst niet in hun onderlinge relaties willen wroeten. Maar er is iets wat niet goed voelt, en ik weet niet of dat wel of niet met de moorden te maken heeft. Het is geen prettige gedachte dat wij er misschien aan hebben bijgedragen dat een onschuldige man zelfmoord pleegde, dus ik hoop eigenlijk dat de politie er niet helemaal naast zat. Gabriëls getuigenverklaring was tenslotte het enige zinnige dat ze hadden toen de meisjes verdwenen. Maar we kunnen ons niet alleen op de Hults richten, we zoeken dus vrij breed.' Hij zweeg, maar ging na een paar tellen verder. 'Ik wil er liever niet over praten. Op dit moment wil ik aan iets anders denken.'

Erica knikte. 'Ik beloof je dat ik niets meer zal vragen. Nog een bolletje?'

Daar zei hij geen nee tegen, en na een paar uur lezen en zonnen was het tijd om weer naar huis te gaan en voorbereidingen te treffen voor de barbecue. Op het laatste moment hadden ze besloten ook Patriks vader en diens vrouw uit te nodigen, dus behalve de kinderen moesten er acht volwassenen te eten krijgen.

Gabriël werd in het weekend altijd rusteloos omdat er dan van hem werd verwacht dat hij zich zou ontspannen en niet zou werken. Het probleem was dat hij niet wist wat hij moest doen als hij niet aan het werk was. Zijn werk was zijn leven. Hij had geen hobby's, hij had geen zin om iets met zijn vrouw te doen en de kinderen waren het huis uit, hoewel Linda's status misschien discutabel was. Daarom sloot hij zich meestal op in zijn werkkamer, met zijn neus in de boekhouding. Cijfers begreep hij tenminste. In tegenstelling tot mensen met hun lastige gevoelens en irrationaliteit, volgden cijfers bepaalde regels. Hij kon altijd op ze vertrouwen en voelde zich prettig in hun wereld. Je hoefde geen genie te zijn om te begrijpen waar het verlangen naar orde en netheid vandaan kwam – Gabriël had het allang geleden toegeschreven aan zijn chaotische jeugd – maar hij vond het niet nodig er iets aan te doen. Het werkte en hij had er baat bij gehad, dus was de oorsprong van die behoefte van weinig of geen belang.

Hij probeerde sowieso zo weinig mogelijk te denken aan de tijd dat ze met de Predikant rondtrokken. Maar als hij zich zijn jeugd herinnerde, zag hij zijn vader altijd als de Predikant. Een gezichtloze, angstaanjagende figuur die hun dagen vulde met schreeuwende, wauwelende en hysterische mensen. Mannen en vrouwen die probeerden Johannes en hem aan te raken. Die met klauwende handen naar hen grepen, om hen de fysieke of psychische pijn waaronder ze gebukt gingen, te laten wegnemen. Die geloofden dat zijn broer en hij het antwoord op hun gebeden hadden, een directe verbinding met God.

Johannes had die jaren heerlijk gevonden. Hij had zich gewenteld in de aandacht en het prettig gevonden om in de schijnwerpers te staan. Gabriël had hem weleens betrapt toen hij 's avonds in bed gefascineerd naar zijn handen lag te kijken, alsof hij probeerde te doorgronden waar de wonderbaarlijke mirakelen eigenlijk vandaan kwamen.

Terwijl Gabriël een enorme dankbaarheid had gevoeld toen de gave verdween, was Johannes wanhopig geweest. Hij had zich er niet mee kunnen verzoenen dat hij nu slechts een gewone jongen was, zonder een bijzondere gave, net als iedereen. Hij had gehuild en de Predikant gesmeekt hem te helpen de gave terug te krijgen, maar hun vader had alleen maar kort uitgelegd dat dat leven nu was afgelopen, dat nu een ander leven zou beginnen en dat Gods wegen ondoorgrondelijk waren.

Toen ze naar het landgoed buiten Fjällbacka verhuisden, werd de Predikant in Gabriëls ogen Ephraïm, niet vader, en Gabriël had vanaf het begin van dat leven gehouden. Niet omdat hij dichter bij zijn vader kwam, Johannes was altijd de lievelingszoon geweest en zou dat ook blijven, maar omdat hij eindelijk een thuis had gevonden, een plek om te blijven en zijn bestaan daarnaar te regelen. Klokslagen om te volgen en tijden waaraan je je moest houden. Een school om naartoe te gaan. Hij hield van het landgoed en droomde ervan dat hij het op een dag naar eigen inzicht zou mogen beheren. Hij wist dat hij dat beter zou doen dan Ephraïm en Johannes, en 's avonds bad hij dat zijn vader niet zo dom zou zijn zijn lievelingszoon het landgoed te laten overnemen als ze ouder waren. Het kon hem niet schelen dat Johannes alle liefde en aandacht kreeg, als hij, Gabriël, het landgoed maar kreeg.

En zo was het ook gegaan, maar niet op de manier die hij voor ogen had gehad. In zijn voorstellingswereld had Johannes er wel altijd bij gehoord. Pas toen Johannes overleed, had Gabriël begrepen hoezeer hij zijn zorgeloze broer nodig had, als iemand om wie hij zich zorgen kon maken en aan wie hij zich kon ergeren. Toch had hij niet anders kunnen handelen.

Hij had Laine gevraagd om niet te vertellen dat ze dachten dat Johan en Robert de stenen door de ramen hadden gegooid. Dat had hem zelf verbaasd. Raakte hij zijn gevoel voor wet en orde kwijt of had hij onbewust een slecht geweten over het lot van zijn familie? Hij wist het niet, maar achteraf was hij Laine dankbaar dat ze ervoor had gekozen hem te trotseren en alles aan de politie te vertellen. Ook dat had hem verbaasd. In zijn ogen was zijn vrouw eerder een zeurende, slappe jaknikker dan iemand met een eigen wil, en de scherpte in haar toon en het verzet dat hij in haar ogen had gezien hadden hem verrast. Het verontrustte hem. Door wat er de afgelopen week was gebeurd, kreeg hij het gevoel dat de hele wereldorde bezig was te veranderen. Voor een man die veranderingen verafschuwde, was dat een beangstigende toekomstvisie. Gabriël vluchtte nog verder weg in de wereld van de cijfers.

De eerste gasten kwamen op tijd. Patriks vader Lars en zijn vrouw Bittan arriveerden precies om vier uur en hadden een fles wijn en bloemen meegenomen voor de gastheer en gastvrouw. Patriks vader was een grote, lange man met een flinke buik. Zijn vrouw, met wie hij inmiddels alweer twintig jaar getrouwd was, was klein en rond als een bal. Maar dat stond haar goed en de rimpels rond haar ogen verrieden dat ze vaak lachte. Erica wist dat Patrik het in veel opzichten makkelijker vond om met Bittan om te gaan dan met zijn eigen moeder Kristina, die veel strikter en stijver was. De scheiding van zijn ouders had bitterheid tot gevolg gehad, maar in de loop van de tijd was het beter geworden. Niet dat er sprake was van vriendschap, maar er had zich een vorm van wapenstilstand ontwikkeld tussen Lars en Kristina, en ze konden zelfs af en toe op dezelfde feesten of evenementen verschijnen. Maar het bleef toch makkelijker om ieder apart uit te nodigen, en omdat Kristina momenteel in Göteborg op bezoek was bij Patriks jongere zus, hoefden ze zich niet bezwaard te voelen omdat ze alleen Lars en Bittan hadden uitgenodigd voor deze barbecue.

Een kwartier later kwamen Dan en Maria; die zaten nog maar net in de tuin nadat ze Lars en Bittan beleefd hadden begroet, of Erica hoorde Emma joelen. Ze liep hen tegemoet en na de kinderen te hebben geknuffeld kreeg ze de nieuwe man in Anna's leven te zien.

'Hallo, wat leuk je eindelijk eens te ontmoeten!'

Ze stak haar hand uit en begroette Gustav af Klint. Alsof hij haar vooroordelen al bij de eerste indruk wilde bevestigen, voldeed hij precies aan het beeld van een rijke jongen uit Stockholm. Donker haar in een naar achteren gekamd pagekapsel. Een overhemd en een lange broek die er bedrieglijk nonchalant uitzagen, maar Erica vermoedde wel welk prijskaartje er aan die kleren had gehangen, en de verplichte trui die om de schouders was geknoopt. Ze moest zichzelf eraan herinneren hem niet bij voorbaat al te veroordelen. Hij had tenslotte nog niets gezegd en toch neigde ze al naar verachting. Heel even vroeg ze zich bezorgd af of ze uit pure jaloezie haar stekels opzette zodra het mensen betrof die met een zilveren lepel in de mond waren geboren. Ze hoopte dat het niet zo was.

'En hoe gaat het met tantes kleintje? Ben je lief voor mama?'

Haar zus legde haar oor tegen Erica's buik alsof ze naar het antwoord op haar vraag wilde luisteren, maar toen lachte ze en omhelsde Erica stevig. Nadat ze Patrik op dezelfde manier had begroet, werden ze naar de tuin geloodst en aan de anderen voorgesteld. De kinderen mochten in de tuin dollen, terwijl de volwassenen wijn dronken of, zoals Erica, cola. Ondertussen werd het eten op de barbecue gelegd, waaromheen de mannen zich hadden verzameld als echte kerels, terwijl de vrouwen bij elkaar bleven zitten kletsen. Erica had dat met mannen en barbecuen nooit begrepen. Mannen die beweerden dat ze absoluut niet wisten hoe je een stuk vlees in een pan moest braden, beschouwden zichzelf als volmaakte virtuozen wanneer het vlees buiten werd bereid. De bijgerechten werden eventueel wel aan vrouwen overgelaten en die waren ook heel handig als het ging om het halen van bier.

'O, wat prachtig hebben jullie het hier!' Maria zat al aan haar tweede glas wijn, terwijl de anderen nog maar een paar slokjes hadden genomen.

'Dank je, we vinden het zelf ook heel prettig.'

Erica vond het moeilijk om zich anders dan correct te gedragen tegenover Dans vriendin. Ze begreep niet wat hij in haar zag, vooral vergeleken met zijn ex-vrouw Pernilla, maar ze vermoedde dat dit ook weer zo'n mysterie van mannen was dat vrouwen niet konden begrijpen. Ze kon alleen maar concluderen dat hij Maria niet vanwege haar conversatie had gekozen. Kennelijk wekte ze moederlijke gevoelens op bij Bittan, want die bekommerde zich een beetje extra om Maria, waardoor Anna en Erica even rustig met elkaar konden praten.

'Vind je hem niet knap?' Anna keek met een bewonderende blik naar Gustav. 'Dat zo'n man in mij geïnteresseerd is!'

Erica keek naar haar knappe zusje en vroeg zich af hoe iemand als Anna haar zelfvertrouwen zo volledig kon verliezen. Ooit was haar zusje een sterke, zelfstandige en vrije ziel geweest, maar de jaren met Lucas en de mishandeling die daarmee gepaard was gegaan, hadden haar gebroken. Erica moest zich inhouden om haar zus niet door elkaar te schudden. Ze keek naar Emma en Adrian die als wilden rondrenden en vroeg zich af hoe het kwam dat haar zus geen trots en zelfbewustheid voelde als ze zag wat voor prachtige kinderen ze had gekregen en opgevoed. Ondanks alles wat ze in hun korte leven hadden meegemaakt, waren ze vrolijk en sterk, en ze hielden van de mensen om zich heen. Dat was allemaal Anna's verdienste.

'Ik heb hem nauwelijks gesproken, maar hij lijkt me leuk. Ik kom nog wel met een rapportcijfer als ik hem wat beter heb leren kennen, maar dat jullie samen op een kleine zeilboot zitten opgesloten lijkt jullie geen kwaad te doen, en dat belooft veel goeds.' Haar glimlach voelde stijf en geforceerd.

'Het is maar wat je klein noemt.' Anna lachte. 'Hij heeft een Najade 400 van een vriend geleend en die biedt plaats aan een klein leger.'

Het gesprek werd afgebroken toen het vlees op tafel kwam en het mannelijke deel van het gezelschap zich bij hen voegde, tevreden na hun uitvoering van de moderne variant op het slachten van een sabeltijger.

'En waar zitten de meisjes over te babbelen?'

Dan sloeg zijn arm om Maria, die kirrend tegen hem aan kroop. Het knuffelen ging over in een heftige zoenpartij en hoewel het jaren geleden was dat zij met Dan een relatie had gehad, vond Erica het niet prettig hun ronddraaiende tongen te zien. Gustav keek ook afkeurend, maar Erica merkte toch dat hij vanuit zijn ooghoek naar Maria's lage decolleté gluurde.

'Lars, giet toch geen dressing over je vlees. Je weet dat je aan je gewicht moet denken, het is niet goed voor je hart als je nog zwaarder wordt.'

'Ach wat, ik ben sterk als een paard! Dit zijn allemaal spieren,' verkondigde Patriks vader luid en hij sloeg op zijn dikke buik. 'En Erica zei dat er olijfolie in de dressing zit, dus dat is alleen maar gezond. Olijfolie is goed voor je hart, dat kun je overal lezen.'

Erica hield zich in en zei maar niet dat een deciliter wellicht geen gezonde hoeveelheid kon worden genoemd. Ze hadden deze discussie al vaker gevoerd en Lars was een expert in het aannemen van voedingsadviezen die hem goed uitkwamen. Eten was zijn lust en zijn leven, en alle pogingen om dat in te perken beschouwde hij als pure sabotage van zijn persoon. Bittan had er allang in berust, maar probeerde af en toe toch voorzichtig aan te geven wat zij werkelijk van zijn eetgewoonten vond. Alle pogingen om hem op dieet te zetten waren gestrand op het feit dat hij stiekem ging eten zodra zij even niet keek om vervolgens met grote ogen van verbazing te concluderen dat hij niet afviel, hoewel hij naar eigen zeggen niet meer at dan een gemiddeld konijn.

'Ken jij E-Type?' Maria was opgehouden met haar orale onderzoek van Dans mond en keek nu gefascineerd naar Gustav. 'Ik bedoel, hij gaat toch om met kroonprinses Victoria en haar vrienden, en Dan zei dat jullie de koninklijke familie ook kennen, dus ik dacht dat jij hem misschien weleens had ontmoet. Ik vind hem zo cool!'

Gustav leek helemaal perplex dat iemand het gaver leek te vinden om de artiest E-Type te kennen dan de koning, maar hij hernam zich en antwoordde afgemeten: 'Ik ben wat ouder dan de kroonprinses, maar mijn jongere broer kent zowel de kroonprinses als Martin Eriksson.'

Maria leek confuus. 'Wie is Martin Eriksson?'

Gustav slaakte een diepe zucht, maar na een korte pauze zei hij onwillig: 'E-Type.'

'O. Cool.' Ze lachte en leek enorm onder de indruk.

Mijn god, was ze eigenlijk wel eenentwintig, zoals Dan beweerde, dacht Erica. Ze leek eerder zeventien. Maar ze zag er leuk uit, dat moest zelfs Erica toegeven. Met een bedrukt gezicht keek ze naar haar eigen zware bevalligheid om te constateren dat de tijd dat haar tepels net als bij Maria omhoog wezen, waarschijnlijk voorbij was.

Ze hadden wel geslaagdere etentjes gegeven. Erica en Patrik deden hun best de conversatie op gang te houden, maar Dan en Gustav hadden evengoed van verschillende planeten kunnen komen, en Maria had veel te snel veel te veel wijn gedronken en moest acuut overgeven op het toilet. De enige die het gezellig vond was Lars, die heel geconcentreerd met smaak alle restjes naar binnen werkte en zich niets aantrok van Bittans moordende blikken.

Om acht uur was iedereen alweer vertrokken en bleven Patrik en Erica alleen achter met de afwas. Ze besloten die nog even te laten voor wat hij was en gingen met een glas in de hand zitten.

'O, wat heb ik nu trek in een glaasje wijn.' Erica keek somber naar haar glas cola.

'Ja, ik begrijp dat je na dit etentje wel een glas wijn kunt gebruiken. Allemachtig, hoe hebben we het voor elkaar gekregen zo'n gezelschap samen te brengen? Wat dachten we eigenlijk?'

Hij lachte en schudde zijn hoofd. 'Ken jij E-Type?'

Patrik praatte met een hoge stem om Maria na te doen en Erica begon te giechelen.

'God, wat cool!' Hij bleef met een hoge stem praten en Erica's gegiechel ging over in een ongeremd geschater.

'Mijn moeder zegt dat het helemaal niet erg is als je een beetje dom bent, zolang je er maar leuk uitziet!'

Nu hield hij heel schattig zijn hoofd scheef en Erica hijgde: 'Stop, ik kan niet meer. Had jij trouwens niet tegen mij gezegd dat ík aardig moest zijn?'

'Ja, ik weet het. Maar dit moest gewoon even.' Patrik werd ernstig. 'Wat vind jij van Gustav? Hij leek me niet direct de warmste persoon ter wereld. Denk je echt dat hij goed is voor Anna?'

Erica stopte abrupt met lachen en fronste haar voorhoofd. 'Nee, ik maak me eigenlijk best zorgen. Je zou denken dat alles beter is dan een man die zijn vrouw mishandelt, en dat is natuurlijk ook zo, maar ik had gewoon...' Ze aarzelde even en zocht naar de juiste woorden: 'Ik had gewoon iets meer voor Anna gewenst. Zag je hoe afkeurend hij keek toen de kinderen lawaai maakten en rondrenden? Ik durf er wat om te verwedden dat hij eigenlijk vindt dat kinderen wel gezien maar niet gehoord mogen worden, en dat is helemaal niet goed voor Anna. Zij heeft iemand nodig die aardig, warm en liefdevol is. Iemand die ervoor zorgt dat ze zich goed voelt. En ze kan zeggen wat ze wil, ik zie aan haar dat dat niet het geval is. Maar zij vindt dat ze niet meer verdient.'

Ze zagen de zon als een rode bal in de zee zakken, maar deze keer was de schoonheid van de avond niets meer waard. De bezorgdheid om haar zus drukte op Erica, en soms voelde die verantwoordelijkheid zo groot dat ze bijna geen adem kreeg. Als ze al zoveel verantwoordelijkheid voor haar zus voelde, hoe moest ze dan de verantwoordelijkheid voor een nieuw klein leven aankunnen?

Ze legde haar hoofd op Patriks schouder en liet de duisternis van de avond over hen heen vallen.

De maandag begon met goed nieuws: Annika was terug van haar vakantie. Bruin van de zon, een beetje zwaarder en ontspannen na veel vrijpartijen en veel wijn, zat ze op haar plek bij de receptie naar Patrik te stralen toen hij binnen kwam slenteren. Gewoonlijk had hij een hekel aan de maandagochtend, maar toen hij Annika zag, voelde de dag ineens veel lichter. Zij was op de een of andere manier de spil waar de rest van het bureau om draaide. Ze organiseerde, debatteerde, schold uit en prees, alles naar behoefte. Wat voor probleem je ook had, je kon altijd vertrouwen op een wijs en troostend woord van Annika. Zelfs Mellberg had een zeker respect voor haar gekregen en durfde haar niet langer in de billen te knijpen of vochtige blikken te zenden, zoals hij had gedaan toen zij net bij hen werkte.

Patrik was nog maar een uur op het bureau toen Annika met een ernstig gezicht op zijn deur klopte. 'Patrik, er is een echtpaar dat hun dochter als vermist wil opgeven.'

Ze keken elkaar aan en wisten beiden wat de ander dacht.

Annika liet het ongeruste stel binnen, dat met neerhangende schouders voor Patriks bureau ging zitten. Ze stelden zich voor als Bo en Kerstin Möller.

'Onze dochter Jenny is gisteravond niet thuisgekomen.'

De vader deed het woord. Hij was een kleine, gezette man van rond de veertig. Terwijl hij sprak, plukte hij nerveus aan zijn opzichtige korte broek en keek strak naar het bureaublad. Het leek alsof de paniek nu pas toesloeg, nu ze op het politiebureau zaten om hun dochter als vermist op te geven. Zijn stem stokte en zijn vrouw, die ook klein en mollig was, ging verder: 'We staan op de camping in Grebbestad en Jenny zou rond zeven uur met een paar vriendinnen die ze hier had leren kennen naar Fjällbacka gaan. Ze gingen uit en Jenny had beloofd om één uur thuis te zijn. Ze hadden een lift geregeld voor de terugreis en zouden heen met de bus gaan.'

Ook haar stem werd hees en ze moest even stoppen voordat ze verder ging: 'Toen ze niet thuiskwam, werden we ongerust. We gingen naar een van de andere meisjes die mee zou gaan en wekten haar en haar ouders. Ze zei dat Jenny niet als afgesproken bij de bushalte had gestaan en dat ze toen hadden aangenomen dat ze gewoon geen zin meer had gehad. Toen wisten we dat er iets mis was. Jenny zou zoiets nooit doen. Ze is ons enige kind en ze laat het ons altijd weten als ze later dan afgesproken thuiskomt, of zo. Wat kan er met haar gebeurd zijn? We hebben gehoord dat er een meisje in de Koningskloof is gevonden, denkt u dat...'

Toen liet haar stem haar in de steek en ze barstte vertwijfeld in tranen uit. Haar echtgenoot sloeg troostend zijn armen om haar heen, maar ook in zijn ogen welden tranen op.

Patrik was ongerust. Heel ongerust, maar hij probeerde dat niet aan het echtpaar te tonen. 'Ik zie geen reden om nu al dergelijke parallellen te trekken.'

Shit, wat klinkt dat correct, dacht Patrik, maar hij vond het nu eenmaal moeilijk om met dit soort situaties om te gaan. De angst van deze mensen snoerde zijn keel dicht met medelijden, maar daar mocht hij niet aan toegeven en het middel daartegen was een welhaast bureaucratische correctheid.

'We beginnen met wat informatie over uw dochter. Ze heet Jenny, zeiden jullie. Hou oud is ze?'

'Zeventien, bijna achttien.'

Kerstin zat nog steeds met haar gezicht tegen het overhemd van haar man te huilen, dus het was Bo die Patrik de noodzakelijke informatie moest geven. Als antwoord op de vraag of ze een recente foto van haar hadden, veegde Jenny's moeder haar gezicht af met een tissue en pakte een schoolfoto uit haar handtas.

Patrik nam de foto voorzichtig aan. Hij zag een echt meisje van zeventien, met een beetje te veel make-up op en een enigszins opstandige uitdrukking in haar ogen. Hij glimlachte naar de ouders en probeerde te kijken alsof hij vol vertrouwen was. 'Een leuk meisje, ik begrijp dat jullie trots op haar zijn.'

Ze knikten beiden ijverig en bij Kerstin brak zelfs een glimlachje door. 'Ze is een goed meisje, al kunnen tieners natuurlijk af en toe lastig zijn. Ze wilde dit jaar eigenlijk niet meer met ons mee, hoewel we al jaren elke zomer met de caravan op vakantie gaan, maar we smeekten haar en zeiden dat het waarschijnlijk de laatste zomer was dat we iets met ons drieën konden doen, en toen gaf ze toe.'

Toen Kerstin zichzelf 'de laatste zomer' hoorde zeggen, begon ze weer te huilen en Bo streelde haar kalmerend over haar haar.

'Jullie nemen dit toch wel serieus? Ik heb gehoord dat er vierentwintig uur moeten zijn verstreken voordat de politie gaat zoeken en zo, maar u moet ons geloven als we zeggen dat er iets is gebeurd, anders had ze echt iets van zich laten horen. Ze is niet het soort meisje dat overal lak aan heeft en ons in angst laat zitten.'

Wederom probeerde Patrik zo kalm mogelijk te reageren, maar vanbinnen raasden zijn gedachten wild in het rond. Het beeld van Tanja's lichaam in de Koningskloof verscheen op zijn netvlies en hij knipperde met zijn ogen om het te laten verdwijnen.

'Wij wachten geen vierentwintig uur, dat gebeurt alleen in Amerikaanse films, maar tot we meer weten moet u proberen u niet ongerust te maken. Ik geloof u op uw woord dat Jenny een heel keurig meisje is, maar ik heb dit vaker zien gebeuren. Ze komen iemand tegen, vergeten tijd en plaats, vergeten dat hun ouders zich thuis zorgen zitten te maken, dat is niet ongewoon. Maar we gaan meteen rondvragen. Geef Annika een telefoonnummer waarop we u kunnen bereiken, dan bel ik zodra we meer weten. En laat het ons alstublieft weten als u iets van haar hoort, of als ze weer opduikt. U zult zien dat het allemaal goed komt.'

Toen ze waren vertrokken, vroeg Patrik zich af of hij hen te veel had beloofd. Hij had een zeurend gevoel in zijn maagstreek dat niet veel goeds voorspelde. Hij keek naar de foto van Jenny en hoopte maar dat ze gewoon ergens lol trapte.

Hij stond op en ging naar Martin. Ze konden maar beter meteen gaan zoeken; als het ergste was gebeurd, hadden ze geen minuut te verliezen. Volgens het verslag van de patholoog had Tanja ongeveer een week in gevangenschap geleefd voor ze overleed. De klok tikte.

Zomer 1979

Door de pijn en de duisternis dreef de tijd weg in een droomloze nevel. Dag of nacht, leven of dood, het maakte niet uit. Zelfs de voetstappen boven haar hoofd, de zekerheid van het naderende kwaad, waren niet in staat om de werkelijkheid in haar donkere verblijfplaats te laten binnendringen. Het geluid van botten die werden gebroken, vermengde zich met iemands van pijn vervulde geschreeuw. Misschien dat van haar. Ze wist het niet goed.

De eenzaamheid was het moeilijkst te verdragen. Het totale gebrek aan geluiden, bewegingen en aanrakingen van haar huid. Ze had nooit geweten hoe pijnlijk het gemis aan menselijk contact kon zijn. Dat was erger dan alle pijn. Dat sneed als een mes door haar ziel en deed haar zo huiveren, dat haar hele lichaam schudde.

De geur van de onbekende was haar inmiddels bekend. Niet onaangenaam. Niet zoals ze had gedacht dat het kwaad zou ruiken. De geur was juist fris en vol beloften over zomer en warmte. Het contrast met de donkere, vochtige geur die steeds haar neusgaten binnendrong was heel duidelijk. Die geur omringde haar als een natte deken en at stukje bij beetje de laatste resten op van degene die ze was geweest voordat ze hier terecht was gekomen. Daarom zoog ze begerig de geur van warmte in als de onbekende dichtbij kwam. Het was de moeite waard het kwaad te doorstaan om heel even de lucht te mogen inademen van het leven dat ergens daarboven gewoon verder ging. Tegelijk wekte de geur het doffe gevoel op van gemis aan leven. Ze was niet langer wie ze was geweest en ze miste de persoon die ze nu nooit meer zou worden. Het was een pijnlijk, maar om te overleven noodzakelijk afscheid.

Wat haar hier beneden het ergst kwelde, was de gedachte aan haar kind. Ze had haar dochter haar hele korte leventje verweten dat ze was geboren, maar nu, te elfder ure, begreep ze dat haar dochter juist een geschenk was geweest. De herinnering aan haar zachte armpjes rond haar hals of aan de grote ogen die hongerig bij haar hadden gezocht naar iets wat ze niet had kunnen geven, achtervolgde haar in kleurrijke dromen. Ze kon elk klein detail van het meisje voor zich zien. Elk sproetje, elk haartje, het haarwerveltje in de nek dat op precies dezelfde plek zat als bij haarzelf. Ze beloofde zichzelf en God keer op keer dat ze, als ze uit deze gevangenis kwam, de kleine meid zou compenseren voor elke seconde dat die haar moeders liefde had moeten ontberen. Als...

❄

'Zo ga je de deur niet uit!'

'Ik ga naar buiten zoals ik zelf wil, daar heb jij niets mee te maken.'

Melanie keek boos naar haar vader, die boos terugkeek. Het onderwerp van de ruzie was als altijd: hoeveel, of liever gezegd hoe weinig, ze aanhad.

Melanie moest toegeven dat de kleren die ze aanhad niet veel stof bevatten, maar ze vond ze mooi en haar vriendinnen kleedden zich net zo. En ze was tenslotte zeventien en geen klein kind meer, dus kon ze zelf beslissen wat ze aantrok. Vol verachting keek ze naar haar vader, wiens nek door de woede rood begon te kleuren. Ze vond het maar niks om net zo oud en saai te worden. Zijn glimmende korte Adidasbroek was vijftien jaar geleden al ouderwets geweest en het gespikkelde overhemd met korte mouwen vloekte met de korte broek. De buik die hij had gekregen van te veel zakken chips op de bank voor de tv, dreigde een paar knopen te doen springen en de kroon op het werk waren de lelijke plastic slippers waarin zijn voeten staken. Ze schaamde zich om met hem gezien te worden en ze haatte het dat ze de hele zomer op deze stomme camping moest zitten.

Toen ze klein was, had ze de vakanties in de caravan altijd heerlijk gevonden. Er waren veel kinderen geweest met wie ze kon spelen en zwemmen en rondrennen tussen de opgestelde caravans. Maar nu had ze haar vrienden in Jönköping en het ergste was dat ze Tobbe achter had moeten laten. Nu ze haar belangen niet kon behartigen, rotzooide hij vast en zeker met die stomme Madde, die voortdurend als een pleister aan hem kleefde, en als dat inderdaad het geval was, zou ze haar ouders de rest van haar leven haten, dat had ze zichzelf plechtig beloofd.

Vastzitten op een camping in Grebbestad was vervelend, maar nu werd ze tot overmaat van ramp ook nog behandeld alsof ze vijf in plaats van zeventien was. Ze mocht niet eens zelf weten welke kleren ze droeg. Opstandig gooide ze haar hoofd in de nek en trok haar topje, dat niet groter was dan het bovenstuk van een bikini, recht. De ultrakorte spijkerbroek schuurde weliswaar vrij onbehaaglijk tussen haar billen, maar de blikken die ze van de jongens kreeg waren al het ongemak waard. Het puntje op de i vormden de superhoge plateauschoenen die minstens tien centimeter toevoegden aan haar één meter zestig.

'Zolang wij je eten betalen en je een dak boven je hoofd geven, beslissen wij en dus moet jij...'

Haar vader werd onderbroken door een harde klop op de deur en dankbaar voor het respijt haastte Melanie zich open te doen. Buiten stond een donkerharige man van een jaar of vijfendertig en Melanie strekte automatisch haar rug en duwde haar borsten naar voren. Misschien was hij een beetje te oud voor haar, maar hij zag er leuk uit en het zou in elk geval haar vader irriteren.

'Ik ben Patrik Hedström van de politie. Mag ik even binnenkomen? Het gaat over Jenny.'

Melanie deed een stapje opzij om hem binnen te laten, maar slechts zo'n kleine stap dat hij zich langs haar schaars geklede verschijning moest wurmen.

Nadat ze elkaar hadden begroet, gingen ze alle drie aan de kleine eettafel zitten.

'Zal ik mijn vrouw ook halen? Ze is op het strand.'

'Nee hoor, dat hoeft niet, ik zou graag even met Melanie willen praten. Zoals jullie waarschijnlijk weten hebben Bo en Kerstin Möller hun dochter Jenny als vermist opgegeven, en zij vertelden dat jullie gisteren hadden afgesproken om naar Fjällbacka te gaan, klopt dat?'

Onopvallend trok Melanie aan haar topje om wat meer van haar boezem te laten zien en ze bevochtigde haar lippen voordat ze antwoordde. Een politieman, dat was best sexy.

'Ja, we hadden om zeven uur bij de bushalte afgesproken en wilden de bus van tien over nemen. We hadden een paar jongens leren kennen die bij Tanum Strand zouden instappen, en we wilden kijken of er iets te beleven viel in Fjällbacka, verder hadden we geen echte plannen.'

'Maar Jenny kwam niet?'

'Nee, dat was wel raar. We kennen elkaar niet heel goed, maar ze leek betrouwbaar, dus ik vond het best vreemd toen ze niet kwam opdagen. Ik kan niet zeggen dat ik enorm teleurgesteld was, ze klitte nogal en ik vond het niet erg om alleen uit te gaan met Micke en Fredde, die jongens van Tanum Strand.'

'Maar Melanie toch!'

Ze kreeg weer een woedende blik van haar vader en keek boos terug.

'Wat nou, ik kan er toch niets aan doen dat ik haar nogal saai vond. En het is toch niet mijn schuld dat ze is verdwenen. Ze is vast teruggegaan naar Karlstad. Ze had het over een jongen die ze daar had ontmoet, en als ze een beetje slim is, heeft ze deze stomme caravanvakantie gelaten voor wat die is en is ze naar hem teruggegaan.'

'Jij moet het niet in je hoofd halen iets dergelijks te doen! Die Tobbe...'

Patrik zag zich genoodzaakt de ruzie tussen vader en dochter af te breken en zwaaide voorzichtig met zijn hand om de aandacht te trekken. Gelukkig hielden ze hun mond.

'Je weet dus niet waarom ze niet kwam opdagen?'

'Nee, geen flauw idee.'

'Weet je of ze nog met andere mensen op de camping omging, iemand die ze in vertrouwen kan hebben genomen?'

Zogenaamd per ongeluk raakte Melanie met haar blote been het been van de politieman licht aan, en ze genoot toen ze hem zag schrikken. Mannen waren zo heerlijk simpel. Het maakte niet uit hoe oud ze waren, ze hadden maar één gedachte in hun hoofd en als je dat eenmaal wist, kon je met hen doen wat je wilde. Ze raakte zijn been nog een keer aan en op zijn bovenlip verscheen een beetje zweet. Maar het was ook behoorlijk benauwd in de caravan.

Ze draalde even met haar antwoord.

'Er is een jongen, een of andere stomme nerd die ze jaren geleden hier op de camping heeft leren kennen. Een enorm saaie piet, maar ze was zelf natuurlijk ook niet supercool, en ze konden kennelijk wel goed met elkaar overweg.'

'Weet je hoe hij heet of waar ik hem kan vinden?'

'Zijn ouders hebben twee rijen verderop een caravan. Die met de bruin-wit gestreepte voortent en al die stomme geraniums.'

Patrik bedankte haar voor haar hulp en perste zich met blozende wangen opnieuw langs het meisje.

Ze probeerde zo verleidelijk mogelijk in de deuropening te poseren toen ze de politieman gedag zwaaide. Haar pa was weer met zijn preek begonnen, maar ze hield zich Oost-Indisch doof; hij zei toch niets wat de moeite van het beluisteren waard was.

Bezweet, en niet alleen vanwege de drukkende warmte, beende Patrik weg. Het was een opluchting om niet langer in de benauwde kleine caravan te hoeven zitten. Hij had zich een pedofiel gevoeld toen dat jonge meisje haar kleine borsten bijna in zijn gezicht had geduwd en toen ze haar been tegen het zijne begon te drukken, had hij niet geweten wat hij moest doen, zo onbehaaglijk had hij het gevonden. Ze had ook niet veel kleren aangehad. Ongeveer de hoeveelheid stof van een zakdoek, verdeeld over haar hele lichaam. In een flits van helderheid realiseerde hij zich ineens dat hij over zeventien jaar misschien ook een dochter had, die zich net zo zou kleden en naar oudere mannen zat te smachten. Hij huiverde bij de gedachte en hoopte opeens dat Erica een zoon droeg. Hij wist in elk geval hoe tienerjongens functioneerden. Dit meisje had net een ruimtewezen geleken, met al die make-up en grote, bungelende sieraden. Hij had ook gezien dat ze een piercing in haar navel had. Misschien werd hij wel oud, maar hij vond het allesbehalve sexy. Hij dacht eerder aan het gevaar van besmetting en littekenvorming. Maar zoals gezegd, waarschijnlijk had het met de leeftijd te maken. De preek die hij van zijn moeder had gekregen toen hij met een ring in zijn ene oor was thuisgekomen, zat nog vers in zijn geheugen, en toen was hij toch al negentien geweest. De oorring was vlugger dan vlug weer verdwenen, en dat was het meest gewaagde dat hij ooit had uitgeprobeerd.

Hij verdwaalde eerst tussen de caravans, die zo dicht op elkaar stonden dat ze wel gestapeld leken. Hij kon zich niet voorstellen dat mensen vrijwillig hun vakantie als haringen in een ton wilden doorbrengen. Maar puur verstandelijk begreep hij dat het voor velen een levensstijl was en dat de gemeenschap met andere kampeerders, die ook elk jaar naar dezelfde plek terugkeerden, aanlokkelijk was. Sommige caravans konden nauwelijks nog een caravan worden genoemd, omdat er aan alle kanten ruimtes waren aangebouwd waardoor het eerder kleine permanente woningen leken.

Nadat hij de weg had gevraagd, vond Patrik de caravan die Melanie had beschreven en hij zag een lange, slungelige en extreem pukkelige jongen buiten zitten. Patrik voelde medelijden vanwege de rode en witte uitslag en hij zag ook dat de jongen heel wat puistjes had uitgedrukt, hoewel hij daar waarschijnlijk littekens aan zou overhouden die nog lang zichtbaar bleven als de acne weer was verdwenen.

De zon scheen Patrik recht in het gezicht toen hij voor de jongen stilstond en hij moest zijn hand boven zijn ogen houden. Hij had zijn zonnebril op het politiebureau laten liggen.

'Hoi, ik ben van de politie. Ik heb net met Melanie gepraat, en zij zei dat jij Jenny Möller kent, klopt dat?'

De jongen knikte zonder iets te zeggen. Patrik ging naast hem op het gras zitten en zag dat deze jongen, in tegenstelling tot de lolita een paar caravans verderop, er oprecht bezorgd uitzag.

'Ik heet Patrik, en jij?'

'Per.'

Patrik fronste zijn wenkbrauwen om aan te geven dat hij wat meer verwachtte.

'Per Thorsson.' De puber trok ongeduldig pollen gras uit de grond en staarde strak naar zijn hand. Zonder Patrik aan te kijken zei hij: 'Het is mijn schuld dat haar iets is overkomen.'

'Hoe bedoel je?' Patrik schrok even.

'Het kwam door mij dat ze de bus had gemist. Al sinds we klein zijn, zien we elkaar hier elke zomer en we hebben het altijd heel leuk gehad met elkaar. Maar toen ze die trut van een Melanie leerde kennen, werd ze heel vervelend. Ze had het alleen nog maar over Melanie dit en Melanie dat en Melanie zegt zus en Melanie zegt zo. Vroeger kon ik met Jenny over belangrijke dingen praten, dingen die echt iets betekenen, maar nu ging het alleen nog maar over make-up en kleren en dat soort flauwekul, en ze durfde het niet eens tegen Melanie te zeggen als wij iets hadden afgesproken, want Melanie vond mij kennelijk een nerd.'

Hij trok steeds sneller aan het gras en naast hem was een kale plek ontstaan. De geur van eten op een barbecue hing zwaar boven hun hoofd en zocht zich een weg naar hun neusgaten, waarop Patriks maag begon te knorren.

'Tienermeisjes zijn zo. Dat gaat voorbij, echt waar. Dan worden het weer gewone mensen.' Patrik glimlachte maar werd toen weer ernstig. 'Maar hoe bedoel je dat het jouw schuld was? Weet jij waar ze is? Haar ouders zijn namelijk enorm ongerust...'

Per zwaaide afwerend met zijn hand. 'Ik heb geen flauw idee waar ze is, ik weet alleen dat haar iets naars is overkomen. Ze zou nooit zomaar weggaan. En omdat ze wilde liften...'

'Liften? Waarheen? Wanneer ging ze liften?'

'Daarom is het ook mijn schuld.' Per sprak overdreven duidelijk tegen Patrik, alsof hij het tegen een klein kind had. 'Ik kreeg ruzie met haar toen ze onderweg was naar de bushalte. Ik was het zo zat dat ze alleen met mij wilde omgaan als Melanie het niet wist, dus toen ze hier langsliep hield ik haar tegen om haar te vertellen wat ik ervan vond. Ze werd verdrietig, maar sprak me niet tegen en stond daar alleen maar naar me te luisteren. Na een poosje zei ze dat ze de bus had gemist en dus naar Fjällbacka moest liften. Toen vertrok ze.'

Per sloeg zijn ogen op van het kale stukje grasveld, en keek naar Patrik. Zijn onderlip trilde licht en Patrik zag dat hij vreselijk zijn best deed om niet in huilen uit te barsten, hier tussen alle campinggasten.

'Daarom is het mijn schuld. Als ik geen ruzie met haar had gemaakt over iets wat achteraf helemaal zinloos lijkt, had ze gewoon die bus gehaald en was er niets gebeurd. Ze is een gek tegengekomen bij het liften, en dat is mijn schuld.'

Zijn stem schoot een octaaf de hoogte in zoals dat wel vaker gebeurt bij jongens die de baard in de keel hebben. Patrik schudde standvastig zijn hoofd.

'Het is jouw schuld niet. En we weten niet eens of er iets is gebeurd. Daar proberen we juist achter te komen. Wie weet, misschien komt ze zo weer opdagen en heeft ze alleen maar wat lol getrapt.'

Patrik sprak op een geruststellende toon, maar hij hoorde zelf hoe vals zijn woorden klonken. Hij wist dat de bezorgdheid die hij in de ogen van de jongen zag, ook in zijn eigen blik zat. Slechts een meter of honderd verderop zat het echtpaar Möller in de caravan op hun dochter te wachten. Patrik had het ijzingwekkende gevoel in zijn maagstreek dat Per gelijk had, dat de ouders waarschijnlijk vergeefs wachtten. Iemand had Jenny opgepikt. Iemand die geen goede bedoelingen had.

Terwijl Jacob en Marita aan het werk waren en de kinderen bij hun oppasmoeder waren, wachtte Linda op Johan. Het was de eerste keer dat ze in het woonhuis op de Västergården hadden afgesproken in plaats van op de hooizolder in de schuur, en Linda vond het allemaal heel opwindend. De wetenschap dat ze elkaar zonder diens toestemming onder het dak van haar broer zouden zien, maakte de ontmoeting extra spannend. Pas toen Johan door de deur stapte en Linda zijn gezicht zag, besefte ze dat het weerzien met het huis bij hem heel andere gevoelens losmaakte.

Hij was hier niet meer geweest sinds ze vlak na Johannes' dood de Västergården hadden moeten verlaten. Aarzelend liep Johan rond, eerst door de woonkamer, toen door de keuken en hij ging zelfs naar het toilet. Het was alsof hij elk detail in zich op wilde nemen. Er was veel veranderd. Jacob had getimmerd en geschilderd en het huis zag er nu anders uit dan in zijn herinnering. Linda liep vlak achter hem aan.

'Het is lang geleden sinds je hier was.'

Johan knikte en wreef met zijn hand over de schoorsteenmantel in de woonkamer.

'Vierentwintig jaar. Ik was nog maar vijf toen we verhuisden. Hij heeft veel gedaan aan het huis.'

'Ja, voor Jacob moet alles altijd vreselijk mooi zijn. Hij is voortdurend aan het klussen, hij is een perfectionist.'

Johan antwoordde niet, het was alsof hij zich in een andere wereld bevond. Linda kreeg er een beetje spijt van dat ze hem hier had uitgenodigd. Zij had zich een onbezorgd uurtje in bed voorgesteld, geen reis door Johans verdrietige jeugdherinneringen. Daar wilde ze het liefst helemaal niet aan denken, het deel met gevoelens en belevingen waarin zij niet voorkwam. Hij was helemaal betoverd van haar geweest, bijna vol aanbidding, en dat was de bevestiging die ze van hem wilde krijgen. De nadenkende, piekerende volwassen man die nu door het huis liep, vond ze minder aantrekkelijk.

Ze raakte zijn arm aan en hij schrok alsof hij uit een trance werd gewekt.

'Zullen we naar boven gaan? Mijn kamer ligt op de zolder.'

Johan volgde haar willoos de steile trap op. Ze kwamen op de eerste verdieping, maar toen Linda de trap naar de zolder opklom, bleef Johan achter. Hier hadden Robert en hij hun kamer gehad en hier lag ook de vroegere slaapkamer van zijn ouders.

'Wacht even, ik kom zo. Ik wil even ergens naar kijken.'

Hij trok zich niets aan van Linda's protesten en opende met bevende hand de eerste deur in de gang. Daarachter lag zijn jongenskamer. Het was nog steeds een kamer voor een kleine jongen, maar nu slingerden Williams kleren en speelgoed overal rond. Johan ging op het kleine bed zitten en zag voor zijn geestesoog de kamer die van hem was geweest. Na een poosje stond hij op en liep naar de volgende kamer, die van Robert was geweest. Deze kamer was meer veranderd dan die van Johan, het was nu overduidelijk een meisjeskamer, met roze kleuren, tule en pailletten als overheersende elementen. Hij liep er bijna meteen weer uit en werd als door een magneet naar de kamer aan het eind van de gang getrokken. Vele nachten had hij over de loper geslopen die zijn moeder daar had neergelegd, naar de witte deur, die hij voorzichtig had opengeduwd om vervolgens stiekem in het bed van zijn ouders te klimmen. Daar had hij veilig kunnen slapen, bevrijd van de nachtmerries en monsters onder zijn bed. Het liefst had hij zich tegen zijn vader aan gedrukt en heel, heel dicht tegen hem aan geslapen. Hij zag dat Jacob en Marita het protserige oude bed hadden gehouden, deze kamer was het minst veranderd.

Hij voelde de tranen achter zijn oogleden branden en hij knipperde om te verhinderen dat ze ook werkelijk begonnen te stromen; hij wilde zich tegenover Linda niet zwak tonen.

'Ben je uitgekeken, of hoe zit dat? Hier valt niets te stelen als je dat soms mocht denken.'

Haar toonval had een gemene klank die hij nog niet eerder had gehoord. De woede ontbrandde in hem als een vonk. De gedachte aan hoe het allemaal had kunnen zijn, wakkerde die vonk aan en hij greep hard haar arm beet.

'Waar heb je het in godsnaam over? Denk je echt dat ik van plan ben om spullen te stelen? Je bent verdomme niet goed wijs. Weet je, ik heb hier gewoond, lang voordat jouw broer hier introk en als jouw vervloekte vader er niet was geweest, hadden wij de Västergården nog steeds gehad. Dus houd je bek.'

Linda wist even niets te zeggen, ze was helemaal verbaasd over de verandering in de zachtmoedige Johan, maar toen rukte ze met een heftige beweging haar arm los en siste: 'Hé, het is niet mijn vaders schuld dat jouw pa al zijn geld erdoor heeft gejaagd. En wat mijn vader ook heeft gedaan, hij kon er niets aan doen dat jouw pa zo laf was dat hij zelfmoord pleegde. Hij koos er zelf voor jullie te verlaten, daar kun je mijn vader niet de schuld van geven.'

De woede vormde witte vlekken voor zijn ogen. Johan sloeg zijn handen ineen. Linda leek zo smal en broos dat hij zich afvroeg of hij haar doormidden zou kunnen breken, maar hij dwong zichzelf diep adem te halen om te kalmeren. Met een vreemde, sissende stem zei hij: 'Ik kan en wil Gabriël van heel veel beschuldigen. Jouw vader heeft onze levens uit jaloezie verpest. Mijn moeder heeft verteld hoe het zat. Dat iedereen van mijn vader hield en Gabriël een zuurpruim vond en dat hij dat niet kon verdragen. Maar mijn moeder is gisteren naar het landgoed gegaan en heeft jouw vader eens goed de waarheid gezegd. Jammer dat ze hem niet ook een pak slaag heeft gegeven, maar waarschijnlijk wilde ze hem niet aanraken.'

Linda lachte honend. 'Vroeger had ze er niets op tegen om hem aan te raken. Ik walg bij het idee dat hij en jouw smerige moeder samen zijn geweest, maar zo was het wel, tot ze in de gaten kreeg dat het makkelijker was om geld uit jouw pa te melken dan uit de mijne. Toen is ze met hem verder gegaan. Je weet toch wel hoe zulke vrouwen worden genoemd? Hoeren!'

Toen Linda, die bijna even lang was als Johan, de woorden voor zijn voeten gooide, vlogen er spatjes spuug in Johans gezicht.

Uit vrees dat hij zich niet zou kunnen beheersen, liep Johan langzaam achteruit naar de trap. Hij zou zijn handen rond haar smalle hals willen leggen en knijpen, alleen om haar stil te krijgen, maar in plaats daarvan vluchtte hij weg.

Verward over hoe de situatie plotseling was ontaard, en woedend omdat ze kennelijk niet zoveel overwicht op hem had als ze had gedacht, leunde Linda over de trapleuning en schreeuwde hem gemeen na: 'Verdwijn maar, stomme loser, je was toch maar goed voor één ding. En zelfs dat had beter gekund.'

Toen stak ze haar middelvinger naar hem op, maar zijn rug verdween al door de voordeur en hij zag het niet.

Langzaam liet ze haar hand zakken en met de snelle stemmingswisselingen van een puber, had ze al spijt van haar woorden. Ze was alleen zo enorm boos geworden.

Toen de fax uit Duitsland kwam, had Martin net een gesprek met Patrik beëindigd. Het nieuws dat Jenny waarschijnlijk door een lifter was opgepikt, maakte de situatie er niet hoopvoller op. Iedereen kon het meisje hebben meegenomen, ze konden nu alleen nog vertrouwen op het alziende oog van het publiek. Mellberg had heel wat telefoontjes van de pers gekregen, en omdat ze begrepen dat het nieuws veel aandacht zou krijgen, hoopte Martin dat zich iemand zou melden die Jenny bij de camping in een auto had zien stappen. Hopelijk konden ze de bruikbare tips schiften van alle neptelefoontjes, serieuze bellers van psychisch gestoorden en anderen die van de gelegenheid gebruik zouden maken om een vijand een hak te zetten.

Annika kwam met het faxbericht, dat was kort en bondig. Hij worstelde zich door de weinige zinnen heen en kon eruit opmaken dat de Duitse politie een ex-echtgenoot van Tanja als naaste familie had gevonden. Het verbaasde Martin dat ze al op zo jonge leeftijd was gescheiden, maar het stond daar zwart op wit. Na enige aarzeling en een snel overleg met Patrik op zijn mobiele telefoon, toetste hij het nummer van het toeristenbureau in Fjällbacka in en hij glimlachte onwillekeurig toen hij Pia's stem hoorde.

'Hallo, met Martin Molin.' Aan de andere kant was het één tel te lang stil. 'Van de politie in Tanumshede.' Het ergerde hem enorm dat hij moest uitleggen wie hij was. Híj zou zelfs haar schoenmaat hebben kunnen vermelden als dat om de een of andere ondoorgrondelijke reden van hem werd gevraagd.

'Ja, sorry. Ik ben zo slecht in namen, maar gelukkig des te beter in gezichten. Dat komt goed uit in mijn werk.' Ze lachte. 'Waar kan ik je vandaag mee helpen?'

Waar zal ik beginnen, dacht Martin, maar toen bedacht hij waarom hij eigenlijk belde en werd meteen serieus. 'Ik moet een belangrijk telefoontje met Duitsland plegen, maar ik durf niet zo goed op mijn zes voor Duits te vertrouwen. Zou jij in een conferentiegesprek kunnen tolken?'

'Natuurlijk.' Haar antwoord kwam meteen. 'Ik moet wel even met mijn collega overleggen of zij het zolang in haar eentje redt.'

Hij hoorde dat ze met iemand op de achtergrond sprak en toen kwam haar stem terug. 'Geregeld. Hoe gaat dat eigenlijk? Bel jij mij, of zo?'

'Ja, ik sluit je aan, blijf dus maar bij de telefoon wachten, dan bel ik over een paar minuten.'

Precies vier minuten later had hij zowel Tanja's ex-echtgenoot Peter Schmidt als Pia gelijktijdig aan de lijn. De Duitse politie had Peter al op de hoogte gebracht van de dood van zijn ex-vrouw, dus dat hoefde Martin niet te doen, maar het voelde toch niet prettig om zo snel na zo'n bericht te moeten bellen. Dit was een van de moeilijkste kanten van het werk en gelukkig kwam het in de dagelijkse praktijk niet vaak voor. Hij begon voorzichtig zijn condoleances over te brengen en zei dat het hem speet dat hij de man onder dergelijke verdrietige omstandigheden moest lastigvallen.

'Wat wist je van Tanja's reis naar Zweden?'

Pia vertaalde zijn vraag soepel in het Duits en daarna Peters antwoord in het Zweeds.

'Niets. We zijn helaas niet als vrienden uit elkaar gegaan, dus na de scheiding hebben we elkaar nauwelijks nog gesproken, maar toen we getrouwd waren heeft ze het er nooit over gehad dat ze naar Zweden wilde. Ze hield meer van zonvakanties, in Spanje of Griekenland, ik zou hebben verwacht dat ze Zweden veel te koud vond.'

Koud, dacht Martin ironisch en hij keek door het raam naar het dampende asfalt. Ja, ja, en er lopen hier zeker ook ijsberen op straat...

Hij ging verder met zijn vragen: 'Ze heeft dus nooit gezegd dat ze iets moest doen in Zweden, of dat ze een link had met dat land? Niets over een dorp dat Fjällbacka heet?'

Peters antwoorden waren nog steeds ontkennend, en Martin kon niet bedenken wat hij verder nog moest vragen. Hij wist nog steeds niet wat Tanja had bedoeld toen ze tegen haar reisgenote had gezegd dat ze iets in Fjällbacka moest doen. Net toen hij het gesprek wilde beeindigen en Peter wilde bedanken, schoot hem een laatste vraag te binnen: 'Is er iemand anders aan wie we het kunnen vragen? De Duitse politie heeft alleen jou als naaste familie opgegeven, maar is er misschien een vriendin of zo?'

'Jullie zouden Tanja's vader kunnen bellen, hij woont in Oostenrijk. Daarom kon de Duitse politie hem waarschijnlijk niet vinden. Een momentje, ik heb zijn telefoonnummer hier ergens.'

Martin hoorde hoe Peter wegliep en dingen verplaatste. Even later was hij terug. Pia bleef vertalen en sprak extra duidelijk de cijfers uit die Peter oplas.

'Ik weet niet zeker of hij jullie van dienst kan zijn. Twee jaar geleden, vlak na de scheiding, hebben Tanja en hij een flinke ruzie gehad. Ze wilde niet vertellen waar die over ging, maar volgens mij hebben ze elkaar heel lang niet gesproken. Maar je weet nooit. Doe hem mijn hartelijke groeten.'

Het gesprek had niet veel opgeleverd, maar Martin bedankte voor de hulp en vroeg of hij nog eens mocht bellen als ze nieuwe vragen hadden. Pia bleef aan de lijn en was hem voor toen ze vroeg of hij Tanja's vader meteen wilde bellen, dan kon zij weer tolken.

De telefoon ging eindeloos over, maar er werd niet opgenomen. Er leek niemand thuis te zijn. De opmerking van Tanja's ex over een ruzie tussen Tanja en haar vader, had Martins nieuwsgierigheid gewekt. Over wat voor belangrijks konden een vader en een dochter ruziemaken dat ze het contact helemaal verbraken? En stond het misschien in verband met Tanja's reis naar Fjällbacka en haar belangstelling voor de twee verdwenen meisjes?

Hij was zo diep in gedachten verzonken dat hij bijna vergat dat Pia nog aan de lijn hing en hij bedankte haar hals over kop voor haar hulp. Ze spraken af dat ze hem morgen weer zou helpen als hij opnieuw zou proberen Tanja's vader te bereiken.

Martin keek lang en piekerend naar de foto van Tanja in het lijkenhuis. Wat had deze vrouw in Fjällbacka gezocht en wat had ze gevonden?

Voorzichtig waggelde Erica over de pontonsteiger. Het was erg ongebruikelijk om in deze tijd van het jaar lege plaatsen langs de aanlegsteiger te zien. Meestal lagen de zeilboten in dubbele en zelfs driedubbele rijen. Maar de moord op Tanja had de gelederen uitgedund en veel zeilers naar andere havens gedreven. Erica hoopte echt dat Patrik en zijn collega's de zaak snel zouden oplossen, anders zou het voor veel van de mensen die moesten leven van wat ze in de zomermaanden verdienden, een zware winter worden.

Anna en Gustav hadden er echter voor gekozen tegen de stroom in te gaan en een paar dagen extra in Fjällbacka te blijven. Toen Erica de boot zag, begreep ze meteen waarom ze hen niet had kunnen overhalen bij Patrik en haar thuis te logeren. Het was een schitterende boot. Oogverblindend wit met een houten dek, en groot genoeg om nog minstens twee gezinnen te huisvesten, troonde hij helemaal aan het eind van de steiger.

Anna zwaaide vrolijk toen ze Erica dichterbij zag komen en ze hielp haar de boot op. Erica was behoorlijk buiten adem toen ze ging zitten en meteen een groot glas koude cola van haar zus kreeg.

'Je begint het nu zo tegen het eind zeker behoorlijk zat te worden?' vroeg Anna meelevend.

'Nou en of. Maar de natuur wil je zo misschien helpen om je op de bevalling te verheugen, vermoed ik. En dan deze hitte.' Erica veegde haar voorhoofd af met een servet, maar voelde hoe zich meteen weer nieuwe zweetdruppels vormden, die langs haar slapen naar beneden stroomden.

'Arme stakker.' Anna glimlachte vol medelijden.

Gustav kwam uit de kajuit en begroette Erica beleefd. Hij was even onberispelijk gekleed als de vorige keer en zijn tanden straalden wit in zijn bruine gezicht. Met een misnoegde stem zei hij tegen Anna: 'De ontbijtspullen staan allemaal nog op tafel. Ik heb je toch gezegd dat je de boot netjes moet houden. Anders werkt het niet.'

'Ai, neem me niet kwalijk. Ik ga het meteen opruimen.'

De glimlach verdween van Anna's gezicht en met neergeslagen ogen haastte ze zich naar de onderste regionen van de boot. Gustav ging met een koud biertje naast Erica zitten.

'Je kunt niet op een boot wonen als je het niet netjes houdt. Vooral met kinderen wordt het zo snel een rotzooi.'

Erica vroeg zich af waarom hij de ontbijtspullen niet zelf had opgeruimd, als dat zo belangrijk was. Er leek tenslotte niets aan zijn handen te mankeren.

De stemming was nogal gedrukt en Erica voelde hoe een afgrond, gevormd door verschillen in achtergrond en opvoeding, zich opende. Ze voelde zich gedwongen de stilte te verbreken. 'Dit is een prachtige boot.'

'Ja, een echte schoonheid.' Gustav zwol op van trots. 'Ik heb hem van een goede vriend geleend, maar ik krijg nu echt zin er zelf ook een te kopen.'

Wederom stilte. Erica was dankbaar toen Anna weer boven kwam en naast Gustav ging zitten. Ze zette het glas dat ze had meegenomen aan de andere kant neer. Er vormde zich een geïrriteerde frons tussen Gustavs ogen.

'Je moet dat glas daar niet neerzetten. Dan komen er vlekken in het hout.'

'Sorry.' Anna's stem klonk zwak en verontschuldigend. Ze pakte het glas meteen weer op.

'Emma.' Gustav verplaatste zijn aandacht van de moeder naar de dochter. 'Ik heb toch gezegd dat je niet met het zeil mag spelen. Ga daar onmiddellijk weg.' Anna's vierjarige dochter deed alsof ze doof was en negeerde Gustav volledig. Die wilde al opstaan toen Anna overeind schoot.

'Ik ga wel naar haar toe. Ze heeft je vast niet gehoord.'

Het meisje brulde van woede toen ze werd opgetild, en toen Anna haar meenam naar de volwassenen zette ze haar meest mokkende gezicht op.

'Ik vind jou stom.' Emma maakte een schoppende beweging naar Gustavs scheenbeen en Erica lachte besmuikt.

Gustav pakte Emma's arm om haar de les te lezen en voor het eerst zag Erica dat er in Anna's ogen een vonk werd ontstoken. Ze duwde Gustavs hand weg en trok Emma naar zich toe. 'Je raakt haar niet aan!'

Gustav hield afwerend zijn handen omhoog. 'Sorry hoor, maar jouw kinderen zijn zo druk. Iemand moet ze een beetje manieren bijbrengen.'

'Mijn kinderen zijn uitstekend opgevoed, dank je, en ik regel hun opvoeding zelf. Kom, dan gaan we bij Ackes een ijsje kopen.'

Ze knikte sommerend naar Erica, die alleen maar blij was dat ze haar zus en de kinderen even voor zichzelf had, zonder die kakker erbij. Ze zetten Adrian in de kinderwagen en Emma huppelde vrolijk voor hen uit.

'Vind je me overgevoelig? Hij pakte tenslotte alleen haar arm beet. Ik bedoel, ik weet dat ik door Lucas nogal overbeschermend ben tegenover de kinderen...'

Erica gaf haar zus een arm. 'Ik vind je helemaal niet overbeschermend. Persoonlijk vind ik jouw dochter een uitstekende mensenkenner en wat mij betreft had ze hem een flinke trap tegen zijn schenen mogen geven.'

Anna's gezicht betrok. 'Nu vind ik dat jij nogal overdrijft, zo erg was het bij nader inzien niet. Als je niet gewend bent aan kinderen, raak je makkelijker gestrest.'

Erica zuchtte. Heel even had ze gedacht dat haar zus eindelijk weer een beetje ruggengraat zou tonen en de behandeling zou eisen waar zij en de kinderen recht op hadden, maar Lucas had zijn werk grondig gedaan.

'Hoe gaat het met de voogdijzaak?'

Anna leek ook deze vraag te willen wegwuiven, maar antwoordde toen met zachte stem: 'Het gaat helemaal niet. Lucas heeft besloten alle vuile trucs toe te passen die hij kent, en mijn relatie met Gustav heeft hem alleen maar nog bozer gemaakt.'

'Is de man wel goed bij zijn hoofd? Ik bedoel, wat voor redenen kan hij aanvoeren om te bewijzen dat jij een slechte moeder zou zijn? Als er iemand goede redenen heeft om een ander de voogdij te ontnemen, dan ben jij het wel!'

'Ja, maar Lucas denkt dat als hij maar genoeg dingen verzint, er wel ergens wat blijft hangen.'

'Maar jouw aangifte tegen hem, wegens kindermishandeling? Die zou toch zwaarder moeten wegen dan alles wat hij bij elkaar kan liegen?'

Anna antwoordde niet en een nare gedachte kwam in Erica op.

'Je hebt nooit aangifte tegen hem gedaan, is dat het? Je hebt me recht in mijn gezicht voorgelogen toen je zei dat je aangifte had gedaan, maar dat was helemaal niet waar.'

Anna durfde haar zus niet aan te kijken.

'Nou, geef antwoord. Is het zo? Heb ik gelijk?'

Anna's stem klonk korzelig. 'Ja, je hebt gelijk, lieve grote zus. Maar je moet mij niet veroordelen. Jij hebt niet in mijn schoenen gestaan, dus je weet helemaal niet hoe het is om voortdurend bang te zijn voor wat hij kan gaan doen. Als ik aangifte tegen hem had gedaan, zou hij achter me aan zijn gekomen tot ik niet langer kon vluchten. Ik hoopte dat hij ons met rust zou laten als ik niet naar de politie ging. En dat leek eerst ook te werken, toch?'

'Jawel, maar nu werkt het niet meer. Verdomme Anna, je moet leren verder te kijken dan je neus lang is.'

'Jij hebt makkelijk praten! Met alle geborgenheid die je je maar kunt wensen, met een man die je aanbidt en je nooit kwaad zou doen en met geld op de bank van het boek over Alex. Het is voor jou verdomd makkelijk om zoiets te zeggen! Je weet helemaal niet hoe het is om een alleenstaande moeder met twee kinderen te zijn en te moeten ploeteren om ze voldoende eten en kleren te kunnen geven. Het gaat jou allemaal voor de wind, en ik heb heus wel gezien hoe je je neus optrekt voor Gustav. Je denkt dat je het allemaal zo goed weet, maar je weet helemaal niets!'

Anna gaf Erica niet de kans om op haar uitbarsting te reageren, en verdween met Adrian in de wagen en Emma in een stevige greep half rennend naar het plein. Erica, die de tranen voelde opkomen, bleef achter op het trottoir en vroeg zich af hoe het zo had kunnen ontsporen. Ze had het helemaal niet kwaad bedoeld. Ze wilde alleen maar dat Anna het zo goed zou hebben als ze verdiende.

Jacob kuste zijn moeder op de wang en gaf zijn vader formeel een hand. Zo was hun relatie altijd al geweest: eerder afstandelijk en correct dan warm en hartelijk. Het was raar om zijn vader als een vreemde te zien, maar dat was de beschrijving die het dichtst bij de waarheid kwam. Natuurlijk had hij dikwijls gehoord dat zijn vader dag en nacht samen met zijn moeder in het ziekenhuis had zitten waken, maar hij herinnerde het zich maar vaag, als in een nevel, en het had hen niet dichter bij elkaar gebracht. Intimiteit had hij van Ephraïm gekregen, die hij meestal meer als een vader dan als zijn grootvader had beschouwd. Sinds Ephraïm Jacobs leven had gered door zijn eigen beenmerg te doneren, vereerde Jacob hem als een held.

'Moet je vandaag niet werken?'

Zijn moeder, die naast hem op de bank zat, klonk even angstig als altijd. Jacob vroeg zich af welke gevaren ze overal op de loer zag liggen. Haar hele leven had ze geleefd alsof ze op de rand van de afgrond balanceerde.

'Ik was van plan er later op de dag heen te gaan en vanavond wat langer door te werken. Ik wilde even kijken hoe het met jullie is. Ik hoorde van de ingegooide ramen. Mama, waarom heb je mij niet gebeld in plaats van papa? Ik had hier zo kunnen zijn.'

Laine glimlachte liefdevol. 'Ik wilde je niet ongerust maken, dat is niet goed voor je.'

Jacob antwoordde niet, maar glimlachte een milde, in zichzelf gekeerde glimlach.

Ze legde haar hand op de zijne. 'Ik weet het, maar laat me nu maar. Oudere mensen veranderen hun gewoontes niet zo makkelijk, weet je.'

'Maar jij bent helemaal niet oud, mama, je bent nog steeds een klein meisje.'

Laine bloosde verrukt. Deze woordenwisseling hadden ze vaker gehad en hij wist dat ze dit soort opmerkingen heerlijk vond. En hij maakte ze graag. Ze had het al deze jaren vast niet zo leuk gehad met zijn vader, en complimentjes maken was zeker niet Gabriëls sterkste kant.

Gabriël snoof dan ook ongeduldig. Hij stond op uit zijn fauteuil. 'Afijn, de politie heeft inmiddels met die lummels van Solveig gepraat, dus hopelijk houden ze zich een poosje koest.' Hij liep in de richting van zijn kantoor. 'Heb je tijd om even naar de cijfers te kijken?'

Jacob kuste de hand van zijn moeder, knikte en volgde zijn vader. Gabriël was al jaren geleden begonnen zijn zoon in te werken in de zaken betreffende het landgoed, en die opleiding ging nog steeds door. Hij wilde er zeker van zijn dat Jacob op een goede dag in staat was alles van hem over te nemen. Gelukkig had zijn zoon een natuurlijke aanleg voor het beheren van een landgoed, en zowel de getalsmatige als de praktische werkzaamheden gingen hem uitstekend af.

Na een poosje samen boven de boeken te hebben gezeten, strekte Jacob zich uit en zei: 'Ik wilde even boven in opa's kamers kijken. Ik ben er al een hele tijd niet geweest.'

'Hm, wat zei je? Ja doe maar.' Gabriël was verzonken in de wereld van de cijfers.

Jacob ging de trap op naar de bovenverdieping en liep langzaam naar de deur die naar de linkervleugel van het landhuis leidde. Daar had Ephraïm geleefd tot hij doodging en Jacob had er vele uren van zijn jeugd doorgebracht.

Hij stapte naar binnen. Alles was precies als vroeger. Jacob had zijn ouders gevraagd in de vleugel niets te verplaatsen of te veranderen, en zij hadden zijn wens gerespecteerd, zich bewust van de unieke band die hem en Ephraïm verbond.

De kamers getuigden van kracht. De uitstraling was mannelijk en donker en onderscheidde zich duidelijk van de lichte inrichting van de rest van het landhuis. Jacob had altijd het gevoel dat hij hier een andere wereld betrad.

Hij ging in de leren fauteuil bij het ene raam zitten en legde zijn voeten op het voetenbankje. Zo had Ephraïm altijd gezeten als Jacob bij hem op bezoek kwam. Zelf had hij als een jong hondje voor zijn grootvader op de vloer gelegen en aandachtig geluisterd naar de verhalen over vroeger.

De verhalen over de revivalbijeenkomsten hadden hem geprikkeld. Ephraïm had beeldend de extase op de gezichten van de mensen beschreven en verteld hoe ze zich volledig op de Predikant en zijn zonen hadden gericht. Ephraïm had een bulderstem gehad en Jacob had er nooit aan getwijfeld dat zijn grootvader daarmee mensen had kunnen betoveren. Maar het allermooist waren de verhalen waarin grootvader vertelde over de wonderen die Gabriël en Johannes hadden verricht. Elke dag had een nieuw mirakel met zich meegebracht, en Jacob vond het allemaal prachtig. Hij begreep absoluut niet waarom zijn vader nooit over die periode in zijn leven wilde praten, Gabriël leek zich er zelfs voor te schamen. Stel je toch voor dat je de gave bezat om te genezen! Dat je de zieken kon genezen en de kreupelen weer kon laten lopen! Wat een verdriet moesten ze hebben gehad toen de gave verdween. Volgens Ephraïm was dat van de ene dag op de andere gebeurd. Gabriël had er zijn schouders over opgehaald, maar Johannes was wanhopig geweest. Hij had 's avonds tot God gebeden om de gave terug te krijgen en als hij een gewond dier zag, rende hij eropaf en probeerde de kracht op te roepen die hij ooit had bezeten.

Maar Jacob had nooit begrepen waarom Ephraïm op zo'n rare manier lachte als hij het over die tijd had. Het moest voor Johannes heel verdrietig zijn geweest en een man die zo dicht bij God stond als de Predikant, had dat moeten begrijpen. Maar Jacob hield van zijn grootvader en trok diens woorden, of de manier waarop hij ze uitsprak, nooit in twijfel. In zijn ogen was zijn grootvader onfeilbaar, de man had tenslotte zijn leven gered. Weliswaar niet met handoplegging, maar door Jacob iets van zijn eigen lichaam te schenken waarmee hij hem weer leven inblies. Daarom vereerde Jacob hem.

Het mooist van alles waren de woorden waarmee Ephraïm zijn verhalen altijd eindigde. Hij zweeg dan theatraal, keek zijn kleinzoon diep in de ogen en zei: 'En jij, Jacob, jij hebt die gave ook. Ergens, diep vanbinnen, wacht ze tot ze naar boven mag komen.'

Jacob was dol op die woorden.

Het was hem nooit gelukt, maar voor hem was het voldoende dat zijn grootvader had beweerd dat die kracht er was. Als hij ziek was, had hij weleens geprobeerd zijn ogen te sluiten en de kracht op te roepen om zichzelf te genezen, maar als hij zijn ogen sloot, had hij enkel duisternis gezien, dezelfde duisternis die hem nu in een ijzeren greep hield.

Misschien had hij de juiste weg kunnen vinden als zijn grootvader langer was blijven leven. Hij had het tenslotte aan Gabriël en Johannes geleerd, dus waarom zou hij het hem niet hebben kunnen leren?

Het luide gekrijs van een vogel wekte Jacob uit zijn getob. De duisternis binnen in hem vormde een krampachtige band om zijn hart en hij vroeg zich af of die zo sterk kon worden dat zijn hart zou stoppen met kloppen. De laatste tijd kwam de duisternis steeds vaker en ze was tegelijk dikker geworden dan ooit.

Hij trok zijn benen op en sloeg zijn armen om zijn knieën. Was Ephraïm hier maar. Die had hem kunnen helpen het helende licht te vinden.

'We gaan er in dit stadium van uit dat Jenny Möller zich niet vrijwillig schuilhoudt. We willen ook graag hulp van het publiek en we vragen iedereen die haar heeft gezien dit aan ons te melden, vooral als ze haar in of in de buurt van een auto hebben gezien. Volgens onze informatie wilde ze naar Fjällbacka liften, en alle waarnemingen die daarmee verband houden zijn van het grootste belang.'

Patrik keek de bijeengekomen journalisten ernstig in de ogen. Ondertussen liet Annika de foto van Jenny Möller rondgaan. Ze zou alle kranten een kopie geven om te publiceren. Zo ging het niet altijd, maar op dit moment konden ze de pers goed gebruiken.

Tot Patriks verbazing had Mellberg hem gevraagd de haastig opgezette persconferentie te leiden. Mellberg zelf zat achter in de kleine vergaderruimte van het politiebureau en sloeg Patrik gade, die helemaal voorin stond.

Diverse handen gingen omhoog.

'Heeft de verdwijning van Jenny iets te maken met de moord op Tanja Schmidt? En hebben jullie iets gevonden wat die moord koppelt aan de vondst van Mona Thernblad en Siv Lantin?'

Patrik schraapte zijn keel. 'In de eerste plaats is Siv Lantin nog niet definitief geïdentificeerd, ik zou het dus op prijs stellen als jullie dat ook niet schrijven. Verder wil ik, om onderzoektechnische redenen, geen commentaar geven op de vraag welke conclusies we wel of niet hebben getrokken.'

De journalisten slaakten een zucht omdat ze de kreet over onderzoektechnische redenen altijd te horen kregen, maar hielden toch onverdroten hun hand omhoog.

'De toeristen verlaten Fjällbacka. Is het terecht dat ze zich zorgen maken over hun veiligheid?'

'Er is geen reden tot ongerustheid. We werken heel hard aan de oplossing van de moord, maar nu willen we eerst Jenny Möller vinden. Meer heb ik niet te zeggen. Dank jullie wel.'

Hij verliet de kamer onder protesten van de journalisten, maar zag vanuit zijn ooghoek dat Mellberg achterbleef. Als die nu maar niets doms zei.

Hij liep naar Martins kamer en ging op de rand van het bureau zitten.

'Het is verdomme net of je je hand vrijwillig in een wespennest steekt.'

'Ja, maar misschien kunnen ze ons deze keer helpen.'

'Iemand moet Jenny toch in een auto hebben zien stappen, als ze inderdaad is gaan liften, zoals die jongen zei. Er is zoveel verkeer op de Grebbestadsvägen, het zou raar zijn als niemand iets had gezien.'

'Er zijn vreemdere dingen gebeurd.' Martin zuchtte.

'Heb je Tanja's vader nog steeds niet te pakken gekregen?'

'Ik heb het niet meer geprobeerd. Ik wilde wachten tot vanavond, waarschijnlijk is hij nu op zijn werk.'

'Ja, daar heb je gelijk in. Weet je of Gösta met de gevangenissen heeft gebeld?'

'Ja, het lijkt onwaarschijnlijk, maar hij heeft het echt gedaan. Niets. Niemand die de hele tijd tot nu heeft vastgezeten. Maar dat had je waarschijnlijk ook niet echt verwacht. Ik bedoel, je kunt verdomme zelfs de koning neerschieten, en dan kom je toch na een paar jaar weer vrij wegens goed gedrag. En waarschijnlijk mag je na een paar weken al met verlof.' Hij gooide geïrriteerd zijn pen op het bureau.

'Hé, niet zo cynisch, daar ben je veel te jong voor. Na tien jaar in het vak mag je verbitterd raken, tot die tijd moet je naïef vertrouwen houden in het systeem.'

'Ja, opa.' Martin deed alsof hij salueerde, en Patrik stond lachend op.

'Trouwens,' ging Patrik verder, 'we mogen er niet zomaar van uitgaan dat Jenny's verdwijning iets te maken heeft met de moorden in Fjällbacka, dus laat Gösta voor de zekerheid nagaan of we hier in de omgeving een verkrachter kennen die weer is vrijgekomen. Vraag hem iedereen te controleren die wegens verkrachting of ander grof geweld tegen vrouwen heeft vastgezeten, en van wie we weten dat hij in de buurt actief is.'

'Goed plan, maar het kan toch net zo goed iemand van elders zijn, iemand die hier als toerist is?'

'Dat is waar, maar we moeten ergens beginnen.'

Annika stak haar hoofd om de deur. 'Sorry dat ik de heren moet storen, maar ik heb de Forensische Eenheid aan de lijn, Patrik. Zal ik het gesprek hierheen doorschakelen of neem je het op je eigen kamer?'

'Verbind maar door met mijn kamer. Geef me een halve minuut.'

Patrik ging op zijn kamer zitten wachten tot de telefoon overging. Zijn hart klopte iets sneller. Een telefoontje van de Forensische Eenheid was bijna hetzelfde als de komst van de kerstman: je wist nooit wat voor verrassingen ze hadden.

Tien minuten later stond hij weer bij Martin in de deuropening.

'We hebben bevestigd gekregen dat het andere skelet van Siv Lantin is, precies zoals we dachten. En de analyse van de aarde is klaar, die kan nuttig voor ons zijn.'

Martin leunde geïnteresseerd naar voren en vouwde zijn handen. 'En, houd me niet langer in spanning. Wat hebben ze gevonden?'

'In de eerste plaats is de aarde op Tanja's lichaam, op de deken waarop ze lag en op de skeletten, dezelfde. Dat betekent dat ze op een bepaald moment op de dezelfde plek zijn geweest. Het Gerechtelijk Laboratorium in Linköping heeft verder een kunstmest in de aarde gevonden, die alleen op boerderijen wordt gebruikt. Ze zijn er zelfs in geslaagd het merk en de naam van de fabrikant te achterhalen. En het beste van alles is dat de kunstmest niet in de winkel wordt verkocht, maar direct van de fabrikant wordt betrokken, en bovendien is het niet een van de allergewoonste merken op de markt. Dus als jij ze even belt om ze naar de klanten te vragen die deze kunstmest hebben gekocht, hebben we misschien een opening in de zaak. Op dit papiertje staan de naam van de kunstmest en van de fabrikant. Het telefoonnummer staat ongetwijfeld in de Gouden Gids.'

Martin zwaaide afwerend met zijn hand. 'Ik regel het. Zodra ik de lijst met klanten heb, laat ik het je weten.'

'Prima.' Patrik stak zijn duim omhoog en trommelde zachtjes tegen de deurpost.

'Hé trouwens...'

Patrik was al in de gang, maar hij draaide zich om toen hij Martins stem hoorde. 'Ja?'

'Zeiden ze nog iets over het gevonden DNA?'

'Daar zijn ze nog mee bezig. Het Gerechtelijk Laboratorium verricht die analyses ook en kennelijk hebben ze het heel druk met DNA-onderzoek. In deze tijd van het jaar vinden veel verkrachtingen plaats, weet je.'

Martin knikte somber. Hij wist het maar al te goed. Dat was een van de grote voordelen van het winterseizoen. Veel verkrachters vonden het dan te koud om hun broek te laten zakken, maar 's zomers hadden ze daar geen last van.

Patrik liep neuriënd terug naar zijn kamer. Eindelijk een kleine opening. Hoewel het niet veel was, hadden ze iets concreets om op af te gaan.

Ernst gunde zich een portie worst met aardappelpuree op het plein in Fjällbacka. Hij ging op een van de banken zitten die op de zee uitkeken en hield argwanend de meeuwen in de gaten die om hem heen cirkelden. Als ze de kans kregen zouden ze zijn worst wegpikken, dus hij verloor ze geen moment uit het oog. Stomme rotvogels. Als kind had hij vaak een vis aan een touw vastgebonden dat hij bij het andere uiteinde vasthield. Op die manier maakte hij, als de meeuw nietsvermoedend de vis naar binnen had gewerkt, zijn eigen levende vlieger, die hulpeloos en in paniek in de lucht met zijn vleugels klapperde. Hij had het ook leuk gevonden de zelfgestookte brandewijn van zijn vader te jatten. Daar doopte hij dan stukjes brood in, die hij vervolgens naar de meeuwen gooide. Hij vond het altijd zo grappig als hij de vogels zwalkend heen en weer zag vliegen, dat hij schuddend van de lach over de grond rolde. Hij waagde zich nu niet meer aan dat soort kwajongenstreken, maar hij had er wil zin in. Vervloekte gieren, dat waren het.

Vanuit zijn ooghoek zag hij een bekende. Gabriël Hult stopte met zijn BMW voor de kiosk. Ernst ging rechtop zitten. Hij had het onderzoek naar de moord op de meisjes gevolgd, uit pure woede omdat hij erbuiten werd gehouden, en was op de hoogte van Gabriëls getuigenverklaring tegen zijn broer. Misschien, heel misschien, dacht Ernst, viel er meer uit die pedante klootzak te halen. Alleen al de gedachte aan het landhuis en de grond die Gabriël Hult bezat, maakte hem ziek van jaloezie en het zou prettig zijn de man een beetje onder druk te zetten. En als er ook maar een kleine, kleine kans bestond dat hij iets nieuws voor het onderzoek zou weten te vinden waarmee hij die klootzak van een Hedström op zijn nummer kon zetten, was dat een flinke bonus.

Hij gooide het laatste beetje worst en aardappelpuree in de dichtstbijzijnde afvalbak en slenterde op zijn gemak naar Gabriëls auto. De zilverkleurige BMW glansde in de zonneschijn. Hij kon zich niet inhouden en wreef verlangend met zijn hand over het dak. Verdomme, zo'n auto wilde hij ook wel. Hij trok snel zijn hand terug toen Gabriël met een krant in zijn hand terugkwam uit de kiosk. Gabriël keek achterdochtig naar Ernst, die sloom tegen de passagiersdeur geleund stond.

'Neem me niet kwalijk, maar u staat tegen mijn auto te leunen.'

'Dat klopt, ja.' Ernst sprak zo brutaal als hij maar durfde, hij kon maar beter meteen laten zien wie hier de baas was. 'Ernst Lundgren, van het politiebureau in Tanumshede.'

Gabriël zuchtte. 'Wat is er nu weer? Hebben Johan en Robert weer iets uitgespookt?'

Ernst grijnsde. 'Als ik die rotte appelen een beetje ken, hebben ze dat ongetwijfeld gedaan maar op dit moment zou ik niet weten wat. Nee, ik heb een paar vragen naar aanleiding van de vrouwen die we in de Koningskloof hebben gevonden.' Hij knikte naar de houten trap die langs de bergwand omhoog kronkelde, in de richting van de kloof.

Gabriël kruiste zijn armen en hield de krant onder zijn ene arm geklemd.

'Wat zou ik daar in vredesnaam over moeten weten? Het gaat toch niet weer over dat oude verhaal met mijn broer? Daarover heb ik al vragen van een van uw collega's beantwoord. Dat is allemaal zo lang geleden, en gezien de gebeurtenissen van de afgelopen dagen zou nu toch bewezen moeten zijn dat Johannes daar niets mee te maken had! Kijk hier maar!'

Hij vouwde de krant open en hield die voor Ernst omhoog. De voorpagina werd gedomineerd door een foto van Jenny Möller, naast een onscherpe pasfoto van Tanja Schmidt. Niet geheel onverwacht stond er een schreeuwende kop boven.

'Wilde u soms zeggen dat mijn broer uit zijn graf is opgestaan en dit heeft gedaan?' Gabriëls stem trilde van emotie. 'Hoe lang willen jullie nog blijven wroeten in mijn familie terwijl de echte moordenaar vrij rondloopt? Het enige dat jullie tegen ons kunnen aanvoeren, is een getuigenverklaring die ik meer dan twintig jaar geleden heb afgelegd en ik was toen echt zeker van mijn zaak, maar verdorie, het was niet echt licht buiten, ik had aan het ziekbed van mijn zoon gezeten die bijna doodging, en misschien heb ik me gewoon vergist!'

Met verontwaardigde passen liep hij om de auto heen naar de bestuurdersplaats en drukte op de afstandsbediening zodat de centrale vergrendeling zich ontsloot. Voordat hij instapte, richtte hij een laatste opgewonden tirade tot Ernst. 'Als dit zo doorgaat, schakel ik onze advocaten in. Ik heb er genoeg van dat de mensen me aanstaren en nakijken sinds jullie die meisjes hebben gevonden, en sta niet toe dat er nog meer geruchten over mijn familie worden verspreid, alleen omdat jullie niets beters te doen hebben.'

Gabriël sloeg het portier met een klap dicht en ging er plankgas vandoor. Hij reed de Galärbacken met zo'n snelheid op, dat voetgangers opzij moesten springen.

Ernst grinnikte bij zichzelf. Gabriël Hult mocht dan geld hebben, als politieman had Ernst de macht om in diens kleine bevoorrechte wereld te roeren. Het leven voelde een stuk beter.

'We staan aan de vooravond van een crisis die op de hele gemeente van invloed zal zijn.' Stig Thulin, de sterke man van de gemeente, keek Mellberg strak aan, maar die leek niet noemenswaardig onder de indruk.

'Ja, zoals ik al tegen jou en alle mensen die eerder hebben gebeld heb gezegd, werken we keihard aan dit onderzoek.'

'Ik krijg tientallen telefoontjes per dag van verontruste ondernemers en ik begrijp hun bezorgdheid. Heb je gezien hoe het eruitziet op de campings en in de havens in de omgeving? Dit heeft niet alleen invloed op het economische leven in Fjällbacka, wat op zich al erg genoeg zou zijn, maar na de verdwijning van dat laatste meisje vluchten de toeristen nu ook weg uit de omringende plaatsen. Grebbestad, Hamburgsund, Kämpersvik, zelfs in Strömstad wordt het merkbaar.

Ik wil weten wat jullie concreet doen om deze situatie op te lossen!'

Stig Thulin, die anders altijd een stralend witte glimlach toonde, had nu verontwaardigde rimpels op zijn edele voorhoofd. Hij was al meer dan tien jaar de belangrijkste vertegenwoordiger van de gemeente en stond ook bekend als een Don Juan. Mellberg moest toegeven dat hij begreep waarom de vrouwen in de omgeving ontvankelijk waren voor zijn charme. Niet dat Mellberg homoseksuele gevoelens had, zei hij snel tegen zichzelf, maar zelfs een man kon zien dat Stig Thulin bijzonder goed getraind was voor iemand van vijftig, en zijn grijze slapen waren, met name in combinatie met zijn jongensachtige blauwe ogen, buitengewoon charmant.

Mellberg glimlachte geruststellend. 'Stig, jij weet even goed als ik dat ik niet kan ingaan op de details van het onderzoek, maar je moet me op mijn woord geloven als ik zeg dat we er alles aan doen om het meisje Möller en de dader van deze vreselijke misdaden te vinden.'

'Hebben jullie echt de capaciteit voor een dergelijk geavanceerd onderzoek? Zouden jullie niet hulp van buiten moeten inroepen, van Göteborg bijvoorbeeld?'

Stigs grijze slapen waren bezweet van opwinding. Zijn politieke platform werd grotendeels bepaald door de tevredenheid van de plaatselijke ondernemers over zijn inzet, en de verontwaardiging die ze de afgelopen dagen hadden getoond voorspelde niet veel goeds voor de komende verkiezingen. Hij had het enorm goed naar zijn zin in het machtscircuit, en hij realiseerde zich ook dat zijn politieke status voor een groot deel ten grondslag lag aan zijn amoureuze successen.

Nu verscheen er ook een geïrriteerde rimpel op Mellbergs niet even edele voorhoofd.

'We hebben geen hulp nodig, dat kan ik je verzekeren. En ik moet zeggen dat ik jouw wantrouwen in onze competentie niet op prijs stel. We hebben nog nooit klachten gekregen over onze manier van werken en in dit stadium is er geen reden voor onterechte kritiek.'

Dankzij zijn mensenkennis, die hem in politiek opzicht ook vaak goed van pas kwam, begreep Stig Thulin dat het tijd werd om zich terug te trekken. Hij haalde diep adem en zei tegen zichzelf dat het niet in zijn belang was om in conflict te raken met het plaatselijke politiewezen.

‘Goed, het was misschien nogal overhaast van mij om een dergelijke vraag te stellen. Natuurlijk hebben jullie ons volste vertrouwen. Maar ik wil nogmaals benadrukken hoe belangrijk het is dat dit zo snel mogelijk wordt opgelost!’

Mellberg knikte slechts ten antwoord, en na de gebruikelijke beleefdheidsfrasen haastte de sterke man van de gemeente zich het politiebureau uit.

Ze bekeek zichzelf kritisch in de passpiegel die haar vader na veel zeuren in de caravan had opgehangen. Niet onaardig. Maar een paar kilo minder zou niet erg zijn. Melanie trok onderzoekend haar buik in. Zo ja, dat zag er beter uit. Er mocht geen grammetje vet te zien zijn, en ze besloot de komende weken bij de lunch alleen een appel te eten. Haar moeder kon zeggen wat ze wilde, maar Melanie zou er alles aan doen om niet even vet en vies te worden als zij.

Na de stringbikini nog een keer te hebben rechtgetrokken, pakte ze haar badtas en strandlaken om naar het strand te vertrekken. Een klop op de deur onderbrak haar. Zeker een van haar vrienden die ook ging zwemmen en kwam vragen of ze meeging. Ze deed de deur open. Nog geen tel later vloog ze achteruit de caravan in en bezeerde haar onderrug aan de kleine eettafel. Het werd zwart voor haar ogen van de pijn, en de klap had de lucht uit haar longen gedrukt, waardoor ze geen woord kon uitbrengen. Een man drong naar binnen en ze vroeg zich af waar ze hem eerder had gezien. Hij kwam haar vaag bekend voor, maar door de schok en de pijn kon ze niet goed nadenken. Jenny’s verdwijning schoot echter wel meteen door haar hoofd. De paniek absorbeerde haar laatste beetje verstand en ze zakte weerloos ineen op de vloer.

Ze protesteerde niet toen hij haar aan een arm omhoogtrok en naar het bed duwde. Maar toen hij begon te trekken aan de bandjes van haar bikini die op haar rug waren vastgeknoopt, gaf de schrik haar kracht en ze probeerde hem in zijn kruis te trappen. Ze miste echter en raakte zijn dijbeen en de reactie volgde direct. Een vuistslag landde op haar onderrug, op precies dezelfde plek waar de tafel haar had geraakt, en voor de tweede keer werd de lucht uit haar longen geslagen. Ze zeeg neer op het bed en gaf het op. Door de kracht van de klap voelde ze zich klein en weerloos en haar enige gedachte was dat ze moest zien te overleven. Ze bereidde zich erop voor te sterven. Ze wist nu ook zeker dat Jenny dood was.

Toen de man Melanies bikinibroekje tot op haar knieën omlaag had getrokken, deed een geluid hem omdraaien. Voordat hij kon reageren, werd zijn hoofd ergens door geraakt en met een rochelend geluid zeeg hij op zijn knieën. Achter hem stond Per, de nerd, met een kastieknuppel in zijn hand. Een lange smalle knuppel, zag Melanie nog, voordat alles zwart werd.

'Verdomme, ik had hem moeten herkennen!'

Martin stampte uit pure frustratie op de grond en gebaarde naar de man, die met geboeide handen op de achterbank van een politiewagen werd geduwd.

'Hoe dan? Hij is in de gevangenis minstens twintig kilo aangekomen en bovendien heeft hij zijn haar geblondeerd. Zelfs zijn eigen moeder zou hem niet hebben herkend. En bovendien heb jij hem alleen op een foto gezien.'

Patrik probeerde Martin zo goed en zo kwaad als het ging te troosten, maar hij vermoedde dat hij tegen dovemansoren sprak. Ze stonden op de camping van Grebbestad, naast de caravan van Melanie en haar ouders, en een grote menigte nieuwsgierigen had zich verzameld om te zien wat er was gebeurd. Melanie was al met een ambulance naar het ziekenhuis in Uddevalla gebracht. Haar ouders waren in het winkelcentrum van Svinesund toen Patrik hen op hun mobieltje te pakken kreeg, en geschokt waren ze meteen naar het ziekenhuis gereden.

'Ik heb hem recht aangekeken, Patrik. Ik geloof zelfs dat ik naar hem heb geknikt. Hij heeft zich vast doodgelachen toen wij weer vertrokken. Zijn tent stond vlak naast die van Tanja en Liese. Verdomme, hoe heb ik zo stom kunnen zijn?'

Hij sloeg zachtjes met zijn vuist tegen zijn voorhoofd om zijn woorden kracht bij te zetten en voelde hoe de angst in zijn borst toenam. Het 'wat-als' was zijn duivelse spel al begonnen. Als hij Mårten Frisk had herkend, dan was Jenny nu misschien thuis geweest bij haar ouders. Als, als, als.

Patrik wist heel goed wat zich in Martins hoofd afspeelde, maar hij wist niet welke woorden hij moest gebruiken om het leed te verzachten. Waarschijnlijk zou hij zelf net zo denken als hij in Martins schoenen had gestaan, al wist hij heel goed dat deze zelfkritiek ongegrond was. Het was vrijwel onmogelijk geweest de man te herkennen die vijf zomers geleden voor vier verkrachtingen was opgepakt. Toen was Mårten Frisk nog maar zeventien jaar geweest, een tengere, donkerharige jongen die zijn slachtoffers met een mes tot onderwerping had gedwongen. Nu was hij een blonde spierbundel, en kennelijk van mening dat hij op eigen kracht heer en meester over de situatie kon zijn. Patrik vermoedde ook dat steroïden, die in alle inrichtingen van het land vrij makkelijk verkrijgbaar waren, een rol hadden gespeeld bij Mårtens fysieke metamorfose en zijn aangeboren agressiviteit waarschijnlijk niet hadden verminderd, maar een smeulend vuurtje juist hadden veranderd in een razend inferno.

Martin wees naar de jongen die een beetje onhandig naast het centrum van de gebeurtenissen stond en zenuwachtig op zijn nagels beet. De kastieknuppel was al door de politie in beslag genomen, en de nervositeit stond duidelijk op het gezicht van de puber te lezen. Waarschijnlijk wist hij niet goed of hij door de sterke arm van de wet een held zou worden genoemd of een misdadiger. Patrik gebaarde naar Martin dat die mee moest gaan, en samen liepen ze naar de jongen, die met zijn voeten stond te stampen.

'Jij bent toch Per Thorsten?'

De jongen knikte.

Patrik legde Martin uit: 'Per is een vriend van Jenny Möller. Hij vertelde me dat ze naar Fjällbacka zou liften.'

Patrik wendde zich weer tot Per. 'Dat was een knap staaltje werk. Hoe wist je dat Melanie bijna werd verkracht?'

Per keek naar de grond. 'Ik vind het leuk om de mensen die hier komen te observeren. Deze vent viel me al op toen hij zijn tent hier opzette, een paar dagen geleden. Hij rende vreemd rond en deed heel stoer tegenover de kleinere meisjes. Hij dacht zeker dat hij er cool uitzag met zijn stomme spierbundels. Ik zag ook hoe hij naar de jongere vrouwen keek. Vooral als ze niet veel kleren aanhadden.'

'En wat gebeurde er vandaag?' Martin hielp hem ongeduldig op streek.

Met zijn blik nog steeds naar de grond gericht, ging Per verder: 'Ik zag dat hij toekeek toen Melanies ouders vertrokken en daarna een poosje bleef wachten.'

'Hoe lang?' vroeg Patrik.

Per dacht na. 'Vijf minuten, misschien. Toen liep hij vrij resoluut naar Melanies caravan en ik dacht dat hij haar zogenaamd toevallig tegen het lijf wilde lopen of zo, maar toen ze opendeed, wierp hij zich als het ware naar binnen en toen dacht ik verdomme, hij is vast ook degene die Jenny heeft meegenomen, en toen pakte ik een kastieknuppel van de kleine kinderen af en sloeg hem ermee op zijn kop.'

Hij moest stoppen om adem te halen en voor de eerste keer sloeg hij zijn ogen op en keek Patrik en Martin recht aan. Ze zagen dat zijn onderlip trilde.

'Krijg ik hier last mee? Dat ik hem op zijn hoofd heb geslagen?'

Patrik legde geruststellend een hand op Pers schouder. 'Ik durf je wel te beloven dat dit geen gevolgen voor je zal hebben. Niet dat we burgers aanmoedigen om zo te handelen, begrijp me goed, maar als jij niet tussenbeide was gekomen, had hij waarschijnlijk tijd genoeg gehad om Melanie te verkrachten.'

Per was zo opgelucht dat hij bijna letterlijk ineenzakte, maar toen rechtte hij zijn rug weer en zei: 'Kan hij degene zijn die... ik bedoel met Jenny...?'

Hij kon de woorden niet eens uitspreken en hier eindigden ook Patriks geruststellingen. Want Pers vraag verwoordde zijn eigen gedachten.

'Ik weet het niet. Is het je opgevallen dat hij ook weleens op die manier naar Jenny heeft gekeken?'

Per dacht koortsachtig na, maar schudde uiteindelijk zijn hoofd. 'Ik weet het niet. Ik bedoel, hij heeft het vast wel gedaan, hij keek naar alle vrouwen die langsliepen, maar ik kan niet zeggen dat hij speciaal naar haar keek.'

Ze bedankten Per en brachten hem naar zijn ongeruste ouders. Daarna reden ze naar het politiebureau. Daar, reeds in verzekerde bewaring, bevond zich misschien de persoon naar wie ze zo koortsachtig hadden gezocht. Ze wisten het niet van elkaar, maar Martin en Patrik duimden beiden dat Mårten Frisk inderdaad hun man was.

De stemming in de verhoorkamer was gespannen. De gedachte aan Jenny Möller zweepte hen op om de waarheid uit Mårten Frisk te trekken, maar ze wisten ook dat sommige dingen niet geforceerd konden worden. Patrik leidde het verhoor en het had niemand verbaasd dat hij gevraagd had of Martin erbij aanwezig wilde zijn. Na de verplichte procedure waarbij naam, datum en tijdstip werden ingesproken, begonnen ze aan hun werk.

'Je bent aangehouden wegens poging tot verkrachting van Melanie Johansson, heb je daar iets op te zeggen?'

'Ja, dat zou ik wel denken!'

Mårten zat sloom achterovergeleund op de stoel en liet zijn ene bovenarm op de rugleuning rusten. Hij was zomers gekleed in een laag uitgesneden hemd en kleine shorts, minimale hoeveelheden stof om zijn spieren maximaal te doen uitkomen. Het geblondeerde haar was iets te lang en de pony viel voortdurend voor zijn ogen.

'Ik heb niets gedaan wat zij niet wilde en als zij iets anders zegt, liegt ze! We hadden afgesproken elkaar te ontmoeten als haar ouders weg waren, en we waren net lekker bezig toen die stomme idioot met zijn kastieknuppel kwam binnenstormen. Ik wil trouwens aangifte doen van mishandeling. Dat kunnen jullie dus opschrijven in jullie notitieblokken.' Hij wees naar de blokken die Patrik en Martin voor zich hadden liggen en grijnsde.

'Daar hebben we het later wel over, nu hebben we het over de aanklachten die tegen jou zijn gericht.' In Patriks kortaangebonden toon klonk alle verachting door die deze man bij hem opriep; grote kerels die zich aan kleine meisjes vergrepen, hoorden in zijn wereld tot de laagsten der laagsten.

Mårten haalde zijn schouders op alsof het hem onverschillig liet. De jaren in de gevangenis hadden hem geschoold. De laatste keer dat hij tegenover Patrik had gezeten, was hij een dunne, onzekere jongen van zeventien geweest die bijna meteen nadat hij was gaan zitten, had bekend dat hij schuldig was aan alle vier de verkrachtingen. Inmiddels had hij les gehad van de zware jongens, en zijn fysieke metamorfose kwam met zijn mentale verandering overeen. Onveranderd echter was zijn haat en agressie tegen vrouwen. Voor zover ze wisten had dat voorheen alleen tot brute verkrachtingen geleid, niet tot moord, maar

Patrik vreesde dat de jaren in de gevangenis meer schade hadden aangericht dan ze hadden kunnen vermoeden. Was Mårten Frisk van verkrachter veranderd in een moordenaar? Waar was Jenny Möller in dat geval en hoe hing dat allemaal samen met de dood van Mona en Siv? Toen zij werden vermoord, was Mårten Frisk nog niet eens geboren!

Patrik zuchtte en ging verder met het verhoor. 'Stel dat we je geloven, dan is er toch een grote toevalligheid die ons zorgen baart, namelijk dat jij op de camping van Grebbestad stond toen er een meisje verdween dat Jenny Möller heet, en dat je op de camping van Sälvik bij Fjällbacka stond toen een Duitse toeriste verdween die later vermoord is aangetroffen. Jouw tent stond zelfs naast die van Tanja Schmidt en haar vriendin. Dat vinden wij nogal vreemd.'

Mårten werd zichtbaar bleek. 'Nee, verdomme, daar heb ik niets mee te maken.'

'Maar je weet welk meisje we bedoelen?'

Onwillig zei hij: 'Ja, natuurlijk heb ik die twee potten in de tent naast de mijne gezien, maar ik houd niet zo van dat soort vrouwen en bovendien waren ze vrij oud naar mijn smaak. Ze zagen er allebei een beetje uit als oude wijven.'

Patrik dacht aan Tanja's misschien alledaagse, maar vriendelijke gezicht op de pasfoto, en hij moest zich inhouden om zijn notitieblok niet naar Mårten te gooien. Zijn blik was ijskoud toen hij naar de man tegenover zich keek.

'En Jenny Möller? Zeventien jaar, leuk, blond meisje. Precies jouw smaak, nietwaar?'

Op Mårtens voorhoofd verschenen zweetpareltjes. Hij had kleine ogen, die ritmisch knipperden als hij nerveus werd en nu knipperde hij als een bezetene.

'Daar heb ik geen bal mee te maken. Ik heb haar niet aangeraakt, ik zweer het!'

Hij gooide zijn armen in de lucht alsof hij met dat gebaar wilde aangeven dat hij onschuldig was, en Patrik meende tegen zijn zin een zweem van waarheid in Mårtens woorden te horen. Hij gedroeg zich heel anders nu ze het over Tanja en Jenny hadden, dan toen ze hem naar Melanie hadden gevraagd. Vanuit zijn ooghoek kon Patrik zien dat Martin ook zijn bedenkingen had.

'Oké, ik kan wel toegeven dat dat meisje vandaag misschien niet echt wilde, maar jullie moeten me geloven, ik weet absoluut niets wat die andere twee meisjes betreft. Ik zweer het!'

De paniek in Mårtens stem was overduidelijk en na een woordeloos overleg besloten Martin en Patrik het verhoor te stoppen. Helaas geloofden ze Mårten. Dat betekende dat iemand anders Jenny Möller ergens vasthield, als ze niet al dood was. En de inlossing van de belofte aan Albert Thernblad dat ze de moordenaar van zijn dochter zouden vinden, leek ineens heel, heel ver weg.

Gösta was bang. Het was alsof een lichaamsdeel dat lang gevoelloos was geweest, weer leven had gekregen. Het werk had hem zo lang met onverschilligheid vervuld, dat het vreemd was om iets te voelen wat bijna op betrokkenheid leek. Hij klopte voorzichtig op Patriks deur.

'Mag ik even binnenkomen?'

'Hè? O, natuurlijk.' Patrik keek verstrooid op van zijn bureau.

Gösta sjokte naar binnen en ging op de bezoekersstoel zitten. Hij zei niets en na een poosje moest Patrik hem op gang helpen: 'Ja? Wat heb je op je hart?'

Gösta schraapte zijn keel en bestudeerde grondig zijn handen, die op zijn schoot lagen. 'Ik kreeg gisteren de lijst.'

'Welke lijst?' Patrik fronste zijn wenkbrauwen.

'Die met de verkrachters uit de omgeving die uit de gevangenis zijn vrijgelaten. Er stonden maar twee namen op, waaronder die van Mårten Frisk.'

'En wat heeft dat met jouw lange gezicht te maken?'

Gösta keek op. De angst lag als een grote, harde bal in zijn buik. 'Ik heb mijn werk niet gedaan. Ik was van plan de namen te controleren, waar ze waren, wat ze deden, ik wilde met ze gaan praten. Maar ik kon het niet opbrengen. Dat is de waarheid, Hedström. Ik kon het niet opbrengen. En nu...'

Patrik antwoordde niet en wachtte alleen maar aandachtig op het vervolg.

'Nu moet ik inzien dat als ik mijn werk wel had gedaan, dat meisje vandaag misschien niet was aangerand, bijna verkracht zelfs, en we hadden hem ook al een hele dag eerder naar Jenny kunnen vragen.

Wie weet, misschien had dat voor haar wel het verschil tussen leven en dood betekend. Gisteren leefde ze misschien nog en vandaag is ze misschien wel dood. En alleen omdat ik zo vervloekt slap ben en mijn werk niet heb gedaan!' Hij sloeg nadrukkelijk met zijn vuist op zijn dij.

Patrik zweeg even, leunde toen over het bureau en vouwde zijn handen. Zijn stem was vertrouwenwekkend, niet verwijtend zoals Gösta had verwacht. Hij keek verbaasd op.

'We weten allebei dat je werk bijwijlen te wensen overlaat. Maar het is niet aan mij jou daarop aan te spreken, dat is iets voor onze chef. Dat je Mårten Frisk gisteren niet hebt gecontroleerd, kun je loslaten. In de eerste plaats zou je er nooit zo snel zijn achter gekomen dat hij op die camping zat, dat zou minstens een paar dagen hebben gekost. En in de tweede plaats denk ik, helaas, dat hij niet degene is die Jenny Möller heeft meegenomen.'

Gösta keek Patrik verbaasd aan. 'Maar ik dacht dat de zaak zo goed als rond was?'

'Ja, dat dacht ik eigenlijk ook. En ik ben er nog niet helemaal zeker van, maar Martin noch ik kreeg tijdens het verhoor de indruk dat hij de gezochte is.'

'Shit.' Gösta dacht hier even in stilte over na. Zijn angst was nog niet helemaal verdwenen. 'Kan ik iets doen?'

'Zoals ik al zei, we weten het nog niet zeker, maar we hebben bloed van Frisk afgenomen en dat zal uiteindelijk aantonen of hij de juiste man is. Het bloed is al naar het lab gestuurd met de aantekening dat er haast bij is, maar het zou fijn zijn als jij er een beetje achteraan zat. Als hij het tegen alle verwachtingen in toch is, kan elk uur tellen voor het meisje Möller.'

'Ja natuurlijk, doe ik. Ik zal me erin vastbijten als een pitbull.'

Patrik glimlachte bij die vergelijking. Als hij Gösta met een hondenras moest vergelijken, dacht hij eerder aan een vermoeide, oude beagle.

Uit pure ijver om Patrik tevreden te stellen veerde Gösta op van zijn stoel en verliet met nooit eerder vertoonde snelheid de kamer. De opluchting dat hij niet de grote fout had begaan die hij had gevreesd, gaf hem het gevoel alsof hij vloog. Hij beloofde zichzelf harder dan ooit te werken, misschien zou hij vanavond zelfs overwerken! Nee, dat was waar ook, hij had om vijf uur geboekt op de golfbaan. Nou ja, hij kon een andere dag wel overwerken.

Ze vond het afschuwelijk om tussen de smerigheid en de troep te moeten lopen. Het was alsof ze een andere wereld betrad. Voorzichtig stapte ze over oude kranten, vuilniszakken en god mocht weten wat.

'Solveig?' Geen antwoord. Ze drukte haar handtas tegen zich aan en liep verder de gang in. Daar zat ze. De afkeer was in haar hele lichaam voelbaar. Ze haatte haar meer dan wie ook ter wereld, inclusief haar vader. Tegelijkertijd was ze afhankelijk van haar. En die gedachte maakte haar altijd misselijk.

Solveig begon te glimlachen toen ze Laine zag. 'Kijk eens aan, punctueel als altijd. Ja, op jou kun je rekenen, Laine.' Ze sloeg het album waarmee ze bezig was geweest dicht en gebaarde naar Laine dat ze kon gaan zitten.

'Ik geef het liever meteen, ik heb nogal haast...'

'Nee, Laine, je kent de spelregels. Eerst even rustig koffiedrinken en dan de betaling. Het zou vreselijk onbeleefd van me zijn als ik mijn voorname gast niets zou aanbieden.'

De hoon droop van haar stem. Laine wist dat ze maar beter niet kon protesteren. Dit was een dans die ze door de jaren heen vaak hadden gedanst. Ze veegde voorzichtig een stukje van de keukenbank af en kon het niet nalaten een vies gezicht te trekken toen ze ging zitten. Als ze hier was geweest, voelde ze zich uren later nog steeds smerig.

Solveig stond moeizaam op van haar stoel en borg omstandig haar albums op. Ze zette voor beiden een kapot koffiekopje neer en Laine moest zich inhouden het hare niet af te vegen. Toen kwam er een mand met kapotte koekjes en Solveig spoorde Laine aan ervan te nemen. Ze nam een klein stukje en bad dat het bezoek snel voorbij zou zijn.

'Gezellig, vind je ook niet?' Solveig doopte genietend een koekje in haar koffie en tuurde met half dichtgeknepen ogen naar Laine, die niet antwoordde.

Solveig ging verder: 'Zoals we hier zitten als twee oude vriendinnen, kun je je toch eigenlijk niet voorstellen dat een van ons op een landgoed woont en de ander in een krot, wat jij, Laine?'

Laine deed haar ogen dicht en hoopte opnieuw dat de vernedering gauw over was. Tot de volgende keer. Ze balde haar vuisten onder de tafel en herinnerde zichzelf aan de reden waarom ze zich hieraan blootstelde, keer op keer.

'Weet je wat mij zorgen baart, Laine?' Solveig praatte met haar mond vol koekjes en er vielen kruimels over haar lippen op de tafel.

'Dat jij de politie op mijn jongens afstuurt. Weet je, Laine, ik dacht dat jij en ik een afspraak hadden. Maar als de politie hier komt met de absurde bewering dat jij hebt gezegd dat mijn jongens bij jullie ruiten hebben ingegooid, begin ik me toch af te vragen hoe het zit.'

Laine kon alleen maar knikken.

'Ik vind dat ik daar een verontschuldiging voor behoor te krijgen, vind je ook niet? Want wij hebben tegenover de politie verklaard dat de jongens de hele avond hier waren. Dus kunnen ze geen stenen naar het landhuis hebben gegooid.' Solveig nam een slok koffie en wees met haar kopje naar Laine. 'Nou – ik wacht.'

'Ik bied je mijn verontschuldigingen aan.' Laine mompelde de woorden met neergeslagen blik, vernederd.

'Sorry, ik hoorde niet goed wat je zei.' Solveig zette demonstratief haar hand achter haar oor.

'Ik bied je mijn verontschuldigingen aan. Ik heb het verkeerd gezien.' Toen ze Solveigs blik ontmoette, was haar eigen blik uitdagend, maar haar schoonzus leek er genoegen mee te nemen.

'Nou, dat is weer afgehandeld. Zo moeilijk was het toch niet? Zullen we die andere kwestie dan ook maar afwerken?'

Ze boog zich over de tafel en likte langs haar lippen. Laine pakte onwillig haar handtas van haar schoot en haalde er een envelop uit. Solveig strekte begerig haar hand uit en telde de inhoud nauwkeurig met haar vette vingers na.

'Klopt tot op de cent. Zoals gebruikelijk. Ja, ik heb het altijd gezegd, Laine, op jou kun je rekenen. Jij en Gabriël, daar kun je echt op rekenen.'

Met het gevoel alsof ze in een tredmolen vastzat, liep Laine naar de deur. Eenmaal buiten ademde ze met een diepe teug de frisse zomerlucht in. Voordat de deur dichtviel riep Solveig haar na: 'Altijd leuk je te zien, Laine. Dit doen we volgende maand weer!'

Laine sloot haar ogen en dwong zichzelf rustig te ademen. Soms vroeg ze zich af of het allemaal echt de moeite waard was.

Toen herinnerde ze zich de stank van haar vaders adem in haar oor en de reden waarom de geborgenheid in het leven dat ze voor zichzelf had geschapen, tot elke prijs bewaard moest blijven. Het móést gewoon de moeite waard zijn.

Zodra hij binnenkwam, zag hij dat er iets mis was. Erica zat op de veranda, met haar rug naar hem toe, maar haar hele houding verried dat er iets niet in orde was. Even werd hij overmand door bezorgdheid, maar toen realiseerde hij zich dat ze hem op zijn mobiel zou hebben gebeld als er iets aan de hand was met de baby.

'Erica?'

Ze draaide zich naar hem om en hij zag dat haar ogen rood waren van het huilen. In een paar passen was hij bij haar en ging naast haar zitten op de rotanbank.

'Liefje toch, wat is er aan de hand?'

'Ik heb ruziegemaakt met Anna.'

'Waarover dan?'

Hij wist dat de zussen een gecompliceerde relatie hadden en kende de redenen waarom ze voortdurend in botsing leken te komen. Maar sinds Anna zich van Lucas had losgemaakt, had het geleken of er een soort vrede was gesloten en Patrik vroeg zich af wat er deze keer fout was gegaan.

'Ze heeft Lucas nooit aangegeven voor wat hij Emma heeft aangedaan.'

'Wát zeg je!'

'Ja, en nu Lucas probeert de voogdij over de kinderen te krijgen, dacht ik dat dat haar troefkaart was. Maar nu kan ze hem niets maken, terwijl hij allerlei leugens zal aandragen waarom Anna als moeder niet geschikt is.'

'Jawel, maar dat kan hij toch niet bewijzen.'

'Nee, wij weten hoe het zit. Maar wat als hij zoveel modder naar haar gooit dat er iets blijft hangen. Je weet hoe doortrapt hij is. Het zou me helemaal niet verbazen als het hem lukt de rechtbank voor zich in te nemen en aan zijn kant te krijgen.' Erica legde wanhopig haar gezicht tegen Patriks schouder. 'Stel dat Anna de kinderen kwijtraakt, dan gaat ze kapot.'

Patrik sloeg zijn arm om Erica's schouder en trok haar geruststellend naar zich toe. 'Laten we nou niet meteen het ergste denken. Het was dom van Anna dat ze geen aangifte heeft gedaan, maar in zekere zin kan ik haar wel begrijpen. Lucas heeft keer op keer laten zien dat hij niet met zich laat spotten, het is dus niet zo gek dat ze bang is.'

'Nee, daar heb je gelijk in. Maar wat me het verdrietigst maakt, is dat ze de hele tijd tegen me heeft gelogen. Achteraf voel ik me behoorlijk om de tuin geleid. Als ik haar vroeg wat er sinds de aangifte was gebeurd, heeft ze voortdurend ontwijkend geantwoord dat de politie in Stockholm het zo druk heeft dat het lang duurt voordat ze alle aangiften hebben behandeld. Nou ja, je weet zelf wat ze heeft gezegd. En dat waren allemaal leugens. En op de een of andere manier lukt het haar altijd mij tot de boef van het drama te maken.' Een nieuwe huilbui.

'Kom, kom, liefje. Rustig nou maar. We willen toch niet dat de baby gaat denken dat hij een jammerdal tegemoet gaat.'

Erica moest door haar tranen heen lachen, en met de mouw van haar trui droogde ze haar ogen.

'Luister. Soms lijkt de relatie tussen jou en Anna meer op een moeder-dochterrelatie dan op die tussen zusters en dat maakt het ook steeds zo moeilijk. Jij hebt voor Anna gezorgd in plaats van je moeder, en daardoor heeft Anna de behoefte dat je voor haar blijft zorgen, maar tegelijk wil ze zich van je losmaken. Begrijp je wat ik bedoel?'

Erica knikte. 'Ja, ik weet het. Maar het voelt zo verschrikkelijk onrechtvaardig dat ik nu gestraft moet worden omdat ik toen voor haar zorgde.' Ze begon weer te snikken.

'Vind je jezelf nu niet een beetje té zielig?' Patrik veegde een haarlok van Erica's voorhoofd. 'Jij en Anna zullen dit oplossen, zoals jullie altijd alles hebben opgelost, en bovendien vind ik dat jij deze keer best de edelmoedigste kan zijn. Anna heeft het momenteel niet makkelijk. Lucas is een machtige tegenstander en eerlijk gezegd kan ik me goed voorstellen dat ze doodsbang is. Denk daar ook aan voordat je jezelf te zielig vindt.'

Erica maakte zich van Patrik los en keek hem boos aan. 'Moet jij niet aan mijn kant staan?'

'Dat doe ik ook, lieveling, dat doe ik ook.' Hij streelde haar over haar haar en leek ineens met zijn gedachten mijlenver weg.

'Sorry dat ik zo over mijn eigen problemen zit te zeuren – hoe gaat het bij jullie?'

'Laten we het maar niet over die ellende hebben. Vandaag was een vreselijke dag.'

'Maar je kunt niet op de details ingaan,' vulde Erica aan.

'Nee, dat kan ik niet. Maar het was zoals gezegd écht een vreselijke dag.' Hij zuchtte maar vermande zich. 'Wat zeg je ervan, zullen we het vanavond gezellig maken? Volgens mij moeten we allebei opgevrolijkt worden. Ik ga even wat lekkers kopen bij de viswinkel, dan kun jij ondertussen de tafel dekken. Hoe klinkt dat?'

Erica knikte en hief haar gezicht op voor een kus. Hij had zijn lichte kanten, de vader van haar kind.

'Koop ook wat chips en een dipsaus, alsjeblieft. Ik moet het er maar van nemen nu ik toch dik ben!'

Hij lachte. 'Komt voor elkaar, chef.'

Geïrriteerd sloeg Martin met zijn pen op het bureau. De irritatie was tegen hemzelf gericht. Door de gebeurtenissen van gisteren was hij helemaal vergeten de vader van Tanja Schmidt te bellen. Hij kon zichzelf wel een schop geven. Zijn enige excuus was dat hij had gedacht dat het niet langer belangrijk was toen ze Mårten Frisk hadden opgepakt. Waarschijnlijk zou hij hem pas vanavond te pakken kunnen krijgen, maar hij kon het in elk geval proberen. Hij keek op zijn horloge. Negen uur. Hij besloot om eerst te horen of meneer Schmidt thuis was, voordat hij Pia belde om te vragen of ze wilde tolken.

De telefoon ging een keer over, twee, drie, vier keer en hij wilde al bijna ophangen, maar na vijf keer werd er met een slaapdronken stem opgenomen. Gegeneerd omdat hij de man wakker had gemaakt, lukte het Martin om in haperend Duits uit te leggen wie hij was en dat hij zo weer zou bellen. Hij had geluk, want Pia nam bij het toeristenbureau meteen op. Ze beloofde weer te zullen helpen, en een paar minuten later had Martin ze allebei aan de lijn.

'Ik wil beginnen met u te condoleren.'

De man aan de andere kant bedankte zacht voor het blijk van medeleven, maar Martin voelde zijn verdriet, dat zich als een zware sluier over het gesprek legde. Hij aarzelde hoe hij verder moest gaan. Pia's zachte stem vertaalde alles wat hij zei, maar terwijl hij nadacht over wat hij wilde zeggen, hoorde hij niets behalve hun ademhaling.

'Weet u wie mijn dochter dit heeft aangedaan?'

De stem trilde licht en Pia had de woorden eigenlijk niet hoeven vertalen. Martin begreep ze toch wel.

'Nog niet. Maar we zullen erachter komen.'

Net als Patrik, toen die Albert Thernblad sprak, vroeg Martin zich af of hij te veel beloofde, maar hij vond gewoon dat hij moest proberen het verdriet van de man te verzachten op de enige manier die binnen zijn mogelijkheden lag.

'We hebben Tanja's reisgenote gesproken en zij beweerde dat Tanja met een bepaalde reden naar Fjällbacka was gekomen. Maar toen we het aan Tanja's ex-man vroegen, kon hij geen reden bedenken. Weet u misschien iets?'

Martin hield zijn adem in. Een lange, onverdraaglijk lange, stilte volgde. Toen begon Tanja's vader te praten.

Toen de man uiteindelijk ophing, vroeg Martin zich af of hij zijn oren echt kon geloven. Het verhaal was té fantastisch. Maar het bevatte toch een onmiskenbare toon van waarheid en hij zag geen reden om Tanja's vader niet te geloven. Toen Martin zelf wilde ophangen, realiseerde hij zich dat Pia nog aan de lijn hing. Aarzelend vroeg ze: 'Heb je te horen gekregen wat je nodig had? Ik geloof dat ik alles goed heb vertaald.'

'Ik ben ervan overtuigd dat je alles helemaal correct hebt vertaald. En ja, ik heb te horen gekregen wat ik nodig had. Ik weet dat ik je er niet op hoef te wijzen, maar...'

'Ik weet het, ik mag hier met niemand over praten. Ik beloof dat ik geen woord zal zeggen.'

'Mooi. Trouwens...'

'Ja?'

Hoorde hij het goed, klonk ze hoopvol? Maar de moed liet hem in de steek en hij voelde ook dat dit niet het juiste moment was.

'Nee, het was niets. We hebben het er een andere keer over.'

'Oké.'

Nu meende hij bijna teleurstelling in haar stem te horen, maar omdat zijn zelfvertrouwen na zijn laatste mislukking op het liefdesfront nog steeds was geschonden, dacht hij dat hij het zich alleen maar verbeeldde.

Nadat hij Pia had bedankt en had opgehangen, dreven zijn gedachten weg naar andere zaken. Snel schreef hij de aantekeningen van het gesprek in het net over en liep daarmee naar Patriks kamer. Eindelijk was er een doorbraak in de zaak.

Ze waren allebei afwachtend toen ze elkaar zagen. Dit was de eerste keer na de rampzalige ontmoeting op de Västergården en beiden wachtten tot de ander de eerste stap tot verzoening zou zetten. Omdat Johan had gebeld en Linda zich toch behoorlijk schuldig voelde over haar aandeel in de ruzie, begon zij.

'Hé, ik heb laatst nogal stomme dingen gezegd. Dat was niet de bedoeling. Maar ik werd zo boos.'

Ze zaten op hun gebruikelijke plek op de hooizolder van de schuur op de Västergården, en toen Linda naar Johan keek, leek zijn profiel wel uit steen te zijn gehouwen. Toen zag ze zijn trekken zachter worden.

'Ach, vergeet het. Ik reageerde ook nogal fel. Maar het was...' Hij aarzelde even en zocht naar de juiste woorden. 'Maar het was zo moeilijk om daar te zijn met alle herinneringen en zo. Het had niet zoveel met jou te maken.'

Nog steeds met een zekere behoedzaamheid in haar bewegingen, kroop Linda achter hem en sloeg haar armen om hem heen. Geheel onverwachts had ze door de ruzie een zekere mate van respect voor Johan gekregen. Ze had hem altijd beschouwd als een jongen, iemand die aan de rokken van zijn moeder en aan zijn oudere broer hing, maar die dag had ze een man gezien. Dat trok haar aan. Dat trok haar enorm aan. Ze had ook een gevaarlijk trekje bij hem gezien en ook dat maakte hem in haar ogen aantrekkelijker. Hij had echt bijna op het punt gestaan geweld tegen haar te gebruiken, dat had ze in zijn ogen kunnen lezen, en nu ze met haar wang tegen zijn rug zat, deed die herinnering haar inwendig beven. Het was alsof ze vlak bij de vlam van een kaars vloog, dichtbij genoeg om de hitte te voelen, maar gecontroleerd genoeg om zich niet te branden. Als iemand die evenwichtsoefening beheerste, dan was zij het wel.

Ze liet haar handen naar voren dwalen, hongerig en eisend. Ze merkte bij hem nog steeds een zekere weerstand, maar ze voelde zich veilig omdat ze wist dat zij nog altijd de macht had in hun relatie. Die was tenslotte alleen maar vanuit een lichamelijk perspectief gedefinieerd, en volgens haar hadden vrouwen in het algemeen en zij in het bijzonder daarin het overwicht. Overwicht waar zij nu gebruik van maakte. Tevreden merkte ze dat zijn ademhaling zwaarder werd en zijn weerstand smolt.

Linda kroop op zijn schoot en toen hun tongen elkaar ontmoetten, wist ze dat zij als overwinnaar uit deze strijd was gekomen. Ze leefde in die illusie tot ze voelde hoe Johans hand stevig haar haar beetpakte en haar met kracht achterover dwong tot hij haar van bovenaf in de ogen kon kijken. Als het zijn bedoeling was dat ze zich klein en hulpeloos voelde, was hij daarin geslaagd. Heel even zag ze dezelfde glimp in zijn ogen als tijdens de ruzie op de Västergården, en ze vroeg zich af of een eventuele noodkreet in het hoofdgebouw gehoord zou worden. Waarschijnlijk niet.

'Je weet het, je moet lief voor me zijn. Anders gaat een vogeltje de politie misschien influisteren wat ik hier op het landgoed heb gezien.'

Linda's ogen werden groot. Haar stem was een fluistering. 'Dat zou je toch nooit doen? Je hebt het beloofd, Johan.'

'Het gerucht gaat dat een belofte van een Hult niet bijster veel betekent. Dat zou jij toch moeten weten.'

'Je mag het niet doen, Johan. Alsjeblieft, ik doe alles wat je maar vraagt.'

'Zo, dus het hemd is toch nader dan de rok.'

'Je zegt zelf dat je niet kunt begrijpen wat Gabriël oom Johannes heeft aangedaan. En ga jij nu hetzelfde doen?' Linda's stem klonk smekend. De situatie was helemaal uit haar handen geglipt en verward vroeg ze zich af hoe ze zo het onderspit had kunnen delven. Zíj was toch degene die de controle had?

'Waarom zou ik dat niet doen? In zekere zin zou je het karma kunnen noemen. De cirkel wordt op een bepaalde manier gesloten.' Hij glimlachte gemeen. 'Maar misschien heb je gelijk. Ik zal mijn mond houden, maar vergeet niet dat dat elk moment kan veranderen, je kunt dus maar beter lief voor me zijn – lieveling.'

Hij streelde haar gezicht, maar hield met zijn andere hand haar haar nog steeds in een pijnlijke greep. Toen bracht hij haar hoofd nog verder naar beneden. Ze protesteerde niet. Het machtsevenwicht was definitief verstoord.

Zomer 1979

Ze werd wakker van het geluid van iemand die in het donker huilde. Het was moeilijk om te lokaliseren waar het vandaan kwam, maar ze bewoog schuivend over de grond tot ze stof voelde en iets wat zich onder haar vingers bewoog. De bundel op de grond begon van ontzetting te schreeuwen, maar ze kalmeerde het meisje met sussende geluiden en streek haar over haar haar. Zij wist als geen ander hoe de angst rukte en trok voordat die werd vervangen door een doffe hopeloosheid.

Ze was zich bewust van haar egoïsme, maar ze was echt blij dat ze niet langer alleen was. Het leek een eeuwigheid geleden sinds ze gezelschap van een ander mens had gehad, maar toch vermoedde ze dat het om niet meer dan een paar dagen ging. Het was moeilijk hier beneden in het donker de tijd bij te houden. Tijd was iets wat alleen boven de grond bestond. In het licht. Hier beneden was de tijd een vijand, die je bewust maakte van het feit dat er een leven bestond dat nu misschien al was afgelopen.

Toen het gehuil van het meisje begon weg te ebben, kwam de stortvloed van vragen. Ze had geen antwoorden. In plaats daarvan probeerde ze uit te leggen hoe belangrijk het was om toe te geven, niet tegen het onbekende kwaad te vechten. Maar het meisje wilde haar niet begrijpen. Ze huilde en vroeg, smeekte en bad tot een God in wie zijzelf nooit had geloofd, behalve misschien toen ze klein was. Maar voor het eerst merkte ze dat ze hoopte dat ze het mis had, dat er werkelijk een God bestond. Hoe zou het anders met de kleine gaan, zonder moeder of God tot wie ze zich kon wenden. Vanwege haar dochter was ze gezwicht voor de angst, erin verzonken, en de manier waarop het andere meisje ertegen vocht, wekte haar woede op. Steeds opnieuw probeerde ze uit te leggen dat het geen zin had, maar het meisje wilde niet luisteren. Nog even en ze zou door haar strijdlust worden aangestoken en dan zou het niet lang duren tot ook de hoop terugkeerde, die haar kwetsbaar maakte.

Ze hoorde hoe het luik opzij werd geschoven en de stappen naderbij kwamen. Snel duwde ze het meisje dat met haar hoofd op haar schoot had gelegen, weg. Misschien had ze geluk, misschien deed hij deze keer de ander pijn en niet haar.

❄

De stilte was oorverdovend. Normaal gesproken vulde Jenny's gesnater de kleine caravan, maar nu was het doodstil. Ze zaten tegenover elkaar aan de kleine tafel; allebei ingesloten in hun eigen luchtbel, allebei in hun eigen wereld vol herinneringen.

Zeventien jaren flitsten voorbij als in een film. Kerstin voelde het gewicht van Jenny's pasgeboren lichaampje in haar armen. Onbewust vormde ze haar armen tot een wieg. De zuigeling groeide en achteraf leek het allemaal zo snel te zijn gegaan. Te snel. Waarom hadden ze de laatste tijd zoveel kostbare tijd besteed aan ruziemaken en kibbelen? Als ze had geweten wat er ging gebeuren, had ze geen enkel boos woord tegen Jenny gezegd. Terwijl ze met een gat in haar hart aan de kleine tafel zat, zwoer ze dat als alles weer goed kwam, ze nooit meer haar stem tegen Jenny zou verheffen.

Bo zag eruit als een spiegelbeeld van haar eigen innerlijke chaos. In slechts een paar dagen tijd was hij tien jaar ouder geworden en zijn gezicht was gegroefd en gelaten. Dit was een tijd waarin ze zich naar elkaar moesten uitstrekken, tegen elkaar moesten aan leunen, maar de angst verlamde hen.

De handen op de tafel beefden. Bo vouwde ze in een poging het trillen te stoppen, maar opende ze snel weer toen hij zag dat het leek alsof hij zat te bidden. Hij durfde nog geen hogere machten aan te roepen, want dan zou hij moeten erkennen wat hij nog niet onder ogen wilde zien. Hij hield zich vast aan de ijdele hoop dat zijn dochter zich in het een of andere onverantwoordelijke avontuur zou hebben gestort. Maar diep vanbinnen wist hij dat er te veel tijd was verstreken om dat waarschijnlijk te maken. Jenny was veel te zorgzaam, te liefdevol om hen met opzet zo ongerust te maken. Natuurlijk hadden ze ruziegemaakt, vooral de laatste twee jaar, maar hij had toch altijd geweten dat ze een sterke band met elkaar hadden. Hij wist dat ze van hen hield en het enige antwoord op de vraag waarom ze niet bij hen terugkwam, was gruwelijk. Er was iets gebeurd. Iemand had iets met hun geliefde Jenny gedaan. Hij verbrak de stilte. Zijn stem liet hem in de steek en hij moest zijn keel schrapen voordat hij verder kon gaan.

'Zullen we de politie nog een keer bellen om te horen of ze nog iets hebben ontdekt?'

Kerstin schudde haar hoofd. 'We hebben vandaag al twee keer gebeld. Zij bellen ons wel als ze iets weten.'

'Maar we kunnen hier toch niet zo blijven zitten!' Hij stond met een heftige beweging op en stootte zijn hoofd aan het kastje boven hem. 'Verdomme, het is hier ook zo klein! Waarom moesten we haar dwingen weer met ons op vakantie te gaan, ze wilde toch niet! Waren we maar thuis gebleven! Dan had ze met haar vrienden om kunnen gaan, we hadden haar niet moeten dwingen om met ons te worden opgesloten in dit stomme hok!'

Hij reageerde zich af op de kast waaraan hij zijn hoofd had gestoten. Kerstin liet hem begaan en toen zijn woede overging in tranen, stond ze zonder een woord te zeggen op en sloeg haar armen om hem heen. Een lange tijd bleven ze zo staan, eindelijk verenigd in hun angst en in een verdriet waarop ze, hoewel ze nog steeds probeerden zich vast te klampen aan de hoop, al een voorschot namen.

Kerstin voelde het gewicht van de zuigeling nog steeds in haar armen.

Deze keer scheen de zon toen hij over de Norra Hamngatan liep. Patrik aarzelde even voor hij aanklopte, maar toen kreeg zijn plichtsbesef de overhand en hij tikte een paar keer gedecideerd op de deur. Er werd niet opengedaan. Hij probeerde het opnieuw, nog gedecideerder. Er werd nog steeds niet opengedaan. Natuurlijk, hij had eerst moeten bellen. Maar toen Martin had verteld wat Tanja's vader had gezegd, was hij meteen in actie gekomen. Hij keek om zich heen. Een buurvrouw stond haar plantenbakken te verzorgen.

'Neem me niet kwalijk, maar weet u ook waar de Struwers zijn? Hun auto staat er wel, dus ik dacht dat ze thuis waren.'

De vrouw stopte even met haar bezigheden en knikte. 'Ze zijn in het boothuis.' Ze wees met een kleine schep naar een van de rode huisjes die op zee uitkeken.

Patrik bedankte en liep via een stenen trapje naar de voorkant van het boothuis. Op de steiger stond een ligstoel en hij zag Gun in een kleine bikini in de zon liggen bakken. Het viel hem op dat haar lichaam net zo bruin en rimpelig was als haar gezicht. Sommige mensen kon het kennelijk niets schelen dat ze het risico liepen huidkanker te krijgen. Hij schraapte zijn keel om haar aandacht te trekken.

'Goedendag, sorry dat ik stoor, maar ik zou graag even iets met u willen bespreken.' Patrik sprak formeel, dat deed hij altijd wanneer hij slecht nieuws kwam brengen. Dan was hij een politieman, geen mens, en dat was de enige manier om na afloop thuis de slaap te kunnen vatten.

'Ja, natuurlijk.' Haar antwoord klonk als een vraag. 'Momentje, dan trek ik wat aan.' Ze verdween in het boothuis.

Patrik ging zolang aan een tafel van het uitzicht zitten genieten. Het was in de haven rustiger dan anders, maar de zee glinsterde en de meeuwen vlogen ongehinderd over de steigers op jacht naar voedsel. Het duurde even voor Gun weer naar buiten kwam, maar toen het eindelijk zover was droeg ze een korte broek en een shirt en bracht ze Lars mee. Hij groette Patrik ernstig en ging samen met zijn vrouw bij hem aan tafel zitten.

'Wat is er gebeurd? Hebben jullie de moordenaar van Siv gevonden?' Gun klonk opgewonden.

'Nee, daarom ben ik niet hier.' Patrik pauzeerde even, overwegend hoe hij verder zou gaan. 'Het zit zo. Vanochtend hebben we de vader gesproken van de jonge Duitse vrouw die bij Siv is gevonden.' Weer een pauze.

Gun trok vragend haar wenkbrauwen op. 'Ja, en?'

Patrik noemde de naam van Tanja's vader en Gun reageerde precies zoals hij had verwacht. Ze deinsde terug en hapte naar adem. Lars keek haar vragend aan, hij wist te weinig om het verband te kunnen leggen.

'Maar dat is de vader van Malin! Wat zegt u me nu! Malin is toch dood?'

Het was moeilijk om een diplomatiek antwoord te geven. Maar, dacht hij cynisch, dat was ook niet zijn taak en hij besloot gewoon te zeggen hoe het zat. 'Ze was niet dood. Dat heeft hij u alleen maar verteld. Hij zei dat hij uw verzoeken om geld een beetje... hoe zal ik het zeggen... lastig begon te vinden. Daarom heeft hij het verhaal verzonnen dat uw kleinkind was overleden.'

'Maar het vermoorde meisje heette toch Tanja, niet Malin.' Gun keek vragend.

'Kennelijk heeft hij haar een andere naam gegeven, een naam die Duitser klonk. Maar het lijdt geen twijfel dat Tanja uw kleindochter Malin is.'

Voor de verandering was Gun Struwer met stomheid geslagen. Vervolgens zag Patrik de woede in haar opvlammen. Lars probeerde een kalmerende hand op haar schouder te leggen, maar die schudde ze van zich af.

'Wie denkt hij verdomme wel dat hij is! Heb je ooit zoiets onbeschofts gehoord, Lars? Mij voorliegen en zeggen dat mijn kleinkind, mijn eigen vlees en bloed, is overleden! En al die jaren leefde ze, gezond en wel, terwijl ik dacht dat de arme meid een verschrikkelijke dood was gestorven! En dan durft hij ook nog te zeggen dat hij dat deed omdat ik lastig was, heb je ooit zoiets brutaals gehoord, Lars! Alleen omdat je vraagt waar je recht op hebt, ben je lastig!'

Lars probeerde zijn vrouw opnieuw te kalmeren, maar ze schudde zijn hand weer van zich af. Ze was zo geagiteerd dat er zich belletjes speeksel in haar mondhoeken vormden. 'Ik zal hem eens goed de waarheid vertellen. Jullie hebben zijn telefoonnummer toch? Ik wil dat graag hebben, dan zal ik hem eens zeggen wat ik ervan vind, de hufter.'

Inwendig slaakte Patrik een diepe zucht. Hij vond dat ze het recht had verontwaardigd te zijn, maar volgens hem was de essentie van zijn verhaal haar ontgaan. Hij liet haar even razen en zei toen rustig: 'Ik begrijp dat het moeilijk is om dit te horen, maar we hebben een week geleden dus uw kleindochter vermoord aangetroffen. Samen met Siv en Mona. Dus ik moet jullie vragen of jullie contact hebben gehad met een meisje dat zich Tanja Schmidt noemde. Heeft ze jullie op de een of andere manier benaderd?'

Gun schudde heftig haar hoofd, maar Lars leek na te denken. Aarzelend zei hij: 'We zijn een paar keer gebeld door iemand die niets zei. Dat weet je toch nog wel, Gun? Het is alweer enkele weken geleden en we dachten dat het een grappenmaker was. Denk je dat zij...?'

Patrik knikte. 'Dat is heel goed mogelijk. Haar vader heeft haar twee jaar geleden het hele verhaal opgebiecht en misschien vond ze het moeilijk om contact met jullie op te nemen. Ze is ook in de bibliotheek geweest en heeft artikelen over de verdwijning van haar moeder gekopieerd, dus waarschijnlijk was ze hier om meer over haar moeders lot te weten te komen.'

'De arme kleine pop.' Gun besefte wat er van haar werd verwacht en huilde nu krokodillentranen. 'Mijn kleine schattebout leefde nog en ze was zo dichtbij. Hadden we elkaar maar ontmoet voordat... Wat is dat voor iemand die mij dit aandoet? Eerst Siv en nu mijn kleine Malin.' Opeens realiseerde ze zich iets. 'Denken jullie dat ik ook gevaar loop? Heeft iemand het op mij gemunt? Heb ik politiebescherming nodig?' Guns ogen vlogen jachtig van Patrik naar Lars en weer terug.

'Ik geloof niet dat dat nodig is. We denken niet dat de moorden op enigerlei wijze verband houden met u, dus ik zou me geen zorgen maken als ik u was.' Vervolgens kon hij de verleiding niet weerstaan: 'Bovendien lijkt het erop dat de moordenaar zich vooral op jónge vrouwen richt.'

Hij had meteen spijt van zijn woorden en stond op om aan te geven dat het gesprek was afgelopen. 'Het spijt me echt dat ik jullie zulk slecht nieuws moet komen brengen. Maar ik zou het op prijs stellen als jullie me bellen als jullie nog iets te binnenschiet. We zullen om te beginnen die telefoongesprekken nagaan.'

Voordat hij wegging, wierp hij nog een laatste afgunstige blik op het uitzicht. Gun Struwer was het levende bewijs van het feit dat goede dingen niet alleen worden toebedeeld aan mensen die ze verdienen.

'Wat zei ze?'

Martin zat samen met Patrik in de koffiekamer. De koffie had zoals gewoonlijk veel te lang op het warmhoudplaatje gestaan, maar daar waren ze aan gewend en ze dronken hun kopjes gulzig leeg.

'Ik zou het niet mogen zeggen, maar bah, wat een akelig mens. Wat haar nog het meest opwond, was niet dat ze zoveel jaren uit het leven van haar kleindochter had gemist of dat die net was vermoord, maar dat de vader zo'n effectieve manier had bedacht om haar geen geld te hoeven betalen.'

'Afschuwelijk.'

Hun stemming werd somber toen ze over de kleinzieligheid van mensen nadachten. Op het politiebureau was het ongewoon stil. Mellberg leek een vrije ochtend te hebben genomen en was er nog niet. Gösta en Ernst joegen op wegpiraten. Of beter gezegd, ze zaten ergens op een parkeerplaats koffie te drinken in de hoop dat de piraten zich zelf bij hen kwamen melden voor een ritje naar het bureau. 'Preventief politiewerk' noemden ze het. En daar hadden ze in zekere zin nog gelijk in ook: die parkeerplaats was in elk geval veilig zolang zij daar zaten.

'Wat denk je dat ze wilde bereiken door hier te komen? Speelde ze detectiveje om meer over het lot van haar moeder te weten te komen?'

Patrik schudde zijn hoofd. 'Nee, dat denk ik niet. Ik kan me wel indenken dat ze graag wilde weten wat er was gebeurd. Waarschijnlijk wilde ze het hier ook met eigen ogen zien. Vroeg of laat zou ze ongetwijfeld ook haar oma hebben gebeld, maar ik stel me zo voor dat de beschrijving die ze van haar vader had gekregen niet al te vleiend was, dus ik snap goed waarom ze dat uitstelde. Het zou me niets verbazen als uit de informatie van Telia blijkt dat de telefoontjes naar Lars en Gun Struwer vanuit een cel in Fjällbacka kwamen, en dan gok ik op de telefooncel bij de camping.'

'Maar hoe is ze dan samen met het skelet van haar moeder en Mona Thernblad in de Koningskloof beland?'

'Jouw gok is net zo goed als de mijne. Het enige dat ik kan bedenken is dat ze iets, of liever gezegd iemand, is tegengekomen die met de verdwijning van haar moeder en Mona te maken had.'

'In dat geval is Johannes automatisch uitgesloten. Hij ligt immers in een graf op het kerkhof van Fjällbacka.'

Patrik keek op. 'Weten we dat zeker? Is het absoluut zeker dat hij dood is?'

Martin lachte. 'Je maakt een grapje. Hij heeft zich in 1979 opgehangen. Meer dood dan dat kun je niet zijn.'

Een zekere opwinding had zich van Patrik meester gemaakt. 'Ik weet dat het onwaarschijnlijk klinkt, maar luister nou eens. Stel dat de politie een ietsepietsje te dicht bij de waarheid kwam en dat de grond hem te heet werd onder de voeten. Hij is een Hult en kon aan grote sommen geld komen, desnoods via zijn vader. Een beetje smeergeld links en rechts en hopla, je hebt een vervalste overlijdensakte en een lege kist.'

Martin schudde van het lachen. 'Je bent niet goed wijs! We hebben het over Fjällbacka, niet over het Chicago van de jaren twintig! Weet je zeker dat je op die steiger niet te lang in de zon hebt gezeten? Het klinkt verdorie alsof je een zonnesteek hebt. Hoe krijg je een kind van zes zover dat hij zoiets vertelt terwijl het niet waar is?'

'Geen idee, maar daar kom ik wel achter. Ga je mee?'

'Waarheen?'

Patrik sloeg zijn ogen ten hemel en sprak extra duidelijk: 'We gaan met Robert praten, uiteraard.'

Martin zuchtte, maar stond mopperend op: 'Alsof we nog niet genoeg te doen hebben.' Op weg naar buiten realiseerde hij zich iets: 'En die kunstmest dan? Ik had daar eigenlijk voor de lunch mee aan de slag willen gaan.'

'Vraag of Annika het doet,' riep Patrik over zijn schouder.

Martin stopte bij de receptie en gaf Annika de benodigde gegevens. Ze had het vrij rustig en was blij met een concrete taak.

Martin kon het niet nalaten, hij vroeg zich af of ze geen waardevolle tijd verspilden. Patriks idee leek te vergezocht, te fantasierijk om ook maar iets met de werkelijkheid te maken hebben. Maar ja, hij was in deze zaak de baas...

Annika stortte zich op haar taak. De afgelopen dagen waren hectisch geweest omdat zij zoekacties naar Jenny had georganiseerd en daarbij de spin in het web was geweest. Maar na drie vruchteloze dagen waren die acties afgeblazen, en omdat het merendeel van de toeristen als een direct gevolg van de recente gebeurtenissen het gebied had verlaten, was het bij de receptie van het politiebureau nu doodstil. Zelfs de journalisten hadden hun belangstelling verloren en zich op ander hot nieuws gericht.

Ze keek naar het briefje met de gegevens dat ze van Martin had gekregen en zocht in de telefoongids het nummer op. Nadat ze met verschillende afdelingen van het bedrijf was doorverbonden, kreeg ze uiteindelijk de naam van de verkoopchef. Er waren diverse wachtenden voor haar en op de muzak van het bandje droomde ze over Griekenland, dat nu eindeloos ver weg leek. Toen ze na haar vakantieweek was teruggekomen, had ze zich uitgerust, sterk en mooi gevoeld. Maar eenmaal in de maalstroom op het bureau, waren die effecten snel weer verdwenen. Vol verlangen dacht ze aan witte stranden, turkoois water en grote schalen tzatziki. Haar man en zij waren die week allebei een paar kilo aangekomen van het heerlijke mediterrane voedsel, maar dat kon hen niets schelen. Ze waren geen van tweeën ooit echt dun geweest en hadden dat als een gegeven geaccepteerd, zonder zich druk te maken over de diëten in allerlei bladen. Als ze dicht tegen elkaar aan lagen, voegden hun rondingen zich perfect naar elkaar en werden ze één grote, warme golf van bollend vlees. En dat was tijdens de vakantie heel vaak voorgekomen…

Annika's herinneringen werden ruw onderbroken door een melodieuze mannenstem met een onmiskenbaar West-Zweedse tongval. Het accent van chique mensen uit Stockholm had dezelfde 'i', en dat zou komen doordat die Stockholmers wilden laten zien dat ze zo goed in de slappe was zaten dat ze zich een zomerhuisje aan de westkust konden veroorloven. Of dat waar was, wist Annika niet maar het was een mooi verhaal.

Ze vertelde waarom ze belde.

'O, wat spannend. Een moordonderzoek. Hoewel ik al dertig jaar in het vak zit, is dit de eerste keer dat ik bij zoiets van dienst kan zijn.'

Leuk dat ik u de dag van uw leven bezorg, dacht Annika chagrijnig, maar ze hield haar mond om zijn bereidwilligheid niet te temperen. Soms balanceerde de sensatiezucht van het zogeheten grote publiek op de grens van morbiditeit.

'We zouden graag een klantenlijst hebben van jullie kunstmest FZ-302.'

'Oei, dat is niet zo makkelijk. Dat verkopen we niet meer sinds

1985. Een verdomd goed product, maar door de nieuwe milieuwetgeving mochten we het helaas niet meer produceren.' De verkoopchef zuchtte zwaar; het was onrechtvaardig dat de zorg voor het milieu de verkoop van een topproduct had doorkruist.

'Ik neem aan dat jullie toch wel iets op papier hebben staan?' ging Annika voorzichtig verder.

'Dat moet ik bij de administratie navragen, maar waarschijnlijk zit het dan in ons oude archief. Tot 1987 archiveerden we dat soort informatie allemaal handmatig, daarna is dat geautomatiseerd. Ik denk echter niet dat we iets hebben weggegooid.'

'U herinnert zich niet wie hier in de omgeving...' ze keek even op haar briefje, 'het product FZ-302 afnam?'

'Nee, dat is zo lang geleden, daar zou ik niets over durven zeggen.' Hij lachte. 'Er is in de tussentijd zoveel gebeurd.'

'Ik had eigenlijk ook niet verwacht dat het zo simpel zou zijn. Hoe lang duurt het, denkt u, om die gegevens boven water te krijgen?'

Hij dacht even na. 'Ach, als ik de meisjes van de administratie op wat lekkers trakteer en lief tegen ze glimlach, lukt het aan het eind van de middag of anders morgenvroeg wel. Is dat snel genoeg?'

Het was sneller dan Annika had durven hopen toen hij over oude archieven was begonnen, dus bedankte ze hem blij. Ze maakte voor Martin een notitie van het gesprek en legde die op zijn bureau.

'Zeg, Gösta?'

'Ja, Ernst?'

'Mooier dan zo kan het leven niet worden, wat jij?'

Ze zaten op een parkeerplaats in de buurt van Tanumshede en hadden beslag gelegd op een van de picknicktafels. Ze waren geen amateurs op dit gebied, dus hadden ze met een vooruitziende blik bij Ernst thuis een thermoskan met koffie gehaald en bij de bakker in Tanumshede een flinke zak met koffiebroodjes. Ernst had zijn overhemd open geknoopt en zat met zijn witte, ingezakte borstkas in de zon. Vanuit zijn ooghoek keek hij onopvallend naar een paar meisjes van een jaar of twintig, die lachend en joelend hun rit hadden onderbroken.

'Doe je mond dicht, joh. En je overhemd. Wat als een van de collega's langskomt! Het moet eruitzien alsof we aan het werk zijn.'

Gösta transpireerde in zijn uniform. Hij negeerde de voorschriften van zijn werk niet zo makkelijk en durfde zijn overhemd niet open te knopen.

'Ach, relax. Die zijn druk naar die meid aan het zoeken. Het kan niemand iets schelen wat wij doen.'

Gösta's gezicht betrok. 'Ze heet Jenny Möller. Niet "die meid". En zouden wij niet moeten meehelpen in plaats van hier als twee vrouwzieke pedofielen te zitten niksen?' Hij gebaarde met zijn hoofd naar de luchtig geklede meisjes, een paar tafeltjes verderop. Ernst leek zijn ogen niet van hen te kunnen afhouden.

'Wat ben jij opeens degelijk geworden. Ik heb je er nog nooit over horen klagen dat ik je af en toe uit je dagelijkse sleur haal. Zeg alsjeblieft niet dat je op je oude dag vroom bent geworden.'

Ernst keek hem met onheilspellend samengeknepen ogen aan. Gösta werd voorzichtig. Misschien was het dom dat hij zijn mond had opengedaan, hij was altijd een beetje bang voor Ernst. Die deed hem te veel denken aan de jongens die hem na schooltijd voor het plein hadden opgewacht. Jongens met een neus voor zwakte, die rücksichtslos hun superioriteit lieten blijken. Gösta had met eigen ogen gezien hoe het mensen verging die in opstand kwamen tegen Ernst. Hij had spijt van zijn woorden en mompelde: 'Ach, ik bedoelde er niets mee. Ik vind het alleen zielig voor haar ouders. Het meisje is nog maar zeventien.'

'Ze willen onze hulp toch niet? Mellberg danst om de een of andere reden naar de pijpen van die stomme Hedström, dus ik ben niet van plan me onnodig in te spannen.' Ernst sprak zo luid en hatelijk, dat de meisjes zich naar hen omdraaiden.

Gösta durfde hem niet tot stilte te manen, maar ging zelf op gedempte toon verder in de hoop dat Ernst zijn voorbeeld zou volgen. Hij durfde niet te zeggen wiens schuld het was dat hij niet aan het onderzoek meedeed. Ernst had handig verdrongen dat hij zelf niet had doorgegeven dat Tanja als vermist was opgegeven.

'Ik vind dat Hedström het best goed doet. En Molin werkt ook hard. Eerlijk is eerlijk: ik heb niet zoveel bijgedragen als ik had gekund.'

Ernst leek zijn oren niet te geloven. 'Wat zeg jij nou, Flygare! Wil je beweren dat twee groentjes die nog geen fractie van onze gezamenlijke ervaring hebben, het beter kunnen dan wij? Hè?! Wil je dat beweren, stomme idioot!'

Als Gösta had nagedacht voor hij had gesproken, had hij ongetwijfeld voorzien welk effect zijn opmerkingen op Ernsts gekwetste ego zouden hebben. Nu kon hij alleen nog maar zo snel mogelijk terugkrabbelen.

'Nee, zo bedoelde ik het niet. Ik zei alleen... natuurlijk hebben ze minder ervaring dan wij. En resultaten hebben ze ook nog niet geboekt, dus...'

'Precies,' stemde Ernst iets tevredener in. 'Ze hebben nog geen donder laten zien.'

Opgelucht ademde Gösta uit. Zijn intentie om wat meer ruggengraat te tonen was alweer verdwenen.

'Wat dacht je ervan, Flygare? Zullen we nog een kopje koffie met een bolletje nemen?'

Gösta knikte. Hij had zo lang de weg van de minste weerstand gekozen, dat het ook de enige natuurlijke leek.

Martin keek nieuwsgierig rond toen ze bij het kleine huis arriveerden. Hij was nog nooit bij Solveig en haar zonen geweest en keek gefascineerd naar alle rommel.

'Hoe kan iemand in vredesnaam zó wonen?'

Ze stapten uit en Patrik maakte een weids gebaar. 'Het gaat mijn verstand ook te boven. Mijn vingers jeuken om de boel hier op te ruimen. Volgens mij stonden sommige autowrakken hier al toen Johannes nog leefde.'

Nadat ze hadden aangeklopt, hoorden ze sloffende voetstappen. Solveig had waarschijnlijk aan de keukentafel gezeten en haastte zich niet om open te doen.

'Wat is er nu weer? Kunnen jullie eerlijke mensen niet met rust laten?'

Martin en Patrik keken elkaar kort aan. Haar woorden waren in tegenspraak met de strafbladen van haar zonen, die een heel A4'tje vulden.

'We zouden graag even met je praten. En ook met Johan en Robert, als die thuis zijn.'

'Die slapen.'

Knorrig stapte ze opzij om hen binnen te laten. Martin kon een blik van afschuw niet onderdrukken en Patrik gaf hem een por opdat hij zich vermande. Martin trok snel zijn gezicht in de plooi en volgde Patrik en Solveig naar de keuken. Daar liet Solveig hen achter om haar zonen wakker te maken, die in hun gemeenschappelijke kamer lagen te slapen. 'Opstaan jongens, de politie moet weer wat. Ze willen wat vragen, zeggen ze. Dus opschieten, dan hoepelen ze gauw weer op.'

Het kon haar kennelijk niet schelen dat Patrik en Martin haar hoorden en ze drentelde rustig terug naar de keuken, waar ze op haar vaste plek ging zitten. Slaapdronken kwamen Johan en Robert in hun onderbroek achter haar aan.

'Jullie zijn hier ook om de haverklap. Het lijkt wel alsof jullie ons expres lastigvallen.' Robert was net zo cool als anders. Johan keek hen tersluiks aan en pakte een pakje sigaretten dat op tafel lag. Hij stak een sigaret op en tipte nerveus de as af, terwijl Robert hem toesnauwde dat hij daarmee moest stoppen.

Martin vroeg zich af hoe Patrik het gevoelige onderwerp zou aansnijden. Hij was er nog steeds vrij zeker van dat zijn collega tegen windmolens vocht.

'We hebben een paar vragen over de dood van je echtgenoot.'

Solveig en haar zonen keken Patrik in opperste verbazing aan. 'De dood van Johannes? Hoezo? Hij heeft zich opgehangen en meer valt er niet over te zeggen, behalve dat lui als jullie hem ertoe hebben gebracht.'

Robert maande zijn moeder geïrriteerd tot stilte. Hij keek Patrik boos aan. 'Waarom wil je daar wat over weten? Mijn moeder heeft gelijk. Hij heeft zich opgehangen en dat is alles wat erover te zeggen valt.'

'We willen gewoon absolute duidelijkheid. Jij hebt hem destijds gevonden?'

Robert knikte. 'Ja, en dat beeld staat nog steeds op mijn netvlies gebrand.'

'Zou je precies kunnen vertellen wat er die dag is gebeurd?'

'Ik zou niet weten waar dat goed voor is,' zei Robert chagrijnig.

'Ik zou het op prijs stellen als je het toch deed,' zei Patrik en na een tijdje haalde Robert onverschillig zijn schouders op. 'Oké, als jij dat zo leuk vindt...' Hij stak ook een sigaret op en de kleine keuken hing nu vol rook.

'Ik kwam uit school en wilde buiten spelen. Ik zag dat de deur van de schuur openstond en werd nieuwsgierig. Dus ging ik kijken. Het was er net als anders donker, het enige licht was het licht dat tussen de planken door naar binnen scheen. Het rook er naar hooi.' Robert leek in een eigen wereld te zijn verdwenen. Hij ging verder: 'Er klopte iets niet.' Hij aarzelde. 'Ik kan het niet goed omschrijven, maar er was iets wat anders voelde dan normaal.'

Johan keek zijn broer gefascineerd aan. Martin had de indruk dat hij de details van de dag dat zijn vader zich had opgehangen voor het eerst hoorde.

Robert ging verder. 'Ik liep voorzichtig verder de schuur in. Ik deed net alsof ik indianen besloop. Ik ging stilletjes naar de hooizolder en had daar nog maar een paar passen gezet, toen ik iets op de vloer zag liggen. Ik ging erheen. Toen ik zag dat het mijn vader was, werd ik blij. Ik dacht dat hij een spelletje speelde. Dat het de bedoeling was dat ik naar hem toe liep en dat hij dan zou opspringen en me zou kietelen of zo.' Robert slikte. 'Maar hij bewoog niet. Ik duwde voorzichtig met mijn voet tegen hem aan, maar hij bleef doodstil liggen. Vervolgens zag ik dat er een touw om zijn nek zat. Toen ik opkeek, zag ik dat er ook een stuk touw aan de balk boven hem zat.'

De hand die de sigaret vasthield, trilde. Martin keek voorzichtig naar Patrik om te zien hoe hij op het verhaal reageerde. Hij had zelf de indruk dat Robert dit niet verzon. Zijn verdriet was zo tastbaar, dat Martin het gevoel had dat hij alleen zijn hand maar hoefde uit te steken om de pijn aan te kunnen raken. Hij zag dat zijn collega hetzelfde ervoer. Moedeloos ging Patrik verder: 'Wat deed je daarna?'

Robert blies de rook in een cirkeltje omhoog en bleef ernaar kijken tot die was verdwenen. 'Ik heb mijn moeder erbij gehaald, natuurlijk. Zij kwam en begon zo hard te schreeuwen, dat ik dacht dat mijn trommelvliezen zouden knappen en toen belde ze opa.'

Patrik keek verbaasd. 'Niet de politie?'

Solveig frummelde zenuwachtig aan het tafelkleed en zei: 'Nee, ik heb Ephraïm gebeld. Dat was het eerste dat in me opkwam.'

'Dus de politie is hier nooit geweest?'

'Nee, Ephraïm heeft alles geregeld. Hij belde dokter Hammarström, die was hier toen districtsarts, en die is naar Johannes komen kijken en heeft zo'n verklaring opgesteld over de doodsoorzaak, of hoe dat ook maar heet, en hij heeft er ook voor gezorgd dat de begrafenisondernemer hem kwam halen.'

'Maar geen politie?' hield Patrik aan.

'Nee, dat zeg ik toch. Ephraïm regelde dat allemaal. Dokter Hammarström heeft vast wel met de politie gepraat, maar ze zijn hier niet komen kijken. Waarom zouden ze ook? Het was zelfmoord!'

Patrik nam niet de moeite uit te leggen dat de politie altijd moet worden ingeschakeld als iemand zelfmoord heeft gepleegd. Kennelijk hadden Ephraïm Hult en die dokter Hammarström op eigen gezag besloten de politie pas te bellen nadat het lijk was opgehaald. De vraag was alleen: waarom? Het leek erop dat ze daar nu niet verder mee kwamen. Maar Martin had een inval: 'Hebben jullie hier toevallig een vrouw zien rondlopen? Vijfentwintig, bruin haar, met een normaal postuur?'

Robert lachte. Van de ernst in zijn stem was geen spoor meer te bekennen. 'Gezien het aantal vrouwen dat hier langskomt, moet je wel iets specifieker zijn.'

Johan keek hen intens aan. Hij zei tegen Robert: 'Je hebt een foto van haar gezien. Ze heeft in alle kranten gestaan. Het is die Duitse, die ze samen met die andere meisjes hebben gevonden.'

Solveig reageerde explosief. 'Wat bedoelen jullie in godsnaam? Waarom zou die hier zijn geweest? Willen jullie onze naam soms weer door het slijk halen? Eerst beschuldigen jullie Johannes en nu stellen jullie allerlei beschuldigende vragen aan mijn kinderen. Eruit! Ik wil jullie hier niet meer zien. Oprotten!'

Ze was opgestaan en werkte hen met behulp van haar stevige lichaam hardhandig naar buiten. Robert lachte, maar Johan keek nadenkend.

Nadat Solveig de deur met volle kracht achter Martin en Patrik had dichtgeslagen, keerde ze morrend terug naar de keuken. Johan liep zonder iets te zeggen naar de slaapkamer. Hij trok het dekbed over zijn hoofd en deed alsof hij sliep. Hij moest nadenken.

Anna zat aan boord van de luxueuze zeilboot en voelde zich ellendig. Gustav was er zonder meer mee akkoord gegaan dat ze meteen vertrokken en liet haar met rust nu ze met haar armen stevig om haar benen geslagen op de voorplecht zat. Met een air van grootmoedigheid had hij haar verontschuldigingen geaccepteerd en beloofd haar en de kinderen naar Strömstad te brengen. Daarvandaan konden ze met de trein naar huis.

Haar hele leven was aldoor één grote chaos geweest. Bij de gedachte aan Erica's onrechtvaardige woorden sprongen er tranen van boosheid in haar ogen. Tegelijk maakte het haar verdrietig dat Erica en zij aldoor zo botsten. Met Erica was alles altijd zo ingewikkeld. Het was voor haar nooit voldoende om alleen maar Anna's grote zus te zijn, om haar alleen maar te steunen en aan te moedigen. Erica had eigenmachtig de moederrol op zich genomen, zonder te begrijpen dat de leegte die Anna voelde omdat hun moeder niet de moeder was geweest die ze had moeten zijn, daardoor alleen maar groter werd.

In tegenstelling tot Erica had Anna het Elsy nooit kwalijk genomen dat ze zich tegenover haar dochters zo onverschillig had gedragen. Aanvankelijk had Anna gedacht dat ze dat als een van de harde feiten van het leven had geaccepteerd, maar toen hun ouders zo plotseling waren gestorven, besefte ze dat ze toch had gehoopt dat Elsy met de jaren milder zou worden en de moederrol alsnog op zich zou nemen. Dat zou Erica ook de ruimte hebben gegeven om gewoon haar zus te zijn, maar door het overlijden van hun moeder zaten ze allebei nog steeds vast in hun oude patroon, zonder te weten hoe ze daar verandering in konden brengen. Perioden van een stilzwijgend overeengekomen vrede werden zonder mankeren gevolgd door een stellingoorlog, die Anna elke keer weer door haar ziel sneed.

Maar Erica en de kinderen waren alles wat Anna nu nog had. Hoewel ze dat tegenover haar zus niet had willen toegeven, zag Anna Gustav ook zoals hij was: als een oppervlakkige, verwende jongen. Toch kon ze de verleiding niet weerstaan; haar zelfvertrouwen bloeide op als ze zich ergens met Gustav vertoonde. Aan zijn arm werd ze zichtbaar. Alle mensen fluisterden en vroegen zich af wie ze was. De vrouwen keken waarderend naar de mooie merkkleding waarmee Gustav haar overstelpte. Zelfs op het water draaiden de mensen zich om en wezen naar de prachtige zeilboot, en zij had zich belachelijk trots gevoeld als ze op de voorplecht lag te zonnen.

Maar op de momenten dat ze sterker was en besefte dat de kinderen het slachtoffer waren van haar behoefte aan bevestiging, schaamde ze zich. Zij hadden genoeg geleden onder de jaren met hun vader, en Anna kon zelfs met de beste wil van de wereld niet beweren dat Gustav een goede vervanger voor hem was. Hij was tegenover de kinderen kil, lomp en ongeduldig en ze liet hen niet graag met hem alleen.

Soms was ze zo jaloers op Erica dat ze er misselijk van werd. Terwijl Anna tot over haar oren verwikkeld was in een voogdijgeschil met Lucas, slechts met moeite rond kon komen en met een zielloze relatie moet dealen, liep Erica met haar dikke buik te paraderen. De man die Erica tot vader van haar kind had verkozen, was precies het type man dat Anna nodig had om gelukkig te worden maar dat ze uit een innerlijke drang tot zelfvernietiging steeds afwees. Haar zusterlijke jaloezie werd ook aangewakkerd doordat Erica nu geen financiële zorgen kende en bovendien een zekere bekendheid genoot. Anna wilde niet kleinzielig zijn, maar het was moeilijk niet verbitterd te raken nu haar eigen leven zo grauw was.

Verhit geschreeuw van de kinderen, gevolgd door het gefrustreerde gebulder van Gustav, rukte haar uit haar zelfmedelijden en dwong haar terug te keren naar de werkelijkheid. Ze trok haar zeiljack dichter om zich heen en liep voorzichtig langs de reling naar het achterdek. Nadat ze de kinderen had gekalmeerd, dwong ze zichzelf tot een glimlach naar Gustav. Ook als je een slechte hand had, moest je gewoon spelen met de kaarten die je had gekregen.

Zoals zo vaak de laatste tijd, dwaalde ze doelloos door het grote huis. Gabriël was opnieuw op zakenreis en zij was weer alleen. Het gesprek met Solveig had een nare smaak in haar mond achtergelaten en net als anders besefte ze hoe hopeloos de situatie was. Ze zou nooit vrij zijn. De gore, verwrongen wereld van Solveig bleef als een vieze geur om haar heen hangen.

Ze stopte bij de trap die in de linkervleugel naar de bovenverdieping leidde, de verdieping van Ephraïm. Laine was er sinds zijn dood niet meer geweest. Voor die tijd kwam ze er ook zelden. Het was altijd Jacobs domein geweest, en in uitzonderingsgevallen dat van Gabriël. Ephraïm had boven voor de mannen audiëntie gehouden, als een soort feodaal heerser. Vrouwen waren in zijn wereld slechts schaduwfiguren geweest die tot taak hadden te behagen en het land te bewerken.

Aarzelend liep ze de trap op. Voor de deur bleef ze staan. Vervolgens duwde ze die resoluut open. Het zag er net zo uit als in haar herinnering. Er hing nog altijd een geur van mannelijkheid in de stille kamers. Dus hier had haar zoon in zijn jeugd zoveel uren doorgebracht. Ze was ontzettend jaloers geweest. In vergelijking met opa Ephraïm was zowel zij als Gabriël tekortgeschoten. In Jacobs ogen waren zij gewoon, triest en sterfelijk geweest, terwijl Ephraïm een bijna goddelijke status had. Toen hij zo plotseling overleed, was Jacob aanvankelijk verbaasd geweest. Ephraïm kon toch niet zomaar verdwijnen! De ene dag was hij er nog, de volgende was hij weg. Het onneembare fort, het onwrikbare feit.

Ze schaamde zich ervoor, maar toen ze hoorde dat Ephraïm dood was, had ze eerst opluchting gevoeld. En een soort triomfantelijke vreugde omdat de wetten van de natuur zelfs voor hem golden. Soms had ze daaraan getwijfeld; hij had er zo van overtuigd geleken dat hij God ook kon manipuleren en beïnvloeden.

Zijn fauteuil stond bij het raam, met uitzicht over het bos. Net als Jacob kon ze de verleiding niet weerstaan om op die plek te gaan zitten. Even meende ze dat ze zijn geest in de kamer kon voelen. In gedachten verzonken volgden haar vingers de lijnen van de bekleding.

De verhalen over de genezende vermogens van Gabriël en Johannes hadden een grote invloed op Jacob gehad. Dat had ze niet prettig gevonden. Soms was hij met een tranceachtige uitdrukking op zijn gezicht naar beneden gekomen. Dat had haar altijd beangstigd. Dan had ze hem stevig vastgepakt en zijn gezicht flink tegen zich aan gedrukt tot ze voelde dat hij zich ontspande. Als ze hem losliet, was alles weer normaal. Tot de volgende keer.

Maar nu was de oude man al een hele tijd dood en begraven. Godzijdank.

'Denk je echt dat jouw theorie waar kan zijn? Dat Johannes niet dood is?'

Ik weet het niet, Martin. Maar op dit moment ben ik bereid me aan elke strohalm vast te klampen. Je moet toegeven dat het een beetje raar is dat de politie Johannes nooit op de plaats van de zelfmoord heeft gezien.'

'Ja, dat is waar, maar dat zou betekenen dat de arts en de begrafenisondernemer er alle twee bij betrokken waren,' zei Martin.

'Dat is niet zo vergezocht als het lijkt. Vergeet niet dat Ephraïm een heel welvarend man was. Voor geld zijn wel grotere gunsten dan deze gekocht. Het zou me ook niet verbazen als ze elkaar vrij goed hebben gekend. Vooraanstaande mannen uit het dorp, ongetwijfeld actief in het verenigingsleven, Lions, de dorpsvereniging, *you name it*.'

'Maar iemand helpen vluchten die wordt verdacht van moord?'

'Hij werd niet van moord verdacht, maar van ontvoering. Ik heb begrepen dat Ephraïm Hult een man was met ongewoon veel overredingskracht. Misschien wist hij ze er wel van te overtuigen dat Johannes onschuldig was, maar dat de politie het op hem had voorzien en dat dit de enige manier was om hem te redden.'

'Maar toch. Zou Johannes zijn gezin op deze manier in de steek hebben gelaten? Zijn jonge zonen?'

'Je moet niet vergeten wat voor man Johannes was. Een speler, iemand die altijd de weg van de minste weerstand koos. Die het met regels niet zo nauw nam en verplichtingen aan zijn laars lapte. Als iemand bereid was zijn vege lijf te redden ten koste van zijn gezin, dan was het Johannes wel. Dat past precies bij hem.'

Martin was nog altijd sceptisch. 'Maar waar zou hij dan al die jaren hebben gezeten?'

Patrik keek goed opzij voor hij links afsloeg naar Tanumshede. Hij zei: 'Misschien in het buitenland. Met flink wat geld van zijn vader op zak.' Hij keek Martin aan. 'Je lijkt mijn theorie niet echt briljant te vinden.'

Martin lachte. 'Nee, dat kun je rustig stellen. Volgens mij zit je op het verkeerde spoor. Maar aan de andere kant is deze zaak tot nu toe in geen enkel opzicht erg normaal verlopen, dus waarom niet?'

Patrik werd serieus. 'Ik zie Jenny Möller steeds voor me. Ergens gevangengehouden, door iemand die haar onmenselijk kwelt. Voor haar probeer ik in andere richtingen te denken dan de gebruikelijke. We kunnen het ons niet veroorloven even star te zijn als anders, we hebben er de tijd niet voor. We moeten zelfs het ogenschijnlijk onmogelijke overwegen. Het is denkbaar, misschien zelfs waarschijnlijk, dat dit alleen een idiote inval van me is, maar ik heb geen bewijzen die mijn theorie weerleggen. Dus ben ik het aan Jenny Möller verplicht die te onderzoeken, al verklaart iedereen me voor gek.'

Martin begreep nu beter hoe Patrik dacht. Hij was zelfs geneigd te erkennen dat Patrik misschien wel gelijk had. 'Maar hoe krijg je op deze losse gronden toestemming om dat graf te openen, en dan ook nog op korte termijn?'

Patrik keek grimmig terwijl hij zei: 'Volharding, Martin, volharding.'

Hun gesprek werd onderbroken toen Patriks mobiele telefoon begon te rinkelen. Hij nam op en gaf alleen korte antwoorden terwijl Martin hem gespannen aankeek en probeerde te snappen waar het gesprek over ging. Na een minuutje beëindigde Patrik het gesprek en legde de telefoon neer.

'Wie was dat?'

'Annika. Het lab heeft gebeld over het DNA-onderzoek van Mårten Frisk.'

'En?' Martin hield zijn adem in. Hij hoopte van ganser harte dat hij en Patrik het mis hadden gehad en dat de moordenaar van Tanja al in een politiecel zat.

'Het DNA kwam niet overeen. Het sperma dat we bij Tanja hebben gevonden, is niet afkomstig van Mårten Frisk.'

Martin besefte pas dat hij zijn adem had ingehouden toen hij die langzaam uitblies. 'Shit. Maar dat is toch niet echt een verrassing?'

'Nee, het was alleen mooi geweest.'

Ze zwegen een tijdje somber. Toen slaakte Patrik een diepe zucht, alsof hij kracht opdeed voor de zware taak die hen nog altijd wachtte.

'Ja, dan moeten we in een recordtempo regelen dat dat graf wordt geopend.'

Patrik pakte zijn mobieltje en ging aan de slag. Hij moest nu meer overtuigingskracht aan de dag leggen dan hij ooit op zijn werk had getoond. En zelfs hij was niet heel erg zeker van zijn zaak.

Erica's humeur naderde in rap tempo een dieptepunt. Omdat ze niets te doen had, liep ze maar door het huis te banjeren en rommelde nu eens hier en dan weer daar. De ruzie met Anna lag nog vers in haar geheugen en maakte haar stemming er niet beter op. Bovendien had ze medelijden met zichzelf. Ze vond het op zich wel prettig dat Patrik weer aan het werk was, maar ze had er niet op gerekend dat hij er zo door zou worden opgeslokt. Zelfs als hij thuis was, merkte ze hoe hij in gedachten voortdurend met de zaak bezig was. Hoewel ze het belang ervan inzag en hem begreep, hoorde ze vanbinnen ook een stemmetje dat meer aandacht eiste voor haarzelf.

Ze belde Dan. Misschien was hij thuis en had hij zin om een kopje koffie te komen drinken. Zijn oudste dochter nam op en zei dat haar vader met Maria was gaan varen. Uiteraard. Iedereen was druk met zijn eigen bezigheden en zij zat hier met haar dikke buik maar duimen te draaien.

Toen de telefoon ging, stortte ze zich er zo enthousiast op dat ze hem bijna van het tafeltje gooide.

'Erica Falck.'

'Hallo. Is Patrick Hedström er ook?'

'Hij is op zijn werk. Kan ik iets voor u doen, of wilt u zijn mobiele nummer?'

De man aan de andere kant van de lijn aarzelde. 'Het zit zo, ik heb dit nummer van Patriks moeder gekregen. Onze families kennen elkaar al jaren en toen ik onlangs met Kristina sprak, zei ze dat ik Patrik eens moest bellen als ik in de buurt was. En nu zijn mijn vrouw en ik net in Fjällbacka aangekomen, dus...'

Erica had een briljante inval. De oplossing voor haar verveling werd haar zomaar in de schoot geworpen. 'Kunnen jullie niet langskomen? Patrik komt om een uur of vijf thuis, dan kunnen we hem verrassen. En wij kunnen elkaar leren kennen. Zei je dat jullie jeugdvrienden waren?'

'Nou, dat zou geweldig zijn! Ja, als kind speelden we regelmatig met elkaar. Als volwassenen hebben we elkaar niet zo vaak gezien, maar zo gaat dat soms. De tijd vliegt.' De man lachte een hikkend lachje.

'Dan is het zonder meer tijd om daar verandering in te brengen. Wanneer kunnen jullie hier zijn?'

Hij mompelde iets tegen iemand op de achtergrond en toen kwam zijn antwoord. 'We hebben geen speciale plannen, dus we zouden nu meteen kunnen komen als dat schikt.'

'Geweldig!' Erica voelde haar enthousiasme terugkeren nu haar sleur werd doorbroken. Ze gaf de man een routebeschrijving en ging snel in de keuken koffiezetten. Toen er werd aangebeld, realiseerde ze zich dat ze was vergeten te vragen hoe ze heetten. Maar ach, dan moesten ze maar beginnen met zichzelf voor te stellen.

Drie uur later stond Erica het huilen nader dan het lachen. Ze knipperde met haar ogen en moest zich tot het uiterste inspannen om er geïnteresseerd uit te blijven zien.

'Een van de interessantste aspecten van mijn werk is het volgen van de stroom CDR's. Zoals ik al zei, betekent CDR *Call Data Record* en dat zijn waarden die informatie bevatten over hoe lang en met wie er wordt gebeld, enzovoort. Als je de CDR's verzamelt, vormen ze een fantastische bron van informatie over de gedragspatronen van onze klanten...'

Het leek alsof hij al eeuwen aan het woord was, de man hield maar niet op! Jörgen Berntsson was zo saai dat haar ogen ervan traanden, en zijn vrouw deed niet voor hem onder. Niet omdat ze net zulke lange, totaal oninteressante verhalen vertelde als haar man, maar omdat ze sinds ze er waren geen boe of bah had gezegd, behalve haar naam.

Toen ze Patriks voetstappen op de stoep voor de voordeur hoorde, stond ze dankbaar op om hem te begroeten.

'We hebben bezoek,' zei ze zachtjes.

'O, wie?' fluisterde hij terug.

'Een jeugdvriend van je. Jörgen Berntsson. Met zijn vrouw.'

'O, nee, zeg dat het een grapje is.' Patrik kreunde onwillekeurig.

'Helaas niet.'

'Wat doen die in vredesnaam hier?'

Erica sloeg schuldbewust haar ogen neer. 'Ik heb ze uitgenodigd. Om jou te verrassen.'

'Jij hebt wát?' Patriks stem klonk iets luider dan de bedoeling was en hij vroeg fluisterend: 'Waarom heb je dat gedaan?'

Erica spreidde haar armen. 'Ik verveelde me dood en hij zei dat hij een jeugdvriend van je was, dus dacht ik dat je het wel leuk zou vinden!'

'Heb je enig idee hoe vaak ik als kind met hem moest spelen? En hij was toen geen snars leuker dan nu.'

Ze beseften dat ze verdacht lang in de hal bleven en haalden tegelijk diep adem om moed te verzamelen.

'Hé, hallo! Wat een verrassing!'

Erica was onder de indruk van Patriks acteertalent. Zelf glimlachte ze bleekjes toen ze bij Jörgen en Madeleine gingen zitten.

Een uur later was ze bereid harakiri te plegen. Patrik was een paar uur frisser en slaagde er nog steeds in betrekkelijk belangstellend te kijken.

'Zijn jullie op doorreis?'

'Ja, we willen langs de kust naar het noorden trekken. We zijn bij een oude schoolvriendin van Madeleine in Smögen geweest en bij een medecursist van mij in Lysekil. Het beste van twee werelden. Vakantie vieren en oude vriendschapsbanden aanhalen.'

Hij veegde een onzichtbaar stofje van zijn broek en keek even naar zijn vrouw voordat hij zich weer tot Patrik en Erica wendde. Eigenlijk hoefde hij niets te zeggen, ze wisten al wat er ging komen.

'Nu we hebben gezien hoe leuk jullie hier wonen – en hoe ruim ook,' hij keek waarderend de woonkamer rond, 'vragen we ons af of we hier een nacht of twee kunnen blijven. Een hotelkamer is bijna nergens meer te krijgen.'

Ze keken Patrik en Erica vol verwachting aan. Erica hoefde niet telepathisch te zijn om de wraaklust die Patrik haar kant uit stuurde te kunnen voelen. Maar gastvrijheid was als een natuurwet: er was geen ontkomen aan.

'Natuurlijk kunnen jullie hier blijven. Onze logeerkamer is vrij.'

'Geweldig! Wat zullen we het leuk hebben. Waar was ik gebleven. O ja, als we voldoende CDR-materiaal hebben verzameld om statistische analyses van de gegevens te kunnen maken, dan...'

De avond verstreek als in een nevel. Ze leerden echter meer over telecommunicatietechniek dan ze ooit konden hopen te vergeten.

De telefoon ging eindeloos over, niemand nam op. Ten slotte kreeg hij de voicemail van haar mobieltje: 'Hallo, dit is Linda. Spreek na de piep een boodschap in, dan bel ik je zo spoedig mogelijk terug.' Johan verbrak geïrriteerd de verbinding. Hij had al vier keer wat ingesproken en ze had hem nog steeds niet gebeld. Aarzelend toetste hij het nummer van de Västergården in. Hij hoopte dat Jacob op zijn werk was. Het geluk was aan zijn kant, Marita nam op.

'Hallo, is Linda er ook?'

'Ja, ze is op haar kamer. Wie kan ik zeggen dat er is?'

Hij aarzelde weer. Maar waarschijnlijk zou Marita zijn stem niet herkennen, ook niet als hij zijn naam zei.

'Johan.'

Hij hoorde haar de hoorn neerleggen en de trap oplopen. In gedachten zag hij het interieur van de Västergården heel duidelijk omdat hij het onlangs voor het eerst in jaren weer had gezien.

Even later kwam Marita weer aan de telefoon. Nu klonk haar stem afwachtend. 'Ze zegt dat ze niet met je wil praten. Mag ik weten welke Johan je bent?'

'Bedankt. Ik moet nu gaan.' Snel legde hij op.

Hij werd overmand door tegenstrijdige gevoelens. Hij had nog nooit zo van iemand gehouden als van Linda. Als hij zijn ogen dichtdeed, kon hij haar naakte huid voelen. Tegelijkertijd haatte hij haar. Die kettingreactie was begonnen toen ze als twee combattanten in de Västergården tegenover elkaar hadden gestaan. Zijn haat en zijn verlangen haar te bezeren, waren zo sterk geweest dat hij zich bijna niet had kunnen beheersen. Hoe konden twee zo verschillende gevoelens naast elkaar bestaan?

Misschien was het stom geweest om te denken dat ze samen iets moois hadden. Dat het voor haar meer dan een spel was. Hij voelde zich een rund terwijl hij naast de telefoon zat, en dat gevoel voedde zijn woede. Maar hij kon wel iets doen om dat gevoel van vernedering met haar te delen. Ze zou er spijt van krijgen dat ze had gedacht met hem te kunnen doen wat ze wilde.

Hij zou vertellen wat hij had gezien.

Patrik had nooit gedacht dat hij het openen van een graf als een welkome onderbreking van iets zou zien. Maar na de afgrijselijk lange avond ervoor leek het zelfs leuk.

Mellberg, Martin en Patrik stonden zwijgend op het kerkhof van

Fjällbacka te kijken naar de macabere scène die zich voor hun ogen afspeelde. Het was zeven uur 's ochtends, en de temperatuur was aangenaam, hoewel de zon al een tijdje op was. Er reden maar weinig auto's langs het kerkhof en behalve het getjilp van vogels hoorde je alleen het geluid van spaden die in de aarde werden gestoten.

Het was voor hen alle drie een nieuwe ervaring. In het dagelijkse leven van een politieman werd zelden een graf geopend, en geen van hen had geweten hoe dat in de praktijk ging. Kwamen ze met een kleine graafmachine om de kist bloot te leggen? Of kwam er een team professionele doodgravers die deze weerzinwekkende taak met de hand volbrachten? Het laatste alternatief bleek het dichtst bij de werkelijkheid te liggen. Dezelfde mannen die de graven delfden voor een begrafenis, deden nu een poging iemand naar boven te halen die al was begraven. Verbeten zetten ze hun spaden in de aarde, in een totaal stilzwijgen. Wat viel er ook te bepraten? De sport op tv gisteren? De barbecue van afgelopen weekend? Nee, de ernst van het moment lag als een deken van stilte over hun werk en dat zou zo blijven tot de kist uiteindelijk uit haar rustplaats kon worden geheven.

'Weet je echt wat je doet, Hedström?'

Mellberg keek bezorgd en Patrik deelde zijn ongerustheid. Hij had de dag ervoor al zijn overredingskracht moeten gebruiken. Hij had gesmeekt, gedreigd en gebeden om ervoor te zorgen dat de juridische molens sneller gingen malen dan ooit tevoren en ze toestemming kregen het graf van Johannes Hult te openen. Maar tot nu toe was Patriks verdenking slechts een gevoel, meer niet eigenlijk.

Patrik was niet godsdienstig, maar hij vond het vervelend iemands grafrust te moeten schenden. De stilte op het kerkhof had iets sacraals en hij hoopte dat ze gegronde redenen bleken te hebben om die te verstoren.

'Stig Thulin van de gemeente belde me gisteren en hij was allerminst blij, weet je. Kennelijk had een van de mensen die je gisteren hebt zitten bewerken, contact met hem opgenomen en verteld dat je over een complot tussen Ephraïm Hult en twee van de meest respectabele mannen in Fjällbacka had geijld. Je had over smeergeld gesproken en god mag weten wat nog meer. Hij was verdomd nijdig. Ephraïm mag dan wel dood zijn, maar dokter Hammarström leeft nog en de begrafenisondernemer van toen ook. Als blijkt dat wij met ongegronde beschuldigingen komen, dan...'

Mellberg spreidde zijn armen. Hij hoefde zijn zin niet af te maken. Patrik wist wat de gevolgen zouden zijn. Hij zou eerst een preek van jewelste krijgen en daarna zouden zijn collega's tot uit den treure de spot met hem drijven.

Mellberg leek zijn gedachten te lezen. 'Je kunt verdomme maar beter gelijk hebben, Hedström!' Hij wees met een dikke vinger naar het graf van Johannes en stampte onrustig met zijn voeten op de grond. De berg aarde was nu bijna een meter hoog en de gravers hadden het zweet op hun voorhoofd staan. Het kon nu niet lang meer duren.

Mellbergs vrolijke humeur van de afgelopen tijd was wat gezakt. Dat leek niet alleen aan het vroege tijdstip en de onaangename bezigheid te wijten te zijn. Er speelde ook iets anders. De chagrijnigheid die vroeger een vast onderdeel van zijn persoonlijkheid had geleken en die gedurende een paar weken compleet verdwenen was geweest, keerde weer terug. Weliswaar nog niet in dezelfde mate als vroeger, maar dat kon niet lang meer duren. Terwijl ze stonden te wachten, deed Mellberg niets dan klagen, vloeken en zaniken. Wonderlijk genoeg vond Patrik dit aanzienlijk prettiger dan Mellbergs korte periode van gemoedelijkheid. Dit was vertrouwder. Mellberg liep, nog altijd vloekend, weg om een wit voetje te halen bij het team uit Uddevalla, dat net was aangekomen om assistentie te verlenen. Martin fluisterde uit zijn mondhoek: 'Waar het ook vandaan kwam, het lijkt verleden tijd te zijn.'

'Wat denk jij dat het was?'

'Een tijdelijke verstandsverbijstering?' siste Martin terug.

'Annika hoorde gisteren een grappig gerucht.'

'Wat dan? Vertel!' zei Martin.

'Hij ging eergisteren toch vroeg weg...'

'Dat is niet echt revolutionair.'

'Nee, maar Annika hoorde hem met het vliegveld bellen, met Arlanda. En hij leek verdomd veel haast te hebben.'

'Arlanda? Moest hij iemand ophalen? Hij is nu hier, dus kennelijk hoefde hij niet zelf weg.' Martin keek even onthutst als Patrik zich had gevoeld. En nieuwsgierig.

'Ik weet ook niet wat hij daar moest. Maar het is wel intrigerend...'

Een van de mannen bij het graf gebaarde naar hen. Afwachtend liepen ze naar de hoge berg aarde en keken in het gat dat ernaast was ontstaan. Er was een bruine kist zichtbaar.

'Daar hebben jullie je man. Zullen we hem omhoog halen?'

Patrik knikte. 'Wees wel voorzichtig. Ik zal het team waarschuwen, dan kunnen zij het overnemen zodra de kist boven is.'

Hij liep naar de drie technici uit Uddevalla, die ernstig met Mellberg stonden te praten. Er was een auto van de begrafenisonderneming over het grindpad aan komen rijden en die stond nu met open achterklep te wachten, klaar om de kist, met of zonder lijk, te vervoeren.

'Ze zijn bijna zover. Openen we de kist hier of doen jullie dat in Uddevalla?'

Het hoofd van de Technische Eenheid, Torbjörn Ruud, antwoordde Patrik niet meteen maar instrueerde eerst de enige vrouw in het team om foto's te gaan nemen. Pas daarna wendde hij zich tot Patrik: 'We openen de kist hier. Als je gelijk hebt en er niets in ligt, zijn we meteen klaar. Als het in mijn ogen meer waarschijnlijke scenario zich voordoet dat er wel een lijk in de kist ligt, nemen we dat ter identificatie mee naar Uddevalla. Want dat is dan waarschijnlijk jullie bedoeling?' Zijn walrussensnor bewoog op en neer toen hij Patrik vragend aankeek.

Patrik knikte. 'Ja, als er iemand in de kist ligt, zou ik graag met honderd procent zekerheid bevestigd krijgen dat het Johannes Hult is.'

'Dat valt te regelen. Ik heb gisteren al zijn gebitskaart opgevraagd, dus je hoeft niet lang op antwoord te wachten. Het heeft haast, nietwaar?' Ruud sloeg zijn ogen neer. Hij had zelf een dochter van zeventien en snapte ook zonder uitleg waarom snelheid van groot belang was. Je hoefde je maar een fractie van een seconde de angst voor te stellen die de ouders van Jenny Möller moesten voelen.

Ze keken in stilte toe hoe de kist langzaam tot de rand van het graf werd gehesen. Eindelijk zagen ze het deksel en Patriks handen begonnen te jeuken van spanning. Nog even en ze zouden het weten. Vanuit zijn ooghoek zag hij verder weg op het kerkhof iets bewegen. Hij draaide zijn hoofd om. Shit. Door het hek bij de brandweerkazerne van Fjällbacka kwam Solveig aanstormen. Ze kon niet hollen, maar deinde als een schip op zware zee heen en weer, haar blik op het graf gericht, waarboven de kist nu in zijn geheel zichtbaar was.

'Wat zijn jullie verdomme mee bezig, stelletje klootzakken?'

De technici uit Uddevalla, die Solveig Hult nog nooit hadden ontmoet, veerden op toen ze haar grove taalgebruik hoorden. Patrik realiseerde zich te laat dat ze dit hadden moeten zien aankomen en het terrein hadden moeten afzetten. Hij had gemeend dat het vroege uur voldoende was om iedereen weg te houden. Maar Solveig was natuurlijk niet zomaar iemand. Hij liep naar haar toe. 'Solveig, je zou hier niet moeten zijn.'

Patrik pakte haar zachtjes bij haar arm. Ze rukte zich los en stormde verder.

'Kunnen jullie nou nooit eens ophouden! Moeten jullie Johannes nu ook nog in zijn graf storen! Moeten jullie ons leven tot elke prijs verpesten!'

Voordat iemand kon reageren, stond Solveig bij de kist en wierp zich erbovenop. Ze jammerde als een Italiaanse matrone op een begrafenis en bonkte met haar vuisten op het deksel. Iedereen stond als vastgenageld aan de grond. Niemand wist wat te doen. Toen zag Patrik dat er uit de richting van de kazerne nog twee mensen aan kwamen hollen. Johan en Robert keken hen alleen maar hatelijk aan voor ze naar hun moeder gingen.

'Niet doen, mama. Kom, dan gaan we naar huis.'

Nog steeds stond iedereen als vastgenageld aan de grond. Alleen het gejammer van Solveig en de smekende stemmen van haar zonen waren te horen. Johan draaide zich om. 'Ze is de hele nacht op geweest. Sinds jullie belden en vertelden wat jullie van plan waren. We hebben geprobeerd haar tegen te houden, maar ze wist toch weg te komen. Stelletje hufters, komt hier nou nooit een einde aan!'

Zijn woorden waren net een echo van die van zijn moeder. Even voelden ze zich collectief beschaamd over het vuile karwei waartoe ze zich genoodzaakt hadden gevoeld, maar 'genoodzaakt' was wel het juiste woord. Ze moesten afmaken waaraan ze waren begonnen.

Torbjörn Ruud knikte naar Patrik en ze liepen op Johan en Robert af om hen te helpen Solveig van de kist te trekken. Het leek alsof ze haar laatste krachten had opgebruikt, en ze stortte aan Roberts borst in elkaar.

'Doe wat je moet doen, maar laat ons dan met rust,' zei Johan zonder hen aan te kijken.

De jongens namen hun moeder tussen zich in mee naar het hek aan de rand van het kerkhof. Pas toen ze uit het zicht waren, bewoog zich weer iemand. Over het gebeurde werd niets gezegd.

De kist stond naast het graf. Nog even en dan zou het geheim worden prijsgegeven.

'Voelde het alsof er iemand in ligt?' vroeg Patrik aan de mannen die de kist naar boven hadden getild.

'Dat valt niet te zeggen. De kist zelf is al zwaar. Soms zit er een gat in en is er aarde in gekomen. De enige manier om erachter te komen, is door haar te openen.'

Ze konden het moment nu niet langer uitstellen. De fotograaf had alle foto's gemaakt die nodig waren. Met handschoenen aan liepen Ruud en zijn collega's naar de kist.

Langzaam werd het deksel geopend. Iedereen hield zijn adem in.

Klokslag acht uur belde Annika hen op. Ze hadden de dag ervoor de hele middag in het archief kunnen zoeken en nu zouden ze toch iets gevonden moeten hebben. Ze had gelijk.

'Wat een timing! We hebben net de ordner met de klantenlijst van FZ-302 gevonden. Maar ik heb geen goed nieuws. Alhoewel, misschien juist ook wel. We hadden maar één klant bij jullie in de buurt. Rolf Persson. Hij is trouwens nog steeds een klant van ons, maar natuurlijk neemt hij dit product niet meer af. Ik geef u zijn adres.'

Annika schreef de gegevens op een Post-it-briefje. In zekere zin was het teleurstellend dat ze niet meer namen had gekregen. Het leek wat magertjes, slechts één klant om te controleren. Maar misschien had de verkoopchef gelijk en was het goed nieuws. Ze hadden tenslotte maar één naam nodig.

'Gösta?'

Zittend op haar bureaustoel rolde ze naar de deur. Ze stak haar hoofd om de hoek en riep nog eens. Geen antwoord. Ze riep een derde keer, luider nu, en dat werd beloond, want Gösta stak ook zijn hoofd om een deur.

'Ik heb een klusje voor je. We hebben de naam van een boer in de buurt die de kunstmest gebruikte die bij de meisjes is aangetroffen.'

'Zouden we het niet eerst aan Patrik moeten vragen?'

Gösta was weerspannig. De slaap zat nog in zijn ogen. De eerste vijftien minuten op zijn werk had hij alleen maar achter zijn bureau gezeten, gegaapt en zich in zijn ogen gewreven.

'Patrik, Mellberg en Martin zijn op het kerkhof, die kunnen we nu niet storen. Je weet waarom er haast bij is, we kunnen het op dit moment niet volgens het boekje doen, Gösta.'

Ook in gewone gevallen was het moeilijk om Annika iets te weigeren als ze zich zo opstelde, en Gösta moest toegeven dat ze nu helemaal reden had om voet bij stuk te houden. Hij zuchtte.

'Ga niet alleen. We zijn niet op zoek naar een ordinaire illegale brandewijnstoker. Neem Ernst mee.' Vervolgens mompelde ze zachtjes, opdat Gösta het niet zou horen: 'Ergens moet die jandoedel toch goed voor zijn.' Daarna verhief ze haar stem weer. 'En kijk goed rond. Als je iets verdachts ziet, doe je net alsof je neus bloedt en meld je het aan Patrik, dan kan hij bepalen wat er verder moet gebeuren.'

'Goh, ik wist niet dat je van secretaresse was bevorderd tot chef, Annika. Is dat tijdens de vakantie gebeurd?' zei Gösta chagrijnig. Maar hij durfde het niet zo luid te zeggen dat ze het kon horen. Dat zou te driest en op de grens van gestoord zijn geweest.

Achter haar glazen wand glimlachte Annika, haar computerbril als altijd op het puntje van haar neus. Ze wist precies welke rebelse gedachten door het hoofd van Flygare schoten, maar dat kon haar niet echt schelen. Voor zijn mening had ze al heel lang geen respect meer. Als hij zijn werk nu maar deed en de zaak niet verprutste. Ernst en hij vormden een gevaarlijke combinatie als ze samen op pad moesten. Maar het was niet anders, soms moest je roeien met de riemen die je had.

Ernst vond het maar niets dat hij uit zijn bed werd gehaald. Wetend dat zijn baas op pad was, had hij gedacht nog wel even te kunnen blijven liggen voordat zijn aanwezigheid op het bureau vereist was, en het schelle gerinkel doorkruiste zijn plannen.

'Wat is er, verdomme?'

Gösta stond voor de deur en drukte zijn vinger volhardend op de bel.

'We moeten aan de slag.'

'Kan dat niet een uurtje wachten?' vroeg Ernst knorrig.

'Nee, we moeten een boer verhoren die de kunstmest heeft gekocht die de technici op de lijken hebben aangetroffen.'

'Is dat een opdracht van die achterlijke Hedström? En zei hij dat ik mee moest? Ik dacht dat ik van zijn stomme onderzoek was gehaald.'

Gösta overwoog of hij zou liegen of niet, maar hij besloot de waarheid te vertellen. 'Nee, Hedström is samen met Molin en Mellberg in Fjällbacka. Annika heeft het ons gevraagd.'

'Annika?' Ernst lachte rauw. 'Sinds wanneer nemen jij en ik opdrachten aan van een tiepmiep? Nee hoor, ik duik er fijn nog even in.'

Nog altijd lachend wilde hij de deur voor Gösta's neus dichtdoen. Een voet verhinderde dat.

'Ik vind dat we dit moeten uitzoeken.' Gösta pauzeerde even en kwam toen met het enige argument waarvan hij wist dat Ernst er gevoelig voor was. 'Stel je het gezicht van Hedström eens voor als *wíj* deze zaak oplossen. Wie weet houdt die boer bij wie we langs moeten het meisje wel op zijn boerderij verborgen. Zou het niet mooi zijn als we dat aan Mellberg konden vertellen?'

Het gezicht van Ernst Lundgren lichtte op, wat bevestigde dat Gösta raak had geschoten. Ernst kon de loftuitingen van zijn chef al horen.

'Wacht even, dan kleed ik me aan. Ik zie je bij de auto.'

Tien minuten later reden ze in de richting van Fjällbacka. De boerderij van Rolf Persson grensde aan de zuidkant aan het land van de familie Hult, en Gösta kon niet nalaten zich af te vragen of dat toeval was. Ze reden eerst verkeerd, maar vonden uiteindelijk de goede weg en parkeerden op het erf. Geen teken van leven. Ze stapten uit en tuurden rond terwijl ze naar het woonhuis liepen.

De boerderij zag er net zo uit als alle andere boerderijen in de omgeving. Een stal met rode houten muren lag op een steenworp afstand van het witte woonhuis met blauwe kozijnen. Ondanks alle verhalen in de pers over EU-subsidies die als manna uit de hemel vielen, wist Gösta dat de werkelijkheid voor Zweedse boeren niet zo rooskleurig was. De boerderij maakte een troosteloze, vervallen indruk. Je kon zien dat de eigenaar zijn best deed die te onderhouden, maar de verf op het woonhuis en de stal bladderde af en er kleefde een diffuus gevoel van hopeloosheid aan de muren. Ze stapten de veranda met houten decoraties op – een teken dat het huis was gebouwd voordat moderne tijden snelheid en effectiviteit tot heilige begrippen hadden gemaakt.

'Kom binnen.'

De krakende stem van een oude vrouw riep hen, en ze veegden zorgvuldig hun voeten op de mat voor de buitendeur voordat ze naar binnen gingen. Het plafond was zo laag dat Ernst zich moest bukken, maar Gösta, die niet een van de langsten was, kon gewoon naar binnen lopen zonder enig gevaar voor hoofdletsel.

'Goedemorgen, we zijn van de politie. We zijn op zoek naar Rolf Persson.'

De oude vrouw, die ontbijt stond te maken, veegde haar handen af aan een keukendoek.

'Momentje, dan haal ik hem. Hij ligt even op de bank een tukje te doen. Dat krijg je als je ouder wordt.' Ze grinnikte en liep weg.

Gösta en Ernst keken weifelend rond en gingen vervolgens aan de keukentafel zitten. De keuken deed Gösta aan zijn ouderlijk huis denken, al scheelden de Perssons en hij slechts een jaar of tien. De vrouw had aanvankelijk een oudere indruk gemaakt, maar toen Gösta nog eens goed had gekeken, was het hem opgevallen dat haar ogen veel jonger waren dan haar lichaam deed vermoeden. Waarschijnlijk het gevolg van hard werken.

Ze gebruikten nog een oud houtfornuis om op te koken. Op de grond lag linoleum, vermoedelijk over een fantastische houten vloer. Jongere mensen lieten die graag weer zien, maar voor de generatie van de Perssons en hemzelf betekende een houten vloer een herinnering aan de armoede uit hun jeugd. Linoleum was indertijd een duidelijk teken dat je je had losgemaakt van het ellendige leven van je ouders.

De panelen langs de muren waren versleten, maar riepen ook sentimentele herinneringen op. Hij kon het niet nalaten met zijn vinger langs een spleet te strijken en het voelde net zo als vroeger, in de keuken van zijn ouders.

Het stille tikken van een klok was het enige dat ze hoorden, maar nadat ze een tijdje hadden zitten wachten, kwam er gemurmel uit de aangrenzende kamer. De ene stem klonk verontwaardigd en de andere smekend. Een paar minuten later kwam de vrouw samen met haar man de keuken binnen. Ook hij zag er ouder uit dan de zeventig die hij naar schatting was, en dat hij uit zijn ochtendslaapje was gewekt, maakte het er niet beter op. Zijn haar stond rechtovereind en vermoeide lijnen vormden diepe sporen op zijn wangen. De vrouw keerde terug naar het fornuis. Ze keek niet op en richtte haar ogen strak op de pan met pap waarin ze roerde.

'Waarom zijn jullie hier?'

De stem was autoritair en het viel Gösta op dat de vrouw terugdeinsde. Hij begon te vermoeden waarom ze er zoveel ouder uitzag dan ze was. Ze rammelde met de pan en Rolf bulderde: 'Houd daar mee op! Ga straks maar met het ontbijt verder. Laat ons nu met rust.'

Ze boog haar hoofd en haalde snel de pan van het vuur. Zonder een woord te zeggen liep ze de keuken uit. Gösta moest zich bedwingen om niet achter haar aan te lopen en een paar vriendelijke, vergoelijkende woorden te zeggen.

Rolf schonk een borrel in en ging zitten. Hij vroeg Ernst en Gösta niet of zij er ook een wilden, maar een dergelijk aanbod hadden ze toch niet durven aannemen. Toen hij het glas in één teug achterover had geslagen, veegde hij zijn mond met de rug van zijn hand af en keek hen sommerend aan.

'En? Wat moeten jullie?'

Ernst keek verlangend naar het lege glas en Gösta nam het woord: 'Hebt u ooit een kunstmest gebruikt die...' hij keek even in zijn notitieboekje, 'FZ-302 heette?'

Boer Persson lachte hartelijk. 'Komen jullie mij daarom uit mijn schoonheidsslaapje wekken? Om te vragen wat voor kunstmest ik gebruik? Jezus, de politie heeft tegenwoordig kennelijk niet veel te doen.'

Gösta glimlachte niet. 'We hebben zo onze redenen om u dit te vragen. En we willen graag antwoord.' Zijn weerzin tegen de man werd met de minuut groter.

'Ja, ja. Het is niet nodig je op te winden, ik heb niets te verbergen.' Rolf Persson lachte weer en zijn ogen bleven op het glas rusten. Naar zijn adem te oordelen was dit niet de eerste borrel die hij vandaag had gehad. Omdat hij koeien had die gemolken moesten worden, was hij al een paar uur op en als je het ruim zag, kon je zeggen dat het voor hem nu lunchtijd was. Maar ook dan was het nog vrij vroeg voor alcohol, vond Gösta. Ernst leek het niet met hem eens te zijn.

'Ik heb dat tot '84 of '85 gebruikt, denk ik. Daarna kwamen die stomme milieului tot de conclusie dat het een "negatieve invloed op het ecologische evenwicht" kon hebben.' Hij sprak met schelle stem en maakte aanhalingstekens in de lucht. 'Dus toen moest ik overstappen op een kunstmest die tien keer zo slecht en bovendien tien keer zo duur was. Idioten.'

'Hoe lang hebt u die kunstmest gebruikt?'

'Tja, een jaar of tien, misschien. Ik heb de precieze data in de boeken staan, maar ik geloof vanaf het midden van de jaren zeventig. Waarom zijn jullie daarin geïnteresseerd?' Hij keek Ernst en Gösta wantrouwend aan.

'Het heeft te maken met een onderzoek waarmee we momenteel bezig zijn.'

Gösta zei verder niets, maar hij zag dat de boer een licht opging.

'Het heeft met die meisjes te maken, nietwaar? De meisjes in de Koningskloof? En dat meisje dat verdwenen is? Denken jullie dat ik daar iets mee te maken heb? Hè? Zijn jullie daarom hier? Wel godverdomme!'

Hij kwam onvast overeind. Rolf Persson was een grote vent. Hij leek geen last te hebben van de gebruikelijke lichamelijke aftakeling als je ouder werd, en onder zijn overhemd waren zijn bovenarmen pezig en sterk. Ernst hief afwerend zijn handen op en ging ook staan. In dit soort situaties hád je tenminste wat aan Lundgren, dacht Gösta dankbaar. De man leefde voor zulke momenten.

'Rustig maar. We volgen een spoor en u bent niet de enige bij wie we langsgaan. Er is geen reden om u aangesproken te voelen. Maar we willen wel even rondkijken. Alleen om u van de lijst te kunnen schrappen.'

De boer keek nog even wantrouwend, maar knikte toen. Gösta nam de gelegenheid te baat om te vragen of hij even van de wc gebruik mocht maken. Zijn blaas was niet meer wat die was geweest en hij moest al een tijdje, dus nu was de aandrang groot. Rolf knikte en wees in de richting van een deur waar de letters 'wc' op stonden.

'Ja, verdomme, de mensen stelen als de raven. Wat moeten eerlijke mensen als u en ik…'

Ernst hield schuldbewust zijn mond toen Gösta terugkwam. Een leeg glas verried dat Ernst de borrel had gekregen waar hij zo'n zin in had gehad. De boer en hij zagen eruit alsof ze oude vrienden waren.

Een halfuur later verzamelde Gösta al zijn moed en gaf zijn collega op z'n donder. 'Bah, wat ruik jij naar alcohol. Hoe dacht je langs Annika te komen, met zo'n adem?'

'Niet zeiken, Flygare. Je bent net een oud wijf. Ik heb maar één slokje gehad, dat kan best. En het is niet beleefd om een drankje af te slaan als iemand je er een aanbiedt.'

Gösta snoof alleen maar en zei niets meer. Hij baalde. Ze hadden een halfuur over het terrein van de boer rondgelopen, maar dat had niets opgeleverd. Er was geen spoor van een meisje of van een recentelijk geopend graf, en het leek alsof ze hun tijd hadden verspild. Tijdens het korte moment dat Gösta naar de wc was, hadden Ernst en de boer elkaar echter gevonden en ze waren voortdurend aan het keuvelen geweest toen ze over het terrein hadden gelopen. Zelf vond Gösta het gepaster om enige afstand te bewaren tot eventuele verdachten in een moordonderzoek, maar Lundgren volgde zoals altijd zijn eigen regels.

'Zei hij nog iets zinnigs, die Persson?'

Ernst ademde in zijn handpalm en rook er toen aan. Aanvankelijk negeerde hij de vraag. 'Zeg, Flygare, kun je daar niet even stoppen, dan kan ik wat keelpastilles kopen?'

Zuur reed Gösta naar de OKQ8-benzinepomp en wachtte terwijl Ernst naar binnen holde om iets te kopen wat zijn stinkende adem zou verhullen. Toen Ernst weer in de auto zat, gaf hij pas antwoord.

'Nee, daar hebben we de plank flink misgeslagen. Verdomd aardige vent, die Persson. Ik zweer je, die heeft hier niets mee te maken, dus die theorie kunnen we schrappen. Die mest is vast ook een doodlopend spoor. Die stomme technici zitten de hele dag op hun kont in het lab van alles en nog wat te analyseren, terwijl de mensen in het veld zien hoe belachelijk hun theorieën zijn. DNA, haren, kunstmest en bandensporen, god mag weten waar ze zich allemaal mee bezighouden. Nee, een pak slaag op de juiste plek, dát levert een doorbraak in de zaak op, Flygare.' Hij balde zijn vuist om zijn mening kracht bij te zetten, blij dat hij kon laten zien dat hij wist waar echt politiewerk om draaide. Hij leunde met zijn hoofd tegen de hoofdsteun en sloot even zijn ogen.

Gösta reed zwijgend naar Tanumshede. Hij was daar niet zo zeker van.

Het nieuwtje had de avond ervoor ook Gabriël bereikt. Ze zaten met zijn drieën stilletjes aan de ontbijttafel, ieder in gedachten verzonken. Tot hun grote verbazing was Linda de avond tevoren met haar overnachtingsspullen gekomen en zonder een woord naar haar kamer gegaan, die als altijd klaar stond.

Aarzelend verbrak Laine de stilte. 'Wat leuk dat je weer thuis bent, Linda.'

Linda mompelde een antwoord en hield haar blik strak op de boterham gericht die ze aan het smeren was.

'Spreek eens wat luider. Het is niet beleefd zo te mompelen.'

Gabriël kreeg een vernietigende blik toegeworpen van Laine, maar dat deerde hem niet. Dit was zijn huis en hij was niet van plan zich voor dat kind uit te sloven vanwege het twijfelachtige genoegen haar een tijdje hier te hebben.

'Ik zei dat ik maar een nacht of twee thuis ben, daarna ga ik weer naar de Västergården. Ik wilde er alleen even weg. Het is daar altijd zo'n hallelujagebeuren. En je wordt verdomme hartstikke depressief als je ziet hoe ze met de kids omgaan. Het is ook nogal creepy, vind ik, dat die kids aldoor over Jezus leuteren...'

'Ja, ik heb tegen Jacob gezegd dat ik vind dat ze misschien iets te streng zijn voor de kinderen. Maar ze bedoelen het goed. En het geloof is belangrijk voor Jacob en Marita, dat moeten we respecteren. Ik weet bijvoorbeeld dat Jacob heel boos zou worden als hij jou zo hoorde vloeken. Zo hoort een jongedame niet te praten.'

Linda sloeg geërgerd haar ogen ten hemel. Ze had alleen Johan een tijdje willen ontvluchten. Hij zou niet naar dit adres durven bellen, maar het gezeur van haar ouders werkte haar nu al op de zenuwen. Misschien ging ze vanavond toch weer terug naar haar broer, zo kon je niet leven.

'Ik neem aan dat je van Jacob hebt gehoord dat ze Johannes' graf hebben geopend. Papa heeft ze meteen gebeld toen hij het van de politie hoorde. Hoe verzinnen ze het! Dat Ephraïm zou hebben bekokstoofd dat het léék alsof Johannes dood was, is het meest belachelijke dat ik ooit heb gehoord!'

Op de blanke huid van Laines borst tekenden zich vlammend rode vlekken af. Ze frunnikte aan één stuk door aan haar parelketting en Linda moest zich bedwingen om zich niet naar voren te buigen, de ketting los te rukken en die stomme parels door haar moeders strot te duwen.

Gabriël schraapte zijn keel en mengde zich met een autoritaire stem in het gesprek. Het hele gebeuren rond het graf stoorde hem. Het verstoorde zijn cirkels en deed stof opwaaien in zijn goed geordende wereld, en daaraan had hij een gruwelijke hekel. Hij geloofde geen moment dat de politie gegronde redenen had voor haar beweringen, maar dat was het probleem niet. De gedachte dat de rust van zijn broer werd verstoord irriteerde hem ook niet, al vond hij dat natuurlijk niet prettig. Nee, het was de wanorde die de hele procedure met zich meebracht. Het feit dat je kisten hoorde te laten zakken in plaats van ze omhoog te halen. Graven die eenmaal waren gedolven moesten met rust worden gelaten en kisten die eenmaal waren gesloten moesten dicht blijven. Zo hoorde het. Debet en credit. Orde en regelmaat.

'Ik vind het wel gek dat de politie dit zomaar kan doen. Ik weet niet wie ze onder druk hebben gezet om hiervoor toestemming te krijgen, maar ik zal dit tot op de bodem uitzoeken. We leven hier niet in een politiestaat.'

Linda mompelde weer iets naar haar bord.

'Sorry, wat zei je, liefje?' Laine wendde zich tot Linda.

'Ik zei dat jullie er eens aan moeten denken hoe het voor Solveig, Robert en Johan is. Begrijpen jullie dan niet hoe zij zich moeten voelen nu Johannes' graf is geopend? Maar nee, hoor, jullie zeuren alleen maar over hoe zielig jullie zijn. Denk ook eens aan iemand anders!'

Ze smeet haar servet op haar bord en liep van tafel. Laines handen schoten weer naar de parelketting en ze leek even te aarzelen of ze achter haar dochter aan zou lopen. Een blik van Gabriël weerhield haar.

'Ik weet wel van wie ze die overspannen trekjes heeft.' Zijn toon was beschuldigend. Laine zei niets.

'Waar haalt ze het lef vandaan om te beweren dat het ons niet kan schelen hoe dit voor Solveig en de jongens moet zijn. Natuurlijk is dat niet zo, maar zij hebben keer op keer laten merken dat ze onze sympathie niet op prijs stellen. En wat je zaait...'

Soms haatte Laine haar man. Hij zat daar zo zelfvoldaan van zijn ei te genieten. In gedachten liep ze naar hem toe, pakte zijn bord en duwde het langzaam tegen zijn borst. Maar in plaats daarvan begon ze af te ruimen.

Zomer 1979

Ze deelden de pijn nu. Als een Siamese tweeling drukten ze zich tegen elkaar aan in een symbiotische relatie, verbonden door evenveel liefde als haat. Aan de ene kant voelde het veilig om hier beneden in het duister niet alleen te hoeven zijn. Aan de andere kant ontstond er een vijandschap uit de wens dat zijzelf de dans zou ontspringen, dat de ander pijn zou lijden als hij weer kwam.

Ze spraken niet veel. Hun stemmen echoden veel te onheilspellend in de blinde wereld onder de grond. Als de voetstappen weer naderden vlogen ze uit elkaar, weg van het huidcontact dat hun enige bescherming tegen de kou en de duisternis vormde. Nu was alleen de vlucht voor de pijn relevant en ze bonden de strijd aan met elkaar, hopend dat de ander als eerste in handen van het kwaad viel.

Deze keer won zij en ze hoorde het geschreeuw beginnen. Eigenlijk was het net zo akelig om de dans te ontspringen. Het geluid van botten die werden gebroken zat in haar auditieve geheugen geprent en ze voelde elke schreeuw van de ander in haar eigen beschadigde lichaam. Ze wist ook wat er na het schreeuwen kwam. Dan veranderden de handen die hadden gewrikt en gedraaid, gestoken en beschadigd, en werden warm en teder daar neergelegd waar de pijn het hevigst was. Ze kende die handen nu net zo goed als haar eigen handen. Ze waren groot en sterk, maar tegelijk zacht, zonder ruwe plekken of ongelijkmatigheden. De vingers waren lang, gevoelig als die van een pianist, en hoewel ze ze nooit had gezien, kon ze ze heel duidelijk voor de geest halen.

Nu werd het geschreeuw erger en ze wenste dat ze haar armen kon optillen zodat ze haar handen voor haar oren kon houden. Maar haar ar-

men hingen slap en onbruikbaar langs haar lichaam en weigerden haar instructies te gehoorzamen.

Toen het geschreeuw was verstomd en het luikje boven hun hoofden weer open en dicht was gedaan, sleepte ze zich over de koude, vochtige ondergrond naar de bron van het gejammer.

Nu was het tijd voor troost.

❄

Op het moment dat het deksel van de kist opzij werd geschoven, was het helemaal stil. Patrik merkte dat hij zich half omdraaide en ongerust naar de kerk keek. Hij wist niet wat hij verwachtte. Een bliksemschicht die hen vanuit de kerktoren trof terwijl ze hun heidense taak uitvoerden? Maar er gebeurde niets.

Toen Patrik het skelet in de kist zag, zakte hem de moed in de schoenen. Hij had het mis gehad.

'Tja, Hedström. Je hebt er een behoorlijk zootje van gemaakt.' Mellberg schudde meelevend zijn hoofd en dat ene zinnetje gaf Patrik het gevoel dat dit hem de kop zou kosten. Maar zijn chef had gelijk: het was een zootje.

'Dan nemen we hem mee, zodat we kunnen vaststellen of het de juiste man is. Maar ik denk niet dat we voor verrassingen komen te staan. Je hebt geen theorieën over verwisselde lijken of zo, hè?'

Patrik schudde zijn hoofd. Hij ging ervan uit dat dit zijn verdiende loon was. De technici deden hun werk en toen het skelet even later onderweg was naar Göteborg, stapten Patrik en Martin in de auto om terug te rijden naar het bureau.

'Je had gelijk kunnen hebben, zo vergezocht was het niet.' Martins stem klonk troostend, maar Patrik schudde opnieuw zijn hoofd. 'Nee, jij had gelijk. Mijn complottheorieën waren iets te fantastisch om waar te kunnen zijn. Ik zal dit nog wel vaak moeten horen.'

'Daar moet je wel op rekenen,' zei Martin vol medeleven. 'Maar je moet het zo zien: had jij met jezelf kunnen leven als je dit niet had gedaan en naderhand was gebleken dat je gelijk had gehad en het Jenny

Möllers leven had kunnen redden? Nu heb je het in elk geval geprobeerd. We moeten gewoon verdergaan met alle ideeën die bovenkomen, gestoord of niet. Dat is onze enige kans om haar op tijd te vinden.'

'Als het niet al te laat is,' zei Patrik somber.

'Zo moeten we niet denken. We hebben haar lijk nog niet gevonden, dus leeft ze. Een ander alternatief is er niet.'

'Je hebt gelijk. Ik heb alleen geen idee welke richting we nu op moeten. Waar moeten we gaan zoeken? We komen steeds weer bij die verdomde familie Hult uit, maar niets is concreet genoeg om er wat mee te kunnen doen.'

'We hebben het verband tussen de moorden op Siv, Mona en Tanja.'

'Maar niets dat op een verband met Jenny's verdwijning wijst.'

'Nee,' gaf Martin toe. 'Maar dat maakt ook niet uit, toch? Het belangrijkste is dat we doen wat we kunnen om Tanja's moordenaar en Jenny's ontvoerder te vinden. Het blijkt vanzelf of dat dezelfde persoon is of niet. We doen gewoon wat we kunnen.'

Martin benadrukte alle woorden van de laatste zin en hoopte dat de essentie ervan tot Patrik doordrong. Hij begreep best waarom zijn collega zichzelf wel voor het hoofd kon slaan na de mislukking bij het graf, maar ze konden zich op dit moment geen onderzoeksleider zonder zelfvertrouwen veroorloven. Hij moest geloven in wat ze deden.

Op het bureau hield Annika hen al bij de receptie tegen. Ze had de telefoon vast en hield haar hand over de hoorn zodat degene met wie ze sprak, niet hoorde wat ze tegen Patrik en Martin zei.

'Patrik, dit is Johan Hult. Hij wil je heel dringend spreken. Neem je het gesprek op je kamer aan?'

Patrik knikte en liep vlug naar zijn bureau. Nog geen tel later ging de telefoon over.

'Patrik Hedström.' Hij luisterde gespannen, onderbrak Johan een paar keer om wat vragen te stellen en holde toen met hernieuwde energie naar Martin. 'Kom, Molin. We moeten naar Fjällbacka.'

'Maar daar komen we net vandaan. Wat gaan we doen?'

'We gaan eens met Linda Hult praten. Ik geloof dat we iets interessants hebben gevonden, iets heel interessants.'

Erica had gehoopt dat haar gasten, net als de familie Flood, overdag naar zee zouden willen gaan, zodat zij hen in elk geval kwijt was. Maar op dat punt vergiste ze zich.

'Wij zijn niet zo dol op de zee, Madeleine en ik. We houden jou liever gezelschap in de tuin. Het uitzicht is zo prachtig.'

Jörgen keek blij naar de eilanden en bereidde zich voor op een dag in de zon. Erica probeerde een lach te onderdrukken. Hij zag er niet uit. Zijn benen waren net melkflessen en de rest van zijn lichaam had ook nog geen zon gezien. Kennelijk wilde hij dat zo houden want hij had zich van top tot teen ingesmeerd met zonnebrandcrème, waardoor hij zo mogelijk nog witter leek. Op zijn neus zat een neonkleurig smeersel dat extra bescherming bood. Een grote zonnehoed completeerde het geheel en nadat hij een halfuur in de weer was geweest, ging hij met een vergenoegde zucht naast zijn vrouw in een van de stoelen zitten die Erica naar de tuin had gesleept.

'O, dit is paradijselijk, vind je ook niet, Madeleine?' Jörgen sloot zijn ogen en Erica dacht dankbaar dat zijzelf nu wel even naar binnen kon gaan. Toen deed hij één oog open. 'Is het erg brutaal om te vragen of je wat te drinken voor me hebt? Een groot glas limonade zou er goed in gaan. Madeleine wil vast ook wel.'

Zijn vrouw knikte alleen maar en keek zelfs niet op. Zodra ze buiten was, had ze zich in een boek over belastingrecht verdiept. Ze leek ook last te hebben van een panische angst om bruin te worden: een lange broek en een bloes met lange mouwen moesten dat voorkomen. Bovendien had ze ook een zonnehoed én een neonkleurige neus, alsof het beter was het zekere voor het onzekere te nemen. Zoals ze daar naast elkaar zaten, leek het net alsof er twee aliens op het grasveld van Erica en Patrik waren geland.

Erica waggelde naar binnen om limonade te maken. Alles was beter dan bij hen zitten. Ze waren zonder meer de saaiste mensen die ze ooit had ontmoet. Had ze de avond ervoor mogen kiezen tussen met hen praten en naar drogende verf kijken, dan had ze het wel geweten. Bij gelegenheid zou ze het Patriks moeder tactvol vertellen, omdat zij hun telefoonnummer aan hen had doorgegeven.

Patrik kon op zijn werk tenminste even aan hen ontsnappen, al zag ze dat hij kapot was. Ze had hem nog nooit zo aangedaan, zo gebeten op resultaten gezien. Maar er had ook nog nooit zoveel op het spel gestaan.

Ze wou dat ze hem meer had kunnen helpen. Tijdens het onderzoek naar de dood van haar vriendin Alex had ze de politie diverse keren van dienst kunnen zijn, maar toen was ze zelf ook bij de zaak betrokken geweest. Nu zat haar dikke lijf haar bovendien in de weg. Haar buik en het weer spanden samen om haar voor het eerst in haar leven tot onvrijwillige ledigheid te dwingen. Bovendien had ze het gevoel dat haar hoofd zich ook in een soort afwachtende positie had gemanoeuvreerd. Al haar gedachten waren gericht op het kind in haar buik en de enorme inspanning die ze binnen afzienbare tijd zou moeten leveren. Haar hoofd weigerde hardnekkig zich lang met andere dingen bezig te houden en ze verbaasde zich erover dat sommige moeders tot op de dag voor de bevalling bleven werken. Misschien was zijzelf een uitzondering, maar naarmate de zwangerschap vorderde was ze steeds verder gereduceerd tot – of, afhankelijk van hoe je het zag, verheven tot – een broedend, pulserend en voedend voortplantingsorganisme. Elke vezel in haar lichaam was erop gericht het kind te baren en daarom riepen opdringerige mensen een nog grotere ergernis op. Ze stoorden haar simpelweg in haar concentratie. Ze snapte niet meer dat ze zo rusteloos was geweest toen ze alleen thuis zat. Nu leek haar dat paradijselijk.

Zuchtend maakte ze een grote kan met limonade klaar, deed er ijsblokjes in en bracht die met twee glazen naar de marsmannetjes op het gras.

Een vlug bezoekje aan de Västergården leerde hen dat Linda daar niet was. Marita keek vragend toen de beide agenten opdoken, maar stelde geen rechtstreekse vragen en stuurde hen naar het landhuis. Voor de tweede keer in korte tijd reed Patrik over de lange allee. Weer trof hem de schoonheid van de omgeving. Hij zag dat Martin naast hem met open mond zat te kijken.

'Shit, dat er mensen zijn die zo mooi wonen!'

'Ja, sommigen hebben het goed,' zei Patrik.

'En in dit grote huis wonen dus twee personen?'

'Drie, als je Linda meetelt.'

'Jemig, geen wonder dat er in Zweden zoveel woningzoekenden zijn,' zei Martin.

Deze keer deed Laine open toen ze aanbelden. 'Wat kan ik voor jullie doen?'

Hoorde Patrik een spoor van onrust in haar stem?

'We zijn op zoek naar Linda. We komen net van de Västergården, en uw schoondochter zei dat ze hier was.' Martin knikte vaag in de richting van de Västergården.

'Wat moeten jullie van haar?' Gabriël was achter Laine komen staan, die de deur nog altijd niet ver genoeg had geopend om de agenten binnen te laten.

'We willen haar wat vragen stellen.'

'Hier worden geen vragen aan mijn dochter gesteld zonder dat wij weten waar het over gaat.' Gabriël zette een hoge borst alsof hij zijn nakomeling moest verdedigen.

Patrik wilde net met zijn uiteenzetting beginnen, toen Linda de hoek om kwam. Ze droeg rijkleding en leek op weg te zijn naar de stal.

'Zoeken jullie mij?'

Patrik knikte. Hij was opgelucht omdat hij geen directe confrontatie met haar vader aan hoefde te gaan. 'Ja, we willen je een paar vragen stellen. Doen we dat binnen of buiten?'

Gabriël onderbrak hem. 'Waar gaat het over, Linda? Heb je iets gedaan wat wij moeten weten? Dan laten we de politie niet met je praten zonder dat wij erbij zijn, als je dat maar weet!'

Linda, die opeens een klein bang meisje leek, knikte zwak. 'Laten we maar naar binnen gaan.'

Willoos liep ze achter Martin en Patrik aan. Eenmaal in de woonkamer, leek ze zich geen zorgen om de meubels te maken en plofte op de bank hoewel haar kleding naar paarden rook. Laine kon niet nalaten even haar wenkbrauwen op te trekken en bezorgd naar de witte bekleding te kijken. Linda keek uitdagend terug.

'Is het oké dat we je wat vragen stellen in aanwezigheid van je ouders? Als dit een verhoor was, hadden we ze niet kunnen verbieden erbij te zijn omdat je nog niet meerderjarig bent, maar nu willen we je alleen maar wat vragen stellen, dus...'

Gabriël leek hier opnieuw een discussie over te willen beginnen, maar Linda haalde haar schouders op. Even meende Patrik te zien dat een gevoel van verwachting en voldoening zich met haar nervositeit mengde. Maar dat verdween weer even snel.

'We hebben net een telefoontje gekregen van Johan Hult, je neef. Weet je waar dat over ging?'

Linda haalde weer haar schouders op en begon ongeïnteresseerd aan haar nagelriemen te peuteren.

'Jullie hebben elkaar kennelijk nogal vaak gezien?'

Patrik deed het rustig aan. Johan had het een en ander over hun relatie verteld, en hij begreep dat Gabriël en Laine daar niet blij mee zouden zijn.

'Ach ja, we hebben elkaar best vaak gezien.'

'Wát zeg je me daar, verdomme!'

Zowel Laine als Linda veerde op. Evenals zijn zoon gebruikte Gabriël nooit krachttermen. Ze konden zich niet herinneren dat ze hem ooit hadden horen vloeken.

'Hoe bedoel je? Ik mag toch zeker omgaan met wie ik wil. Dat bepaal jij niet.'

Patrik onderbrak het gesprek voordat het uit de hand liep. 'Het maakt ons niet uit wanneer of hoe vaak jullie elkaar zagen; we zijn alleen geïnteresseerd in één bepaald moment. Johan zei dat jullie zo'n twee weken geleden op een avond hadden afgesproken op de hooizolder in de schuur van de Västergården.'

Gabriëls gezicht werd dieprood van woede, maar hij zei niets en wachtte gespannen op Linda's antwoord.

'Ja, dat zou kunnen. We hebben daar wel vaker afgesproken, dus ik weet niet meer precies wanneer dat was.'

Ze zat nog steeds geconcentreerd aan haar nagels te peuteren en keek geen van de volwassenen aan.

Martin ging verder waar Patrik was opgehouden: 'Die avond hebben jullie volgens Johan iets speciaals gezien. Je hebt nog steeds geen idee wat we bedoelen?'

'Omdat jullie het wel schijnen te weten, kunnen jullie het me misschien vertellen?'

'Linda! Maak de situatie niet erger door een grote mond op te zetten. Geef antwoord op de vragen van de politie. Als je weet waar ze het over hebben, moet je het zeggen. Maar als het iets is waar die... slungel je bij heeft betrokken, zal ik...'

'Jij weet helemaal niets over Johan. Jij bent zo verdomde schijnheilig, maar...'

'Linda...' Laines stem onderbrak haar dochter waarschuwend. 'Maak het nu niet erger. Doe wat je vader zegt en geef antwoord op de vragen van de politie. Over dat andere hebben we het straks nog wel.'

Na even te hebben nagedacht besloot Linda haar moeder te gehoorzamen en ze ging mokkend verder: 'Ik neem aan dat Johan heeft verteld dat we dat meisje hebben gezien.'

'Welk meisje?' Gabriëls gezicht was één groot vraagteken.

'Dat Duitse meisje, dat vermoord is.'

'Ja, dat vertelde Johan ons,' zei Patrik. Hij wachtte tot Linda verderging.

'Ik ben er absoluut niet zo zeker van als Johan dat zij het was. We hebben haar foto in de krant gezien en ik geloof wel dat ze erop leek, maar er zijn vast een heleboel meisjes die er ongeveer zo uitzien. En wat had ze trouwens op de Västergården te zoeken? Dat ligt mijlenver van alle toeristische trekpleisters.'

Martin en Patrik negeerden de vraag. Ze wisten precies wat het meisje op de Västergården te zoeken had gehad. Ze volgde het enige spoor dat na haar moeders verdwijning was overgebleven: Johannes Hult.

'Waar waren Marita en de kinderen die avond? Johan zei dat ze niet thuis waren, maar hij wist niet waar ze naartoe waren gegaan.'

'Ze waren een paar dagen bij Marita's ouders in Dals-Ed.'

'Dat doen Jacob en Marita van tijd tot tijd,' legde Laine uit. 'Als Jacob rust nodig heeft om in huis te kunnen klussen, gaat Marita een paar dagen naar haar ouders. Dan zien zij de kleinkinderen ook wat vaker. Wij wonen zo dichtbij, wij zien de kinderen vrijwel dagelijks.'

'We laten in het midden of degene die je hebt gezien Tanja Schmidt was, maar kun je ook beschrijven hoe ze eruitzag?'

Linda aarzelde. 'Donker haar, normaal postuur. Haar tot op de schouders. Net als ieder ander. Niet echt mooi,' voegde ze eraan toe met de superioriteit van iemand die weet dat ze met een knap uiterlijk is geboren.

'En wat voor kleren droeg ze?' Martin boog zich naar voren om de blik van de tiener te vangen. Het lukte hem niet.

'Dat weet ik niet meer precies. Het is twee weken geleden en het was al schemerig buiten...'

'Probeer het toch maar,' drong Martin aan.

'Een spijkerbroek, geloof ik. Een strak shirtje en een vest. Een blauw vest en een wit T-shirt, geloof ik, maar misschien was het ook andersom. En ja, een rode schoudertas.'

Patrik en Martin keken elkaar kort aan. Ze had precies beschreven wat Tanja aan had gehad op de dag van haar verdwijning. En het T-shirt was wit geweest en het vest blauw, niet andersom.

'Hoe laat zagen jullie haar?'

'Het was nog vroeg. Een uur of zes, misschien.'

'Heb je gezien of Jacob haar binnenliet?'

'Er werd niet opengedaan toen ze aanklopte. Vervolgens is ze om het huis heen gelopen en toen konden wij haar niet meer zien.'

'Hebben jullie haar weg zien gaan?' vroeg Patrik.

'Nee, je kunt de weg vanuit de schuur niet zien. En zoals gezegd, ik ben er niet even zeker van als Johan dat het dat meisje was.'

'Weet je wie het anders zou kunnen zijn geweest? Ik bedoel, er komen waarschijnlijk niet veel vreemden bij de Västergården aankloppen?'

Weer een onverschillig schouderophalen en na een poosje zei Linda: 'Nee, ik weet niet wie het kan zijn geweest. Misschien wilde ze wel iets verkopen, weet ik veel.'

'Heeft Jacob later niet gezegd dat hij bezoek had gehad?'

'Nee.'

Ze ging er verder niet op door en Patrik en Martin begrepen dat ze zich veel meer zorgen maakte over wat ze had gezien dan ze tegenover hen wilde laten blijken. Misschien ook tegenover haar ouders.

'Mag ik vragen wat jullie willen? Ik zei al dat het erop lijkt dat jullie het op mijn familie hebben gemunt. Alsof het niet erg genoeg is dat jullie mijn broer hebben opgegraven! Hoe is dat trouwens gegaan? Was de kist leeg? Nee, zeker.'

De toon was spottend, en onwillekeurig trok Patrik zich de kritiek aan. 'Er lag iemand in de kist, ja. Waarschijnlijk je broer Johannes.'

'Waarschijnlijk.' Gabriël snoof en kruiste zijn armen voor zijn borst. 'Is nu de arme Jacob aan de beurt?'

Laine keek haar man ontsteld aan. Het leek alsof ze zich nu pas bewust werd van de consequenties die de vragen van de politie konden hebben.

'Nee, jullie denken toch niet dat Jacob...!' Haar handen schoten naar haar keel.

'Op dit moment denken we niets, maar we willen wel graag weten wanneer Tanja waar is geweest voor ze verdween, dus misschien is Jacob een belangrijke getuige.'

'Getuige! Jullie weten het mooi te brengen, dat moet ik toegeven. Maar ik geloof er geen snars van. Jullie proberen af te maken wat die klunzen van de politie in '79 zijn begonnen en het maakt niet uit wie ervoor opdraait, als het maar een Hult is, nietwaar? Eerst proberen jullie te suggereren dat Johannes nog leeft en na een onderbreking van vierentwintig jaar weer meisjes vermoordt, en als blijkt dat hij dood in zijn graf ligt, storten jullie je op Jacob.'

Gabriël stond op en wees naar de buitendeur. 'Ophoepelen! Ik wil jullie hier niet meer zien zonder de juiste papieren en zonder dat mijn advocaat erbij is. Tot die tijd kunnen jullie de tering krijgen!'

De verwensingen rolden steeds makkelijker over zijn lippen en in zijn mondhoeken waren nu kleine belletjes speeksel te zien. Patrik en Martin wisten wanneer hun aanwezigheid niet langer op prijs werd gesteld, dus pakten ze hun spullen en liepen naar de buitendeur. Toen die met een doffe klap achter hen dichtviel, hoorden ze nog net wat Gabriël tegen zijn dochter riep: 'En wat heb jij in vredesnaam uitgevreten!'

'Stille wateren...'

'Ik had niet verwacht dat er onder het oppervlak zoveel vulkaanas lag te gloeien,' zei Martin.

'Al kan ik hem wel begrijpen. Vanuit zijn perspectief gezien...' Patrik dacht even terug aan het enorme fiasco van die ochtend.

'Daar moet je niet meer aan denken, zei ik toch. Je hebt gedaan wat je kon en je kunt je niet aldoor in zelfmedelijden blijven wentelen,' zei Martin kortaf.

Patrik keek hem verbaasd aan. Martin voelde zijn blik en haalde verontschuldigend zijn schouders op. 'Sorry. Ik krijg ook een beetje last van de stress, geloof ik.'

'Nee, nee. Je hebt helemaal gelijk. Dit is niet het goede moment om mezelf zielig te vinden.' Zijn ogen lieten de weg weer los en hij keek opnieuw naar zijn collega. 'Verontschuldig je nooit als je eerlijk bent.'

'Oké.'

Er viel een onzekere stilte. Toen ze langs de golfbaan van Fjällbacka reden, probeerde Patrik de stemming wat op te vijzelen: 'Als jij nou binnenkort die groene kaart haalt, kunnen we een keer samen een rondje doen.'

Martin glimlachte plagerig. 'Durf je dat wel aan? Misschien ben ik wel een natuurtalent en veeg ik de baan met je aan.'

'Ik dacht het niet, ik speel zelf lang niet onaardig.'

'Dan moeten we er maar vaart achter zetten, want straks duurt het vast even voordat je weer tijd hebt.'

'Hoe bedoel je?' Patrik zag er oprecht vragend uit.

'Misschien ben je het vergeten, maar over een paar weken word je vader. Dan heb je niet veel tijd meer voor dit soort dingen, hoor.'

'Ach, dat loopt wel los. Als ze zo klein zijn, slapen ze veel. Dan kunnen we af en toe best een balletje slaan. Erica begrijpt heus wel dat ik er af en toe tussenuit moet. Dat hebben we ook afgesproken toen we besloten kinderen te nemen, we moeten elkaar de ruimte geven om onze eigen dingen te blijven doen en niet alleen maar ouder zijn.'

Toen Patrik was uitgesproken, stonden de lachtranen in Martins ogen. Hij grinnikte en schudde tegelijk zijn hoofd. 'Ja, je hebt vast alle tijd om je eigen dingen te doen. Als ze zo klein zijn, slapen ze veel,' deed hij Patrik na, en hij begon nog harder te lachen.

Patrik, die wist dat Martins zus vijf kinderen had, trok een zorgelijk gezicht en vroeg zich af wat Martin wel wist en hijzelf niet. Maar voordat hij dat kon vragen, ging zijn mobieltje.

'Hedström.'

'Hallo, met Pedersen. Komt het uit dat ik bel?'

'Ja, hoor. Wacht even, dan parkeer ik de auto.'

Ze kwamen net langs de camping van Grebbestad en er trok een donkere wolk over zowel Patriks als Martins gezicht. Patrik reed nog een paar honderd meter door en stopte op de parkeerplaats bij de promenade van Grebbestad.

'Ik sta stil. Hebben jullie iets gevonden?'

Hij kon de opwinding in zijn stem niet verbergen en Martin keek hem gespannen aan. Buiten liepen drommen toeristen winkels en restaurants in en uit. Patrik keek afgunstig naar de uitdrukking van gelukzalige onwetendheid op hun gezichten.

'Ja en nee. We moeten nog nader onderzoek doen, maar gezien de omstandigheden dacht ik dat je het misschien wel prettig zou vinden om te weten dat je, naar ik heb begrepen, enigszins snelle besluit om dat graf te openen, iets heeft opgeleverd.'

'Dat kan ik niet ontkennen. Ik voel me lichtelijk dom, dus alles wat je hebt gevonden, is van belang.' Patrik hield zijn adem in.

'In de eerste plaats hebben we aan de hand van de gebitskaart vastgesteld dat de man in de kist zonder twijfel Johannes Hult is, dus op dat punt heb ik je helaas niets interessants te bieden. Maar,' de forensisch patholoog kon de verleiding niet weerstaan om met een korte pauze de spanning te vergroten, 'het is pure onzin dat hij door ophanging is gestorven. Zijn vroege dood komt waarschijnlijk door een klap met een hard voorwerp tegen zijn achterhoofd.'

'Wát zeg je daar!' Martin veerde op toen Patrik het uitschreeuwde. 'Wat voor hard voorwerp? Heeft iemand hem op zijn hoofd geslagen? Wat zeg je eigenlijk precies?'

'Zoiets. Hij ligt nu op de tafel en zodra ik meer weet, bel ik je weer. Maar zolang we hem niet hebben opengesneden en ik de details niet heb bekeken, is dit helaas het enige dat ik je kan vertellen.'

'Ik ben blij dat je me zo snel op de hoogte stelt. Bel me zodra je meer weet.' Triomfantelijk deed Patrik het klepje van zijn telefoon dicht.

'Wat zei hij, wat zei hij?' Martin zat te popelen van nieuwsgierigheid.

'Dat ik niet helemaal van lotje getikt ben.'

'Om dat vast te kunnen stellen heb je inderdaad een arts nodig, maar wat zei hij verder nog?' zei Martin droog. Hij werd niet graag aan het lijntje gehouden.

'Hij zei dat Johannes Hult is vermoord.'

Martin boog zijn hoofd voorover en wreef met gespeelde vertwijfeling met beide handen over zijn gezicht. 'Nee, nu doe ik niet meer mee aan dit onderzoek. Dat is toch niet normaal! Je zegt dus dat de hoofdverdachte in de zaak van de verdwijning of liever gezegd de dood van Siv en Mona, zoals nu is gebleken, zelf is vermoord.'

'Dat is precies wat ik zeg. En als Gabriël Hult denkt dat wij zijn zaakjes met rust laten als hij maar luid genoeg schreeuwt, heeft hij het faliekant mis. Als iets bewijst dat het bij de familie Hult goed fout zit, dan is dit het wel. Iemand van hen weet hoe en waarom Johannes Hult is vermoord en hoe dat verband houdt met de moord op de meisjes. Daar durf ik wat onder te verwedden!' Hij sloeg met zijn vuist op zijn handpalm en voelde hoe de somberheid van die ochtend had plaatsgemaakt voor hernieuwde energie.

'Ik hoop alleen dat we dit snel genoeg kunnen uitzoeken. Omwille van Jenny Möller.'

Het was alsof er een emmer koud water over Patriks hoofd werd leeggegoten. Hij mocht zijn gevoel voor competitie niet de overhand laten krijgen, hij mocht niet vergeten waarom ze dit werk deden. Ze zaten een tijdje naar de passerende mensen te kijken. Toen startte Patrik de auto en reed naar het politiebureau.

Kennedy Karlsson dacht dat alles met zijn naam was begonnen. Verder was er weinig wat hij de schuld kon geven. De andere jongens hadden vaak wel een goed excuus, zoals ouders die dronken en hen sloegen. Zelf had hij alleen maar zijn naam.

Zijn moeder had na de middelbare school een paar jaar in de VS gewoond. Vroeger was het in een dorp heel wat als je naar Amerika ging. Maar in het midden van de jaren tachtig, toen zijn moeder het deed, was een ticket naar de VS al lang niet meer hetzelfde als een enkele reis; veel mensen hadden kinderen die naar de grote stad of het buitenland gingen. Eén ding was niet veranderd: zodra iemand het veilige dorp had verlaten, kwamen de tongen los en werd voorspeld dat het slecht zou aflopen. En in het geval van Kennedy's moeder hadden ze in een bepaald opzicht gelijk gehad. Na een paar jaar in het beloofde land, was ze zwanger teruggekeerd. Over zijn vader had hij nooit iets gehoord. Maar zelfs dat was geen excuus. Al voor zijn geboorte was zijn moeder met Christer getrouwd en die was als een echte vader voor hem geweest. Nee, het kwam door zijn naam. Hij nam aan dat ze interessant had willen doen en had willen laten zien dat zij, hoewel ze met de staart tussen de benen was teruggekeerd, iets van de grote wijde wereld had gezien. Daar moest hij een aandenken aan zijn. Dus nam ze elke gelegenheid te baat om de mensen te vertellen dat haar oudste zoon naar John F. Kennedy was vernoemd 'omdat ze tijdens haar verblijf in de VS zo'n bewondering voor hem had gekregen'. Hij vroeg zich af waarom ze hem dan niet gewoon John had genoemd.

Zijn zus en broers was een beter lot beschoren, voor hen waren Emelie, Mikael en Thomas goed genoeg. Gewone, eerbare Zweedse namen, waardoor hij nog meer een uitzonderingspositie kreeg. Dat zijn vader bovendien zwart was geweest, maakte de zaak er niet beter op. Toch vond Kennedy niet dat hij daarom anders was dan anderen. Het kwam door die verdomde naam, dat wist hij zeker.

Hij had ernaar uitgekeken om naar school te gaan, dat herinnerde hij zich heel duidelijk. De spanning, vreugde en geestdrift om met iets nieuws te beginnen, om een nieuwe wereld binnen te treden, duurden maar een dag of twee, toen hadden ze de opwinding uit hem geslagen. Vanwege die stomme naam. Hij leerde vlug hoe zondig het was om met je hoofd boven het maaiveld uit te steken. Een rare naam, een gek kapsel, ouderwetse kleren, het maakte niet uit: iedereen zag dat je anders was dan de rest. In zijn geval werd het bovendien als een verzwarende omstandigheid gezien dat hij, volgens de anderen, zichzelf beter vond dan de rest vanwege zijn originele naam. Alsof hij die zelf had gekozen. Als hij had mogen kiezen zou het iets als Johan, Oskar of Fredrik zijn geworden. Iets dat je automatisch toegang tot de groep gaf.

Na de hel van de eerste dagen in groep één, was het er niet beter op geworden. De steken en slagen, het voortdurende gevoel buitengesloten te zijn maakten dat hij een muur om zich heen had opgetrokken die zo stevig was als graniet, en algauw volgden zijn daden zijn gedachten. Alle woede die hij achter de muur had verzameld, kwam uit kleine gaten naar buiten tot die groter en groter werden en iedereen zijn boosheid kon zien. Toen was het te laat: zijn schooltijd was verpest en het vertrouwen van zijn familie was verdwenen. Bovendien had hij vrienden die je maar beter niet kon hebben.

Zelf had Kennedy zich neergelegd bij het lot dat zijn naam hem had gegeven. 'Probleem' stond op zijn voorhoofd geschreven en het enige dat hij hoefde te doen was die verwachting waar te maken. Een makkelijke, maar paradoxaal genoeg ook moeilijke manier van leven.

Dat veranderde toen hij tegen zijn zin op de boerderij in Bullaren kwam. Het was een voorwaarde geweest toen hij tegen de lamp was gelopen bij een mislukte autodiefstal. Aanvankelijk had hij zo min mogelijk weerstand willen bieden om zo vlug mogelijk weer te kunnen vertrekken. Maar toen ontmoette hij Jacob. En door Jacob ontmoette hij God.

In zijn ogen waren die twee bijna gelijken.

Er was geen wonder gebeurd. Er was geen donderende stem van boven gekomen, er was ook geen bliksem voor zijn voeten ingeslagen ten teken dat Hij bestond. Maar door de uren en de gesprekken met Jacob was Kennedy geleidelijk aan het beeld van Jacobs God gaan zien, als een puzzel die na verloop van tijd de foto op de doos wordt.

Aanvankelijk stribbelde hij tegen. Hij liep weg, trapte rotzooi met zijn maten en dronk zich een stuk in de kraag. Dan werd hij weer teruggebracht – een beschamende ervaring – en moest hij de dag erop met knallende koppijn bij Jacob komen. Jacob met zijn milde blik, die hem, vreemd genoeg, nooit enig verwijt leek te maken.

Hij had bij Jacob zijn beklag over zijn naam gedaan en uitgelegd dat die de oorzaak was van al zijn fouten. Jacob had hem er echter van weten te overtuigen dat zijn naam iets positiefs was en een indicatie voor zijn levensloop. Hij had een gave gekregen, legde Jacob uit. Als je vanaf het moment van je geboorte zo'n unieke identiteit had, kon dat alleen maar betekenen dat God je boven vele anderen had uitverkoren. Door de naam was hij bijzonder, niet raar.

Als een uitgehongerde gast aan tafel had Kennedy naarstig alle woorden in zich opgenomen. Langzaam was het tot hem doorgedrongen dat Jacob gelijk had. De naam was een geschenk. De naam maakte hem bijzonder en liet zien dat God een speciaal plan had met hem, Kennedy Karlsson. En dankzij Jacob Hult was hij daarachter gekomen, voordat het te laat was geweest.

Het baarde hem zorgen dat Jacob er de laatste tijd bezorgd uitzag. De roddels dat de familie Hult in verband werd gebracht met de dode meisjes, waren hem niet ontgaan dus hij dacht de reden van Jacobs zorgen te kunnen begrijpen. Hij had zelf ervaren hoe kwaadwillig mensen konden zijn als ze bloed roken. Nu was de familie Hult kennelijk het slachtoffer.

Voorzichtig klopte hij op Jacobs deur. Hij had gemeend luid gepraat te horen, en toen hij de deur opende, legde Jacob net met een gekwelde uitdrukking op zijn gezicht de hoorn op de haak.

'Hoe gaat het?'

'Gewoon wat familieproblemen. Niets waar jij je druk om hoeft te maken.'

'Jouw problemen zijn mijn problemen, Jacob. Dat weet je. Kun je me niet vertellen wat er aan de hand is? Mij vertrouwen zoals ik jou vertrouw?'

Jacob veegde vermoeid in zijn ogen en leek ineen te zakken. 'Het is allemaal zo stom. Omdat mijn vader vierentwintig jaar geleden iets doms heeft gedaan, heeft de politie het in haar hoofd gezet dat we iets te maken hebben met de moord op die Duitse toeriste waar de kranten over hebben geschreven.'

'Maar dat is verschrikkelijk.'

'Ja. En nu hebben ze vanochtend het graf van mijn oom Johannes geopend.'

'Wat zeg je me nou! Hebben ze het graf geschonden?'

Jacob glimlachte scheef. Een jaar geleden zou Kennedy dat niet zo netjes hebben geformuleerd.

'Helaas wel, ja. De hele familie lijdt eronder. Maar we kunnen er niets tegen beginnen.'

Kennedy voelde de bekende woede in zich opkomen. Hoewel die nu beter voelde, nu was het Gods woede.

'Maar kunnen jullie geen aangifte doen? Wegens pesterij of zo?'

Weer zo'n scheve, bedroefde glimlach. 'Wil je op grond van jouw ervaring met de politie zeggen dat dat iets oplevert?'

Nee, natuurlijk niet. Kennedy's respect voor de politie was weinig, om niet te zeggen nihil. Als iemand Jacobs frustratie begreep, was hij het wel.

Hij voelde zich eindeloos dankbaar dat Jacob zijn beslommeringen met hem wilde delen. Ook dat was een geschenk waarvoor hij God tijdens het avondgebed zou danken. Kennedy wilde dat net tegen Jacob zeggen, toen de telefoon ging.

'Momentje.' Jacob nam op.

Toen hij een paar minuten later ophing, was hij nog bleker. Uit het gesprek had Kennedy opgemaakt dat Jacobs vader aan de lijn was, en hij had zijn best moeten doen om niet te laten merken dat hij aandachtig luisterde.

'Is er iets gebeurd?'

Jacob legde langzaam zijn bril neer.

'Zeg toch iets, wat zei hij?' Kennedy kon niet verhullen dat zijn hart pijn deed van angst en zorgen.

'Dat was mijn vader. De politie is bij hen geweest en ze hebben mijn zus een aantal vragen gesteld. Mijn neef Johan heeft de politie gebeld en gezegd dat hij en mijn zus het vermoorde meisje op mijn erf hebben gezien. Vlak voor ze verdween. God helpe me.'

'God helpe je,' fluisterde Kennedy als een echo.

Ze hadden zich op Patriks kamer verzameld. Het was er krap, maar met een beetje goede wil pasten ze er allemaal net in. Mellberg had zijn kamer aangeboden, die drie keer zo groot was als de andere, maar Patrik had de informatie die hij op het bord achter zijn bureau had hangen niet allemaal willen verplaatsen.

Het bord hing vol briefjes en aantekeningen en in het midden hingen foto's van Siv, Mona, Tanja en Jenny. Patrik zat half op het bureau en had zijn zij naar de anderen gewend. Voor het eerst in lange tijd waren ze allemaal bij elkaar: Patrik, Martin, Mellberg, Gösta, Ernst en Annika: de hele denktank van het politiebureau van Tanumshede. Iedereen had zijn blik op Patrik gericht. Opeens voelde hij de verantwoordelijkheid zwaar op zijn schouders rusten en het zweet parelde hem op de rug. Hij had het nooit leuk gevonden om in het middelpunt van de belangstelling te staan, en hij voelde zich ongemakkelijk bij de gedachte dat iedereen wachtte tot hij wat zou zeggen. Hij schraapte zijn keel.

'Een halfuur geleden belde Tord Pedersen van de Forensische Eenheid. Hij vertelde dat het graf vanochtend niet voor niets is geopend.' Hij pauzeerde even en stond het zichzelf toe een moment te genieten van wat hij zijn collega's net had gepresenteerd. Hij had het geen prettig vooruitzicht gevonden om lange tijd door hen belachelijk te worden gemaakt.

'Sectie op het lijk van Johannes Hult heeft aangetoond dat hij zich niet heeft opgehangen. Het lijkt erop dat hij een harde klap tegen zijn achterhoofd heeft gehad.'

Er klonk gemurmel in de kamer. Patrik ging verder, zich ervan bewust dat hij nu ieders onverdeelde aandacht had: 'We hebben dus met nóg een moord te maken, al is het geen verse. Daarom leek het me hoog tijd om bij elkaar te komen en door te nemen wat we weten. Tot zover vragen?' Stilte. 'Mooi. Dan gaan we verder.'

Patrik nam eerst al het oude materiaal over Siv en Mona door, waaronder de getuigenverklaring van Gabriël. Hij ging verder met de dood van Tanja en de medische gegevens waaruit bleek dat ze precies hetzelfde soort letsel had als Siv en Mona, het verband tussen de zaken, namelijk dat ze Sivs dochter was, en het verhaal van Johan dat hij Tanja bij de Västergården had gezien.

Gösta verhief zijn stem: 'En Jenny Möller? Ik ben er niet van overtuigd dat er een verband bestaat tussen haar verdwijning en de moorden.'

Alle ogen richtten zich op de foto van het blonde meisje van zeventien dat vanaf het bord naar hen glimlachte. Ook die van Patrik. Hij zei: 'Ik ben het met je eens, Gösta, dat is op dit moment alleen maar een van de theorieën. Maar de zoekacties hebben geen resultaat opgeleverd en bij ons onderzoek naar bekende geweldplegers in de omgeving zijn we alleen op Mårten Frisk gestuit, en dat bleek een dood spoor. Dus het enige dat we kunnen doen is hopen dat het grote publiek ons te hulp schiet en dat iemand iets heeft gezien. Tegelijk moeten we rekening houden met de mogelijkheid dat de moordenaar van Tanja ook Jenny heeft ontvoerd. Is dat een antwoord op je vraag?'

Gösta knikte. Patriks antwoord hield in feite in dat ze niets wisten, en dat bevestigde ongeveer wat Gösta zelf dacht.

'Trouwens, Gösta, ik heb van Annika gehoord dat jullie dat met die kunstmest hebben nagetrokken. Heeft dat nog iets opgeleverd?'

Ernst gaf antwoord in plaats van Gösta. 'Geen donder. De boer met wie we hebben gesproken, heeft er niets mee te maken.'

'Maar jullie hebben voor de zekerheid toch wel rondgekeken?' Patrik liet zich niet door Ernsts woorden overtuigen.

'Natuurlijk hebben we dat gedaan. En zoals gezegd, het leverde geen donder op,' zei Ernst chagrijnig.

Patrik keek vragend naar Gösta en die knikte instemmend.

'Oké. We moeten er maar eens goed over nadenken of we op een andere manier verder kunnen met dat spoor. Ondertussen hebben we een getuigenverklaring van iemand die Tanja vlak voor haar verdwijning heeft gezien. De zoon van Johannes, Johan, belde me vanochtend om te vertellen dat hij een meisje bij de Västergården heeft gezien. Hij is er zeker van dat het Tanja was. Zijn nicht Linda, de dochter van Gabriël, was erbij, en Martin en ik zijn vanochtend met haar gaan praten. Zij verklaart dat ze inderdaad een meisje hebben gezien, maar is er niet even zeker van dat het Tanja was.'

'Kunnen we die getuige dan wel vertrouwen? Op grond van Johans strafblad en de rivaliteit in die familie valt het te betwijfelen of je zijn woorden kunt geloven,' zei Mellberg.

'Ja, dat baart mij ook zorgen. We moeten eerst maar afwachten wat Jacob Hult zegt. Maar ik vind het interessant dat we op de een of andere manier steeds weer bij die familie uitkomen. Waar we ons ook op richten, we lopen aldoor tegen de familie Hult aan.'

Het werd snel warmer in de kleine kamer. Patrik had een raam opengezet, maar dat hielp niet veel omdat er van buiten ook geen frisse lucht kwam. Annika probeerde zichzelf wat koelte toe te wuiven met haar notitieblok. Mellberg veegde met zijn handpalm het zweet van zijn voorhoofd en het gebruinde gezicht van Gösta zag er zorgwekkend grauw uit. Martin had de bovenste knoopjes van zijn overhemd losgedaan, waardoor Patrik afgunstig kon constateren dat hij in elk geval een beetje had kunnen sporten. Alleen Ernst leek de warmte volkomen onberoerd te laten. Hij zei: 'Ik durf er wat onder te verwedden dat het een van die verdomde lummels is. Zij zijn als enigen al eerder in aanraking geweest met de politie.'

'En hun vader,' hielp Patrik hem herinneren.

'Precies, en hun pa. Dat bewijst alleen maar dat er iets rots in die tak van de familie zit.'

'En de informatie dat Tanja het laatst bij de Västergården is gezien?

Volgens zijn zus was Jacob op dat moment thuis. Wijst dat niet eerder naar hem?'

Ernst snoof. 'En wie zegt dat het meisje daar was? Johan Hult. Nee, ik geloof geen woord van wat die knul zegt.'

'Wanneer gaan we met Jacob praten?' vroeg Martin.

'Ik had gedacht dat jij en ik meteen na deze vergadering maar naar Bullaren moesten gaan. Ik heb net gebeld om te vragen of hij vandaag werkt.'

'Denk je niet dat Gabriël hem al heeft gewaarschuwd?' vroeg Martin.

'Ongetwijfeld, maar daar kunnen we niets aan doen. We moeten maar kijken wat hij gaat zeggen.'

'Wat doen we met de informatie dat Johannes vermoord is?' ging Martin volhardend verder.

Patrik wilde niet toegeven dat hij dat niet precies wist. Hij moest op dit moment te veel dingen tegelijk uitzoeken en hij was bang dat als hij een stap terug deed om naar het totaalbeeld te kijken, de omvang van de klus hem zou overweldigen. Hij zuchtte: 'Eén ding tegelijk. We noemen het niet tegenover Jacob, ik wil niet dat Solveig en de jongens gewaarschuwd worden.'

'Dus de volgende stap is een gesprek met hem?'

'Ja, dat neem ik aan. Tenzij iemand een ander voorstel heeft?'

Stilte. Niemand leek een goed idee te hebben.

'Wat moet de rest van ons doen?' Gösta ademde zwaar en Patrik vroeg zich bezorgd af of hij een hartaanval kreeg van de warmte.

'Annika zei dat er mensen hebben gebeld sinds Jenny's foto in de kranten heeft gestaan. Ze heeft de informatie geordend op grond van wat interessant lijkt, dus jij en Ernst kunnen met die lijst beginnen.'

Patrik hoopte dat het geen vergissing was Ernst weer bij het onderzoek te betrekken. Maar omdat hij zich keurig leek te hebben gedragen toen Gösta en hij het mestspoor onderzochten, gaf hij hem nog een kans.

'Annika, ik zou graag willen dat jij het bedrijf weer belt dat destijds die kunstmest verkocht en ze vraagt om in een groter gebied naar klanten te zoeken. Ik kan me weliswaar amper voorstellen dat de lichamen over een grote afstand zijn vervoerd, maar het kan toch de moeite waard zijn dat na te gaan.'

'Geen probleem.' Annika wuifde nog harder met haar notitieblok. Op haar bovenlip stonden zweetdruppeltjes.

Mellberg kreeg geen taak toebedeeld. Patrik merkte dat hij het moeilijk vond zijn chef opdrachten te geven, en hij had ook liever niet dat die zich met de praktische kanten van het onderzoek bezighield. Al moest hij toegeven dat Mellberg er verrassend goed in was geslaagd de politici uit zijn buurt te houden.

Mellberg had nog steeds iets ongewoons. Meestal weerklonk zijn stem het luidst van allemaal, maar nu zat hij stil te luisteren en leek met zijn gedachten mijlenver weg. De vrolijkheid die hen allemaal wekenlang had verbaasd, was vervangen door een onrustbarend zwijgen. Patrik vroeg: 'Bertil, wil jij er nog iets aan toevoegen?'

'Hè? Sorry, wat zei je?' Mellberg veerde op.

'Heb je er nog iets aan toe te voegen?' herhaalde Patrik.

'O, eh...' zei Mellberg en hij schraapte zijn keel toen hij zag dat alle ogen op hem waren gericht. 'Nee, ik geloof van niet. Het lijkt erop dat je de zaak onder controle hebt.'

Annika en Patrik keken elkaar kort aan. Normaal gesproken zat zij overal bovenop, maar nu trok ze haar schouders en wenkbrauwen op om aan te geven dat ze ook geen idee had.

'Vragen? Nee? Dan gaan we aan de slag.'

Dankbaar verliet iedereen de warme kamer om elders verkoeling te zoeken. Alleen Martin bleef hangen. 'Wanneer gaan we?'

'Ik wilde eerst even lunchen en daarna zo snel mogelijk vertrekken.'

'Oké. Zal ik iets voor ons gaan halen? Dan kunnen we dat in de koffiekamer opeten.'

'Heel graag, dan heb ik tijd om Erica nog even te bellen.'

'Doe haar de groeten.' Martin was al onderweg naar buiten.

Patrik toetste zijn eigen nummer in. Hij hoopte dat zijn vriendin zich met Jörgen en Madeleine niet al te erg verveelde.

'Het is hier vrij geïsoleerd.'

Martin keek rond, maar zag slechts bomen. Ze reden al een kwartier lang over kleine boswegen en hij begon zich af te vragen of ze de weg kwijt waren.

'Rustig maar. Ik heb de boel onder controle. Ik ben hier al eens geweest toen een van de jongens een beetje onhandelbaar was geworden. Ik vind het wel.'

Patrik had gelijk, even later reden ze het erf op.

'Het ziet er mooi uit hier.'

'Ja, ze hebben een goede naam. In elk geval weten ze een goede indruk te maken. Zelf ben ik altijd wat sceptisch als er te vaak halleluja wordt geroepen, maar wie ben ik? Het doel van dit soort vrijkerkelijke gemeenschappen is aanvankelijk meestal wel goed, maar het lijkt erop dat ze vroeg of laat altijd allerlei vreemde mensen aantrekken. De grote eendracht en het sterke familiegevoel trekken mensen aan die zich nergens thuis voelen.'

'Je hebt er kennelijk ervaring mee.'

'Ach ja, mijn zus heeft een tijdje bij zo'n groep gezeten. In haar zoekende periode als tiener. Je weet wel. Maar ze is er weer heelhuids uit gekomen, dus het was niet zo erg. Maar ik weet nu genoeg van dat soort gemeenschappen om er met gezonde scepsis naar te kijken. Over de mensen hier heb ik nog nooit iets negatiefs gehoord, dus ik ga ervan uit dat ze aardig zijn.'

'Dat heeft ook niets met ons onderzoek te maken,' zei Martin.

Het klonk als een waarschuwing en dat was het ook een beetje. Patrik was meestal erg beheerst, maar nu had er verachting in zijn stem doorgeklonken en Martin vroeg zich lichtelijk bezorgd af welke invloed dat op hun gesprek met Jacob zou hebben.

Het was alsof Patrik zijn gedachten kon lezen. Hij glimlachte. 'Maak je geen zorgen. Dit is een van mijn stokpaardjes, maar het heeft inderdaad niets met ons onderzoek te maken.'

Ze parkeerden en stapten uit. Het bruiste van het leven op de boerderij. Zowel binnen- als buitenshuis leken jongens en meisjes aan het werk te zijn. Bij het meer was een groepje aan het zwemmen en hun stemmen klonken luid. Het zag er allemaal heel idyllisch uit. Martin en Patrik klopten aan en een wat oudere jongen deed open. Ze deinsden beiden terug. Als hij niet zo'n donkere blik had gehad, hadden ze hem niet herkend.

'Hoi, Kennedy.'

'Wat moeten jullie?' De toon was vijandig.

Patrik en Martin konden het geen van beiden helpen dat ze de jongen aanstaarden. Het lange haar dat aldoor in zijn gezicht had gehangen was verdwenen, evenals de zwarte kleren en de ongezonde huid. De jongen die nu voor hen stond was zo keurig geknipt en schoon dat hij helemaal glom. Maar ze herkenden de vijandige blik van de keren dat ze hem voor autodiefstal, drugsbezit en nog veel meer hadden opgepakt.

'Het gaat blijkbaar goed met je, Kennedy.' Patrik klonk vriendelijk. Hij had altijd medelijden met de jongen gehad.

Kennedy verwaardigde zich niet hem te antwoorden en herhaalde in plaats daarvan zijn vraag: 'Wat moeten jullie?'

'We willen met Jacob praten. Is hij er?'

Kennedy versperde hen de weg. 'Wat moeten jullie van hem?'

Nog steeds vriendelijk zei Patrik: 'Dat gaat jou niets aan. Dus ik vraag je nogmaals, is hij hier?'

'Jullie moeten hem niet aldoor lastigvallen. En zijn familie ook niet. Ik heb gehoord wat jullie proberen te doen en het is schandalig. Maar jullie zullen je straf niet ontlopen. God ziet alles en Hij kijkt in jullie hart.'

Martin en Patrik wisselden een korte blik. 'Dat komt wel goed, Kennedy, maar nu moet je toch echt even opzijgaan.'

Patriks stem klonk nu dreigend en na een kleine machtsstrijd deed Kennedy een stap naar achteren en liet hen onwillig binnen.

'Dank je,' zei Martin kortaf en hij liep achter Patrik aan de gang door. Het leek alsof Patrik wist waar hij naartoe moest.

'Ik meen me te herinneren dat zijn kantoor aan het eind van de gang ligt.'

Kennedy liep achter hen aan, op slechts een paar passen afstand, als een zwijgende schaduw. Martin huiverde ondanks de warmte.

Ze klopten aan. Jacob zat achter zijn bureau toen ze binnenkwamen. Hij leek niet erg verbaasd.

'Kijk aan. De sterke arm der wet. Zijn er geen echte boeven die jullie kunnen gaan vangen?'

Kennedy stond achter hen in de deuropening en balde zijn vuisten.

'Dank je wel, Kennedy. Je mag de deur achter je dichtdoen.'

Zwijgend deed Kennedy wat hem was opgedragen, zij het met tegenzin.

'Je weet waarom we hier zijn, neem ik aan.'

Jacob deed zijn computerbril af en boog zich naar voren. Hij zag er getekend uit.

'Ja, mijn vader belde een uurtje geleden met een idioot verhaal. Mijn lieve neef beweert dat hij het vermoorde meisje bij mij thuis heeft gezien.'

'Is dat een idioot verhaal?' Patrik keek Jacob aan.

'Natuurlijk.' Jacob trommelde met de bril op zijn bureau. 'Waarom zou ze naar de Västergården zijn gekomen? Voor zover ik weet was ze een toeriste en de boerderij ligt niet direct in de buurt van toeristische attracties. En wat Johans zogenaamde getuigenverklaring betreft... Tja, jullie kennen onze familiegeschiedenis. Helaas nemen Solveig en haar kinderen elke gelegenheid te baat om onze familie zwart te maken. Treurig. Sommige mensen dragen niet God in hun hart, maar iemand anders...'

'Dat kan wel zo zijn,' Patrik glimlachte voorkomend, 'maar toevallig weten wij wel waarom ze daar wat te zoeken had.' Zag hij een ongeruste glinstering in Jacobs ogen? Hij ging verder: 'Ze was niet als toeriste naar Fjällbacka gekomen, ze was op zoek naar haar wortels. Ze wilde meer weten over de verdwijning van haar moeder.'

'Haar moeder?' vroeg Jacob onthutst.

'Ja. Ze was de dochter van Siv Lantin.'

De bril kraste over het bureau. Was die verbazing echt of gespeeld, vroeg Martin zich af terwijl hij Patrik het woord liet doen zodat hij zich zelf volledig op Jacobs reacties kon richten.

'Ja, dat is wel nieuws. Maar ik begrijp nog steeds niet wat ze dan bij de Västergården te zoeken had.'

'Zoals ik al zei, was ze op zoek naar informatie over het lot van haar moeder. En omdat jouw oom destijds de hoofdverdachte was...' Hij maakte zijn zin niet af.

'Dit komt op mij over als wilde speculaties. Mijn oom was onschuldig, maar jullie hebben hem desondanks de dood ingedreven met jullie insinuaties. En nu hij er niet meer is, zoeken jullie kennelijk een andere zondebok in onze familie. Zeg mij, welke splinter steekt in jullie hart waardoor jullie de behoefte voelen te vernietigen wat een ander heeft opgebouwd? Is het ons geloof en de vreugde die wij daarin vinden?'

Jacob sprak nu op gedragen toon en Martin begreep waarom hij als predikant werd gewaardeerd. De milde stem die melodieus steeg en daalde had iets betoverends.

'Wij doen gewoon ons werk.'

Patrik was kortaf en moest zich beheersen om zijn enorme afkeer van wat hij als religieus gebazel beschouwde, niet te tonen. Tegelijk moest hij erkennen dat Jacob iets bijzonders had als hij sprak. Zwakkere mensen dan hij konden zich in die stem verliezen en door de boodschap worden aangetrokken. Patrik ging verder: 'Je zegt dus dat Tanja Schmidt nooit bij de Västergården is geweest?'

Jacob sloeg zijn handen uiteen. 'Ik zweer dat ik het meisje nooit heb gezien. Verder nog iets?'

Martin dacht aan de informatie die ze van Pedersen hadden gekregen, dat Johannes geen zelfmoord had gepleegd. Dat nieuwtje zou Jacob wel van zijn stuk brengen. Maar hij wist dat Patrik gelijk had. Ze zouden de kamer nog niet uit zijn, of de rest van de familie Hult zou het al weten.

'Nee, dat was alles. Maar het kan zijn dat we nog een keer terugkomen.'

'Dat verbaast me niets.'

Jacobs stem klonk nu niet prekend meer, maar weer mild en kalm. Martin wilde net de deurkruk beetpakken, toen de deur geluidloos voor hem open gleed. Aan de andere kant stond Kennedy. Hij moest hebben staan luisteren. Martin wist het zeker toen hij het zwarte vuur in Kennedy's ogen zag, en hij deinsde terug bij zoveel haat. Jacob had hem kennelijk meer over 'oog om oog' geleerd dan over 'heb uw naaste lief'.

De stemming aan de kleine tafel was bedrukt. Niet dat die ooit opgewekt was geweest. Niet sinds het overlijden van Johannes.

'Nu moet het ophouden!' Solveig drukte haar handen tegen haar borst. 'Wij zijn altijd de klos. Het is net alsof iedereen zit te wachten tot ze ons een trap kunnen verkopen!' Ze kermde. 'Wat zullen de mensen nu weer zeggen, als ze horen dat de politie het graf van Johannes heeft geopend! Ik dacht dat het geklets zou ophouden toen ze dat laatste meisje vonden, maar alles begint weer van voren af aan.'

'Laat de mensen toch lullen! Wat kan het ons schelen waar ze met elkaar over roddelen?' Robert doofde zijn sigaret zo heftig dat de asbak omviel. Solveig trok vlug de albums weg. 'Pas op, Robert! Straks ontstaan er nog brandvlekken op de albums.'

'Ik heb lak aan die verdomde albums. Je zit dag in dag uit maar naar die stomme oude foto's te kijken! Snap je niet dat die tijd voorbij is! Het is allemaal honderd jaar geleden en jij zit maar te zuchten en in die klerealbums te bladeren. Pa is er niet meer en jij bent niet langer een schoonheidskoningin. Je zou jezelf eens moeten zien.'

Robert pakte de albums en gooide ze op de grond. Solveig vloog er met een gil op af en begon de foto's te verzamelen die over de hele vloer verspreid lagen. Roberts woede werd er alleen maar groter door. Hij negeerde de smekende blik van Solveig en boog zich voorover om een handvol foto's op te rapen, die hij vervolgens in kleine stukjes scheurde.

'Nee, Robert! Alsjeblieft! Niet mijn foto's. Robert, toe!' Haar mond was als een open wond.

'Je bent een dik oud wijf, heb je dat nu nog niet door! En pa heeft zich opgehangen, het wordt tijd dat je dat snapt!'

Johan had als vastgenageld zitten kijken naar de scène die zich voor zijn ogen afspeelde. Nu stond hij op en pakte Roberts hand stevig beet. Hij trok de restanten van de foto's uit Roberts krampachtige greep en dwong zijn broer naar hem te luisteren: 'Nu houd je je gemak. Dit is precies wat ze willen, snap je dat niet? Dat we ons tegen elkaar keren zodat ons gezin uit elkaar valt. Maar dat gunnen we ze niet, hoor je me! Wij blijven elkaar steunen. Nu help je mama de foto's bij elkaar te zoeken.'

Roberts woede ebde weg, alsof er een ballon was leeg geprikt. Hij wreef in zijn ogen en keek verschrikt naar de rommel om hem heen. Solveig lag als een grote, zachte bult vertwijfeling op de grond te snikken terwijl er stukjes foto door haar vingers gleden. Haar gehuil was hartverscheurend. Robert ging op zijn hurken naast haar zitten en sloeg een arm om haar heen. Teder streek hij een lok van haar voorhoofd en hielp haar overeind.

'Sorry, moeder, sorry, sorry, sorry. Ik zal je helpen de albums weer in orde te brengen. De foto's die stuk zijn kan ik niet maken, maar het waren er niet veel. Kijk, de mooiste zijn nog heel. Moet je zien hoe mooi je was!'

Hij hield een foto op. Solveig in een zedig badpak met een sjerp waarop MEIKONINGIN 1967 stond. En ze wás mooi. Het gehuil ging over in een haperend gesnuf. Ze pakte de foto van haar zoon aan en er brak op haar gezicht een glimlach door. 'Ja, Robert, ik was mooi, hè?'

'Ja, moeder, dat was je. Het mooiste meisje dat ik ooit heb gezien!'

'Echt waar?'

Ze glimlachte koket en streek hem over het hoofd. Hij hielp haar weer op de keukenstoel.

'Ja, dat vind ik echt. Erewoord.'

Even later was alles opgeraapt en bladerde ze weer gelukkig in de albums. Johan gebaarde met zijn hoofd dat hij Robert wilde spreken. Ze gingen op de stoep voor het huis zitten en staken een sigaret op.

'Shit, Robert, je mag nu niet instorten.'

Robert schraapte met zijn voet over het grind. Hij zei niets. Wat viel er ook te zeggen?

Johan nam een diepe trek en liet de rook genietend tussen zijn lippen weer naar buiten stromen. 'We mogen ze nu niet in de kaart spelen. Ik meende wat ik binnen zei: we moeten elkaar blijven steunen.'

Robert bleef zwijgen. Hij schaamde zich. Waar hij zijn voet heen en weer had bewogen, was een grote kuil in het grind ontstaan. Hij gooide zijn peuk erin en schopte er zand overheen. Een maatregel die niet echt nodig was, er lagen overal peuken. Na een tijdje keek hij Johan aan.

'Zeg, over dat meisje dat je bij de Västergården zag.' Hij aarzelde. 'Was dat waar?'

Johan nam nog een laatste trek en gooide toen ook zijn peuk op de grond. Zonder zijn broer aan te kijken ging hij staan.

'Natuurlijk is dat waar.' Vervolgens liep hij naar binnen.

Robert bleef zitten. Voor het eerst in zijn leven voelde hij een afgrond tussen hem en zijn broer. Hij kreeg het er Spaans benauwd van.

De middag verliep bedrieglijk rustig. Voordat ze nadere details over Johannes' overblijfselen hadden gehoord, wilde Patrik niets overhaasts doen, dus hij zat min of meer te wachten tot de telefoon zou gaan. Hij voelde zich rusteloos en ging even een praatje met Annika maken.

'Hoe gaat het met jullie?' Zoals altijd keek ze hem over de rand van haar bril aan.

'De warmte maakt het er niet makkelijker op.' Terwijl hij het zei, voelde hij een heerlijk briesje in Annika's kamer. Op haar bureau draaide een grote ventilator en Patrik sloot genietend zijn ogen.

'Waarom heb ik daar niet aan gedacht? Ik heb voor Erica wel een ventilator gekocht, maar waarom niet ook een voor op mijn kantoor? Dat ga ik morgen als eerste doen, dat is een ding dat zeker is.'

'Erica, ja. Hoe gaat het met haar buik? Het zal voor haar wel zwaar zijn in deze warmte.'

'Ja, voordat ik die ventilator had gekocht, werd ze zowat gek van de hitte. Ze slaapt ook slecht en heeft krampen in haar kuiten. Het is voor haar absoluut onmogelijk om op haar buik te liggen. Je weet wel, dat soort dingen.'

'Tja, ik kan niet echt zeggen dat ik dat weet,' zei Annika.

Patrik realiseerde zich geschrokken wat hij had gezegd. Annika en haar man hadden geen kinderen en hij had nooit durven vragen waarom niet. Misschien konden ze ze niet krijgen en dan was zijn onbezonnen opmerking een grote blunder. Ze zag dat hij zich geneerde.

'Maak je geen zorgen, we hebben er zelf voor gekozen. We hebben gewoon nooit een verlangen naar kinderen gevoeld. We kunnen al onze liefde aan onze honden kwijt.'

Patrik voelde dat zijn wangen weer kleur kregen. 'Ik was even bang dat ik een enorme bok had geschoten. Maar het is voor ons allebei nu zwaar, al heeft Erica het natuurlijk zwaarder dan ik. Eigenlijk willen we nu beiden het liefst dat het achter de rug is. Bovendien worden we de laatste tijd een beetje overspoeld.'

'Overspoeld?' Annika trok vragend een wenkbrauw op.

'Met familie en kennissen die het een fantastisch idee vinden om in juli naar Fjällbacka te komen.'

'En die wippen ook even bij jullie aan...' zei Annika ironisch. 'Ja, dat is een bekend fenomeen. Toen we ons zomerhuisje net hadden, kregen we met hetzelfde probleem te kampen, tot we het zat waren en tegen alle klaplopers zeiden dat ze konden ophoepelen. Daarna bleven ze weg, en je merkt vrijwel meteen dat je de meesten niet mist. Echte vrienden komen ook in november, de rest kun je missen als kiespijn.'

'Helemaal mee eens,' zei Patrik, 'maar dat is makkelijker gezegd dan gedaan. Erica heeft de eerste groep die kwam er weliswaar uitgegooid, maar nu hebben we een tweede invasie tegen wie we gastvrij moeten zijn. En die arme Erica moet ze de hele dag maar bedienen.' Hij zuchtte.

'Wees dan een man en doe er wat aan.'

'Ik?' Patrik keek Annika gekwetst aan.

'Ja, als Erica helemaal gestrest raakt terwijl jij hier nergens last van hebt, moet je misschien met je vuist op tafel slaan en ervoor zorgen dat zij het rustig aan kan doen. Het is vast niet makkelijk voor haar. Ze had tenslotte eerst haar eigen carrière en nu zit ze de hele dag te navelstaren terwijl jouw leventje gewoon doorgaat.'

'Zo had ik het nog niet bekeken,' zei Patrik schaapachtig.

'Nee, dat dacht ik wel. Gooi dat bezoek vanavond dus de deur uit, ook al lijkt dat nog zo onbeleefd. En daarna ga je de aanstaande moeder lekker vertroetelen. Heb je het er weleens met haar over gehad hoe het voor haar is om de hele dag thuis te zitten? Ik neem aan dat ze met deze hitte de deur nauwelijks uit komt en dan is ze dus eigenlijk aan huis gekluisterd.'

'Ja.' Nu fluisterde Patrik. Het was alsof er een stoomwals over hem heen was gedenderd. Zijn keel was dik van angst. Je hoefde geen genie te zijn om te beseffen dat Annika gelijk had. Hij had niet verder gekeken dan zijn neus lang was en was helemaal opgegaan in het onderzoek, waardoor hij er geen minuut bij had stilgestaan hoe het voor Erica moest zijn. Hij had gewoon gedacht dat het fijn voor haar was dat ze vakantie had en zich op de zwangerschap kon concentreren. Wat hem zo in verlegenheid bracht, was dat hij eigenlijk wel beter wist. Hij wist dat het belangrijk voor Erica was om met iets zinvols bezig te zijn en dat het haar niet lag om niets om handen te hebben. Maar het was hem wel goed uitgekomen om zichzelf voor de gek te houden.

'Dus... misschien moet je vandaag maar eens wat eerder naar huis om voor je vriendin te zorgen?'

'Maar ik wacht op een telefoontje,' kwam er automatisch uit Patriks mond. Annika's blik maakte hem duidelijk dat dat het verkeerde antwoord was.

'Je bedoelt dat je mobieltje het alleen op het bureau doet? Een beetje een beperkt bereik voor een mobieltje, vind je ook niet?'

'Ja,' piepte Patrik gekweld. Hij sprong op van de stoel. 'Oké, dan ga ik nu naar huis. Wil jij eventuele gesprekken naar me doorverbinden?'

Annika keek hem aan alsof hij achterlijk was en hij liep achteruit de kamer uit. Als hij een pet had gehad, zou hij die in zijn hand hebben genomen en hebben gebogen...

Maar door onvoorziene gebeurtenissen duurde het toch nog een uur voor hij echt wegging.

Ernst stond zich te verlekkeren aan de koffiebroodjes van Hedemyrs. Aanvankelijk had hij naar de bakker willen gaan, maar de lange rij had hem van gedachten doen veranderen.

Terwijl hij probeerde te kiezen tussen kaneelbolletjes en kokosmakronen, werd zijn aandacht getrokken door een verschrikkelijk lawaai op een hogere verdieping. Hij legde de koeken weg om een kijkje te gaan nemen. De winkel bestond uit drie etages. Op de begane grond waren een restaurant, een kiosk en een boekwinkel gevestigd, op de eerste verdieping kon je specerijen kopen en daarboven had je kleding, schoenen en geschenkartikelen. Bij de kassa stonden twee vrouwen aan een handtas te rukken. De ene vrouw droeg een naamkaartje dat erop duidde dat ze tot het personeel behoorde, terwijl de andere vrouw zó uit een Russische lowbudgetfilm kon zijn gestapt: een minirok, netkousen, een hemdje dat op de tienerafdeling leek te zijn gekocht en zoveel make-up dat ze op een staalkaart leek.

'*No, no, my bag!*' schreeuwde de vrouw schel in gebroken Engels.

'*I saw you took something,*' antwoordde de winkeljuffrouw, ook in gebroken Engels, maar met een duidelijk Zweeds accent. Ze leek opgelucht toen ze Ernst zag.

'Godzijdank, pak deze vrouw op. Ik heb gezien dat ze allerlei spullen in haar tas stopte en er doodleuk mee vandoor wilde gaan.'

Ernst aarzelde geen seconde. Met twee grote passen was hij bij hen en hij pakte de vermeende winkeldievegge bij de arm. Omdat hij geen Engels sprak, nam hij niet de moeite haar vragen te stellen. In plaats daarvan trok hij de grote handtas bruusk uit haar handen en gooide zonder pardon de inhoud op de grond. Er rolde van alles uit: een föhn, een scheerapparaat, een elektrische tandenborstel en, om de een of andere onduidelijke reden, een aardewerken varken met een bloemenkrans op zijn kop.

'Wat hebt u hierop te zeggen?' vroeg Ernst in het Zweeds. De winkeljuffrouw vertaalde het.

De vrouw schudde alleen haar hoofd en probeerde te doen alsof haar neus bloedde. Ze zei: '*I know nothing. Speak to my boyfriend, he will fix this. He is boss of the police!*'

'Wat zegt dat mens?' snauwde Ernst. Het ergerde hem dat hij een vrouw nodig had om de buitenlandse te kunnen verstaan.

'Ze zegt dat ze van niets weet. En dat jullie met haar vriendje moeten gaan praten. Ze zegt dat hij het hoofd van de politie is?' De winkeljuffrouw keek verbluft van Ernst naar de vrouw, die nu een superieure glimlach op haar gezicht toverde.

'O, ze mag zeker met de politie praten. Dan zullen we eens zien of ze blijft volhouden dat haar vriendje daar hoofd is. Misschien kom je daar in Rusland mee weg, of waar je ook maar vandaan komt, maar hier gaat die vlieger niet op, dame!' schreeuwde Ernst met zijn gezicht vlak voor het hare. Ze begreep geen woord van wat hij zei, maar keek voor het eerst een beetje onzeker.

Ernst trok haar ruw met zich mee de winkel uit en stak de straat over naar het politiebureau. Hij sleurde de vrouw op haar hoge hakken bijna achter zich aan en de auto's minderden vaart om het spektakel te bekijken. Annika zette grote ogen op toen het tweetal langs de receptie stoof.

'Mellberg!' Ernst riep zo luid dat het door de gang echode. Patrik, Martin en Gösta staken alle drie hun hoofd om de deur om te zien wat er aan de hand was. Ernst riep nog een keer in de richting van Mellbergs kantoor. 'Mellberg, je moet komen. Ik heb je verloofde hier!' Inwendig moest hij grinniken, nu zou ze flink op haar bek gaan. Het was onrustbarend stil in Bertils kamer en Ernst begon zich af te vragen of Bertil was vertrokken terwijl hij dat boodschapje was gaan doen. 'Mellberg?' riep hij voor de derde keer, nu iets minder enthousiast over zijn plan om de vrouw haar woorden te laten inslikken. Ernst moest een heel lange minuut wachten terwijl hij de vrouw stevig vasthield en iedereen hem met grote ogen aankeek. Pas toen kwam Mellberg uit zijn kantoor. Naar de grond kijkend besefte Ernst met een klomp in zijn maag dat dit niet zo mooi zou aflopen als hij had gedacht.

'Beeertil!' De vrouw rukte zich los en holde naar Mellberg toe. Die verstijfde in zijn beweging als een hert in een koplamp. Omdat ze twintig centimeter langer was dan hij, zag het er op zijn zachtst gezegd komisch uit toen ze hem tegen zich aan drukte. Ernsts mond viel open. Hij kon wel door de grond zakken en besloot meteen zijn ontslagaanvraag te schrijven. Vóórdat hij ontslagen wérd. Ontzet besefte hij dat jaren van doelbewust slijmen door één ongelukkige handeling teniet waren gedaan.

De vrouw liet Mellberg los. Ze draaide zich om en wees beschuldigend naar Ernst, die schaapachtig haar handtas vasthield.

'*This brutal man put his hands on me! He say I steal! O, Bertil, you must help your poor Irina!*'

Onhandig klopte Mellberg haar op de schouder. Om dat te kunnen doen moest hij zijn hand ongeveer ter hoogte van zijn eigen neus brengen. '*You go home, Irina, okay? To house. I come later. Okay?*'

Zijn Engels kon je in het gunstigste geval haperend noemen, maar ze begreep wat hij zei en vond het niet leuk.

'*No Bertil. I stay here. You talk to that man, and I stay here and see you work, okay?*'

Hij schudde gedecideerd zijn hoofd en schoof haar met milde dwang voor zich uit. Ze draaide zich ongerust om en zei: '*But Bertil, honey, Irina not steal, okay?*'

Ze wierp nog een laatste gemeen triomfantelijke blik naar Ernst en paradeerde vervolgens op haar hoge hakken naar buiten. Ernst staarde nog steeds naar de grond en durfde Mellberg niet aan te kijken.

'Lundgren! In mijn kantoor!'

In Ernsts oren klonk het alsof de dag des oordeels was aangebroken. Hij sjokte achter Mellberg aan. De anderen keken nog steeds om hun deur, met open mond. Nu begrepen ze in elk geval waar de stemmingswisselingen vandaan waren gekomen.

'Vertel maar wat er is gebeurd,' zei Mellberg.

Ernst knikte mat. Het zweet stond hem op het voorhoofd, maar deze keer kwam het niet door de warmte.

Hij vertelde dat hij bij Hedemyrs tumult had gehoord en de vrouw en de winkeljuffrouw aan een tas had zien trekken. Met bibberende stem vertelde hij ook dat hij de inhoud van de tas op de grond had gegooid en dat er diverse spullen in hadden gezeten die niet waren betaald. Toen hield hij zijn mond en wachtte op het vonnis. Tot zijn verbazing leunde Mellberg met een diepe zucht achterover in zijn stoel.

'Ja, ik heb me een hoop ellende op de hals gehaald.' Hij aarzelde even. Toen boog hij voorover, trok een la open en pakte er iets uit wat hij Ernst over de tafel toeschoof.

'Dit is wat ik had verwacht. Pagina drie.'

Nieuwsgierig pakte Ernst het boekwerk dat eruitzag als een jaarboek, en bladerde naar pagina drie. De bladzijden stonden vol foto's van vrouwen met een kort stukje over hun lengte en gewicht, de kleur van hun ogen en hun hobby's. Hij besefte opeens wat Irina was. Een postorderbruidje. Maar de gelijkenis tussen de echte Irina enerzijds en het portret en de informatie in de catalogus anderzijds was niet groot. Ze had er in het boekje minstens tien jaar, tien kilo en een kilo aan make-up van afgetrokken. Op de foto was ze mooi en onschuldig en glimlachte breed naar de camera. Ernst keek naar het portret en vervolgens naar Mellberg, die zijn armen spreidde: 'Je ziet het, dát had ik verwacht. We hebben een jaar lang met elkaar gecorrespondeerd en ik kon bijna niet wachten tot ze hier was.' Hij knikte naar de catalogus op Ernsts schoot. 'En toen kwam ze.' Hij zuchtte. 'Het was een koude douche, dat kan ik je wel vertellen. En het ging meteen van: "Bertil, liefste, koop dit, koop dat." Ik heb haar zelfs in mijn portemonnee zien snuffelen toen ze dacht dat ik niet keek. Verdomme, wat een ellende.'

Hij streek over het nest op zijn hoofd, en het viel Ernst op dat de Mellberg die onlangs nog zoveel zorg aan zijn uiterlijk had besteed, was verdwenen. Zijn overhemd zat weer onder de vlekken en de transpiratieplekken onder zijn armen waren als theeschoteltjes zo groot. Op de een of andere manier was dat geruststellend; alles was weer bij het oude.

'Ik vertrouw erop dat je hier niet met de anderen over praat.'

Mellberg dreigde met zijn vinger en Ernst schudde fanatiek zijn hoofd. Hij zou er met geen woord over reppen. Hij voelde zich opgelucht, hij zou ondanks alles niet ontslagen worden.

'Kunnen we dit incidentje dan vergeten? Ik handel het verder af. Ze gaat met het eerste het beste vliegtuig naar huis terug.'

Ernst stond op en liep buigend de kamer uit.

'En je kunt de mensen op de gang zeggen dat ze moeten ophouden met smiespelen en aan het werk moeten gaan.'

Ernst glimlachte breed toen hij de barse stem van Mellberg hoorde. Zijn baas zat weer vast in het zadel.

Als hij al had getwijfeld aan de waarheid van Annika's woorden, dan verdween dat gevoel zodra hij binnen was. Erica wierp zich in zijn armen en hij zag de vermoeidheid als een sluier over haar gezicht liggen. Zijn slechte geweten knaagde opnieuw aan hem. Hij had beter moeten opletten, Erica's gemoedstoestand beter in de gaten moeten houden. In plaats daarvan had hij zich nog meer op zijn werk gestort dan anders, en haar zonder een zinnige bezigheid tussen de vier muren van het huis heen en weer laten banjeren.

'Waar zijn ze?" vroeg hij.

'In de tuin,' fluisterde Erica terug. 'O, Patrik, ik houd het niet vol als ze hier nog een dag blijven. Ze hebben de hele dag op hun gat gezeten en verwachtten dat ik wel voor ze zou zorgen. Ik breng het niet langer op.'

Ze stortte in zijn armen in elkaar en hij streek haar over het hoofd. 'Maak je geen zorgen, ik handel dit wel af. Het spijt me, ik had de afgelopen week niet zoveel moeten werken.'

'Je hebt me gevraagd of ik dat erg vond en ik heb nee gezegd. En je had ook geen keuze,' mompelde Erica tegen zijn overhemd.

Ondanks zijn slechte geweten was hij geneigd met haar woorden in te stemmen. Wat had hij anders kunnen doen, nu er een meisje was verdwenen dat waarschijnlijk ergens gevangen werd gehouden. Maar tegelijkertijd moest hij prioriteit geven aan Erica, aan haar gezondheid en die van hun kind.

'Er werken meer mensen op het politiebureau. Ik kan een aantal dingen delegeren. Maar eerst gaan we dit acute probleem oplossen.'

Hij maakte zich los uit Erica's omhelzing, haalde diep adem en liep naar de tuin. 'Hallo, hebben jullie een leuke dag gehad?'

Jörgen en Madeleine draaiden hun neonkleurige neuzen in zijn richting en knikten blij. Ja, ik geloof graag dat jullie een leuke dag hebben gehad, dacht Patrik ironisch. Er is de hele dag voor jullie gezorgd en jullie denken dat dit een hotel is.

'Zeg, ik heb een beetje rond gebeld en jullie dilemma is opgelost. Er zijn kamers vrij in het Storahotel omdat er zoveel mensen uit Fjällbacka zijn vertrokken. Maar ik heb ook begrepen dat jullie budget wat krap is, dus dat is misschien geen optie?'

Jörgen en Madeleine, die er even ongerust uit hadden gezien, schudden enthousiast hun hoofd. Nee, dat was geen optie.

'Maar,' zei Patrik en hij zag tot zijn tevredenheid dat er weer een bezorgde rimpel op hun voorhoofden verscheen, 'ik heb ook naar de jeugdherberg op Valö gebeld en stel je voor – zij hebben ook nog plek! Een goede keuze! Goedkoop, schoon en mooi. Beter kan niet.'

Hij sloeg zijn handen overdreven genietend in elkaar en was de tegenwerpingen die hij op de lippen van zijn gasten zag voor: 'Jullie kunnen nu maar beter meteen gaan pakken, want de boot vertrekt over een uur vanaf het Ingrid Bergmanstorg.'

Jörgen wilde iets zeggen, maar Patrik hief afwerend zijn handen op. 'Nee, nee, je hoeft me niet te bedanken, het was absoluut geen moeite. Ik heb maar een paar telefoontjes hoeven plegen.'

Grijnzend liep hij naar de keuken, waar Erica door het raam stiekem had meegeluisterd. Ze gaven elkaar een high five en moesten hun best doen om niet te giechelen.

'Schitterend,' fluisterde Erica bewonderend. 'Ik wist niet dat ik samenwoonde met een machiavellist van meester-formaat!'

'Er is veel wat je niet van mij weet, lieverd,' zei Patrik. 'Ik ben een zeer complex man, snap je...'

'Je zegt het. Ik dacht altijd dat jij zo'n simpele ziel was,' glimlachte ze plagend.

'Als die dikke buik van jou niet in de weg had gezeten, had ik je laten zien hoe simpel ik ben,' flirtte Patrik en hij voelde hoe de spanning wegebde terwijl ze liefdevol harrewarden.

Hij werd ernstig. 'Heb je nog wat van Anna gehoord?'

Erica's glimlach verdween. 'Nee, geen woord. Ik ben nog bij de steiger gaan kijken, maar ze lagen er niet meer.'

'Is ze naar huis gegaan, denk je?'

'Ik weet het niet. Of ze zijn verder langs de kust gezeild. Maar weet je, ik kan me er eigenlijk niet druk om maken. Ik ben haar prikkelbaarheid zo zat, als ik iets verkeerds zeg is ze meteen chagrijnig.'

Erica zuchtte en wilde nog iets zeggen, maar werd onderbroken door Jörgen en Madeleine die geïrriteerd langsliepen om hun spullen te gaan pakken.

Even later, nadat Patrik de onwillige vakantiegangers naar de boot richting Valö had gebracht, gingen ze op de veranda zitten om van de stilte te genieten. Omdat Patrik Erica graag wilde vertroetelen en nog steeds het gevoel had dat hij iets goed moest maken, masseerde hij haar gezwollen voeten en kuiten en ze zuchtte van genot. De gedachte aan de vermoorde meisjes en de verdwenen Jenny Möller duwde hij ver, ver weg. Af en toe moest zijn geest rust krijgen.

Het telefoontje kwam de volgende ochtend. Patrik had besloten wat beter voor zijn vriendin te zorgen en was daarom wat langer thuis gebleven. Ze zaten in alle rust in de tuin te ontbijten, toen Pedersen belde. Met een verontschuldigende blik naar Erica stond Patrik van tafel op en ze gebaarde glimlachend dat het oké was. Ze leek al weer een stuk tevredener.

'En, heb je iets interessants gevonden?' vroeg Patrik.

'Ja, dat kun je wel stellen. Laten we beginnen met de doodsoorzaak van Johannes Hult. Mijn eerste waarneming klopte helemaal. Hij heeft zich niet opgehangen. Als jij zegt dat hij op de grond is gevonden met een touw om zijn nek, dan is dat touw eromheen gelegd toen hij al dood was. De doodsoorzaak is een krachtige slag tegen zijn achterhoofd met een hard voorwerp. Dat was niet stomp, het had een scherpe rand. Zijn kaak is verbrijzeld, wat erop kan wijzen dat hij van voren ook een klap heeft gehad.'

'Dus het lijdt geen twijfel dat hij is vermoord?' Patrik klemde de hoorn stevig vast.

'Nee, dat letsel kan hij onmogelijk zelf hebben veroorzaakt.'

'En hoe lang was hij al dood?'

'Dat is moeilijk te zeggen, hij heeft lang in de grond gelegen. Ik gok dat het tijdstip vrij nauwkeurig overeenkomt met het moment waarop ze dachten dat hij zich had opgehangen. Dus hij is daar niet naderhand neergelegd, als je dat bedoelt,' zei Pedersen lichtelijk geamuseerd.

Het was even stil terwijl Patrik over Pedersens woorden nadacht. Opeens viel hem iets in: 'Je zei net dat je nog iets had gevonden toen je Johannes onderzocht. Wat is dat?'

'Tja, dat zullen jullie pas echt leuk vinden. We hebben hier een tijdelijke kracht die meer dan precies te werk gaat en zij is op het idee gekomen om DNA-monsters van Johannes te nemen nu hij toch boven de grond is om het zo maar te zeggen, en die te vergelijken met het sperma dat we bij Tanja Schmidt hebben gevonden.'

'En?' Patrik hoorde zelf hoe zwaar en vol verwachting zijn ademhaling was.

'En verdomme, er is een verwantschap! Degene die Tanja Schmidt heeft vermoord, is zonder meer familie van Johannes Hult.'

Patrik had de correcte Pedersen nog nooit horen vloeken, maar nu was hij geneigd met diens krachtterm in te stemmen. Verdomme! Toen hij zich had vermand, zei hij: 'Kunnen jullie zien hoe ze verwant zijn?' Zijn hart bonkte.

'Ja, dat zijn we nu aan het bekijken. Maar daar hebben we meer referentiemateriaal voor nodig, dus nu is het jouw taak om bloedmonsters af te nemen van alle bekende familieleden van Johannes.'

'Allemaal?' vroeg Patrik en hij werd moe alleen al bij de gedachte aan de reactie van de clan op deze inbreuk van hun privacy.

Hij bedankte voor de informatie en liep terug naar de ontbijttafel, waar Erica in een witte nachtpon met haar bollende vormen en losse haren net een madonna leek. Ze benam hem nog altijd de adem.

'Ga maar.' Ze gebaarde weer dat het oké was dat hij wegging en hij gaf haar dankbaar een zoen op haar wang.

'Heb jij plannen voor vandaag?' vroeg hij.

'Eén voordeel van veeleisende gasten is dat je daarna heel erg kunt genieten van een dagje luieren. Ik heb met andere woorden besloten vandaag helemaal niks te doen. Buiten liggen lezen en wat lekkers eten.'

'Dat klinkt als een goed plan. Ik zorg ervoor dat ik vandaag ook vroeg thuis ben. Uiterlijk om vier uur, dat beloof ik je.'

'Doe gewoon je best. Ik zie je wel verschijnen. Ga nu maar, ik zie dat je staat te trappelen van ongeduld.'

Dat hoefde ze niet nog keer te zeggen. Hij haastte zich naar het politiebureau.

Toen hij daar twintig minuten later aankwam, zaten de anderen in de koffiekamer koffie te drinken. Schuldbewust besefte hij dat het later was geworden dan hij had gepland.

'Hoi Hedström, ben je vandaag vergeten de wekker te zetten?' Ernst, die na de gebeurtenissen van de vorige dag weer geheel vol zelfvertrouwen was, klonk zo zelfgenoegzaam als hij maar durfde.

'Tja, ik heb mijn vele overuren een beetje gecompenseerd. En ik moet ook voor mijn vriendin zorgen,' zei Patrik met een knipoog naar Annika, die haar plek achter de receptie even was ontvlucht.

'Ja, dat zullen dan wel de privileges van de chef zijn, neem ik aan, om uit te slapen als je er zin in hebt,' kon Ernst niet nalaten te zeggen.

'Ik ben weliswaar verantwoordelijk voor dit onderzoek, maar ik ben geen chef,' zei Patrik vriendelijk. De blikken die Annika Ernst toewierp waren minder mild.

Patrik ging verder: 'En als leider van dit onderzoek heb ik nieuws – en een nieuwe taak.'

Hij vertelde wat Pedersen had gezegd en even was de stemming in de koffiekamer van het politiebureau in Tanumshede triomfantelijk.

'Dan hebben we het aantal mogelijke daders snel beperkt tot vier,' zei Gösta. 'Johan, Robert, Jacob en Gabriël.'

'Vergeet niet waar Tanja voor het laatst is gezien,' zei Martin.

'Volgens Johan, ja,' hielp Ernst hem herinneren. 'Vergeet niet dat Jóhan dat zegt. Persoonlijk zou ik graag eerst een betrouwbaarder getuige zien.'

'Ja, maar Linda heeft ook iemand gezien toen ze die avond daar waren...'

Patrik onderbrak de discussie tussen Ernst en Martin. 'Het maakt niet uit hoe dat zit, zodra we het DNA van de hele familie Hult hebben, hoeven we niet langer te speculeren. Dan weten we het. Ik heb onderweg al gebeld om de vereiste toestemming te krijgen. Iedereen weet waarom het haast heeft, dus ik verwacht elk moment groen licht van het Openbaar Ministerie te krijgen.'

Hij schonk een kop koffie in en ging bij de anderen zitten. Hij legde zijn mobiele telefoon op tafel en niemand kon nalaten ernaar te gluren.

'Wat vonden jullie van dat spektakel gisteren?' Ernst grinnikte. Zijn belofte om niet verder te vertellen wat Mellberg hem had toevertrouwd, was hij alweer vergeten. Iedereen had ondertussen al over het postorderbruidje van Mellberg gehoord, het was de grootste roddel in jaren en die zou buiten gehoorsafstand van de chef nog een hele tijd worden uitgemolken.

'Shit, man,' lachte Gösta. 'Als je zo wanhopig bent dat je een vrouw uit een catalogus moet bestellen, dan is het je eigen stomme schuld.'

'Wat zal hij op zijn neus hebben gekeken toen hij haar van het vliegveld haalde en besefte dat hij op z'n zachtst gezegd bedrogen uitkwam.' Annika lachte hartelijk. Lachen om andermans ellende voelde niet zo verschrikkelijk als die ander Mellberg was.

'Ik moet wel zeggen dat ze niet op haar lauweren rustte. Linea recta naar de winkel om haar hele tas vol te laden. Ze leek ook niet erg kieskeurig te zijn in wat ze meenam, als er maar een prijskaartje aan hing...' schaterde Ernst. 'Over stelen gesproken, snappen jullie hier wat van? Die ouwe Persson, bij wie Gösta en ik gisteren op bezoek waren, vertelde dat de een of andere idioot kunstmest van hem jatte. Telkens als hij een bestelling had gedaan, werden er een paar zakken meegenomen. Snap jij nou dat mensen zo gierig zijn dat ze zakken mest stelen? Het is duur spul, dat wel, maar toch...' Hij sloeg zich op de knieën. 'Potjandorie,' zei hij en hij moest de tranen uit zijn ogen vegen. Toen besefte hij dat het in de koffiekamer doodstil was geworden.

'Wát zei je?' zei Patrik met een onheilspellende stem. Ernst had die stem eerder gehoord, nog maar een paar dagen geleden, en hij wist dat hij weer een stommiteit had begaan.

'Ja, hij zei dat iemand zakken mest van hem stal.'

'En hoewel de Västergården de dichtstbijzijnde boerderij is, drong het niet tot je door dat dit belangrijke informatie kon zijn?'

Patriks stem was zo koud dat Ernst er kippenvel van kreeg. Patrik keek Gösta aan. 'Heb jij dat gehoord, Gösta?'

'Nee, de boer moet dat hebben verteld toen ik naar de wc was.' Hij keek Ernst nijdig aan.

'Ik heb er niet aan gedacht,' zei Ernst drenzerig. 'Je kunt toch ook niet alles onthouden.'

'Dat moet je juist wel, verdorie. We komen hier een andere keer nog wel op terug. De vraag is nu wat dit voor ons betekent.'

Martin stak zijn hand op alsof hij op school zat. 'Ben ik de enige die vindt dat er steeds meer in de richting van Jacob wijst?' Niemand gaf antwoord, dus lichtte hij zijn vraag toe. 'In de eerste plaats is er een getuigenverklaring, zij het van een dubieuze bron, waaruit blijkt dat Tanja vóór haar verdwijning op de Västergården was. In de tweede plaats duidt het DNA op Tanja's lichaam op een familielid van Johannes, en in de derde plaats zijn er zakken mest gestolen van een boerderij die naast de Västergården ligt. Ik vind dat in elk geval voldoende om Jacob op te halen voor een gesprek. Ondertussen kunnen we dan ook wat op zijn erf rondneuzen.'

Het bleef stil, dus vervolgde Martin zijn argumentatie. 'Zoals je zelf al zei, Patrik, het heeft haast. We hebben niets te verliezen als we daar een beetje rondkijken en Jacob de duimschroeven aandraaien. We hebben alleen iets te verliezen als we niets doen. Natuurlijk, we weten meer als we ze allemaal hebben getest en hun DNA hebben vergeleken, maar we kunnen tot die tijd geen duimen gaan draaien! We moeten iets ondernemen!'

Ten slotte nam Patrik het woord: 'Martin heeft gelijk. We hebben voldoende om een gesprek met hem de moeite waard te maken, en het kan geen kwaad om ook een kijkje te nemen op de Västergården. We doen het zo: Gösta en ik halen Jacob op. Martin, jij neemt contact op met de politie in Uddevalla en vraagt om versterking voor een huiszoeking. Vraag Mellberg om hulp bij het regelen van de toestemming, en zorg ervoor dat je niet alleen in de woning mag kijken, maar ook in de andere gebouwen. Zo nodig brengen we allemaal verslag uit aan Annika. Oké? Zijn er nog vragen?'

'Ja, hoe doen we het met die bloedmonsters?' vroeg Martin.

'O shit, die was ik vergeten. We zouden ons moeten kunnen klonen.' Patrik dacht even na. 'Martin, kun jij dat ook regelen als je hulp krijgt van Uddevalla?' Martin knikte. 'Mooi, neem iemand van de dokterspost in Fjällbacka mee om het bloed af te nemen. En zorg er in godsnaam voor dat het correct gelabeld als de wiedeweerga naar Pedersen wordt gebracht. Oké, dan gaan we. En vergeet niet waarom dit haast heeft.'

'Wat moet ik doen?' Ernst zag een kans om weer in genade te vallen.

'Jij blijft hier,' zei Patrik zonder er verder woorden aan vuil te maken.

Ernst mopperde, maar wist dat hij zich gedeisd moest houden. Hij moest toch echt een keer met Mellberg gaan praten als alles achter de rug was. Zo erg was het toch niet. Hij was ook maar een mens!

Marita's hart zwol op. De openluchtdienst was net zo mooi als anders en haar Jacob vormde het middelpunt. Rechtop, sterk en met vaste stem verkondigde hij Gods woord. Er waren veel mensen gekomen. Naast de meeste bewoners van de boerderij – sommigen hadden het licht nog niet gezien en geweigerd mee te gaan – zaten er een stuk of honderd trouwe aanhangers in het gras en ze hadden hun ogen op Jacob gericht, die op zijn vaste plek stond, op de rots met zijn rug naar het meer. Rondom stonden de bomen hoog en dicht, ze gaven schaduw in de hitte en ritselden ter begeleiding van Jacobs melodieuze stem. Soms kon ze haar geluk nauwelijks bevatten. Dat de man naar wie iedereen vol bewondering keek, haar had uitverkoren!

Toen ze Jacob voor het eerst ontmoette, was ze nog maar zeventien. Jacob was drieëntwintig en had toen al de naam een sterke man in de gemeente te zijn. Gedeeltelijk had hij dat te danken aan zijn grootvader, wiens faam op hem afstraalde, maar het kwam ook door zijn eigen uitstraling. Mildheid en kracht vormden de ongewone combinatie die hem een charisma gaf dat niemand kon ontgaan. Haar ouders, en zij dus ook, waren al lang lid van de gemeente en ze misten nooit een dienst. Ze was opgewonden toen ze Jacobs eerste dienst bezocht, alsof ze voorvoelde dat er iets groots ging gebeuren. En dat was ook zo. Ze kon haar ogen niet van hem afhouden en hing aan zijn lippen toen Gods woorden als water naar buiten stroomden. Toen zijn blik de hare ontmoette, bad ze tot God. Koortsachtig, verzoekend, smekend. Zij, die had geleerd dat je God nooit iets voor jezelf mocht vragen, bad om zoiets werelds als een man. En ze kon er niet meer mee ophouden. Hoewel ze het vagevuur in zich voelde branden, likkend aan de zondares, bleef ze verhit bidden en ze hield pas op toen ze wist dat hij met genoegen naar haar keek.

Eigenlijk begreep ze niet echt waarom Jacob juist met haar had willen trouwen. Ze wist dat ze een alledaags uiterlijk had en stil en ingetogen was. Maar hij had zijn zinnen op haar gezet en op de dag van hun huwelijk beloofde ze zichzelf er nooit over te piekeren en nooit aan de wil van God te twijfelen. Die had hen beiden kennelijk in de menigte zien staan en gezien dat het goed was, en dat moest voor haar genoeg zijn. Misschien had een sterke man als Jacob een zwakke partner nodig om niet ten onder te gaan aan weerstand. Wat wist ze ervan?

De kinderen bewogen onrustig op de grond heen en weer. Marita siste streng dat ze stil moesten zijn. Ze wist dat ze graag wilden hollen en spelen, maar daar was later tijd voor, nu moesten ze luisteren naar hun vader die Gods woord verkondigde.

'Als we met moeilijkheden worden geconfronteerd, wordt ons geloof op de proef gesteld. Tegelijk wordt het gesterkt. Zonder weerstand verzwakt het geloof en dan worden we voldaan en laks. We vergeten waarom we ons voor onze innerlijke leiding tot God moeten richten. En weldra zijn we op dwaalwegen beland. Ik heb de laatste tijd zelf een aantal beproevingen moeten doorstaan, zoals jullie weten. Mijn familie ook. Kwade krachten testen ons in ons geloof. Maar dat is gedoemd te mislukken, want mijn geloof is alleen maar sterker geworden. Het is zo gegroeid dat de macht van het kwaad mij niet meer kan bereiken. Ere zij God, die mij die kracht geeft!'

Hij strekte zijn handen naar de hemel en de verzamelde schare riep: 'Halleluja!' Hun gezichten glommen van vreugde en overtuiging. Marita hief haar handen ook ten hemel en dankte de Heer. Jacobs woorden deden haar de moeilijkheden van de afgelopen weken vergeten. Ze vertrouwde hem en ze vertrouwde de Heer. Zolang ze samen waren, zou niets hen kunnen raken.

Toen Jacob even later de dienst beëindigde, verzamelde zich een grote groep mensen om hem heen. Iedereen wilde hem de hand schudden om hem te bedanken en steun te betuigen. Iedereen leek de behoefte te hebben hem aan te raken, deelgenoot te worden van zijn rust en overtuiging. Iedereen wilde een stukje van hem hebben. Marita hield zich op de achtergrond, zich er triomfantelijk van bewust dat Jacob van haar was. Soms vroeg ze zich schuldbewust af of het zondig was dat ze de begeerte voelde haar man te bezitten en elke vezel van hem voor zichzelf te houden, maar ze wuifde die gedachten altijd weg.

Het was duidelijk Gods wil dat ze samen waren en dan kon het niet fout zijn.

Toen de schare zich verspreidde, nam ze de kinderen bij de hand en liep naar Jacob toe. Ze kende hem zo goed. Ze zag dat wat hem tijdens de dienst had vervuld, nu wegebde en plaatsmaakte voor vermoeidheid.

'Kom, laten we naar huis gaan, Jacob.'

'Nog niet, Marita. Ik moet nog wat doen.'

'Er is niets dat je niet morgen kunt doen. Ik neem je nu mee naar huis, dan kun je uitrusten, ik zie dat je moe bent.'

Hij glimlachte en pakte haar hand. 'Je hebt zoals altijd gelijk, mijn verstandige vrouw. Ik haal mijn spullen van kantoor op en dan gaan we.'

Ze liepen in de richting van het huis toen twee mannen hen tegemoetkwamen. In eerste instantie zagen ze niet wie het waren omdat de zon recht in hun ogen scheen, maar toen ze elkaar naderden, ontsnapte aan Jacob een geïrriteerde zucht.

'Wat willen jullie nu weer?'

Marita keek vragend van Jacob naar de mannen en weer terug, tot ze uit Jacobs toon concludeerde dat het politieagenten waren. Haar blik vulde zich met haat. Ze hadden Jacob en de familie de afgelopen tijd zoveel last bezorgd.

'We willen graag met je praten, Jacob.'

'Wat valt er na gisteren in vredesnaam nog te zeggen?' Hij zuchtte. 'Oké, ik kan het ook maar beter achter de rug hebben. We gaan naar mijn kantoor.'

De agenten bleven staan. Ze keken gegeneerd naar de kinderen en Marita begon onraad te ruiken. Instinctief trok ze de kinderen tegen zich aan.

'Niet hier. We willen op het bureau met je praten.'

De jongste agent had het woord gedaan, de oudste stond Jacob alleen maar ernstig aan te kijken. De schrik sloeg Marita om het hart. De macht van het kwaad naderde waarlijk, precies zoals Jacob in zijn preek had gezegd.

Zomer 1979

Ze wist dat het andere meisje was overleden. Vanuit haar hoekje in het donker hoorde ze een laatste zucht aan haar lippen ontsnappen en met gevouwen handen bad ze ijverig dat God haar kameraad in de nood tot zich zou nemen. In zekere zin was ze jaloers op haar. Jaloers, omdat zij niet meer hoefde te lijden.

Het meisje was hier al geweest toen zij in de hel belandde. De angst had haar aanvankelijk verlamd, maar de armen van het meisje en haar warme lichaam hadden haar een merkwaardig gevoel van veiligheid gegeven. Toch was ze niet altijd aardig geweest. De strijd om te overleven had hen samengebracht maar ook uiteengedreven. Zelf was ze blijven hopen. Dat gold niet voor de ander en ze wist dat ze haar daarom soms had gehaat. Maar hoe kon ze alle hoop laten varen? Ze had haar hele leven geleerd dat er voor elke onmogelijke situatie een oplossing bestond, en waarom zou dat nu anders zijn? Ze zag de gezichten van haar vader en moeder voor zich en was ervan overtuigd dat die haar binnenkort zouden vinden.

Het arme kind. Zij had niets gehad. Zodra ze haar warme lichaam in de duisternis had gevoeld, had ze geweten wie ze was, maar ze hadden in hun leven boven de grond nooit met elkaar gesproken en waren stilzwijgend overeengekomen elkaar nooit bij de naam te noemen. Dat leek te veel op een normale situatie en die last kon geen van beiden dragen. Maar ze had wel over haar dochter verteld. Het was de enige keer dat haar stem levendig klonk.

Haar handen vouwen en bidden voor degene die nu was gestorven, had een bijna bovenmenselijke inspanning gevergd. Haar armen gehoorzaamden haar niet, maar door haar laatste krachten te bundelen, was ze uit pure wil in staat geweest haar weerspannige handen bijeen te brengen in iets wat op een daad van gebed leek.

Geduldig lag ze met haar pijn in het donker te wachten. Nu was het alleen nog een kwestie van tijd voor ze haar vonden, haar vader en moeder. Nog even…

❄

Geïrriteerd zei Jacob: 'Ja, ik ga wel mee naar het politiebureau. Maar daarna moet het afgelopen zijn! Horen jullie me!'

Vanuit haar ooghoek zag Marita Kennedy aan komen lopen. Ze had altijd weerstand tegen de jongen gevoeld. Zijn ogen hadden iets engs, dat werd vermengd met bewondering als hij naar Jacob keek. Maar Jacob had haar vermanend toegesproken toen ze hem vertelde wat ze voelde. Kennedy was een ongelukkig kind, dat eindelijk een innerlijke rust begon te voelen. Wat hij nu nodig had was liefde en zorg, geen wantrouwen. Maar ze kon haar bezorgdheid niet loslaten. Een afwerend gebaar van Jacob, en Kennedy liep met tegenzin terug naar het huis. Hij was net een waakhond die zijn baasje wilde verdedigen, dacht Marita.

Jacob wendde zich tot haar en nam haar gezicht tussen zijn handen. 'Ga met de kinderen naar huis. Er is niets aan de hand. De politie wil alleen het vuur wat opstoken waarin ze zelf zullen branden.'

Hij glimlachte om zijn woorden te verzachten, maar Marita greep de kinderen nog steviger beet. Ze keken ongerust van haar naar Jacob en weer terug. Op hun eigen manier begrepen ze heel goed dat het evenwicht in hun wereld werd verstoord.

De jongere politieman nam het woord weer. Het leek alsof hij zich enigszins gegeneerd voelde toen hij zei: 'Ik raad je aan pas vanavond met de kinderen naar huis te gaan. We...' hij aarzelde, 'we doen vanmiddag een huiszoeking bij jullie.'

'Waar denken jullie dat jullie mee bezig zijn?' Jacob was zo boos dat de woorden in zijn keel bleven steken.

Marita voelde dat de kinderen onrustig werden, ze waren het niet gewend dat hun vader zijn stem verhief.

'Dat vertellen we wel als we op het bureau zijn. Zullen we dan maar?'

Omdat hij niet wilde dat zijn kinderen nog meer van slag raakten, knikte Jacob berustend. Hij streek hen over hun hoofd, kuste Marita op haar wang en liep tussen de beide agenten in naar hun auto.

Toen de agenten met Jacob wegreden, stond Marita hen verbijsterd na te kijken. Bij het huis stond Kennedy. Zijn ogen waren donker als de nacht.

Ook in het landhuis was alles in beroering.

'Ik bel mijn advocaat! Dit is waanzin! Bloed afnemen en ons als criminelen behandelen!'

Gabriël was zo boos dat zijn hand op de deurkruk beefde. Martin stond boven aan het bordes en keek Gabriël rustig aan. Achter hem stond de districtsarts van Fjällbacka, dokter Jacobsson, hevig te transpireren. Zijn grote lichaam was niet geschikt voor de huidige warmte, maar de belangrijkste oorzaak van het zweet op zijn voorhoofd was de buitengewoon pijnlijke situatie.

'Doe dat gerust, en vertel hem dan ook welke documenten we bij ons hebben. Hij zal ongetwijfeld beamen dat we in ons recht staan. En als hij er niet binnen een kwartier kan zijn, hebben we, gezien de zeer dringende aard van deze zaak, het recht om het besluit ten uitvoer te brengen zonder dat hij aanwezig is.'

Martin sprak bewust zo bureaucratisch mogelijk, omdat hij vermoedde dat dergelijk taalgebruik het beste tot Gabriël doordrong. En het werkte, want ondanks zijn grote tegenzin liet Gabriël hen binnen. Hij pakte de papieren die Martin hem toonde aan en liep meteen naar de telefoon. Martin gebaarde naar de twee agenten die ter versterking uit Uddevalla waren gekomen, dat ze ook binnen moesten komen. Daar wachtten ze op Gabriël, die emotioneel en hevig gesticulerend stond te telefoneren. Een paar minuten later kwam hij naar de hal terug.

'Hij is er over tien minuten,' zei Gabriël nors.

'Mooi. Waar zijn uw vrouw en uw dochter? We moeten van hen ook monsters nemen.'

'In de stal.'

'Wil jij ze even halen?' vroeg Martin aan een van de Uddevalla-agenten.

'Natuurlijk. Waar ligt de stal?'

'Er loopt een weggetje langs de linkervleugel. Als je dat volgt, kom je na een paar honderd meter bij de stal.' Hoewel zijn lichaamstaal duidelijk aangaf dat hij de situatie heel vervelend vond, probeerde Gabriël toch neutraal te kijken. Afgemeten zei hij: 'De rest mag wel in de kamer wachten.'

Zwijgend zaten ze op het randje van de bank, allemaal slecht op hun gemak, toen Linda en Laine binnenkwamen.

'Wat is dit, Gabriël? De agent zegt dat dokter Jacobsson bloed gaat afnemen! Dat is toch zeker een grapje!'

Linda, die haar ogen niet kon afhouden van de jongeman in uniform die hen uit de stal had gehaald, was een andere mening toegedaan. 'Cool.'

'Het lijkt erop dat het hun ernst is, Laine. Maar ik heb advocaat Lövgren gebeld en hij kan elk moment hier zijn. Voor die tijd worden er geen bloedmonsters genomen.'

'Maar ik begrijp het niet, waarom willen jullie zoiets doen?' Laine keek vragend, maar leek beheerst.

'Daar kunnen we om onderzoektechnische redenen helaas niets over zeggen. Maar na verloop van tijd zal alles duidelijk worden.'

Gabriël bestudeerde de toestemming die voor hem lag. 'Hier staat dat jullie ook van Jacob en Solveig en haar jongens bloedmonsters mogen nemen?'

Verbeeldde hij het zich of zag Martin een schaduw over Laines gezicht trekken? Nog geen tel later werd er zacht op de deur geklopt, en Gabriëls advocaat kwam binnen.

Toen de formaliteiten even later waren afgehandeld en de advocaat aan Gabriël en zijn familie had uitgelegd dat de politie de juiste papieren had, werd een voor een bij hen bloed afgenomen. Eerst bij Gabriël en toen bij Laine, die tot Martins verbazing nog steeds het meest beheerst leek. Hij zag dat Gabriël zijn vrouw ook verbaasd maar goedkeurend gadesloeg. Als laatste namen ze een monster bij Linda, die zo'n oogcontact met de politieman was begonnen, dat Martin hem vermanend aan moest kijken.

'Dan zijn we nu klaar.' Jacobsson kwam moeizaam overeind en verzamelde de buisjes met bloed. Ze waren nauwkeurig gelabeld en werden in een gekoelde container gelegd.

'Gaan jullie nu naar Solveig?' vroeg Gabriël. Hij glimlachte opeens scheef. 'Zet je helm dan maar op en houd je wapenstok in de aanslag, want ze zal jullie dat bloed niet zomaar afstaan.'

'We kunnen de situatie wel aan,' zei Martin droog. Het leedvermaak in Gabriëls ogen beviel hem niet.

'Ik heb jullie gewaarschuwd...' Gabriël grinnikte.

Laine siste hem toe: 'Gabriël, gedraag je!'

Uit pure verbazing over het feit dat hij door zijn vrouw als een kind werd terechtgewezen hield Gabriël zijn mond en ging zitten. Hij keek Laine aan alsof hij haar voor het eerst zag.

Martin ging met zijn collega's en de arts naar buiten en ze verdeelden zich over twee auto's. Onderweg naar Solveig belde Patrik.

'Hoi, hoe ging het?'

'Zoals verwacht,' zei Martin. 'Gabriël sprong zowat uit zijn vel en belde zijn advocaat. Maar we hebben waar we voor kwamen en zijn nu onderweg naar Solveig. Ik ga ervan uit dat het daar niet zo soepeltjes zal verlopen...'

'Daar kon je weleens gelijk in hebben. Zorg dat het niet uit de hand loopt.'

'Nee, ik zal diplomatiek te werk proberen te gaan, maak je geen zorgen. Hoe is het bij jullie gegaan?'

'Goed. Hij zit bij ons in de auto en we zijn bijna in Tanumshede.'

'Succes.'

'Jullie ook.'

Martin beëindigde het gesprek toen ze het erbarmelijke huisje van Solveig Hult naderden. Deze keer viel het verval hem minder op omdat hij het al eens had gezien. Maar hij vroeg zich wederom af hoe mensen zo konden wonen. Armoede was één ding, maar je kon er ook voor zorgen dat het schoon en netjes was waar je woonde.

Met enige angst klopte hij aan. Maar de ontvangst die hem te wachten stond was wel het laatste wat hij had verwacht. Klets! Met een brandend gevoel landde er een vlakke hand op zijn rechterwang en hij was zo verbaasd dat hij naar adem snakte. Hij voelde eerder dan dat hij het zag, dat de politiemensen achter hem zich schrap zetten om tussenbeide te komen, maar hij hief zijn hand op om hen tegen te houden.

'Rustig, rustig. Het is niet nodig geweld te gebruiken. Toch, Solveig?' zei hij met een vriendelijke stem tegen de vrouw voor hem. Ze ademde hevig, maar leek door zijn toon te kalmeren.

'Hoe durven jullie je hier te vertonen nadat jullie Johannes' graf hebben geopend!' Ze zette haar handen in haar zij en versperde hen effectief de weg naar binnen.

'Ik begrijp dat dit moeilijk voor je is, Solveig, maar wij doen gewoon ons werk. En dat moeten we nu ook doen. Ik zou graag zien dat je meewerkt.'

'Wat willen jullie nu weer?' snauwde ze.

'Als ik er even in mag komen, kan ik het je uitleggen.'

Hij draaide zich om naar de drie mannen achter hem en zei: 'Blijven jullie hier maar even wachten terwijl Solveig en ik binnen met elkaar praten.'

Vervolgens liep hij gewoon de gang in en deed de deur achter zich dicht. Van pure verbazing was Solveig opzij gestapt om hem door te laten. Martin haalde al zijn diplomatieke vaardigheden uit de kast en legde de situatie zorgvuldig uit. Na een tijdje werden haar protesten minder en een paar minuten later deed Martin de deur weer open om de anderen binnen te laten.

'We moeten de jongens ook ophalen, Solveig. Waar zijn ze?'

Ze lachte. 'Ze houden zich ongetwijfeld schuil achter het huis tot ze weten waarom jullie hier zijn. Ze zijn jullie lelijke koppen ondertussen waarschijnlijk ook beu.' Solveig lachte nog eens en opende een smerig raam.

'Johan, Robert, binnenkomen! De politie is er weer!'

Het ritselde achter de struiken en even later sjokten Johan en Robert naar binnen. Ze keken afwachtend naar het gezelschap dat in de kleine keuken stond.

'Wat is er?'

'Nu moeten ze ook nog bloed van ons hebben,' zei Solveig. Het was een kille constatering.

'Shit, dat is toch niet normaal, zeg! Geen denken aan!'

'Robert, houd je gemak,' zei Solveig vermoeid. 'Ik heb met de politieman gepraat en hem beloofd dat we geen stampij zullen maken. Dus, zitten en je kop houden. Hoe sneller we ze kwijt zijn, hoe beter.'

Tot Martins opluchting leken de jongens hun moeder te gehoorzamen. Nukkig lieten ze Jacobsson een spuit pakken en bloed bij hen afnemen. Toen hij ook bloed bij Solveig had afgenomen, legde hij de drie gelabelde buisjes in zijn kleine tas, waarna hij verkondigde dat zijn taak erop zat.

'Wat gaan jullie ermee doen?' vroeg Johan, vooral uit nieuwsgierigheid.

Martin gaf hem hetzelfde antwoord dat hij Gabriël had gegeven. Toen wendde hij zich tot de jongste agent uit Uddevalla: 'Haal jij ook het monster uit Tanumshede op? Alles moet linea recta naar Göteborg worden gebracht.'

De jongeman die in het landhuis iets te veel met Linda had geflirt, knikte. 'Komt in orde. Er zijn twee mensen uit Uddevalla onderweg om jullie te assisteren...' hij stopte en keek onzeker naar Solveig en haar zonen, die het gesprek aandachtig volgden, 'bij jullie ándere zaak. Ze ontmoeten jullie...' weer een penibele pauze, 'op de ándere plek.'

'Prima,' zei Martin. Hij wendde zich tot Solveig. 'Dan wil ik jullie graag bedanken voor de medewerking.'

Even overwoog hij om hen over Johannes te vertellen, maar hij durfde niet tegen het bevel van Patrik in te gaan. Patrik wilde niet dat ze het nu al hoorden, dus kwamen ze het nu niet te weten.

Buiten bleef Martin staan. Als je het gammele huisje, de autowrakken en de andere rommel die er stond buiten beschouwing liet, woonden deze mensen fabelachtig mooi. Hij hoopte dat ze zelf af en toe verder konden kijken dan hun eigen ellende en de schoonheid om hen heen zagen. Al betwijfelde hij dat.

'Oké, dan nu naar de Västergården,' zei Martin en hij liep gedecideerd naar de auto. Eén taak was volbracht, de volgende wachtte. Hij vroeg zich af hoe het Patrik en Gösta verging.

'Waarom denk je zelf dat je hier bent?' vroeg Patrik. Gösta en hij zaten naast elkaar in de kleine verhoorkamer. Jacob zat tegenover hen.

Jacob keek hen kalm aan, zijn handen lagen gevouwen op tafel.

'Hoe kan ik dat weten? Bij alles wat jullie mijn familie hebben aangedaan ontbreekt het aan logica, dus ik neem aan dat ik het best rustig achterover kan leunen en moet proberen mijn hoofd boven water te houden.'

'Je denkt dus echt dat de politie het als haar voornaamste taak beschouwt jou en je familie lastig te vallen? Wat voor reden zouden wij daartoe hebben?' Patrik leunde nieuwsgierig naar voren.

Weer zo'n rustig antwoord van Jacob: 'Kwaad en moedwil vragen niet om een reden. Maar wat weet ik ervan, misschien weten jullie dat jullie je met Johannes belachelijk hebben gemaakt en proberen jullie dat nu op de een of andere manier voor jezelf te rechtvaardigen.'

'Hoe bedoel je?' vroeg Patrik.

'Misschien denken jullie dat als jullie ons nu ergens op kunnen pakken, jullie destijds wat Johannes betreft ook gelijk moeten hebben gehad,' zei Jacob.

'Vind je dat niet wat vergezocht?'

'Wat moet ik anders denken? Ik weet alleen dat jullie je aan ons vastzuigen en niet loslaten. Mijn enige troost is dat God de waarheid ziet.'

'Je hebt het vaak over God, jongen,' zei Gösta. 'Is je vader net zo religieus?'

Jacob leek dit een vervelende vraag te vinden, en dat was precies Gösta's bedoeling. 'Mijn vaders geloof zit diep vanbinnen. Maar door zijn...' hij leek te overwegen welk woord hij zou kiezen, 'door zijn gecompliceerde relatie met zíjn vader is zijn geloof in de knel geraakt. Maar het is er wel.'

'Zijn vader, ja. Ephraïm Hult. De Predikant. Jij had een nauwe band met hem.' Het was eerder een constatering dan een vraag van Gösta.

'Ik begrijp niet waarom dat voor jullie interessant is, maar ja, mijn opa en ik stonden elkaar zeer na.' Jacob kneep zijn lippen samen.

'Hij heeft jouw leven gered?' vroeg Patrik.

'Ja, hij heeft mijn leven gered.'

'Wat vond jouw vader ervan dat de vader met wie hijzelf een... gecompliceerde relatie had, om jouw woorden te gebruiken, jouw leven kon redden, terwijl hij dat zelf niet kon?' ging Patrik verder.

'Iedere vader wil de held van zijn zoon zijn, maar ik geloof niet dat hij dat zo zag. Mijn opa redde immers mijn leven en daar is mijn vader hem eeuwig dankbaar voor.'

'En Johannes? Hoe zag zijn relatie met Ephraïm en met jouw vader eruit?'

'Ik begrijp niet waarom dit belangrijk is! Het is toch ruim twintig jaar geleden!'

'Daarvan zijn we ons bewust, maar we zouden het desondanks op prijs stellen als je onze vragen beantwoordt,' zei Gösta.

Jacobs rustige uiterlijk begon barstjes te vertonen en hij haalde een hand door zijn haar. 'Johannes... Ja, hij en mijn vader hadden problemen, maar Ephraïm hield van hem. Ze hadden niet echt een innige band, maar dat was voor die generatie heel normaal. Je hoorde je gevoelens niet te tonen.'

'Hadden je vader en Johannes vaak ruzie?' vroeg Patrik.

'Ruzie en ruzie. Ze waren het niet altijd met elkaar eens, maar broers bekvechten nou eenmaal...'

'Sommige mensen zeggen dat het meer was dan bekvechten. Sommigen beweren zelfs dat Gabriël zijn broer haatte.' Patrik hield aan.

'Haat is een sterk woord dat je niet zomaar moet gebruiken. Nee, mijn vader koesterde niet echt tedere gevoelens voor Johannes, maar als ze meer tijd hadden gehad, weet ik zeker dat God had ingegrepen. Broers horen niet tegenover elkaar te staan.'

'Ik neem aan dat je nu aan Kaïn en Abel refereert. Interessant dat je net aan dat Bijbelverhaal moet denken. Ging het zo slecht tussen hen?' vroeg Patrik.

'Nee, zeker niet. Mijn vader heeft zijn broer toch niet van het leven beroofd!' Jacob leek zijn verloren rust te hervinden en vouwde zijn handen weer alsof hij bad.

'Weet je dat zeker?' Gösta's stem had een duistere ondertoon.

Verward staarde Jacob naar de twee mannen voor hem. 'Waar hebben jullie het over? Johannes heeft zich opgehangen, dat weet iedereen.'

'Tja, het probleem is alleen dat het onderzoek op Johannes' overblijfselen op iets anders wijst. Johannes is vermoord. Hij heeft zichzelf niet van het leven beroofd.'

De handen die gevouwen op tafel lagen, begonnen ongecontroleerd te trillen. Jacob leek met zijn mond woorden te willen vormen, maar er kwam niets over zijn lippen. Patrik en Gösta leunden achterover, alsof ze werden gedirigeerd, en keken Jacob zwijgend aan. Het leek erop dat deze informatie nieuw voor hem was.

'Hoe reageerde je vader toen hij hoorde dat Johannes dood was?'

'Ik, ik... ik weet het niet precies,' stamelde Jacob. 'Ik lag toen nog in het ziekenhuis.' Hij leek zich opeens iets te realiseren. 'Proberen jullie te bewijzen dat mijn vader Johannes heeft vermoord?' Hij begon te giechelen. 'Jullie zijn niet goed wijs. Mijn vader zou zijn broer om het leven hebben gebracht?! Nee, dat is te zot voor woorden!' Het gegiechel ging over in gelach. Gösta en Patrik vonden het niet amusant.

'Vind je het om te lachen dat je oom is vermoord? Vind je dat leuk?' vroeg Patrik afgemeten.

Jacob hield abrupt op en boog zijn hoofd. 'Nee, natuurlijk is dat niet leuk. Ik ben alleen zo geschrokken...' Hij keek weer op. 'Maar dan begrijp ik nog minder waarom jullie met mij willen praten. Ik was toen nog maar tien en lag in het ziekenhuis. Ik neem aan dat jullie niet willen beweren dat ík er iets mee te maken had.' Hij benadrukte 'ik' om aan te geven hoe belachelijk dat was. 'Het lijkt me vrij duidelijk wat er is gebeurd. Voor de moordenaar van Siv en Mona was het perfect dat jullie Johannes tot zondebok bestempelden. Om te zorgen dat Johannes nooit van die blaam gezuiverd kon worden, heeft hij mijn oom vermoord en dat op een zelfmoord laten lijken. De moordenaar wist hoe de mensen daarop zouden reageren. Een schriftelijke bekentenis zou geen beter bewijs van zijn schuld zijn geweest. Het Duitse meisje is ongetwijfeld door dezelfde persoon vermoord, dat lijkt logisch, nietwaar?' zei hij geestdriftig. Zijn ogen glommen.

'Het is een aardige theorie,' zei Patrik. 'Lang niet dom, alleen hebben we het DNA van Johannes gisteren vergeleken met het DNA in het sperma dat we op Tanja's lichaam hebben aangetroffen. Daarbij is gebleken dat Johannes familie was van haar moordenaar.' Hij wachtte op Jacobs reactie. Die kwam niet. Hij zat doodstil.

Patrik ging verder: 'Dus vandaag hebben we bij je hele familie bloed afgenomen en die monsters zullen we ter vergelijking naar Göteborg sturen, samen met het bloed dat we bij jou hebben afgenomen toen je hier kwam. We zijn er vrij zeker van dat we daarna zwart op wit zullen zien wie de moordenaar is. Dus je kunt ons maar beter vertellen wat je weet, Jacob. Tanja is bij jou thuis gezien, de moordenaar is familie van Johannes – dat is toch een vreemde samenloop van omstandigheden, nietwaar?'

Jacob verschoot van kleur. Hij werd eerst bleek, toen weer rood. Patrik zag zijn kaken malen.

'Die getuigenverklaring is onzin, dat weten jullie. Johan wilde mij er gewoon inluizen omdat hij een hekel heeft aan onze familie. En wat betreft die bloedmonsters en dat DNA en zo, jullie kunnen alle tests doen die jullie maar willen, maar jullie moeten mij... als de uitslag er is, moeten jullie mij je verontschuldigingen aanbieden!'

'Ik beloof je dat ik je dan persoonlijk mijn excuses zal maken,' antwoordde Patrik rustig, 'maar tot die tijd sta ik erop dat ik alle antwoorden krijg die ik nodig heb.'

Hij had gehoopt dat Martin en zijn team met de huiszoeking klaar zouden zijn voor ze Jacobs verhoor beëindigden, maar de klok tikte door en ze moesten het nu doen met wat ze hadden. Hij had het liefst geweten of de grond rond de Västergården sporen van FZ-302 bevatte. Of er eventuele fysieke sporen van Tanja en Jenny waren, hoopte hij wel gauw van Martin te horen, maar de analyses van de grond konden niet ter plekke worden gedaan en kostten meer tijd. Diep vanbinnen was hij sceptisch over wat ze op de boerderij zouden vinden. Zou Jacob echt iemand kunnen verbergen en vermoorden zonder dat Marita en de kinderen dat merkten? Intuïtief voelde hij dat Jacob in de rol van hoofdverdachte paste, maar juist die factor hinderde hem: hoe verberg je iemand op de boerderij waar je woont, zonder dat je gezin iets vermoedt?

Alsof Jacob zijn gedachten kon lezen, zei hij: 'Ik hoop echt dat jullie thuis niet de hele boel overhoop halen. Marita wordt gek als ze thuiskomt in één grote bende.'

'Ik denk wel dat de mannen voorzichtig zijn,' zei Gösta.

Patrik keek naar zijn telefoon. Als Martin nou maar gauw belde.

Johan had zich teruggetrokken in de stilte van het schuurtje. Solveigs reacties, eerst op het geopende graf en vervolgens op het bloedonderzoek, zaten hem niet lekker. Hij wist niet wat hij met zijn gevoelens aan moest en wilde even alleen zijn om nog eens goed na te denken over alles wat er was gebeurd. De cementen vloer waar hij op zat was hard, maar heerlijk koel. Hij sloeg zijn armen om zijn benen en leunde met zijn kin op zijn knieën. Op dit moment verlangde hij meer dan ooit naar Linda, maar het gemis was nog steeds gemengd met kwaadheid. Misschien zou het ook nooit anders worden. Hij was nu in elk geval minder naïef en had de controle terug die hij nooit uit handen had moeten geven. Maar ze was als een gif in zijn ziel geweest. Haar stevige, jonge lichaam had hem in een lallende idioot veranderd. Hij was boos op zichzelf omdat hij zich op die manier door een meid had laten beïnvloeden.

Hij wist dat hij een dromer was. Daarom had hij zich ook zo in Linda verloren. Hoewel ze veel te jong, te zelfverzekerd en te egoïstisch was. Hij was zich ervan bewust dat ze nooit in Fjällbacka zou blijven en dat er geen enkele hoop op een gezamenlijke toekomst was. Maar de dromer in hem had dat moeilijk kunnen accepteren. Nu wist hij beter.

Johan nam zich voor zijn leven te beteren. Hij zou proberen meer als Robert te worden. Stoer, hard en onoverwinnelijk. In Roberts leven kwam alles altijd op zijn pootjes terecht. Niets leek hem te raken. Johan was jaloers op hem.

Hij hoorde een geluid achter zich en keek om, ervan overtuigd dat het Robert was. Een wurggreep om zijn nek deed hem naar adem snakken.

'Verroer je niet, anders draai ik je de nek om.'

Johan herkende de stem vaag, maar kon die niet plaatsen. Toen de greep om zijn nek iets losser werd, werd hij hard tegen de muur gegooid. Alle lucht werd uit zijn longen geperst.

'Waar ben je verdomme mee bezig?' Johan probeerde zich om te draaien, maar iemand hield hem stevig vast en drukte zijn gezicht tegen de koude betonmuur.

'Houd je bek.' De stem was onverzoenlijk. Johan overwoog of hij zou proberen om hulp te roepen, maar hij dacht niet dat ze hem in het huis zouden kunnen horen.

'Wat wil je van me?' Het was moeilijk de woorden te vormen terwijl de helft van zijn gezicht tegen de muur werd gedrukt.

'Wat ik wil? Dat zal ik je laten weten!'

De aanvaller stelde zijn eis en in eerste instantie begreep Johan er niets van. Maar toen hij zich omdraaide en oog in oog met hem stond, vielen de puzzelstukjes op hun plek. Een vuistslag in zijn gezicht vertelde hem dat het de ander ernst was. Het verzet in Johan ontwaakte.

'Krijg de klere!' mompelde hij. Zijn mond vulde zich langzaam met een vloeistof en dat kon alleen maar bloed zijn. Zijn gedachten werden nevelig, maar hij weigerde terug te krabbelen.

'Je doet wat ik zeg.'

'Nee,' mompelde Johan.

Daarna begon het slagen te regenen. Onophoudelijk, tot de grote duisternis viel.

De boerderij was prachtig. Martin kon het niet laten daarbij stil te staan toen ze het privéleven van Jacob en zijn gezin binnendrongen. De kleuren in het huis waren mild, de kamers straalden warmte en rust uit en er hing een landelijke sfeer, met wit linnen en dunne, wapperende gordijnen. Zo'n huis zou hij zelf willen hebben. En nu moesten ze de rust verstoren. Methodisch gingen ze het hele huis door, stukje voor stukje. Niemand zei iets, alles werd in stilte gedaan. Martin concentreerde zich op de woonkamer. Het frustrerende was dat ze niet wisten wat ze zochten. Zelfs áls ze een spoor van de meisjes vonden, wist Martin niet zeker of ze het zouden herkennen.

Voor het eerst sinds hij had geopperd dat Jacob de man was die ze zochten, voelde hij twijfel. Het was onmogelijk om je voor te stellen dat iemand die zo vredig woonde, een ander van het leven zou kunnen beroven.

'Hoe gaat het bij jullie?' riep hij naar de agenten die boven waren.

'Tot nu toe niets,' riep een van hen terug. Martin zuchtte en ging verder. Hij opende alle laden en bekeek alles wat los en vast zat.

'Ik ga in de schuur kijken,' zei hij tegen de agent uit Uddevalla die beneden had helpen zoeken.

De schuur was barmhartig koel. Hij begreep waarom Linda en Johan hier met elkaar hadden afgesproken. De geur van hooi kietelde in zijn neus en bracht herinneringen boven aan zomers uit zijn jeugd. Hij klom de ladder naar de zolder op en keek door de spleten tussen de planken naar buiten. Ja, hier had je een goed uitzicht op de Västergården, net zoals Johan had gezegd. Van deze afstand kon je iemand makkelijk herkennen.

Martin klom weer naar beneden. De schuur was leeg op wat oud, roestend landbouwgereedschap na. Hij verwachtte hier niets te vinden, maar hij zou de anderen toch vragen hier ook even te kijken. Hij liep de schuur uit en keek rond. Behalve de boerderij en de schuur moesten ze alleen nog een klein schuurtje en een speelhuisje doorzoeken. Hij had niet de hoop daar iemand aan te zullen treffen. Ze waren alle twee te klein om er iemand in te verbergen, maar voor de zekerheid moesten ze er wel gaan kijken.

De zon brandde op zijn hoofd en het zweet parelde op zijn voorhoofd. Hij liep terug naar het woonhuis om daar te helpen zoeken, maar het enthousiasme dat hij eerder die dag had gevoeld, was weggeebd. De moed zakte hem in de schoenen. Jenny Möller was ergens. Maar niet hier.

Ook Patrik begon te wanhopen. Na Jacob een paar uur te hebben verhoord, waren ze nog steeds geen stap verder. Hij leek echt geschokt over het nieuws dat Johannes was vermoord en weigerde halsstarrig om iets anders te zeggen dan dat ze zijn familie lastigvielen en dat hij onschuldig was. Keek op keer betrapte Patrik zichzelf erop dat hij naar de telefoon keek die spottend stil op tafel lag. Hij zat te springen om goed nieuws. De uitslagen van de bloedonderzoeken zouden ze op zijn vroegst morgenochtend krijgen, dat wist hij, dus zijn hoop was gericht op Martin en het team dat de Västergården doorzocht. Maar er werd niet gebeld. Tot even na vieren. Toen belde Martin en meldde ontmoedigd dat ze niets hadden gevonden en dat ze het opgaven. Patrik gebaarde Gösta naar de gang te komen.

'Dat was Martin. Ze hebben niets gevonden.'

De hoop in Gösta's ogen vervloog. 'Niets?'

'Nee, geen donder. Het lijkt er dus op dat we geen andere keuze hebben dan hem te laten gaan. Shit.' Patrik sloeg met zijn hand tegen de muur, maar beheerste zich snel weer. 'Ach, het is maar tijdelijk. Morgen verwacht ik het rapport van de bloedonderzoeken en dan kunnen we hem misschien wel voorgoed oppakken.'

'Maar denk je eens in wat hij in die tijd kan doen! Hij weet welk bewijs we tegen hem hebben en als we hem laten gaan, kan hij dat meisje direct gaan vermoorden.'

'Wat moeten we dan doen, verdorie!' Patriks frustratie veranderde in woede, maar hij besefte dat het niet fair was om tegen Gösta uit te varen en bood meteen zijn excuses aan.

'Ik doe nog één poging om de uitslag van die bloedonderzoeken te krijgen voor we hem laten gaan. Misschien hebben ze al iets ontdekt waar wij nu wat mee kunnen. Ze weten waarom dit de hoogste prioriteit heeft.'

Patrik liep naar zijn kamer en toetste op zijn vaste toestel het nummer van de Forensische Eenheid in. Hij kende het ondertussen uit zijn hoofd. Buiten raasde het verkeer als altijd in de zomerzon voorbij en hij voelde een steek van afgunst tegenover de onwetende vakantiegangers met hun volgestouwde auto's. Had hij maar net zo argeloos kunnen zijn.

'Hoi, Pedersen, met Patrik Hedström. Ik wil alleen maar horen of jullie al iets hebben gevonden voor ik onze verdachte laat gaan.'

'Zei ik niet dat we morgenvroeg pas klaar zijn? En dat kost dan ook nog eens flink wat overuren.' Pedersen klonk gestrest en geïrriteerd.

'Ja, dat weet ik. Maar ik wilde toch even horen of jullie al wat hebben gevonden.'

Een lange stilte gaf aan dat Pedersen een innerlijke strijd voerde en Patrik ging rechterop zitten. 'Jullie hebben iets, nietwaar?'

'Het is nog heel preliminair. We moeten het checken en dubbelchecken voordat we dit vrijgeven, anders kunnen de consequenties catastrofaal zijn. Bovendien moeten de tests bij het Gerechtelijk Laboratorium worden herhaald, onze apparatuur is lang niet zo geavanceerd als die van hen...'

'Ja, ja,' onderbrak Patrik hem, 'dat weet ik, maar het leven van een zeventienjarig meisje staat op het spel. Als er één moment is waarop we de regels soepel moeten hanteren, dan is het nu wel.' Hij hield zijn adem in en wachtte af.

'Ja. Maar ga alsjeblieft voorzichtig met de informatie om, je hebt geen idee hoeveel ellende ik me anders op de hals haal...' Pedersen maakte zijn zin niet af.

'Op mijn erewoord. Vertel nu maar wat je weet.' De hoorn werd vochtig van zijn krampachtige greep.

'We hebben natuurlijk eerst het bloedmonster van Jacob Hult geanalyseerd. En dat leverde al wat interessante dingen op. Preliminair uiteraard,' waarschuwde Pedersen weer.

'Ja?'

'Volgens onze eerste test komt het DNA van Jacob Hult níét overeen met dat van het spermamonster op het slachtoffer.'

Patrik ademde langzaam uit. Hij was zich er niet eens van bewust geweest dat hij zijn adem had ingehouden. 'Hoe zeker is dat?'

'Zoals ik al zei, moeten we de test meerdere keren doen om helemaal zeker te zijn, maar dat is vooral een formaliteit in verband met de rechtsgeldigheid. Je kunt ervan uitgaan dat dit klopt,' zei Pedersen.

'Shit. Ja, daardoor komt de zaak in een ander daglicht te staan.' Patrik kon zijn teleurstelling niet verbergen. Hij realiseerde zich dat hij ervan overtuigd was geweest dat Jacob de dader was. Nu waren ze weer terug bij af. Nou ja, bij wijze van spreken dan.

'En jullie hebben geen match gevonden met een ander monster?'

'Zover zijn we nog niet gekomen. We namen aan dat jullie wilden dat we ons op Jacob Hult concentreerden en dat hebben we gedaan. Daarom hebben we behalve hem nog maar één andere persoon gedaan. Maar morgenochtend zal ik je kunnen vertellen hoe het met de rest zit.'

'Dan mag ik nu iemand uit de verhoorkamer laten vertrekken. Met mijn verontschuldigingen, bovendien,' zuchtte Patrik.

'Er is nog iets.'

'Ja?' zei Patrik.

Pedersen aarzelde. 'Het andere bloedmonster dat we hebben onderzocht, is dat van Gabriël Hult. En…'

'Ja,' zei Patrik, nog dwingender.

'Volgens onze analyse van de DNA-structuren kan Gabriël onmogelijk Jacobs vader zijn.'

Patrik zat verstijfd op zijn stoel en zweeg.

'Ben je er nog?'

'Ja, ik ben er nog. Dat had ik alleen niet verwacht. Weet je het zeker?' Vervolgens besefte hij wat het antwoord op die vraag zou zijn en hij was Pedersen voor: 'Het is preliminair en jullie moeten nog meer onderzoek doen, et cetera, et cetera. Ik weet het, je hoeft het niet te herhalen.'

'Kan het van belang zijn voor het onderzoek?'

'Op dit moment is alles van belang, dus we hebben er ongetwijfeld iets aan. Dank je wel.'

Besluiteloos zat Patrik na te denken. Hij had zijn handen achter zijn hoofd gevouwen en zijn voeten op zijn bureau gelegd. De negatieve uitslag van Jacobs test vroeg om een andere manier van denken. Het feit dat Tanja's moordenaar familie van Johannes was, stond buiten kijf. Nu Jacob niet in aanmerking kwam, bleven Gabriël, Johan en Robert over. Eén weg, drie over. Maar al was Jacob de dader niet, Patrik durfde er wat onder te verwedden dat hij iets wist. Tijdens het hele verhoor had Patrik hem ontwijkend gevonden, alsof hij erg zijn best deed om iets te onderdrukken. De informatie die Patrik van Pedersen had gekregen, gaf hem misschien het overwicht dat nodig was om Jacob zover te krijgen dat die iets losliet. Patrik haalde zijn voeten van zijn bureau en stond op. Hij vertelde Gösta kort wat hij te horen had gekregen, en vervolgens liepen ze samen terug naar de verhoorkamer, waar Jacob verveeld aan zijn nagels zat te peuteren. Ze waren het snel eens geworden over de te volgen tactiek.

'Hoe lang moet ik hier nog blijven?'

'We hebben het recht je zes uur vast te houden. Maar zoals we al zeiden, heb jij recht op een advocaat als je dat wilt. Wil je dat?'

'Nee, dat is niet nodig,' antwoordde Jacob. 'Wie onschuldig is, heeft geen andere verdediging nodig dan zijn geloof dat God alles in orde brengt.'

'Dan ben je in goede handen. Jij en God lijken *like this* te zijn,' zei Patrik en hij stak zijn wijs- en middelvinger tegen elkaar aan gedrukt omhoog.

'We weten wat we aan elkaar hebben,' antwoordde Jacob afgemeten. 'De mensen die God niet toelaten, zijn te beklagen.'

'Dus jij hebt medelijden met ons, bedoel je dat?' vroeg Gösta op geamuseerde toon.

'Het is zonde van mijn tijd om met jullie te praten. Jullie hebben jullie hart gesloten.'

Patrik boog zich naar Jacob toe. 'Dat met God en de duivel en zonde is allemaal erg interessant. Wat zeggen jouw ouders daarover? Leven zij in overeenstemming met Gods geboden?'

'Mijn vader heeft in de gemeente dan wel een stap terug gedaan, maar zijn geloof is vast en zowel hij als mijn moeder zijn godvrezende mensen.'

'Weet je dat zeker? Ik bedoel, wat weet jij eigenlijk over hun manier van leven?'

'Hoe bedoel je? Ik ken mijn eigen ouders toch zeker wel? Hebben jullie nu iets verzonnen om hen zwart te maken?'

Jacobs handen trilden en Patrik voelde een zekere bevrediging toen hij zag dat ze zijn stoïcijnse rust hadden weten te verstoren.

'Ik bedoel alleen maar dat jij onmogelijk kunt weten wat zich in het leven van een ander afspeelt. Jouw ouders kunnen zonden op hun geweten hebben waar jij niets van weet, toch?'

Jacob stond op en liep naar de deur. 'Genoeg. Jullie moeten me nu arresteren of vrijlaten, want ik ben niet van plan nog langer naar jullie leugens te luisteren!'

'Weet je bijvoorbeeld dat Gabriël je vader niet is?'

Jacob bevroor midden in een beweging, zijn hand halverwege de deurkruk. Hij draaide zich langzaam om: 'Wat zei je?'

'Ik vroeg of je wist dat Gabriël je vader niet is. Ik heb net degene gesproken die jullie bloedmonsters onderzoekt en er is geen twijfel mogelijk. Gabriël is je vader niet.'

Alle kleur was uit Jacobs gezicht weggetrokken. Het stond buiten kijf dat dit een verrassing voor hem was. 'Hebben ze mijn bloed onderzocht?' zei hij met bevende stem.

'Ja, en ik had je beloofd dat ik mijn verontschuldigingen zou aanbieden als ik het mis had.'

Jacob keek hem alleen maar aan.

'Ik bied je mijn verontschuldigingen aan,' zei Patrik. 'Jouw bloed komt niet overeen met het DNA dat op het slachtoffer is aangetroffen.'

Als een lekgeschoten ballon zonk Jacob in elkaar. Hij zeeg weer neer op de stoel. 'Wat gaat er nu gebeuren?'

'Je wordt niet langer verdacht van de moord op Tanja Schmidt. Maar ik ben er nog altijd van overtuigd dat je iets voor ons verbergt. Nu heb je de kans om te vertellen wat je weet, en ik vind dat je die kans moet benutten, Jacob.'

De man schudde zijn hoofd. 'Ik weet niets. Ik weet niets meer. Alsjeblieft, mag ik nu gaan?'

'Nog niet. We willen eerst met je moeder praten. En ik neem aan dat jij haar ook wel het een en ander wilt vragen?'

Jacob knikte stom. 'Maar waarom willen jullie met haar praten? Dit heeft toch niets met jullie onderzoek te maken?'

Patrik herhaalde wat hij tegen Pedersen had gezegd. 'Op dit moment heeft alles met deze zaak te maken. Jullie verbergen iets, daar durf ik een maandsalaris onder te verwedden. En wij zullen erachter komen wat dat is, wat we er ook maar voor moeten doen.'

Het was alsof alle strijdlust uit Jacob was weggestroomd. Hij kon alleen maar gelaten knikken en leek door het nieuws in een shock te zijn beland.

'Gösta, kun jij Laine gaan halen?'

'Daar hebben we toch geen toestemming voor?' zei Gösta nors.

'Ze heeft ongetwijfeld gehoord dat Jacob hier is, dus het zal niet zo moeilijk zijn haar vrijwillig mee te krijgen.'

Patrik wendde zich tot Jacob. 'Je krijgt iets te eten en te drinken, en dan laten we je alleen terwijl wij een gesprekje voeren met je moeder. Daarna mag jij met haar praten, oké?'

Jacob knikte apathisch. Hij leek diep in gedachten verzonken.

Met gemengde gevoelens stak Anna de sleutel in het slot van haar appartement in Stockholm. Het was heerlijk er even tussenuit te zijn geweest, zowel voor zichzelf als voor de kinderen, maar haar enthousiasme over Gustav was er ook door getemperd. Eerlijk gezegd was het inspannend geweest om samen met hem en zijn pedanterie op een zeilboot te zitten. Bovendien had ze toen ze met Lucas sprak, iets in zijn stem gehoord wat haar verontrustte. Hoewel hij haar zo vaak had mishandeld, had hij altijd de indruk gewekt zichzelf en de situatie volledig onder controle te hebben. Nu had ze voor het eerst paniek in zijn stem bespeurd, het besef dat er dingen konden gebeuren die hij niet in de hand had. Via via had ze gehoord dat het op zijn werk niet goed ging. Hij had tijdens een interne vergadering een woede-uitbarsting gehad, bij een andere gelegenheid had hij een klant beledigd en over de hele linie was gebleken dat er barstjes in zijn façade zaten. En dat beangstigde haar. Het beangstigde haar enorm.

Er was iets geks met het slot. Ze kon de sleutel niet de goede kant op draaien. Na een tijdje besefte ze dat de deur niet op slot zat en dat het daarom niet lukte. Ze was er zeker van dat ze de woning had afgesloten toen ze een week geleden was weggegaan. Anna zei tegen de kinderen dat ze zich niet moesten verroeren en opende voorzichtig de deur. Ze hapte naar adem. Haar eerste eigen appartement, waar ze zo trots op was geweest, was vernield. Geen enkel meubelstuk was nog heel. Alles was kapot en de muren waren bespoten met zwarte verf, als graffiti. 'Hoer' stond er met grote letters in de woonkamer en ze sloeg haar hand voor haar mond terwijl de tranen haar in de ogen sprongen. Ze wist meteen wie dit had gedaan. Wat sinds het gesprek met Lucas aan haar had geknaagd, was nu zekerheid geworden. Hij begon de controle te verliezen. Nu hadden de haat en de woede die altijd vlak onder de oppervlakte hadden liggen sudderen, de façade afgebroken.

Anna liep achteruit naar het trappenhuis. Ze pakte haar beide kinderen en drukte hen heel stevig tegen zich aan. Haar eerste gedachte was dat ze Erica moest bellen. Vervolgens besloot ze dat ze dit zelf moest oplossen.

Ze was zo blij geweest met haar nieuwe bestaan, ze had zich zo sterk gevoeld. Voor het eerst in haar leven was ze zichzelf geweest. Niet het zusje van Erica, niet de vrouw van Lucas, zichzelf. Nu was alles kapot.

Ze wist wat ze moest doen. De kat had gewonnen. Er was slechts één plek waar de muis haar toevlucht kon zoeken. Ze zou alles doen wat nodig was om de kinderen niet kwijt te raken.

Eén ding wist ze echter zeker: ze gaf het voor zichzelf op, hij mocht met haar doen wat hij wilde. Maar als hij de kinderen ook maar een haar krenkte, zou ze hem doden. Zonder meer.

Het was geen goede dag geweest. Gabriël was zo geschokt door wat hij de inbreuk van de politie noemde, dat hij zich in zijn werkkamer had opgesloten en weigerde naar buiten te komen. Linda was weer naar de paarden gegaan en Laine zat in haar eentje op de bank in de woonkamer naar de muur te staren. Er stonden tranen van vernedering in haar ogen bij de gedachte dat Jacob op het politiebureau werd verhoord. Haar moederinstinct zei haar dat ze hem tegen alle kwaad moest beschermen, of hij nu kind was of man, en hoewel ze wist dat dit buiten haar macht lag, had ze toch het gevoel te falen. In de stilte tikte een klok en het monotone geluid had haar bijna in trance gebracht. Het geklop op de deur deed haar dan ook opveren. Met angst in haar hart deed ze open. Tegenwoordig was het alsof iedere klop op de deur een onaangename verrassing met zich meebracht. Ze reageerde dan ook niet echt verbaasd toen ze Gösta zag.

'Wat willen jullie nu weer?'

Gösta draaide ongemakkelijk heen en weer. 'We hebben een paar vragen waar we hulp bij nodig hebben. Op het politiebureau.' Hij zweeg en leek een stortvloed van protesten te verwachten. Maar Laine knikte slechts en liep met hem mee het bordes af.

'Moet u niet tegen uw man zeggen waar u naartoe gaat?' vroeg Gösta verbaasd.

'Nee,' was het korte antwoord en hij keek haar onderzoekend aan. Heel even vroeg hij zich af of ze de familie Hult te veel onder druk hadden gezet. Vervolgens herinnerde hij zich dat zich in deze ingewikkelde familierelaties een moordenaar met een verdwenen meisje schuilhield. De zware eiken deur viel achter Laine dicht en ze liep als een Japanse echtgenote op een paar passen achter hem aan. De hele rit naar het politiebureau hing er een beklemmende stilte in de auto, die slechts één keer door Laine werd verbroken toen ze wilde weten of haar zoon nog steeds vastzat. Gösta knikte alleen maar en Laine staarde de rest van de tijd naar het voorbijglijdende landschap. Het was al vroeg begonnen te schemeren en de zon kleurde de velden rood. Maar de schoonheid van de omgeving was niet aan hen besteed.

Patrik leek opgelucht toen ze het politiebureau binnenkwamen. Terwijl Gösta heen en weer was gereden, had hij rusteloos door de gang voor de verhoorkamer heen en weer gelopen. Wat had hij Jacobs gedachten graag kunnen lezen!

'Dag.' Hij knikte kort naar Laine. Het leek hem overbodig om zich nog een keer voor te stellen, en een hand geven was onder de omstandigheden een te onderdanig gebaar, ze waren hier niet om beleefdheden uit te wisselen. Patrik had zich bezorgd afgevraagd of Laine tegen een gesprek met hen was opgewassen. Ze had erg breekbaar en fragiel geleken, alsof ze zwakke zenuwen had. Maar hij zag algauw dat hij zich geen zorgen had hoeven maken. Toen ze achter Gösta aan liep leek ze gelaten, rustig en beheerst.

Omdat het politiebureau in Tanumshede maar één verhoorkamer had, gingen ze in de keuken zitten. Laine sloeg het aanbod van een kopje koffie af, maar Patrik en Gösta konden wel wat cafeïne gebruiken. De koffie smaakte naar metaal, maar ze dronken het toch op, zij het met vertrokken mond. Ze wisten geen van beiden hoe ze moesten beginnen, en tot hun verbazing was Laine hen voor.

'Jullie hadden wat vragen, hoorde ik.' Ze knikte naar Gösta.

'Ja,' zei Patrik dralend. 'We beschikken over informatie waarvan we niet goed weten wat we ermee aan moeten. En hoe die in het onderzoek past. Misschien heeft het er wel helemaal niets mee te maken, maar op dit moment ontbreekt ons de tijd om omzichtig te werk te gaan. Daarom wilde ik maar meteen ter zake komen.' Patrik haalde diep adem. Laine bleef hem onbewogen aankijken, maar toen hij naar haar handen keek, die gevouwen op tafel lagen, zag hij haar witte knokkels.

'We hebben het preliminaire resultaat van de eerste bloedonderzoeken binnen.' Nu zag hij dat haar handen ook begonnen te beven en hij vroeg zich af hoe lang ze haar ogenschijnlijke rust nog zou weten te bewaren. 'Allereerst kan ik vertellen dat het DNA van Jacob niet overeenkomt met het DNA dat we op het slachtoffer hebben aangetroffen.'

Voor hem zeeg Laine ineen. Haar handen trilden nu onbeheerst en hij besefte dat ze naar het politiebureau was gekomen in de verwachting dat ze haar zoon wegens moord hadden gearresteerd. Op haar gezicht stond nu grote opluchting te lezen en ze moest diverse keren slikken om niet in huilen uit te barsten. Maar ze zei niets, dus ging Patrik verder: 'We hebben echter wel iets opvallends gevonden toen we het bloed van Jacob en Gabriël vergeleken. Daaruit blijkt namelijk dat Jacob geen zoon van Gabriël kan zijn...' Hij zei het zó dat de bewering als een vraag klonk, en wachtte vervolgens op Laines reactie. Met het goede nieuws over Jacob leek er een pak van haar hart te zijn gevallen en ze aarzelde slechts een fractie van een seconde voor ze zei: 'Ja, dat klopt. Gabriël is niet de vader van Jacob.'

'Wie dan wel?'

'Ik begrijp niet wat dat met de moorden te maken heeft. Vooral nu Jacob onschuldig blijkt te zijn.'

'Zoals ik al zei, hebben we geen tijd om dat te beoordelen, dus ik zou het op prijs stellen als u mijn vraag beantwoordde.'

'We kunnen u natuurlijk niet dwingen,' zei Gösta, 'maar er wordt een jonge vrouw vermist en we willen zoveel mogelijk te weten komen, zelfs als die informatie irrelevant lijkt.'

'Krijgt mijn man dit ook te horen?'

Patrik aarzelde. 'Ik kan u niets beloven, maar ik zie geen reden om het hem te vertellen. Maar,' hij aarzelde, 'Jacob weet het al wel.'

Laine deinsde terug. Haar handen begonnen weer te trillen. 'Wat zei hij?' Haar stem was niet meer dan een fluistering.

'Ik zal er niet omheen draaien. Hij was van slag. En natuurlijk vraagt hij zich ook af wie zijn echte vader is.'

De stilte om de tafel was oorverdovend, maar Gösta en Patrik wachtten rustig tot Laine zover was dat ze verder konden gaan. Na een tijdje kwam het antwoord als een fluistering: 'Johannes.' Haar stem werd sterker. 'Johannes is de vader van Jacob.'

Het leek haar te verbazen dat ze de zin hardop kon uitspreken zonder dat een bliksem uit de hemel haar ter plekke doodde. Het geheim was met de jaren waarschijnlijk steeds zwaarder gaan wegen en ze zag er bijna opgelucht uit nu ze het eindelijk had onthuld. Ze praatte verder, snel. 'We hadden een korte affaire. Ik kon hem niet weerstaan. Hij was als een natuurkracht die nam wat hij wilde. En Gabriël was zo... anders.' Laine aarzelde over haar woordkeuze, maar Patrik en Gösta begrepen wat ze bedoelde.

'Gabriël en ik probeerden al een tijdje om kinderen te krijgen en toen bleek dat ik zwanger was, was hij dolgelukkig. Ik wist dat het kind zowel van Gabriël als van Johannes kon zijn, maar ondanks alle problemen hoopte ik van ganser harte van het van Johannes was. Een zoon van hem zou... magnifiek kunnen worden. Hij was zo levendig, zo mooi, zo... vibrerend!'

Haar ogen straalden en haar gezicht lichtte op, waardoor ze er opeens tien jaar jonger uitzag. Het leed geen twijfel dat ze verliefd was geweest op Johannes. De gedachte aan hun affaire, zoveel jaren geleden, deed haar nog altijd blozen.

'Hoe wist u dan dat het kind van Johannes was en niet van Gabriël?'

'Dat wist ik zodra ik hem zag, op het moment dat ze hem op mijn borst legden.'

'En Johannes, wist hij dat Jacob zijn zoon was en niet die van Gabriël?' vroeg Patrik.

'O ja. En hij was dol op hem. Ik heb altijd geweten dat ik voor Johannes maar een tijdelijk pleziertje was, hoe graag ik ook meer had gewild, maar met Jacob was het anders. Als Gabriël op reis was, kwam Johannes vaak stiekem langs om naar Jacob te kijken, om met hem te spelen. Totdat Jacob zo groot werd dat hij erover kon vertellen, toen moest Johannes ermee ophouden,' zei Laine verdrietig. Ze ging verder: 'Hij vond het verschrikkelijk dat zijn broer zijn eerstgeborene opvoedde, maar hij was niet bereid zijn eigen leven op te geven. En Solveig wilde hij ook niet kwijt,' erkende Laine met tegenzin.

'En hoe was dat voor u?' vroeg Patrik meelevend. Laine haalde haar schouders op.

'Aanvankelijk was het verschrikkelijk moeilijk om zo dicht bij Johannes en Solveig te wonen en te zien dat zij kinderen kregen, broers van Jacob. Maar ik had mijn zoon, en later, vele jaren later, kreeg ik Linda. Het klinkt misschien onwaarschijnlijk, maar ik ben in de loop van de jaren van Gabriël gaan houden. Niet zoals ik van Johannes hield, maar misschien op een realistischer manier. Johannes was niet iemand van wie je kon houden zonder er zelf aan ten onder te gaan. Mijn liefde voor Gabriël is saaier, maar ook makkelijker om mee te leven,' zei Laine.

'Was u niet bang dat het bekend zou worden toen Jacob ziek werd?' vroeg Patrik.

'Nee, toen was er wel iets anders om bang voor te zijn,' zei Laine scherp. 'Als Jacob was gestorven, was niets meer belangrijk geweest, al helemaal niet wie zijn vader was.' Vervolgens werd haar stem milder. 'Johannes was zo ongerust. Hij was vertwijfeld dat Jacob ziek was en hij niets kon doen. Hij kon zelfs zijn angst niet tonen of bij hem zijn in het ziekenhuis.' In gedachten was ze terug in een vervlogen tijd. Toen dwong ze zichzelf ertoe terug te keren naar het heden.

Gösta stond op om nog een kopje koffie te pakken en hief de kan vragend op naar Patrik, die knikte. Toen hij weer zat, vroeg hij: 'Was er echt niemand die iets vermoedde of wist? Hebt u het nooit aan iemand toevertrouwd?'

Er kwam een bittere blik in Laines ogen. 'Jawel, Johannes heeft het op een zwak moment aan Solveig verteld. Tijdens zijn leven durfde ze niets met die kennis te doen, maar na zijn dood kwam ze eerst met kleine opmerkingen, die naarmate haar bankrekening slonk in steeds grotere eisen veranderden.'

'Ze chanteerde u?' vroeg Gösta.

Laine knikte. 'Ja, ik heb haar vierentwintig jaar lang betaald.'

'Hoe hebt u dat kunnen doen zonder dat Gabriël het merkte? Want ik neem aan dat het om grote sommen geld ging?'

Weer knikte Laine. 'Dat was ook niet makkelijk. Maar hoewel Gabriël erg precies is als het om de boekhouding van de boerderij gaat, is hij tegenover mij nooit gierig geweest. Ik heb altijd geld gekregen als ik daarom vroeg, voor het huishouden en om te winkelen en zo. Om Solveig te kunnen betalen ben ik heel zuinig geweest, waardoor zij er het meeste van heeft gekregen.' Haar toon was bitter, met een ondertoon van iets wat nog sterker was. 'Ik neem aan dat ik nu geen andere keuze heb dan het Gabriël te vertellen, maar dan is het probleem met Solveig in elk geval opgelost.'

Ze glimlachte scheef, maar werd meteen weer ernstig en keek Patrik recht aan. 'Als uit dit alles iets goeds is voortgekomen, dan is het dat het me niet meer kan schelen wat Gabriël zegt, ook al ben ik daar vijfendertig jaar bang voor geweest. Jacob en Linda zijn het belangrijkst voor me. Het enige dat telt is dat Jacobs naam gezuiverd is. Want dat is toch zo?' vroeg ze dwingend terwijl ze hen beiden aankeek.

'Daar lijkt het wel op, ja.'

'Waarom houden jullie hem dan nog vast? Mag ik Jacob nu meenemen?'

'Ja, dat mag,' zei Patrik rustig. 'Maar we zouden u nog wel om een gunst willen vragen. Jacob weet iets en het is in zijn eigen belang dat hij dat ons vertelt. Praat even met hem, maar probeer hem er ook van te overtuigen dat hij niets moet achterhouden.'

Laine snoof. 'Ik begrijp hem anders goed. Waarom zou hij jullie helpen na alles wat jullie hem en onze familie hebben aangedaan?'

'Hoe sneller we deze zaak oplossen, hoe eerder jullie weer verder kunnen gaan met jullie leven.'

Patrik vond het moeilijk overtuigend te klinken omdat hij niets wilde zeggen over de onderzoeksresultaten waaruit bleek dat Jacob dan misschien de dader niet was, maar een ander familielid van Johannes wel. Dat was hun troefkaart en die wilde hij pas spelen als het niet anders kon. Tot die tijd hoopte hij dat Laine hem geloofde en meeging in zijn redenering. Na even te hebben gewacht, kreeg hij wat hij had gewild. Laine knikte. 'Ik zal zien wat ik kan doen. Maar ik weet niet zeker of je gelijk hebt. Ik geloof niet dat Jacob hier meer van weet dan iemand anders.'

'Dat zal vroeg of laat wel blijken,' was Patriks droge antwoord. 'Gaat u mee?'

Met dralende stappen liep Laine naar de verhoorkamer. Gösta wendde zich met gefronste wenkbrauwen tot Patrik: 'Waarom zei je niet dat Johannes is vermoord?'

Patrik haalde zijn schouders op. 'Ik weet het niet. Mijn gevoel zegt me dat hoe meer die twee daarbinnen in verwarring zijn, hoe beter het is. Jacob zal het Laine wel vertellen en hopelijk raakt ze daardoor ook van haar stuk. Heel misschien wordt een van hen dan wat opener.'

'Denk je dat Laine ook iets verbergt?' vroeg Gösta.

'Ik weet het niet,' zei Patrik weer. 'Zag je haar blik toen we zeiden dat Jacob niet langer werd verdacht? Ze was verbaasd.'

'Ik hoop dat je gelijk hebt,' zei Gösta en hij streek vermoeid over zijn gezicht. Het was een lange dag geweest.

'We wachten tot ze met elkaar hebben gesproken. Daarna gaan we zelf ook naar huis om een hapje te eten en wat slaap te krijgen. We zijn niets waard als we helemaal op zijn,' zei Patrik.

Ze gingen zitten en wachtten.

Ze meende buiten iets te horen. Toen werd het echter weer stil, dus Solveig haalde haar schouders op en concentreerde zich weer op haar albums. Na de hevige emoties van de afgelopen dagen waren de beduimelde foto's een aangenaam en vertrouwd rustpunt. Die veranderden nooit; hoogstens verbleekten en vergeelden ze in de loop van de jaren een beetje.

Ze keek op de keukenklok. De jongens kwamen weliswaar wanneer het hen uitkwam, maar ze hadden beloofd vanavond thuis te eten. Robert zou pizza's meebrengen van Kapten Falck en Solveigs maag rammelde. Even later hoorde ze voetstappen op het grind en ze stond moeizaam op om glazen en bestek te pakken. Borden waren niet nodig, ze aten de pizza's gewoon uit de doos.

'Waar is Johan?' Robert zette de pizza's op het aanrecht en keek om zich heen.

'Ik dacht dat jij dat wist. Ik heb hem al uren niet gezien,' zei Solveig.

'Hij is vast in de schuur. Ik ga hem wel even halen.'

'Zeg dat hij opschiet. Ik wacht niet op hem,' riep Solveig hem na en ze opende hongerig de dozen om te kijken welke pizza voor haar was.

'Johan?' Robert riep al voordat hij bij het schuurtje was, maar kreeg geen antwoord. Ach, dat hoefde niets te betekenen. Soms was Johan zo doof als een kwartel als hij daarbinnen zat.

'Johan?' Robert riep nog wat luider, maar hoorde in de stilte alleen zijn eigen stem.

Geïrriteerd opende hij de schuurdeur, klaar om zijn jongere broer uit te schelden omdat die zat te dagdromen. Maar dat was hij meteen vergeten.

'Johan! Godverdomme!'

Zijn broer lag op de grond met een grote rode aureool om zijn hoofd. Het duurde een paar tellen voor Robert doorhad dat het bloed was. Johan bewoog niet.

'Johan!' De stem werd klagend en er welde een snik op uit Roberts borst. Hij zakte op zijn hurken naast Johans mishandelde lichaam en liet er zijn handen besluiteloos overheen gaan. Hij wilde helpen maar wist niet hoe, en hij was bang zijn broer nog verder te bezeren als hij hem beetpakte. Een kreun uit Johans mond deed hem tot actie overgaan. Hij stond met rode knieën op en holde naar het huis.

'Ma! Ma!'

Solveig deed de deur open en kneep haar ogen samen. Haar vingers en mondhoeken waren vettig, kennelijk was ze al aan haar pizza begonnen. Het ergerde haar dat ze werd gestoord.

'Waarom schreeuw je zo, verdorie?' Toen zag ze de vlekken op Roberts kleren. Ze wist meteen dat het geen verf was. 'Wat is er gebeurd? Is er iets met Johan?'

Ze holde zo snel als haar vormeloze lichaam dat toeliet naar het schuurtje, maar Robert hield haar tegen.

'Je kunt beter niet naar binnen gaan. Hij leeft, maar iemand heeft hem lelijk te grazen genomen! Hij is er slecht aan toe en we moeten een ambulance bellen!'

'Wie...?' snikte Solveig en ze viel als een slappe pop in Roberts armen. Hij maakte zich geïrriteerd los en dwong haar op haar eigen benen te gaan staan.

'Dat maakt nu even niet uit. Eerst moeten we hulp regelen! Ga naar binnen en bel de ambulance, dan ga ik naar hem terug. Bel ook de doktерspost, want de ambulance moet uit Uddevalla komen!'

Hij gaf zijn bevelen met het gezag van een generaal en Solveig reageerde meteen. Ze holde terug naar huis en nu hij wist dat er weldra hulp zou komen, haastte Robert zich terug naar zijn broer.

Toen dokter Jacobsson kwam, dacht niemand meer aan de omstandigheden waaronder ze elkaar eerder die dag hadden ontmoet, laat staan dat erover werd gesproken. Robert deed opgelucht een paar passen naar achteren, dankbaar dat iemand die wist wat hij deed, de leiding nam. Gespannen wachtte hij het oordeel af.

'Hij leeft, maar hij moet zo snel mogelijk naar het ziekenhuis. Er is een ambulance onderweg, heb ik begrepen?'

'Ja,' zei Robert met zwakke stem.

'Wil je even een deken voor hem halen?'

Robert begreep maar al te goed dat de dokter dit niet zozeer verzocht omdat Johan een deken nodig had, als wel om hem iets te doen te geven, maar hij was blij met de concrete taak en gehoorzaamde bereidwillig. Robert moest zich langs Solveig wringen die stilletjes en trillend in de deuropening van de schuur stond te huilen. Hij had niet de kracht haar te troosten. Hij moest zijn uiterste best doen om zelf niet in te storten, dus ze moest zichzelf maar even redden. In de verte hoorde hij sirenes. Hij zag het blauwe zwaailicht tussen de bomen door naderen en nog nooit was hij daar zó dankbaar voor geweest.

Laine zat een halfuur bij Jacob in de verhoorkamer. Patrik had het liefst zijn oor tegen de muur gedrukt, maar hij moest geduldig afwachten. Alleen zijn wippende voet gaf zijn ongeduld aan. Gösta en hij waren ieder naar hun kamer gegaan om te proberen wat andere dingen te doen, maar het was niet makkelijk. Patrik had graag geweten wat hij eigenlijk van deze hele vertoning verwachtte, maar hij had geen idee. Hij hoopte dat Laine op de een of andere manier op de juiste knoppen wist te drukken zodat Jacob zich opener zou opstellen. Maar misschien werd hij hier juist wel geslotener van. Patrik wist het niet en dat was het nou net: risico's die je tegen een mogelijke opbrengst afwoog, werden daden die je achteraf niet logisch kon verklaren.

Het ergerde hem ook dat het nog tot de volgende ochtend zou duren voor hij de uitslag van de bloedonderzoeken had. Hij had graag de hele nacht met sporen naar Jenny doorgewerkt, maar dan moesten die er wel zijn. Het bloed was het enige dat ze op dit moment hadden en hij had er onbewust toch op gerekend dat Jacobs DNA zou overeenstemmen met dat van de dader. Nu die theorie als een kaartenhuis was ingestort, zat hij naar een gapend leeg vel papier te turen en waren ze terug bij af. Jenny móést ergens zijn, maar hij had het gevoel dat ze nu nog minder in handen hadden dan eerst. De enige concrete resultaten tot nu toe waren dat ze er wellicht in waren geslaagd een familie uit elkaar te drijven, en dat ze hadden vastgesteld dat er vierentwintig jaar geleden een moord was gepleegd. Verder – niets.

Voor de honderdste keer keek hij op zijn horloge en zijn pen sloeg gefrustreerd kleine drumsolo's op zijn bureau. Misschien, heel misschien vertelde Jacob zijn moeder op dit moment de details die alles in één klap zouden oplossen. Misschien...

Een kwartier later was het duidelijk dat ze deze slag hadden verloren. Toen de deur van de verhoorkamer werd geopend, sprong hij van zijn stoel en liep ernaartoe. Hij zag twee gesloten gezichten. Ogen hard als kleine stenen keken hem opstandig aan. Op dat moment wist Patrik dat wat Jacob ook verborg, hij het niet uit eigen beweging zou onthullen.

'Jullie beloofden dat ik mijn zoon mee mocht nemen,' zei Laine met een ijzige stem.

'Ja,' zei Patrik slechts. Meer viel er ook niet te zeggen.

Nu moesten ze doen wat hij Gösta zopas had gezegd: naar huis gaan, iets eten en proberen een beetje te slapen. Hopelijk zouden ze morgen met hernieuwde energie verder kunnen gaan.

Zomer 1979

Ze maakte zich zorgen over haar zieke moeder. Hoe zou het met haar gaan? Zou het haar vader lukken in zijn eentje voor haar te zorgen? Nu ze alleen in het donker lag, werd de hoop dat ze haar zouden vinden langzaamaan door angst verdreven. Zonder de zachte huid van de ander voelde de duisternis zo mogelijk nog zwarter.

Ze had ook last van de stank. De zoete, bedwelmende lucht van de dood verjoeg alle andere geuren. Zelfs de stank van hun uitwerpselen verdween in die enge zoete lucht en ze had ook een paar keer moeten overgeven, zure oprispingen van gal bij gebrek aan voedsel in haar maag. Ze begon naar de dood te verlangen en dat beangstigde haar meer dan wat dan ook. De dood begon met haar te flirten en fluisterde tegen haar, beloofde haar pijn en onbehagen weg te nemen.

Aan één stuk door luisterde ze of ze boven iets hoorde. Voetstappen. Het geluid van het luik dat werd geopend. De planken die werden weggetrokken en dan opnieuw voetstappen, langzaam de trap afdalend. Ze wist dat als ze die weer hoorde, het de laatste keer zou zijn. Haar lichaam verdroeg geen pijn meer en ze zou net als de ander toegeven aan de verleidingen van de dood.

Als op bestelling hoorde ze de geluiden die ze had gevreesd. Met pijn in haar hart bereidde ze zich erop voor te sterven.

❄

Het was heerlijk geweest dat Patrik de vorige avond eerder thuis was gekomen, maar onder de huidige omstandigheden verwachtte ze niet dat hij dat soort dingen deed. Nu ze zwanger was, begreep Erica pas echt hoe ongerust je als ouder kon zijn, en ze leed mee met de vader en moeder van Jenny Möller.

Opeens voelde ze zich een beetje schuldig dat ze zich de hele dag zo tevreden had gevoeld. Nadat het bezoek was vertrokken, was de rust in huis teruggekeerd en daardoor had ze alle tijd gehad om met het schoppende kleintje in haar buik te babbelen, even te gaan liggen en een goed boek te lezen. Ze was ook puffend de Galärbacken opgeklommen om wat lekkers voor het avondeten te kopen, en een flinke zak snoep. Over dat laatste had ze nu een slecht geweten. De vroedvrouw had op strenge toon verteld dat suiker geen verantwoord onderdeel van de zwangerschapkost was, en dat grote hoeveelheden ertoe konden leiden dat het kind als een kleine suikerverslaafde werd geboren. Ze had er weliswaar aan toegevoegd dat je er dan behoorlijk veel van moest binnenkrijgen, maar haar woorden bleven desondanks door Erica's hoofd spoken. Op de koelkast hing ook een lange lijst met dingen die ze niet mocht eten en soms leek het een onmogelijke taak het kind gezond op de wereld te zetten. Sommige vissoorten waren bijvoorbeeld uit den boze, terwijl andere wel waren toegestaan, alleen niet vaker dan één keer per week en dan hing het er ook nog van af of het zout- of zoetwatervissen waren... Verder had je nog het kaasdilemma. Erica was dol op alle soorten kaas en had uit haar hoofd geleerd welke ze wel en welke ze niet mocht hebben. Tot haar grote verdriet stonden schimmelkazen op de verboden lijst en ze hallucineerde al van het kaas- en rodewijnfestijn dat ze zou aanrichten zodra ze geen borstvoeding meer gaf.

Ze was zo verzonken in haar gedachten over die voedselorgie dat ze Patrik niet hoorde thuiskomen. Ongewild bracht hij haar aan het schrikken en het duurde een hele tijd voor haar hartritme weer tot rust was gekomen.

'O shit, wat laat jij me schrikken!'

'Sorry, dat was niet de bedoeling. Ik dacht dat je me wel had gehoord toen ik binnenkwam.' Hij ging naast haar op de bank zitten, en ze deinsde terug toen ze zijn gezicht zag.

'Patrik, je ziet helemaal grauw. Is er iets gebeurd?' Er schoot een gedachte door haar heen. 'Hebben jullie haar gevonden?' Een ijskoude stalen band sloot zich om haar hart.

Patrik schudde zijn hoofd. 'Nee.' Verder zei hij niets en Erica wachtte rustig af. Na een tijdje leek hij in staat verder te praten. 'Nee, we hebben haar niet gevonden. Het is net alsof we vandaag een paar stappen terug hebben gedaan.'

Hij boog zich opeens voorover en begroef zijn gezicht in zijn handen. Erica schoof moeizaam naar hem toe, sloeg haar armen om hem heen en leunde met haar wang tegen zijn schouder. Ze voelde eerder dan dat ze het hoorde dat hij stilletjes huilde.

'Verdomme, ze is zeventien. Snap jij dat nou! Zeventien, en een zieke gek denkt dat hij met haar kan doen wat hij wil. Joost mag weten wat ze moet doorstaan terwijl wij als een stelletje onbekwame idioten rondhollen zonder ook maar enig benul van waar we mee bezig zijn. Hoe hebben we ooit kunnen denken dat we een dergelijk onderzoek aankonden? Anders houden we ons bezig met fietsendiefstallen en zo. Welke idioot heeft het goed gevonden dat wij – ik! – dit stomme onderzoek leiden!' Hij spreidde zijn handen.

'Niemand had het beter kunnen doen dan jij, Patrik! Wat dacht je dat er was gebeurd als ze een team uit Göteborg hadden gestuurd, of wat jij ook maar als alternatief ziet? Zij zijn niet op de hoogte van de plaatselijke omstandigheden. Ze kennen de mensen niet en weten niet hoe de dingen hier in hun werk gaan. Ze hadden het niet beter kunnen doen, hooguit slechter. En jullie staan er niet helemaal alleen voor, al begrijp ik best hoe je je voelt. Vergeet niet dat Uddevalla ook met een paar mensen heeft geholpen en zoekacties heeft geregeld en zo. Je zei zelf laatst nog hoe goed de samenwerking was. Ben je dat vergeten?'

Erica sprak tegen hem alsof hij een kind was, maar niet op een neerbuigende manier. Ze wilde alleen duidelijk maken wat ze bedoelde, en kennelijk slaagde ze daarin want Patrik kalmeerde en ze voelde zijn lichaam ontspannen.

'Ja, je hebt gelijk,' zei Patrik met tegenzin. 'We hebben gedaan wat we konden, maar het is zo hopeloos. De tijd vliegt en nu zit ik thuis, terwijl Jenny misschien wel op sterven ligt.'

De paniek in zijn stem kwam terug en Erica drukte haar arm steviger om zijn schouder.

'Ssst, zo mag je niet denken.' Haar stem klonk nu wat scherper. 'Je mag nu niet instorten. Als je haar en haar ouders iets verschuldigd bent, is het wel dat je je hoofd koel houdt en doorwerkt.'

Patrik zei niets, maar Erica zag dat hij naar haar luisterde.

'Haar ouders hebben me vandaag drie keer gebeld. Gisteren vier keer. Denk je dat dat betekent dat ze de hoop opgeven?'

'Nee, dat denk ik niet,' zei Erica. 'Ik denk dat ze erop vertrouwen dat jullie je werk doen. En nu moet je kracht verzamelen voor morgen. Je hebt er niets aan als je jezelf volledig uitput.'

Patrik glimlachte zwakjes. Erica zei precies wat hijzelf eerder vandaag Gösta had voorgehouden. Misschien wist hij soms toch nog wat hij zei.

Hij deed wat Erica hem had opgedragen. Hoewel het eten hem niet smaakte, at hij op wat er op tafel stond. Vervolgens viel hij in een lichte slaap. In zijn dromen holde een jong meisje aldoor bij hem vandaan. Ze was zo dichtbij dat hij haar kon aanraken, maar net op het moment dat hij zijn hand wilde uitsteken en haar wilde pakken, lachte ze plagerig en ging ervandoor. Toen hij wakker werd van de wekker, was hij bezweet en moe.

Naast hem had Erica het merendeel van haar wakkere uren over Anna liggen piekeren. Net zo vastbesloten als ze overdag was geweest dat zij niet de eerste stap zou zetten, zo zeker wist ze in de ochtendschemering dat ze Anna moest bellen zodra het echt licht was. Er was iets mis, ze voelde het.

De geur van ziekenhuizen joeg haar angst aan. De steriele geur, de kleurloze muren en de sombere kunst hadden iets definitiefs. Ze had de hele nacht geen oog dichtgedaan en nu leek het alsof iedereen om haar heen in slow motion bewoog. Het geritsel van de kleding van het personeel werd versterkt en overstemde in Solveigs oren het gemurmel op de achtergrond. Ze verwachtte dat haar wereld elk moment zou instorten. Het leven van Johan hing aan een zijden draadje had de arts in de vroege ochtenduren gezegd, en ze rouwde nu al om haar zoon. Wat moest ze anders? Alles wat ze in haar leven had gehad, was als fijn zand door haar vingers gegleden en door de wind weggeblazen. Niets van wat ze had willen vasthouden, was gebleven. Johannes, het leven op de Västergården, de toekomst van haar jongens – alles was tot niets verbleekt en zij was in haar eigen wereld gevlucht.

Maar vluchten kon niet meer. Niet nu de werkelijkheid zich in de vorm van allerlei beelden, geluiden en geuren opdrong. De realiteit dat er nu in Johans lichaam werd gesneden, was te tastbaar om eraan te kunnen ontsnappen.

Ze had lang geleden met God gebroken, maar nu bad ze alsof haar leven ervan afhing. Ze ratelde alle woorden op die ze zich van het geloof uit haar jeugd kon herinneren, deed beloften die ze nooit zou kunnen nakomen, maar hoopte dat haar goede wil genoeg was om Johan te laten leven. Robert had de hele nacht met een vertrokken gezicht naast haar gezeten. Ze wilde niets liever dan haar hand naar hem uitsteken en hem aanraken, hem troosten, een moeder voor hem zijn. Maar er waren al zoveel jaren verstreken dat alle kansen verkeken waren. Dus zaten ze zwijgend als vreemden naast elkaar, alleen verenigd door hun liefde voor de man in het bed, beiden in de wetenschap dat hij de beste van hen was.

Aan het eind van de gang kwam een bekend gezicht afwachtend naar hen toe. Linda sloop langs de muren, niet wetend hoe ze zou worden ontvangen. Maar alle lust om ruzie te maken was verdwenen met de vele klappen die hun zoon en broer te verduren had gehad. Zonder een woord te zeggen ging ze naast Robert zitten en het duurde een hele poos voor ze durfde te vragen: 'Hoe gaat het met hem? Papa zei dat je hem vanochtend hebt gebeld om het te vertellen.'

'Ja, ik vond dat Gabriël het moest weten,' zei Solveig, nog altijd in de verte starend, 'we blijven tenslotte familie. Ik vond gewoon dat hij het moest weten...' Haar gedachten leken af te dwalen en Linda knikte.

Solveig ging verder: 'Ze zijn nog aan het opereren. We weten niet veel meer dan dat... dan dat hij kan sterven.'

'Maar wie heeft hem zo toegetakeld?' vroeg Linda, vastbesloten te voorkomen dat haar tante zich terugtrok in een stilte voor ze een antwoord op die vraag had.

'We weten het niet,' zei Robert. 'Maar wie het ook is, die hufter zal er flink voor boeten!' Hij ontwaakte even uit zijn shock en sloeg hard op de armleuning van zijn stoel. Solveig zei niets.

'Wat doe jij hier eigenlijk?' vroeg Robert. Hij besefte nu pas hoe vreemd het was dat het nichtje met wie ze nooit rechtstreeks contact hadden gehad, naar het ziekenhuis was gekomen.

'Ik... wij... ik...' Linda stamelde terwijl ze naar woorden zocht om haar relatie met Johan te beschrijven. Het verbaasde haar dat Robert niets wist. Johan had weliswaar gezegd dat hij zijn broer niets over hun verhouding had verteld, maar ze had hem niet echt geloofd. Dat Johan hun relatie geheim had gehouden, bewees hoe belangrijk die voor hem was geweest en dat inzicht maakte haar opeens beschaamd.

'We... zagen elkaar weleens, Johan en ik.' Ze bestudeerde grondig haar perfect gemanicuurde nagels.

'Hoezo, zagen?' Robert keek haar verbaasd aan. Toen begreep hij het. 'O, jullie hebben dus... oké...' Hij lachte. 'Ja, zo zie je maar weer, dat broertje van mij. Wat een smeerkees.' De lach bleef in zijn keel steken toen hij zich realiseerde waarom ze hier zaten en de geschokte uitdrukking gleed weer over zijn gezicht.

Terwijl de uren verstreken zaten ze met z'n drieën zwijgend op een rijtje in de trieste wachtkamer. Elk geluid van voetstappen in de gang deed hen angstig opkijken of een arts in een witte jas hun een diagnose kwam geven. Zonder het van elkaar te weten, baden ze, alle drie.

Toen Solveig 's ochtends vroeg belde, had het hem verbaasd dat hij zo'n medeleven met hen voelde. De vete tussen de families was al zo oud dat vijandigheid een tweede natuur was geworden, maar toen hij hoorde hoe Johan eraan toe was, werd alle wrok weggespoeld. Johan was de zoon van zijn broer, zijn eigen vlees en bloed, en dat was het enige dat telde. Toch was het niet echt vanzelfsprekend om naar het ziekenhuis te gaan. Het voelde huichelachtig en hij was dankbaar toen Linda zei dat zij ging. Hij had zelfs de taxi naar Uddevalla voor haar betaald, hoewel hij een taxi normaal gesproken het toppunt van extravagantie vond.

Gabriël zat besluiteloos achter zijn grote bureau. De hele wereld leek op haar kop te staan en het werd alsmaar erger. Hij had het gevoel dat alles in de afgelopen vierentwintig uur tot een climax was gekomen. Jacob die werd meegenomen voor een verhoor, een huiszoeking op de Västergården, het bloed dat de hele familie had moeten laten afnemen en nu Johan die in het ziekenhuis lag, zwevend tussen leven en dood. De zekerheden die hij zijn hele leven had getracht op te bouwen stortten voor zijn ogen in.

In de spiegel aan de muur tegenover hem keek hij naar zijn gezicht alsof hij dat nooit eerder had gezien. En in zekere zin was dat ook zo. Hij kon zien dat hij de afgelopen dagen ouder was geworden. De vitaliteit was uit zijn blik verdwenen, het gezicht werd door zorgen getekend en zijn meestal zo verzorgde haar zat slordig en had alle glans verloren. Gabriël moest bekennen dat hij teleurgesteld was in zichzelf. Hij had altijd gedacht dat hij iemand was die door moeilijkheden groeide en op wie anderen in zware tijden konden terugvallen. Maar nu was Laine de sterkere van hen beiden gebleken. Misschien had hij dat eigenlijk altijd wel geweten. Misschien had zij het eveneens geweten, maar hem in de waan gelaten omdat ze wist dat hij dan gelukkiger was. Een warm gevoel stroomde door hem heen. Een stille liefde. Iets wat diep onder zijn egocentrische verachting begraven had gelegen, kon nu naar boven komen. Wellicht kwam er toch nog iets goed uit al deze ellende voort.

Een klopje op de deur onderbrak zijn overpeinzingen.

'Binnen.'

Laine stapte voorzichtig over de drempel en hij realiseerde zich opnieuw hoezeer ze was veranderd. Weg waren de nerveuze uitdrukking op haar gezicht en de onrustig bewegende handen, ze leek zelfs langer omdat ze nu rechtop liep.

'Goedemorgen, lieverd. Heb je lekker geslapen?'

Ze knikte en ging in een van de twee fauteuils voor bezoekers zitten. Gabriël keek haar vorsend aan. De wallen onder haar ogen weerspraken haar bevestigende antwoord. Toch had ze ruim twaalf uur geslapen. Nadat ze Jacob gisteren van het politiebureau had opgehaald, had hij nauwelijks de gelegenheid gehad met haar te praten. Ze had gemompeld dat ze moe was en was vervolgens naar haar kamer gegaan. Er was iets loos, dat voelde hij nu. Sinds Laine in zijn kantoor zat, had ze hem geen enkele keer aangekeken en alleen grondig haar schoenen bestudeerd. Bezorgdheid welde in hem op, maar hij moest haar eerst over Johan vertellen. Ze reageerde verbaasd en meelevend en toch was het alsof de woorden haar niet echt bereikten. Het was duidelijk dat ze aan heel andere dingen dacht en zelfs de mishandeling van Johan bracht daar geen verandering in. Nu knipperden alle waarschuwingslampjes tegelijk.

'Is er iets gebeurd? Is er gisteren op het politiebureau iets gebeurd? Ik heb gisteravond met Marita gesproken en zij zei dat ze Jacob hadden laten gaan dus dan kan de politie toch niet...' Hij wist niet goed hoe hij verder moest gaan. De gedachten tolden door zijn hoofd en hij verwierp de ene verklaring na de andere.

'Nee, Jacob wordt niet meer verdacht,' zei Laine.

'Wat zeg je me daar! Maar dat is fantastisch!' Gabriëls gezicht lichtte op. 'Hoe... wat is er...?'

Laines gezicht stond nog even somber als voorheen en ze keek hem nog steeds niet aan. 'Voordat we het daarover hebben, is er iets anders wat je moet weten.' Ze aarzelde. 'Johannes, hij... hij...'

Ongeduldig draaide Gabriël op zijn stoel heen en weer. 'Wat is er met Johannes? Gaat het over dat onzalige openen van zijn graf?'

'Ja, zo zou je het wel kunnen stellen.' Een nieuwe pauze. Gabriël wilde haar wel door elkaar rammelen om haar te laten zeggen wat ze op haar hart had. Toen haalde ze diep adem en de woorden stroomden zo snel naar buiten dat hij amper begreep wat ze zei: 'Ze hebben Jacob verteld dat ze de overblijfselen van Johannes hebben onderzocht en dat is gebleken dat hij geen zelfmoord heeft gepleegd. Hij is vermoord.'

De pen in Gabriëls hand viel op tafel. Hij keek Laine aan alsof ze gek was geworden. Ze ging verder: 'Ik weet dat het absurd klinkt, maar ze zijn zeker van hun zaak. Iemand heeft Johannes vermoord.'

'Weten ze ook wie?' Dat was het enige dat hij wist te zeggen.

'Natuurlijk weten ze dat niet,' snauwde Laine. 'Ze hebben het net ontdekt en er zijn zoveel jaren verstreken...' Ze maakte een weids gebaar met haar handen.

'Dat is nog eens nieuws. Maar hoe zit het nou met Jacob? Hebben ze zich verontschuldigd?' vroeg Gabriël nors.

'Hij wordt, zoals ik al zei, niet langer verdacht. Wat wij al wisten, hebben zij nu kunnen bewijzen,' snoof Laine.

'Dat is geen verrassing, dat was gewoon een kwestie van tijd. Maar hoe...?'

'Ze hebben zijn bloed vergeleken met sporen die de dader had achtergelaten, en het kwam niet overeen.'

'Dat had ik ze meteen kunnen vertellen. Wat ik ook heb gedaan, als ik me niet vergis!' zei Gabriël hoogdravend en hij voelde dat een grote knoop zich oploste. 'Daar moeten we champagne op drinken, Laine! Ik begrijp niet waarom jij er zo somber uitziet.'

Nu keek ze op en zag hem recht in de ogen. 'Omdat ze jouw bloed gisteren ook hebben kunnen analyseren.'

'Ja, maar dat kan ook geen match hebben opgeleverd,' zei Gabriël lachend.

'Nee, niet met de sporen van de moordenaar. Maar... het kwam ook niet overeen met Jacobs bloed.'

'Hoezo? Wat bedoel je? Hoezo kwam het niet overeen?'

'Ze konden zien dat jij Jacobs vader niet bent.'

De stilte die volgde klonk als een explosie. Gabriël ving opnieuw een glimp van zijn gezicht in de spiegel op en nu herkende hij zichzelf niet eens. Een vreemde staarde hem met open mond en grote ogen aan. Hij was niet in staat ernaar te kijken en wendde zijn blik af.

Laine zag eruit alsof alle zorgen van de wereld van haar schouders waren gevallen en haar gezicht lichtte juist op. Hij herkende het als opluchting. In een flits realiseerde hij zich hoe zwaar het voor haar moest zijn geweest om zoveel jaren met zo'n geheim rond te lopen, maar toen sloeg de woede met volle kracht toe.

'Wat zeg je me nou, verdomme!' bulderde hij en ze deinsde terug.

'Ze hebben gelijk, jij bent Jacobs vader niet.'

'En wie is dat dan wel?'

Stilte. Langzaam drong de waarheid tot hem door. Terwijl hij achterover zakte in zijn stoel, fluisterde hij: 'Johannes.'

Laine hoefde het niet te bevestigen. Plotseling was alles glashelder en Gabriël vervloekte zijn eigen domheid. Dat hij het niet eerder had gezien. De verstolen blikken, het gevoel dat er iemand langs was gekomen als hij er niet was, de soms enge gelijkenis die Jacob met zijn broer vertoonde.

'Maar waarom...?'

'Waarom ik een affaire met Johannes had, bedoel je?' Laines stem klonk koud, metaalachtig. 'Omdat hij alles was wat jij niet was. Ik was een tweede keuze voor jou, een vrouw die je om praktische redenen nam, iemand die haar plek zou kennen en ervoor zou zorgen dat jouw leven er precies zo uitzag als jij wilde, met zo min mogelijk strubbelingen.' Haar stem werd milder. 'Johannes deed niets dat hij niet zelf wilde. Hij had lief wanneer hij wilde, hij haatte wanneer hij wilde, hij leefde wanneer hij wilde... Met Johannes was het samenzijn als een natuurkracht. Hij zág mij, hij zag mij écht, hij was niet onderweg naar een volgende vergadering. Elk liefdesmoment met hem was als sterven en herboren worden.'

Gabriël beefde bij de passie die hij in Laines stem hoorde. Maar die vervaagde en ze keek hem nuchter aan. 'Het spijt me echt dat ik je wat Jacob betreft zo lang om de tuin heb geleid, echt waar, dat spijt me tot in het diepst van mijn hart. Maar ik ben niet van plan me te verontschuldigen omdat ik van Johannes hield.'

Impulsief boog ze zich naar voren en legde haar handen op die van Gabriël. Hij weerstond de neiging om de zijne weg te trekken en liet ze passief liggen.

'Je hebt zoveel kansen gehad, Gabriël. Ik weet dat jij veel van Johannes in je hebt, maar je laat het niet naar buiten komen. We hadden samen veel goede jaren kunnen hebben en ik had van je kunnen houden. In zekere zin ben ik dat ondanks alles ook gaan doen, maar ik ken je goed genoeg om te weten dat je nu niet meer wilt dat ik dat blijf doen.'

Gabriël antwoordde niet. Hij wist dat ze gelijk had. Hij had zijn hele leven gevochten om niet in de schaduw van zijn broer te staan en Laines verraad raakte hem op zijn meest kwetsbare plek.

Hij herinnerde zich de nachten waarin Laine en hij bij het ziekbed van hun zoon hadden gezeten. Toen had hij gewenst dat hij als enige naast Jacob zou zitten en dat zijn zoon zou zien hoe irrelevant alle anderen waren, inclusief Laine. In Gabriëls wereld was hij, Gabriël zelf, de enige geweest die zijn zoon nodig had. Het was zij tweeën tegen de rest. Nu hij eraan dacht was het lachwekkend. Eigenlijk was hij daar helemaal niet op zijn plek geweest. Johannes had het recht gehad om aan Jacobs bed te zitten, zijn hand vast te houden, hem te vertellen dat alles goed zou komen. En Ephraïm, die Jacobs leven redde. Ephraïm en Johannes, de eeuwige twee-eenheid waarvan Gabriël nooit deel had kunnen uitmaken. Nu bleek die onoverwinnelijk.

'En Linda?' Hij wist het antwoord, maar vroeg het toch, al was het maar om Laine een speldenprik te geven. Ze snoof.

'Linda is jouw dochter, dat lijdt geen twijfel. Johannes is de enige man met wie ik tijdens ons huwelijk samen ben geweest en daar zal ik nu de consequenties van aanvaarden.'

Een andere vraag kwelde hem meer. 'Weet Jacob het?'

'Jacob weet het.' Ze stond op, keek verdrietig naar Gabriël en zei stilletjes: 'Ik pak vandaag nog mijn spullen en ben voor de avond weg.'

Hij vroeg niet waar ze naartoe zou gaan, het maakte niet uit. Niets maakte nog iets uit.

Ze hadden de inbreuk in haar huis goed verborgen. De kinderen hadden nauwelijks gemerkt dat de politie was geweest, en zij ook niet. Tegelijk leek er iets veranderd. Ze kon er de vinger niet op leggen, maar het was wel zo; het gevoel dat haar huis niet langer de veilige plek was van weleer. Alles was door vreemde handen aangeraakt, opgetild, omgedraaid, bekeken. Op zoek naar iets slechts – in hun huis! Natuurlijk hield de Zweedse politie veel meer rekening met de burgers, maar voor het eerst in haar leven meende ze te kunnen begrijpen hoe het moest zijn in de dictaturen en politiestaten waarover ze op tv had gehoord. Ze had haar hoofd geschud en medelijden gevoeld met de mensen die onder de voortdurende dreiging leefden dat er inbreuk op hun privéleven werd gemaakt, maar ze had toch niet echt kunnen vatten hoe vies je je naderhand voelde en hoe groot de angst was voor het onbekende dat erna kon gebeuren.

Ze had Jacob vannacht in haar bed gemist. Ze had hem naast zich willen hebben, zijn hand in de hare willen voelen, ter geruststelling dat alles weer werd zoals vroeger. Maar toen ze 's avonds het politiebureau had gebeld, hadden ze gezegd dat hij door zijn moeder was opgehaald en Marita was ervan uitgegaan dat haar man bij zijn ouders was blijven slapen. Ze vond weliswaar dat hij had kunnen bellen, maar op hetzelfde moment had ze zichzelf de les gelezen: het was aanmatigend zo te denken. Jacob deed altijd wat het beste voor hen was en als zij al van slag was omdat de politie in haar huis was geweest, hoe moest het dan voor hem zijn om opgesloten te worden en de meest onmogelijke vragen te moeten beantwoorden!

Met langzame bewegingen ruimde Marita de ontbijtboel van de kinderen op. Aarzelend pakte ze de hoorn van de haak om het nummer van haar schoonouders te bellen, maar toen bedacht ze zich en legde weer op. Waarschijnlijk sliep hij vandaag uit en ze wilde hem niet storen. Op dat moment ging de telefoon, en ze veerde geschrokken op. Op het display zag ze dat het het landhuis was en ze nam enthousiast op, ervan overtuigd dat het Jacob was.

'Hoi, Marita. Met Gabriël.'

Ze fronste haar wenkbrauwen. Ze herkende de stem van haar schoonvader nauwelijks. Hij klonk als een oude man.

'Hoi Gabriël. Hoe gaat het met jullie?'

Haar vrolijke toon verhulde haar onrust, maar ze wachtte gespannen op zijn antwoord. De gedachte dat er iets met Jacob was gebeurd schoot even door haar hoofd, maar voordat ze naar hem kon vragen, zei Gabriël: 'Zeg, is Jacob toevallig thuis?'

'Jacob? Maar Laine heeft hem gisteren toch opgehaald. Ik dacht dat hij bij jullie sliep.'

'Nee, hij is hier niet geweest. Laine heeft hem gisteren bij jullie afgezet.' De paniek die in zijn stem doorklonk, voelde ze zelf nu ook.

'Lieve god, waar is hij dan?' Marita sloeg haar hand voor haar mond en deed haar best niet door angst te worden overmand.

'Hij moet... hij moet...' Gabriël slaagde er niet in zijn zin af te maken, waardoor zijn onrust alleen maar groeide. Als Jacob niet thuis was en niet bij hen, waren er geen alternatieven. Een verschrikkelijke gedachte kwam in hem op.

'Johan ligt in het ziekenhuis. Hij is gisteren thuis in elkaar geslagen.'

'O, mijn god. Hoe gaat het met hem?'

'Ze weten niet of hij het redt. Linda is naar het ziekenhuis gegaan, ze zou bellen zodra ze meer weet.'

Marita ging met een plof op een keukenstoel zitten. Haar borst trok samen en het ademen viel haar zwaar. Haar keel voelde als dichtgesnoerd. 'Denk je dat...'

Ze kon Gabriëls stem via de telefoon nauwelijks verstaan. 'Nee, dat kan niet. Wie zou...'

Vervolgens beseften ze beiden dat al hun ellende voortkwam uit het feit dat er een moordenaar op vrije voeten rondliep. De stilte die op dit inzicht volgde, echode luid.

'Bel de politie, Marita. Ik kom naar je toe.' Vervolgens hoorde ze alleen de kiestoon.

Patrik zat achter zijn bureau en wist niet wat hij moest doen. Hij dwong zich tot een bezigheid zodat hij niet aldoor naar de telefoon zat te staren. De wens om de uitslagen van de bloedonderzoeken te hebben, was zo sterk dat hij die in zijn mond proefde. De klok tikte onbarmhartig langzaam. Hij besloot zich op zijn administratieve taken te storten en pakte de papieren. Een halfuur later was hij nog niets opgeschoten, hij had alleen maar in de verte zitten staren. Vermoeidheid na de slechte nachtrust speelde hem parten. Hij nam een slok van de koffie die voor hem stond, maar vertrok meteen zijn gezicht. De koffie was koud geworden. Met zijn kopje in zijn hand stond hij op om bij te schenken toen de telefoon ging. Hij wierp zich zo snel op de hoorn dat de koude koffie gedeeltelijk over het bureau stroomde.

'Patrik Hedström.'

'Jacob is verdwenen!'

Hij had de Forensische Eenheid verwacht, dus het duurde even voordat hij had omgeschakeld.

'Sorry?'

'Met Marita Hult. Mijn man is sinds gisteravond verdwenen!'

'Verdwenen?' Patrik vatte het nog steeds niet helemaal. Door de vermoeidheid was zijn gedachtegang traag en weerspannig.

'Hij is gisteren niet thuisgekomen. En hij heeft ook niet bij zijn ouders geslapen. En gezien wat er met Johan is gebeurd...'

Nu was Patrik helemaal de kluts kwijt.

'Wacht even, iets langzamer graag. Wat is er met Johan gebeurd?'

'Die ligt immers in het ziekenhuis in Uddevalla. Mishandeld, en ze weten niet eens of hij het wel redt. Wat als Jacob het volgende slachtoffer is? Misschien ligt hij ergens, gewond.'

De paniek in haar stem werd groter en nu was Patrik er weer helemaal bij. Ze hadden niets over een mishandeling van Johan Hult gehoord, de collega's in Uddevalla moesten die aangifte hebben opgenomen. Hij zou hen direct bellen, maar eerst moest hij Jacobs vrouw zien te kalmeren.

'Marita, het is niet zeker dat Jacob iets is overkomen. Maar ik zal iemand naar jullie toe sturen, en ik zal ook contact opnemen met de politie in Uddevalla om te horen wat zij over Johan weten. Ik neem dit zeker serieus, maar ik vind niet dat er reden is om je zorgen te maken. We zien wel vaker dat iemand om de een of andere reden een nacht wegblijft. Misschien was Jacob wel geschokt na ons gesprek van gisteren en wilde hij even alleen zijn, of zoiets.'

Gefrustreerd zei Marita: 'Jacob zou nooit wegblijven zonder me te vertellen waar hij is. Daar is hij veel te zorgzaam voor.'

'Ik geloof je en ik beloof dat we het serieus nemen. Er komt iemand bij jullie langs, oké? Zou jij je schoonouders willen vragen of ze ook naar jullie toe komen, dan kunnen we tegelijk met hen praten.'

'Het is makkelijker als ik naar hen toe ga,' zei Marita, die opgelucht leek nu er meteen actie werd genomen.

'Dan doen we dat,' zei Patrik en na een laatste geruststelling dat ze echt moest proberen niet meteen het ergste te denken, hing hij op.

Daarna was zijn passiviteit totaal verdwenen. In tegenstelling tot wat hij tegen Marita had gezegd, was ook hij geneigd te denken dat Jacobs verdwijning geen natuurlijke oorzaak had. Als Johan bovendien was mishandeld, of als iemand had geprobeerd hem te vermoorden, hadden ze alle reden ongerust te zijn. Eerst belde hij de collega's in Uddevalla.

Even later had hij te horen gekregen wat ze over de overval wisten, al was dat niet veel. Iemand had Johan de avond tevoren zo lelijk toegetakeld dat hij tussen leven en dood zweefde. Omdat Johan niet zelf had kunnen vertellen wie het had gedaan, had de politie nog geen aanwijzingen omtrent de dader. Ze hadden met Solveig en Robert gesproken, maar geen van beiden had iets bij het huisje gezien. Even verdacht Patrik Jacob, maar dat bleek algauw een onbezonnen gedachte. Johan was mishandeld op het moment dat Jacob op het politiebureau zat.

Patrik aarzelde over zijn volgende stap. Er waren twee dingen die moesten gebeuren. Enerzijds wilde hij dat iemand naar het ziekenhuis in Uddevalla ging om met Solveig en Robert te praten om uit te vinden of ze misschien toch iets wisten. Anderzijds moest er iemand naar het landhuis, naar Jacobs familie. Na enige aarzeling besloot hij zelf naar Uddevalla te gaan en Martin en Gösta naar het landhuis te sturen. Maar net toen hij opstond om met hen te gaan praten, ging de telefoon weer. Nu was het de Forensische Eenheid.

Met angst en beven bereidde hij zich voor op wat het lab te melden had, misschien leverden zij binnen een paar minuten het ontbrekende puzzelstukje. Maar zelfs in zijn wildste fantasie had hij hun bevindingen niet kunnen voorspellen.

Tijdens de hele rit naar het landhuis hadden Martin en Gösta het over Patriks nieuws gehad. Zij begrepen het ook geen van beiden, maar tijdgebrek belette hen ze daar lang bij stil te staan. Ze moesten gewoon stug doorwerken.

Voor het bordes bij de hoofdingang moesten ze over een paar grote koffers heen stappen. Nieuwsgierig vroeg Martin zich af wie op reis zou gaan. Het leek meer bagage dan Gabriël nodig had voor een zakenreis en bovendien zat er een vrouwelijk tintje aan, dus gokte hij op Laine.

Ze werden nu niet naar de woonkamer gebracht, maar via een lange hal naar een keuken aan de andere kant van het huis. Martin vond het er meteen gezellig. De woonkamer was weliswaar mooi, maar toch wat onpersoonlijk. De keuken was knus en had een landelijke eenvoud die de elegantie trotseerde die als een verstikkende nevel over de rest van het landhuis lag. In de woonkamer had Martin zich een boerenpummel gevoeld, maar hier kreeg hij zin zijn mouwen op te stropen en in grote dampende pannen te gaan roeren.

Marita zat in een hoekje bij de muur aan een enorme rustieke keukentafel. Het leek alsof ze veiligheid zocht in een situatie die angstaanjagend en onverwacht was. In de verte hoorde hij het geluid van rumoer. Hij strekte zijn nek en zag door het raam de twee kinderen van Jacob en Marita op het grote grasveld in de tuin spelen.

Ter begroeting knikten ze slechts naar elkaar. Vervolgens gingen Martin en Gösta bij Marita aan tafel zitten. Er hing een vreemde sfeer, vond Martin, maar hij kon er de vinger niet op leggen. Gabriël en Laine gingen zo ver mogelijk uit elkaar zitten, en het viel hem op dat ze zorgvuldig vermeden elkaar aan te kijken. Hij dacht aan de koffers voor de deur. Toen besefte hij dat Laine Gabriël had verteld over haar affaire met Johannes en het resultaat daarvan. Geen wonder dat de stemming zo om te snijden leek. En hiermee waren de koffers buiten ook verklaard. Wat Laine nu nog aan het landhuis bond, was hun gezamenlijke bezorgdheid over Jacobs afwezigheid.

'Als we eens bij het begin beginnen,' zei Martin. 'Wie van jullie heeft Jacob als laatste gezien?'

Laine maakte een licht handgebaar. 'Ik.'

'Wanneer was dat?' ging Gösta verder.

'Om een uur of acht. Nadat ik hem bij jullie had opgehaald.' Ze knikte naar de agenten aan de overkant van de tafel.

'En waar hebt u hem afgezet?' vroeg Martin.

'Bij de inrit van de Västergården. Ik heb nog aangeboden om hem tot de voordeur te rijden, maar hij zei dat dat niet nodig was. Het is daar een beetje lastig keren en het is ook maar een paar honderd meter lopen, dus ik heb niet aangedrongen.'

'In wat voor stemming was hij toen?' ging Martin verder.

Laine keek voorzichtig naar Gabriël. Ze wisten allemaal waar het eigenlijk over ging, maar niemand wilde het hardop zeggen. Martin realiseerde zich dat Marita waarschijnlijk niet op de hoogte was van Jacobs gewijzigde familierelatie, maar daar kon hij nu helaas geen rekening mee houden. Ze moesten alle feiten boven tafel zien te krijgen en konden niet om de hete brij heen blijven draaien.

'Hij was...' Laine zocht naar de juiste woorden, '... in gepeins verzonken. Ik zou haast zeggen dat hij in een shock verkeerde.'

Verward keek Marita eerst naar Laine en vervolgens naar de agenten. 'Waar hebben jullie het over? Waarom zou Jacob in een shock verkeren? Wat hebben jullie gisteren eigenlijk met hem gedaan? Gabriël zei dat Jacob niet langer werd verdacht, waarom was hij dan van slag?'

Laines gezicht betrok even, maar dat was dan ook het enige teken dat er allerlei gevoelens door haar heen schoten. Rustig legde ze haar hand op die van Marita. 'Jacob heeft gisteren nogal schokkend nieuws gehoord, lieverd. Ik heb jaren geleden iets gedaan wat ik lang met mij heb meegedragen. En dankzij de politie,' ze keek Martin en Gösta even hatelijk aan, 'is Jacob dat gisteravond te weten gekomen. Ik ben altijd van plan geweest het hem te vertellen, maar de jaren vlogen gewoon voorbij en ik neem aan dat ik domweg op het juiste moment wachtte.'

'Het juiste moment waarvoor?' vroeg Marita.

'Om Jacob te vertellen dat Johannes zijn vader is, en niet Gabriël.'

Bij alle woorden van de zin vertrok Gabriëls mond en hij deinsde terug alsof er met een mes in zijn borst werd gestoken. Maar de geschokte uitdrukking op zijn gezicht was weg. Zijn geest was al bezig de verandering te verwerken en het was minder moeilijk om het te horen dan de eerste keer.

'Wát zeg je!' Marita keek Laine en Gabriël met grote ogen aan. Vervolgens zakte ze in elkaar. 'O, god, dat moet een verpletterend bericht zijn geweest.'

Laine reageerde alsof ze een draai om haar oren had gekregen. 'Gedane zaken nemen geen keer,' zei ze. 'Het belangrijkste nu is dat ze Jacob vinden, daarna...' ze aarzelde, 'daarna moeten we met de rest in het reine komen.'

'Laine heeft gelijk. Wat het bloedonderzoek ook heeft aangetoond, hier...' Gabriël wees naar zijn hart, 'is Jacob mijn zoon. En we moeten hem vinden.'

'We zullen hem ook vinden,' zei Gösta. 'Misschien is het niet zo vreemd dat hij dit allemaal even in zijn eentje wil overdenken.'

Martin was blij dat Gösta heel vaderlijk kon klinken als hij dat wilde. Het dempte ieders ongerustheid en Martin ging kalm verder met zijn vragen: 'Hij is helemaal niet thuisgekomen?'

'Nee,' zei Marita. 'Toen ik het politiebureau belde hoorde ik dat hij door zijn moeder was opgehaald. Ik ging ervan uit dat hij daar was blijven slapen. Dat is weliswaar niets voor hem, maar aan de andere kant hebben hij en zijn familie de afgelopen tijd onder zware stress gestaan. Ik dacht dat hij misschien even bij zijn ouders wilde zijn.' Terwijl ze dat zei, keek ze verholen naar Gabriël en hij glimlachte bleekjes terug. Het zou nog wel even duren voor ze de juiste woorden hadden gevonden.

'Hoe zijn jullie te weten gekomen wat er met Johan is gebeurd?' vroeg Martin.

'Solveig belde vanochtend vroeg.'

'Ik dacht dat jullie... ruzie hadden,' zei Martin voorzichtig.

'Ja, zo zou je het kunnen noemen. Maar familie blijft familie en als het echt belangrijk is, dan...' Gabriël liet de zin wegsterven. 'Linda is nu bij ze. Johan en zij blijken elkaar beter te kennen dan wij wisten.' Hij lachte kort en bitter.

'Hebben jullie verder nog iets gehoord?' vroeg Laine.

Gösta schudde zijn hoofd. 'Nee, volgens de laatste informatie is de situatie onveranderd. Patrik Hedström is nu onderweg naar Uddevalla, dus we wachten even af wat hij te melden heeft. Als daar iets duidelijk wordt, wat dan ook, horen jullie dat ongetwijfeld net zo snel als wij. Ik neem aan dat Linda jullie meteen belt, bedoel ik.'

Martin stond op. 'Oké, ik geloof dat we nu alles wel weten.'

'Denken jullie dat de moordenaar van het Duitse meisje Johan heeft aangevallen?' Marita's onderlip trilde licht. Het was duidelijk wat ze eigenlijk vroeg.

'Er is geen reden om dat te denken,' zei Martin vriendelijk. 'Ik ben ervan overtuigd dat we heel gauw weten wat er is gebeurd. Ik bedoel, Johan en Robert verkeren tenslotte in nogal dubieuze kringen, dus het is waarschijnlijker dat we de dader daar moeten zoeken.'

'En wat gaan jullie nu doen om Jacob te vinden?' hield Marita aan. 'Gaan jullie hier in de buurt een zoekactie houden?'

'Nee, dat is niet het eerste wat we gaan doen. Ik denk echt dat hij ergens over de... situatie zit na te denken en elk moment thuis kan komen. Dus je kunt het beste naar huis gaan en ons meteen bellen als hij er is. Oké?'

Niemand zei iets en de politiemannen gingen ervan uit dat dat betekende dat de familie het ermee eens was. Er was echt niet veel wat ze nu konden doen. Martin moest echter bekennen dat hij veel minder vertrouwen voelde dan hij hen wilde doen geloven. Het was een vreemd toeval dat Jacob was verdwenen op de avond waarop zijn neef, broer, of hoe je Johan ook maar moest noemen, was mishandeld.

Onderweg in de auto zei hij dat ook tegen Gösta, die instemmend knikte. Ook hij voelde in zijn buik dat er iets niet klopte. Vreemde toevalligheden kwamen niet zo vaak voor en als politieman kon je je er ook niet op verlaten. Ze hoopten dat Patrik iets te weten was gekomen.

Zomer 2003

Ze werd wakker met een knallende hoofdpijn en een plakkerig gevoel in haar mond. Jenny begreep niet waar ze was. Het laatste dat ze zich herinnerde was dat ze een lift had gekregen en in een auto was gestapt, en nu was ze opeens in een vreemde donkere werkelijkheid geworpen. Aanvankelijk was ze zelfs niet bang. Het leek alleen maar een droom. Ze kon elk moment wakker worden en ontdekken dat ze in de caravan van haar ouders lag.

Na een tijdje drong het tot haar door dat ze uit deze droom niet meer wakker zou worden. In paniek liep ze tastend door de duisternis en bij de laatste wand voelde ze houten planken onder haar vingers. Een trap. Ze tastte tree voor tree af en klom omhoog. Met een klap stootte ze haar hoofd. Al na een paar passen hield een plafond haar tegen en ze werd acuut claustrofobisch. Ze schatte in dat ze op de vloer net rechtop kon staan, hoger was de ruimte niet. Ze was ook in vrij korte tijd langs alle muren gelopen, meer dan twee meter zat er niet tussen. In paniek duwde ze aan het eind van de trap tegen het plafond. Ze voelde hoe de planken iets meegaven, maar ze weken niet uiteen. Er rammelde iets en ze concludeerde dat er aan de andere kant waarschijnlijk een hangslot zat.

Na nog een paar pogingen om het luik open te drukken, klom ze teleurgesteld weer naar beneden en ging met haar armen om haar benen geslagen op de grond zitten. Toen ze voetstappen boven haar hoofd hoorde, kroop ze instinctief zo ver mogelijk van het luik vandaan.

Toen de man naar beneden kwam, zag ze zijn gezicht voor zich hoewel er geen licht was. Ze had hem gezien toen hij haar met de auto had opgepikt en dat beangstigde haar: Jenny kon hem identificeren, ze wist wat voor auto hij had, en dat wees erop dat hij haar nooit levend zou laten gaan.

Ze begon te schreeuwen, maar hij legde zacht zijn hand op haar mond en sprak haar kalmerend toe. Toen hij er zeker van was dat ze stil zou zijn, nam hij zijn hand weg en begon haar voorzichtig uit te kleden. Met zijn handen tastte hij genietend, bijna liefdevol, haar ledematen af. Ze hoorde hoe zijn ademhaling zwaar werd en kneep haar ogen stijf dicht om niet te hoeven denken aan wat komen ging.

Naderhand verontschuldigde hij zich. Vervolgens kwam de pijn.

❄

Het zomerse verkeer was moordend. Patriks irritatie nam met elke kilometer toe en toen hij de parkeerplaats bij het ziekenhuis van Uddevalla opreed, moest hij een paar keer diep ademhalen om rustig te worden. Meestal wond hij zich niet op over caravans die de hele weg in beslag namen of vakantiegangers die op hun dooie gemak naar alles wezen wat ze zagen, zonder zich druk te maken om de rij auto's die zich achter hen vormde. Maar doordat hij zo teleurgesteld was over de uitslag van de DNA-tests, was zijn tolerantiegrens aanzienlijk gedaald.

Hij had zijn oren niet kunnen geloven. Geen enkel bloedmonster had een match gegeven met het sperma dat ze op Tanja's lichaam hadden aangetroffen. Hij was er zo van overtuigd geweest dat uit de uitslagen zou blijken wie de moordenaar was, dat hij nog niet helemaal van de verrassing was bekomen. Iemand die met Johannes Hult verwant was had Tanja vermoord, dat was een vaststaand feit. Maar het was geen van de bekende familieleden.

Ongeduldig toetste hij het nummer van het politiebureau in. Annika was iets later begonnen dan anders, en hij had ongedurig gewacht tot ze er was.

'Hoi, met Patrik. Sorry dat ik wat gestrest klink, maar zou je zo snel mogelijk kunnen uitzoeken of de familie Hult nog meer verwanten hier in de buurt heeft. Ik denk vooral aan buitenechtelijke kinderen van Johannes.'

Hij hoorde haar aantekeningen maken en kruiste zijn vingers. Het leek een laatste strohalm en hij hoopte van ganser harte dat ze iets zou vinden. Anders zat hij met zijn handen in het haar.

Onderweg naar Uddevalla had hij een theorie bedacht waar hij wel blij mee was. Johannes had ergens een zoon die ze niet kenden. Gezien wat ze nu over hem wisten leek dat niet onmogelijk en hoe langer hij erover nadacht, hoe waarschijnlijker het hem zelfs leek. Dat zou ook een reden kunnen zijn waarom Johannes zelf was vermoord, dacht Patrik, zonder precies te weten hoe hij alles met elkaar moest rijmen. Jaloezie was een uitstekend motief voor moord en de manier waarop hij was vermoord, klopte ook met deze theorie. Een impulsieve, niet-geplande daad; een aanval van woede, jaloezie, die tot de dood van Johannes had geleid.

Maar hoe hield dat verband met de moord op Siv en Mona? Dat puzzelstukje kreeg hij niet goed op zijn plaats, maar misschien kon Annika's informatie hem verder helpen.

Hij smeet het portier dicht en liep naar de grote entree. Na enig zoeken vond hij met de hulp van een vriendelijke medewerker uiteindelijk de juiste afdeling. In de wachtkamer trof hij de drie mensen aan die hij zocht. Ze zaten als vogels op een elektriciteitsleiding naast elkaar, zonder te praten en met starende blikken. Toen Solveig Patrik zag, lichtten haar ogen even op. Moeizaam kwam ze overeind en liep waggelend naar hem toe. Ze zag eruit alsof ze de hele nacht niet had geslapen, en dat was ongetwijfeld ook het geval geweest. Haar kleren waren verkreukeld en roken scherp naar zweet. Haar vette haar hing in vreemde pieken om haar hoofd en onder haar ogen zaten donkere wallen. Robert zag er net zo moe uit, maar leek wat frisser. Alleen Linda leek vief en had een heldere blik en een keurig voorkomen. Ze wist nog niet wat er bij haar thuis allemaal aan de hand was.

'Hebben jullie hem?' Solveig trok licht aan Patriks arm.

'Helaas weten we nog niets meer. Hebben jullie iets van de artsen gehoord?'

Robert schudde zijn hoofd. 'Nee, ze zijn hem nog steeds aan het opereren. Iets met de druk in zijn hersenen. Kennelijk snijden ze zijn hele hoofd open. Het zal me verbazen als ze er iets anders dan zaagsel in aantreffen.'

'Robert!'

Solveig draaide zich boos om, maar Patrik begreep wat Robert probeerde te doen: hij wilde zijn bezorgdheid camoufleren en de stemming wat verlichten met een grapje. Bij Patrik zelf werkte dat meestal ook.

Hij ging zitten in een van de zitmeubels die het midden hielden tussen stoelen en fauteuils. Ook Solveig nam weer plaats.

'Wie heeft dit mijn jongen aangedaan?' Ze wiegde op haar stoel heen en weer. 'Ik heb hem gezien toen ze hem naar buiten brachten, hij leek wel iemand anders. En hij zat onder het bloed, overal zat bloed.'

Linda huiverde en trok een gezicht van afschuw. Robert vertrok geen spier. Toen Patrik naar zijn zwarte jeans en trui keek, zag hij dat er nog grote vlekken van Johans bloed in zaten.

'Jullie hebben gisteravond niets gehoord, niets gezien?'

'Nee,' zei Robert geïrriteerd. 'Dat hebben we die andere agenten ook al verteld. Hoe vaak moeten we het nog herhalen!'

'Het spijt me echt, maar ik moet dit soort vragen stellen. Heb alsjeblieft geduld met me.' Het medeleven in zijn stem was echt. Soms was het zwaar om agent te zijn, zeker op momenten als deze, wanneer je je in het leven moest mengen van mensen die wel andere en belangrijker dingen aan hun hoofd hadden. Maar hij kreeg onverwacht hulp van Solveig.

'Werk nou eens mee, Robert. We moeten allemaal doen wat we kunnen om de politie te helpen. Dan kunnen zij degene oppakken die dit onze Johan heeft aangedaan, dat snap je toch wel.' Ze wendde zich tot Patrik. 'Ik dacht dat ik vlak voor Robert me riep, iets hoorde. Maar we hebben niemand gezien, niet voor we hem vonden en ook niet erna.'

Patrik knikte. Toen zei hij tegen Linda: 'Heb jij gisteravond Jacob toevallig gezien?'

'Nee,' zei Linda onthutst. 'Ik heb in het landhuis geslapen en ik neem aan dat hij thuis op de Västergården was. Waarom vraag je dat?'

'Het lijkt erop dat hij gisteravond niet is thuisgekomen, dus ik vroeg me af of jij hem misschien had gezien.'

'Nee, dat zei ik al. Maar vraag mijn ouders eens.'

'Dat hebben we al gedaan, maar die hebben hem ook niet gezien. Ken je misschien een andere plek waar hij zou kunnen zijn?"

Nu begon Linda ongerust te worden. 'Nee, waar zou dat moeten zijn?' Ze leek zich iets te realiseren. 'Kan hij niet naar Bullaren zijn gegaan en daar hebben geslapen? Dat heeft hij weliswaar nog nooit eerder gedaan, maar...'

Patrik sloeg met zijn vuist op zijn been. Wat stom dat ze daar zelf niet op waren gekomen! Hij verontschuldigde zich en belde Martin. Die moest het meteen gaan uitzoeken.

Toen hij de wachtkamer weer binnenkwam, was de stemming veranderd. Tijdens zijn gesprek met Martin had Linda met haar mobieltje naar huis gebeld. Nu keek ze Patrik met de opstandigheid van een tiener aan.

'Wat is er eigenlijk aan de hand? Mijn vader zegt dat Marita jullie heeft gebeld en Jacob als vermist heeft opgegeven en dat er twee agenten zijn geweest die allerlei vragen hebben gesteld. Hij maakt zich enorm veel zorgen.' Ze was met haar handen in haar zij voor Patrik gaan staan.

'Er is op dit moment nog geen reden om je zorgen te maken.' Hij gebruikte dezelfde mantra als Gösta en Martin op het landhuis. 'Waarschijnlijk wil je broer gewoon even tot rust komen, maar we moeten dit soort aangiften natuurlijk wel serieus nemen.'

Linda keek wantrouwend, maar leek genoegen te nemen met het antwoord. Vervolgens zei ze met lage stem: 'Mijn vader heeft dat van Johannes ook verteld. Wanneer was je van plan het hun mee te delen?'

Ze gebaarde met haar hoofd naar Robert en Solveig. Patrik keek gefascineerd naar de baan die haar lange blonde haar door de lucht maakte. Vervolgens herinnerde hij zich haar leeftijd en schrok van de gedachte dat hij door de grote veranderingen in zijn eigen gezinssituatie misschien een ouwe snoeper werd.

Hij antwoordde op dezelfde lage toon. 'Daar wachten we nog even mee. Gezien Johans situatie is dit niet zo'n goed moment.'

'Dat zie je verkeerd,' zei Linda rustig. 'Ze hebben het nu meer dan ooit nodig om iets positiefs te horen. Geloof me, ik ken Johan goed genoeg om te weten dat het goed nieuws is dat Johannes geen zelfmoord heeft gepleegd. Dus als jij het nu niet vertelt, doe ik het.'

Wat een eigenwijs wicht. Maar Patrik moest bekennen dat ze gelijk had. Misschien had hij het hun al eerder moeten vertellen, ze hadden recht op de waarheid.

Hij knikte bevestigend naar Linda en schraapte zijn keel terwijl hij ging zitten. 'Solveig, Robert, ik weet dat jullie er bezwaar tegen hadden dat we Johannes' graf openden.'

Robert vloog als een speer overheid. 'Ben je niet goed wijs of zo?! Dat hoeft nu toch niet! Hebben we nog niet genoeg aan ons hoofd soms!'

'Ga zitten, Robert,' bulderde Linda. 'Ik weet wat hij wil zeggen en geloof me, dat wil je horen.'

Uit pure verbazing over het feit dat zijn fragiele nicht hem een bevel gaf, ging Robert weer zitten en hield zijn mond. Patrik ging verder terwijl Solveig en Robert hem nijdig aankeken omdat ze aan hun vernedering werden herinnerd.

'Een lijkschouwer heeft de o... het lichaam grondig onderzocht en hij heeft iets interessants gevonden.'

'Iets interessants,' snoof Solveig. 'Ja, dat is een goede woordkeuze.'

'Jullie moet het me maar vergeven, maar er is geen goede manier om dit te zeggen. Johannes heeft geen zelfmoord gepleegd, hij is vermoord.'

Solveig hapte naar adem. Robert zat als vastgenageld op zijn stoel en was niet in staat zich te bewegen.

'Wát zeg je me daar!' Solveig greep Roberts hand en hij liet haar haar gang gaan.

'Precies wat ik zeg. Johannes is vermoord, hij heeft geen zelfmoord gepleegd.'

De tranen drupten uit Solveigs al behuilde ogen. Haar hele lichaam begon te trillen en Linda keek Patrik triomfantelijk aan: het waren tranen van vreugde.

'Ik wist het,' zei ze. 'Ik wist dat hij zoiets niet zou doen. En iedereen zei maar dat hij zelfmoord had gepleegd omdat hij die meisjes had gedood. Dat kunnen ze mooi terugnemen! De dader van die moorden heeft vast ook de dood van mijn Johannes op zijn geweten. Ze moeten ons op hun blote knietjes om vergeving smeken. Alle jaren dat we...'

'Mama, houd op!' zei Robert geïrriteerd. Patriks woorden leken niet helemaal tot hem te zijn doorgedrongen, hij had even tijd nodig.

'Wat gaan jullie nu doen om degene die Johannes heeft vermoord, op te pakken?' vroeg Solveig popelend.

Patrik draaide ongemakkelijk op zijn stoel heen en weer. 'Tja, dat is niet zo makkelijk. Het is al heel wat jaren geleden en we hebben geen sporen. We zullen natuurlijk doen wat we kunnen, maar meer kan ik je niet beloven.'

Solveig snoof. 'Ja, ja, dat zal wel. Als jullie er nu net zoveel tijd in steken om de moordenaar te vinden als destijds om Johannes voor die moorden te pakken, is dat vast geen probleem. En nu wil ik zéker een verontschuldiging van jullie!'

Dreigend stak ze haar vinger in de lucht en Patrik besefte dat hij beter kon vertrekken voordat de situatie uit de hand liep. Hij wisselde een blik met Linda en zij wuifde onopvallend dat hij weg moest gaan. Hij richtte nog een laatste woord tot haar: 'Linda, beloof me dat je ons meteen belt zodra Jacob wat van zich laat horen. Al heb je ongetwijfeld gelijk en is hij in Bullaren.'

Ze knikte, maar haar ogen keken nog altijd ongerust.

Ze draaiden net het parkeerterrein van het politiebureau op, toen Patrik belde. Martin reed opnieuw weg, nu richting Bullaren. De thermometer liep weer op na een barmhartig koele ochtend en hij zette de airco iets hoger. Gösta trok aan de kraag van zijn overhemd met korte mouwen.

'Als die verdomde temperatuur nu maar eens blijvend wilde zakken.'

'Ach, op de golfbaan klaag je vast niet,' lachte Martin.

'Dat is iets heel anders,' zei Gösta chagrijnig. Golf en religie waren twee dingen waar je in zijn wereld geen grapjes over maakte. Een fractie van een seconde wenste hij dat hij weer met Ernst werkte. De samenwerking met Martin was weliswaar productiever, maar hij moest bekennen dat het ook voordelen had om Lundgren als partner te hebben. Ernst had zijn eigenaardigheden, maar hij protesteerde nooit als Gösta er een paar uur tussenuit kneep en een paar emmers balletjes sloeg.

Het volgende moment zag hij de foto van Jenny Möller voor zich en werd hij geplaagd door een slecht geweten. Tijdens een kort ogenblik van helderheid besefte hij dat hij een bittere oude man was geworden die akelig veel op zijn vader leek. Als hij zo doorging, zou hij net als hij in zijn eentje in een bejaardentehuis belanden en niets doen dan klagen over ingebeelde onrechtvaardigheden. Maar dan zonder kinderen die af en toe uit plichtsbesef langskwamen.

'Wat denk je, is Jacob in Bullaren?' vroeg hij om zijn onaangename gedachten te onderbreken.

Martin dacht na en zei toen: 'Dat zou me heel erg verwonderen. Maar het is wel de moeite waard om het te checken.'

Ze reden het erf op en verbaasden zich opnieuw over de idyllische scène voor hen. De boerderij leek eeuwig in een mild zonlicht te zijn gehuld, waardoor de rode kleur van het huis prachtig contrasteerde met het blauwe meer erachter. Net als de vorige keer liepen er jongeren doelbewust heen en weer, druk bezig met hun werkzaamheden. De woorden die in Martin opkwamen waren voortreffelijk, gezond, nuttig, schoon en Zweeds, en de combinatie van die woorden gaf hem een ongemakkelijk gevoel. Zijn ervaring zei hem dat als iets er té goed uitzag, het dat waarschijnlijk ook was...

'Het heeft wel iets van de Hitlerjugend, vind je niet?' vroeg Gösta, daarmee woorden gevend aan Martins gevoel van onbehagen.

'Ja, zoiets. Al is dat wat sterk uitgedrukt. Met dat soort commentaar moet je een beetje voorzichtig zijn,' zei Martin droog.

Gösta keek gekwetst. 'Sorry, hoor,' zei hij zeurderig, 'ik wist niet dat je bij de taalpolitie zat. Bovendien zouden ze jongens als Kennedy niet opnemen als dit een nazikamp was.'

Martin negeerde het commentaar en liep naar de voordeur. Een van de vrouwelijke begeleidsters deed open.

'Wat willen jullie nu weer?'

Jacobs rancune tegen de politie was kennelijk aanstekelijk.

'We zijn op zoek naar Jacob.' Gösta stond nog steeds te pruilen, dus Martin voerde het woord.

'Hij is hier niet. Probeer het thuis maar.'

'Weet je zeker dat hij er niet is? We willen graag zelf even kijken.'

Met tegenzin stapte de vrouw opzij en liet de beide agenten binnen. 'Kennedy, de politie is er weer. Ze willen Jacobs kantoor zien.'

'We weten de weg,' zei Martin.

De vrouw negeerde hem. Met snelle passen kwam Kennedy op hen af. Martin vroeg zich af of hij een soort permanente gidsfunctie op de boerderij had. Maar misschien vond hij het leuk om mensen de weg te wijzen.

Zwijgend liep Kennedy voor Martin en Gösta uit naar Jacobs kantoor. Ze bedankten hem beleefd en deden vol verwachting de deur open. Geen spoor van Jacob. Ze stapten naar binnen en keken of iets erop wees dat Jacob hier de nacht had doorgebracht, een deken op de bank, een wekker, wat dan ook. Maar niets van dat alles. Teleurgesteld gingen ze weer naar de gang. Kennedy stond hen rustig op te wachten. Hij streek zijn pony opzij en Martin zag dat zijn ogen zwart en ondoorgrondelijk waren.

'Niets. Helemaal niets,' zei Martin toen ze weer naar Tanumshede reden.

'Nee,' zei Gösta kort. Martin sloeg zijn ogen ten hemel. Gösta was kennelijk nog steeds chagrijnig. Nou ja, dat moest hij zelf weten.

Gösta was in gedachten echter met iets heel anders bezig. Hij had tijdens hun bezoek aan de boerderij iets gezien, maar kon niet bedenken wat. Hij probeerde er niet aan te denken zodat zijn onderbewuste er vrijelijk mee aan de slag kon, maar dat was net zo moeilijk als een zandkorrel onder je ooglid negeren. Hij had iets gezien wat hij zich zou moeten herinneren.

'Hoe is het gegaan? Heb je iets gevonden?'

Annika schudde haar hoofd. Patriks uiterlijk baarde haar zorgen. Te weinig slaap, te weinig gezond eten en te veel stress hadden zijn zomerse kleurtje in een grauwe vaalheid veranderd. Zijn lichaam leek ergens onder gebukt te gaan en je hoefde geen genie te zijn om uit te dokteren wat dat was. Ze had hem graag gezegd dat hij zijn persoonlijke gevoelens van zijn werk moest scheiden, maar zag daarvan af. Ook zij voelde de druk, en het laatste dat ze zag voor ze 's avonds haar ogen sloot, was de vertwijfelde uitdrukking in de ogen van Jenny Möllers ouders toen ze aangifte kwamen doen van hun dochters vermissing.

'Hoe gaat het met je?' vroeg ze alleen maar meelevend, terwijl ze Patrik over de rand van haar bril aankeek.

'Tja, hoe gaat het met je onder dit soort omstandigheden?' Hij haalde ongeduldig zijn handen door zijn haar, waarna het rechtop bleef staan en hij op een karikatuur van een verstrooide professor leek.

'Klote, stel ik me zo voor,' zei Annika eerlijk. Rechttoe rechtaan was meer haar stijl dan veinzen.

Patrik glimlachte. 'Ja, zoiets. Maar genoeg daarover. Heb je iets in het register gevonden?'

'Nee, helaas. Het bevolkingsregister vermeldt geen andere kinderen van Johannes Hult, en verder zijn er niet veel plekken waar ik kan zoeken.'

'Zouden er wel andere kinderen kunnen zijn, al staan ze niet geregistreerd?'

Annika keek hem aan alsof hij een beetje traag van begrip was en snoof: 'Ja, gelukkig is er geen wet die het moeders verplicht om op te geven wie de vader van hun kind is, dus als er "vader onbekend" staat, kunnen het best kinderen van Johannes zijn.'

'En laat me raden, er zijn meerdere kinderen met onbekende vaders...'

'Niet per se, dat hangt af van het gebied waarin je wilt zoeken. Maar de mensen in deze regio zijn verbazingwekkend respectabel geweest. Je moet je bovendien bedenken dat we het niet over de jaren veertig hebben. Johannes is waarschijnlijk vooral actief geweest in de jaren zestig en zeventig. Toen was een buitenechtelijk kind niet echt een schande meer. In sommige perioden in de jaren zestig werd het zelfs bijna als een voordeel gezien.'

Patrik lachte. 'Als je het over de Woodstock-periode hebt, dan betwijfel ik toch of de flowerpower en de vrije liefde Fjällbacka ooit hebben bereikt.'

'Dat moet je niet zeggen... stille wateren...' Annika was blij dat de sfeer iets luchtiger was. De afgelopen dagen had er op het politiebureau een begrafenisstemming gehangen. Patrik werd echter algauw weer ernstig.

'Theoretisch gezien zou je dus een lijst kunnen samenstellen van de kinderen in... zeg de gemeente Tanum, van wie de vader onbekend is.'

'Ja, dat zou ik niet alleen theoretisch kunnen doen maar ook praktisch. Al duurt dat wel even,' waarschuwde Annika.

'Doe het gewoon zo snel je kunt.'

'Wat ga jij dan doen om te achterhalen wie van die lijst een kind van Johannes is?'

'Om te beginnen ga ik die mensen gewoon opbellen. Als dat niet werkt, tja... dat probleem los ik dan wel op.'

De deur ging open en Martin en Gösta kwamen binnen. Patrik bedankte Annika voor haar hulp en liep naar de gang om zijn collega's te begroeten. Martin stopte, maar Gösta keek naar de grond en liep naar zijn kamer.

'Vraag maar niets,' zei Martin en hij schudde zijn hoofd.

Patrik fronste zijn voorhoofd. Onderlinge wrijvingen was wel het laatste waar ze nu behoefte aan hadden. Wat Ernst had gedaan, was al erg genoeg. Martin las zijn gedachten. 'Het is niets ernstigs, maak je geen zorgen.'

'Oké. Zullen we elkaar onder een kopje koffie even bijpraten?'

Martin knikte en ze liepen naar de koffiekamer, schonken ieder een kopje in en gingen tegenover elkaar aan de eettafel zitten. Patrik zei: 'Hebben jullie in Bullaren sporen van Jacob gevonden?'

'Nee, niets. Het lijkt erop dat hij daar niet is geweest. Hoe is het jou vergaan?'

Patrik vertelde over zijn bezoek aan het ziekenhuis.

'Snap jij nou dat die bloedonderzoeken niets hebben opgeleverd? We weten dat we een familielid van Johannes zoeken, maar Jacob, Gabriël, Johan én Robert zijn het niet. En gezien de aard van het vergelijkingsmateriaal kunnen we de vrouwen sowieso uitsluiten. Heb jij verder een idee?'

'Ja, ik heb Annika gevraagd uit te zoeken of Johannes bij iemand anders kinderen had.'

'Slim. Het lijkt zelfs onwaarschijnlijk dat hij géén buitenechtelijke kinderen heeft, gelet op wat we van hem weten.'

'Wat denk jij van de theorie dat degene die Johan heeft mishandeld nu Jacob te grazen heeft genomen?' Patrik nipte voorzichtig van zijn koffie. Die was vers en gloeiend heet.

'Hetzelfde als jij. Dat het een verdomd vreemd toeval zou zijn als het niet dezelfde persoon is. Het lijkt alsof Jacob volledig van de aardbodem is verdwenen, niemand heeft hem sinds gisteravond gezien. Ik moet bekennen dat ik me zorgen maak. Jij hebt aldoor al het gevoel gehad dat Jacob iets voor ons verborgen hield. Zou hem daarom iets zijn overkomen?' zei Martin aarzelend. 'Zou iemand hebben vermoed dat hij op het politiebureau iets heeft verteld waarvan die persoon niet wilde dat het naar buiten kwam?'

'Misschien,' zei Patrik. 'Maar dat is nou net het probleem: alles is op dit moment mogelijk en we kunnen alleen maar speculeren.' Hij telde op de vingers van zijn hand: 'We hebben Siv en Mona die in 1979 zijn vermoord, Johannes die in 1979 is vermoord, Tanja die nu is vermoord, vierentwintig jaar later, Jenny Möller die is ontvoerd, waarschijnlijk toen ze aan het liften was, Johan die gisteravond is mishandeld en afhankelijk van hoe het afloopt misschien zelfs is vermoord, en Jacob die spoorloos is verdwenen. De familie Hult lijkt aldoor de gemeenschappelijke noemer in deze zaken te zijn en toch hebben we het bewijs dat geen van hen schuldig is aan Tanja's dood. Bovendien wijst alles erop dat degene die Tanja heeft vermoord ook Siv en Mona om het leven heeft gebracht.' Hij stak zijn handen uit onmacht omhoog. 'Het is een zootje, niet meer en niet minder. En wij zitten er middenin en kunnen zelfs met een zaklantaarn ons eigen gat niet vinden!'

'Je hebt te veel antipolitiepropaganda gelezen,' glimlachte Martin.

'Tja, wat doen we nu?' vroeg Patrik. 'Ik heb geen ideeën meer. We hebben niet veel tijd meer om Jenny Möller te vinden, als het al niet te laat is.' Hij veranderde abrupt van onderwerp om niet in zelfmedelijden te verzwelgen. 'Heb jij die dame al mee uit eten genomen?'

'Welke dame?' vroeg Martin en hij probeerde neutraal te kijken.

'Je hoeft niet te doen alsof je neus bloedt, je weet best wie ik bedoel.'

'Als je het over Pia hebt, vergeet het maar. Ze heeft ons alleen met wat vertaalwerk geholpen.'

'Ze heeft ons alleen met wat vertaalwerk geholpen,' deed Patrik hem op hoge toon na en hij wiebelde met zijn hoofd. 'Joh, spring gewoon in het diepe. Als je het over haar hebt, kan ik aan je stem horen dat je iets met haar wilt, al is ze misschien niet helemaal je type. Ik bedoel, ze is niet bezet, toch?' Patrik glimlachte om zijn plagende woorden te verzachten.

Martin wilde net een bits antwoord geven toen Patriks mobieltje overging.

Met gespitste oren probeerde Martin te horen wie er belde. Het ging over de bloedanalyses, dus waarschijnlijk was het iemand van het lab, concludeerde hij. Hij werd niet erg veel wijzer van Patriks reacties: 'Wat voor vreemds?'

'Aha.'

'Ja, ja.'

'Wat zeg je me nou? Maar hoe kan...'

'Oké.'

'Aha.'

Martin moest zich inhouden om niet te schreeuwen. Patriks gezicht gaf aan dat er iets belangrijks aan de hand was, maar zijn antwoorden aan de laboratoriummedewerker waren te kort om te snappen wat.

'Jullie hebben precies in kaart gebracht hoe de familierelaties eruitzien.' Patrik knikte naar Martin om aan te geven dat hij hem bewust ook informatie wilde meegeven over het gesprek.

'Maar ik begrijp nog steeds niet hoe…'

'Nee, dat is niet mogelijk, die is dood. Er moet een andere verklaring zijn.'

'Nee, jij bent de expert. Luister naar me en denk na. Er móét een andere verklaring zijn.'

Hij leek gespannen te wachten terwijl de persoon aan de andere kant van de lijn nadacht. Martin fluisterde: 'Wat is er gaande?' Patrik stak een vinger op om hem tot stilte te manen. Nu kreeg hij kennelijk een antwoord.

'Dat is helemaal niet vergezocht, in dit geval is het zelfs heel goed mogelijk.'

Er was een gloed over zijn gezicht gekomen. Martin zag de opluchting als een golf door Patriks lichaam gaan, maar zijn eigen nagels maakten zowat krassen in het tafelblad.

'Dank je! Hartstikke bedankt!' Patrik klapte de telefoon dicht en wendde zich met een gelukzalig gezicht tot Martin.

'Ik weet wie Jenny Möller heeft! Je gelooft je oren niet!'

De operatie was achter de rug. Johan was naar de verkoeverkamer gebracht en lag daar met allerlei slangen in zijn eigen donkere wereld. Robert zat naast zijn bed en hield zijn hand vast. Solveig had hen met tegenzin alleen gelaten omdat ze naar de wc moest en nu was hij even alleen met zijn broer, want Linda mocht niet binnen komen. Ze wilden niet dat er te veel mensen tegelijk bij Johan waren.

De dikke slang in Johans mond was verbonden met een apparaat dat een sissend geluid maakte. Robert moest zichzelf ertoe dwingen om niet in hetzelfde ritme te gaan ademen als het toestel. Het was alsof hij Johan wilde helpen adem te halen. Hij had álles willen doen om het gevoel van machteloosheid kwijt te raken dat hem dreigde te overmannen.

Met zijn duim streek hij over Johans handpalm. Opeens wilde hij weten hoe zijn broers levenslijn eruitzag, maar omdat hij niet wist welke van de drie duidelijke lijnen de levensduur voorspelde, kwam hij niet ver. Johan had twee lange lijnen en één korte, en Robert wilde liever dat die laatste de liefdeslijn was.

De gedachte aan een wereld zonder Johan was overweldigend. Hij wist dat het vaak leek alsof hijzelf de sterkste van hen beiden was, de leider. Maar in feite was hij zonder Johan nergens. Robert had Johans mildheid nodig om menselijk te blijven. Hij was veel van zijn zachtheid kwijtgeraakt toen hij zijn vader had gevonden, en zonder Johan zou zijn harde kant de overhand krijgen.

Hij deed vele beloften terwijl hij daar zat: alles zou anders worden als Johan maar mocht blijven leven. Hij beloofde nooit meer te stelen, een baan te zoeken, iets goeds met zijn leven te gaan doen, ja, hij beloofde zelfs zijn haar te laten knippen.

Dat laatste beloofde hij bevend, maar tot zijn grote verbazing leek het alsof juist die belofte alle verschil uitmaakte: een vederlichte trilling trok door Johans hand en eindigde in een kleine beweging van zijn wijsvinger, alsof hij Roberts hand ook probeerde te strelen. Het was niet veel, maar meer had hij niet nodig. Hij wachtte vol ongeduld tot Solveig terugkwam, hij wilde haar graag vertellen dat Johan weer beter zou worden.

‘Martin, ik heb een jongeman aan de telefoon die iets over de mishandeling van Johan Hult weet.’ Annika stak haar hoofd om de deur en Martin draaide zich om.

‘Shit, ik heb helemaal geen tijd.’

‘Moet ik vragen of hij terugbelt?’ vroeg Annika verbaasd.

‘Nee, verdomme. Nee, ik wil hem spreken.’ Martin stoof Annika’s kantoor binnen en nam de hoorn van haar over. Nadat hij een tijdlang aandachtig had geluisterd en nog wat aanvullende vragen had gesteld, legde hij op en holde naar de gang.

‘Annika, Patrik en ik moeten ervandoor. Kun jij Gösta bellen en hem vragen of hij mij meteen op mijn mobieltje belt. En waar is Ernst?'

'Gösta en Ernst zijn samen lunchen, maar ik bel ze wel op de mobiel.'

'Goed.' Hij rende weg om een tel later door Patrik te worden afgelost.

'Heb je Uddevalla te pakken kunnen krijgen, Annika?'

Ze stak haar duim op: 'Alles oké, ze zijn onderweg.'

'Super!' Hij draaide zich om en wilde weglopen, maar bedacht zich. 'Zeg, met die lijst van vaderloze kinderen hoef je natuurlijk niets meer te doen.'

Vervolgens zag ze ook hem met snelle passen weglopen. De energie op het politiebureau had nu zo'n niveau bereikt dat ze die fysiek kon voelen. Patrik had Annika kort uitgelegd wat er gaande was en ze voelde de spanning in haar handen en benen kriebelen. Het was een opluchting dat het onderzoek eindelijk iets had opgeleverd, en nu was elke minuut belangrijk. Ze zwaaide naar Patrik en Martin, die door de buitendeur verdwenen. 'Succes!' riep ze, maar ze wist niet zeker of ze haar hoorden. Snel toetste ze Gösta's nummer in.

'Het is van de pot gerukt, Gösta. Jij en ik zitten hier, en de groentjes bepalen wat er gebeurt.' Ernst bereed zijn stokpaardje en Gösta moest bekennen dat hij dit gezeur een beetje beu was. Hij had eerder vandaag dan wel pissig op Martin gereageerd, maar dat was vooral uit bitterheid omdat hij werd terechtgewezen door iemand die nog niet half zo oud was als hijzelf. Hij had later beseft dat het niet echt erg was.

Ze waren met de auto naar Grebbestad gegaan en zaten in restaurant Telegrafen te lunchen. Het aanbod in Tanum was niet zo groot, dus daar was je gauw op uitgekeken. Grebbestad lag maar tien minuten verderop.

Gösta's telefoon, die op tafel lag, begon te rinkelen en op het display zagen ze alle twee dat het de receptie van het politiebureau was.

'Shit. Laat maar gaan. Jij hebt er toch zeker ook recht op om in alle rust een hapje te eten.' Ernst stak zijn hand uit om Gösta's telefoon uit te zetten, maar verstijfde midden in de beweging toen hij de blik van zijn collega zag.

Het was onder lunchtijd druk in het restaurant. Sommige gasten keken boos; hoe durfde iemand binnen een gesprek aan te nemen! Maar Gösta keek net zo boos terug en sprak extra luid in zijn toestel. Toen hij het gesprek had beëindigd, legde hij een bankbiljet op tafel, stond op en gebood Ernst mee te komen.

'We moeten aan het werk.'

'Kan dat niet wachten? Ik heb nog geen kopje koffie gehad,' zei Ernst.

'Dat drink je maar op het bureau. We moeten iemand ophalen.'

De tweede keer die dag ging Gösta naar Bullaren, maar nu zat hij zelf achter het stuur. Hij vertelde Ernst wat Annika had gezegd en toen ze een halfuur later de boerderij naderden, stond er inderdaad een tiener op de weg op hen te wachten.

Ze stopten en stapten uit.

'Ben jij Lelle?' vroeg Gösta.

De jongen knikte. Hij was groot en breed, en had een stevige nek en enorme handen. Alsof hij geschapen was om uitsmijter te worden, dacht Gösta. Of handlanger, zoals in dit geval. Een handlanger met een geweten, zo bleek echter.

'Je hebt ons gebeld. Zeg het maar,' ging Gösta verder.

'Ja, het is beter voor je dat je meteen de waarheid vertelt,' zei Ernst strijdlustig, maar Gösta keek hem waarschuwend aan. Stoere taal was op dit moment niet nodig.

'Zoals ik al tegen die vrouw op het politiebureau zei, hebben Kennedy en ik gisteren iets stoms gedaan.'

Iets stoms, dacht Gösta. Nou, dat was wel het understatement van de dag.

'Wat dan?' vroeg hij dwingend.

'We hebben die jongen wat klappen gegeven, die jongen die familie is van Jacob.'

'Johan Hult?'

'Ja, ik geloof inderdaad dat hij Johan heet.' De stem werd schel. 'Ik zweer je, ik wist niet dat Kennedy hem zo stevig zou aanpakken. Hij zei dat hij alleen maar met hem wilde praten en hem een beetje bang zou maken. Verder niets.'

'Maar het liep anders.' Gösta probeerde vaderlijk te klinken. Hij slaagde er niet echt in.

'Nee, Kennedy ging helemaal over de rooie. Hij had het er aldoor over dat Jacob zo'n coole gozer was en dat Johan het voor hem had verkloot omdat hij ergens over had gelogen en toen wilde Kennedy dat hij dat terugnam, maar Johan zei nee en Kennedy flipte en begon te matten.'

Hier moest Lelle even stoppen om adem te halen. Gösta meende dat hij het allemaal wel had begrepen, maar was er niet helemaal zeker van. Die jongeren van tegenwoordig spraken zo anders.

'En wat deed jij ondertussen? Een beetje tuinieren?' vroeg Ernst spottend. Weer een waarschuwende blik van Gösta.

'Ik hield hem vast,' zei Lelle stilletjes. 'Ik hield zijn armen vast zodat hij niet terug kon meppen, maar ik wist verdomme niet dat Kennedy door zou draaien. Hoe kon ik dat nou weten?' Hij keek van Gösta naar Ernst. 'Wat gebeurt er nu? Mag ik hier nog wel blijven? Moet ik naar de gevangenis?'

De grote stoere vent stond bijna te huilen. Hij was in een bang jongetje veranderd en Gösta hoefde niet meer zijn best te doen om vaderlijk te klinken, dat ging vanzelf. 'Dat zullen we later wel bekijken, voor alles is een oplossing. Nu moeten we eerst met Kennedy praten. Je mag hier op ons wachten terwijl wij hem ophalen. Je kunt ook meerijden. Zeg het maar.'

'Ik rijd mee,' zei Lelle zachtjes. 'De anderen komen er toch wel achter dat ik Kennedy heb verraden.'

'Goed, laten we dan maar gaan.'

Ze reden de laatste honderd meter naar de boerderij. Dezelfde vrouw die Gösta en Martin 's ochtends had opengedaan, kwam nu weer naar de deur. Haar irritatie was toegenomen.

'Wat moeten jullie nu weer! Jullie hebben zeker een abonnement! Zoiets heb ik nog nooit meegemaakt. Jarenlang heb je een prima samenwerking met de politie en dan flikken ze je dit...'

Gösta onderbrak haar door zijn hand op te heffen. Hij zag er heel ernstig uit toen hij zei: 'We hebben op dit moment geen tijd voor deze discussie. We willen Kennedy spreken. Nu meteen.'

De vrouw hoorde de ernst in zijn stem en riep Kennedy onmiddellijk. Toen ze zich weer tot Gösta en Ernst richtte, was haar toon iets milder. 'Waarom willen jullie hem spreken? Heeft hij iets gedaan?'

'De details hoort u later wel,' zei Ernst bot. 'Het is onze taak de knul mee te nemen naar het politiebureau zodat we daar met hem kunnen praten. De grote jongen, Lelle, gaat ook mee.'

Kennedy trad uit de schaduw naar voren. Met zijn donkere broek, witte overhemd en keurig gekamde haren leek hij eerder een leerling van een Engelse kostschool dan een voormalige onverlaat uit een penitentiaire instelling. Het enige dat niet in het plaatje paste, waren de schaafwonden op zijn knokkels. Gösta vloekte inwendig. Die had hij eerder vandaag ook gezien en die hadden bij hem een belletje moeten doen rinkelen.

'Waarmee kan ik de heren van dienst zijn?' Kennedy klonk heel beleefd, maar misschien iets te overdreven. Je kon merken dat hij zijn best deed om keurig te praten, wat het effect bedierf.

'We hebben Lelle gesproken. Zoals je begrijpt, moet jij nu meekomen naar het bureau.'

Kennedy boog zijn hoofd en accepteerde het zwijgend. Als er iets was wat Jacob hem had geleerd, dan was het wel dat je de consequenties van je daden moesten aanvaarden om in Gods ogen waardig te zijn.

Hij keek nog een laatste keer spijtig om zich heen. Hij zou de boerderij missen.

Ze zaten zwijgend tegenover elkaar. Marita was met de kinderen naar de Västergården gegaan om daar op Jacob te wachten. Buiten kwetterden de zomervogels, maar binnen was het stil. De koffers stonden nog steeds onder aan het bordes. Laine kon pas vertrekken als ze wist dat Jacob ongedeerd was.

'Heb je iets van Linda gehoord?' vroeg ze met onzekere stem, bang om de broze wapenstilstand tussen haar en Gabriël te verstoren.

'Nee, nog niet. Arme Solveig,' zei Gabriël.

Laine dacht aan alle jaren van afpersing, maar moest Gabriël gelijk geven; een moeder kan niet anders dan sympathie voelen voor een andere moeder wier kind gewond is geraakt.

'Denk je dat Jacob ook...?' De woorden bleven in haar keel steken.

Onverwacht legde Gabriël zijn hand op de hare. 'Nee, dat denk ik niet. Je hebt toch gehoord wat de politie zei? Hij is vast ergens waar hij rustig over alles kan nadenken. Er is tenslotte heel veel gebeurd.'

'Ja, dat kun je wel zeggen,' zei Laine bitter.

Gabriël zei niets meer, maar liet zijn hand op de hare liggen. Het was een verbazingwekkend troostend gebaar en ze besefte plotseling dat Gabriël voor het eerst in al die jaren haar zo teder behandelde. Een warm gevoel verspreidde zich door haar lichaam, maar mengde zich tegelijk met de pijn van het afscheid. Ze wilde eigenlijk niet bij hem weg. Ze had het initiatief daartoe genomen om hem de vernedering te besparen haar de deur te moeten wijzen. Opeens wist ze niet meer of ze er goed aan had gedaan. Vervolgens nam hij zijn hand weg en was het moment voorbij.

'Weet je, nu kan ik zeggen dat ik altijd heb gevoeld dat Jacob meer op Johannes leek dan op mij. Ik zag het als een wrange speling van het lot. Voor de buitenwereld leek het misschien alsof Ephraïm en ik elkaar nader stonden dan Ephraïm en Johannes. Mijn vader woonde bij ons, ik heb het landgoed geërfd en zo. Maar zo was het niet. Dat ze vaak ruzie hadden, kwam doordat ze zoveel op elkaar leken. Soms was het net alsof Ephraïm en Johannes een en dezelfde persoon waren. Ik stond daar altijd buiten. Dus toen Jacob werd geboren en ik zoveel van mijn vader en mijn broer in hem zag, leek het alsof er voor mij een mogelijkheid was geschapen om met hen verbonden te raken. Als ik mijn zoon aan mij kon binden en hem van haver tot gort kon leren kennen, zou ik ook Ephraïm en Johannes leren kennen. Ik zou me met hen verbonden voelen.'

'Ik weet het,' zei Laine mild, maar het was alsof Gabriël haar niet hoorde. Hij staarde door het raam in de verte en ging verder: 'Ik was jaloers op Johannes, die echt geloofde in vaders leugen dat we konden genezen. Stel je eens voor hoeveel kracht dat geloof moet hebben gehad! Je kijkt naar je handen in de overtuiging dat ze een gereedschap van God zijn. Mensen kunnen opstaan en weer lopen, blinden kunnen zien, en je weet dat je het zelf mogelijk hebt gemaakt. Zelf zag ik alleen de show. Mijn vader stond in de coulissen te regelen en te regisseren, en ik verafschuwde elke minuut. Johannes had alleen aandacht voor de zieken die bij hem kwamen en voor het lijntje met God. Wat zal hij verdrietig zijn geweest toen dat werd afgesloten. En ik voelde niet met hem mee, ik was juist dolblij. Eindelijk zouden we normaal zijn, Johannes en ik. Eindelijk konden we gelijk zijn. Maar dat gebeurde niet. Johannes bleef mensen betoveren, terwijl ik, ik...' Gabriëls stem brak.

'Jij hebt alles wat Johannes had, alleen je durft niet, Gabriël. Dat is het verschil tussen jullie. Maar geloof me, het is er wel.'

Voor het eerst in al die jaren dat ze samen waren, zag Laine tranen in haar mans ogen. Zelfs toen Jacob doodziek was geweest, had hij niet aan zijn gevoel durven toegeven. Ze pakte zijn hand en hij kneep stevig in de hare.

Gabriël zei: 'Ik kan niet beloven dat ik je kan vergeven. Maar ik beloof wel dat ik het zal proberen.'

'Ik weet het. Geloof me, Gabriël, ik weet het.' Ze legde zijn hand tegen haar wang.

Erica werd met het uur ongeruster. Ze voelde haar bezorgdheid als een zeurende pijn in haar stuitje en masseerde de plek afwezig met haar vingertoppen. Ze had de hele ochtend geprobeerd Anna te bellen, maar er werd niet opgenomen. Ze had het nummer van Gustavs mobiele telefoon opgevraagd, maar hij had alleen kunnen vertellen dat hij een dag eerder met Anna en de kinderen naar Uddevalla was gezeild en dat ze daar de trein hadden genomen. Ze hadden 's avonds in Stockholm moeten zijn. Het ergerde Erica dat hij helemaal niet ongerust klonk. Hij kwam rustig met allerlei logische verklaringen: misschien waren ze moe en had Anna de stekker uit de telefoon getrokken, misschien was haar mobiel niet opgeladen of, lachte hij, misschien had Anna de telefoonrekening niet betaald. Toen hij dat zei, hing Erica kokend van woede en zonder nog iets te zeggen op. Als ze vóór het gesprek nog niet ongerust genoeg was geweest, was ze het nu wel.

Ze probeerde Patrik te bereiken om hem om advies te vragen of op zijn minst door hem gerustgesteld te worden, maar hij nam niet op – niet toen ze hem mobiel belde en ook niet via het doorkiesnummer op zijn werk. Ze belde met de receptie en Annika zei alleen maar dat hij weg was en dat zij niet kon vertellen wanneer hij terug zou komen.

Als een bezetene bleef Erica bellen. Het zeurende gevoel wilde niet verdwijnen. Net toen ze het wilde opgeven, werd Anna's mobieltje opgenomen.

'Hallo?' Een kinderstem. Dat moet Emma zijn, dacht Erica.

'Hoi, lieverd. Met tante Erica. Waar ben je?'

'In Stockholm,' sliste Emma. 'Is de baby er al?'

Erica glimlachte. 'Nee, die is er nog niet. Zeg Emma, mag ik mama even spreken?'

Emma negeerde de vraag. Nu ze haar moeders telefoon had weten te bemachtigen en bovendien iemand aan de lijn had, wilde ze die niet zomaar afstaan.

'Ze-eg, weet je?' vroeg Emma.

'Nee,' zei Erica, 'ik weet het niet. Maar lieverd, daar hebben we het straks wel over. Ik zou nu heel graag met mama willen praten.' Haar geduld begon op te raken.

'Ze-eg, weet je?' herhaalde Emma volhardend.

'Nee, vertel eens,' zuchtte Erica moe.

'We zijn verhuisd!'

'Ja, dat weet ik, maar dat is al een tijdje geleden.'

'Nee, vandaag!' zei Emma triomfantelijk.

'Vandaag?' vroeg Erica.

'Ja, we wonen weer bij papa,' meldde Emma.

De kamer begon te draaien en voordat Erica nog wat kon zeggen, hoorde ze: 'Dag, nu ga ik spelen.' Daarna klonk er alleen een kiestoon.

Erica's hart bloedde toen ook zij de verbinding verbrak.

Gedecideerd klopte Patrik op de deur van de Västergården. Marita deed open.

'Dag, Marita. We hebben een huiszoekingsbevel.'

'Maar jullie zijn hier toch al geweest?' zei de vrouw met een vragend gezicht.

'We hebben nieuwe informatie. Ik heb een team meegebracht, maar ze gevraagd te wachten tot jij en de kinderen weg zijn. Het is niet nodig dat ze al die agenten zien en bang worden.'

Marita knikte zwijgend. Haar ongerustheid over Jacob had al haar energie opgeslokt en ze had geen puf meer om te protesteren. Ze draaide zich om om de kinderen te halen, maar Patrik stelde nog een vraag: 'Zijn er op jullie land nog andere gebouwen dan deze hier?'

Marita schudde haar hoofd. 'Nee, het huis, de schuur, de gereedschapsschuur en het speelhuisje zijn de enige gebouwen. Verder is er niets.'

Patrik knikte en liet haar gaan.

Een kwartier later was het huis leeg. Ze konden gaan zoeken. Patrik gaf in de woonkamer een paar korte instructies.

'We hebben hier al eerder gezocht zonder iets te vinden, dus nu gaan we nog grondiger te werk. Zoek overal! En dan bedoel ik echt overal. Als jullie planken in de vloer of van de muur moeten losmaken, dan doen jullie dat. Als jullie meubels uit elkaar moeten halen, dan doen jullie dat. Begrepen?'

Iedereen knikte. De stemming was somber, maar tegelijk energiek. Patrik had voordat ze naar binnen gingen in het kort verteld hoe de zaak ervoor stond. Nu wilden ze niets liever dan aan de slag gaan.

Nadat ze een uur bezig waren geweest, zonder ook maar enig resultaat te boeken, zag het huis eruit als een rampgebied, alles was open- en losgetrokken. Maar niets bracht hen verder. Patrik was in de woonkamer toen Gösta en Ernst binnenkwamen en met grote ogen rondkeken.

'Wat zijn jullie in vredesnaam aan het doen?' vroeg Ernst.

Patrik negeerde de vraag. 'Is alles goed gegaan met Kennedy?'

'O ja, hij bekende meteen en zit nu achter slot en grendel. Stom rotjong.'

Patrik knikte alleen maar gestrest.

'Wat is hier gebeurd? Het lijkt net of wij de enigen zijn die niets weten. Annika wilde alleen maar zeggen dat we naar de Västergården moesten, dan zou jij het ons vertellen.'

'Ik heb nu geen tijd voor het hele verhaal,' zei Patrik ongeduldig. 'Op dit moment moeten jullie er genoegen mee nemen dat alles erop wijst dat Jacob Jenny Möller heeft gekidnapt en dat we aanwijzingen zoeken over haar verblijfplaats.'

'Maar hij had die Duitse toch niet vermoord,' zei Gösta. 'Dat bleek uit het bloedonderzoek...' Hij keek verward.

Met groeiende irritatie zei Patrik: 'Jawel, waarschijnlijk heeft hij Tanja ook vermoord.'

'Maar die andere meisjes dan? Hij was toen nog te klein...'

'Ja, dat was iemand anders. Dat komt allemaal later wel. Help nu liever mee!'

'Waar moeten we naar zoeken?' vroeg Ernst.

‘Het huiszoekingsbevel ligt op de keukentafel. Daarin staat in wat voor dingen we geïnteresseerd zijn.’ Vervolgens draaide Patrik zich om en ging verder met de boekenkast.

Er verstreek nog een uur zonder dat ze iets van belang boven water wisten te halen en nu begon Patrik de moed te verliezen. Wat als ze niets vonden! Hij was van de woonkamer naar de werkkamer gegaan om daar te zoeken, ook zonder resultaat. Nu plaatste hij zijn handen in zijn zij, dwong zichzelf ertoe een paar keer diep adem te halen en keek de kamer nog eens rond. Het kantoor was klein maar keurig. Planken met lectuurbakken en ordners, netjes gemerkt met etiketten. Er lagen geen losse papieren op de grote oude secretaire en de laden leken ook in orde. Nadenkend liet Patrik zijn blik weer over de secretaire glijden. Er vormde zich een frons tussen zijn wenkbrauwen. Een oude secretaire. Omdat hij geen enkele aflevering van het tv-programma over antiek en kitsch had gemist, moest hij ineens aan een geheim vakje denken toen hij het oude meubel zag. Dat hij daar niet eerder op was gekomen! Hij begon met het deel dat op het bureaublad stond, waarin veel laatjes zaten. Hij trok ze er een voor een uit en zocht voorzichtig met zijn vingers in de ruimten erachter. Toen hij bij de laatste lade aankwam, constateerde hij triomfantelijk dat er iets zat: een metalen uitsteeksel dat meegaf toen hij erop drukte. Met een plop schoof een wand opzij en werd het geheime vakje zichtbaar. Patriks hart ging sneller kloppen. Hij zag dat er een versleten notitieboekje van zwart leer in lag. Hij pakte zijn plastic handschoenen uit zijn zak en trok die aan. Voorzichtig haalde hij het boekje uit het vakje. Met stijgende afschuw las hij wat erin stond. Ze moesten Jenny als de wiedeweerga zien te vinden.

Hij herinnerde zich dat hij in een van de laden van de secretaire een papier had gezien. Hij trok de goede la open en vond het vel na enig bladeren. Een provinciaal logo op de hoek gaf aan wie de afzender was. Patrik las snel de weinige regels op het papier door en stopte bij de naam van de afzender. Vervolgens pakte hij zijn mobieltje en belde het politiebureau.

‘Annika, je spreekt met Patrik. Ik wil graag dat je iets voor me uitzoekt.’ In het kort legde hij het uit. ‘Je moet naar een dokter Zoltan Czaba vragen. Bij de afdeling Oncologie, ja. Bel me zodra je iets weet.’

De dagen leken eindeloos te duren. Meerdere keren per dag hadden ze met het politiebureau gebeld in de hoop iets te horen, maar het was tevergeefs geweest. Toen Jenny's gezicht op de reclameposters van de kranten had gestaan, hadden hun mobiele telefoons aan één stuk door gerinkeld. Vrienden, familie en kennissen, ze waren allemaal van slag, maar probeerden ondanks hun eigen ongerustheid Kerstin en Bo moed in te praten. Sommigen hadden aangeboden om bij hen langs te komen in Grebbestad, wat ze echter vriendelijk maar beslist hadden afgeslagen. Dan zou het te zichtbaar zijn dat er iets mis was. Als ze maar in hun caravan bleven wachten, tegenover elkaar aan de kleine tafel, dan zou Jenny vroeg of laat door de deur naar binnen stappen en alles weer normaal worden.

Dus zo zaten ze daar, dag in dag uit, opgesloten in hun eigen zorgen. Deze dag vormde zo mogelijk een nog grotere kwelling dan anders. Kerstin had de hele nacht onrustig gedroomd. Bezweet had ze in haar slaap heen en weer gedraaid terwijl moeilijk te interpreteren beelden achter haar oogleden flikkerden. Meerdere keren zag ze Jenny. Vooral toen ze jong was. Thuis op het grasveld voor hun huis, op het strand bij een camping. De herinneringen werden afgewisseld met vreemde, duistere droombeelden waar ze niets van snapte. Ze waren koud en donker en aan de zijkant dreigde iets wat ze niet goed kon onderscheiden, hoewel ze in de droom naar de schaduw toe wilde, steeds weer.

Toen ze 's ochtends wakker werd, had ze een zwaar gevoel in haar borst. Terwijl de uren verstreken en de temperatuur in de kleine caravan opliep, zat ze zwijgend tegenover Bo en probeerde wanhopig terug te halen hoe het had gevoeld toen Jenny in haar armen lag. Maar net als in de droom kon ze er niet bij komen. Ze herinnerde het zich wel, maar ze kon het niet meer voelen. Langzaam drong het besef tot haar door. Ze keek op van het tafelblad en zag haar man recht in de ogen. Toen zei ze: 'Ze is er niet meer.'

Hij twijfelde niet aan haar woorden. Zodra ze het zei, wist hij diep vanbinnen dat het waar was.

Zomer 2003

De dagen gleden als in een nevel voorbij. Ze werd erger gekweld dan ze ooit voor mogelijk had gehouden en kon zichzelf wel voor haar hoofd slaan. Als ze maar niet zo dom was geweest om te gaan liften, dan was dit nooit gebeurd. Haar ouders hadden haar zo vaak gewaarschuwd niet bij een vreemde in de auto te stappen, maar ze had zich onkwetsbaar gevoeld.

Het leek een eeuwigheid geleden. Jenny probeerde het gevoel terug te halen om er nog even van te genieten. Het idee dat niets ter wereld haar kon raken, dat het noodlot anderen kon treffen, maar niet haar. Wat er ook gebeurde, dat gevoel zou nooit meer terugkomen.

Ze lag op haar zij en krabde met een gestrekte hand in de aarde. Haar andere arm was niet meer bruikbaar en ze dwong zichzelf ertoe haar gezondere arm te bewegen om de bloedsomloop op gang te houden. Ze droomde ervan dat ze zich als de heldin in een film op hem stortte en hem overmeesterde als hij weer kwam, hem bewusteloos op de vloer achterliet en naar de wachtende menigte vluchtte die haar overal had gezocht. Het was een heerlijke maar onmogelijke droom, haar benen konden haar niet eens meer dragen.

Haar leven sijpelde uit haar weg en in gedachten zag ze het de aarde in stromen en de organismen daar voeden. Wormen en larven die haar levensenergie gulzig opzogen.

Toen de laatste krachten uit haar wegvloeiden, realiseerde ze zich dat ze nooit de gelegenheid zou krijgen om zich voor haar onmogelijke gedrag van de laatste weken te verontschuldigen. Ze hoopte dat ze haar desondanks hadden begrepen.

❄

Hij had haar de hele nacht in zijn armen gehouden. Ze was geleidelijk aan steeds kouder geworden. De duisternis om hen heen was dik. Hij hoopte dat ze het donker net zo veilig en troostrijk vond als hij. Het was als een grote zwarte deken die hem omsloot.

Eén tel zag hij de kinderen voor zich. Maar dat beeld herinnerde hem te veel aan de werkelijkheid, en hij wuifde het weg.

Johannes had hem de weg gewezen. Johannes, Ephraïm en hij. Ze waren een drie-eenheid, dat had hij altijd geweten. Ze deelden het geschenk dat Gabriël nooit had mogen ontvangen en daarom zou hij het ook nooit begrijpen. Johannes, Ephraïm en hij; ze waren uniek. Ze stonden dichter bij God dan wie ook. Ze waren bijzonder. Dat had Johannes in zijn boek geschreven.

Het was geen toeval dat hij Johannes' zwarte notitieboekje had gevonden. Iets had hem daarheen geleid, hem als een magneet getrokken naar wat hij als Johannes' nalatenschap aan hem beschouwde. Hij was geroerd door het offer dat Johannes had willen brengen om zijn leven te redden. Als iemand begreep wat Johannes had willen bereiken, was hij, Jacob, het wel. Het was ironisch dat het niet nodig bleek te zijn: opa Ephraïm had hem gered. Het deed hem verdriet dat het Johannes niet was gelukt. Het was jammer dat de meisjes hadden moeten sterven. Maar hij had meer tijd dan Johannes. Hij zou niet falen. Hij zou het keer op keer proberen tot hij de sleutel van zijn innerlijk licht had gevonden. Dat wat in hem verborgen lag, zoals opa Ephraïm had verteld. Net als bij Johannes, zijn vader.

Spijtig wreef hij over de koude arm van het meisje. Het was niet zo dat hij haar dood niet betreurde. Maar ze was een gewoon mens en God zou haar een speciale plek geven omdat ze zich had opgeofferd voor hem, een van Gods uitverkorenen. Opeens besefte hij iets: misschien verwachtte God een bepaald aantal offers voor Hij het Jacob toestond de sleutel te vinden. Misschien was het Johannes net zo vergaan. Het was geen kwestie van falen; de Heer verwachtte meer bewijs van hun geloof voordat Hij hun de weg wees.

Die gedachte vrolijkte Jacob op. Natuurlijk, zo zat het. Hij had zelf altijd meer in de God van het Oude dan die van het Nieuwe Testament geloofd. De God die om bloedoffers vroeg.

Er knaagde wel iets aan hem. Hoe vergevend zou God zijn nu hij de vleselijke lusten niet had kunnen weerstaan? Johannes was sterker geweest. Hij was nooit in verleiding gekomen en daar bewonderde Jacob hem om. Bij hemzelf was diep vanbinnen iets ontwaakt toen hij de zachte huid tegen de zijne had gevoeld. Eén kort moment had de duivel hem overmand en hij had daaraan toegegeven. Naderhand had hij diep berouw gehad, dat zou God toch wel hebben gezien? Hij die recht in zijn hart kon kijken, moest zien dat hij oprecht spijt had en zou hem zijn zonden vergeven.

Jacob wiegde het meisje in zijn armen. Hij streek een lok weg die op haar gezicht was gevallen. Ze was mooi. Zodra hij haar met haar duim in de lucht bij de weg had zien staan, had hij geweten dat zij de juiste persoon was. De eerste was het teken geweest waarop hij had gewacht. Jarenlang had hij gefascineerd Johannes' woorden in het boekje gelezen en toen het meisje aan zijn deur opdook en naar haar moeder vroeg, op dezelfde dag dat hij het Oordeel had gehoord, wist hij dat het een teken was.

Hij had zich er niet door laten ontmoedigen dat hij met haar hulp de kracht niet had gevonden, Johannes was er met haar moeder ook niet in geslaagd. Het belangrijkste was dat hij met haar de weg was ingeslagen die onontkoombaar voor hem was uitgezet en in de voetsporen van zijn vader was getreden.

Door hen bij elkaar in de Koningskloof te leggen, had hij voor de wereld zichtbaar gemaakt dat hij afmaakte waar Johannes mee was begonnen. Hij verwachtte niet dat andere mensen het zouden begrijpen, maar het was genoeg als God het begreep en zag dat het goed was.

En als hij daar nog een definitief bewijs van nodig had gehad, had hij dat gisteravond gekregen. Toen ze over de uitslagen van het bloedonderzoek waren begonnen, was hij ervan overtuigd dat hij als een crimineel zou worden opgesloten. Hij had er niet aan gedacht dat hij door toedoen van de duivel sporen op het lichaam had achtergelaten.

Maar hij had de duivel in zijn gezicht kunnen uitlachen: tot zijn grote verbazing hadden de agenten verteld dat de uitslag hem vrijpleitte. Dat was het definitieve bewijs dat hij op de goede weg was en dat niemand hem kon tegenhouden. Hij was bijzonder. Hij werd beschermd. Hij was gezegend.

Langzaam streek hij weer over het haar van het meisje. Hij zou genoodzaakt zijn een nieuwe te vinden.

Het duurde maar tien minuten, toen belde Annika terug.

'Je had gelijk. Jacob heeft weer kanker. Alleen is het nu geen leukemie, maar een grote tumor in zijn hersenen. Hij heeft te horen gekregen dat ze niets meer kunnen doen, het is al te vergevorderd.'

'Wanneer heeft hij dat te horen gekregen?'

Annika keek in de aantekeningen die ze op het notitieblok had gemaakt. 'Op dezelfde dag dat Tanja verdween.'

Patrik zeeg neer op de bank in de woonkamer. Hij wist het, maar kon het toch moeilijk geloven. Het huis ademde zo'n rust, zo'n vrede uit. Geen spoor van het kwaad waarvan hij het bewijs in zijn hand hield, slechts bedrieglijke normaliteit. Bloemen in een vaas, kinderspeelgoed op de grond, een opengeslagen boek op de salontafel. Geen doodshoofden, geen bebloede kleren, geen zwarte kaarsen.

Boven de open haard hing zelfs een afbeelding van Jezus op weg naar de hemel na de wederopstanding, met een aureool om zijn hoofd en biddende mensen op de grond die hem nakeken.

Hoe kon je de slechtste van alle daden rechtvaardigen met de idee dat je carte blanche van God had? Maar misschien was dat helemaal niet gek, in de loop van de tijd waren miljoenen mensen vermoord uit naam van God. Die macht had iets aantrekkelijks dat de mens bedwelmde en op een dwaalspoor bracht.

Patrik schrok op uit zijn theologische overpeinzingen en merkte dat zijn team naar hem stond te kijken, in afwachting van nadere instructies. Hij had hun laten zien wat hij had gevonden en ze moesten nu allemaal hun best doen om niet te denken aan de verschrikkingen die Jenny misschien wel precies op dit moment doorstond.

Het probleem was dat ze geen flauw idee hadden waar ze was. Terwijl hij op Annika's telefoontje wachtte, hadden ze nog naarstiger het huis doorzocht, en Patrik had het landhuis gebeld en Marita, Gabriël en Laine nog eens gevraagd waar Jacob kon zijn. Hun vragen had hij bruusk weggewimpeld, daar was nu geen tijd voor.

Patrik haalde zijn hand door zijn haar dat al rechtovereind stond. 'Waar kan hij verdomme zitten? We kunnen toch moeilijk centimeter voor centimeter de hele omgeving afzoeken. En hij kan haar net zo goed in de buurt van de boerderij in Bullaren hebben opgesloten, of ergens halverwege. Wat moeten we verdomme doen?' zei hij gefrustreerd.

Martin voelde zich net zo machteloos en antwoordde niet. Patrik had het ook niet als een vraag bedoeld. Opeens had hij een inval: 'Het moet in de buurt van de Västergården zijn, denk aan het mestspoor. Ik gok dat Jacob dezelfde plek gebruikt als Johannes, en wat is dan logischer dan dat die hier in de buurt is?'

'Je hebt gelijk, maar zowel Marita als haar schoonouders zeggen dat hier verder nergens gebouwen staan. Het kan natuurlijk ook een grot zijn, maar heb je enig idee hoeveel land de familie Hult heeft? Dat is zoeken naar een speld in een hooiberg!'

'Wat dacht je van Solveig en haar zonen? Heb je het hun gevraagd? Zij woonden hier vroeger en misschien weten zij iets wat Marita niet weet.'

'Een hartstikke goed idee! Hangt er niet een lijstje met nummers bij de telefoon in de keuken? Linda heeft haar mobieltje bij zich, hopelijk kan ik ze via haar meteen bereiken.'

Martin ging kijken en kwam even later terug met een lijst waarop in keurige letters ook Linda's naam stond. Ongeduldig wachtte Patrik terwijl de telefoon overging. Het leek een eeuwigheid te duren voor ze opnam.

'Linda, met Patrik Hedström. Ik wil graag Solveig of Robert spreken.'

'Ze zijn bij Johan. Hij is wakker!' zei Linda blij. Patrik bedacht met een zwaar gemoed dat die vreugde binnenkort uit haar stem verdwenen zou zijn.

'Ga een van hen halen, het is belangrijk!'

'Oké. Wie wil je het liefst spreken?'

Hij dacht na. Maar wie kende de omgeving waar je woonde beter dan een kind? De keuze was makkelijk. 'Robert.'

Hij hoorde dat ze de telefoon neerlegde en hem ging halen. Je mocht de telefoon waarschijnlijk niet mee de kamers in nemen omdat die dan de apparatuur kon storen, dacht Patrik en toen hoorde hij Roberts donkere stem in de hoorn.

'Met Robert.'

'Hoi, met Patrik Hedström. Ik vraag me af of je me ergens mee kunt helpen. Het is buitengewoon belangrijk,' voegde hij er haastig aan toe.

'Ja, oké. Waar gaat het om?' vroeg Robert aarzelend.

'Ik vraag me af of je rond de Västergården nog andere gebouwen weet dan die vlak bij het huis liggen. Eigenlijk hoeft het ook geen gebouw te zijn, maar een plek waar je je kunt verstoppen, als je begrijpt wat ik bedoel. Het moet wel vrij groot zijn, er moet ruimte zijn voor meer dan één persoon.'

Hij kon horen hoe de vraagtekens zich in Roberts hoofd opstapelden, maar tot Patriks opluchting vroeg hij niets. Nadat hij even had nagedacht, kwam Roberts dralende antwoord: 'Tja, het enige dat ik kan verzinnen is de oude schuilkelder. Die ligt in het bos. Johan en ik speelden er vaak toen we klein waren.'

'Kende Jacob die plek ook?' vroeg Patrik.

'Ja, we waren zo stom die een keer aan hem te laten zien. Hij briefde het meteen door aan onze vader, die ons samen met Jacob kwam halen en ons verbood daar te spelen. Het was gevaarlijk, zei hij. Dus toen was de pret voorbij. Jacob was altijd nogal braaf,' zei Robert chagrijnig bij de herinnering aan de teleurstelling van vroeger. Patrik verwachtte niet dat het begrip 'braaf' nog vaak in verband zou worden gebracht met Jacob.

Nadat hij om een routebeschrijving had gevraagd, bedankte hij snel en verbrak de verbinding. 'Ik geloof dat ik weet waar ze zitten, Martin. We verzamelen ons op het erf.'

Vijf minuten later stonden acht ernstig kijkende agenten buiten in de hitte. Vier uit Tanumshede, vier uit Uddevalla.

'We hebben reden om te denken dat Jacob Hult zich in het bos bevindt, in een oude schuilkelder. Waarschijnlijk houdt hij Jenny Möller daar vast en we weten niet of zij nog leeft. Maar we gaan ervan uit dat dat wel het geval is en daarom moeten we heel omzichtig te werk gaan. We doen het als volgt: eerst gaan we behoedzaam op zoek naar de schuilplek, daarna omsingelen we die. In *stilte*,' zei Patrik scherp. Zijn blik gleed langs de agenten en hij liet zijn ogen extra lang op Ernst rusten. 'We houden onze wapens in de aanslag, maar niemand doet wat zonder dat ik daar uitdrukkelijk opdracht toe geef. Is dat duidelijk?'

Ze knikten allemaal ernstig.

'De ambulance uit Uddevalla is onderweg, maar ze zullen geen zwaailicht voeren en bij de oprit naar de Västergården wachten. Geluid draagt in deze bossen ver, en we willen niet dat Jacob hoort dat er iets te gebeuren staat. Zodra we de situatie onder controle hebben, laten we de ambulancebroeders komen.'

'Is het niet beter als een van hen met ons meegaat?' vroeg een van de collega's uit Uddevalla. 'Er kan haast bij zijn als we haar vinden.'

Patrik knikte. 'Daar heb je op zich gelijk in, maar we hebben geen tijd om op ze te wachten. Op dit moment is het belangrijker dat we haar snel vinden, zodat de ambulance ondertussen hierheen kan komen. Oké, dan gaan we.'

Robert had beschreven waar ze achter het huis het bos in moesten lopen om honderd meter verderop het pad te kunnen vinden dat naar de schuilkelder leidde. Het pad was vrijwel onzichtbaar als je niet wist dat het er was, en Patrik miste het dan ook bijna. Langzaam naderden ze hun doel en na ongeveer een kilometer meende hij iets door de bladeren te zien schemeren. Zonder een woord draaide hij zich om en gaf de mannen achter hem instructies. In de grootst mogelijk stilte vormden ze een kring rond de schuilkelder, al viel enig geritsel niet te voorkomen. Bij alle geluiden vertrok Patrik zijn gezicht en hij hoopte dat de dikke muren ze aan Jacobs gehoor onttrokken.

Hij trok zijn pistool en zag vanuit zijn ooghoek dat Martin dat ook deed. Op zijn tenen liep hij naar de deur en voelde er voorzichtig aan. Die zat op slot. Shit, wat moesten ze nu doen? Ze hadden geen spullen bij zich om het slot te forceren, dus het enige alternatief was om Jacob aan te sporen vrijwillig naar buiten te komen. Bevend klopte Patrik op de deur en deed toen snel een stap opzij.

'Jacob. We weten dat je hier bent. We willen graag dat je naar buiten komt!'

Geen antwoord. Hij probeerde het opnieuw. 'Jacob, ik weet dat je de meisjes niet opzettelijk pijn hebt gedaan. Je hebt alleen gedaan wat Johannes deed. Kom, dan kunnen we erover praten.'

Hij hoorde zelf hoe lam het klonk. Misschien had hij een cursus 'Omgaan met gijzelingssituaties' moeten volgen of in elk geval een psycholoog mee moeten nemen. Maar die was er nu niet, dus hij moest zelf bedenken hoe je een psychopaat uit een schuilkelder praatte.

Tot zijn grote verbazing hoorde hij nog geen tel later dat het slot werd geopend. Langzaam ging de deur open. Martin en Patrik, die ieder aan een kant van de deur stonden, wisselden een blik. Ze hielden alle twee hun pistool in de aanslag en zettten zich schrap, klaar om te schieten. Jacob stapte naar buiten. In zijn armen droeg hij Jenny. Het leed geen twijfel dat ze dood was en Patrik kon bijna voelen hoe teleurstelling en verdriet opwelden in de harten van de agenten, die nu volledig in het zicht stonden en allemaal hun wapen op Jacob hadden gericht.

Maar Jacob negeerde hen. Hij richtte zijn blik omhoog en riep: 'Ik begrijp het niet. Ik ben toch uitverkoren? U zou mij beschermen.' Hij leek in de war, alsof zijn hele wereld op de kop stond. 'Waarom redde U mij gisteren als ik vandaag Uw genade niet meer mag ontvangen?'

Patrik en Martin keken elkaar aan. Jacob leek volkomen de kluts kwijt te zijn, maar dat maakte hem alleen nóg gevaarlijker. Het viel niet te voorspellen wat hij zou gaan doen. Ze hielden hun pistolen nog steeds op hem gericht.

'Leg het meisje neer,' zei Patrik.

Jacob had zijn blik nog steeds op de hemel gericht en sprak met zijn onzichtbare God: 'Ik weet dat U mij de gave zou hebben geschonken, maar ik heb meer tijd nodig. Waarom wendt U zich van mij af?'

'Leg het meisje neer en steek je handen omhoog!' zei Patrik op scherpe toon. Nog altijd geen reactie van Jacob. Hij droeg het meisje in zijn armen en leek ongewapend. Patrik overwoog of hij Jacob zou tackelen om de impasse te doorbreken. Hij hoefde zich geen zorgen te maken dat het meisje gewond zou raken, daar was het te laat voor.

Hij had dat nog maar net gedacht of van linksachter kwam iets door de lucht gevlogen. Patrik was zo overdonderd dat zijn vinger op de trekker trilde en hij bijna op Jacob of Martin schoot. Vol afschuw zag hij het lange lijf van Ernst recht op Jacob afstormen, die met een klap op de grond belandde. Jenny viel uit zijn armen en kwam met een akelig dood geluid voor zijn voeten terecht, alsof er een zak meel werd neergegooid.

Met een triomfantelijk gezicht bracht Ernst Jacobs armen naar diens rug. Jacob bood geen weerstand, maar keek nog even verbaasd.

'Ziezo,' zei Ernst en hij keek op om het applaus in ontvangst te nemen. Iedereen stond als vastgenageld aan de grond en toen Ernst Patriks donkere blik zag, besefte hij dat hij wederom niet bepaald weloverwogen te werk was gegaan.

Patrik stond nog steeds te trillen omdat hij Martin bijna had neergeschoten, en hij moest zijn best doen om Ernst niet naar de keel te vliegen en hem langzaam de nek om te draaien. Maar dat zou later worden afgehandeld, eerst moest Jacob worden afgevoerd.

Gösta haalde een paar handboeien tevoorschijn, liep naar Jacob en deed ze hem om. Samen met Martin trok hij Jacob ruw overeind, waarna hij vragend naar Patrik keek, die zich tot twee Uddevalla-agenten wendde.

'Neem hem mee naar de Västergården, ik kom zo. Leg aan de ambulancebroeders uit hoe ze de schuilkelder kunnen vinden en zeg dat ze een brancard moeten meenemen.'

Ze wilden met Jacob weglopen, maar Patrik hield hen tegen. 'Wacht nog even. Ik wil hem nog even aankijken. Ik wil weten hoe de ogen eruitzien van iemand die hiertoe in staat is.' Hij gebaarde met zijn hoofd naar het levenloze lichaam van Jenny.

Jacob keek hem zonder spijt aan, maar had nog altijd dezelfde verwarde blik. Toen zei hij tegen Patrik: 'Is het niet vreemd? Gisteravond verrichtte God een wonder om mij te redden, maar vandaag laat Hij mij door jullie meenemen.'

Patrik probeerde in zijn ogen te zien of hij het meende of dat het een spel was om zich aan de consequenties van zijn daden te onttrekken. Maar Jacobs blik was leeg als een spiegel en Patrik besefte dat hij enkel waanzin zag. Moe zei hij: 'Dat was God niet, dat was Ephraïm. Het bloedonderzoek wees niet naar jou omdat Ephraïm beenmerg aan je heeft afgestaan toen je ziek was. Daardoor kwamen zijn bloed en zijn DNA in jouw bloed, en daardoor kwam jouw bloedmonster niet overeen met de DNA-sporen op... die je op Tanja had achtergelaten. We begrepen het pas toen de experts van het lab jullie onderlinge relaties nader hadden onderzocht, en jouw bloed aangaf dat je vreemd genoeg de vader van Johannes en Gabriël was.'

Jacob knikte. Daarna zei hij mild: 'Maar dat is dan toch een wonder?' Vervolgens namen de agenten hem mee.

Martin, Gösta en Patrik bleven bij Jenny's lichaam achter. Ernst was er snel vandoor gegaan met de agenten uit Uddevalla en zou zich de komende tijd ongetwijfeld onzichtbaar maken.

Alle drie hadden ze graag een jas gehad om haar lichaam mee te bedekken. Haar naaktheid was zo kwetsbaar, zo vernederend. Ze zagen de wonden op haar lichaam, die waren identiek aan die van Tanja. Waarschijnlijk ook aan die van Siv en Mona toen zij stierven.

Johannes was ondanks zijn impulsieve aard methodisch te werk gegaan. In zijn notitieboekje had hij nauwkeurig bijgehouden welk letsel hij zijn slachtoffers toebracht voordat hij dat probeerde te genezen. Hij had het als een wetenschapper opgezet: dezelfde verwondingen bij beide vrouwen, in dezelfde volgorde. Misschien om het in zijn eigen ogen op een wetenschappelijk experiment te doen lijken. Een experiment waarbij de vrouwen onzalige maar noodzakelijke offers waren. Noodzakelijk om van God de gave van genezing terug te krijgen die hij als kind had gehad. De gave die hij zijn hele volwassen leven had moeten missen en die hij zo dringend nodig had toen zijn oudste zoon, Jacob, ziek werd.

Ephraïm had zijn zoon en zijn kleinzoon geen gelukkig erfdeel nagelaten. Jacobs fantasie was in werking gezet door Ephraïms verhalen over de genezende vermogens van Gabriël en Johannes toen die klein waren. Dat Ephraïm er voor het effect aan had toegevoegd dat hij de gave ook in zijn kleinzoon zag, had tot ideeën geleid die na verloop van tijd waren gevoed door de ziekte waaraan Jacob binnenkort zou sterven. Vervolgens had hij het notitieboekje van Johannes gevonden en omdat de pagina's erg versleten leken, had hij er waarschijnlijk vaak in zitten lezen. Dat Tanja naar de Västergården was gekomen en naar haar moeder had gevraagd op dezelfde dag dat Jacob te horen had gekregen dat hij ongeneeslijk ziek was, was een ongelukkige samenloop van omstandigheden die er uiteindelijk toe had geleid dat ze nu naar nog een dood meisje stonden te kijken.

Toen Jacob haar had laten vallen, was ze op haar zij beland en het leek alsof ze zich in een foetushouding had opgerold. Verbaasd zagen Martin en Patrik dat Gösta zijn overhemd losknoopte. Er kwam een melkwitte, haarloze borst tevoorschijn en zonder ook maar een woord te zeggen, spreidde hij het overhemd over Jenny uit om zoveel mogelijk haar naaktheid te verbergen.

'Niemand hoeft hier naar dat kind te kijken terwijl ze geen draad aan haar lijf heeft,' zei hij brommend en hij sloeg zijn armen over elkaar om zich tegen de rauwe vochtigheid onder de bomen te beschermen.

Patrik ging op zijn hurken zitten en pakte spontaan Jenny's koude hand beet. Ze was eenzaam gestorven, maar ze zou hier niet eenzaam hoeven wachten.

Een paar dagen later was de ergste opwinding wat gezakt. Patrik zat tegenover Mellberg en wilde alles zo snel mogelijk achter de rug hebben. Zijn chef had gevraagd of hij de hele zaak met hem wilde doornemen, en hoewel Patrik wist dat Mellberg dat vooral vroeg om nog jarenlang sterke verhalen over de zaak-Hult te kunnen vertellen, liet dat hem vrij koud. Hij had Jenny's ouders zelf verteld dat hun dochter was overleden, en zag niet hoe dit onderzoek iemand tot eer of roem kon strekken, dus dat deel liet hij graag aan Mellberg over.

'Maar ik snap het verhaal van dat bloed nog steeds niet,' zei Mellberg.

Patrik zuchtte en legde het voor de derde keer uit, nu nog langzamer: 'Jacob kreeg beenmerg van zijn opa, Ephraïm, toen hij leukemie had. Dat betekent dat zijn bloed na die transplantatie hetzelfde DNA had als dat van de donor, Ephraïm dus. Jacob had met andere woorden het DNA van twee mensen in zijn lichaam. Het DNA van zijn opa zat in zijn bloed en zijn eigen DNA zat in de rest van zijn lichaam. Daarom kregen we Ephraïms DNA toen we het bloedmonster van Jacob onderzochten. Omdat het DNA dat we bij het slachtoffer vonden uit Jacobs sperma kwam, had dat monster Jacobs oorspronkelijke DNA-profiel en dus kwamen de profielen niet overeen. Volgens het Gerechtelijk Laboratorium is de statistische waarschijnlijkheid dat zoiets gebeurt zo klein dat het bijna onmogelijk is. Echter alleen maar bíjna onmogelijk...'

Mellberg leek het eindelijk te hebben begrepen. Hij schudde verwonderd zijn hoofd. 'Het is net een sciencefictionverhaal. Het is ook elke keer weer wat anders, Hedström. Maar ik moet zeggen dat we deze klus verdomd goed hebben geklaard. De hoofdcommissaris in Göteborg heeft me gisteren persoonlijk opgebeld om me voor het uitstekende werk te bedanken, en daar kon ik natuurlijk alleen maar mee instemmen.'

Patrik zag niet in waarom hun werk zo uitstekend was – ze hadden het meisje tenslotte niet kunnen redden – maar hij besloot er niet op in te gaan. Sommige dingen waren zoals ze waren en daar kon je verder weinig aan doen.

De afgelopen dagen waren zwaar geweest. Hij ervoer het bijna als een rouwproces. Hij sliep nog steeds slecht en werd gekweld door beelden die de schetsen en aantekeningen in het boekje van Johannes hadden opgeroepen. Erica had ongerust om hem heen gedrenteld en hij had gemerkt dat zij 's nachts ook lag te woelen en te draaien. Maar op de een of andere manier had hij zijn hand niet naar haar kunnen uitsteken. Hij moest dit zelf verwerken.

Zelfs de bewegingen van het kind in haar buik hadden hem niet zo blij gemaakt als anders. Het was alsof hij er opeens aan was herinnerd hoe gevaarlijk de wereld is en hoe slecht of gestoord de mensen kunnen zijn. Hoe zou hij een kind daartegen kunnen beschermen? Het gevolg was dat hij zich van Erica en het kind afwendde. Hij wilde niet het risico lopen ooit de pijn te voelen die hij in de gezichten van Bo en Kerstin Möller had gezien toen hij hun met tranen in zijn stem had verteld dat Jenny helaas was overleden. Hoe overleefde je die pijn?

Tijdens de donkere uren van de nacht had hij zelfs overwogen te vluchten. Om gewoon zijn spullen te pakken en met de noorderzon te vertrekken. Weg van alle verantwoordelijkheden en verplichtingen. Weg van het risico dat zijn liefde voor het kind een wapen werd dat tegen zijn slaap werd gedrukt en langzaam werd afgevuurd. Hij, die altijd de plichtsgetrouwheid zelve was geweest, overwoog voor het eerst van zijn leven een laffe uitweg. Tegelijk wist hij dat Erica zijn steun nu meer dan ooit nodig had. Ze was vertwijfeld nu Anna met de kinderen was teruggegaan naar Lucas. Hij wist het, maar kon toch zijn hand niet naar haar uitsteken.

Tegenover hem bewoog Mellbergs mond nog steeds. 'Ja, ik zie geen reden waarom we bij de volgende begrotingsronde niet meer geld zouden kunnen krijgen, gezien alle goodwill die we hebben opgebouwd...'

Bla, bla, bla, dacht Patrik. Woorden die niets betekenden. Geld, eer, een groter budget en lof van superieuren: zinloze maatstaven van succes. Hij kreeg de neiging zijn koffiekopje te pakken en het langzaam over Mellbergs vogelnestje leeg te gieten. Puur om hem de mond te snoeren.

'Ja, en jouw inspanningen zijn natuurlijk ook niet onopgemerkt gebleven,' zei Mellberg. 'Ik heb tegen de hoofdcommissaris gezegd dat jij tijdens het onderzoek een enorme steun voor me bent geweest. Maar daar mag je me niet aan herinneren als we het weer over je salaris hebben,' grinnikte Mellberg en hij knipoogde naar Patrik. 'Het enige dat me nog dwarszit, is de dood van Johannes Hult. Jullie hebben nog altijd geen idee wie hem heeft vermoord?'

Patrik schudde zijn hoofd. Ze hadden het er met Jacob over gehad, maar hij leek net zo weinig te weten als zij. De moord was onopgelost en dat leek zo te blijven.

'Het zou natuurlijk de ultieme bekroning van ons werk zijn als we dat stuk ook nog konden oplossen. Een tien plus zou niet gek zijn, hè?' zei Mellberg. Vervolgens trok hij weer een ernstig gezicht. 'Ik heb natuurlijk ook notitie genomen van jullie kritiek op Ernsts handelen, maar gezien zijn dienstjaren vind ik dat we ons grootmoedig moeten opstellen en dat incidentje moeten vergeten. Ik bedoel, alles is toch goed gegaan?'

Patrik herinnerde zich hoe het voelde toen zijn vinger zich bevend om de trekker spande terwijl Martin en Jacob in de vuurlijn stonden. Nu begon de hand waarmee hij zijn koffiekopje vasthield, te trillen. Alsof die een eigen wil had, bewoog die in de richting van Mellbergs hoofd, maar toen werd er op de deur geklopt en de hand hield midden in de beweging stil. Het was Annika.

'Patrik, er is telefoon voor je.'

'Zie je niet dat we bezig zijn?' snauwde Mellberg.

'Ik denk dat hij dit gesprek wil aannemen,' zei ze en ze keek Patrik veelbetekenend aan.

Hij keek vragend terug, maar ze weigerde verder iets te zeggen. Toen ze in haar kamer waren, wees ze naar de hoorn op het bureau en liep discreet naar de gang.

'Waarom heb je verdomme je mobieltje niet aan!'

Hij keek naar zijn telefoon die in een hoesje aan zijn riem hing en besefte dat de batterij leeg was.

'De batterij is leeg. Hoezo?' Hij begreep niet waarom Erica zo boos was. Ze kon hem toch via de receptie bereiken?

'Omdat het is begonnen. En jij nam niet op je vaste toestel op en ook niet op je mobieltje en toen...'

Hij onderbrak haar verward. 'Hoezo, begonnen? Wat is er begonnen?'

'De bevalling, idioot! De weeën zijn begonnen en mijn vliezen zijn gebroken! Je moet me komen halen, we moeten nu gaan!'

'Maar het kind komt toch pas over drie weken?' Hij voelde zich nog steeds verward.

'Dat weet de baby kennelijk niet, want die komt nu!' Toen hoorde hij alleen nog de kiestoon.

Patrik stond verstijfd met de hoorn in zijn hand. Er verscheen een schaapachtige glimlach om zijn mondhoeken. Zijn kind kwam eraan, het kind van Erica en hem.

Met trillende benen holde hij naar zijn auto en trok een paar keer aan het portier. Iemand tikte hem op de schouder. Annika stond achter hem met zijn autosleutels in haar hand.

'Het gaat sneller als je hem eerst van het slot doet.'

Hij rukte de sleutels uit haar hand en zwaaide kort voordat hij het gaspedaal helemaal indrukte en naar Fjällbacka vertrok. Annika keek naar de zwarte bandensporen op het asfalt en liep lachend terug naar haar plek bij de receptie.

Augustus 1979

Ephraïm maakte zich zorgen. Gabriël bleef volhouden dat hij Johannes met het verdwenen meisje had gezien. Hij weigerde het te geloven, maar wist ook dat Gabriël de laatste was om te liegen. Voor hem waren waarheid en orde belangrijker dan zijn eigen broer, en daarom kon Ephraïm het maar moeilijk van zich afzetten. De gedachte waaraan hij zich vastklampte, was dat Gabriël het verkeerd moest hebben gezien. Dat zijn ogen hem in het schemerlicht hadden bedrogen en hij door schaduwen was misleid of zo. Hij hoorde zelf hoe vergezocht dat klonk, maar hij kende Johannes ook. Zijn zorgeloze, onverantwoordelijke zoon die het leven als een spel zag. Die was toch niet in staat om iemand van het leven te beroven?

Steunend op zijn stok liep hij vanaf het landhuis naar de Västergården. Hij had die stok eigenlijk niet nodig, zijn gestel was volgens hemzelf net zo goed als dat van een twintigjarige, maar hij vond dat het er stijlvol uitzag. Een stok en een hoed gaven hem het uiterlijk van een landeigenaar, dus gebruikte hij ze zo vaak hij kon.

Het kwelde hem dat Gabriël elk jaar de afstand tussen hen vergrootte. Hij wist dat Gabriël dacht dat hij Johannes voortrok en als hij eerlijk was, moest hij toegeven dat hij dat wellicht ook deed. Maar dat kwam alleen doordat Johannes zoveel makkelijker in de omgang was. Door zijn charme en zijn openheid kon je makkelijk toegeeflijk naar hem zijn, waardoor Ephraïm zich een patriarch in de ware zin des woords kon voelen. Johannes was iemand die hij bars terecht kon wijzen, iemand die hem het gevoel gaf dat hij nodig was, al was het maar om te zorgen dat hij ondanks alle vrouwen die aldoor achter hem aan zaten, met beide benen op de grond bleef staan. Gabriël was anders, die keek hem altijd met verachting aan, waardoor Ephraïm hem met een soort koele superioriteit behandelde. Hij wist dat de fout grotendeels bij hemzelf lag. Terwijl Johannes altijd dolblij was geweest als de jongens tijdens een dienst iets hadden moeten doen, was Gabriël in elkaar gekrompen en weggekwijnd. Ephraïm wist dat en nam er ook de verantwoordelijkheid voor, maar hij had het om hun bestwil gedaan. Toen Ragnhild stierf, hadden ze alleen zijn verbale vermogens en zijn charme gehad om aan eten en kleren te komen. Het was een gelukkig toeval dat hij zo'n natuurtalent was dat de gekke weduwe Dybling hem haar landgoed en vermogen had vermaakt. Gabriël zou beter moeten beseffen wat het hun had opgeleverd, in plaats van hem aldoor te kwellen met verwijten over zijn 'verschrikkelijke' jeugd. De waarheid was dat als hij niet op het geniale idee was gekomen om zijn zonen bij zijn diensten te betrekken, ze lang niet zoveel hadden gehad als nu. Niemand had de twee schattige jongens kunnen weerstaan die dankzij Gods voorzienigheid de gave bezaten om zieken en kreupelen te genezen. Samen met zijn charisma en zijn gave van het woord waren ze onverslaanbaar geweest. Hij wist dat hij in de vrijkerkelijke beweging nog altijd als een legendarisch predikant werd beschouwd en hij vond dat uitermate vermakelijk. Hij vond het ook prachtig dat hij in de volksmond de koos- of bijnaam, wat je maar wilde, 'de Predikant' had gekregen.

Het had hem echter verbaasd dat Johannes het zo zwaar had opgenomen toen hij hoorde dat hij zijn gave was ontgroeid. Voor Ephraïm was het een makkelijke manier geweest om een eind aan het bedrog te maken en het was voor Gabriël een grote opluchting geweest. Maar Johannes had gerouwd. Ephraïm had hun altijd willen vertellen dat het maar een verzinsel was geweest en dat de zieken die ze 'genazen' gezonde mensen waren die wat geld van hem hadden gekregen om mee te doen aan het spektakel. Maar naarmate de jaren verstreken begon hij te twijfelen. Soms leek Johannes zo breekbaar. Daarom maakte Ephraïm zich ook zo'n zorgen over dat gedoe met de politie en het verhoor van Johannes. Hij was brozer dan hij leek en Ephraïm wist niet zeker wat voor invloed het op hem zou hebben. Daarom had hij besloten een wandelingetje naar de Västergården te maken om eens met zijn zoon te praten. Om te kijken hoe die ermee omging.

Er verscheen een glimlach op Ephraïms gezicht. Jacob was een week te-

voren uit het ziekenhuis ontslagen en bracht vele uren bij hem op zijn kamer door. Hij was dol op zijn kleinzoon. Hij had diens leven gered, wat hun voor eeuwig een speciale band gaf. Maar hij was niet zo makkelijk om de tuin te leiden als iedereen dacht. Misschien leefde Gabriël in de waan dat Jacob zijn zoon was, maar hij, Ephraïm, had wel in de gaten wat er was gebeurd. Jacob was Johannes' zoon, dat zag hij in Johannes' ogen. Maar ach, daar bemoeide hij zich verder niet mee, de jongen bracht hem vreugde op zijn oude dag. Natuurlijk hield hij ook van Robert en Johan, maar die waren nog zo klein. Wat hij het leukst vond was dat Jacob van die verstandige opmerkingen kon maken en zo graag naar zijn verhalen luisterde. Jacob was dol op de verhalen over de tijd dat Gabriël en Johannes klein waren en met Ephraïm rondtrokken. 'Genezingsverhalen' noemde hij ze. 'Opa, vertel nog eens van die genezingsverhalen,' zei hij elke keer dat hij naar Ephraïms kamer kwam. Ephraïm had er niets op tegen het verleden te laten herleven. Want het was mooi geweest. En het deed de jongen toch ook geen kwaad als hij de verhalen een beetje aandikte? Hij had er een gewoonte van gemaakt de verhalen met een dramatische stilte af te sluiten, om vervolgens met een knokige vinger naar Jacob te wijzen en te zeggen: 'En jij, Jacob, jij hebt die gave ook. Ergens, diep vanbinnen, wacht die tot die naar boven mag komen.' De jongen zat veelal met grote ogen en open mond aan zijn voeten, en Ephraïm genoot van zijn fascinatie.

Hij klopte op de deur van het huis. Geen antwoord. Alles was stil en het leek erop dat Solveig en de jongens ook niet thuis waren. Robert en Johan kon je meestal al van kilometers ver horen. Hij hoorde een geluid in de schuur en liep erheen. Johannes was met de maaidorser bezig en merkte zijn vader pas op toen die vlak achter hem stond. Hij schrok.

'Druk bezig, zie ik wel.'

'Ja, er is altijd wel wat te doen op de boerderij.'

'Ik heb gehoord dat je weer bij de politie bent geweest,' zei Ephraïm, die gewend was meteen ter zake te komen.

'Ja,' zei Johannes kortaf.

'Wat wilden ze nu weer weten?'

'Ze hadden nog meer vragen over de verklaring van Gabriël, uiteraard.' Johannes bleef met de maaidorser bezig en keek Ephraïm niet aan.

'Je weet dat Gabriël je geen kwaad wil doen.'

'Ja, dat weet ik. Hij is zoals hij is. Maar het resultaat wordt er niet anders van.'

'Waar. Helemaal waar.' Ephraïm wiebelde wat heen en weer, hij wist niet goed hoe hij verder moest gaan.

'Heerlijk om te zien dat de kleine Jacob weer op de been is, vind je ook niet?' zei hij, zoekend naar een neutraal gespreksonderwerp. Er verscheen een glimlach op Johannes' gezicht.

'Fantastisch. Het is net alsof hij nooit ziek is geweest.' Hij ging staan en keek zijn vader recht aan. 'Ik zal je er eeuwig dankbaar voor zijn, vader.'

Ephraïm knikte en streek tevreden over zijn snor. Johannes ging voorzichtig verder: 'Vader, als jij Jacob niet had kunnen redden, denk je dat...' Hij aarzelde, maar ging vervolgens gedecideerd verder, alsof hij wilde voorkomen dat hij zich bedacht. '... denk je dat ik de gave dan had teruggevonden? Om Jacob te kunnen genezen, bedoel ik?'

Ephraïm deinsde verbaasd terug en besefte geschrokken dat hij een grotere illusie had geschapen dan zijn bedoeling was geweest. Gevoelens van spijt en schuld deden hem ter verdediging in woede ontvlammen en hij voer hatelijk tegen Johannes uit.

'Hoe dom ben jij eigenlijk, jongen! Ik dacht dat je vroeg of laat volwassen genoeg zou zijn om de waarheid onder ogen te zien zonder dat ik die voor je hoefde te spellen! Het was allemaal niet waar. Geen van de mensen die jij en Gabriël "genazen",' hij maakte aanhalingstekens in de lucht, 'waren echt ziek. Ze kregen betaald! Van mij!' Hij spuugde de woorden naar zijn zoon. Heel even vroeg hij zich af wat hij had gedaan. Alle kleur was uit Johannes' gezicht weggetrokken. Hij liep wankelend heen en weer alsof hij dronken was en Ephraïm vroeg zich af of zijn zoon een hartaanval kreeg. Toen fluisterde Johannes, zo zacht dat hij amper te verstaan was: 'Dan heb ik de meisjes voor niets gedood.'

Alle angst, schuld en spijt kwamen in Ephraïm tot ontploffing en trokken hem een donker zwart gat in. Het enige dat hij wist, was dat hij de pijn van het inzicht moest zien kwijt te raken. Zijn vuist schoot naar voren en raakte Johannes' kin met volle kracht. In slow motion zag hij Johannes met een verbaasd gezicht achterovervallen, tegen het metaal van de maaidorser. Door de schuur weerklonk een doffe dreun toen zijn achterhoofd het harde oppervlak raakte. Verschrikt zag Ephraïm Johannes le-

venloos op de grond liggen. Hij hurkte en probeerde wanhopig zijn pols te voelen. Niets. Hij legde zijn oor op de mond van zijn zoon en hoopte iets van een ademhaling te bespeuren. Nog steeds niets. Langzaam drong het besef tot hem door dat Johannes dood was. Gevallen door de hand van zijn eigen vader.

Zijn eerste impuls was om hulp te gaan halen, maar toen nam zijn overlevingsdrang het over. En als Ephraïm Hult iets bezat, dan was het dat wel. Als hij hulp ging halen, zou hij moeten uitleggen waarom hij Johannes had geslagen en dat mocht onder geen beding naar buiten komen. De meisjes waren dood en Johannes ook. Op Bijbelse wijze was er recht geschied. Zelf had hij niet de behoefte zijn laatste dagen in de gevangenis te slijten. Dat hij de rest van zijn leven zou moeten slijten in het besef dat hij Johannes had gedood was al straf genoeg. Gedecideerd begon hij zijn daad te verhullen. Godzijdank kende hij genoeg mensen die hem nog wat verschuldigd waren.

❄

Hij had het best naar zijn zin. De artsen hadden hem nog een halfjaar gegeven, en die maanden mocht hij in elk geval in alle rust doorbrengen. Natuurlijk miste hij Marita en de kinderen, maar ze mochten elke week op bezoek komen en tussendoor bracht hij zijn tijd door met bidden. Hij had God al vergeven dat Hij hem op het laatste moment had verlaten. Ook Jezus had op de avond voordat God zijn enige zoon offerde, in de hof van Getsemane naar de hemel geroepen en zijn Vader gevraagd waarom Hij hem had verlaten. Als Jezus kon vergeven, dan kon Jacob dat ook.

Het merendeel van de tijd zat hij in de tuin van het ziekenhuis. Hij wist dat de andere gevangenen hem meden. Ze waren allemaal ergens voor veroordeeld, de meesten voor moord, maar om de een of andere reden vonden ze hem gevaarlijk. Ze begrepen het niet. Hij had er niet van genoten toen hij de meisjes doodde en hij had het ook niet voor zichzelf gedaan. Hij had het gedaan omdat het zijn plicht was. Ephraim had gezegd dat hij, net als Johannes, bijzonder was. Uitverkoren. Het was zijn plicht dat erfdeel te beheren en niet weg te kwijnen door een ziekte die hem hardnekkig probeerde te vernietigen.

En hij zou het niet opgeven. Hij kon het niet opgeven. De afgelopen weken was hij tot het inzicht gekomen dat Johannes en hij het misschien niet goed hadden aangepakt. Ze hadden een praktische manier gezocht om de gave terug te krijgen, maar misschien was dat niet de bedoeling. Misschien hadden ze eerst naar binnen moeten gaan. De gebeden en de stilte hadden hem helpen focussen. Geleidelijk was hij er steeds beter in geworden de meditatieve toestand te bereiken waarin hij voelde dat hij Gods oorspronkelijke plan naderde. Hij voelde hoe de energie hem vulde. Op dat soort momenten bruiste hij van verwachting. Nog even en hij zou de vruchten van zijn nieuwe kennis kunnen plukken. Uiteraard beklaagde hij het des te meer dat er nodeloos levens waren verspild, maar er woedde een strijd tussen goed en kwaad en vanuit dat perspectief waren de meisjes noodzakelijke offers.

De middagzon verwarmde hem terwijl hij op het bankje zat. Het gebed was vandaag extra krachtig geweest en hij had gevoeld dat hij net zo straalde als de zon. Toen hij naar zijn hand keek, zag hij dat die door een dun licht werd omgeven. Jacob glimlachte. Het was begonnen.

Naast de bank zag hij een duif. Die lag op haar zij en de natuur was al bezig haar terug te nemen en tot stof te veranderen. Stijf en vuil lag ze daar, met het witte vlies van de dood over haar ogen. Gespannen boog Jacob zich voorover en bestudeerde de vogel. Het was een teken.

Hij stond op van de bank en ging op zijn hurken naast de duif zitten. Teder keek hij naar het beestje. Zijn hand gloeide nu alsof het in zijn gewrichten brandde. Trillend bracht hij de wijsvinger van zijn rechterhand naar de duif en liet die op het warrige verengewaad rusten. Er gebeurde niets. Hij dreigde overmand te worden door teleurstelling, maar deed zijn best om op de plek te blijven waar de gebeden hem doorgaans brachten. Na een tijdje voer er een huivering door de duif. Vervolgens trilden haar stijve poten. Toen gebeurde alles tegelijk. De glans op de veren kwam terug, het witte vlies over de ogen verdween, ze ging staan en vloog met een krachtige vleugelslag naar de hemel. Jacob glimlachte tevreden.

Dokter Stig Holbrand stond bij een raam dat uitzicht bood op de tuin en keek naar Jacob, samen met Fredrik Nydin, een coassistent die stage liep bij de forensische psychiatrie.

'Dat is Jacob Hult. Hij is een beetje een speciaal geval. Hij heeft twee meisjes mishandeld om te zien of hij ze kon genezen. Ze zijn aan hun verwondingen bezweken en hij is wegens moord veroordeeld. Maar hij kon het forensisch-psychiatrisch onderzoek niet aan en heeft bovendien een hersentumor die niet meer behandelbaar is.'

'Hoe lang geven ze hem nog?' vroeg de coassistent. Hij zag in dat het een tragisch verhaal was, maar vond het ook buitengewoon spannend.

'Zo'n zes maanden. Hij beweert dat hij zichzelf zal kunnen genezen en zit grote delen van de dag te mediteren. We laten hem zijn gang gaan. Hij doet er niemand kwaad mee.'

'Maar wat doet hij nu dan?'

'Tja, ik zeg niet dat hij zich soms niet wat vreemd gedraagt.' Dokter Holbrand tuurde naar buiten en hield zijn hand boven zijn ogen om beter te kunnen zien. 'Ik geloof dat hij een duif omhoog gooit. Maar ach, die was gelukkig al dood,' zei hij droog.

Ze liepen door naar de volgende patiënt.

Dankwoord

In de eerste plaats wil ik ook deze keer mijn man Micke bedanken, die mijn grootste fan is en zoals altijd mijn schrijven de hoogste prioriteit heeft gegeven. Zonder jou was het onmogelijk geweest de baby met het schrijven te combineren.

Grote dank ook aan mijn agent Mikael Nordin en aan Bengt en Jenny Nordin van Bengt Nordin Agency, die hard hebben gewerkt om mijn boeken bij een breder publiek bekend te maken.

De agenten van het politiebureau in Tanumshede en hun chef, Folke Åsberg, verdienen een speciale vermelding, omdat ze niet alleen de tijd hebben genomen het manuscript te lezen en er hun visie op te geven, maar ook rustig hebben geaccepteerd dat ik een stelletje duidelijk incompetente agenten op hun bureau heb gestationeerd. Werkelijkheid en fictie komen in dit geval niet met elkaar overeen!

Tijdens het schrijven van *Predikant* is met name mijn redacteur en uitgever Karin Linge Nordh onmisbaar geweest. Ze heeft het manuscript met grotere precisie gelezen dan ik ooit had kunnen opbrengen en me nuttige wenken gegeven. Ze heeft me ook de zeer waardevolle uitdrukking '*When in doubt – delete*' geleerd. Ik ben sowieso heel goed ontvangen door mijn nieuwe uitgever, Forum.

Andere mensen die een grote steun voor me zijn geweest tijdens het schrijven van dit boek zijn, net als vorige keer, Gunilla Sandin en Ingrid Kampås. Martin en Helena Persson, mijn schoonmoeder, Gunnel Läckberg, en Åsa Bohman hebben bereidwillig het manuscript gelezen en van commentaar voorzien.

Ten slotte wil ik een speciaal woord van dank richten tot Berith en

Anders Torevi, die niet alleen op zo'n warme manier de marketing voor *IJsprinses* hebben gedaan, maar ook de tijd hebben genomen om het manuscript van *Predikant* te lezen en te becommentariëren.

Alle personages en gebeurtenissen zijn fictief. Fjällbacka en zijn omgeving zijn werkelijk, al heb ik me af en toe ook ten aanzien van de locaties bepaalde vrijheden veroorloofd.

Enskede, 11 februari 2004
Camilla Läckberg-Eriksson

www.camillalackberg.com